U0919663

讲述六百多年前鲜为人知的瓦屑坝大移民的故事

程晖 著

作家出版社

作者简介

程晖，出生于江西鄱阳，现居南昌。

在《人民文学》《中国作家》《青年文学》等刊物发表各类作品五十余万字。作品入选江西高等院校教材《新语文》《2016 年散文精萃》、内蒙古高中语文课外阅读教材等多个选本。根据其小说改编并由其编剧的电影《背影》，2011 年被国家广电总局推荐为全国优秀影片。

出版的主要作品有：长篇小说《雾街》《南国陌路》《那二爷的战争》；散文集《渐行渐远之梦》；诗集《那片湛蓝的天空》；纪实文集《失重的犁头》等。

序　言

瓦屑坝大移民：一段厚重的历史文化承载

一百四十多年前，年轻的法国诗人兰波以“半夜起行，说走就走”的决断，逃离鸡犬相闻的故乡来到巴黎。后来，他用“生活在别处”这样的诗句，描绘自己离开故乡的心态，弥漫着不可抑制的人生豪情。五十多年前，捷克作家米兰·昆德拉把兰波的这句诗用作自己一部小说的名字，使这个句子广为人知。兰波和昆德拉都无法知道的是，六百六十多年前，在遥远的中国，成千上万衣衫褴褛的农民，在官兵的驱赶下，长绳缚手，背井离乡，怀着无限的痛苦和不舍，开始不一样的“生活在别处”……“洪武赶散”，这个对后世中国产生深远影响的历史事件，就这样和鄱阳湖畔一个不起眼的古渡口联系在一起。

十多年前，我在家乡文友编的一本小册子中，第一次看到了“瓦屑坝”这个地名。从那以后，我的目光始终没有离开过那个古渡口，我先后九次前往瓦屑坝，站在那个已基本荡然无存的遗址上，眺望已经渐行渐远的鄱阳湖。我分明已经感觉到，瓦屑坝作为一段鲜为人知的历史片段，正在慢慢衰败枯萎，也许不久以后就会消亡。带着这种莫名的紧迫感和责任感，2014年年底，在还没有完全考虑成熟的情况下，我有些仓促地开始了这个重大历史题材的创作，中途因工作原因曾经数次中断写作。如今，这篇近三十万字名为《赶散》的长篇已经完成。这段艰难的创作之旅，带给我一段段沉甸甸的思绪。

历史悠久的鄱阳应该有一段更加厚重的文化承载

饶州府，是每一个鄱阳人引以为荣的名称。在两千多年赣水文化的熏陶浸染下，有过“帆樯四达、商贾辐辏”的繁华景象，有过“周瑜练兵、朱陈大战”的英雄史歌，有过“将相不断、人才辈出”的鼎盛时代，有过“截发延宾、封鲊责子”的道德典范，渔耕文化、商贾文化、戏曲文化让鄱阳这个“鱼米之乡、富饶之州”充满了绚丽色彩，两宋时期江西出现的高度“儒化”的人文群体，鄱阳文化因子更是闪烁其中。但是，冷静下来思考，我却发现，历史的繁华有如过眼烟云，鄱阳文化其实有些尴尬：历史悠久但缺乏承载，形式多样但不够厚重，特征明显但缺乏张力。鄱阳历史上虽然出现许多杰出人才，但影响深远的不多，影响最大的洪氏“一门四杰”，也在籍贯问题上与外县争扯不清。鄱阳人无比珍惜的荐福碑、永福寺塔等千年文化遗址，底蕴厚重，古韵新风，但只能作为地方文化的精华，缺乏突破区域影响的张力。鄱阳人总是谈历史文化厚重，但真正的文化遗存却少之又少。就连曾经作为硕果仅存历史文化景观节点的滨洲别墅、陶侃宅、德新桥、大龙桥、小龙桥、德化桥、饶州永平监、张王庙等老街……也如失色老妪，沉默在旧年光阴的一息残念里。更有甚者，久负盛名的“陶母墓”也不明不白地被毁坏！带着这些困惑，我一直在寻找能够使鄱阳文化走向全国乃至世界的“渡口”。来到瓦屑坝，我忽然明白，鄱阳文化的“渡口”原来在这里。瓦屑坝背后的“根亲文化”，一定是使鄱阳文化甚至江西文化流传广远而浩博的承载。

历史的铭文——镌刻于山水古镇的实景教科书。走进古老而神秘的瓦屑坝，数不清的瓦屑陶片堆起了一条长坝，零乱的瓦砾散落在绿草和道路两旁，轻轻地踩在成堆的瓦屑上，发出“咔咔”的断裂声，仿佛聆听着一段段遗忘的历史……繁华落尽君辞去，几尽铅华终若此。默默守坝千年的片片瓦屑，淡看历史的沉沉浮浮，如一块块文字镌刻在时间的泥土里。

隋唐时期，瓦屑坝这块“风水宝地”的水质和泥土被姑苏陶人看中，在此开场制陶。那青红的炉火锻造出灿烂的鄱阳古陶文化，一船船陶瓦经鄱阳湖，过昌江、信江、赣江，走向大江南北，进入千家万户。随着唐末黄巢入鄱，战火吞噬了瓦屑坝最后的繁华，只留下了连绵十公里的瓦屑陶片。从此，瓦屑坝便有了她的名字，并以其特殊的战略位置，成为兵家必争之地。元末农民起义，朱元璋和陈友谅在鄱阳湖大战，双方对瓦屑坝及周边地区展开激烈争夺，瓦屑坝几度易手。洪武时期，为了方便移民在此聚居和管理，朝廷对几百家作坊进行无情驱散，使这里重回荒芜，彻底摧毁了瓦屑坝，使其成为一片真正的废墟，镌刻在历史的记忆深处。

历史的痕迹如车辙，只要经历过文明的车轮，后来的推动者仍然会选择。

瓦屑坝亦是如此。宋元之后，江西依靠优越的自然环境和稳定的社会环境，一跃成为全国首富，人口之众也是首屈一指。元末农民大起义，湖广大地战场硝烟四起，生灵涂炭，人口凋敝，土地荒芜。战争一结束，江西人充当了“江西填湖广、湖广填四川”历史进程的主角，而瓦屑坝再次登上历史舞台。自明初以后的一百多年里，几百万名江西移民，一次次在瓦屑坝这个古老码头集中，然后通过船运进鄱阳湖入长江，最后迁移到湖广、安徽、河南、四川等地。从此，“江西瓦屑坝”和“山西大槐树”并列成为中国八大移民圣地之首，史家也有了“北有大槐树、南有瓦屑坝”的说法。

游子的羁绊——魂牵于移民古村的遥远故乡梦。人生最痛苦的事，莫过于有家不能回。当年，“洪武赶散”使兄弟分开，同族分开，令多少家庭骨肉分离，告别成了永别，从此，“生活在别处”成为心中永远的痛。也许，当时搭上古老帆船的移民仍然存在有朝一日回乡的幻想，然而朝廷的一纸“禁止回迁”令，像一把冰冷的利剑，无情地斩断了移民与原住地的一切联系，回乡梦从此破灭。

春风又绿江南岸，明月何时照我还？一艘艘满载愤怨和无奈的帆船，渐渐消失在天际。岁月像一把砂轮，把老一辈移民对故乡的记忆越磨越模糊，而对故乡的思念却越磨越亮。唯有站在漂泊的船头上望到的瓦屑坝，依然在心中荡漾，直到终老，故乡最后的记忆，最终定格在鄱阳湖畔的瓦屑坝上。

寻根问祖是中华民族特有的情结，中国人骨子里根深蒂固着一种落叶归根的情怀， 愈久愈深。曾经从瓦屑坝出发的江西移民散落在全国各地，他们在外努力打拼，艰苦创业，在异乡生根开花结果。然而，在他们的心中，瓦屑坝是永远的故乡。尽管不能回去，但他们把瓦屑坝口口相授、代代相传，记载在族谱里，希望有朝一日，可以实现回乡夙愿。

如今，每当清明时节，来自四面八方的江西移民后裔带着祖宗的遗愿，来到瓦屑坝寻根问祖，在菖蒲咀燃一串鞭炮，点上三炷清香，对湖长跪哭泣，或拾一块瓦砾，或捧一抔红土，或装一杯湖水，带回到先祖灵前还愿。至此，寄存于瓦屑坝的“根亲文化”又成为鄱阳文化新的注解。

文化的血脉——融汇于文化名城的灵动生命源。《易经》有云：“天生一，一生水，水生万物。”鄱阳因水而生，因水而立，因水而名。水是文化的摇篮，赣鄱文化归根到底是水文化。在宋元时期，鄱阳湖水域面积是现在的十倍。独特的水文化，孕育了勤劳、智慧、诚实的赣鄱文化，“物华天宝、人杰地灵”的环境羡煞各方，“文章节义之邦、白鹤鱼米之国”的美誉响彻四海。

正因如此，了解江西的朱元璋打起了江西人的主意，他要把江西人作为经济社会发展的种子，播撒到全国各地，为巩固大明王朝政权贡献力量。于是，江西移民以种子的身份播撒到人烟稀少、百废待兴的地方，开始了筚路蓝缕的拓荒奋斗生涯。

余秋雨说，文化是变成习惯的精神价值和生活方式。瓦屑坝移民把他们的生活方式和精神价值带到各地，以“诗书耕读”的形式在各地延传，以儒家“齐家治国平天下”的理念进入仕途。经过瓦屑坝移民一代又一代拓荒者的努力，为周边地区创造了巨大的物质财富，培养了一批批贤俊栋梁。如安徽桐城张氏父子宰相及其嫡出的十三个进士，湖北麻城、黄安周氏一脉的诸多历史名人及其十五个进士以及清中叶文学界著名的“桐城学派”，和明朝的“公安三袁”、清朝的父子宰相，等等。瓦屑坝种子在各地发芽、生根、开花、结果，最后成为华夏文化的史书浓墨重彩的一笔。

瓦屑坝，既是移民的渡口，同时也是鄱阳文化的“渡口”。当移民关押在瓦屑坝这个孤岛，除了等待命运船舶的到来，就是慢慢地适应鄱阳的生活方式和文化理念。而当他们在他乡立足时，鄱阳文化、江西文化的血脉又悄然传承下来。

沉寂失落的瓦屑坝应该有一个更具张力的传奇故事

每次前往瓦屑坝，我都静静地坐在那片断垣下面，感触那里的一草一木、一瓦一砾，聆听当地老表述说的点点往事。我曾经三次前往国家图书馆，在朋友的帮助下翻阅明史，查找资料，希望可以为从这里离开的移民还原历史真相，为正在这里居住的村民寻找根亲文化的渊源。

瓦屑坝是一瓶盛满了厚重历史文化的老酒。在鄱阳，我有一批研究瓦屑坝历史文化的朋友，他们钻得很深，也很辛苦，有的甚至一辈子都沉浸其中，我对他们这种执着的文化背负深表敬佩。历史文化的内涵是抽象的，片断是零散的，它既要有研究著作深化拓展，也需要以文学的形式全方位、立体式来表现。我之所以选择以小说形式来写“洪武赶散”，是因为瓦屑坝的故事和传说大部分是以口头形式流传下来，比较分散零乱，而长篇小说容量大、表现手法丰富，可以生动形象地将瓦屑坝特别是古饶州府的历史文化串联起来，更具可读性和思考性，有利于扩大瓦屑坝作为南方移民圣地的影响力。

历史学家张荫麟说：“小说与历史之所以同者，表现为有感情、有生命、有神采的境界。好的小说有史诗性品格。”小说《赶散》以江西鄱阳立德乡瓦屑坝为缩影，通过讲述方家、熊家和黄家三大家族几代人的恩怨纷争，以“元末农民起义”“朱陈鄱阳湖大战”“洪武赶散”等重大历史事件穿插于其中，表现了从元末明初鄱阳县达半个多世纪的历史变化。小说中的“朱元璋亲题‘城隍之神’褒奖吴宏”“鄱阳七老表皇宫讨债”“朱元璋命名春不老”等，既是民间传说，也有历史真实。

《赶散》是忠于历史的小说，虽然不是个性的真实，却具有通性的真实。我在小说中设置大量看似偶然的事件，把具体的人物命运和宏大的历史进程联结起来，从而使历史呈现出某种混沌的状态，让瓦屑坝更具生命的灵气。

瓦屑坝是一首传颂鄱阳真善美的动听歌谣。没有故事的文化是苍白的。现在很多人喜欢到湘西凤凰古城饱览湘西的人文风情，喜欢到陕西白鹿原去感受文化的神秘感、厚重感和混沌感。这主要来自沈从文的《边城》和陈忠实的《白鹿原》对当地文化的推波助澜，对当地人性的真善美的渲染。读者从小说里感知到了那段特定历史时期的社会生活，以及人生的苦难和命运的沉重，人性善与恶的矛盾，从而引起了无限遐想。《赶散》自不敢与经典名著相提并论，只是想用传奇故事把这里发生过的往事，把当地的风土人情、人性的美展现给世人，让世人了解到一个真实多彩的瓦屑坝。

“真善美”的高度和谐统一，是文学艺术产生强大生命力的根本原因，也是弘扬地方乡土文化的重要因素。小说《赶散》的“真”，来自真实的历史背景，所描绘的生活、风俗、价值观、伦理道德的评价标准是符合当时的社会背景的。为了能够达到“真”，我曾多次到瓦屑坝实地走访，经常出入省、市、县图书馆，查找相关历史资料，就是为了能够真实地反映瓦屑坝的历史原貌。《赶散》的“善”，来自符合社会评价标准的人生价值观。小说中多次出现“善恶有报”情节，多次展现“恶人”以怨报德，皆是人文价值观和道德标准的纯真体现。尽管有些情节中人物表现“善恶难分”，但我们要明白，个人面对强大混乱的历史总会显得软弱无力，“生存还是毁灭”就成了必须考虑的问题，而人性的首要法则就是维护自身的生存，也就意味着必须面对与之而来的一切苦难之路。《赶散》的“美”，来自当地的环境美、人物美和人性美。一方水土养育一方人。鄱阳湖的一湖清水不仅让美丽的自然生态风光更清新美好，也让湖区人的心地更纯正朴实。

瓦屑坝是一盏传承鄱阳根亲文化的明灯。斗转星移，物是人非。瓦屑坝静静地伫立在湖水中央，不变的瓦片、不变的庄稼、不变的习俗，还有那经过千年轮回，换了一代又一代的村民依旧埋头耕作。瓦屑坝的记忆尘封在世俗的纷扰之中，偶有寻根问祖的人谈起，却又像是在湖里扔进一块石子，荡起一圈圈涟漪后又回归平静。在遥远的北方，与瓦屑坝齐名的山西大槐树却是另一番景象。不论是春节还是清明，前来大槐树寻根问祖的人络绎不绝，如今已经发展成为国家4A级景区，集名胜古迹区、祭祖活动区、风景游览区为一体，形成了一个成熟的根亲文化产业链，既具有浓厚的历史文化内涵，又具备现代的旅游观光品位。

发展的状况差别如此大，必有其客观原因。瓦屑坝地处偏远，交通闭塞，基础设施相对落后，加上对历史文化的保护和传承不够，历史展示简单苍白，从而削弱了瓦屑坝的知名度和影响力。当年白鹿原只不过是陕西一个默默无闻的村庄，在陈忠实的《白鹿原》的影响下，如今的白鹿原已发展成了一个影视城，许多陕西的特色文化集聚在那里，全方位展现西北历史文化。当然，江西目前正对瓦屑坝进行保护性开发，拟建设根亲文化园，复制古代制陶基地，建立移民历史博物馆，恢复移民码头，重现移民圣地，并建立瓦屑坝根亲宗谱资料库。

尽管如此，但瓦屑坝毕竟沉睡得太久了，她需要一颗文化因子把她激活。我写这部《赶散》，更多的是一个抛砖引玉的作用，希望有更多的文人雅士能够了解关注瓦屑坝和鄱阳文化，对瓦屑坝感兴趣，对鄱阳文化感兴趣，从而写出更好的文学作品，为瓦屑坝注入新的文化力量，重新焕发瓦屑坝的生机与活力。

我的乡绅系列应该有一份故园依依的美丽乡愁

也许是命中注定，也许是因缘巧合，我参加工作20多年，换了很多工作岗位，却始终和农村农业农民有较大关联。正因如此，我有很多的机会见识全国各地的农村风貌，接触过不同层次的农民，了解了不同地域的农村文化，见过辽阔雄壮的华北平原，看过秀美多姿的江南山水，走过苍凉悲怆的西北黄土地，穿过崎岖蜿蜒的云贵大山脉。尽管地域不同，文化不同，乡绅却像根一样深扎在中国农村的每一个角落。这激发了我对乡绅文化的浓厚兴趣，我认为，能够把乡绅文化吃透，就能够了解中国农村的发展史，更能熟悉中国的社会文化史。在瓦屑坝大移民中，乡绅的影响同样无处不在。我把“乡绅”作为系列小说的题材，却有另一番考虑。

我的挥之不去的“乡绅”情结。我出生在鄱阳农村，父亲上过几天私塾，新中国成立后又当过几年兵，在村里很受尊敬。在处理事情方面，非常公道正派。不管是协调上面事务，还是处理村民纠纷，方方面面，上下都满意，全村人都服气，村里的家长里短都会找我父亲评道论理。特别是村里逢年过节、婚丧娶嫁，都是排着队来我家请父亲写对联。后来我才明白，父亲在村里，虽然官位不高，权力不大，但却更多体现为旧时“乡绅”的作用。

乡绅是传统中国乡村社会中一个“非官非民”的特有阶层，主要由科举及第未仕或落第士子、当地较有文化的中小地主、退休回乡或长期赋闲居乡养病的中小官吏、宗族元老等一批在乡村社会有影响的人物构成。他们近似于官而异于官，近似于民又在民之上。他们有着为官的阅历和广阔的视野，有高于普通民众的文化知识和精神素养，在官场有一定的人脉，对下层民众生活有深刻的了解。他们是统治者与下层农民之间的“连接器”“缓冲带”，既要扮演朝廷、官府政令在乡村社会贯通并领头执行的角色，又要充当乡村社会的政治首领或政治代言人。同时，他们还在乡间承担着传承文化、教化民众的责任，参与地方教育和地方管理，引领着一方社会的发展。

现代社会对乡绅的理解，很多还停留在封建时代统治阶级的工具、欺压乡里的恶霸、阴险卑鄙的奸人等概念中，“乡绅”这个词在很多人眼中贬义的意味更浓。旧时代，乡绅阶层中确实有这样一些“坏人”存在，但那也只是少数，在生存和威望没有遭到挑战的情况下，大部分乡绅还是以宗族的利益为重，以村落的长期发展为重。他们不像游牧民族或商业人群那样四处行走，而是世世代代守护在土地上，像庄稼一样，把根深扎在了乡土里，对乡土充满了感情。比如《赶散》中的熊宗武等乡绅，虽然也有一般商人的贪财、自私的特点，但他们热爱故土，在大是大非面前能垂范乡里，稳固人心。而在我们过去的教科书中，在我们的电视剧里，在我们的文学作品中，乡绅所饰演的角色几乎都是坏人，这也间接导致了新生代对乡绅文化产生了误解，把乡绅误认为是封建残余势力。站在历史辩证唯物主义的角度，我们应当对乡绅有一种新的认识、新的评判。

二十世纪二三十年代以来，各地乡绅作为旧秩序的维护者，成为革命对象而受到严酷批判和打击。新中国成立后，将乡绅的田产、房产等没收充公或重新分配，从根本上摧毁了其经济基础，从社会舆论上对他们的生活方式和价值观念等进行口诛笔伐。特别是“文革”期间，社会形成了“越贫穷越革命”“越贫穷越光荣”“知识越多越反动”等错误观念，这对乡绅文化的延续无异于从文化根脉上釜底抽薪。

传统中国乡村中，一批又一批的才俊走出乡土，换来的是一批又一批的官员回归故里，形成了一个生生不息的人才大循环，使中国乡土变成了人才生长的沃壤。有人对明代初期百年间的城乡中举人数做过统计，发现乡村多于城市。这反映了在以农业为主体的传统社会中，乡村比城市有更旺盛的人才造就功能。再说，在与六畜、五谷相互依赖关爱中成长起来的人群，是否比城市叫卖喧嚣中的生命，更具有“仁人而爱物”的情怀呢？然而，近百年商业经济和“新式教育”的发展，打破了中国社会城乡平衡格局。城市的经济收入、教育资源配置以及高知识含量的工作性质等，使乡村中的优秀人才开始流向城市。“叶落归根”的传统观念，在城市优越的生活条件的诱惑下开始动摇，部分退休官员开始失去还乡的热情，在城市安置家眷。乡绅的重要来源枯鱼涸辙，乡绅文化的凋敝也就在所难免。因此，我认为可以这样理解，乡绅文化的衰落，从某种意义上说，也是导致村落文化的衰败。

我对乡绅文化的整体认知。在《赶散》中，我们看到，方贵、杨大顺、彭兴旺、卞采等这样一个乡绅群体，他们是历史进程推动者，是宗族血脉的守护者，是中国文化的传承者。

中国是世界人口最多的国家，人口的成分也最为复杂。在闭塞落后的封建时代，封建上层统治者的触手难以伸到乡村社会这个最末端。在绵延数千年的古代社会里，中国历代统治者对基层社会控制相对较松，不少朝代是县以下不设治，也就是人们通常所说的“皇权不下县”。县以下的广大区域没有国家权力组织，主要依靠乡绅发挥作用来有效填补。清代实行较为严密的保甲制度，官府在基层推行保甲法时，常常不得不借助乡绅及宗族组织完成，多半“责成本乡绅士，依照条法，实力举行”。由此可见乡绅对基层社会控制力之强。因此，在传统中国社会，乡绅在国家政权与基层民众之间大有用武之地，担当了协调两者矛盾、促进双方良性互动、维护社会平稳发展的关键角色。尤其是明清时期，一些地区乡绅与宗族组织相结合，对基层社会的治理更加细密高效，影响力也更大。

欧洲人讲血统，中国人讲血脉。血统有高低之分，没有地域之别；血脉讲究地缘关系，不论高低贵贱。中国人“落叶归根”的情结是没有哪一个民族、哪一种文化可比拟的。造成这种观念的原因，就是中国人永远不会忘记自己从哪里出发，永远明白自己魂归何处，也正是这样，中国才会有大槐树、瓦屑坝等根亲文化圣地。乡绅“身为一乡之望，而为百姓所宜矜式，所赖保护者”，为我们守住了故乡的血脉，守住了文化的根。

“绅士居乡者，必当维持风化，其耆老望重者，亦当感劝闾阎，果能家喻户晓，礼让风行，自然百事吉祥，年丰人寿矣。”乡绅阶层始终是儒家文化最可靠的信徒。这种对儒学长期不变的情有独钟，奠定了乡绅阶层在社会上享有较高的文化地位。他们把儒家的“温、良、恭、俭、让”精神在乡村得到了具体体现，形成了一整套系统的道德理念的约束，从而无形中影响着周围的人的文化价值观乃至社会价值观，在这个过程中又逐步确立了自身在乡村社会中的文化主导者地位。尤其在维持地方习俗，主持节令庙会，救助孤寡贫弱，推动地方公益事业方面赢得乡里声望。

美丽乡愁召唤乡绅文化回归。习近平总书记有关“三农”工作的重要讲话中，多次提到“美丽乡愁”。弘扬乡绅文化的最终目的，还是想留住美丽乡愁。前段时间，在一次中国企业家论坛上，华远任志强、万通冯仑、万盟王巍等商界大佬们围炉漫谈乡愁，呼吁恢复“乡绅制度”，认为，“有乡绅就留得住乡愁，没有乡绅就留不住乡愁，没有乡愁”。为什么这些商界大佬要谈论这个问题，因为他们是从农村来的，对农村的记忆尤为深刻。但如今的乡村已不再是他们曾经的乡村。在没有乡绅的年代里，乡规乡约挂在墙上装不进心里，道德观念挂在嘴上却成不了习惯。正因如此，各地都出现了一些让政府头痛的藏污纳垢之乡，例如：贩毒乡娼妓村、盗窃乡抢劫镇、拐卖妇女儿童县、诈骗乡绑架村、赌博乡传销村、制假乡贩假村、办证乡假钞村、乞丐乡黑道镇，等等。这些散落在乡村之中的违法行为者，自小没有见过族长的威严、乡绅的开导，对是非曲直无法从内心深处作出判断，大量犯罪行为从自发产生到成片经营，始终处于失控状。特别是随着工业化、现代化、城镇化的强力推进，乡村面临着更大的社会变迁，在这场变迁中，更多的乡村问题：诸如农村生态环境恶化、农业生产衰落、农民生活改善缓慢、乡村传统文化遗失、农村社会道德诚信危机、“空心村”问题等，日益凸显出来，甚至成为制约乡村发展的障碍。这些现实问题，亟待政府和社会各方合力予以关注解决，尤其是乡村自身的力量。鉴于此，关注乡村意见领袖和领导力量的生成，就成为迫切的话题。

芳草鲜美，落英缤纷；土地平旷，屋舍俨然；阡陌交通，鸡犬相闻；黄发垂髫，怡然自乐……《桃花源记》中描绘的中国乡土村落景象如今正渐行渐远。许多乡村在现代化进程中的“沦陷”，不仅仅表现在农村生存的自然条件和社会环境的恶化，更是一种温情的生活样式、行为准则和生存价值的消失。从婺源村落今幸存的老宅走过，在那些残留的“耕读传家”“稼穑为宝”“职思其居”“居易俟命”“君子攸宁”之类的门楣题字中，我们感受到了村落中曾经飘荡着的诗雅风韵和那背后深藏着的意蕴。这里没有豪言半语，而充溢着的是内在的道德修束。回头看看“新农村”随处可见的用现代化手段制作出的“福星高照”“鹏程万里”“家兴财源旺”“家和万事兴”之类的精美匾额，虽说是传统的延续，而却没有了传统的风雅。

在婺源篁岭古村的一间民宅门楣上面，写着四个字，既不像象形字，也不似形声字。有人告诉我，这四个字是会意字，叫作“天长地久”。其中“地”由“山”“水”和“土”三个字组成，也就是说有山有水有土就是地。古语有云：“天地定位，山泽通气。”江西地处一脉好风水，物华天宝，人杰地灵，乡绅文化也更加浓厚。所以，我选择江西山、水、土这三个具有代表性的地方来写乡绅。第一部《那二爷的战争》写的是婺源地方乡绅，《赶散》是我的乡绅系列小说第二部，寄托着我对故乡的深深眷顾，第三部有关高安乡绅的创作也已经开始。

如果说，贵族文化是英国文化可以骄傲的地方，那么也可以说，乡绅文化是中国文化可以骄傲的地方。要留住乡愁，就必须催生一个“新乡绅”阶层，因为只有创造新乡绅群体，乡村的秩序才能逐渐有序，乡村的历史才能被一直记录，乡村的文化才能日渐繁荣。我试图通过三部曲的形式，将江西乡绅作为中国乡绅的缩影呈现出来，缅怀乡绅文化曾经的辉煌，呼唤乡绅文化的理性回归。

目　录

楔子　风雨瓦屑坝

大明王朝开国之初，洪武二年（1369）三月的一天。江西行省饶州府立德乡瓦屑坝，鄱阳湖畔的一个不起眼的小码头。明朝第二批移民即将从这里启程。时值江南地区每年暮春的梅雨季节，连日来阴雨绵绵、天不放晴，像是老天爷故意把太阳藏着，不想目睹人间这悲苦场景。今日尽管骤雨初歇，但空气里仍夹着寒风，冷飕飕、凉丝丝的，给人以春寒料峭之感。

此时，码头上已是人山人海，湖面上船帆云集，各地百姓与官府兵士拥挤成一团。只听得吵吵嚷嚷、喧闹不休，道别声、叮咛声、哭嚎声、抽泣声、抗议声、围攻声、棒打声、棍击声……种种声响混杂在一块，一段悲壮、哀伤、愤恨、无奈的“离乡曲”正在这里演绎。

码头高处的一棵古樟树旁边，站着一位清瘦的青年男子，尽管也被麻绳五花大绑，但神情坦然，眼睛看着远处的湖面，好像若有所思。他是一代词宗姜夔的后人、饶州名士姜新孀。这次移民他为了让几个兄长留下，自己主动报了名。这天，他也被军士们驱赶至瓦屑坝，让他在渡口边等待上船。他脚踏留有古人残砖断瓦的大地、身靠列祖列宗所栽的巨樟树，头有点晕，就静静站了一会儿。他想去摘身边的樟树叶，因双手无法够到，只得伸嘴过去咬下一片。他望了望莲子湖、看了看紫竹林，叹息曰：“手无缚鸡力，且被麻绳捆。如随亲家去，留得好名声。”他的亲家，就是饶州著名乡勇、在鄱阳湖决战康郎山前线中牺牲的庞石代，新孀闺女嫁给石代之子。

在姜新孀眼前，那片郁郁青青、一望无际的湖滨草坪湿地，还有那星星点点、如丹似火的各种红花，很是鲜艳、耀眼；他的身后，油菜花黄灿灿一片，远处还有桃李之林、杨柳之群，加上湛蓝的湖水、广袤的天空，绿红黄蓝白五色相映生辉。他仿佛进入了另一世界，心旷神怡，不知是真是假、是虚是实。

姜新燏嚼了嚼嘴里这片樟树叶，感到十分亲切与依恋，舍不得吐掉，便又伸过嘴去咬下一片嫩叶来。他深深记住了家乡的物、家乡的景、家乡的味、家乡的情，实可谓五味杂陈：既苦又甜，其中颇有几分袭人之香气；既淡又浓，那是回味不尽的真实生活。

这时，有军士过来，把他带上了一艘大船。姜新燏看到驾船的是熟识的渔民李余，但他们没有打招呼。这条船舱长四十米许、宽五米许，哪怕坐个百来人也不拥挤。

令姜新燏既吃惊又欣喜的是，他一登上船，眼尖的他就远远发现了与自己合作撰写长篇饶河渔鼓唱词《神勇盖世饶州人》的蒋水生和在鄱江楼上演唱这部《神勇盖世饶州人》的高亮声，竟然也都在此艘船上！他们仨再加上号称“武卞文采”的卞采（几年前已被洪武帝朱元璋带去京城的胡润不算在内），那就是饶州当世之四大才子啊！

他老远就跟他俩打着招呼，并朝他俩走去。那两人也看到了他，自然也赶忙起身向他示意喊话，三人紧紧挨坐在一起。他们是同船被押送迁移去外地。这真是巧啊，巧得让他们惊奇、高兴，更巧得让他们心酸、感喟！

船上不少本地移民都认得他们仨，特别是认识高亮声的人更多，大家又少不得彼此一一点头问好。

只听高亮声先开口问蒋水生道：“水生兄，我只知道，新燏兄是因为家里兄弟多，他甘愿牺牲自己，主动离开，以换得其他人能尽量都留在老家。可你为什么也要走呢？你只有两兄弟，而且你弟既瞎又聋且哑，不但娶不到亲，还得靠人照顾；你自己又没有儿子，三个女儿还有两个嫁到了外地，照此情况，你完全可以申请不必离开嘛！”

蒋水生脸上竭力抑制着喜悦之色，低声说道：“尽管如此，可我嫁在饶州本域的长女生了五个儿子，所以府县衙与移民指挥司真要强行赶我走，那我也没有办法。我还不如主动报名呢！……我告诉你们吧，府衙里有朋友偷偷对我透露过了，这次咱们的目的地是湖北黄州。而我母亲就是黄州人氏，那边我的九十岁外婆还健在，还有几个舅舅，表亲就更多了。年轻时候我还跟着我父亲去过黄州两次，对那边情况也有所熟悉。这次迁到那边了，我就可以跟他们团聚了，以后还有机会再回来。当然，你俩迁到了黄州，我兴许也能帮得上忙的。”

高亮声兴奋得差点尖叫起来：“这真是太好了！”

蒋水生赶紧伸出左手食指在嘴巴边做了一个“嘘”的动作，让高亮声尽量压低声音，也不要有太激动的表示，别让负责押运的兵士们发觉。

姜新熇比他俩年长不少，也比他俩成熟稳重，马上泼冷水：“你俩别高兴得太早了。咱们一到那边，马上就会被赶散到各乡各村去，以后能不能再见到面还难说呢！他们不会那么巧就把水生你分到你外婆所在的乡村去，你自己更不能对他们说明。而且落定地方之后，他们也会一直严格管制咱们，不会让大家随便离开当地，哪里还会有机会给你去见外婆？想回饶州就更不可能了！‘蜀道之难，难于上青天’啰！移民指挥司的一个小头目刚才还警告过我了，可能也给你们说过了，将来散布谰言者、到处走动者、老乡聚会者、擅自逃离者，都要受到重重处罚，少则五十大板，多则砍手砍脚，最严重的甚至可以当场处死！”

姜新熇这席话，把蒋水生、高亮声两人唬得不敢吭气了，噤若寒蝉一般，刚才的兴奋荡然无存，像突然被暴雨打蔫的秧苗似的。

过了一刻，蒋水生才嘀咕着说：“不管怎么说，到时我还是要想办法找机会去寻我的外婆、舅舅他们。要是我回不了饶州，我会让我的舅舅、老表代我回来，看看家里的情况。若不能返回定居，就把我老婆、我弟都接到黄州去定居，我女儿女婿、外孙外孙女他们如果愿意也接过去。”

说完这些，蒋水生又赶紧问高亮声：“你不就是独身一人生活吗？属于‘一人吃饱，全家不饿’，又不在迁移的范围内。”

高亮声回道：“是啊，我本可以不用迁的，可是眼见饶州这回强令执行‘大移民’政策，把人都赶跑了，你们这些天不是也看到了吗？满目萧条、乱七八糟、乌烟瘴气的，昔日那个繁华热闹、生机无限的饶州已经‘死’了！待在这里还有什么意思？倒不如出去看看，见见世面。再说我主动报了名，咱们高氏家族就可以多留下一人。我这也是向新熇兄学习，舍弃自我、成全他人嘛！再说，再说……”

他说了两个“再说”，就不说下去了，满脸神秘兮兮、暗自得意的样子，好在姜、蒋二人没再追问下去，因素来了解他的为人，知道他又是在打个人的小九九。

原来，高亮声这人天性浪漫自由、无拘无束，平时花钱阔绰豪爽，与朋友喝酒、赌博、逛窑子，啥事都干，所以他一有点钱就花掉了，手头老是缺钱。姜、蒋二人，还有彭兴旺、刘萌、刘清修、王介武等朋友都借过钱给他。也正因如此，尽管他风度翩翩、多才多艺，却没有谁家愿把姑娘嫁给他，他也养不起。这次他主动报名外迁，便得到了官府几十两银子奖励，够他花几天了。他也希望迁去一个新地方后，能遇上一个好姑娘，成就一段佳缘，从此开始新的人生。

姜新熇苦笑着说：“水生刚才说到你湖北的老表，咱们几个老乡将来见面，也得以‘老表’相称啦！这还得拜朱皇帝所赐，得感谢他啦！”

蒋水生接上话来：“是啊，咱们要感谢他朱皇帝的还有不少呢！不但逢人称‘老表’，中秋节大家都要做月饼、吃月饼，最初不也是他的创意吗？咱们饶州过去的‘老城腌菜’，也被他改名为‘春不老’。说实话这个名字比原名好听多了，‘草莽天子’倒亦并非泛泛之辈。咱们迁移去了外地生活，以后每年春天还是要记得吃春不老啰！记得咱们的老家是在饶州啰，从瓦屑坝上的船啰！”

姜新熇、高亮声两人都点点头，认真地说：“这倒是应该。春天要吃春不老，中秋要吃月饼，永远记得咱们的老家是在饶州，记得咱们是从瓦屑坝上的船！”

高亮声又说：“还有，你们看，上次迁走的人，主动报名的并未五花大绑、脚镣手铐，这次却都这样安排了。包括咱们仨，都是主动报名的嘛，也跟那些被抓捕强行赶散的人一样，捆绑得死死的。这在路上怎么大小便？只有当场‘解手’才行啦！那以后是不是大小便都叫‘解手’啦？”

姜新熇、蒋水生都哈哈大笑起来：“是啊，以后大小便、上茅厕就叫‘解手’啦！这自然也得拜他朱皇帝发起的‘洪武大移民’所赐啦！”

蒋水生、高亮声顿时朝远处几名兵士叫喊道：“我们要‘解手’！”

就在这时，船上还真有好多个移民嚷嚷起来“解手”，此起彼伏，原来他们确实是要上茅厕了！

姜新熇此刻却一时陷入一段莫名的沉思当中，他半低着头，不睬他人，其棱角鲜明、容态肃静之侧影，仿佛一座大理石塑像……

蒋水生像个孩童般带着卖萌的表情，轻步凑到姜新熇耳边，有些故弄玄虚的样子，半是迂腐半是天真地问道：“新熇兄，你看咱们哪天再合作写篇新的文章如何？”他难道不清楚，他们很快就会天各一方，可能永远也见不了面吗？或者正是因为他清楚这点，所以才会有此奢望啊!

高亮声也慢慢挪到他俩旁边，以自嘲的口气说：“眼前这个‘大赶散’就是现成的最好题材了嘛！你们看，咱们仨脚镣手铐地一同上路，便是好故事啰！还有‘杨大顺鄱楼撞柱’‘刘清修庐山修道’‘刘萌珠湖遭棒击’‘卞采五台山出家’……不都是很‘精彩’很‘好看’嘛！”

这时姜新熇像是突然想起了一件什么事儿，猛抬起头来说：“你们提到卞采，我才发现我还欠他一笔债呢！”

高亮声惊讶地说："你还欠卞采的债！多少钱？这个穷书生向来困窘潦倒、家徒四壁、不名一文，他哪里会有多余的钱借给你！"

"是一笔文字债。"

"哦！你答应他写'七杰逛京城'了？"

"不是。是他年前所作的那副嵌入饶州七县之名的对联，却一直只有上联，我答应过两年内要给他对上下联的。"

蒋水生问道："这事咱们大家都晓得啊，你对上了？"

"刚才突然就有了，只可惜卞采他本人看不到了。"

"说来咱们听听也好。"

"呵呵，说给你们听吧！倒也无妨，请两位指教。他的上联是'水泽鄱阳，余江请坐，举起浮梁饭碗，斟满乐平谷酒，一口余干，德兴洋洋，万年享誉'；我的下联是'皇恩家俊，陈远听令，绳缠新燏腰身，挤满李余渔船，三更亮声，陶安静静，石代留名'。"

"好对！上联嵌入饶州七县之名，下联则对以饶州七人之名，堪称工整、恰当之极！陶、陈两人虽不是籍贯于此，但毕竟现在饶州为官，且主持移民公务。想必将来这又该是饶州文学史上一段佳话了。"蒋水生赞道。

"的确有意思！这上下联均借用谐音，下联还带着一丝嘲讽，别具一番韵味。只可惜，其中有新燏兄自己的名字，也有我高某人的名字，却没有你水生兄的名字。"高亮声打趣蒋水生道。

对他俩的夸奖，姜新燏却并不觉得高兴与自豪，只感到内心愤懑、凄然。

移民大船马上准备启程了！真的要离开家乡了，还不知道是否有回来看看的那一天，父子、兄弟、夫妻还能否见得了面。远赴他乡、生离死别在即，船上即将离开的汉子们、船下赶来送别的家人们，全都哭得肝肠寸断、悲痛欲绝，有些撕心裂肺、有些满脸是泪，整个场面实在是很悲壮，也很黯淡。

姜新燏、蒋水生、高亮声他们仨都是主动走的，且都没有让家人来送，他们要洒脱、开通、安定得多，没有其他人那么悲痛惶恐和抗拒。不过，他们也都是文化人、性情中人，面对这一幕，难免不生恻隐之心、唏嘘之态，一个个耸然动容、双眼湿润。

这时，姜新燏想起他先祖白石道人的一首词作《江梅引》，便随口吟了出来："人间离别易多时。见梅枝，忽相思。几度小窗幽梦手同携。今夜梦中无觅处，漫徘徊，寒侵被，尚未知。湿红恨墨浅封题。宝筝空，无雁飞。俊游巷陌，算空有，古木斜晖。旧约扁舟，心事已成非。歌罢淮南春草赋，又萋萋。飘零客，泪满衣。”原意虽是情人之间的相思，此处倒也应景。

恰好高亮声懂这个词牌，姜新熵一边吟，他一边跟着就唱了起来，唱得缠绵悱恻、凄婉伤感。他们还能再见面吗？还能回饶州来吗？还能与家人团聚吗？官府用来移民的一艘艘巨船，载走的只是他们那一副空躯壳；而他们的魂灵情怀，是永远留在家乡这片山山水水里了。

三人站在船上，眼泪簌簌而下，淌湿了衣袖、膝盖、脚底……

旁边的一些移民，听了他们哀伤、深情的吟唱，更加号啕大哭起来，把手上的绳索、脚上的镣铐拍打得“哗哗”作响。

由十艘大船组成的船队浩浩荡荡地出发了，缓缓驶离了瓦屑坝码头与湖湾，在鄱阳湖上稳稳航行，渐渐消失在迷雾里……

第一章 初夜起风波

唐高宗上元二年（675），年轻气盛的少年才俊、“初唐四杰”之一王勃王子安，在古城豫章洪都（今江西南昌），恃才放旷，挥毫泼墨，一气呵成传诵千古的《秋日登洪府滕王阁饯别序》（简称《滕王阁序》），语惊四座，众人惊叹。其中最著名的一句“落霞与孤鹜齐飞，秋水共长天一色”，描绘的是八百里鄱阳湖绚丽壮美、生机蓬勃、天人合一、无与伦比的风景。有诗赞曰：“鄱阳湖畔鸟天堂，鹬鹳低飞鹤鹭翔。野鸭寻鱼鸥击水，丛丛芦苇雁鹄藏。”

鄱阳湖古称彭蠡湖、扬澜湖等，有人形象地比喻它像一只巨大的宝葫芦，系在万里长江的腰带上。它壮阔磅礴、美丽富饶：丰水期浪涌波腾，浩瀚万顷，水天相连，云海茫茫；枯水期水落礁出，曲线玲珑，野草丰茂，芦苇丛丛；湖畔峰岭绵亘，沙山起伏，沃野千里，田畴似锦。鄱阳湖与同样位于长江中游的洞庭湖，都在长江以南，分属赣、湘两省。这两大湖泊的地理位置、地形地势、规模大小、气候光热、季节变化、动植物产、风光景象……大部分是相同或相似的，就像是双子星座，牵牛星与织女星，熠熠闪耀，镶嵌在神州大地上；也像是一对姊妹，虞舜的娥皇女英、吴国的大乔小乔、南唐的大小周后，天姿国色，倾国倾城。

北宋仁宗庆历六年九月十五日，当世文豪范仲淹被贬谪到邓州任知州。他的挚友也是科举同年、官场同僚、新政同志滕子京，时贬知巴陵（今湖南岳阳），正主持重修与滕王阁、黄鹤楼并称江南三大名楼的岳阳楼，请他写一篇文章记载此桩盛举。范仲淹从未去过岳阳，也从未登过岳阳楼、从未见过洞庭湖，一时有些茫然、踌躇，但他突然想到，自己十年前曾任饶州（今江西鄱阳）知府，攀登过鄱江楼，鸟瞰过鄱阳湖，那岳阳与饶州、岳阳楼与鄱江楼、洞庭湖与鄱阳湖，不是差不多的风物、景致、气象、情境吗？他顿时灵感来了，眼前万象，豪兴大发，思如泉涌，笔走龙蛇，遂写下了情文并茂、情景交融、境界高越、志向非凡的文学名篇——《岳阳楼记》。

范仲淹的这篇《岳阳楼记》，如果稍微改动一下文首的几个字眼，也完全可以说是一篇现成的描述鄱阳湖与饶州城、鄱江楼的美文："余予观夫饶州胜状，在鄱阳一湖……"

在八百里鄱阳湖这片宏阔、神奇的水域里，千百年来发生过许许多多轰轰烈烈、可歌可泣，甚至影响中国历史进程的重大事件。东汉末年，周郎公瑾在这里操练水师、组织大军，为后来赤壁之战打败曹操，三国鼎立奠定了良好的基础；元末明初，朱元璋与陈友谅在这里展开生死角逐，最终洪武皇帝在鄱阳民众的帮助下反败为胜，消灭了陈汉政权，缔造起巍巍大明王朝；清朝晚期，曾国藩的湘军在这里与洪杨太平军发生多次殊死交锋，曾国藩虽屡战屡败，但愈挫愈勇，终于将强敌铲除，为大清王朝即将的落幕抹上了一层绚丽的晚霞……这片神奇的土地，在历史上的每一次现身都伴随着流血千里、伏尸百万，浓墨重彩、悲壮激烈。

鄱阳湖东岸的古城饶州，在春秋时期隶属于楚国番邑，后秦始皇嬴政在此置鄱县，首任县令是历史上著名的长沙王、江西省有史可查第一位杰出人物吴芮。西汉时更名鄱阳县、鄱阳郡，直到三国两晋南北朝。隋文帝重新统一天下后，因其"山有林麓之利，泽有蒲鱼之饶"而改名饶州，到此时已有一千余年悠久历史了，美誉"七县之会饶州府，景秀江南鱼米乡"。其城墙高大整饬，绵延数里。城楼巍峨挺拔，金碧辉煌，易守难攻。特别是高高耸立在饶州城南门上的鄱江楼，就像南昌城里的滕王阁，一枝独秀，俯视全城，远眺鄱阳湖，很多惊天动地、气壮山河的故事在这里上演……

时为元朝末年，朝廷重畜轻农，穷兵黩武，征战不休。苛捐杂税繁多，朝廷又横征暴敛，使社会经济凋敝，民不聊生。南方地区黎民苍生尤其苦不堪言，在行政管理上，元朝当局采取严格的保甲之法，即朝廷委派保长，统领广大南人地区，加强对南人的控制，南人甚至连姓名都不能有，只是以出生日期为名。他们也不能拥有利器，连一把菜刀都必须几家合用。尤令人发指的是，南人每逢新婚，新娘子要先让保长睡三天，即所谓的"初夜权"。南方底层人民实在是忍无可忍，反抗斗争与农民起义若雨后春笋，此起彼伏。

这是元末顺帝妥懽帖睦尔至正年间的一个夏天，饶州路（今江西鄱阳）立德乡（今莲湖乡），离州府四十余华里，一个四面环水的泽国岛乡，鄱阳湖如一朵绽开的硕大珊瑚，在岸滨起伏的丘陵间衍生出一个个碧波荡漾、水草丰美的湖汊，因莲藕茂盛、荷花十里，后来即改“莲湖”为名。当地村民不少是以捕鱼为主，世代打鱼；但岛上也有几万亩良田沃土、果园茶林，立德街上还有许多富商、铺面，鄱阳湖畔还有许多作坊、码头、渔业、农业、商业、手工业、水上运输业……

每当捕鱼季节，外人若是踏上这个岛国，便会见到湖光山色，豪宅茅屋，树木郁郁，青草萋萋，街口村里的老水井边围满了妇女与孩童，有分鱼的，有剖鱼的，有洗鱼的，剖洗好了便端回家开始晒的晒，腌的腌，煎的煎，煮的煮，整个岛上到处氤氲着鱼腥味儿。

虽说已是元末季，朝廷腐朽，经济萧条，百姓困顿，但江西行省迨两宋迄今近四百年里，因人们世代恪守耕读传家、勤俭持家的优良作风，披星戴月、起早贪黑，辛勤劳作、精心耕耘，又少受兵燹暴动、天灾人祸之苦，加之大量中原民众为逃避战乱不断涌入，共同开发、精耕细作，便一直是全国的首富之地、鱼米之乡，人口、人才皆是最多的，文化、教育也是最发达的，一半的粮食、菜肴、财富产自赣地，一半的宰相、状元、文士亦是出自赣地，曾号称“赵家江山半在赣”。而这饶州，更是赣省首富中之首富、丰饶中之丰饶！

是日傍晚，立德街上有一户方姓人家的院落里，此时正敲锣打鼓、张灯结彩，大红灯笼高高挂、大红对联双双贴，炮仗齐鸣、震耳欲聋，一群娃儿们簇拥着、观看着，时而捂住两耳、时而开口大笑，客人友邻们络绎出入，互相道贺寒暄，显得非常热闹。庭院里搁满了很多张乌黑衬红的八仙高桌，来宾都已入席，桌上照例是摆着四个荤菜、四个素菜、四个凉菜小吃，还有一壶烧酒、一壶清茶。久负盛名的“鄱阳湖三宝”，银鱼、红莲、老城腌菜（春不老），自是少不了的。看这阵势，想必是在办什么喜事。一打听，原来是方家的长公子方家远娶了同在立德街的熊家大小姐熊秀，今天正是洞房花烛夜、合卺成婚时呢！

方家是立德乡一户土生土长的渔民，祖祖辈辈即以打鱼为生。方家的当家人叫方贵，长得黑瘦沧桑、貌不惊人，但品行端正、德高望重，屡屡出头为大家争取利益，俨然是众渔民里的精神领袖之一。他生有两个俊如宋玉潘安的儿子——方家远、方家俊。熊家是当地著名的乡绅与富商，雇用数百贫民耕种了逾千亩双季水稻，还开有多个店铺，及建有一套大宅子。熊家的当家人叫熊宗武，人是长得白胖胖的，似乎臃肿笨拙、模样好笑，却精明算计、擅长经商。与方贵刚好相反，他生有两个美若西施貂蝉的女儿——熊秀、熊瑛。

熊宗武的曾祖父原来不过是个小商贩，在城外的瓦屑坝渡口摆了一个小吃摊，做点小本生意，省吃俭用，养家糊口。后来渐渐发达起来，便买田置地、修造宅院，成了富甲一方的地主乡绅。熊氏顺利积累四代六十载，等传到熊宗武手上，土地多达千余亩、各种店铺十数家，已是全乡乃至饶州城内外、赣省东北部的大富豪了。而且，凭着熊宗武本人的能干、努力，其财富还在迅速成倍膨胀。

立德街毕竟就这么巴掌大的地盘嘛，方、熊两家离得非常近，方家远与熊秀从小青梅竹马、朝夕相处，产生了真挚的爱情。熊秀不顾父亲熊宗武的反对，一定要与方家远结为夫妻。熊宗武起初看不上方家远，但拗不过宝贝女儿的以死相逼，最后也只好勉强答应。

这天是他俩大喜的日子。入夜以后，立德街上的街坊邻居、附近村庄的父老乡亲们都纷纷赶来捧场庆贺。这熊秀姑娘大家平时素常是见过的，喝鄱阳湖的碧甜水、吃岸边的香芷草长大，本就生得五官清秀妩媚，又被父母保养得肌肤白皙娇嫩，在整个立德街也算是数一数二的美女了。若是再涂脂抹粉，好好打扮一番，并穿上大红嫁衣，凤冠霞帔、花枝招展的，指不定像天上仙女一般美呢！所以大家竞相前来观看他俩的婚礼，其实大多数都是冲着要看一看美貌如花的新娘子，以沾点喜气。

家远与熊秀的洞房已布置一新，不说有多宽大豪华，总还是处处透着喜庆气氛。一张古香古色、精致华美的木雕牙床上，丝绸白蚊帐往两边钩起，几床绣有硕大、艳丽牡丹花的红色锦被整齐叠堆在床尾，旁边是两对高角枕头。一座油漆得铮亮朱红的四方柜子上，一根巨大的红烛燃烧着，把整个房间照得如同白昼般通明。

新娘子身着新嫁衣，头顶红盖头，脚履三寸金莲，低眉顺眼、一声不吭地坐在床沿，连点呼吸声都听不到，像座塑像般纹丝不动，仿佛睡着了。来客们都了解，熊秀平时性子沉静寡言，她倒还不奇怪，可新郎官方家远一直不见人影，也没来给众嘉宾尊长敬酒施礼答谢，虽说有逃避自己新娘子被人家霸占“初夜”之痛苦场面的缘由，但仍总让人觉得哪里不对劲儿。

洞房隔壁是方家正堂厢房，对面神龛上方高挂“天地君亲师”的大红牌位，还有方家列祖列宗的多块牌匾；神龛前头是一条檀木横案，案几上摆着水果糕点、瓜子花生、“三牲”菜盘、插着红烛的一对香炉；案几两旁分坐方家父母、熊家父母。

方贵好友、饶州另一位渔民首领、七秩老者杨大顺站在新人父母的右旁

(中国过去以右为尊)，鹤发童颜、精神矍铄、神采奕奕。今夜方家请他来主持婚礼，等会儿领出一对新人，得由他叫喊“一拜天地，二拜高堂，夫妻对拜，送入洞房”的礼仪程式。杨大顺往日有些贪杯，但今天因为人家操办喜事，自己重任在身，只好尽量少喝了几两。但觉无数“酒虫”在自己脑海里翻腾、在肚子里捣乱，令他全身痒痒，很不舒服，准备等程式一结束，再拉上几个酒友“大战三百回合”。

新人父母的左旁则站着饶州大才子“武卞文采”卞采，他被请来为新人赋诗助兴。想必卞采已喝得酩酊然、灵感奔涌，他花费心思、极尽才学，写了一首文采飞扬、十分应景喜庆的七律之作，准备等会儿程式开始即朗诵于众。

熊宗武又觍颜请来饶州的另一位名绅彭兴旺，由他负责整晚喜宴的后勤采购、餐桌摆放、来宾接待、座席安置、菜肴搭配、厨师烹饪、酒水供应、上菜流程、宴后处理等所有事务。

这时，一个牛高马大、全身肌肉壮硕突起的官员风风火火地冲进了洞房。只见他眼珠深窈带些幽蓝，头发鬈曲且略泛黄，有一部杂乱的络腮胡子。他粗鲁地拨开众宾客，冲到新娘旁边。看他身背长剑、马刀、弓箭，满面红光，白一块赤一块的，醉醺醺的样子，脚步还趔趄不稳，足见酒已喝得不少。他就是立德街一带的保长求鲁台，根据当朝恩赐的法令，今晚来享受其对新娘的“初夜权”了。难怪方家远久不见人，因此刻新郎官多数都是采取回避的态度，与其来到现场受辱，不如索性走为上计。

周围的乡民敢怒不敢言，只是机械麻木地看着这一幕。无数年来，类似的场面大家已见得够多了，甚至自己也都遭遇过了，所以基本上习惯了。很多家庭都是在保长享受了新娘子三天“初夜”以后，再偷偷为一对新人补办一次婚礼，请少数亲朋好友莅临欢聚，有限地庆贺一番。

求鲁台凑近新娘子身边，并呢喃着这个他早已认识的“我的小亲亲”，口里喘着粗气，呼出一股令人欲呕的酒味。他没有拿专门用于挑开新娘子红盖头的小木棒（它一般是盛在立于新娘子一侧的伴娘手中所执的银盘里），便猛地用手一把掀开新娘子的红盖头。大家也都屏息凝视着，新房里此时鸦雀无声……

可是，当红盖头蓦然打开，大家伙这才发现，原来坐在这里的并不是熊秀本人，而是一个“假人”，一个事先用木头、衣服、布条、棉花等设计而成的“熊秀”。求鲁台先是一愣，当他反应过来后，顿时怒火冲天，他咆哮着拔出长剑，在人群中寻找着熊秀。众人都是丈二和尚摸不着头脑，新郎新娘双方父母方贵夫妻、熊宗武夫妻也是莫名其妙。显然，杨大顺的“一拜……二拜……”

也不用喊了，卞采的献诗也不用读了。

究竟是咋了？

不用说，这场戏正是方家远与熊秀两人导演的。为了躲避这种被人侮辱的“初夜权”，他俩早已决定提前私奔，远走天涯。但为了拖延时间，不让保长抓住自己，于是事先制造了一个“假人”，而且谁都没告诉，包括父母、伴娘、媒婆、来客等，这样想必就不会连累大家了。

先不说方家远、熊秀如何匆匆逃离了。这边求鲁台恼羞成怒，一脚将“假人”踢倒，推开众人，冲到院子里，骑上他的高头大马，趁着月色尚明，出街追赶他俩去了。而看热闹的人们便全都一哄而散，只留下方贵与熊宗武呆坐在那儿，面面相觑，满脸苦笑，啥话也说不出，有一种大祸临头之感。他们的妻子则开始帮着清理洞房与厅堂，小声嘀咕唠叨着什么。

立德街外约莫数里之地，有一个叫作瓦屑坝的湖滨渡口码头。方家远与熊秀慌慌张张跑到了这里，本来是想能在附近租一叶小船，从鄱阳湖上逃走。不管去哪儿都行，先离开再说。可是，他们焦急地等待了很久，并在周围四处寻找，都没看见有任何船只。可就在这时，一阵急促的马蹄声自远处传了过来。

透过上半夜的天色和下弦月的微光，他们看清正是求鲁台追赶自己来了，心中顿时万分恐怖，仿佛末日马上降临。两人迅速躲到了一间小屋后的树丛里。

熊秀瞅着方家远，颤声说：“家远哥，官兵来抓咱们了！”

方家远紧紧搂住熊秀，生怕她离去了似的，为自己也为她壮胆：“秀儿，莫怕，不是有我吗？量他求鲁台不敢把咱们怎么样！”其实他自己心里更害怕，全身就像是在抖筛子。他们对求鲁台非常熟悉，此人性情粗暴、杀人如麻，不怕他才怪。

从朦朦胧胧的夜色月光中可以大致看到，方家远身材高挑而颀长，仪表堂堂、体格健壮。毕竟渔家出身，青少年时代常在鄱阳湖的大风大浪里经受摔打磨砺，他成长得既健又美。难怪百万富商家的漂亮千金小姐熊秀，会不嫌弃他的清贫家境，独独相中了他。

其实他俩早已暗中办成了几次“好事”，熊秀已经是方家远的女人，不是处子之身了。但纵然如此，他们还是不能恋爱这个令人屈辱的“初夜权”。尤其是熊秀本人，她很早前就已放下狠话来：“我不管他保长已经糟蹋过咱们多少姐妹们了，总之我是决不同意！若一定要我做，那我宁可去死！”

瓦屑坝就在大湖之滨，广袤无垠的水面正在两人脚下，平时泊船供旅客上下、装卸货物的码头便在不到一箭之地的眼前。白天泱泱荡荡、烟波浩瀚、千帆竞发的鄱阳湖，在这个不平常的夜晚却变得异常平静安宁，仿佛沉睡的老人一般，想必是什么事都不想管了，横卧在惝恍迷蒙的月色里，只有白茫茫的一层雾岚笼罩着，别的啥也看不清。

他俩在草丛里藏匿了一会儿，见外面久已悄无声息，以为求鲁台离开了，于是放心走了出来。但没想到，求鲁台粗中有细，他其实一直是守候在附近，因他明白他俩绝不会走太远的，必然是躲起来了。此刻见“猎物”终于出现，他随即马上像野兽一样汹汹地猛扑了过来。方家远与熊秀见状大惊，立即拼命逃跑。他们深知，自己根本不是这个保长的对手，所以只有奋力奔离，挣脱魔爪。

只可惜，在两人分头奔窜、慌不择路之时，方家远却光顾着自己逃跑了，竟忘了带上熊秀。结果小脚的熊秀根本走不动，落在后面，踉踉跄跄缓跑之际，倏忽间就被求鲁台轻易擒住了。

方家远本想再回头去救熊秀的，但他哪里斗得过五大三粗、膂力过人的求鲁台？到时不但没法救出熊秀，还白白送了自己的性命！他只得恨恨连声，慌乱中迅速独个儿跳入湖水之中，凭借其良好的水性，很快就遁没水底，不见人影。

求鲁台的目的，也仅是捉住熊秀一人即可。再说求鲁台最是怕水，他没有江南男子的水性，不敢私自下湖。他取下扛在肩头的弓箭，想朝湖里射去几箭，可见不到方家远的人影，也不知朝哪儿射。再说他还一手拽着熊秀，舍不得松开手，怕她再逃走，只得作罢。便听任方家远消失不见，只把身躯娇小的熊秀死死裹在腋下，就像老鹰逮小鸡似的。熊秀再怎么捶打脚踢，挣扎抗拒，亦已无济于事，被求鲁台挟持着跳上骏马，风一般地返回立德街的保长府第去了。保长府第与熊、方两家亦离得不远。

一路上，求鲁台面对熊秀的不断挣扎、抗议、谩骂、哭泣，惹得他一时心恼并性起，便不顾她强烈的反抗，把她压在身下，紧贴马鞍，禁锢四肢，然后疯狂地扯烂她的裙子，露出私处，趁着马儿狂奔，强行“挺枪直入”，占有了她。回到保长府第之后，求鲁台又兽欲大发，竟当着儿子拉木托等人的面，把熊秀压在厅堂的案桌上，不顾她再三求饶哭喊，对她再次施暴。

拉木托是与熊秀熊瑛姐妹、方家远方家俊兄弟从小一起长大的，心里也一直暗暗爱恋着熊秀。面对这个场景，他真是痛不欲生，但又不敢当面阻拦父亲。

拉木托与父亲求鲁台长得有些不大一样，求鲁台高大强悍，鲁莽恣睢；而拉木托则要斯文柔弱得多，个子也比父亲矮小瘦削一些，性格内向含蓄。或者说，他是父亲的缩小版。

只因拉木托的亲生母亲，其实也是立德乡当地的杨姓女子。求鲁台在她与原丈夫新婚时，先是夺取了她的初夜贞洁，并且还看上了她，便肆意强迫她改嫁给了自己。拉木托的母亲在拉木托还只有三岁多时，就被需求无度的求鲁台折磨得早早病逝了。求鲁台遂独自将儿子养大成人，反正他也不缺女人。

待发泄完火山一般的兽欲，求鲁台又当即宣布要把熊秀、方家远、熊宗武夫妇、方贵夫妇这些不识好歹的南人统统处死。此时，拉木托再也不管那么多了，赶紧跪下来，苦苦向父亲哀求，挡住他的双手，不让他再去行凶杀人。

全身什么地方都强硬的求鲁台，却把唯一的一个柔软之处留给了这唯一的一个儿子。大凡拉木托来向他求情，基本上是没有不准允的。最后，求鲁台终于答应把熊秀放走了，对乃父熊宗武也不抓了；但将熊秀的伴娘唐颖儿——她也是方家远的嫡亲表妹，一个年幼、纯真、无辜的少女抓来了府第，先是依然将她粗暴强奸，因她执拗抗拒，还咬伤了他的手臂，便将她当场杀害；将方贵关进牛棚，鞭打得呜呼哀哉，逼迫他交代方家远的下落，关了好多天，后来又是拉木托夜里赶来偷偷将他释放。

第二章 作坊多风情

姗姗地，冉冉地，天亮了，朝阳喷薄而出，霞光万道，大美鄱阳湖露出了它瑰丽无比的面容：一碧万顷，水天一色，波澜壮阔，像是画里仙境一般好看。还有湖畔那荷叶田田的莲塘，连片的砖瓦作坊，码成堆准备运走的青砖黑瓦，散落在地的砖砾瓦屑，都充满着人间烟火味儿。据北宋乐史著《太平寰宇记》所载："莲荷山在县西四十里彭蠡湖中，望如荷叶浮水面。"说的就是立德街与瓦屑坝这儿。

就在昨晚熊秀被求鲁台抓住、方家远跳水逃遁的湖滨码头那间平时人们小憩候渡的土夯屋外，一名女子正孤独凄苦地伫立在晨曦中，半步开外石崖之下就是那水浪汹涌的鄱阳湖。此女子十八九岁年纪，面容秀美、眉目如画、身段姣好、服饰华贵，典型的南方大家闺秀；可是发鬓散乱、衣衫不整、脸庞苍白、六神无主，似是遭遇重创，满心绝望。

瓦屑坝周围的这些砖瓦、陶瓷作坊，其中有一两家还是熊府的产业。熊秀姐妹、方家远兄弟小时候曾跟着双方的父亲熊宗武、方贵来过这儿好几回，或到作坊察看生产、处理杂务，或下湖游泳戏耍。此时她看着眼前湖上烟云茫茫、水浪滔滔，不知路在何方、不知魂归何处，这漂亮女子内心凄苦迷惘，心如死灰，脑海里一时浮现起自己受辱时的情景。

不错，她就是熊秀。熊秀自昨夜方家远独自跳湖逃脱，而她被求鲁台生擒活捉，并接连遭到求鲁台的两次强奸蹂躏以后，已经生不如死，没有了再苟活人世的心思。再说方家远又不见了，让她有孑然一身、无依无靠之感。哪怕拉木托冒死向求鲁台求情，释放了她，且赦免了她的父亲，她也已了无生趣，行尸走肉一般了。

离开立德街保长府第以后，熊秀并没有直接回仅一街之隔的熊家，也没想到要去不远的方家，而是灵魂出了窍似的，摸索着晨光，脚踏着露珠，沿着昨晚与方家远一同逃跑的线路，跌跌撞撞地走到了瓦屑坝码头。她心里是一定要寻死的念头，同时在暗暗地怨恨着方家远，只怪他不该在关键时刻怕死，抛弃自己，一个人遁湖潜逃。没想到，跟他好了这么久，连身子都给了他，而他却在自己最需要他的时候扬长而去。唉，都怪自己眼睛瞎，看错了人！

望着幽蓝、深邃的湖水，熊秀毫不犹豫，纵身跳了下去……

就在此一刻，突然从远处冲来一名中年男子，亦朝向熊秀的落水处跳了下去。他是附近一个砖瓦作坊的老板黄启，与他的儿子黄世明清早起来干活，碰巧发现了熊秀要轻生投湖的举动，赶过来救人了。黄启跑得更快，已经跳进水中了。黄世明稍慢了半步，也已到了岸边。他知道父亲善游泳、体力好，无须自己帮忙，就没有跟着下水，而是守在岸上接应。

黄启好不容易在湖水深处摸寻到了熊秀的身躯，便把她托出水面，拖曳到湖边，在黄世明的协助下，将沉重的她死命用力才拉上了岸来。这时发现她早已溺水昏迷过去了，鼻孔窒息，嘴唇乌青，全身湿漉漉、冷冰冰的。

黄启与黄世明父子俩急忙将熊秀抬回作坊里自己的床上，先是给她挤压出满肚子浑浊的湖水，待她稍微有点一张一翕的呼吸，再往她嘴里强灌了几口烧得滚烫的生姜糖水。渐渐地，熊秀苏醒了过来，“哇”地吐出了几大口浑水，看看眼前所处环境，有些不相信自己的眼睛。继而明白过来，又“哇”地放声大哭。面对眼前这两个陌生的男人，熊秀无话可说。

熊秀还是不打算再活了，待身子稍微恢复、有点体力，又想爬下床榻，出去寻死。

黄启竭力拦阻住她：“姑娘，我不管你是谁，也不管你发生了什么事，你有多大的冤屈痛苦，俗话说好死不如赖活着，你还是得活下来，以后才有机会去做你想做的事。”

熊秀却坚持要死：“你别拦着我，我必须死！”

几番你来我往，熊秀发现自己根本对付不了这位看似颇有些武功的中年男子，更何况旁边还有个力大如牛的年轻人在帮着他。再拉扯几次，她又全身软弱无力了，心想：“那我还是先暂歇吧！待养好身体，有气力了，再找个得空的时机，跑出去投湖。”于是休心退回到床上躺住。

黄启和黄世明给熊秀寻来了几件女性所穿的普通内外衣服，让她自己换了，再盖上厚棉被，静静地休息。父子俩就在门外不远的作坊里干活，一边不时地往睡屋的方向瞧瞧，以防她再次跑出来寻死，这样可以随时赶去制止她。

接连几天，黄启父子俩一边干活一边守卫着熊秀，到一日三餐的时候就送饭、送水去给她吃喝。在他俩的严密监视之下，熊秀根本没有办法逃走，更遑论寻死？哪怕是夜里，黄启也安排黄世明在她门外看护，躺在一条木长凳上，横拦着门槛，睡觉也不深寐。加之旁边还有黄家养的一只大黄狗随时待命，令熊秀根本无计可施。

但这样一天一天地过去，一段日子之后，熊秀似乎已适应了这种小家生活，没有了最初那种强烈的要马上去死的念头，于是偶尔地她也开始下地来走动一阵。有时还会躲在门缝后面，偷看作坊里黄启父子俩干活的身影。

再说鄱阳湖亦有突然发怒发癫的时候，有它疯狂可怕的一面。这段时间正是连续多日的风雨季节，正如宋朝诗人余靖在其《扬澜》一诗中描绘的那样："彭蠡古来险，汤汤贯侯卫。源长云共浮，望极天无际。传闻五月交，兹时一阴至。飓风生海隅，馀力千里噎。万窍争怒号，惊涛得狂势。"淫雨霏霏，连月不开；阴风怒号，浊浪排空；日星隐曜，山岳潜形；商旅不行，樯倾楫摧；薄暮冥冥，虎啸猿啼。见天地和大湖这般凶恶模样，熊秀哪敢出门，更害怕投湖了。

但她仍不愿走出户外，不想碰到别人，特别是熟人。她既担心求鲁台等人看到自己，也害怕自己熊家与方家的人看到她。若是求鲁台等看到了她，自然不会再饶过她的，那她的下场将更为悲惨；虽说求鲁台放了她，但也随时会继续来为难和侵害她。她不想让自己家人看到她，是怕连累他们；不想让方家的人知道，是她已经对方家彻底失望甚至愤恨了——尽管她知道那只是方家远一个人的问题；同时也有深深的害羞与耻辱。

所以，自己下一步要么仍然选择跳湖，一了百了；要么就一直待在黄家的砖瓦作坊里，不再出门见人。而她对自尽已经有些犹豫了，便开始依赖黄家作坊这个小小的世界，依赖黄家父子。时间越久，这种依赖感就越加突出。女人就是女人，总会有较强的依赖心理。

她不知道这对开小砖瓦厂的黄姓父子究竟是什么人。事实上，黄启和黄世明并不是饶州本地人，而是从皖地那边渡长江过来的，并且来了也没多久。再说那黄世明，跟自己年龄相仿，但长得既不如方家远那么英武俊美，也不如拉木托那么儒雅、斯文，此对父子干瘦如柴、黝黑如炭、粗俗如土——可是这又算得了什么呢？方家远人品那么差，紧要关头竟舍自己而去；拉木托则生在那样一个不堪的家庭，拉木托自己再好，她跟他也是绝无可能的。

再看黄姓父子，虽说相貌并不甚好看，也很质朴、憨厚乃至土气、贫穷的样子，亦不像有什么特殊背景、门庭修养，但从其言语举止的一些细节，熊秀总觉得他们并不是普通人。至于究竟是怎么样个不普通法，她又说不上来，总之跟她平时所见到的那些人，不管好人坏人、她的父亲妹妹、方贵父子、求鲁台父子、立德街别的街坊邻居，都很有些不一样。

此后的日子里，熊秀与黄氏父子有了一些简短的对话，也勉强凑在一张餐桌上吃饭了。

有一天，黄世明诚挚地对熊秀说："我以前见过你的。"

熊秀乍抬螓首，一对好看的杏仁眼惊讶地瞪着他，两排长长的睫毛却一动不动。

黄世明告诉她，那是几个月之前，他奉父亲之命去立德街上买东西，在熊氏的某家店铺里，邂逅了掌柜的大小姐正在看店，惊鸿一瞥，为其美貌动了心，从此便对她印象深刻，数次夜晚还都会梦到。因此多日前，当他看到准备跳湖的女子正是熊家大小姐时，便与父亲奋不顾身地赶过去搭救她了。啊，缘分啊！而熊秀本人却认为这更是一场孽缘。这小子想必是小户人家的人，没见过什么世面，见过的女孩子少，漂亮的更见得少，所以一遇到自己就倾心动情了。不过女孩子总是有虚荣心的，熊秀心里对此还是很受用，也为黄世明对自己的真情而感动。

熊大老板家的一对漂亮姐妹花，在整个饶州府闻名遐迩，在立德街更是家喻户晓，这事倒也不算稀奇。不过熊秀觉得，黄世明此前在自家店子里所见到的，也许并不一定是她本人，而是她的妹妹熊瑛，她俩长得非常相像，别人常常会把她俩认错。可是，熊瑛是艳丽之美，熊秀是清雅之美；熊瑛性格比较活泼、外向，擅长经营理财，喜欢到店子里帮忙照顾生意、使唤下人，而熊秀却是典型的宅女，只喜欢琴棋书画、诗词歌赋，自成年后一般情况下都是待在熊家大院里，大门不出、二门不迈的。但她俩的这些区别，得比较了解她俩的人才看得出来。

可打那以后，熊秀与黄世明的关系就明显地更加亲近了。她偶尔也会趁没有外人在场时，走出屋门到作坊去给黄家父子打打下手，或给他们送饭送水，后来还亲自煮饭做菜，洗衣扫地了。但是她已对他们父子俩再三提醒过，不要给任何人说起自己在这里，包括她的家人。为什么？她并不做解释。不过这对黄世明来说倒更加高兴，他还巴不得呢！

转眼一个多月过去了，熊秀与黄世明相处得愈发亲密，甚至有打情骂俏、互相喂饭之举。这倒不是因为熊秀轻浮佻薄、对过去淡忘得快。其实熊秀是个保守重情的女子，但她是已经死过一回了，如今重获新生，把一切看开了，她要主动寻找自己的幸福；再说她的这条命是黄家父子捡回来的，他们是她的救命恩人，报答他们亦是应该。而黄世明胜过方家远、拉木托的一点是，他幽默风趣，懂得博女孩子的欢心，会说话，善于挑逗和弄笑熊秀，知道体贴、照顾她——最重要的一点是，他是真的把她当成了自己心仪的女神敬重，所以两人的感情迅速升温。

熊秀的心里是清醒的。她一个弱女子，身子已经被人糟蹋过了，现在又是有家不能归，无处可遁去，如雨打浮萍，身世飘零。她必须尽快找到一个归宿和倚靠。刚好，黄启与黄世明父子及时出现了，这正是她目前最好的避难所。她不管他们是什么人，也不管将来会怎么样，但既然眼下死不了，那就得好好抓住这根落水稻草，过一天算一天，然后静观事态的变化。

做父亲的黄启看在眼里，却不动声色。

当时已到夏初，天气越来越炎热，大家衣服都穿得很单薄，男人们甚至赤裸着上身干活，黄世明那结实的古铜色胸肌，以及由雄性激素挥发出来的浓重体味，强烈刺激着熊秀。作为豪宅大院千金小姐的她，过去深居简出，难得遇到陌生男子，对这种场景是罕有见闻的。同样，熊秀那雪白的肌肤、丰腴的肢体、鲜馨的体香，亦令黄世明意马心猿、心跳抓狂。而到了夜间睡觉时，熊秀屋门半掩、凉席裸卧、辗转低吟，早就把在屋外雨檐下守护及乘凉的黄世明惹得全身冒火了，只是还忌惮轻易唐突造次。面对心目中的女神，他多少有些妄自菲薄，又岂敢亵渎？

有一天傍晚，心知肚明的黄启，故意早早就吃完夜饭，独自远远走到湖边的石埠头上抽烟、吹风去了，而把整片世界让给了两个年轻人，这对砖瓦作坊的食色男女。黄世明与熊秀放碗抬头，一瞬间的四目相对，电光火石，彼此不经意间发去了信号。黄世明激动地想："啊，有了！"便赶紧跑去湖边，脱下衣裤，跳进水里游了个泳，把全身好好洗干净，令躯体更强劲；而熊秀也在厨房里生火烧水，灌满木桶，闭户沐浴，仔细清洗，似要把以前的往事都洗掉，把回忆都赶跑，把阴影都消除，把痛苦都扫掉，从此过自己全新的日子。

熊秀静静地坐等在床头，黄世明推门进去，转背把门闩上。不用说什么，两人紧紧搂抱在一起，浑身都有些颤抖，加之已是夏时，汗水涔涔而流。

熊秀认真地看着黄世明，说：“你该知道，我已是受过多次伤的女人。过去有人对不起我，那就算了。你要对得起我，不要再让我受伤了，否则我不会放过你的！你得先考虑清楚，能不能负起这个责任？若要反悔，那现在还来得及。”

黄世明坚决保证：“你放心，我一定会对你好的！以前的事情我不在，没有办法了，但以后我决不会再让别人欺负你，我更不会让你受一点委屈。在我的心里，你比我自己还重要。我愿意为你做一切，哪怕牺牲我自己的性命！”

两人很快交融为一体，继而是缠绵火热的床笫运动。熊秀是过来人，自然轻车熟路、得心应手。特别是已有过多次，更有念想与渴望。黄世明尚是童男，手脚不免有些笨拙，未通路数，还得靠熊秀引导。但小伙子血气方刚、充满新奇，且体力矫健、动作威猛。双方配合默契，高潮迭起，很快一泄如注、瘫软如泥，而被褥早已湿透如浸泡在水里。

熊秀满脸的惬意，心想，这才是我想要的生活！过去与方家远的数次偷情幽会，胆怯、紧张，兼之幼稚、生涩，哪有这么快乐？而被求鲁台粗野强暴，更只有屈辱、疼痛和苦楚、愤恨。而这次与黄世明，两人均全身心投入，水乳交融、灵肉合一，她满足了。她不说话，只静静平躺着，用满溢情欲和幸福的杏仁眼，瞧着身边这个自己真正的男人。

不错，黄世明才是熊秀第一个真正的男人。对于方家远，他俩从小一起长大，她更多的是把他当哥哥与亲人看待，并非纯粹的男女之间那种爱情——至少是从目前来说；而拉木托呢，尽管他是爱她的，可过于迂腐、顾忌、胆小，不够主动和热情，而且由于他的出身与家庭原因，她总跟他有些距离、隔阂甚至防备，但她又佩服他的学识、睿智，把他当好友与知己；只有黄世明，青春、风流、活泼、胆大，主动对她发起追求，并舍命搭救了她，让她既有女人被爱的感觉，又满足了得宠的虚荣心，更何况他能给她身体上的激情与快乐，使她明白他才是她这一生中要找的人。实际上，方家远与拉木托都比她大两三岁，而黄世明还比她小好几个月呢！

黄世明也很快活，没想到男女之间的事情是如此美好，而这是秀儿给他的，所以自己一辈子一定要珍惜她，对她忠诚和关爱。他不断地在熊秀耳边呢喃着：“秀儿，你真好，谢谢！”看到熊秀用那么撩神、热切的眼光望着自己，黄世明又忍不住了，再次产生冲动，又翻身闯进那片禁区和天堂。当晚两人接连做了好几回，这才赤身相对、紧密偎依、四肢缠绵，沉沉入了美梦。

在此期间，为人父的黄启却一个人一直悄悄地呆坐在湖边，听着蛙声虫唱，闻着月华荷香，一边慢慢地抽着竹筒水烟，一边在想着自己心中的隐秘大事，进行周密的筹划布置。

对于儿子要与熊秀相好，黄启并不反对，甚至大力支持。他们父子俩是外来人，想要在立德乡和瓦屑坝这里打开局面，想要一步步做成大事，不倚重当地的力量是很难的。而熊秀是当地富商之女，其父熊宗武有钱有势，称雄乡间，将来是一定帮得上他们的。

这便是黄启之所以默许两个年轻人相好，他自己心里的一点“小算盘”——不，是“大算盘”啰！但也正是他的默许，他暗地里的点拨煽动，助长了两个年轻人的感情愈来愈升温，进而迅速爆发出轰轰烈烈的爱来。

忽忽又是两个多月过去了，熊秀突然发现自己嘴里时常有想呕吐的感觉，而且月事也停了。理智告诉她，自己怀孕了！可是，这孩子究竟是谁的呢？最近两三个月里，先后有三个男人进入过她的身体。首先她认为有可能是求鲁台，虽然她跟他只有两次，而且是被迫遭到他的强奸，可是求鲁台精力旺盛，令她不得不有这种担心；其次才是方家远，他俩在一起时间长了，而且他是她的第一个男人，难免会给她播下种子，从而珠胎暗结；还有黄世明，也不是没有这种可能，虽然两人时间不长，但这是她最倾情投入、最兴奋愉快的，次数也多，说不定就怀上了。

她颇为纠结：这孩子到底要还是不要呢？其实她起初是很不想要的，因为她怀疑万一“他”是求鲁台的孽种，她可不想留下来；即令是方家远的，她也早就恨他背叛自己了，同样不想给他生育和抚养后代；而黄世明的可能性，终究是最小的。

可是，这件事很快便让黄启和黄世明父子知晓了。由于她并没有也不可能给他们讲述自己过去的那些细节，所以黄世明肯定以为是自己要当父亲了，黄启也以为是自己要当爷爷了，哪里还舍得让熊秀打掉？连保护都来不及呢！自然不会让熊秀有这个念头和机会。而熊秀又没办法解释，只好“哑巴吃黄连——有苦难言”也！

不过黄启也对熊秀做了明确表示：“秀儿，我知道你对世明的好。是我们黄家对不住你啊！现在咱们的条件实在艰苦点，情况也特殊。可是你就放心吧，待以后家里情况好转了，我一定给你们俩补办一场气派的婚事！”

十月怀胎，一朝分娩。八个多月以后，熊秀终于临盆了。黄启已提前跑去外头，不知从哪儿寻了一个接生婆回来。他特意没有在附近的立德街和瓦屑坝这一带找，主要是怕对方认识熊秀。在一阵歇斯底里、撕心裂肺的尖叫之后，熊秀成功诞下了一个六斤多的男婴。只见他那对晶莹、清澈、好看的眼睛扑闪扑闪的，天生聪颖的小机灵鬼。做母亲的熊秀只看了他一眼就喜欢得不得了，庆幸总算没有放弃自己这人生的第一个孩子，也就再不管他的亲生父亲究竟是谁了。

黄启给这个长孙取名为黄河，寓意他们的故乡是在北方的黄河边上。

第三章　方家俊施虐

且说方家远与熊秀的婚礼大喜事，被求鲁台这么一搅局，方家远跳湖逃走，熊秀又突然不见，方家远的表妹被处死。从小的方面说对于方、熊两家，以及求鲁台和拉木托父子，从大的方面说对于整个立德乡、饶州府，都掀起了轩然大波，三姑六婆的街谈巷议持续了多日。

遭打击最大的莫过于拉木托了。因为受害者是他心爱的女人，而施暴者却是他的父亲。他总觉得是自己害了熊秀，要是他早对熊秀表白心迹，向她求婚，那娶她的就不是方家远，而是他拉木托了，这样熊秀就不至于被他父亲所害，弄得时至今日仍下落不明、生死未卜。拉木托每天痛苦地在立德街的大街小巷上盲目溜达着，跑去酒馆里喝得烂醉如泥，在熊家的几个店铺前后逡巡傻望。

求鲁台才懒得理会他，“保长大人”有自己忙不完的公务，或是收账索债，或是训斥下人，或是骑马射箭习武打猎，或是去别的保长那里聚会酗酒，或是再去办喜事的谁家那儿睡他们的新娘子，行使其职权，展现其威风。

这段时间是江南的梅雨季节，细雨连绵，白雾弥漫，天气阴冷，行人稀少，街上满是浑水，泥泞处处可见。拉木托既没穿蓑衣，也没戴斗篷、打纸伞，冒雨而走。突然，他在熊家的一个当铺门口不远处，竟然看到“熊秀”了！没错，那正是“熊秀”啊，她是从另一个巷子过来的，手举一把雅致漂亮的油纸伞，穿着一件红色的牡丹花刺绣裙子，脚上是一双小巧的雨鞋，于雨雾中匆匆跑进铺子里去了。

拉木托起先还以为自己是在梦境里酒国里，便使劲晃了晃脑袋，应该不是做梦啊！那么是自己看花眼了？他又擦了擦眼睛，觉得也不是。难道真的是熊秀回来了吗？他一阵狂喜，当即加快步伐跟着冲进了熊家的当铺。一个女孩子迎上前来，他刚想兴奋地大喊一声“秀儿”，但马上就发现确实是自己错了，原来那是熊秀的妹妹熊瑛。

其实稍微仔细一点，就能分辨得出的。虽然熊秀、熊瑛两姐妹长得挺相似，但由于她们的性格、志趣大不相同，所以装束、打扮也差别明显。熊秀一向穿着淡雅，服饰以素白为主，也很少穿金戴银，妆也化得轻，基本上是素面朝天，清水出芙蓉，秀丽自然成；熊瑛却喜欢穿金戴银、大红大紫、浓妆艳抹，显得华美富贵、艳丽耀眼。

与姐姐熊秀性格文静内敛、温和稳重大不相同的是，妹妹熊瑛却心直口快、热情奔放。从长相上说，熊秀像唐诗宋词一般温婉典雅，是那高洁无瑕的荷花；熊瑛则像宫廷工笔一般绚丽华美，是国色天香的牡丹。这么比较起来，熊瑛的女性魅力还要胜过阿姐。

不错，正所谓钟灵毓秀，天性使然；龙生九子，各不相同。熊秀更像她的母亲熊郑氏，一个底层家庭出身的普通妇女，本性质朴善良，重情重义；而熊瑛则像她的父亲熊宗武，出身生意人家，一个精明算计的商贾，非常现实和理智，对感情却比较淡漠。这些不同，注定了她们姐妹俩将来的故事与命运也会大为迥异。

“拉木托哥哥，你这是怎么了？连斗篷也不戴、雨伞也不打，弄得身上湿漉漉的！天气这么冷，小心着凉生病了！你跑得这么快，莫非是有什么紧急事情吗？”熊秀与熊瑛姐妹俩跟拉木托一向都很熟，他们小时候曾常在一起玩耍的，也算是青梅竹马了。包括方家远、方家俊兄弟，也都算是昔日的小伙伴。再说这次拉木托向父亲求鲁台求情，释放了熊秀，也没抓熊宗武，更没动熊家的任何产业，还算是他们熊家的大恩人呢！

拉木托的脑子总算清醒了下来，心里不禁暗自哑然失笑。于是连连摇了几下头，嗫嚅着说：“没有什么事，就是想来看看你……”

熊瑛冰雪聪明，知道他还恋着自己姐姐，这些天一直在寻觅着失踪的她。于是也不点破，装作不知道，只赶紧请拉木托落座，并叫当铺的伙计们给他沏上一壶热茶来，而自己就在旁边陪着他。此时店铺里并无其他顾客。

熊瑛陪着拉木托，有一句没一句，天南海北地瞎聊，店里的生意、这两天的天气、最近见到的一些奇人怪事、他们小时候在一起的趣闻，等等，总之尽量不提到熊秀，不提到那些令人不愉快的往事。但就是在这段短暂的时光里，拉木托的心中如电光石火般念头一转，立即做出了一个决定：既然自己过去已经失去了一次机会，把熊秀让给了方家远，那现在就不能再失去第二次机会，把熊瑛也丢掉了。对，他要追熊瑛，要娶她！

于是，以后的日子里，拉木托便频频地往熊府走动，这个现象很快就被熊家父女察觉到了。熊宗武正沉浸在长女熊秀、女婿方家远双双逃离失踪、活不见人死不见尸的悲痛之中；他的妻子熊郑氏则天天以泪洗面，双眼都快哭瞎了。如今见保长爱子主动向其小女示好，他当然乐意。有拉木托的父亲求鲁台当靠山，那他就毫无后顾之忧，可以放心大胆地做买卖挣大钱了。所以他完全支持拉木托与熊瑛相好，并明确对女儿说，要她务必接受拉木托的求婚。

熊瑛本来对拉木托并没有什么明显的好感，当然也不厌恶。拉木托并不是她喜欢的那种男孩类型。她自己心里其实也明白，就像方家远只爱她的姐姐一样，拉木托也是只爱她的姐姐。在拉木托心目中，她不过就是一件熊秀的替代品罢了。但是现在既然姐姐已经嫁给了方家远——尽管他们生死不明，但毕竟结了婚，那自己嫁给拉木托也未尝不可。再说这是父亲的意愿，也牵涉到他们熊家的事业前景，这个利害关系她还是分得清的。

至于感情问题嘛，就没必要看得那么重、拎得那么清了。她对拉木托虽然还没产生那种怦然心动的爱情，倒也无冤无仇。她知道，拉木托哥哥跟他父亲求鲁台完全不一样，他还算是个好人，本性并不坏，她也相信他会待自己好的。

最重要的一点是，只要嫁给了拉木托哥哥，她就不用在新婚的头三天里跟求鲁台或别的什么人睡觉了。一想起要跟求鲁台睡觉，她就觉得恶心；一想起求鲁台疯狂强奸姐姐的情形，她就感到恐怖。她真不明白，拉木托是求鲁台的儿子，为什么父子俩的差别就这么大呢？

熊瑛真正喜欢的是谁呢？方家俊。这一点也不奇怪。既然姐姐熊秀喜欢哥哥方家远，那妹妹熊瑛自然就喜欢弟弟方家俊了，刚好是绝配的两对嘛！他们四个人从小也是常常这么配对玩游戏的。立德街的两对佳偶，谁人不知？而且两家大人也是这么考虑的——熊宗武最开始也是不大乐意，但后来就顺水推舟地表示接受了。

再说，方家俊比哥哥还长得俊美帅气，人又聪明机灵，正是熊瑛所喜欢的那种男孩。而熊宗武也是素来属意方家俊却睥睨方家远的，希望家俊能从自己的两个闺女当中选娶一个，而另一个闺女则要攀高枝、钓“金龟婿”，或嫁给元朝官员将领，或嫁一个像他这样的富户。只可惜事实并不以他的意愿为转移，秀儿嫁的是方家远，瑛儿嫁的是拉木托。

对方氏兄弟俩的人品优劣，熊瑛倒是早就看在眼里，心知肚明的。方家远打小就淳朴老实，有什么好东西了便会拿出来给大家分享，“独乐乐不如众乐乐”；方家俊则与乃兄刚好相反，非常自私、攫取欲极强，一看到人家有好东西就想抢过去，据为己有，更不知从他兄长家远那得到了多少好处。而且家远心地坦荡，整个人是透明的，说话做事从不会绕弯弯；家俊则打小就擅长表演作弄，喜欢把红的说成黑的、把错的说成对的，要点小阴谋诡计，栽赃家远、欺负家远。这就使得他们的父亲方贵喜欢家远，而母亲诸氏偏心家俊。

熊瑛虽然清楚这些，但觉得方家俊的所作所为跟自己的爱好追求并不矛盾，相反他俩在一起也许更合适，在熊家的产业经营发展上家俊一定帮得上她——她当时并没有想到，他俩要真是成了夫妻，那无异于引狼入室，凭方家俊如此低劣的为人、极度的私欲、无餍的野心，后果会多么严重可怕！熊瑛也好，熊宗武也好，父女俩当时对家俊的看法，都太看重“才”而忽略了“德”。

然而令熊瑛心思突变的是，几天以前，方家俊像她的姐姐熊秀、他的哥哥方家远一样，也突然很奇怪地“人间蒸发”了。四人便走了三人，熊瑛连个商量的人都没有。她的脾气一下子上来了，遂愤愤地想：“这明显是你不重视我嘛！那好吧，我也不见得非嫁给你方家俊不可。只要拉木托来向我求婚，我就嫁给他！”

所以那天当拉木托正式开口向熊瑛求婚时，她果真爽快地答应了。这一开始还让拉木托感到非常吃惊呢！两人遂开始结婚前的准备。他们一起去逛街采买，去布置两人的新房，去饶州城里游玩，去鄱阳湖边看风景，也有一两次在熊瑛的闺房里发生了亲密的男女关系。不过，喜欢读书、知识丰富的文艺青年拉木托，会在熊瑛耳畔背不少唐诗宋词给她听，多数是像曹植、白居易、李商隐、苏轼、李清照、柳永、姜夔，以及近人元好问、萨都剌等人的情爱作品，浓艳而深情。

比如近人赵孟頫妻子管道升那首写给准备纳妾的丈夫的：“你侬我侬，忒煞情多。情多处，热似火。把一块泥，捻一个你，塑一个我。将咱两个，一齐打破，用水调和。再捻一个你，再塑一个我。我泥中有你，你泥中有我。我与你生同一个衾，死同一个椁……”这种情爱确实是太炽热、太浓烈了！如此长久下去，没有谁能抵抗得了的。

在突破了最后一层肉体上的关系以后，熊瑛也渐渐喜欢上了拉木托的浪漫多情，及对自己的宠爱依赖。换句话说，她也有些爱上他了。

拉木托在熊瑛这里得到了少女的温情慰藉和身体上的无比快乐，还有即将到来的婚典也使他十分开心。他心里的遗憾和阴影慢慢淡化，情绪好转起来。

熊宗武请人给他俩择取了一个黄道吉日，两人便天天缠缠绵绵地厮守在一起，扳着手指头，静静地等待着他们大喜的日子。

但就在这时，已多日离开立德街的方家俊回来了！

方家老二是受了其父母之命，急急忙忙外出打探失踪的大哥方家远、嫂子熊秀的下落，故没有来得及一一与亲友告别，就离开了立德街。早在远、秀新婚之夜突生变故、双双失踪仅两天之后，方家俊便带着一个小厮踏上了寻兄之路。同时他心底里亦有自己的“小九九”和“大算盘”——访寻当今世上的真正英雄豪杰。

天下大势，合久必分，分久必合。此时此刻中华神州已然形势大乱，风诡云谲、白云苍狗，朝廷腐败、不得民心，垂死挣扎、苟延残喘，早就到了乾坤颠倒、改朝换代之际。各地群雄逐鹿天地之间，觊觎江山社稷，政局面临重新洗牌。在方家俊看来，未来的真龙天子必定会在其时英才如云、蜂拥而出的大南方移民中诞生，与过去帝王多诞生于北方中原之地已是不可同日而语也！而投靠一位未来的帝王将相级人物，是他的长远计划。

此次方家俊外出三四个月，虽然没有找到大哥与嫂子，可去了很多地方、见了很多人事，算是大长了见识，锻炼了胆量，提高了才干。他行程数千里路，到了多个省份，包括两湖、苏浙、齐鲁、安徽、河南等地，近及江南一带与长江中下游流域，远至中原地区与黄河中下游流域，拜会了多位英雄豪杰，见他们一个个才略非凡、抱负远大、实力雄厚、作为斐然，令他佩服得五体投地，跃跃欲试，却又眼花缭乱，根本不知道究竟该投奔哪一位主子才好。他想再观望一段时日，看看事态的发展转变，方做定夺。

方家俊比哥哥方家远只小两岁，这年也快二十出头了。乃兄方家远长得英武壮实、浓眉大眼、仪表堂堂，很有男人味；而方家俊更是面若满月、眉目清秀、玉树临风的俊俏哥。而且方家远厚道本分、谨言慎行，甚至还有些畏缩顾忌、胆小怕事；方家俊却风风火火、敢作敢为，八面玲珑、左右逢源。

方氏兄弟与熊氏姐妹恰巧相反，长兄像父亲多些，而老弟则更像母亲。不过双方各自又有一些分别是受到父母亲另外一位的影响的因素，或相貌，或性格，或人品，或行为。比如，家远虽长得像父亲一样英武、粗犷，但其厚道、善良、畏缩却综合了父母阴性的一面；家俊虽长得像母亲一样清秀、精致，但其大胆、精明、狡黠却综合了父母阳性的一面。其实方贵倒是大气坦率的，诸氏则要精明世故得多。从遗传上看，方氏兄弟要比熊氏姐妹复杂。

其父方贵虽是渔民出身，但又不是一般的渔民。他是整个鄱阳湖东岸的渔民主要首脑人物之一，无形中的草根英雄。饶州府的两大渔民首脑人物，一个是他，一个是住在饶州城里的耄耋老者杨大顺。不过他俩都是靠德高望重、古道热肠、行侠仗义，并曾为乡亲们挺身而出办过几件很漂亮的事情，才获得了大家的信任与尊重。他依然每天清早出湖打鱼，傍晚上岸收工，过的也是与多数渔民一样的清贫生活。只是每逢渔民中若有难以决断的问题，还得由他俩拿主意；或是一些重大的场合，还必须请他俩出面主持。方贵的这两个儿子，亦不是普通“渔二代”可比的，其才干志向都非同常人。

上溯祖祖辈辈都是鄱阳湖渔民的方贵，却时来运转，娶了一个颇有姿色的地主乡绅之女为妻，也就是方家兄弟的母亲方诸氏；而祖辈三代是饶州乡绅、自己后来又通过努力成了赫赫巨商的熊宗武，虽然此前聘的正房太太是饶州城里大富人家的娇贵小姐，但阴差阳错，她竟然不能生育，后来被差点当成“石女”休了回家，便再收了她的填房丫鬟为妾，帮他生了一对如花似玉的女儿，也就是熊秀与熊瑛姐妹，遂被扶正，亦即熊郑氏。

也就是说，熊氏姐妹其实是父亲的小妾所生，她俩的母亲只是正房太太从娘家带来的贴身填房丫鬟。这个郑姓丫鬟，也就是后来的熊家二太太，是正房太太娘家从别县乡下购买来侍候小姐的，尽管长得水灵甜美、温存可人，可出身贫寒、地位低微，亦是无法改变的事实。不过，为了家族的面子，也为了女儿的未来，他们对外是完全隐瞒的。就连熊秀、熊瑛姐妹本人，从一出生到长成大姑娘，很长时间里都蒙在鼓里，方家远、方家俊、拉木托等外人更不清楚了。但年纪大的人，还是看得出来。

从外地刚回到立德街自己家里的方家俊，一听他母亲说起熊二小姐竟然与拉木托订婚了，他首先的反应自是怒不可遏。现在哥哥家远、嫂子熊秀尚未知道在哪，也不知两人是否真的在一起，他们都是求鲁台逼走的，嫂子又被求鲁台奸污，表妹唐颖儿还被求鲁台处死；如今求鲁台的儿子拉木托还要娶嫂子的妹妹，并且是他方家俊的心上人瑛儿——这朝廷走狗也太嚣张、太霸道了吧！方家俊小时候就曾在求鲁台的酒里偷偷撒巴豆粉害得他连续拉了三天稀，平时也不怎么想跟拉木托在一起玩。

方家俊当即把行李一丢，就转身走出了家门，大步流星往熊府而去。一段时间没见的熊瑛，此刻却正沉浸在很快就要做新娘子了的幸福喜悦当中，还有方家俊难以透视的熟女的风韵和滋润。当方家俊乍现在她面前，她并没有歉疚和遗憾，也没有过去的温情和柔媚了。方家俊更加气得七窍生烟：这女人还真是善变的动物，才过去几天，她就把自己彻底给忘了！

他开始对她兴师问罪：“瑛儿，你怎么能如此糊涂，答应嫁给拉木托呢？咱咱们两家是仇人，势不两立，水火不容的。你难道不记得了，你姐姐被求鲁台老狗糟蹋的那一幕吗？而且，我父母、你父母、你姐姐，都差点被他们害死了！”还有自己表妹被求鲁台残杀这一件事，他都没有提及。其实这也说明方家俊自私、冷酷、傲慢的一面，在他眼里，表妹已算是旁人与小人物，显得不那么重要了。

熊瑛的回答却是：“不错啊，我就是怕自己再遭到像我姐姐那样的悲摧命运，难免又要被他们元朝的官员糟践，所以才同意嫁给拉木托啊！况且，我父母、你父母、我姐姐，也都是拉木托向他父亲再三求情，方才饶了他们的。我们还得感谢他呢！拉木托对我家实在有恩。”

方家俊从来就说不过熊瑛，他实在是有些理屈词穷、无话可说了：“可是，可是……那咱俩呢？瑛儿，你难道对我一点感情都没有了吗？竟然要狠心舍弃我，去嫁给他！拉木托，他有什么好的呢？”

熊瑛摊了摊两手，显得很无奈的样子，说：“家俊哥，这世上，除了我，还有很多的好姑娘，你就另外找一个吧！你说你长得像画上的人儿一样好看，还怕没有姑娘看上你吗？别说这世上的小伙子谁都长得不如你，就是姑娘家也没几个有你好看的。其实我都清楚，这些年来，你身边的姑娘还少吗？再说父母做主、父命难违，我能有什么办法呢？况且几个月之前你一声不说就走了，又不写封短笺或留个口信给我。作为多年的朋友，我倒是很想问问你，跟你商量一下的，可到处都找不到人。”说到后面，她口气嘤嘤的，好像有满肚子的委屈。

听熊瑛诉说了一大篇，到最后竟然变成是自己的不对了，方家俊更加哑口无言，他哪里比得上熊瑛的伶牙俐齿、能言善辩呢？只好吞吞吐吐地说：“我不是……我父母让我去找寻失踪的大哥、大嫂嘛，临时决定的，突然就走了，所以才没来得及与你告别。”

其实熊瑛才不管他方家俊来不来跟她告别呢，她的事她也不见得会与他商量，这些都不过是一些敷衍的客套罢了。对她而言，一切都是她父亲与她自己说了算，而她父亲与她自己基本上是有共同语言和一致选择的，因为他俩是熊府庞大家业的两位老板，所以有没有方家俊都不重要。只是方家俊难道不清楚吗？他当然清楚。

顿时，方家俊有了一个自以为很高明也很阴狠的计划。他知道，熊瑛嫁给拉木托的事情已是板上钉钉，改变不了了，自己已经毫无希望了。他便不再同熊瑛啰唆与理论，竟然猛地拽住她的腰身，并捂住她的嘴，一同冲出熊府大门，跨上他这次刚刚从楚地买得的一匹骏马，把熊瑛紧紧裹挟着，往镇外奔驰而去。其情形跟数月前求鲁台胁迫熊瑛如出一辙。

熊瑛毫无思想准备，脸色苍白，十分惊慌，身上抖筛子一般。她哭号起来，问方家俊去哪里、做什么。方家俊却不回答她，一言不发。他知道自己说不过熊瑛，干脆就再也不跟她对话了。熊瑛又用香拳粉腿揍他、踢他，自然毫无用处。到了后来，熊瑛没有力气了，便只好放弃。再后来，她累得昏昏沉沉的，不知不觉竟睡着了。

方家俊带着熊瑛，往东北方向策马狂奔了一百余里，到了著名的“瓷器之都”景德镇。他寻了一家高级客栈，选了一间僻静的上等客房，然后抱着熊瑛进了屋子，将她重重扔到床上。接着关住门、插好闩、扯合窗帘，让屋里的光线暗暗的，像晚上似的。

这时熊瑛幽幽醒来了，慢慢坐起身子，揉了揉惺忪的睡眼，扭了扭在马背上长久颠簸弄得酸痛不已的腰肢与脖颈，一边疑惑地问道：“家俊哥，这是哪里呀？我好像从来都没有来过，你怎么把我带到这里来了？你想干什么？”

好在他们两人是老相识，又曾有感情，所以熊瑛才没有感到特别恐慌，也没有大呼“救命”。再则景德镇她是跟着父亲来过数回的，看货、进货嘛！他们熊家在这儿也有一片大瓷器店。只是在黑暗的客房里，外面她啥也看不见，还以为到了哪个遥远的异国他乡呢！

而且，当方家俊粗暴地扒光她的所有里外衣裤，强行与她发生关系时，熊瑛也仅是刚开头半推半就地随意拒绝了一下，后来就只哼哼唧唧，听任他的摆布了。一方面她也觉得弃他而另嫁，心中有愧，对他大为亏欠，那就由他吧，也算是对他的“弥补”；再说她心里还是有他的，对他有感情的，他们从小便开始相好，十多年都没发生过事情，现在给他一次又有什么呢？另一方面自己反正已经成了拉木托的女人，并不是黄花闺女了，又何必太在乎呢？再说看他这架势，自己也是抗拒不了的，与其打打闹闹、徒添伤痛，不如就顺从他吧。

至于方家俊的“长远计划”，就是觉得既然你拉木托强占了我的女人，那我就要赶在你大婚之前，先把你的妻子玩弄了，让你做个“绿头乌龟”；第二步就是在你妻子的肚子里播下我的“种子”，将来你生出的孩子其实却是我的骨肉，让你帮我养育子嗣，哈哈哈哈！

方家俊施奸计让拉木托当“伪父”，其用心真是既阴狠又歹毒。

他自以为这个计划非常高明，于是抱着强烈的报复心理与得意情绪，发疯般施虐地挺入熊瑛的胴体。然而在几次剧烈的进出动作过后，他却发现平躺在自己身体之下由挣扎而变安静的熊瑛，并没有自己所想象的那么羞涩、痛苦，且被单上也没落红。方家俊随之明白过来，失望而悲愤地骂道：“原来你这个水性杨花、见异思迁的女人，竟早已与你那个丈夫提前‘入洞房’了。”熊瑛并没有回答他，亦即表示了默认。

方家俊更加生气和恼怒，后面的报复性动作也更加疯狂和猛烈，心里则同时在喊道：“好啊，拉木托！那咱俩就来瞧瞧吧，先在这个女人的身体里来一场大战，看看谁更厉害！让我打败你，留下我的种！让我打败你，留下我的种！让我打败你，留下我的种……”

接连的三天里，方家俊把熊瑛关在客房中，除了一日三餐、上茅厕、睡觉，便不管白天黑夜地与她发生关系。他从外面店里买来大量美酒、好菜，在旅馆中跟熊瑛豪饮狂吃。熊瑛却也不绝食，每天三餐正常。方家俊直到觉得“种”播得足够了，这才送熊瑛回立德街，回熊家去。

此时，熊宗武与拉木托等人正在满天下找熊瑛，差点把整个立德乡的地面都翻了个底朝天，却仍一无所获。人人都抓狂了，但就在这时，她却自己回来了。熊瑛自然什么都不能坦白，满脸轻描淡写的，装作若无其事的样子，只说她去了一趟景德镇，为自家的瓷器店去验货和谈生意。

几天之后，拉木托与熊瑛正式在熊府举行结婚大典。熊宗武把婚事操办得非常铺张奢华、隆重热闹，不但整个立德街、瓦屑坝的亲戚伙计、街坊邻居都前来祝贺赴宴，他还通过求鲁台、拉木托等人把饶州及四周州县的数十名朝廷各级官员、驻军将领也请来捧场喝酒。

当拉木托与熊瑛穿着大红大绿的传统汉式婚衣，男礼帽、女凤冠，衬得男方俊朗气派、女方美如天仙，双双喜气洋洋、富态可掬，从洞房走出庭院来答谢众宾客乡亲时，在熙熙攘攘的围观人群当中，有一个俊美的身影，他眼里带着仇恨与戏谑、失望与希冀，但只闪了一下脸，倏忽就不见了。

九个多月以后，熊瑛生下了一个白花花、胖乎乎的女儿。祖父求鲁台按照习俗，给她取名为“华枝”。平时暴躁、凶残像魔鬼的求鲁台，此刻却在与孙女小华枝的尽兴逗玩中，表现出长辈慈爱、亲昵的一面。看来连魔鬼也有温情的一面，连野兽也有打盹的时候啊！

拉木托与熊瑛结婚后，求鲁台与熊宗武这对“亲家”也是“冤家”的关系改善多了。虽然求鲁台曾害过自己的大女儿，并逼得他们年轻夫妻亡命天涯、下落不明，熊宗武也只有把旧仇宿怨打落牙齿强咽入肚，毕竟立德街还是求鲁台的天下，毕竟熊瑛成了他的儿媳妇，毕竟自己做买卖还得求他庇护，所以尽可能地厚觍着脸去巴结贿赂他。而求鲁台也乐得接受，便把熊宗武当成了自己人，也会考虑他的利益、照顾他的生意，过去的事他早都忘了。

第四章　白莲被告密

黄启与黄世明父子俩是北方人士，来到饶州这边做工也没有多长时间。他们的言行举止，似乎并不是普通的手工作坊主。而且，黄启给自己孙子取的名字，也是很不一般的——“黄河”。其实，黄启、黄世明父子是皖北萧县人。

元顺帝至正四年（1344），中国北方地区出现了五十年一遇的大水灾，黄河、淮河、海河、大运河皆暴溢，洪流肆虐，一片汪洋，村落、人畜、庄稼都被淹没；继而又是瘟疫、旱灾、虫害，土地大面积盐碱化，颗粒无收，千里荒芜，人民生活在水深火热之中。而元朝当局还加紧了对老百姓的盘剥，更是雪上再增霜。黎民苍生别无选择，只能发动起义，反抗朝廷。

为反对朝廷暴政，这些起义的首领们最初都打着白莲教的名义，说是传播教义、发展教徒，其实是招兵买马、发动民众，为将来举行大规模的起义做准备。所以，北方红巾军的诸位领导人，韩山童、刘福通、徐寿辉、彭莹玉、邹普胜、邹普胜、郭子兴等，同时也都是白莲教教徒。

白莲教的发源地原本就是在江西境内，后来才蔓延到了北方。华夏名山匡庐脚下的千年古刹东林寺，便是白莲教人滥觞之渊薮。白莲教渊源于佛教之净土宗，而东林寺正是净土宗之祖庭。其教旨亦与净土宗大致相同，崇奉阿弥陀佛，要求信徒念佛持戒，不杀生、不偷盗、不奸淫、不妄语、不饮酒，以期往生西方净土，算是尚未完全剃度、皈依的居士。

早在南宋初高宗绍兴年间，白莲教就已现端倪。其创教鼻祖是昆山僧人茅子元，他在家乡附近的淀山湖畔建立白莲忏堂，自称导师，坐受众拜。刚开始白莲教遭到宋朝官方的禁止，茅子元被流放到了江州（今江西九江）。但因其教义浅显、修行简便，故而得以迅速传播。

到南宋后期，白莲教虽仍被一些地方官府和以正统自居的佛教僧侣视为“事魔邪党”，但已到处有人传习，甚至远播到了北方地区。朝廷统一中原以后，白莲教倒受到朝廷的承认和奖掖，进入全盛时期，庐山东林禅寺和淀山湖白莲忏堂就成了它的两个中心。

经过长期流传，元代白莲教的组织和教义都起了变化，戒律松懈，宗派林立。一部分教派崇奉弥勒佛，宣扬“弥勒下生”这一本属弥勒净土法门的宗教谶言。有的教徒则有恃无恐，夜聚日散，集众滋事，间或武装反抗朝廷统治。到元武宗时期，朝廷因忌讳白莲教势力过大，曾下令禁止之。三年后元仁宗即位，又恢复其合法地位。但十年后元英宗即位，其活动再遭限制。

因此，许多地方的白莲教组织，对官府抱有敌对与仇恨态度。加之其信徒以下层民众居多，故当元末社会阶级与民族矛盾激化时，一些白莲教组织遂率先成为反抗朝廷的力量。多路红巾军起义领导人以“明王（即阿弥陀佛）出世”和“弥勒下生”的谶言鼓动群众，产生了很大的影响。

至正十一年（1351）五月初，韩山童、刘福通、杜遵道等人聚三千余众于淮河、颍河之滨的颍州颍上（今安徽阜阳），杀黑牛白马，祭告天地，誓师起义。他们一面以白莲教谶言“明王出世”和“弥勒下生”加紧宣传，一面又散布民谣“石人一只眼，挑动黄河天下反”。并预先暗地凿了一个独眼石人，命部下趁黑夜埋在即将挖掘的黄陵岗附近的河道里。当独眼石人被“神奇”地挖出来以后，河工们皆惊诧不已。奇闻迅速四传，从淮河流域北到黄河南至长江，人心浮动，民众思变。

刘福通等人大肆宣扬韩山童为北宋末“昏庸亡国之君”“书画大师皇帝”宋徽宗赵佶之八世孙，当为中原主；而刘福通自己则声称他系南宋名将刘光世之后，当辅佐中原主。韩山童随即发布文告声称“蕴玉玺于海东，取精兵于日本，贫极江南，富称塞北”，又打出“虎贲三千，直抵幽燕之地；龙飞九五，重开大宋之天”的战旗，表达要推翻朝廷的决心。

不幸其起义计划提前被泄露，遭到地方官府的镇压。韩山童被捕杀，其妻杨氏带着幼子韩林儿逃到了武安。刘福通仓促起兵，于五月初三一举攻克颍州。起义军以头裹红巾为标志，故又称红巾军。且因多为白莲教教徒，烧香拜佛，也称香军。初建时的义军上下团结，战斗力甚强。不久朝廷派大兵前来讨伐，但屡屡被刘所部击败。义军先后攻克并占领了亳州、项城、朱皋（今属河南固始）、汝宁（今河南汝阳）、息州（今河南息县）、光州（今河南潢川）等地，人数达十万之众，江淮各地乡勇也纷纷响应甚至投奔。朝廷把刘福通领导的主力红巾军视为第一心腹大患，先后调集数十万重兵前往围剿，但也是屡战屡败。

刘福通在皖北豫东发动起义的消息，一时间传遍了大江南北，对在江淮一带从事秘密活动的南方白莲教僧人彭莹玉（即历史上传说中的八百岁彭和尚）及其门徒鼓舞很大。至正十一年夏，彭莹玉、邹普胜师徒等人起兵皖中巢湖；八月，鄂东罗田布贩徐寿辉，麻城铁匠、彭莹玉弟子邹普胜等人在蕲水发动起义，同样打着“弥勒佛下生，当为今世主”的口号，攻克蕲水、蕲州。十月，他们以蕲水为都，率先建立天完政权，改元治平，徐寿辉称“皇帝”，设中书省及六部，邹普胜为太师，彭莹玉为军师。

天完政权建立之后，便分兵四路出击，从至正十二年正月伊始，先后攻占了两湖、江西、福建的许多地区。其中由彭莹玉、邹普胜所率领的一支，向东攻占了江州，再顺长江而下，入安徽，抵江苏、浙江，又折回浙西、赣东、皖南，转战数千里，影响非常大。此外，当时在皖中地区还有郭子兴、朱元璋等人领导的另一支红巾军，他们提出“摧富益贫”的口号，亦具有很大的号召力。

其时全国各地还有一些起义军，但并非都是打着红巾军的旗号，以江苏盐贩张士诚、浙江盐贩方国珍两支部队的实力最为强大、活动范围最广；此外还有西南川渝地区的明玉珍等人。

方国珍早在至正八年春，即于浙东南台州黄岩领先宣誓起义，聚众数千人，劫夺漕运官粮，扣留元朝海运官员，是元末第一支举旗造反的义军。只可惜方国珍首鼠两端、思想动摇，在朝廷接连对他实行招抚之下，屡降屡反。

张士诚原名张九四，兴化白驹场（今属江苏大丰）人，与其弟张士义、张士德、张士信及李伯升等十八条好汉，于至正十三年正月在江北起事，史称“十八条扁担起义”。他们招集盐丁，起兵反元，乘胜攻下泰州，且连克兴化、高邮等城池。十四年正月，张士诚自称诚王，国号大周，改元天祐。

可是，至正十三年底，元朝集中兵力攻陷天完都城蕲水，徐寿辉、邹普胜等人被迫遁入黄梅山及沔阳（今湖北仙桃）湖区。曾转战东南皖赣江浙一带、号称拥有百万之众的彭莹玉巢湖水师，也只得退守湖中。江淮义军处于不利境地，元末农民起义一时进入低潮期。

黄启早年就信奉白莲教，曾是韩山童、刘福通的部下，参加了轰轰烈烈的颍上誓师，也算是起义元老了。计谋泄露后被朝廷追捕，黄启逃回了家里，后往南而行，投靠了天完政权，这才知道刘福通红巾军又“抖”起来了，但自己已没法再回去。好在徐寿辉信任和重用他，封了他“工部侍郎”“平南将军”两个虚头职务。眼下举事受挫，徐寿辉便让他带着儿子，走出黄梅山，渡过长江天堑和茫茫鄱阳湖，潜伏到湖东饶州地区，以办砖瓦作坊为掩护，发展势力，开辟新局。

这天，瓦屑坝的黄氏作坊里迎来了一位稀客——来自鄱阳湖北边浮梁的茶商刘功成。浮梁是历史悠久的著名茶城，唐代白居易的《琵琶行》里就提到过“商人重利轻别离，前月浮梁买茶去”。

刘功成与黄启是萧县老乡、多年挚友，也都是白莲教教徒，最初还是黄启把他带上这条路的。他们一起参加颍上誓师，遭到元军打击后又一起逃到了南方，一起加入了天完政权，也都被封了类似的“大官”，然后又一起来到饶州“传教”。刘功成在浮梁古城里的一片茶行以徽商名义为掩护，黄启则到鄱阳县瓦屑坝码头以经营砖瓦厂名义为幌子，继续谋求起义大举。两人一直保持联络、互通声气、协作举事。

这次是因为刘功成在浮梁公开发动农民、宣传起义。由于动静闹得太大，暴露了身份，走漏了风声，被官府爪牙得知，大肆张网捉拿。几个月来，刘功成在浮梁、景德镇、德兴、婺源等地东躲西藏，眼看实在没别的地方可去了，只好逃到了这里。

正午时分，两人在作坊的前庭里相对而坐，一边说话一边喝茶。因为是对抗朝廷，大逆不道，杀头抄家的极罪，他们不想让黄世明、熊秀听见和参与，就叫两口子在后边的小屋里张罗饭菜，两人窃窃私语。黄世明基本上知道是怎么回事了，倒也不害怕。熊秀平时根本不管这些事情，而且以为他们只是生意上的往来、老乡间的走动——黄启给她介绍刘功成时，便是这么说的。

也许是刘功成比黄启小十来岁的原因，当下正是快要四十不惑的大好年辰，精力充沛、血气方刚，所以性格与黄启大为不同。黄启成熟稳重，城府深沉，心里行事，话语不多；刘功成却激情洋溢，敢作敢为，口若悬河，滔滔不绝。黄启的老伴几年前已饿死；刘功成还没结婚，一直独身。

正因为刘功成比黄世明没大多少，所以黄世明向来只叫他“刘大哥”而不叫“刘叔叔”；而刘功成又叫黄启为“启哥”，这关系似乎有些乱套。不过，江湖中人素来不拘礼节，四海之内皆兄弟，不管性别、年龄、辈分、身份，是一律以“兄弟”或“姐妹”相称的。

刘功成还有一个痼疾，那便是天下男人们屡犯的“寡人之疾”。由于他的好色成性、老喜欢拈花惹草，所以人到中年了仍没成家，可是在外头相好过的女子却不少。这家伙货殖经商是把好手，颇有天赋，也曾挣下不少钱，但都花在逛窑子青楼、声色犬马上了。他的身子都被女人们掏空了，难怪干瘦得跟个猴精似的，只剩下一对荒淫、色眯眯但不乏精明的眼眸，幽幽发光，有如苍漠中的野狼。

可不，他此次来到瓦屑坝，住在黄家，那对色眯眯的眼珠又盯上了年轻貌美的熊秀，每时每刻目光总是朝她行动的方位睃来睃去。这令黄启很是不满，心想：你可不要打我们黄家儿媳妇的主意，那我也会不顾情面的！再说你这坏毛病何时才能改掉？俗话说，英雄难过美人关。但愿你千万不要误了咱们的大事，也不要误了你个人的命运前景。

刘功成这段时间跟外地几支义军联络较多，他自己也亲身跑了一些地方，所以比较了解天下大势。他向黄启介绍，如今刘福通领着韩山童的儿子“小明王”韩林儿，又在北方把起义搞得如火如荼的，直接威胁到朝廷中枢。相反，南方的天完政权却已陷入低谷，一蹶不振，不知还能否再翻身？“要不，俺们还是回北方去吧？毕竟那是俺们的家乡。”刘功成试探着问道。

“这样不好吧？那俺们真的就变成朝秦暮楚、见风使舵、背信弃义的宵小之徒了。”黄启答道。这段时间黄启其实也一直是在犹豫和纠结。他觉得在饶州这边确实没什么搞头，民众发动不起来，看不到希望，想回老家了。相对而言，饶州百姓的物质生活还比较稳定，吃穿不愁，小富即安，故对搞暴动、反朝廷不是很热心，觉得能维持此现状就好。可是，既然当初自己一念之差，已经在红巾军落难之际选择离开，另投天完，而现在说走就走、再度“易帜”，这哪里是江湖中人的做派？

见刘功成还要继续分辩，黄启很不客气地打断他的话：“你也太性急了，在浮梁那边搞得过于大张旗鼓，以致如今都坚持不下去了。当初徐寿辉大帅要我们秘密潜来饶州，不是反复叮嘱过我们必须沉下心来，相机行事，不宜轻举妄动吗？”

刘功成反驳道：“我是性子急了一点，因为如今形势太紧迫啊！宜早不宜迟。要是个个都像你这样，一直潜伏在如此遥远的乡下，什么动静也没有，什么事情也不做，那又有什么进展呢？共襄大举将在何时！”

黄启说：“谁说我什么事也没做呢？我这一年多来，还是在暗地里做了很多事情的。但是，我们首要的还是要先隐蔽下来，保护好自己，等待最佳时机到临。不要还没正面与强敌交锋，倒先把自己给暴露，丢了卿卿性命，岂不可惜？好吧，你既然来了就来了，咱们先好好商量一下，看看如何在瓦屑坝、立德街、饶州城这一片开始‘传教’……”

就在这时，黄世明冒冒失失地闯了进来，说：“那个年轻人……拉木托来了！”

黄启觉得很诧异：“他来干什么？”平时大家又很少接触，互不了解。他们只知道拉木托是这一带的保长求鲁台之独子，别的啥也不清楚。

黄启让刘功成赶紧隐匿到一排排已经做好的、码放得高大整齐的砖瓦成品后面。而熊秀因不想见到拉木托，早就带着还只有几个月大的小黄河，藏进屋后的地窖里去了。然后黄启才让黄世明把拉木托领了进来。

只见拉木托急匆匆地走进作坊，满脸焦灼的神色，朝四周打量了一会儿，也不说什么面子上的话，就劈面问道：“那个浮梁来的茶商去哪里了？你们赶快逃跑吧！我父亲求鲁台带着元兵来抓你们了，再不跑就来不及了！”

黄启与黄世明惊骇得面面相觑，脑海里顿时冒出一系列问题来：求鲁台是怎么知道刘功成来到了瓦屑坝这里的？他又是怎么知道刘功成是起义头目，或别的什么朝廷敌对分子的？他既然知道刘功成的底细，那自然也知道黄启父子的底细了；既然他知道了，那当地官府和驻军自然也知道了，这又是谁告诉他们的？再说，拉木托是求鲁台的儿子，为什么要帮自己？他为什么跑来瓦屑坝报信？他还知道自己的多少秘密？其中会不会有诈？

但是，宁可做最坏的打算，也得先暂且相信拉木托的话才好。黄氏父子赶紧恭请拉木托坐下来，并给他奉上一杯茶，请他简单说明一下整个事情的原委。

拉木托说：“情况紧急，来不及一一解释了，你们得赶快离开这儿。——好吧，长话短说，我大概给你们说一说吧！”

原来，正是方家俊最先发现刘功成踪迹的。几天前他曾路过浮梁，看到城楼上张贴的通缉北方义军头目刘功成的告示，那头像与近日来到黄家的这位浮梁茶商很相似——昨晚他就在立德街上的“探春楼”见过这位，想必是他无疑了，便打算去求鲁台那里告发他。方家俊一直想巴结求鲁台，从他那里得到一些好处，能在立德街与瓦屑坝一带地界“分一杯羹”。可他始终没找到好机会，而一般情况下求鲁台又看不上他。如今若能把刘功成抓住送给求鲁台，必是邀功头一桩。昨晚，他就去找了求鲁台的，可求鲁台和几个女人正在饮酒作乐，自然不会见他。今天上午一大早，他就屁颠屁颠跑到保长府第来了。

求鲁台自然欣喜若狂。朝廷向来把剪除反抗本朝的暴乱分子作为头等要事，而擒获此类人物亦是大功。但求鲁台担心仅以他一人之力，哪怕再加上他的几个手下、方家俊等人，也不是刘功成、黄启父子那一帮暴乱之徒的对手。他估计他们会有一大群人马已潜伏在鄱阳境内。所以，求鲁台赶紧骑马前往几十里外的州城求见朝廷饶州路总管魏中立，请他派遣了一支大部队，杀气腾腾往瓦屑坝方向而来……

方家俊的一举一动，其时被恰巧在保长府第内室的拉木托看得一清二楚。当他来家里向父亲告密，父亲赶去搬官兵时，他们后脚刚走，拉木托就前脚跟了出来，赶快来向黄启父子通风报信。

不过有一点拉木托并不知情，聪明的方家俊其实也早已探明，原乃自己嫂子、也系拉木托意中人的熊秀，正是躲在黄启与黄世明父子这里，并且与黄世明已结为夫妻了。这令方家俊十分恼火，熊家姐妹一个嫁给了砖瓦作坊老板的儿子，一个嫁给了保长的儿子，而她俩本来是属于自己方家兄弟的。所以他要狠心报复，要借刀杀人，要求鲁台去剿灭黄启与黄世明，要让熊秀跟着黄氏父子一起完蛋，到时自己在一旁幸灾乐祸。他得不到的，也不能让人家得到！

黄启这才相信了拉木托的一席话。于是，他唤出刘功成来与拉木托相见，向他致谢。又让黄世明去把熊秀母子叫出来，大家稍稍准备一下，得赶紧出发。黄启这时想的是，他们也不过出去避避风头罢了，过些日子待风波平息还会再回来的。

黄启对另一个问题仍颇感兴趣，于是又问拉木托道："你是保长之子，为什么要帮我们呢?"

拉木托露出洁白的牙齿、纯纯的笑容，搔了搔后脑勺，简单地说："我只是凭我的直觉，觉得你们都是好人。"

这其中尚有一个小插曲。几个月前，黄启与黄世明父子去立德街上采购生活用品，遇到一群流氓地痞正在欺负一对外来做生意的年轻夫妇。可怜的小夫妻十分害怕，不知所措，失声痛哭。黄家父子路见不平，拔刀相助，便冲过去劝阻他们。几个小地痞怪他俩多管闲事，竟又要教训他俩。黄启凭着在老家曾跟一位民间武术高手学到的一身本领，普通几人根本近不了他的身，这几个小地痞自然也不在话下。便让黄世明与小夫妻退到一边，单枪匹马勇斗群痞，把他们打得一个个喊爹叫娘，抱头鼠窜。

把小地痞们赶跑以后，黄启又安慰了小夫妻几句，并给了他们一些钱，让他们马上离开此地。拉木托当时刚好途经此地，撞见这一幕，便认定黄氏父子是好人，而且还拥有一身功夫，不是一般百姓。这次方家俊来保长家告密，他基本知道了黄氏父子的身份，考虑到他们人少力弱，敌不过强大的朝廷官兵，所以才抢先赶过来劝他们逃走。

当熊秀抱着小黄河突然从后门出来时，毫无思想准备的拉木托不免大吃了一惊："秀儿，你怎么会在这里呢?"

熊秀也急忙同他打招呼，露出一张尴尬的笑脸："拉木托哥哥你好！好久不见了。呵呵，我现在是应该改口叫你妹夫才对。这些天你与瑛儿小两口过得可好？此事说来话长，一言难尽。多谢你来通知我们，可我们马上就得离开这里了，以后我再详细告诉你吧！"

黄启父子俩早在作坊附近的芦苇荡里藏了一叶小舟。他们与熊秀母子、刘功成、两个雇工上了船，向岸上的拉木托招手告别。黄世明与雇工把船划动，渐渐消失在湖湾的漫漫水雾里。

拉木托紧紧盯着熊秀的身影，依依不舍。没想到才见到伊人，马上伊人又得走了。他真是既感慨万千，又怅然若失，但更满腹疑问。可是眼看父亲和方家俊他们一伙很快就要来到了，他只得猛地钻进附近的芦苇荡里躲了起来，再伺机离开。

当方家俊领着求鲁台与一大队官兵赶到瓦屑坝渡口时，黄家的砖瓦作坊里已经空无一人。看这迹象，他们还刚离开不久。方家俊猜想，必定是有人来向他们通风报信了。但这人究竟是谁？他猜来猜去，连他与家远的父亲方贵、熊秀与熊瑛的父亲熊宗武等人都猜过了，就是没想到会是拉木托。

不过，求鲁台仍很高兴。即使没抓到这些"瘟神"，但只要把他们赶去了别的地方，自己就算是完成任务，万事大吉了。凶横无情的求鲁台，下令在黄家作坊四周放了几把火，连同他们的几间住屋都烧起来了，熊熊大火，不到一个时辰，全部化成一片灰烬。找不到和尚尼姑，就先将其庙庵毁掉！只可惜黄启父子等人在这里一年多的辛苦经营，全都化为了乌有。

方家俊因举报黄启与刘功成有功，得到求鲁台赏识，就成了官府的"自己人"。求鲁台先是安排他在保长府第负责保安等事宜，很快又让他单独管理从立德街到瓦屑坝渡口一带地区。拉木托是尽量避免不跟方家俊见面的。

好在此时鄱阳湖上风平浪静。黄启、刘功成、黄世明、熊秀、小黄河这几人，匆匆忙忙驾着小舟，晃晃悠悠出了芦苇荡、龙口湾，到了泱泱鄱阳湖的中心，远远望见那座耸立在水天一线之南、绵亘高耸如巨轮的康郎山，正准备绕行过去，突然看到对面开过来一艘大船，船上有不少人，船头立着一个男子，却隐约像是方家远。

熊秀正在疑虑与犹豫，便见那人主动朝她喊道："那不是秀儿吗？"正是方家远！

毫没来由地，熊秀的两行热泪，簌簌而下……

第五章　家远投友谅

刚刚与拉木托分别，方家远又出现了。方家远的突然现身，着实令熊秀方寸大乱。毕竟，他曾是她的男人，他们青梅竹马、缔结秦晋，差点都拜堂成亲了；可后来，他在危急关头竟弃她而去，导致她遭到坏人的蹂躏，身心俱损，且十分痛恨他的懦弱与背叛；她不想活了，准备投湖自尽，却被另一个男人黄世明搭救了，并用一颗赤诚之心温暖了她，于是改嫁给对方。如今匆匆一年多过去，自己连孩子都有了，为人妻、为人母，岁月的流逝也冲淡了她对家远的恼恨，倒是渐渐思念起他来，毕竟她对他还是感情很深的，不知他是否还活着、现在何处，但今天方家远突然真的现身了，这能不让熊秀百感交集、情难自已吗?

原来，当初方家远在求鲁台来抓他与熊秀之际，却自己一个人钻进水里逃遁了，而让心爱的女人秀儿落入虎口，事后他非常懊悔自责。可是他再也没办法回去了，一则，他怎么也斗不过求鲁台及官兵，反倒会搭上自己的性命，他怎么有胆量回去？二则事实既然已经注定，熊秀肯定不会原谅他了，也再不会嫁给他了，他怎么好意思回去?

他于是往北而去，历鄱阳湖风浪、渡长江天险，在鄂东南角遇到天完部将陈友谅，就投靠了他。当时陈友谅的力量发展飞快，一日千里，应者云集。陈友谅抱负非凡、野心勃勃、手段强悍、行事果断，并不满足于仅仅做一个天完政权里的小将领，算得上是当世少见的俊杰。方家远很想借重他的力量打回饶州消灭求鲁台，就向他游说饶州一带如何富庶发达、人多粮足，是建立据点、扩充军队、争夺天下的好地方。经他极力劝谏，陈友谅终于动心，就派给他一小队人马，让他先回来打前站，做先遣事务，以接应随时可能到来的主力部队。

方家远与陈友谅的认识过程，倒并没有什么戏剧性，毫不曲折。方家远当时还很年轻，阅历又少，没有很高的识人经验与对未来的预测，因此他对陈友谅既没有非常的好感，却也不是很讨厌。陈友谅虽说在人格上有很多致命的缺点，但他的政治才干与军事谋略终究是卓越的，况且他当时正处于事业的上升阶段，更将其正面与长处展示得淋漓尽致。他要招买兵马、扩充地盘、笼络人才，就像当年的刘邦、刘备、曹操、李世民、赵匡胤等一代枭雄一样，必然显得豪爽大方、敞开怀抱。而方家远此时前来投奔他，自是令他大喜，两人一拍即合。

长江中游地区、荆楚湖湘一带，当时以陈友谅的势力最强，江汉子弟兵遍地都是。方家远从南向北一路打听形势、探问豪杰，“陈友谅”的名字自然第一时间就钻入了他的耳腔。他在进入陈友谅的统辖范围之后，见到陈友谅倒是很顺利，两人谈得也比较投机，陈友谅非常欣赏方家远的才干胆量，答应先拨给他五十名兵士，要他回饶州做前期诸事。方家远在回赣之前，还在陈友谅的部队里效力过近两年，见证了他迅速崛起、屡打胜仗、地盘日益扩大、逐步走向辉煌的全过程。

只是方家远最初在路过赣、鄂、湘三省交界的幕阜山区时，发生了一段不大不小的故事，曾在他的心海里短时间泛起过一阵阵波澜。

原来，在幕阜大山里有一群土匪，他们的首领是一个风流寡妇，外号“夺命枪何九娘”。此女年纪三十许，姿色中等，皮肤黧黑，粗眉大眼，且武功甚是出色，善使一杆九尺长枪，系世代家传，最能夺人性命。她父亲曾经逼她所嫁的前夫，被她视为窝囊废，数年前同旁边另一座山寨争斗时战败丧生，此后她便一直独身。但她并不缺男人，其部下有多名英俊小伙就是她的性伴侣，夜里轮流给“女王”侍寝。

方家远在前往武昌路过何九娘的山寨时，被她手下喽啰布设的陷阱捉住，送到这位女老大处。何九娘见他长得仪表堂堂、气质儒雅，与他们仿佛完全不同人种，乃其平生素未见过，遂颇有好感。这个本来杀人不眨眼、性格古怪偏激凶悍的山大王竟然破例饶恕了他，还强烈挽留他住下。她命人在寨子前的坪院里燃起一堆大篝火，跟家远在清风明月下喝酒划拳，喝得醉醺醺的，倒是豪气干云、心直口快、性情奔放，感染了家远。

在随后的交流对话中，何九娘发现方家远谦谦君子、谈吐不凡，并敬重他理想远大、学问很高，陡生爱慕。想必此女因是已故前匪首山寨王、部落首领之宝贝幺女，身后无弟妹，故对比自己少七八岁的方家远产生了一种“姐弟恋”的情感。她决定留住方家远，并把自己的队伍、山寨都送给他，由他当老大，两人一起“谋大业”。再说此地山高皇帝远，尚未受程朱理学波及，民风淳朴原始，还没有性禁忌，男女关系非常开放，何九娘不断用抛“媚眼”、唱“情歌”、动手动脚来挑逗引诱拉扯方家远，并当夜就要他跟她一起同床共枕、风流快活。

这可把方家远吓坏了！他自出娘胎以来，一辈子哪见过这等阵势？他觉得这一切都好像是一场怪梦，一点也不真实。他赶紧以各种理由拒绝了何九娘马上求欢的要求，并在第二天凌晨，趁何九娘他们全都喝醉了、酣睡未醒之际，偷偷跑出了幕阜大山里的这个土匪寨子。他想自己已经对不起一个女人——熊秀了，就不能再对不起另一个女人——何九娘。他心里非常明白，自己与她根本不是同一路人，他不可能与她有爱情，不可能跟她与她的土匪们在这座大山里生活几十年，他也没法为她、为这个寨子、为这么多人负起这么大的责任来。

不过，在其后恓恓惶惶逃离幕阜大山的路途中，方家远历尽了艰辛，吃够了苦头。早先他的盘缠、衣服、干粮都被土匪们抢走了，没去要回来；而幕阜大山里峰高谷深、道路崎岖、人烟稀少、野兽出没，过去素常生活在平原湖区小城里的他，又不熟悉山区的地形方向，接连数日都在崇山峻岭之间兜圈子、瞎闯荡。他感到饥饿、困乏、寒冷、恐慌，多种心情交织着。

直到几天之后，一位上山采药的通城老郎中发现了凄惨似野人的他，给了他一些吃的，并把他带出了大山。他一出山就走进了陈友谅的辖区，被陈友谅所部收留，把他带到了主帅那儿，事情就容易了。

从那以后，方家远便再也没见过何九娘了，亦再也没有得到过她的讯息。他在后来镇守康郎山的漫长日子里，曾多次派手下人长途跋涉去幕阜大山里找寻过他们的踪影，可手下人回来后都说那儿并没有这么一个山寨、一群土匪，也没有一个叫“何九娘”的女人。所以方家远一度觉得，莫非自己这真的只是当时在幕阜山中晚上睡觉时做的一个春梦而已？

没想到，在从楚地返回赣乡的路上，方家远又邂逅了自己一直以来魂牵梦萦牵肠挂肚、既怕见又想见的人儿——熊秀。更没想到，快两年过去了，世上人事已发生了很大的变化，熊秀已嫁为他人妇，而且还有了儿子。看她瞧自己的眼神，已经非常平和平静了，不复过去的脉脉含情。女人嘛，嫁鸡随鸡嫁狗随狗，她如今有了丈夫、儿子、小家庭，自然一门心思都在他们身上了。

不过，方家远原以为秀儿再见到自己时，一定会狠狠埋怨他，并大骂他一顿的，现在看来也是不会的了。他暗暗叹息了一声，同时又吁了一口气。恨没有了，所以爱也没有了。既然她有了新的人生，那就一切到此为止，从此开始走各自的道路吧。做夫妻不得，也没必要成仇人，朋友还是可以做的。

待两船靠拢后，方家远跳上了熊秀的小舟。看到黄启、黄世明、刘功成这些陌生人，根本不像饶州本地人士，他一时有些迷惑，但又似乎有些明白。他先问熊秀道："秀儿，你们这么慌里慌张地出来，是为什么呀？去哪里？他们是谁？"

熊秀不好直说，正是他的弟弟方家俊向当地官员告发了他们，才导致他们陷入这个处境，就隐去了这一部分，说："求鲁台带人来抓我们了，所以我们只好离开。"并向方家远一一介绍自己周围这些人：丈夫、公公、朋友、儿子、雇工。而对他们介绍方家远，也只说他是她以前的邻居和朋友。

"求鲁台为什么会来抓你们呢？诸位到底犯了什么大错？"方家远继续问道。

很多事情熊秀是不清楚的，于是洞若观火的黄启站了出来，说："想必方先生也是咱们同道中人了，那我也不妨对您明说吧。我们几个都是白莲教的，都属于天完政权。我姓黄，叫黄启，是工部侍郎、平南将军；旁边这位刘功成大人，是户部侍郎、征西将军。我们是被徐寿辉大帅派来鄱阳、浮梁一带传播教义、发展教徒的。没想到近日暴露了，被元兵追捕。这些事我们还没对秀儿说，倒不是要欺瞒她，而是这杀头的大罪，她还是尽量少知道为妙。"黄启是过来人，看得出熊秀与这位方先生的关系非同一般，并不是普通朋友，但他也不想再追问下去。

"哈哈，大水冲了龙王庙，咱们真的是一家人啊！原来是两位侍郎、将军大人，失敬！失敬！我也是天完政权的，不过我还没加入白莲教呢！"方家远赶紧过去与黄启父子、刘功成热情揖礼，并继续解释道，"我是陈友谅大人的部下。各位大人恐怕还不十分清楚，现下咱们天完的形势有了一定的变化，是陈友谅大人在主事了。"

方家远的性格本来是有些文弱胆小的，所以当初才因为害怕求鲁台而弃熊秀投湖。但因为近年跟随的陈友谅如今炙手可热、权势熏天，加上身边领着五十名兵卒，于是底气也足多了，连在两位天完政权的高层官员面前也不是那么谦恭卑微。

"陈友谅是谁？我怎么没有印象呢？"就在刘功成满心疑虑，搜索脑海中的记忆，一边小声念叨时，黄启扭头对他说："陈友谅将军是倪文俊元帅那边的人，他入教较晚，你可能不大认得他。"

黄启主动拉方家远坐下，请他给大家伙好好介绍一下天完乃至整个中原反朝廷势力的新进展。的确，他们在南方潜伏太久，对新近的情况还不如家远知道得多呢！刘功成虽然跑了几个地方，也只是对周围不远的范围内有所了解而已。

“是的，陈友谅大人原本是倪文俊元帅的部将，天完王朝将来必定是陈大人的天下啦……”方家远说起陈友谅来便眉飞色舞，仰慕之情毫不掩饰，但看到黄启、刘功成二人不屑和不服的表情，立刻转移了话题，说道，“好的，那我就把我这一两年来的所见所闻，给两位大人说一说吧！”

原来，就在朝廷派大兵全力攻陷天完都城蕲水，徐寿辉等首领被迫遁入黄梅山，彭和尚等人率领的巢湖水师也只得退守湖区，元末农民起义进入低潮之际，朝廷却先后有过多次巨大的变故：一开始是一代杰出政治家脱脱执掌大权，总制诸王、诸省各路军马，号称“百万”，出征高邮张士诚，各路起义军危在旦夕，朝政亦乍现起色。但就在此时，脱脱受到中书平章（副丞相）哈麻等人的弹劾，遭免职流放云南，后在途中被赐自尽。朝廷另以河南行省左丞相太不花代领其兵。由于临阵易帅乃军事大忌，太不花又不懂作战指挥，部下普遍不服，一盘散沙，元军不战自溃。紧接着，大周王张士诚趁机反倒于高邮发动攻击，大败元军，其主力为之解体。

自此以后，朝廷军队便彻底丧失了军事优势，走上下坡路。而各路起义军则纷纷崛起，如春笋破土。

高邮之战打开了全国的整个战局，北方红巾军开始反扑。刘福通将“小明王”韩林儿从砀山夹河迎至亳州，以韩林儿为“皇帝”，建立新的政权，国号宋，改元龙凤，中央设中书省、枢密院、御史台和六部，地方设行省。以杜遵道、盛文郁为丞相，刘福通、罗文素为平章，刘福通之弟刘六为知枢密院事。但杜遵道刚愎擅权，为刘福通所杀，由刘福通改任丞相，加封太保。

从翌年起，刘福通派出三支大军，利剑出鞘，分兵进击，开始北伐。其西路军由李武、崔德率领，经河南直扑陕西，冲入潼关，撼动关中；东路军由毛贵率领，一路力克山东、河北、辽宁等地，甚至威胁到京城大都（今北京），这一路是战果最著、反响最大的；中路军由关铎、潘诚、冯长舅、沙刘二率领，自河南进军山西，嗣后还出长城经辽宁入高丽，这一路走得最远。在此期间，刘福通本人携韩林儿随后攻占了汴梁（今河南开封），汴梁曾系北宋京城，昔日是整个中原最大、最繁华的城市，定之为宋政权之都。此时红巾军出现了短暂的昙花一现的鼎盛局面。

可是之后的几年里，三支北伐部队由于孤军深入、寡不敌众，内部又争权夺利、自相残杀，竟相继失利，形势逆转。朝廷后期两大军事统帅察罕帖木儿与孛罗帖木儿率领的两路大军，对宋政权的包围开始一步又一步地紧缩。不久汴梁陷落，刘福通保护韩林儿冲出重围，逃奔安丰（今安徽寿县），宋政权陷入低谷和困窘。北方红巾军已彻底为朝廷所镇压，从此毫无战斗之力。

“其具体情形竟然如此！之前我们也只是道听途说、捕风捉影，了解个支离破碎、一鳞半爪的大概罢了。”黄启与刘功成最初毕竟是加入刘福通所部的，感情仍深，所以对北方红巾军的故事听得非常认真仔细。听到这里，刘功成喟叹。

“那么，方……将军，南方红巾军又有什么新情况呢？您刚才提到了那个谁……陈友谅，他到底是什么来路？”刘功成紧接着问道。

方家远继续介绍：

南方红巾军也是在张士诚于高邮将元军打败以后，乘机吸收了一部分投降过来的将士，壮大了自己的队伍。此后，天完元帅倪文俊率军占领沔阳，翌年天完政权便据沔阳为都，以倪文俊为丞相，改元太平。第三年，倪文俊意图谋杀天完“皇帝”徐寿辉，篡夺帝位，但功亏一篑，阴谋未遂；倪自汉阳逃至黄州（今湖北黄冈），投奔原部将陈友谅，却反被陈友谅所杀，且吞并了他的部队，自称勤王，倒也理由堂皇、师出有名。此后陈友谅已基本上夺得天完军权，先自封宣慰使，随即又自封平章政事，把进攻重点放在东南一隅，即江西、安徽、浙江、福建等行省。次年陈友谅与巢湖水师邹普胜联手攻占了安庆，并乘胜连克赣省、闽省诸多地区。

“我看你们都频频提及陈友谅，这陈友谅究竟是个什么人？”刘功成又插嘴问道，看来他对陈友谅的兴趣胜过一切。倒也是，对南方红巾军的总体情况，有很多他都了解。

方家远摇了摇头，说：“对陈友谅大人的过去，我也不是非常清楚。”

只听久未开口的黄启简要介绍道：“陈友谅是湖北沔阳黄蓬人，生于一个湖滨渔民家庭，跟方将军您的出身相似，难怪你们能如此投合。陈友谅的祖父陈千一原本姓谢，因入赘多女无子的当地陈家，才跟随其姓。其父陈普才生有五子，陈友谅排行第三。他少时倒读了一些书，略通文义。曾有一卜者在察看过其祖先的墓地之后，断言曰：‘尊驾日后定会富贵。’陈友谅心中暗喜，便封了个大红包给对方。他后来曾任县里的小吏，但这远非他的人生最终目标。故当天完帝徐寿辉遣倪文俊元帅复破沔阳时，陈友谅即响应之，于黄蓬发动起义，加入红巾军，投效倪文俊麾下，初为簿书掾，后以功累升元帅。”

方家远、刘功成、黄世明听了黄启这席话都很惊讶。黄世明问道：“爹，您是从哪里怎么知道得这么多的?”

黄启只是轻描淡写地说：“我与陈友谅曾交往过数日。”后来为什么没交往了？他没细说。因在方家远面前，有些事情不便深入交流。陈友谅此人有人格缺陷，自私自利，性情强硬而腹诽，心狠手辣，爱使唤和指责别人，所以黄启一向都不喜欢他。

第六章 进驻康郎山

方家远继续介绍了大周王张士诚、濠州钟离红巾军郭子兴与朱元璋等起义部队的近况。其实方家远也只是知道个大概，很多内容仍都是黄启在一旁所做的补充。

黄启配合着方家远讲完了朱元璋的故事。最后黄启总结道："将来中国的天下，大概就是在张士诚、陈友谅与朱元璋这三人之间争夺了。不过我最不看好的还是……陈友谅。"

见黄启叔如此博学多闻、见识非凡，又沉默稳重、胸有成竹，方家远对他实在是肃然起敬，完全被折服了，一句由衷的感慨不免脱口而出："真是听君一席话，胜读十年书啊！"他知道黄启绝非普通之人，且既是长辈又曾是颍上誓师的元老、天完的侍郎与将军大人，心想："将来我若要成大事，一定请他协助我，做我的副手股肱！就像刘邦得萧何、刘备得孔明一样。"

可现在黄启显然对陈友谅大帅有偏见，而自己是陈友谅大帅的人，这该怎么办呢？那只能看来日事态的发展变化了。待将来有朝一日陈大帅取徐寿辉而代之，得到了整个天完，做了皇帝，那饶州就是我的天下了，到时看你从不从我？方家远心里这样盘算着。

影影绰绰地，在他们一大一小两艘船的对面，便可以看到巍巍耸立于鄱阳湖之南、树木茂盛蓊蓊郁郁的康郎山岛。康郎山亦谐音称"抗浪山"，在行政区划上隶属于余干县（今江西余干），主峰叫金钹峰，形如一只金光闪闪的大铙钹，四周是平坦圆形，中央鼓突而起，系鄱阳湖南部的一座小岛，独踞茫茫水域的中央。因其地理、军事位置优越，控扼水陆要冲，地势险要、易守难攻，历来乃兵家必争之地。

方家远突然灵机一动，暗忖道："如今立德乡仍是求鲁台他们的天下，我现在回去肯定是打不过他们的，甚至还可能葬送自己的身家性命。我倒不如先暂时带领部队隐匿在康郎山上，一边打探周围的情况，一边等候着陈友谅大帅及大军的到来。"

于是他对黄启、刘功成说："两位大人，如今陈友谅大帅已经控制了整个长江中游地区，其大部队正准备进驻鄱阳湖了。我们不如就待在这康郎山岛上，等待着陈大帅及其大部队吧？同时也好为陈大帅的到来做一些前期准备工作。"

此时刘功成不说话了，看着黄启，等他拿主意。黄启本来是想带着他们几个人继续北上，去投奔徐寿辉或刘福通的，但现在一则人家方家远麾下有军队，算是挟持了他们，万一不让自己走，那处境就被动、尴尬甚至危险了——看他与秀儿还不是普通的朋友；二则即使一路北上，可看方家远适才介绍的当前情形，各起义部队之间的关系还挺复杂，局面并不明朗，现在过去也不见得就好。倒不如先听方家远的，跟他在一起，观望一段时间，看看形势的发展，再走也不迟。看这方家远倒不是个坏人，又挺倚重自己。陈友谅为人虽不咋的，目前大家的关系总算还正常。

迟疑了半晌后，黄启终于说："那好啊！康郎山我数月前已上去考察过了，山头开阔、树木葱郁、地基稳固，视野广袤、位置独立、人烟稀疏，可高瞻远瞩、可生产生活，既方便出兵，又利于隐蔽，进能战、退能走，防守易、攻打难，的确是个屯兵贮粮、扎营歼敌的好地方。"

方家远带着他们驾驶着小舟在前开道，他的兵士们所乘的大船则跟在后边，两艘船一前一后朝康郎山而去，不到半个时辰便靠了岸。几人见这里果然是个好所在，四面环湖，独卧洪波，面积还不小，南向部分又能躲避狂风浊浪，村寨、树林、谷地、崖洞深处藏个三五千人应该毫无问题；且有山有水，有房屋有田土，既可以种植庄稼水果、饲养家禽家畜，又可以下湖打鱼；岛上仅有几户人家，收买他们也不是难事。"简直太完美啦！"方家远赞叹道，一登上该岛他就马上喜欢这儿了。

从地理位置来看，康郎山之东连接余干县新生、大塘乡，西界新建县，南接南昌县，北与鄱阳县等地相邻，它是鄱阳湖中的一个水上运输要道，古时称为要津。南宋抗金名将岳飞曾在这里发生鏖战，成功收服余化龙，留下了一段传奇故事。

康郎山金钹峰顶有一大块不老松柏、长青山竹、溢香樟树等高大乔木。鸟儿们也时常飞来，会汇于此，引吭高歌。若是碰上好时机，还能见到“百鸟朝山”的特别景观。

在康郎山四周还有一大片湿地，长满了一望无际的翠绿梭草，间隙中时而出现一堆堆芦苇荡和一个个小湖池。双脚踏上梭草，感觉软绵绵的。梭草的根系甚长，水淹不灭，火烧不绝，一旦水退，它就会冒出嫩尖来。芦苇高出人头，风过飞花时如大雪飘扬，一片白茫茫的，甚是壮观，让人赞叹不已。水碧碧、草茵茵，乔木茂盛、芦苇直挺。山峦、湖水、青草、芦苇，构成了康郎山一幅艳丽夺目、美不胜收的山水画。

对当地的描写曾有诗云：“万年草根脚下踩，芦苇深处藏神仙。”宋朝饶州知府王十朋，亦曾在康郎山留下过诗篇佳句，赞美曰：“干越亭前晚风起，吹入鄱湖三百里。晚来一雨洗新秋，身在江东图画里。”而民间的渔歌则唱得更加形象动听：“春季千顷油菜花分外黄，夏季万亩荷花儿吐幽香，秋季一片稻穗花闪金光，冬季轻舟鄱阳湖上捕鱼忙，康郎山美好生活万年长。”湖区渔民常在此歇脚、晒网，他们的歌声里带有康郎山的传说色彩。

这五十多人就暂且在康郎山安营扎寨了，一些人生火做饭，一些人收拾房屋，一些人查看地形，开始井井有条地生活。随后的日子里，大家修缮了几间旧房，又建造了几间新屋，筑墙合围，这孤岛上就更有人气，更像个样子了。他们或打鱼，或打猎，或制造劳动、生活、作战用具，有些还准备垦地种菜、养鸡下蛋，在做长期居住的打算了。方家远还派了几个兵丁化装成岛上的渔民，跟他们一起乘船去饶州、余干、立德街等地采购物资、打探消息。

熊秀母子每天由黄启、黄世明、方家远、刘功成、众兵士轮流陪同着他们在岛上四处转悠玩耍，看看湖光山色，听听风声浪涌，倒也并不孤独。尤其是小黄河，处在一个新奇的环境里，一天天地茁壮成长起来。他既生得聪明伶俐，样子又英武可人，虎头虎脑的，所以大家都喜欢他，爱带他玩。尤其是他最喜欢跟方家远在一起玩儿，两人似乎天生就亲，这令大家啧啧称奇。他妈熊秀却觉得不是滋味，总好像哪里有啥不对似的。这大概是她自己神经过敏了吧，连黄世明、黄启都觉得没什么。

不久，立德乡一带的消息传了回来，跟他们预想的倒也差不多。总体而言还是维持着现状，求鲁台作威作福、独断专行，每天依然到处霸道嚣张；方家俊得到了求鲁台的重用，让他管理从立德街到瓦屑坝码头周围的地区，还给他配了两个随从。

方家远刚开始听说，如今家乡竟然是自己的亲弟弟方家俊在把持大局了，还十分兴奋，手舞足蹈起来，很想立马赶回去兄弟俩一起“打天下”。但他转而一想：家俊都已经投靠朝廷，我怎么还能跟他称兄道弟、携手同行呢？再说我若回去，以他现在的身份，以他一贯的作风，不把我告发给求鲁台，不要我的命才怪呢！这时方家远又觉得，自己之前的这个想法是多么可笑！

但紧接着，方家远又为他的父亲方贵悬起了一颗心，揪紧了情绪。方家远知道，父亲跟自己一样是牛脾气、死脑筋，那求鲁台会放过他吗？他的亲生儿子方家俊又会怎么处置他？他与家俊这段时间的父子关系是怎样的？方家远的心仿佛插上了一对翅膀，真想越过这鄱阳湖的上空，飞回对岸家里去看看究竟。

与此同时，方家远又从熊秀等人那儿得到一个确切的消息：她的妹妹熊瑛，竟然嫁给了求鲁台的儿子拉木托！这真是令人始料未及。熊瑛原本不是与方家俊一对的吗？拉木托过去只是对熊秀似有好感，但并没与熊瑛怎么样啊！他咋会娶熊瑛呢？熊瑛哪里会与他产生感情？而方家俊如今又投靠了求鲁台，那他们仨平时究竟该怎么在一起见面？怎么称呼对方？没想到自己离开立德街还不到两年时间，就发生了这么多意想不到、匪夷所思的事情！

想想才一年多之前，在立德街上，乃至在整个饶州府，许多年以来，谁人不知、哪个不晓，渔家方氏的一双英俊兄弟、乡绅熊府的一双漂亮姐妹，堪称两对绝配，天生地造，可谓有口皆碑，无不赞叹。方家远自己也经常做着同样一个美梦，幻想将来有那么一天，自己兄弟俩同时迎娶她们姐妹俩，这在家乡称之为“结扁担亲”，兄弟变连襟、姐妹成妯娌，双喜临门、亲上加亲，多么十全十美、人间罕见的好事啊！可谁也没想到，自己的心上人先是被求鲁台所糟蹋，后来又辗转嫁给了外乡人；而弟弟的意中人也弃他而去，嫁给了求鲁台之子拉木托——多么具有讽刺意味啊！尽管拉木托本性不坏，自己与他从小伙伴开始就关系不错，但事实明摆着：他能取代家俊，娶到熊瑛，毕竟是靠他父亲求鲁台的权势、靠保长的身份在起决定性的作用，熊宗武与熊瑛都是被迫答应这门婚事的。

方家远心里实在是非常伤心和失望。但痛定思痛之后，他冷静、深刻地自问：这一切都是为什么呢？难道我方家远、我方氏兄弟、我整个方家、我整个立德街、我整个立德乡、我整个鄱阳县、我整个饶州府，命中注定就该是彻头彻尾的一场悲剧吗？

此外还有一件事，因为拉木托娶了熊瑛，他也就成了熊宗武的女婿。拉木托帮熊宗武在求鲁台那里争取到了从立德街到瓦屑坝一带的主要经营权，开店铺、建作坊、做生意。求鲁台先命方家俊管理这片地区，而拉木托又让熊宗武在这儿经商，难道这父子俩不知道他们是一对生死冤家？那如今家俊与宗武叔之间该是一种什么关系呢？是变成了鱼水之欢的亲密合作，还是更加你死我活的激烈争斗？他俩一个差点成了自己的泰山大人，而一个是自己同父共母的骨肉兄弟！

可是，方家远已不能想那么多了，他要安排好康郎山上的所有生活，要修造一座供他们居住的城堡，要派人前往饶州、余干甚至洪都、武昌等地打探消息，要与陈友谅大人随时取得联系并向他禀报这边的情况，要去与黄启叔聊天、向他讨教，还有熊秀与她一家人在这儿，亦令他日日夜夜分神又慌神……他要做的事情实在是太多太多，至于立德街和瓦屑坝那边错综复杂、变幻莫测的事态进展，一切等陈大帅驾临就全都迎刃而解。

蛰伏在康郎山上的这些白天黑夜里，风和日丽，山光水色，自给自足，静谧安详，就像是世外桃源一般，让这些男女老少们都陶醉了，每天过着惬意的生活，仿佛置身于时光凝固的真空，把尘世中的纷纷扰扰、动动荡荡、沉沉浮浮、打打杀杀几乎全忘了。

第七章　方二整熊大

山雨欲来风满楼。暴风雨来临之前的饶州大地，看来也并不是那么宁静与祥和。

瓦屑坝与立德街在行政上都隶属于立德乡，一个是码头一个是古镇，堪称鄱阳湖东岸两颗最璀璨耀眼的明珠。瓦屑坝是鄱阳湖畔一个重要的通商及客运渡口，同时也是一个著名的砖瓦建材、陶器瓷器制造与集散地；立德街位于瓦屑坝到饶州府城的交通要道上，是一个历史悠久、店铺林立的湖滨小镇与商业中心，也是立德乡的行政枢纽。随着社会经济的发展、人口流动的频繁，瓦屑坝与立德街的地位愈加重要，商业繁华、熙熙攘攘，自然也蕴蓄着很大的经济利益。

由于有女婿拉木托为自己撑腰，又有女儿熊瑛的大力协助，乡绅大佬熊宗武在立德街上及瓦屑坝旁增开了多家商埠与工场，加上原有的几家，包括茶叶店、陶瓷店、米面店、丝绸布匹服装店、酒楼、旅馆、当铺、建材作坊等，生意越做越大，红红火火，俨然成了立德乡乃至饶州城外北部与西部地区首屈一指的富商。更何况他还是一个大“地主”!

这便引起了方家俊的嫉妒和敌意。方家俊本来就气量狭小、占有欲强，容不得别人超过自己。如今从立德街到瓦屑坝又是自己的“势力范围”，他怎么容忍得了熊宗武在他的眼皮底下做大事发大财？可是人家系合法经营，该缴纳的各种捐税，还有“保护费”，一分也不少、一刻也不拖，他抓不到熊家的把柄。特别是熊瑛又是他的旧相好，他也不好做得太过分。且熊宗武的后台又是拉木托、求鲁台，他颇有些投鼠忌器，打狗怕主人。

明的不行就来暗的，阳的不行则来阴的，这是方家俊的“法宝”。

且说这天，一群元兵全副武装，凶神恶煞地冲到熊宗武府上，“咚咚咚”用力敲他的大门。熊宗武本来业务繁忙，到处奔波，常常三五天都不归府，可那天刚巧是在家里。而这些元兵好像也是早已掐指算准了他在家似的，这自然是方家俊在幕后操控了。

这群元兵中带头的很不客气，明知故问：“熊宗武在吗？”

“鄙人便是，请问军爷你们有何贵干？”

“马上跟我去保长那里走一趟！”不由熊宗武分说，便有两个小卒迅速跑了过来，一左一右夹着他就要走。

“保长？求鲁台？他不就是我的亲家吗？他找我去干什么？我不是昨天才同他在一起喝过酒的嘛！再说他们这些人怎么态度如此凶巴巴、恶狠狠的？我平时在求鲁台那里好像也没见过他们啊！”熊宗武觉得很突兀，也很蹊跷，再一细想，越发觉得不对，内心忐忑紧张，忙问：“这位带兵大哥，请问保长大人找我有啥要事？”

那人很不耐烦的样子，嚷道：“有多人告发你，说你做生意短斤少两、缺寸扣尺。你自己亲自去跟保长说一说吧，这到底是怎么回事！”

“哪有这回事情？”熊宗武急了，“小可向来遵纪守法、本分经营、价钱公道、童叟无欺，从不干这些勾当的。诸位兵爷是不是搞错人了？”

“你不就是熊宗武吗？这立德街还有几个熊宗武？人家告的就是你，我们找的也就是你！”带兵的不想再听他分辩下去了，用力拽着他继续前行，老鹰逮小鸡似的。家里当时也没其他主事的人，熊瑛与拉木托都不在，熊府管家老孙头等人只好眼睁睁地看着老爷被这群元兵带走。

其实他们并没有把熊宗武带到求鲁台那儿去——他们根本就与求鲁台无关，而是偷偷将其关进了一个偏僻地区的一间漆黑、潮湿、肮脏、狭窄的小屋里，不再理会他，也不给他送吃的喝的。

熊宗武被从熊府抓走以后，老孙头赶紧派下人跑去熊家的一家店里，向正在那儿打理生意的熊瑛报告。当熊瑛焦急地赶回来时，那伙人早已不知去了哪里。熊瑛又马上去寻回丈夫拉木托，让他到他父亲那里询问情况。

拉木托调查了一整天，方才弄明白，这是有人以“饶州城若干商家”的名义，故意诬告了熊宗武，可是这个人后来却再也找不到了。此人显然是方家俊指使的，待事情结束之后就让他尽快销声匿迹了。但问题是熊宗武为此背了一口大“黑锅”，在立德街与整个饶州府的声誉明显受损。而且他本人被关进黑牢长达三天三夜，还被打得遍体鳞伤，好不容易才寻着释放了出来，早已饿得饥肠辘辘、奄奄一息了。

经此一事，熊宗武更加小心谨慎、深居简出，平日言语举动谦让低调，尽可能地与人为善。他自然也知道，这是方家俊在暗中陷害自己。但因没有抓住对方的把柄，且其又是求鲁台的人，手下兵卒、地痞一大帮，他也不敢公然得罪对方。

方家俊不但上次派手下小喽啰假扮“饶州商家”诬告熊宗武并将他关押，而且还指使人到处散播熊宗武的谣言，说他“长年非法经营，已被官府逮捕”云云。谣言就像长上了翅膀，在立德街与瓦屑坝等地传得飞快，一些不明真相的老百姓信以为真，竟不再去熊家的店子买东西了。而一些嫉妒熊宗武的商业对手更是幸灾乐祸，趁机推波助澜、落井下石，致使熊家的名誉和生意遭到了巨大的打击。

可是，熊宗武毕竟是经商的天才和高手。他一回到熊府，便立刻想办法恢复自己的名誉，在宣传和营销上改善服务、减价优惠、薄利多销。没想到，熊家产业因祸得福、由弊转利，过了一段日子，其各个店铺的生意反而比过去还做得更大更红火了！

尽管如此，几个月以后，熊宗武又出事了。

那天傍晚时分，夕阳西下，晚霞似火。熊宗武去一位老朋友也是生意上的合作伙伴的府上谈事、喝酒回来，坐在轿子里，满面酡红，心中高兴，还悄声哼了几句自己喜欢的饶河调。这全怪他不长记性，好了伤疤忘了疼，见近些天生意不错、进账颇丰，就沾沾自喜、得意洋洋了，不记得方家俊一直在暗中盯着他，随时会搞他的鬼。

当轿子来至一个街巷拐角行人稀少处，突然从暗黑的墙旮旯间冲出几名蒙面大汉，三下五除二便把两名轿夫、一名随行服务的小厮打翻在地，然后用长剑挑开轿门的布帘。

正在醉态中的熊宗武抬头猛然看到此一幕，顿时酒醒了八分，吓得脸色苍白。他被这几名蒙面大汉逼迫得只有乖乖照做，连忙下了轿，被捆绑、蒙脸以后，改换骑马，领着迅速离开了现场，迷迷糊糊走了好久好久，去了另一陌生之地，依旧是被软禁了起来。

而这一次，因为对方是打着土匪的旗号，所以就连拉木托，包括他请了父亲求鲁台出面，都暂时没有办法。他们搞不清这究竟是谁做的，熊宗武人到底被带到什么地方。不过熊瑛与拉木托心里明白，其幕后主谋必然仍是方家俊，肯定又是他在捣鬼，就直接上门去找他了。但他们也不好把话挑破，不能说罪魁祸首就是他，只是请他帮忙打听有关讯息，毕竟这一带属他管理，兼制黑白两道，门路广、线索多。自然，他也有责任。

方家俊一开始当然是假装不知道了，显得非常惊讶；然后又假装表示慰问，显得非常关切；最后又假装爱莫能助、尽力而为。但他毕竟是朝廷官员指派的区域管理者，辖区里出了事，他是要负责的，没法推卸敷衍，而保长求鲁台也对他施加压力了。他只好让拉木托、熊瑛夫妇俩先回家去，说自己会马上派手下兵分四路，全面打探，仔细盘查，一有好消息即第一时间通知他们。

果不其然，才等到第二天就有“好消息”了！当晚夤夜时分，不知是谁在远处街巷阴暗之中，向熊府大门柱“嗖”地投来一把匕首，上面插着一块小布条。翌日清晨老孙头开门看到，便赶紧取下送进内院给了二小姐。熊瑛打开布条，上写“尊父在吾等手中，请准备一千两黄金，于某月某日某时辰送至某处，逾期不候，万勿报官。若逾期或报官，必当撕票，后果自负”。落款是附近某山寨寨主，但寨名、人名都是陌生的，想必也是假编的。

熊瑛、拉木托干脆不想那么多了，只管尽快筹集一千两黄金，把父亲赎出来再说。好在家里库房中还有这么大的数目。然后叫人按指定的时间、地点送了过去——隔壁双港乡一座古寺庙大雄宝殿佛祖塑像前的供台上。

黄金一送达，两个时辰后熊宗武就被放了回来。不过这次对方倒没打他骂他，也好菜好饭拿给他吃了，只是仍不让他知道底细。据熊宗武自己回忆，他被对方蒙脸推上马，走了好几个时辰的山路，带到某套大房子里，这才揭开头巾、解掉绳索。不知这是何处，但感觉像是一直在上山，离立德街一定不近。房子内部的装修、摆设颇新，且有专人服侍，就是不跟他说话。

但不管怎样，熊宗武他们都清楚，其幕后元凶仍必是方家俊这家伙。而此次熊宗武再也不想一味被动挨打了，方家俊端的是宵小得志，欺人太甚，他要还击反抗！要让方家俊知道，自己并不是那么好欺负的，不是任人宰割的小羊羔、随便捏拿的软柿子。把自己赎回来，可是花了巨额的一千两黄金呢！让平时总舍不得吃穿、将钱牢牢锁在地下库房里的熊宗武实在是心疼不已，还有些怪熊瑛夫妇太大方了，怎么不跟对方再讨价还价一下？

那熊宗武该怎么做呢？因他是立德街、瓦屑坝这一片地区的商人领袖，也是整个饶州商会组织的负责人之一，德高望重、应者云集，还是有号召力的。他便让商会组织领着一群乡绅如彭兴旺、庞石代等人，还有立德街的街坊邻居们，一大帮人声势浩荡前赴饶州衙门呈递状纸。状纸里只说像熊宗武这样的好乡绅、地方商帮领袖与道德模范，素来合法经营、敦厚待人，却被一些别有用心的歹人肆意刁难、恶毒陷害，实在不成体统，请州府青天大老爷做主。

至于这歹人究竟是谁？状纸里并没明说，也不好明说，他们尚无确切证据。但倘一细查，自然水落石出、昭然若揭。

当时的知府赵大人举人出身，书香门第，通事达理。尽管他要受制于上司，并无多少实权，但总算还是堂堂正四品大员、一方父母官嘛！他便受理了状纸，给立德及双港乡的保长求鲁台去函施加了压力。求鲁台一问儿子拉木托，便啥都明白了。于是求鲁台当即叫来方家俊，狠狠训斥了他一顿，让他以后行事尽量收敛点，不要叫自己在知府大人面前难堪。

方家俊低头聆听着，脸上青一块紫一块的。他虽然暗地里咬牙切齿，对熊宗武此种反戈一击十分愤恨，但表面上对求鲁台总得唯唯诺诺的，点头哈腰表示接受，口里不断说着“好，好，好”。再说他这次独吞了熊大老板一千两黄金的巨资，几乎令对方破产，也算是够可以了。所以在此后连续多个年月里，方老二明显收敛了不少，而熊宗武的日子和生意也就好转了许多。

不过方家俊也并非就彻底善罢甘休了，他对权财的贪婪攫取，对熊宗武、彭兴旺等富绅的嫉妒排挤，却是无穷无尽的。此后他还是长期在与熊宗武等人明争暗斗、剑拔弩张、各不相让。只是他们的斗争更加隐秘、高明。

就在这种激烈的争斗中，从立德街到瓦屑坝一带，包括农业、手工业、商业、武行，继续平稳发展着，店铺、作坊、房屋、居民越来越多，特别是立德街小镇迅速兴隆，每天街上车水马龙、川流不息，行人熙熙攘攘、摩肩接踵，号称“小饶州”；瓦屑坝码头外，鄱阳湖上帆樯林立、船来船往，交通日益繁忙，号称“小江州”。

从饶州城经水路走鄱阳湖，瓦屑坝成了主要的客货码头之一，立德街成了主要的商品集散、货殖贸易中心与行人往来的交通要道、饮食住宿之地。

方家远、黄启、刘功成、黄世明与熊秀夫妻，以及方家远带来的那些两湖兵丁们，他们在康郎山湖岛上过着世外桃源般恬静、平定的生活，日出而作、日落而息，自种自吃、自给自足，几乎忘记了滚滚红尘中的纷扰打杀、建功立业的雄心壮志，似乎把锐气都消磨掉了，什么也不想干了。

其实并不然。第一，方家远代表的是天完“异己者”陈友谅的势力，而黄启与刘功成代表的是天完“皇帝”徐寿辉的政权，他们双方还是有派系隔阂和利益矛盾的；第二，方家远与熊秀从小便是恋人，甚至已谈婚论嫁，差点入了洞房，如今日日面对黄世明与熊秀夫妻，彼此之间必然大为尴尬不便；第三，本性好色的刘功成，一直觊觎着熊秀的美貌与丰腴，这令黄启和黄世明父子很是不满，连方家远也看不过眼；第四，熊秀乃大家闺秀，从小养尊处优、生活富足，且与琴棋书画、诗词歌赋为伍，现下却日子清苦、单调，且天天跟一帮粗人武夫打交道，很难坚持下去；第五，康郎山的正东方是繁忙、热闹的饶州城，东北方是他们魂牵梦萦的家乡立德街，谁不想尽快脱离孤岛，回到熟悉的尘世中去？第六，黄启和刘功成还妄想重回北方，继续跟着徐寿辉或刘福通打仗立功。

且说那日，方家远正在茶亭里同黄启聊天，他一直想说服黄启投靠陈友谅，其实就是想让对方做自己的副手。可是，黄启却有另外的打算。撇开陈友谅此人的品行、能力如何，及其将来会有多大的成就不论，黄启还是有自己的节操的，他准备返回北方，不但想去找天完“皇帝”徐寿辉，更想去找原来的主人刘福通。可是，刘福通、韩林儿建立的是大宋政权，徐寿辉、邹普胜建立的是天完政权，虽然曾经都是起义军——现在好像也还是，但更多的变成了争夺江山、势不两立的敌我双方，“道不同不相为谋”，因此这一点黄启是不能对方家远说的。

方家远抿了一口清茶，诚恳而热忱地对黄启说：

“黄启叔，我从见到您的那一刻起，就把您视为我的长辈、师尊，我敬重您的为人、钦佩您的才略，所以才对您推心置腹，说出我自己的真心话。不瞒您说，我经过这一年多来在全国各地的游历和见闻，对天下的各路英雄豪杰、枭雄巨寇，大大小小、高高低低、真真假假、好好坏坏的，也算是结识了不少，说实话，绝大多数都不怎么样，最令我仰慕的还是陈友谅大帅，其他像徐寿辉、彭莹玉、邹普胜、倪文俊、明玉珍、刘福通、韩林儿、张士诚、方国珍、郭子兴、朱元璋……都远远比不上陈大帅，至少从目前来看是这样。而且，随着事态的发展、形势的变化，我越来越坚信自己的看法是对的。不是我说大话，将来不仅咱们天完、这长江南北是陈大帅的天下，而且这全天下最终也一定是陈大帅的。

“您要是答应追随陈友谅大帅麾下，我愿意从中牵线、斡旋——当然，我也知道，你们之间早已是老相识了，那不是更好嘛！以您卓越的才干、丰富的经验、非凡的见识，必然会助陈大帅一臂之力的，不但对陈大帅是如虎添翼，相信您本人的将来也一定是前程似锦。”

对于方家远吹嘘陈友谅的才略怎样怎样、未来如何如何，以及跟同时代的各路英雄豪杰谁谁相比要胜出多少，黄启不以为然，却也不置可否。他给两人的茶杯续满热水，慢条斯理、字斟句酌地说：“多谢家远贤侄的抬举和厚爱，溢美之词在下实不敢当。我知道你是个热心人，你的心意我领了。可是俗话说，三军可夺帅，匹夫不可夺志也！那陈友谅再好，我也没法投奔他，至少从目前来看。”

“一则，我已离开家乡多年，不知道北方中原地区的父老乡亲们现在是什么情况，所以很想赶回家乡去看一看。再说如今我连孙子也有了，总得让我回到我们的黄姓宗祠去告祭双亲、感恩先祖吧。二则，俗话说，烈女不嫁二夫，忠臣不事二主，我曾经参加了大宋，后来改而投奔天完，这本就不对了，丧失了节操；若现在又易主另投，岂不错上加错，令天下人耻笑？”

方家远并不同意黄启的这个看法。他摇了摇头，说：“可是俗话也说，人往高处走，水往低处流。识时务者为俊杰，通机变者乃英豪。良禽择佳木而栖，良才择贤主而事。是明珠就该找到让它发光的地方，是人才就该选择和投奔贤明的主上。三国时期刘玄德先后追随了多少人，从公孙瓒、陶谦、曹操、袁绍、刘表到刘璋等，终于打下天下，缔造蜀国，成就大业。还有春秋时期的管仲、汉朝的韩信、唐朝的魏征、宋朝的杨业……历代许多大人物皆换了新的圣君主上，可后人亦并没有诟病他们。这不是天经地义吗？又有什么问题呢？”

黄启笑了笑，回答道：“人各有志，不能勉强。也许你说的有一定道理，可是以我的性格却很难做到。要不，等我回一趟黄淮老家，看看具体情形，到时再做定夺如何？”

见一时没法说服黄启，方家远也无可奈何，只好作罢。他想，若要将黄启这等世上难得的睿智谋士收罗门下，为自己所用，哪有那么容易的事儿？且不管是来软的还是来硬的，但总得有个万全之策，得从长计议才是。

就在这时，只见熊秀抱着快要能走路了的小黄河，满脸赤红、头发凌乱，怒气冲冲地从另一方向她与黄世明的住屋跑了出来。看到这一老一青两个男人，一个是自己的公公，一个是过去的未婚夫，她更加羞赧、愤懑，本想说什么，却开不了口，欲言又止，顿顿脚走开了，跑到军士的营房找她的丈夫黄世明去了。黄世明平时有空就经常喜欢待在营房里，跟军士们闲聊八卦与切磋打仗之类的事儿。他们年龄相仿，有共同爱好。

方家远与黄启很是觉得奇怪，你看看我我看看你，刚想说话，不一会儿，又见黄世明跑了过来，也是怒气冲冲、风风火火的。两人忙站起身，迎过去追问道：“这究竟是咋回事？”

黄世明似乎也不好意思明说，最初有些吞吞吐吐的，但还是实在忍不住了，遂恨恨地骂道："真是欺人太甚！气死我也！这日子再也没法在一起过下去了！我与秀儿马上就离开！"

方家远与黄启再次互相对视了一眼，想必也猜出了一些眉目，但还是问了一句："莫非……"黄启往远处刘功成的住屋悄悄努了一下嘴。

"不是他又是谁?"黄世明生气地高声嚷嚷，唯恐周围有人听不见，"看他一贯就不安好心，满肚子的坏水，天天在打鬼主意。平时我们看在他是长辈的分上也就忍了，可……刚才秀儿在里屋给黄河喂奶，他竟然躲在窗外偷看，真是无耻!"

方家远连连摇头，虽不好多说什么，但气愤、讨厌之色仍难以掩饰。黄启则有些怒发冲冠了，大骂道："太不像话了！真是狗改不了吃屎！早晚有一天，他会栽在这种事情上！我找他去！家远贤侄，少陪……"他一边同方家远打招呼，一边往刘功成住屋急匆匆地走去。

黄启跨进刘功成卧房的门槛，掀开门帘，见他正躺在床上，大白天的一双手猥琐地在下身抓挠着，满脸淫邪的表情。一见黄启走进门，刘功成赶紧把手移开，坐了起来。看到黄启两眼中射出愠怒、生气的火花，他似乎也有些明白，脸上先是闪过一刻的尴尬，马上便挂不住了，不服气的样子。一时间屋里空气有些紧张。但是，若黄启没起先开口对他兴师问罪，那他也不会主动承认错误的。

于是黄启只好先开口了："你过去做了什么，我就不管了；你要离开这个岛，去饶州城里、立德街上逛窑子、找妓女、包养姨太啥的，我也没意见。只是，你可不要对我家的秀儿有什么非分之想，她可是我黄启的儿媳妇、黄世明的女人、黄河的娘亲!"

刘功成见既然黄启把话挑明了，遂甚是难为情又无奈委屈，抓了抓头皮，断断续续地回道："启哥，你知道，咱们憋在这鸟不拉屎的孤岛上，也不好随便离开，还是派小的们出去打探消息更安全保险，我只能实在受不住了才偶尔进趟城里。……可他娘的这座狗屁荒岛，啥也没有，骚娘们谁也不愿上来，我都一个多月没有碰女人了，这日子真是没法过啊！……我知道秀儿是你们黄家的人，俗话说'兔子不吃窝边草'，我哪敢对她有什么腌臜想法呢？我不过就是碰巧路过，顺带瞅了一眼嘛，这也没必要大惊小怪、兴风作浪的!"

听了刘功成的这一席话，黄启真是哭笑不得，一时无法反驳。可是，刘功成除了登徒子之疾这一个毛病以外，确实有不少优点，擅军事指挥，作战勇猛，武艺超群，且为人机灵敏捷、吃苦耐劳，嘴巴又守得紧，是自己很好的同盟军兼帮手。两人既是同乡，又一起参加起义，有多年的生死交情，他也不好轻易得罪他，跟他闹僵分手。所以对于这件事，他只好再叮嘱了两句后，便大事化小、不了了之了。

但仅过几天之后，黄启便借着小孙子黄河即将满周岁，要回老家祭祖，带着黄世明与熊秀夫妇、黄河，向方家远、刘功成等人辞行，驾起一叶扁舟，一家子渡湖北归了。

又过了几天，刘功成借故要去找黄启他们，也往北而去。他是实在受不了康郎山岛上寂寞冷清的生活，回天完去了。在天完，他作为堂堂的侍郎、将军大人，颐指气使吆三喝四，吃香的喝辣的，女人也可以随便找，日子要多惬意有多惬意，要多风光有多风光！

对于黄启一家的离去，方家远是舍不得的，也曾多次挽留过他们，只是没能留住。而对于刘功成，方家远却十分嫌弃，他才巴不得此人早点离开呢！此君首先形象就不佳，尖嘴猴腮、油腔滑调，整天装神弄鬼的。且对一日三餐、吃喝起居还挺讲究，每天都得有酒有肉，甚至还让方家远安排手下去饶州城里找窑姐来供他享用，要求太过分了。现今黄启一家走了，他也跟着要走，方家远自是求之不得，也不多挽留，只将其送上船便可。

待这些人全都离开以后，岛上就只剩下方家远与他的那五十来个兵丁了，以及几户原有的渔民（有几户已陆续离岛上岸）。好在方家远性子安静，耐得住沉寂、清苦的日子，坐得定、守得下，于是继续坚持驻守在康郎山，等待着陈友谅大帅及其大军的到来。

可有谁能预先知道，他这一等，就等了好几个春秋！

在这漫长的数载里，中国的社会大局又发生了许多次天翻地覆的变化，朝廷日趋没落，走向灭亡；几支起义军互相争夺，时起彼伏。

在这漫长的数载里，黄世明与黄启父子、刘功成三人，先后分头去了徐寿辉的天完政权、刘福通的大宋政权、张士诚的大周政权等地，最后又阴差阳错回到了鄱阳湖，回到了康郎山——当然，这还并不是明确投奔陈友谅，而只是觉得方家远人不错，又来他这儿待着。

在这漫长的数载里，方家远苦苦等待着陈友谅——他的“真命天子”，用他自己的话说，是“从如花似玉的年龄等到如狼似虎的年龄，从山盟海誓的岁月等到海枯石烂的岁月”。但他这些年在康郎山岛上还是做了许多很重要的事情，带着手下兵士，从最初五十人到后来几百人，筑了房屋、城堡，挖了壕沟、地道，修了山巅亭、瞭望台，还储积了大量粮食、辎草、兵器，把这座孤岛建造成为固若金汤、坚不可破的防御工事和作战阵地。

在这漫长的数载里，方家远一直未结婚、不成家。他觉得自己曾有负于熊秀，做了不光彩的“逃兵”，所以一直很内疚自责，就对终身大事、儿女情长之类心灰意冷了，还不如全心全意干大事，做一位顶天立地、轰轰烈烈一生的时代英豪！

与此情形完全相反的是，方家远的同胞弟弟方家俊，跟其兄长的人生追求、情感世界、婚姻生活却大相径庭。他利用自己特赐的职权、凭借自己英俊的外貌，还有白花花的银子，大肆寻花问柳、玩弄女性。因为没有娶到熊瑛，他在遗憾愤恨之余，就要去别的女人那里得到十倍乃至百倍的弥补。而那些淫荡、风骚女子，倒也喜欢他的俊美外表和巨大财富，乐意同他做“露水夫妻”。最后，他娶了都昌一名军官的十五岁幼女，这样他的妻子就跟熊瑛一样，也不会被当地官员侵占“初夜”了。

只可惜，也可能是方家俊造孽太多，也可能是他玩女人把身体玩坏了，也可能是他身体本来就有问题，故而这些年里尽管女人很多，风流潇洒，却无一子嗣。

第八章 名将主桑梓

元末至正十二年（1342），红巾军首领徐寿辉、彭莹玉曾派部下项普略带兵来到江西，占领饶州古城，并处决了饶州路的总管魏中立。在此次战斗中，智勇双全、本地出生的年轻俊杰吴宏首次登上历史舞台，其出色才干得到了充分展现，屡立奇功，先是“智取鄱江楼”，后又“夜袭桃缘山”，并且一马当先，冲锋在前，亲擒魏中立。

吴宏的赤胆忠心与大智大勇，得到了天完“皇帝”徐寿辉与天完政权的赏识，当即任命这位骁将为新的饶州路总管，镇守整个鄱阳湖东部与南部的大半地区。这也是吴宏首次以饶州最高军政长官的身份出现在父老乡亲面前。

翌年朝廷开始反扑，元帅韩邦彦与大将哈迷等率领精兵强将，从北部的浮梁进入饶州境内，排山倒海，势不可挡。鄱阳湖东北面的三道防线均为元军所攻破，红巾军暂时失利，若不放弃抵抗，古城陷落不过是朝夕之间。吴宏考虑再三，决定以保证饶州古城不遭战火洗劫、黎民苍生不会生灵涂炭为旨要，故尚未应战便开门招降。韩邦彦不费一兵一卒便荡平了饶州，吴宏倒戈有功，朝廷仍命他继续担任饶州路总管，对他过去曾亲擒魏中立也不计较了。

但是，朝廷对饶州路与吴宏本人还是并不太放心，竟变本加厉地钳制和搜刮，采取了更为强硬的政权掌控措施。一个政权在行将灭亡时，垂死挣扎，往往残暴到极致，这倒也是古已有之。最著名的，就是已沿袭多年的“五户连坐”和“享有初夜”。

何谓“五户连坐”？即一户当中一旦有一人为“反罪”者，则本村本街相邻五户都要受到牵连追究。其本意在邻居街坊之间要互相监督、及时举报。朝廷也屡屡分批派员到下面来指导项目实施，其实质是监督各级各地衙门和基层民众。他们享有超越地方官员的“特权”，不受其管辖，类似于钦差大臣。朝廷自然是先后派了不少官宦子嗣，前来饶州路享有这种“特权”，他们被南方百姓们咒骂。求鲁台便既是基层保长，同时也是这种“特派员”。执行这种公务的，大都是权贵之后，每到一处皆飞扬跋扈、胡作非为，恣睢凌驾于各州府路县衙甚至行省封疆大吏之上，大肆欺压民众，到了无以复加的地步。

这些花花公子们，若要是闻得某城镇或乡村有婚嫁喜事，便必定要到场放纵一番。作为不请自来的上宾，从霸占宴席、饕餮美食、酗酒贪杯、发号施令、胡言乱语、酗醉疯癫，发展到迫使新郎让出洞房床位头三天，给他们独享新娘“初夜权”。吴宏作为有职无权的“父母官”，看在眼里亦气在心里。当初黄启父子他们也是在这个时候、这个背景下来到饶州的。

至正十四年农历八月十五日，传统中秋佳节，亦正是饶州府城里的乡勇头目区接与未婚妻周氏水花大婚的良宵。饶州城中一个臭名昭著的武官哈顿吾，其左眼因箭射而瞎，鼻子因刀削而塌，相貌显得既丑陋又狰狞。他在知晓水花貌美可人后，便在当日黄昏时分，接新娘子的喜轿刚出周家，即换了一件新衣裳，好生打扮一番，竟大摇大摆地闯进了喜庆洋洋、高朋满座的区家之门，要与新娘同房三天，品尝那“破处鲜”。

区接一见到哈顿吾进了自家的院门，因深知其来意，顿时怒火中烧、双眼冒火，像是遇上不共戴天之宿仇，迅速冲到房门后边，拿起一根硕大的撑门棍，就直奔哈顿吾而去。哈顿吾摔跤确实一流，在饶州无人是其对手。可是拳脚功夫一般，多次成了区接的手下败将。当时很多位客人、邻里在场，赶紧跑过来阻拦他。由年高德劭、德高望重的杨大顺老先生亲自领头，强拉着区接等人去了离家不远的鄱江楼上避避风头。杨大顺等人费了好大的劲儿，才把区接规劝得勉强平静了下来。

当时在场的饶州人士，除了老者杨大顺与方贵以外，还有刘萌、刘清修、李振远、卞采、姜新燏、蒋水生、郑闻洋与郑闻涛兄弟等众人。他们目睹这一幕，实在是看不下去了，几个人围坐于一桌，瞪着端坐在首席大吃大喝、神气活现的哈顿吾，一边干杯一边商议着“杀特派员”的事。最后大家一致决定：八月十八日，即三天以后，咱们在饶州城一同举刀“反了”。

但问题是区接的新娘子周水花，还是被哈顿吾强行睡了前三天，真乃奇耻大辱！

三天以后，饶州众义士杨大顺、方贵、刘萌、刘清修、李振远、卞采、姜新嬬、蒋水生、郑闻沣、郑闻涛、区接等人，以月饼暗藏联络信号，以燃牛粪烟升天为令，与地方乡勇、侠士尽数起义。他们首先便是闯入了哈顿吾之家，由区接亲手将他一刀砍死，以雪其耻，大是痛快。因为他们早已洞悉哈顿吾的底细，知道他不过是名下等军官，完全靠累计军功方有此卑微位置，而非权贵家族后裔，并无深厚背景、宗亲荫护。否则他们还不敢如此大胆妄为，一冲动就悍然杀了朝廷命官。

此举得到了时任饶州路总管吴宏的默许，并未追究与镇压。哈顿吾就这样死了白死，这也是他作恶多端应有的下场！于是从那天以后，饶州当地便开始流传“月饼为八月节礼”与“八月节烧塔”这两个风俗，尤其前者，沿袭至今。

吴宏为了不受朝廷的制裁，推卸自己所管辖饶州路百姓的责任，保全众乡亲们的生命，便以敬献饶州为条件，派人到其时正驻扎在鄱阳湖北端江州的天完政权陈友谅某部，说是愿意投靠他们，联络人便是方贵与方家远父子。其时黄启、刘功成等人已回到北方。陈友谅听说后甚为高兴，欣然命吴宏仍主政饶州。

方家远则依旧驻扎在康郎山，并得到陈友谅的嘉许与褒奖，给他增派兵士五百名，又资助部分粮草、武器、战马、船只等。但他的主要任务仍是继续潜伏在湖岛上，筑建堡垒，搜集情报，互通声气，以便他日接应陈氏大军的到来。陈友谅给他的队伍很有限，故并未打算让他上岸有太大发展，占领饶州，打回立德街。再说他这区区几百号人马，也是无法与地方驻军抗衡的。

至正十五年，陈友谅曾遣部下花指挥作为自己特使，秘密登上康郎山来见方家远，并在方家远的陪同下悄悄进入饶州城，与吴宏会晤相商。很快消息不胫而走，元军本想派大军占领饶州的，因忌惮陈友谅兵力强大，闻讯后又赶紧退回，花指挥则率部趁机进驻之。这一退一进，双方都没有直接的军事接触，没有发生大型的作战，顶多是在城外的小摩擦。

当时在天完政权内部，陈友谅尚未篡位登基，仍属徐寿辉统领。是年七月，徐寿辉麾下一部唱着凯歌小曲，浩浩荡荡地开进了饶州城。他们唱道：

风从龙，云从虎，功名利禄尘与土。
望神州，百姓苦，千里沃土皆荒芜。
看天下，尽不平，天道残缺匹夫补。
好男儿，别父母，只为苍生不为主。

手持钢刀九十九，杀尽豺狼才罢手。

我本堂堂男子汉，何为屈身作马牛。

壮士饮尽碗中酒，千里征途不回头。

金鼓齐鸣万众吼，不破黄龙誓不休。

徐寿辉手下的两位部将，亦系饶州当地人于光、余椿，率先遣军挤走了陈友谅手下的花指挥余部，夺取了饶州。吴宏再次归属徐寿辉所部，仍会同于光等人镇守饶州。而方家远则一直忠心耿耿潜伏在康郎山岛上，死心塌地地等待着陈友谅大军的到来。

至正十六年，徐寿辉委派彭莹玉抵赣节制饶州，监督吴宏、于光，因他对这些当地人很不信任。天完所部在饶州站稳了脚跟以后，其部下将士便开始原形毕露，军纪松懈，抢夺钱财而不仁，贪图美色而不义。他们常常四处下乡遍寻富户，以充备军饷为名，强硬抢夺其金银财宝、粮肉烟酒。遇到年轻漂亮的女子更是不放过，或当场奸污交欢，或掳回去做小妾丫鬟。

徐寿辉手下有个文官，名叫徐寿长，他仗着自己在老家与“皇帝”是一个村子的，还是同姓同族同辈的堂兄弟，自认为有“皇亲国戚”的特殊身份，便在饶州揽权于一己之手，根本不把身为总管的吴宏、于光他们放在眼里，平时连大帅彭和尚也得让他几分，遂屡屡胡作非为起来。

这天，徐寿长带着一大群将士，杀气腾腾地来到饶州北门外四十里的双港博士湖，闯入富绅俞潮芳的家里，一进大门，不分青红皂白，见东西就要，见钱财就拿。俞潮芳稍稍表示抗议，竟被当场乱棍打死。他们还放了一把大火，将俞潮芳家的房屋、物什烧得精光。俞家的雇工、仆从们，则带着俞潮芳的儿女作鸟兽四散。唯有俞潮芳的妻子刘氏，抱着丈夫的尸体哭天喊地，久久舍不得离开。附近村民只能远远观看，敢怒不敢言。

刘氏当时还四十岁不到，徐娘半老，虽不算何等的娇艳美貌，但毕竟是堂堂大户人家的正室太太，倒也颇有几分姿色，该白的地方白、该红的地方红，该凸的地方凸、该凹的地方凹！徐寿长见了她，早已垂涎欲滴，色胆顿生，兽性大发，很想马上就与她交欢，于是一把拖起她，往旁边的一间茅房里走去。

徐寿长连茅房的门也没打算关闭，就猛地将刘氏推倒在一堆稻草垛上，牲口般扑将下来，正要强行对她脱衣解带，挺枪而入。原本一直又羞又怕、慌张兮兮、听任其摆布的刘氏，此时却突然清醒了，她下定了以死相抗、保全清白的决心。但她深知硬拼不成，便决计与对方同归于尽。她一边竭力阻拦着徐寿长，一边假装轻声细语地说：“奴家我早就听说了‘皇弟’你的威名，我想做你正式的妾，与你长相厮守，不知‘皇弟’你是否有意？”

徐寿长也快五十岁了，其实他算是什么“皇弟”？只不过有幸与天完“皇帝”徐寿辉同村同姓而已。当他听说刘氏愿意做自己的小妾并要长期在一起生活后，自然十分兴奋，一边哼哧哼哧继续亲她的脸颊、扯她的裤子、捏她的乳头，双眼淫火炽热，嘴巴里哈喇子都流下三尺长了，一边语无伦次地说：“那好，你今天就跟我走……你还是先让我快活一下吧！”

刘氏的衣衫、外裙已被徐寿长撕扯得不成样子了，很多部位都裸露在外，鲜白的肌肤闪耀出诱人的光芒。她已忘了羞怒，只假意温柔地拒绝着对方蛮横猥亵的动作，又道：“别急嘛！我跟我家老爷……不，死老头子其实早就生下二心了。我私底下已在博士湖边有一个地方藏了很多金元宝，临走之前我俩先去把它们取出来，日后供我俩一起享用。”

徐寿长听说有很多金元宝，顿时停止了进一步行动，小耗子眼睁大了，忙问道：“你的金元宝藏在哪里？”

“就在博士湖北边的水底下。”

“待咱们完事后再去拿吧。——我实在是等不及了，看你这细皮嫩肉的，太有味道了！我必须得先快活快活才行。嘿嘿！反正这里已经是我的天下了，到处都是我的人，那金元宝又不会自己长出两条腿来跑掉。”

“这么又臭又脏、又冷又湿的地方，哪有什么意思呢？我们既然要做长久夫妻，怎么能第一次就发生在茅厕里呢？不好说，也不好听。”

“那……中吧。那咱们现在就去拿金元宝去，拿了咱们就马上赶回州城，今晚咱们再好好亲热亲热。”徐寿长虽然欲望已到高潮、下身硬挺如槌，半途而废很是有些不甘，但心想煮熟了的鸭子还怕它飞走？先拿到金元宝总是好事。于是放开刘氏，立起腰来。

“好！”听着刘氏娇滴滴的声音，徐寿长的三魂七魄早已飞到九霄云外去了，又在她酥软的胸前用力捏了一把。

刘氏自己仔细穿好衣服、拢拢头发、整理鬓钗，不急不慢、不慌不忙，领着徐寿长走出院子，来到博士湖畔，选好一处崖极陡、水极深的地方，在岸上指指点点，说：“金元宝就埋在那个地方的下面，锁好放在一个铁匣子里。”

就在徐寿长走近崖顶，低头弯腰向水中凝目探看，准备想什么办法下水捞取时，刘氏突然爆发了，她使尽浑身的力气抱住了徐寿长，两人一起跌落石崖，往湖里摔了下去。徐寿长猝不及防，当即惊慌万分，在水里拼命动弹。刘氏就死死地抱着他不放，竭力朝水深之处拖曳。不一会儿他俩便沉到了湖底，去龙王殿报到了。几个将士赶到这里时，发现只有刘氏一人的尸体浮在水面上，身体肥胖的徐寿长则不见了踪影。

徐寿长名曰“寿长”而寿不长，很可悲也很活该地将小命丢在了双港乡的博士湖当中。而可怜又可敬的饶州籍女子刘氏，以一命抵一命，总算保住了自己的贞洁与名节。

双港俞府刘氏一事在饶州当地广为传颂。若干年后明朝开国之初，经饶州知府陶安的极力举荐，朝廷便公开授予刘氏为“节烈妇”，而她也是饶州当地唯一一位被地方志记载的节烈女子。后来有好事者将刘氏节烈之举编为“俞氏智守贞洁”故事，流传于民间。所以在《饶州府志》中，刘氏其实是以“俞氏”的名义出现的，也算是将错就错、以讹传讹了。

不久后徐寿辉得到奏报，其族弟徐寿长竟暴毙于饶州，当即火冒三丈。他的第一反应还不是徐寿长本人之死，对他来说徐寿长只是个小人物，徐寿长死不死并不重要，他最看重的还是自己“天完皇帝”的头衔和名誉。如今徐寿长被人弄死，那便是公开向他挑衅，有损其高大地位，于是急令大将彭莹玉亲自赶到饶州主持大局，欲治饶州路总管吴宏之罪。

于光首先得知消息，便马上来见吴宏，并建议他速速派手下去江州找寻陈友谅，请求他的支援。吴宏即依于光所言，一边与于光等人迅速领军乘船上了康郎山，去方家远那里避避风头。一边让刘萌、刘勋兄弟连夜渡过鄱阳湖，去江州觐见陈友谅。

陈友谅当时正忙于在两湖、安徽多地作战，根本无暇顾及饶州这点破事儿。直到两年之后，即至正十八年的上半年，他才率主力部队穿越赣北长驱而至，攻占了饶州。此后又亲手戕害了天完元帅倪文俊，正式掌握了天完的全部军权，进而向整个东南方向大举进军，于其后短短的两年间，鄂、湘、豫、川、皖、赣、苏、浙、闽九省交界地带便基本上成了他的势力范围。此为后话。

且说饶州俞家的悲惨遭遇，激起饶州全城反抗，民怨沸腾。人们发现，这些打着“起义”“反元”旗号的各种军队，竟然比朝廷还要坏！真是走了狼，来了虎啊！大家心系家乡、同仇敌忾，纷纷拿起刀枪棍棒，赣东北大地上一时涌现出了许多血性义士。

先是杨大顺、方贵两位渔民首脑人物挺身而出，率领众多湖区打鱼人家来到州府衙门，向天完政权驻饶州部队众位官员，特别是为人与口碑还一向不错、但囿于身份不能自作主张的主事者彭和尚“讨个说法”，希望能抚恤、弥补双港俞家，把拟对吴宏的处罚撤销并请他回来继续主政饶州。

虽然“皇弟”徐寿长一案一时悬而未决，不过好在经过彭莹玉、杨大顺、方贵等人的共同努力，饶州的混乱涣散局面总算缓和平定下来。只是天下形势发展太快，终极决战即将来临。

此时饶州各地烽火四起：刘萌、刘勋兄弟适时首举反旗，发起暴动；俞韶、俞显汪、俞显江父子倾尽家产，支持起义；徐宗闻、陈自仁郎舅关停武馆等产业，率领徒众、族人加盟；富户彭兴旺、渔家杨二顺两姻兄，追随名将吴宏、于光，守卫古城，浴血奋战；就连昔日自私、重利、保守、胆小的富绅熊宗武，最后也下定决心支持朱元璋争夺江山，出钱出物出人……

战前形势可谓风诡云谲。

第九章　处决元保长

黄启一家、刘功成等人离开康郎山以后，方家远还独自坚持在岛上镇守了多载。至正十四年初秋的一天，元军曾派一支一千余人的部队前来攻打，企图抢占康郎山这块风水宝地。而方家远当时仅有一百几十号人马，原本敌众我寡，但好在他所建的城堡高大坚固，“一夫当关，万夫莫开”，易守难攻；加之当时正值雨季，鄱阳湖上风急浪高、大雨滂沱，元军樯倾楫摧、行船困难，最后他们不但没攻下康郎山，反倒折损了近两百名兵丁，只得灰溜溜撤退。数日后，他们见风平浪静了，还想来攻，但饶州路时任总管吴宏不是很支持，只好作罢。

翌年，陈友谅部下花指挥曾率大军短时间占领了饶州，吴宏随之易帜。方家远也跟着登陆入了饶州城，与吴宏、花指挥等人欢聚了几天，陈友谅还手谕花指挥又送了五百兵丁给方家远。但因当时花指挥所部并未前往咫尺之遥的立德街、瓦屑坝地界，而且很快就继续向余干、德兴、万年方向挺进了，方家远此次便没有回成家乡，没有见到父亲、宗武叔和弟弟，仍然驾船返回了康郎山。

几个月以后，天完政权主力部队又逼走了陈友谅驻留饶州的余部，夺取了这座名邑。但当时徐寿辉与陈友谅还没有完全撕破脸皮，他想派兵强攻鄱阳湖上的地理军事要塞、饶州城的主要水上门户康郎山。彭莹玉却告诉他，方家远是陈友谅的人，不宜公开得罪陈友谅，须另寻法子，故未尝轻举妄动。天完方面打发另一谋士“管谷子”独闯龙潭虎穴，登岛游说方家远，以如簧巧舌，许其高官厚禄，让他易帜归顺自己。可方家远一心认定陈友谅是其“真命天子”，并不为所动，徐寿辉和彭莹玉倒亦无计可施。彭和尚暗地里十分佩服方家远的气节。

至正十六年，徐寿长事件发生。徐寿辉当时十分恼火，即令彭和尚赶去吴宏的总管府，想给他一点颜色瞧瞧。彭莹玉故意拖延时辰，却也不敢违逆圣意，算是网开一面，放虎归山，待吴宏走后才假装去捉拿他。吴宏在于光、方贵等人向他报讯之后，便携于光率部分随从连夜出城，躲避到了方家远的康郎山岛上，而这一躲就是一个多月，直到徐寿辉怒火熄灭、彭和尚退驻城外。

在这一个多月里，吴宏、于光和方家远这三位饶州土生土长的年轻将才，每天于康郎山城堡中喝酒品茶、当风赏月、吟诗作对、练剑试弈、谈天论地、说古道今，岛上的日子倒也惬意、快活。三人志同道合、畅所欲言、光风霁月，加强了交流、促进了感情，甚至差点要歃血为盟、义结金兰了，却亦与结拜兄弟无异。而他们仨的真挚友谊，也一直保持到了各自人生的终点。

直到至正十八年，陈友谅断然弑杀了昔日的主子与恩人、天完元帅倪文俊，彻底控制了天完的主力部队，即率大军一路向南，长驱直入，摧枯拉朽，风卷残云，将整个赣省北部地区全揽于囊中，泱泱八百里鄱阳湖正好在其控制区域的中央，堪称“内湖”。陈友谅所部遂进驻饶州，又遣人赶往徐寿辉多年赖以为臂膀的军师彭莹玉之老家瑞州（今江西高安）将其处死，并分封诸功臣。其中功劳颇大的方家远、吴宏、于光三位，分别担任平章兼鄱阳大将军、饶州知府、余干知州。

而方家远亦终于走出了苦苦独居达五六年之久的康郎山，成了手握重兵的赫赫鄱阳大将军。整个饶州十余个县份，除了鄱阳古城及其附近两千驻军为吴宏所有、余干及其附近两千驻军为于光所有以外，其他地方（主要是湖区）便都是他方家远的辖地了。也就是说，他的家乡、滨湖的立德街、瓦屑坝、双港乡、博士湖一带，还有鄱阳湖上的瓢里山岛、长山岛、仙游洲、白沙洲等，皆是他的地盘。更不用说他的“根据地”康郎山了，仍然归他所有，包括驻扎在岛上的近两千将士，其中有一千五百五十名两湖兵是陈友谅先后分三次送给他的，另有三四百人则是他自己在附近地区陆续吸纳招募的。

方家远离开了家乡立德街长达七八年，这次终于回来了！而且是衣锦还乡、荣归故里！没想到，他每天生活在康郎山岛上，其实都可以向东眺望到湖对岸的立德街、瓦屑坝等地，大晴天里甚至行人、房屋、船只也都依稀看得见，直线距离也就是几十里路，却要等这么久的时间才能回来！用一句俗语来说，真的是远在天边，近在眼前啊！这既是最短的一条路，又是最长的一条路。

早在方家远回到立德之前，当地的大臣与官兵基本上都被肃清了，绝大多数已经赶紧逃回了北方，也有个别人偷偷躲藏了起来，还有一些没来得及走的则被就地处决。

求鲁台因有多个女人赖着不愿跟他回北方去，自己又舍不得抛弃她们，且怀着侥幸心理，总以为结局不会那么悲惨，于是苟且留下了，照常生活。那晚，立德街的一大群勇士于夤夜逾墙潜入他的保长府第，将正在小姨太被窝里酣睡的他赤条条地揪了出来。因其罪行太多太大，罄竹难书，尤其是这么些年来享用“初夜权”不知糟蹋了多少黄花闺女新娘子，人们早已对他恨得咬牙切齿，当即你一拳、我一脚、他一棒，把他揍得哭爹喊娘、体无完肤、呜呼哀哉才罢休。第二天清早，其头颅被人砍下，悬在街心大柱的顶上示众。

拉木托的情形要比他父亲好得多，因他曾屡次明里暗里帮助起义军，所以尽管他的父亲是恶贯满盈的求鲁台，但有多人为他求情，杨大顺、方贵等长辈又出面调解，故而善良宽容的民众对他高抬贵手，并没把他怎么样。

再说拉木托的母亲还是饶州本土人氏，而作为拉木托岳父的乡绅领袖熊宗武，在其中自然也起了很大的作用，银子是没少花了。他虽然心疼自己的钱，可拗不过女儿的苦苦求告，再说熊瑛不能没有丈夫、小华枝不能没有父亲，他自己也缺不了这个生意上的好帮手。拉木托在父亲求鲁台死后，便改了姓跟母亲姓杨，从此叫作杨木托了，开始一段新的人生路。

方家远回到立德街以后，在熊宗武的宅院里找到了杨木托，两人冰释前嫌，重归于好。毕竟杨木托这人与他父亲求鲁台完全不同类，又对自己有恩，且甚有才干。他就让这位儿时的伙伴与情敌，在自己手下兼些差使。

时间过得很快，杨木托与熊瑛的女儿华枝，此年已是六岁的小姑娘，继承了她母亲很多的优点，秀丽可人，冰雪聪明。这些年来，方家俊是看着她长大的，一直以为自己才是她的亲生父亲，而且越看越觉得她像自己，在路上遇见她常常想逗她玩，且给她买零食吃与小玩意儿，心里遂渐渐多了几分对她像父亲一样的溺爱，后来也对熊家多少有所宽待，不如前些年苛刻了。这些年来，方家俊枕头旁并不缺女人，不缺欢娱，最后还娶了一个军官的年幼之女，但他没有对她们当中任何一位产生真正的爱意，而她们也没有为他生下一男半女来。亦正因为如此，他对华枝的“父爱”就更强烈。

投靠与勾结求鲁台、多次陷害熊宗武与彭兴旺等地方商绅、横行乡里欺压百姓的方家俊，本来乡亲们也是不会放过他的。好在狡猾的狐狸腿灵跑得快，他早就已经明白自己没法再在立德街与瓦屑坝生存下去了，于是卷起已积敛多年的大量金银珠玉，带着一帮手下铁哥们，沿鄱阳湖东岸逃到北边的都昌去了，躲在一个姘头的家里。而他父亲是方贵，他兄长是方家远，大家也总算给他留了一点余地，并未撒下天罗地网，追踪到底，赶尽杀绝。来年方家俊有幸遇上他一辈子的“真命天子”朱元璋，得到赏识与重用，再次咸鱼翻身、飞黄腾达起来。

当陈友谅的部队、徐寿辉的部队先后打进饶州，朝廷官兵作鸟兽散，方家俊也时刻准备逃离时，还曾想把小华枝亦偷偷劫掠带走。他趁夜深人静领着几个手下闯入熊府，冲进小华枝的卧室。小华枝此刻已经深寐多时，红扑扑的甜美小脸蛋，像只大苹果一样可爱。方家俊看得痴痴的，入迷了，双眼一眨不眨的，越来越觉得她像自己，自己还是婴孩时躺在母亲的怀里应该也是这个样子，她就是他的亲生女儿。方家俊差点舍不得走了，也忘了抢她出门了。

也就是方家俊这一瞬间的迟疑，同住一屋、看护小华枝的奶妈醒来了。她惊恐地瞥见这一幕，只穿着单薄的内衣就往门外猛跑而去，并大声呼救“来人啊！快来人啊！有人要谋害小姐了！”方家俊十分恼怒，便夺步冲向前去，对着奶妈愤愤不平地连嚷了两遍：“我怎么会谋害她呢？我怎么会谋害她呢？”然后残忍地一剑把她刺死了。

可惜杨木托慢了几步。但好在更为急快的熊瑛率先赶了过来，看到奶妈躺在门槛上的血泊里，而方家俊正要抱着小华枝离开，便拼命奔到方家俊的侧边，死死拽住他的一条大腿不放，苦苦哀求、泪水涟涟，不让他带小华枝走。小华枝在他俩的争夺过程当中也惊醒了，直吓得哇哇大哭，用粉嘟嘟的小拳头擂击着方家俊的面部和脖子，且用稚气十足又清脆好听的声音骂他“坏蛋”。

方家俊又气又恨又慌，更加有力无处使。被熊瑛拽着，他根本分不开身，又不忍真对她下狠手。他担心一旦杨木托、熊宗武等人随后带着一大帮保镖、家丁来把自己包围，那就走不脱了，彻底完蛋了。心想，这回就不带小华枝走了，下回有机会再说吧。他只得唁唁连声，满怀遗憾，松开她娘儿俩，带着手下夺路而走。

但就是这一次“夺女事件”，让方家俊的心里产生了一个巨大的问号：“华枝到底是不是我的亲骨肉？为何华枝、瑛儿都对我这么绝情？”他没有问过熊瑛，他知道纵使他去问她，她也不会说真话的。她恨他。

这个怀疑一直在他心里很久，很久，很久。但是他的心里仿佛又有另一个声音在对他说：你不能怀疑，你不要怀疑，你也不用怀疑，她——方华枝，就是你的女儿！

第十章 家俊投元璋

在方家俊逃离饶州的这几年里，是方家远在饶州城、立德街、瓦屑坝、康郎山的“黄金时期”，也是熊宗武、熊瑛、杨木托一家与方贵一家的“黄金时期”，还是整个饶州城外、鄱阳湖东岸的“黄金时期”。

在方家远的治理之下，立德街、瓦屑坝一带山川锦绣，田园葱郁；樯帆如盖，渔船满港；店埠兴旺，货物琳琅；作坊遍布，烟火鼎盛；邻里和睦，商客如织，一时呈现出兴隆、和谐的局势。没有官府的欺诈盘剥，也没有方家俊与熊宗武的掣肘争斗，而主政者方家远又仁厚公允，民众安居乐业，发展经济生产，商人闻风涌入，出现了昙花一现的“太平治世”之景。

此时方家远已到三十而立之年，却仍茕茕孑然一身。堂堂大汉政权二品平章兼鄱阳大将军，家乡最高军政长官，生得又是一表人才，多少漂亮姑娘在背后倾慕他，多少好人家希望把女儿嫁给他，可他就是铁石心肠，不为所动。至于他兄弟方家俊，虽说比方家远长得更俊美也更有钱，但为人阴鸷冷酷、蛇蝎心肠，历来口碑不佳，所以并没有几个姑娘真心爱他的。尽管他枕头旁多的是女人，却没有子嗣。跟他睡觉的那些女人，都并非什么良家好女子，皆系淫荡风骚龌龊货色，人尽可夫之类，大家露水夫妻、金钱交易一场，满足一下本能的需要和刺激，然后给她们一把银子、一块玉石、一条项链作为嫖资，哪有什么真正的快乐可言？

方家兄弟的父亲方贵和母亲诸氏老两口心急了，两个生得如此标致、事业如此辉煌的儿子，却都没能给他们添下一个孙子半个孙女来，眼看自己黄土就要埋到脖子上了，竟然老而无后，将来有何颜面去见九泉之下的列祖列宗？他们当然明白，方家远感情专一，一心拴在熊秀的身上，尚未从过去的状态里跳出来。可熊秀已经带着她的儿子黄河、跟着她的丈夫黄世明北上了，还惦记着她干啥？天下何处无芳草，世上满地跑佳丽。老两口亲口问儿子，方家远却说，自己现在全身心只为建功立业，必须等到陈友谅大帅登基称帝，统一天下，河清海晏，才考虑个人的结婚成家之事。方贵与诸氏只好摇头叹息，无可奈何。

饶州乡绅代表、立德街首富熊宗武，这几年委实没少挣钱，用句老话形容，真可谓“生意兴隆通四海，财源茂盛达三江”啊！他拥有上千亩的良田、数百亩的茶山，以及多个陶瓷烧窑、砖瓦作坊、竹木器厂家，光雇农、工匠、伙计就有数百人。他经营的茶叶、陶器、瓷器、丝绸、布匹、服装，以及青砖、瓷片、琉璃瓦、木雕窗牖栏杆等建材产品，卖到了周围的十几个省份，常常是被满满地装上一艘又一艘大船，从瓦屑坝码头运出鄱阳湖，东下皖苏浙，西上湘鄂川，北去豫鲁冀，南往闽粤桂，遍及大半个中国。他家的粮仓、米行、茶庄、首饰店、当铺、酒楼、旅馆里，每天都是热闹非凡，人头攒动、熙熙攘攘，来客络绎、买卖踊跃。而熊家大宅院更是扩建了数倍，内院的地下金库里，金条、银子、银票、铜钱堆积如山；连不少穿钱的绳子都因年岁久远腐烂掉了，只得另换新的。

熊宗武也改变了对方家父子的态度。他知道，自己的这一切，都是方家远带给他的。再说方家远如今是饶州的父母官，他既要感谢人家，也要巴结人家。方家远这么帮他，还不是看在秀儿的分上？他的两个女儿，最终都没能嫁成方家兄弟，方家远到现在还没有娶妻，方家俊也没给双亲留下一个孙子孙女。这令他颇是内疚，还几次让他夫人出面做媒，给方家远介绍大户人家、书香门第的千金小姐。至于方家父子，特别是方贵，对他一直保持着不亢不卑、若即若离的态度，过去并未成仇，如今亦并未结亲家。但只要他合法经营、取之有道，那他不管怎么发财都行。不过也可以说，这是方、熊两家关系的又一个“黄金时期”。

自然，这几年还是一代枭雄陈友谅的“黄金时期”。他在彻底控制了整个东南半壁江山的政局以后，便加紧了篡夺天完帝位、谋求江山社稷的进程。元至正十九年，他先是杀害了天完水师统帅、丞相邹普胜；是年底再逼迫天完“皇帝”徐寿辉徙都江州，且伏杀了其部属，使之成为“光杆司令”，完全被孤立软禁起来；而他则摇身一变，自称汉王。至正二十年五月，陈友谅攻占了太平（今安徽黄山），不久即弑杀了徐寿辉，亦自称“皇帝”，另立国号大汉，改元大义。同年闰五月，陈友谅浩浩荡荡出兵集庆（今江苏南京），企图一举消灭朱元璋，统一天下；却在城外龙湾江东桥处中了对方埋伏，铩羽而归，嚣张狂傲之势有所收敛。此为后话。

陈友谅杀害徐寿辉之后，天完的另一支、陇蜀省右丞相明玉珍，随即在西南重镇重庆自称陇蜀王，脱离陈友谅而独立。到至正二十二年三月，明玉珍亦自称“皇帝”，建国大夏，改元天统，占据整个巴蜀之地，并拟进兵云、贵。但在攻打梁王时，却不利而退。

再说方家俊孤身逃离饶州后，他的老婆、一个无辜小女子，却受到他的牵连，很快就被愤怒的立德街民众处死了。方家俊闻讯后虽然十分震惊，却也不是太痛苦，因他跟她的感情并不深，且未生育过子女。方家俊先是逃到了曾相好过多年的都昌一个姘头家，可他没过几天就待不下去了——像他这样蝇营狗苟、素不安分的角色，又岂能蛰伏得住？他的哥哥能在康郎山上坚持五六年、近两千个日日夜夜，苦苦等候陈友谅，他是根本做不到的。于是领着几个手下继续出走，寻找机会。

但在有一点上，方家俊觉得自己还是要向他的哥哥学习，那便是寻找自己的“真命天子”。如今方家远投奔了陈友谅，那他又该去投奔谁呢？跟他哥哥一样，也去投奔陈友谅吗？他可不干。当时天底下能跟陈友谅抗衡的，自然唯朱元璋一人而已。不过，这对兄弟俩南辕北辙、背道而驰，彼此走得越来越远了。因为他们所跟的两位主子完全是敌我双方，他们的结局也只能是战场上见，你死我活、有你无我。骨肉酿成仇敌，看似偶然巧合，实乃必然选择。兄弟俩性格迥异、人品相反，从小就喜欢唱对台戏，做完全不同的事情。

至正十九年初，方家俊遂顺长江东下，辗转来到应天府，给朱元璋手下送去大量宝物、钱财作为见面礼，得以被朱元璋召见。可是，他在见到朱元璋以后，第一眼就觉得非常失望。没想到，闻名天下的实权派风云人物朱重八，竟是如此一个脑袋畸形、满脸麻子、小眼深陷、相貌丑陋之人。再看看他方家俊本人，面若满月、目若晨星、眉如刀裁、肤如凝脂，世上少见的美男子，与朱元璋形成鲜明对照。当然，方家俊当着朱元璋的面，也不敢显示出一丁点的不屑与不敬来。

不过俗话说“人不可貌相，海水不可斗量”，在经过与朱元璋的一番对话之后，方家俊发现他确实奇人奇相，具有帝王气象，目光远大、见识卓越，高瞻远瞩、高屋建瓴，其气魄和胸襟都非一般人可比。看来，与其在日薄西山、余期不多的朝廷那里寻求庇护，倒不如找到并跟从一个真正的雄才伟杰，去追逐风云、掀起滔浪，开创一个希望无限的全新未来。

光从这点来说，这方家俊还是非常聪明、有远见的。

方家俊于是很快就被这个奇丑男人深深地折服了，认定朱元璋正是自己要找的那个人，决心一生跟随他。而朱元璋也喜欢这个长相俊美、脑子灵活的小伙子，虽然觉得他心机奸诈、不够厚道，但如今正是用人之际，理宜看大放小、用其之长，既然方家俊来投奔自己，而且也颇有才，便收在自己帐下，紧伴左右，以示重用。方家俊更加感激涕零，暗暗发誓要做出过人的业绩来，让朱大帅对自己刮目相看。

此后数年，方家俊跟着朱元璋及其大军，继续在江北之皖、苏、鄂、豫一带转战杀敌、攻城略地，立下了汗马功劳，屡屡升职，而自己也终于坐上了将军之位。他曾多次尽力向朱元璋谏言："我的家乡赣东北饶州，历来都是富饶之地、鱼米之乡、水陆枢纽，且耕读传家、民众同心、人才济济，人力、物力、财力俱强。主公若是占据了饶州，必能成为您的坚实后盾，将对您的称帝大业如虎添翼。眼下陈友谅正在那边兴风作浪、蠢蠢欲动，您一旦把他消灭了，也就扫除了千秋霸业的最后一个障碍，统一天下便是早晚的事情。"

方家俊这么说，也不算是完全出于私心，想借重朱元璋的兵力打回家乡，卷土重来，报复那些把自己赶走的人，夺回属于自己的利益。方家俊还是一个很有远见卓识的人。因就当时全国的形势发展来看，张士诚、红巾军、天完等均已处在颓势，能争夺天下的唯有朱元璋和陈友谅二人。所以朱元璋必须尽快赶去鄱阳湖，迅速消灭陈友谅，而不让他日趋坐大、无法撼动，已是当务之急。再说朱元璋也听说了，饶州确如方家俊所言是一块风水宝地，所蕴蓄的力量不可小觑。只要当地百姓能助他一臂之力，则战胜陈友谅就大有希望。可问题是，万一饶州百姓不帮他呢？甚至相反——帮陈友谅呢？朱元璋在深思。

对方家俊的看法与建议，朱元璋并未立刻表示否定，却也没有马上付诸行动。他当时还有别的很多事情要做，他的条件还不够成熟。他不是不想进军饶州，他还得再等等，等待最佳时机的出现。而这一等又是四五年！

至正十五年，郭子兴病逝，朱元璋成了皖系红巾军的主帅，翌年被部下诸将奉为吴国公。数年后，他占领了古都石头城，即以此为应天府，兴建根据地，号令群雄，向周围扩展。当时长江上游有陈友谅、下游有张士诚，东南邻为方国珍、南邻为陈友定。他深知，方国珍、陈友定的目的只在于保土割据，小家子气，不值一提；张士诚对朝廷首鼠两端、犹存侥幸，没有多大雄心；只有陈友谅最强，正是自己占领应天后将要最终面对的最危险、最强大的敌人。

在成功攻克处州（今浙江丽水）之后，朱元璋即遣使礼聘其所辖之县青田人刘基、丽水人叶琛、龙泉人章溢等“浙东三贤”，与婺州（今浙江金华）大儒宋濂等人一起召至应天府。加之此前已招纳或投奔他的濠州李善长、徽州朱昇、滁州陶安等人，可谓谋臣云集、高士济济；还有良将无数、豪侠追随，朱元璋已基本羽翼丰满，称帝就在朝夕之间。

陶安陶公，字主敬，滁州下属当涂人，一代名儒，后被任命为鄱阳知府，下文再述。当涂位于长江南畔，皖苏交界，与应天府其实不过一箭之地，是著名的江南“鱼米之乡”，河网密布、青山环绕、景色秀丽，南朝大诗人谢眺称颂其为“山水之都”，“唐宋八大家”之一曾巩赞叹其为“江山之胜，天下之奇处”。当涂也是昔年“诗仙”李白到长江之心“把酒问月”，醉醺醺“水中捞月”之地。李白一生浪迹天涯、行游全国、踪迹不定，因他堂叔李阳冰时任当涂县令，晚年便投靠于他，见此地山灵水秀，遂十分迷恋，不再走了，定居、终老于此，长江之滨还有他的坟墓。

元至正十五年六月初二，时任红巾军郭子兴部左副元帅朱元璋，率亲军自历阳（即和州）渡江攻占牛渚（今安徽马鞍山境内）、当涂，改太平路为太平府，并于滁州城内置太平兴国翼元帅府。六月初六，元军分兵两路反攻当涂，朱元璋令部下骁将常遇春于襄城桥设伏，大破元军，俘敌主将陈野先。随之朱元璋渡江至当涂，陶安等人及乡间父老夹道迎谒，即被召见。

陶安当场向朱元璋慷慨献言：“明公乃民心所向，大势潮流。海内鼎沸，豪杰并争，明公渡江，神武不杀，民心悦服。应天顺时，以行吊罚，天下不足平也!”

朱元璋见陶安时有高见，且慷慨果敢，很是赏识，随后便问：“吾欲取金陵（今南京），如何?”

陶安早有意图，从容对道：“金陵乃古帝王都，世代豪杰屡成霸业之地。取而有之，抚形胜以临四方，何向不克?”

其实，朱元璋自己心中早已有了决定。此时听了陶安这一席话，更是大悦，乐从其言，并留其任参幕府，授左司员外郎。不久朱元璋果然攻克了金陵，便又授陶安为兴国翼元帅府史令。至正十六年朱元璋称吴国公，置江南行中书省，任陶安为左司郎中。

至正二十二年，朱元璋欲重用宋濂、刘基、章溢、叶琛等名士，便向陶安征求对此四人的看法。陶安当即起身垂立、低眉顺眼，毕恭毕敬、诚惶诚恐地说：“臣学问不如宋濂，谋略不如刘基，治民之才不如章（溢）、叶（琛）。”其实要说单项，陶安可能不如他们四位之中的任何一人。但要把这些因素都加起来，那他们四位便难以超过他了。

陶安的谦逊退让精神很是令朱元璋感动敬重，喻其为“当代鲍叔牙”。时黄州新攻克，需要得力人才镇守，朱元璋便派陶安前往此地出任知府。陶安下车伊始即安抚百姓、宽租减役，深得黄州民众的拥护与爱戴。

朱元璋称吴王后第三年，在都城南京初置翰林院，首召陶安为学士；征诸儒议礼，命陶安为总裁官；并命陶安和刘基、李善长等人册定律令法度，议定礼制朝纲。明洪武元年，皇帝又命陶安等诸位宿儒制诰兼修国事。朱元璋每日常至东阁，与陶安等宿儒臧否前代之兴亡本末。总之，一切表现出对陶安的器重与信赖。

且说至正二十三年七月，朱元璋眼见时机业已成熟，便终于接受了方家俊等人的建议，亲率浩浩大军到达赣东北的鄱阳（饶州已改名），准备与陈友谅在鄱阳湖展开终极大决战。陶安日夜追随统帅左右，被任命为鄱阳府知府。决战期间，陶安作为当地最高行政长官，也是二十万大军的总后勤部长，在提供和确保这么多人的吃喝住行、辎重粮草、武器装备上，可谓鞠躬尽瘁、兢兢业业，很好地完成了任务——甚至创造了神话般的奇迹。

当此之际，元军已到末路，而在各地起义大军之中，也只有陈友谅与朱元璋两军势均力敌、可堪一战了。也就是说，他俩谁在鄱阳湖大战中取胜，这天下就是谁的。

第十一章　明公莅饶州

滔滔彭蠡浪，巍巍鄱江楼。

元顺帝至正二十三年（1363）农历七月十八日，时令已然入秋，天气甚佳，鄱阳城外秋高气爽，风和日丽，万山缤纷，渔帆点点，美不胜收；而另一边则是楼房店铺林立、行人摩肩接踵、商业兴隆、车水马龙的热闹街衢。

此时已是下午申时末，暮色降临，古城的鄱江楼上走来了一群人，中间簇拥着一个龙行虎步、顾盼自雄、而年岁尚不到四十的非凡人物，虽说相貌有些奇丑，但自有一股逼人的气魄。他就是元朝末年南方两大起义领袖之一、人称“吴国公”与“明公”的朱元璋。鄱阳内外各界人士邓愈、朱昇、陶安、吴宏、于光、方家俊、方贵、熊宗武、杨大顺、彭兴旺、卞采、姜新爀、李振远等紧跟其后。他们一路上有说有笑，逸兴遄飞。

在此之前，饶州府已经朱元璋同意复名为鄱阳府。这次他是率全部大军来到鄱阳前线亲自指挥与陈友谅作战，在安顿好兵士们以后，便在当地乡绅、将领的引导下，登上鄱江楼顶，观览湖山胜景，为他日运筹帷幄呢！

鄱江楼最初肇始于唐代，位于古城南边的鄱江门城楼上，横跨南门而高高矗立，系五层歇山顶建筑，砖木结构，赤石夯基，青砖红瓦，油漆楼板，琉璃攀顶，雕梁画栋，飞檐翘角，神兽骑脊，风铃悬挂，既美轮美奂又雄壮巍峨。此楼集军事防御、名城象征、休闲观光、宴客会饮于一身，为历代文人墨客所喜欢，而时常在此聚友约谈、吟诗作赋、百家争鸣、把酒言欢。“鄱江楼”三字为唐代大书法家颜真卿之真迹幸存。乃当时鄱阳全城的一座地标性最高建筑，既是观景楼亦是景观楼。它有“楼阁影缤纷”“江连水照楼”“青山绿山共为邻”

的景，也有“夕阳秋草不胜情”“回道乡送望转迷”“山川自昔雄吴楚”的情。游人登临此楼，放松心情，极目远眺，山光水色、城内城外尽收眼底。奇景生姿，胜迹溢情，真让人有跨越时空、纵身飞翔之感。

鄱江楼一层东、西两门通往城墙，楼下拱形大门洞是为鄱江门。整楼四向八角，回廊连通，南面听鄱江河鱼儿戏水西归大湖悄悄细语，西面闻桃花山府衙堂前威武鼓点悠悠歌声，北面看芝山上五老亭里树梢摆动微微和风，东面观秦家山忠靖古阁紫气冉冉氤氲漫舞。

鄱江楼共五层之室内皆有彩绘故事放于其中，以华夏初成与三国故事为主，如“盘古开天”“大禹治水”“玄鸟生商”“夷羿开弓”“嫦娥奔月”“神农尝药”“桃园结义”“关羽读史”“刘备招亲”“赵云护主”“三顾茅庐”“孔明借箭”等等，笔简意浓，精妙绝伦。唐宋时期曾有不少名篇佳作诞生于此楼，如钱起、戴叔伦、李嘉祐、洪适、王十朋、洪咨夔、黎廷瑞等当时的知名文士，都曾在鄱江楼上留下过其优秀诗文。

其中以南宋“饶州四洪”之一洪适的《虞美人》一词情深缱绻，最为亲切。词曰：“芭蕉滴滴窗前雨，望断江南路。乱云重叠几多山。不似倦飞鸥鹭，便知还。角声更听谯门弄。夜夜思归梦。鄱江楼下水含漪。孤负钓滩烟艇，绿蓑衣。”又以宋末饶州人黎廷瑞的《登鄱江楼》一诗里的景观描述，暗喻大宋气数将近，最为难忘。诗曰：“江城一登眺，寒色有无间。帆拂沙头树，僧归云外山。楼高西照急，叶尽北风闲。世事何时足，悠悠飞鸟还。”

一行十余人，最前面由吴宏、于光领路，后面是朱元璋被大家簇拥着，一齐登上顶层五楼。朱元璋凭栏远眺，见鄱阳城外，碧空万里，夕阳喷血，残辉四射，淼淼长水，渔舟唱晚，生息奔放；鄱阳城内，城墙固若金汤，高大而坚实，城池烟火缭绕，繁华而有序。他很是高兴，时而点头，时而微笑，时而询问，时而沉思。

吴宏走到朱元璋身旁，边用手指指点点比画着边如数家珍地介绍道：“鄱阳府城即古饶州城，系西汉长沙王吴芮时始建。此鄱江楼相传为唐时上官经野所修造，当时有四门，南是咱们脚下的鄱江门，北有朝天门，东为永平门，西为蠙洲门；在北宋年间范仲淹主政时，又增加了通往驿馆的月波门与芝山脚下的灵芝门，一共有六门。全城周九里三千步，左东湖，右蠙洲，前带鄱江（今饶江与昌江），后靠芝山。城墙高八丈，厚一丈三尺五寸，墙垛三千四百六十二墩。城门外有月城，有城隍，深广丈余。横跨城隍吊桥共有三处。”

朱元璋啧啧赞叹，对大家说：“这十多年来，我转战南北、走遍中华，还很少见到过如此古老、坚实、雄伟、完整的城楼、城墙与城池。鄱阳城甚为壮观，在战火交织、兵荒马乱的朝代更替之际，还保护得这么完好，真乃是罕见与奇迹，非神力不可为!”

“全托明公之福!”大家异口同声地说。

当时朱元璋虽然还没建立明朝，但是大家平常亦习惯叫他“明公”。因为红巾军始终是奉“明王（阿弥陀佛）”为尊，故在民间亦有“明教”之说。随着一位位红巾军首领或战死或病逝或退出，唯有朱元璋坚持到了最后，俨然成了“明教”的化身。

随后，朱元璋带领大家下到了三楼。只听不知从何处有歌声隐隐传来，用柔婉的鄱阳方言与曼妙的江南女子嗓音唱道：“昨日今日风雨妍，东舍西舍桃李连。有衣且典洲上醉，无钱莫唤湖中船。群儿竹马走争道，谁家纸鸢飞上天。岂无长袖公莫舞，共对青春非盛年。”

朱元璋一边鼓掌一边问道：“好一个‘群儿竹马走争道，谁家纸鸢飞上天’!这是何人所作?”

“吴存，吴月湾。”一旁的姜新燏回曰。

朱元璋随即开始卖弄，引经据典，显得满腹经纶一般：“吴存，字仲退，号月湾，鄱阳本地人氏，宋末诗人、学者。曾师从理学大师饶鲁，与黎廷瑞、徐瑞、叶兰、刘昺并称‘鄱阳五君子’。历官元饶州路学政、宁国路儒学教授等，并聘主江西乡试。其著述甚多，有《程朱易传》《本义折衷》《鄱阳续志》《新志》《月湾诗稿》《巴歈杂咏》等。这是一个才学兼佳、著作等身的大才子，可惜已过世多年。我很喜欢其《摸鱼儿·赋潮》一词，气势宏大。”

朱元璋介绍完后，便当着他的谋臣良将和鄱阳父老乡亲们的面，高声吟唱了起来：“定何人，鞭蛟笞蜃，尽驱山石填海。海波坌涌三千丈，蓬峤落翻鳌背。天昼晦，似睢水，扬沙汉楚三军溃。东皇翠盖，遣海若摇旌，冯夷击鼓，仿佛一时会。初发处，练白海门如带，须叟雪岭天界。朝生暮落何时了，几度越成吴坏。君莫怪，这莫有，至生呼吸乾坤外。白鸥自在，待日落潮平，游人归尽，飞过富阳濑。”

朱元璋一唱毕这首名作，大家顿时一齐热烈鼓掌。

按说朱重八基本上是赤贫文盲出身，青少年时代根本上不起私塾，如今年岁又不高，且平时戎马倥偬、领兵打仗，也没多少时间读书，他怎么会有这么好的学问呢？其实他哪里会有什么学问，只是在当了起义领袖以后，为收买人心、笼络文士，他也不得不附庸风雅。每去一个地方，每见一个人，每办一件事，因为有实际用处，他便会做点行前准备。此人很用心，加之脑瓜又好使、记忆力超强，短时间内就能集中积累一些相关的知识，在一般人看来也好像是挺渊博、内行了，不由得不佩服他。姜新燏赞道："明公好记性！好雅兴！"

"敢问阁下贵姓大名？"朱元璋侧脸问道。

"乡人免贵，姓姜名新燏！"姜新燏恭敬回道。

"莫非姜先生是白石道人之后？"在得到姜新燏的肯定答复后，朱元璋点点头，继续说，"宋时，饶州有姜夔姜白石，性情丰富，多才多艺，精通音律，能自度曲，其词格律严密、空灵含蓄，甚是了得，乃两宋词坛一等一的巨匠。世人大都称赞他的《扬州慢·淮左名都》一词极好，那还是不算最懂姜白石，其实他的代表之作当是《暗香》与《疏影》两首，而其《水调歌头·富览亭永嘉作》一词则是最老到的篇什。他在赏雪咏梅之际，喟叹国家应须用梅花精神重整河山，'莫似春风，不管盈盈，早与安排金屋'；在游山玩水之时，直指朝廷无王子乔为民之心，'天外玉笙杳，子晋只空台'，无谢灵运复国之志，'颇忆谢生双屐，处处长青苔'。那才是好词、好意！我们现在也是在做事情啊，做白石老道想做而没有做好、也没法做好的事情。"

大家猜想朱元璋话里有话，不无深意。

"不知明公怎么有此说法？请明示！"乡绅代表熊宗武、耄耋老者杨大顺等人问道。

朱元璋回曰："这天下，是咱们中原人的。白石老道在世时，总惋惜世间并无谢灵运那种誓死的'复国志'。我们今日起兵浴血奋战，也还不就是'复国'么！"

朱元璋话一说出口，大家都发出了一阵会心的欢笑，齐声称赞道："明公才高志大，复国准成。"

朱元璋等人络绎来到一书案旁，吴宏说："请明公为我鄱阳赐一墨宝。"

"好！"朱元璋欣然答应。他走到案前，撩起长袍，拿笔挥就一行墨浓气足、龙飞凤舞的遒劲大字——"城隍之神"。这也是他此次来到鄱阳古城最大的感悟。

鄱阳秀才卞采在一旁赞道："明公写得一手好字！"

关于朱元璋在鄱江楼上亲笔题写的"城隍之神"四字，后来在民间演绎了许多传说和各种解读，如"祭神之用""城隍庙祀" 等等；并附加了一些定位之语以为固定，唯恐后人乱解，如"明皇""皇帝得江州后"等等。但由于朱元璋题字之时还没有正式登基，明朝尚未建立，他身后还有"小明王"韩林儿等人健在，故“城隍之神”之语，只有朱元璋与吴宏他俩心里才清楚。

原来，朱元璋通过这一段时日与吴宏的直面接触交流，了解了他的本性与内心，并非是自己来鄱阳之前，与军师刘伯温等人所担心的他朝秦暮楚、多变不稳，而是明白了吴宏对家乡鄱阳古城所倾注的千般情、万般爱，不惜以损毁个人名节，来尽心尽意保全这座享誉天下的名邑大城，故以“城隍之神”名头予以肯定与褒奖。

朱元璋郑重落款“国瑞”后，缓缓提起墨宝，当着众人之面授于吴宏。

吴宏接过明公赐字与赠言，见此“城隍之神”四字，脑海里顿时豁然敞亮，心头一热，立即跪于朱元璋面前，口中铿锵如雷炸出：“知我者明公也！”继而泪如泉涌，落于楼板上叮咚作响。

吴宏此刻才恍然大悟。今日上午在陪同朱元璋游览城内的虞溥古井时，明公于井旁所吟一首自题诗“中间一点澄如镜，任尔风波不动摇”的用意。明公原来是在以井水比喻镜子，劝诫自己要认清大局，心思澄明，早做决断，别再动摇了。于是他又大声说道：“小人愿永远追随明公，决无二心！”

想想自己从至正十二年以来，在这十几年的漫长岁月里，被人误会，受人白眼，骂声不断，忍气吞声，父老乡亲看不起，知心朋友没几个，大家都说他是什么“没气节”“没骨头”“非丈夫”“屈节小人”等等，皆是说吴宏在徐寿辉部到时，他马上举手投降；元兵返回后，他又跪地求和；陈友谅来了，遇到危机，他更以全城投怀送抱，没有守“忠臣不事二主”之志。

朱元璋赶紧上前一步，把吴宏拉扯起来说：“我若此次未到鄱阳来，只怕真有可能听信一些民间传言，误会了吴太守。但今日见到鄱阳古城，这么古老雄伟，倘若我镇守鄱阳，亦不忍心呀！吴太守忍辱负重、不计得失，甘愿舍弃自己名节以保护古城，乃是功德无量、千古荣光，足可与‘城隍之神’媲美也！”

于光在一旁感动地说：“今日有此明公墨宝在，后人当会明白吴太守的良苦用心。”

“于将军这些年来也被很多人所误解指责。此等荣誉，于将军亦有荣光在也。再次谢谢明公！”吴宏边说边擦泪。

朱元璋转身望着于光，以深沉欣赏的口气说：“于将军对桑梓、对父老、对家国、对民族，也是有大功劳的。诸位的作为我都看在眼里，同样十分佩服。吴、于两君堪称‘鄱阳双璧’，并肩媲美，终将千古流芳！”

于光也当即跪倒在朱元璋面前，感激涕零，大声说道：“多谢明公的理解和赞许！”

丰盛的接待贵宾晚宴，就在这鄱江楼上的主厅里举行，由府衙出资安排。一道道山珍湖鲜、美食佳肴次第呈送了上来，包括当地的著名特产“鄱阳三宝”小银鱼、藜蒿、老城腌菜。

在上老城腌菜时，因它的气味格外馥郁清香，朱元璋觉得十分好闻，且吃起来甚是脆嫩可口，故引起了他特别的注意，向身边的陶安问曰：“这是什么菜？”

陶安才到鄱阳任职不久，虽然此菜他已吃过多次，也甚喜欢，但要说起其来龙去脉，却是所知有限。他左看看右看看后，拍拍另一旁的熊宗武的肩膀：“宗武兄，您是鄱阳本地人，一定很清楚啦！您来给明公说说。”

熊宗武道：“不敢！还是明公、陶公识货啊！此乃我们鄱阳的一道名菜，虽然说其原料就是普通的芥菜，但跟别地的芥菜又不大一样。它仅产于州城周边之东湖四岸及上土湖的西门、高门、北关一带，出城数里就变为一般的芥菜了。比如我们立德街的芥菜，就不是这个味道啦！其原料蔬菜颜色如墨，叶片较芥为小，长有茸毛，叶茎肥大如菘，呈羽形或不整齐羽形分裂，肉质紧密厚实，气味辛香浓烈。它于上年八九月种下，来年初春收割，多精制成齑状或蒸晒成干菜，本地就称为‘老城腌菜’或‘老城盐菜’。它在我们鄱阳的种植与烹饪历史皆非常悠久，以之或沤猪牛鸡鸭肉、或煮河湖鱼虾蟹，或作羹，或单炒，香脆爽口，健脾开胃，风味独特，回味绵长。夏天以其腌菜烧肉，久存不坏，不易变馊；以其煲汤，若与本地特产‘黄牙头’鱼同烹，味道尤其鲜美，为鄱阳传统待客盛宴佳肴，盛名流长。”

吃到如此天下美味，又听完熊大老板这一席详细而确切的讲解，朱元璋刚刚给吴宏、于光二人题了“城隍之神”四字，且许以“鄱阳双璧”四字，似乎仍余兴未减，题字取名上瘾了，说：“这道菜好吃确是好吃，但名字没有特点。这样，我来给这道菜想个更好的名字吧！”他沉吟片刻，继而说，“既然它是在每年春天收割与烹制的，那就叫它……‘春不老’吧？寓意鄱阳人的日子永远春意盎然、生机无限、红红火火、平平安安！各位意下如何？”

吴宏、于光、方家俊、方贵、熊宗武、杨大顺、彭兴旺、姜新燏、李振远等在座的鄱阳人士齐身而起，异口同声地赞叹与感谢道：“明公高明，明公高明！”

“‘春不老’这个名字不但十分生动、贴切，而且别有深意、意味无穷，比原来的名字好多了。”

“多谢明公！”

还别说，“春不老”之名的确是取得好。从此以后，这道名菜与这个名字便在鄱阳一带深入人心，家喻户晓，并流传至今，美名远播。明初有段时期，“鄱阳三宝”甚至成了宫廷里的几道御菜之一。

到至正二十三年前后，朝廷那头早已是日薄西山、苟延残喘了，毫无镇压起义军与再复兴的力量，推翻、驱逐它是早晚的事情。而各路起义军这边，北方刘福通与韩林儿、东方方国珍、西方明玉珍……都无非是小打小闹，不成气候。纵使昔日江左雄狮张士诚，此时亦已日渐衰落，难以崛起。只有相对更南边的皖人朱元璋和鄂人陈友谅，才有争夺天下、逐鹿中原的希望，最后决战必将在他俩之间爆发。

但当时陈友谅号称有百万兵马、百万领土，睥睨天下、雄心勃勃，对建立新王朝志在必得；朱元璋的物质军事实力、武装队伍规模明显不如陈友谅，可他目光远大、气度非凡、智谋高明、稳步前进，网罗四海英才、文武俊杰云集，兼之深孚民心、百姓拥戴，所以究竟鹿死谁手、谁登大宝，此刻态势还并不明朗，下结论为时尚早。

这个时期的农民起义军与元军之间，以及诸多农民起义军的内部之间，在各地的主战场上已经争斗得如火如荼、你死我活，处于白热化状态，战争的毁灭性、残酷性体现得淋漓尽致。旷日持久、穷兵黩武的无情战役，使得城毁池干、房倒人亡，有的地方百里杳无人烟。如山东、两湖、安徽、浙江、四川、云贵等地及江西大部，都经过了战火的大洗劫，血流成河，人口锐减，广袤土地无人种、良田荒废无人耕。

显然，作为地理军事位置非常重要和优越的江西鄱阳即饶州，已成为几支主要的农民起义军及元军的必争之地。但饶有趣味、令人吃惊的是，在鄱阳，这些激烈残酷的争斗虽然都无间断发生过，可并没有一次把主战场放在陆地上来打，而是在毗邻的鄱阳湖水面上角逐。就连他日朱元璋与陈友谅两军，三十六天的鄱阳湖生死大决战，也是基本上没有在地面上搏杀。这就在很大程度上使得鄱阳大地少受兵燹之苦，免遭战火涂炭。

而这个功劳与这份荣誉，首先应该归于当时的饶州知府吴宏、余干知府于光等人。可这个余干出生的吴宏，他到底在时任饶州最高军政长官期间做了些什么？想了些什么？他的“不战求和”观念，与同为鄱阳人氏的胡润多年后的“不事二主”原则，究竟有何区别？前者置自身名誉而不顾，不管是哪派势力打到这里来，他都马上投降、逆来顺受、屈膝忍痛，尽全力不让古城遭到战火摧残，不让黎民百姓有流血牺牲；后者则反对叔父强抢侄儿的江山，竟拿其胡氏全族的生命做赌注，拼命去赢一个“忠”字，竟可与台州人氏方孝孺相提并论。

早在至正二十一年，朱元璋手下大将邓愈便领兵夺取了浮梁，驻守于鄱阳北大门。浮梁位于赣东北角，与鄱阳接壤，近若咫尺，当时还是饶州辖县，乃著名的产茶、产瓷之地，著名的“世界瓷都”千百年来便一直隶属于浮梁。邓愈在李振远、宁友吾等早已归顺红巾军的当地乡勇介绍下，说服时任饶州知府吴宏投降了朱元璋，并改饶州府为鄱阳府。从此鄱阳作为府名便载入了史册，并一直沿用到今天。此后邓愈镇守鄱阳，朱元璋便报奏“小明王”韩林儿，任命邓愈为鄱阳首任知府。吴宏则进入朱元璋队伍出任部将，但仍同邓愈一起镇守鄱阳。

在邓愈率大军到达鄱阳之前，陈友谅的部将方家远则领着他的区区两千余人马，简单向吴宏、于光告别后，又早早退回到他的康郎山孤岛城堡里去了。

至正二十三年四月，陈友谅亲率六十万大军，集中兵力围攻江西省城洪州即洪都，当时是朱元璋侄子（也是义子）朱文正守卫在洪都。此年六月，朱文正的告急信传到了应天府朱元璋的手里。朱元璋拍案拊掌，心想：“决战的时刻终于到了！此次可不是我主动出击，而是人家先找上门来挑衅的！看看天下老百姓怎么说?”

其实这些年来，方家俊曾多次在朱元璋面前反复游说，请求他进军鄱阳，他并不是没有动过心；况且他又咨询过刘基、朱昇、李善长等谋士，他们也觉得可行。可是时机一直没成熟，如今既然陈友谅主动打过来了，那自己总得出马迎战了。

朱元璋让内侍把方家俊叫进宫来，满脸堆笑，对他说：“方将军，你不是老说要打回家乡鄱阳去吗？如今我就满足你这个愿望!”

方家俊自然十分兴奋，一副跃跃欲试的神情，迫不及待要回师鄱阳的样子，说：“明公，您看有什么需要吩咐我做的?”

“我现任命你为先锋将军，率五千人即刻出发，给我们打前站，大军随后就到。邓愈将军虽已说服吴宏将军归顺我们，可我担心他只是口头上说归顺，心里却不一定完全答应，你再去找他好生劝说一番。毕竟你们是老乡，且有所关联。还有，你回到鄱阳后，要多做一些战前的宣传造势，对地方情况要再摸得更细致一些；对父老乡亲的安抚，也得仰仗你多费心啦!”

“明公客气了，遵命!”

也许是朱元璋对方家俊过去在立德乡的所作所为稍有了解，也许是朱元璋确实有雄才大略、火眼金睛，智慧超出一般的人太多，总之，他对方家俊的为人、想法洞察得非常清楚。他深知，方家俊当年之所以逃出饶州来投奔自己，肯定是在饶州待不下去了，被人赶出来了。且不管其原因、背景是什么，家俊此次回鄱阳，难免会兴风作浪、上蹿下跳，要报复某些人。所以难怪一听说要他先回去，便抑制不住地迫不及待。但这对自己下一步去鄱阳的全盘部署，以及同陈友谅的决战，必然大为不利。

所以朱元璋又一再叮嘱方家俊："方将军切记，此次你返回鄱阳，要以咱们剪除贼党余孽之大局为重，切忌意气用事，对当地百姓应以团结、安抚为要，不宜镇压、劫掠，尤其是对那些有财有势的乡绅、富商，力求尽量拉拢结交，以便为我所用!"

"家俊一定谨遵明公指示!"方家俊退出大殿，一路思考揣摩着朱元璋的这席话，并赶紧做打道回鄱的准备。

朱元璋自己率大军要晚走一步，是因为他还要安置好他的"太上皇"们——"小明王"韩林儿及其幕后的真正掌权者刘福通。

早在至正十六年至十九年，北方红巾军在刘福通的统领下发起三路北伐，前期势如破竹，所向披靡，出现暂时的鼎盛之局；但后期却因孤军深入，寡不敌众，结果成了强弩之末，相继失利，起义形势骤然逆转。朝廷军队元帅察罕帖木儿与孛罗帖木儿率领的两支大军，对宋政权的包围进一步紧缩。至正十九年八月汴梁城陷落，刘福通保护韩林儿冲出重围，逃奔安丰。

至正二十三年二月，早已占领濠州的张士诚，趁安丰空虚之际，遣其将领吕珍进攻宋廷。刘福通等人顽强抵抗，韩林儿派人来向朱元璋求救。朱元璋迅速率军赶至，救出韩林儿、刘福通等人，将他们安置在滁州。张士诚逐走韩林儿后，于是年九月自称吴王。而朱元璋此举，名义上是救驾，其实也是借机挟制了韩林儿，有当年曹操"挟天子以令诸侯"之效。

直到至正二十六年十二月，朱元璋在征服张士诚部回到应天府后，即命部下廖永忠赶往滁州，假惺惺说是迎归韩林儿、刘福通至应天。廖永忠遵照朱元璋的诏令，在途经江苏六合东南的瓜洲渡（亦名桃叶山）附近时，将他们俱沉入长江溺死。至此龙凤宋政权彻底覆亡。此为后话。

朱元璋在处置好了"小明王"韩林儿等人，部署好了各地的守将文官，做好了决战鄱阳湖的战略安排以后，即于至正二十三年七月六日，带领刘基、宋濂、李善长、朱昇、陶安等谋士，徐达、常遇春、胡大海、沐英、汤和、冯国胜、廖永忠、俞通海等将帅，亲率二十万大军自应天府启程，千船齐发，气势浩荡，溯长江西进再南折入鄱阳湖，随之控制整个赣省北部。

再说方家俊。他此次衣锦还乡，跟他哥哥方家远数年前的衣锦还乡，最初的意图的确大不一样。都说“龙生九子，各有不同”，譬如方家远与方家俊，即使同父同母的同胞兄弟，但其品行、作为却大相径庭、判若云泥。

当初方家远带着陈友谅先后三次送给他的近两千人马归鄱，目的是要惩恶扬善，对父老乡亲则尽量宽宏善待，确保农业、商业、手工业的稳定发展，民众安居乐业，但从未考虑过他个人的名利好处。方家俊的目的却完全相反，他只从自己的小算盘着想。当初他被陈友谅所部和乡民赶跑，惶惶如丧家之犬，此次率领朱元璋指派的五千先遣部队回来，是一定要给他们一点颜色瞧瞧，不惩治几个家伙是不会善罢甘休的，比如斗他最凶的那几个乡勇头目刘萌、刘勋、刘清修等都得完蛋，特别是要把熊宗武、杨木托都弄死，把熊宗武的家产全部据为己有，把熊瑛及其小女杨华枝夺过来……他越想越美，恨不得在背上生出一对翅膀，马上飞回鄱阳与立德街，实施其计划。

可是，既然如今明公要他回家与人为善、尽力安抚，不得轻举妄动，而且还一再叮嘱、耳提面命，又另派几名将领与自己同行，显然是对他还不太放心，怕他捅出什么乱子来。对这些将领每天紧跟在自己身边，监视约束自己，他心里隐隐有些不快，却也无可奈何。看来明公有更重要、更长远的打算，自己可不能破坏了他的大计。这便被迫收敛起狂野的内心，放慢回家的脚步，先好好考虑、筹谋一下究竟该怎么办，最好是既能成功办好明公的差事，而自己的私事也得以圆满解决。

几天后，方家俊率部回到了阔别许久的桑梓之地鄱阳立德街。他竭力装出一副和善的模样，虽然统领大军、威风凛凛，却处处谦让、宽厚。他先是风尘仆仆、马未下鞍，便随李振远等人前往鄱阳府衙拜见吴宏——鄱阳的当代第一英雄，也是明公想尽力接纳的重要人物。

春夏之交，风光无限。由于还是首次晤面，吴宏一见方家俊，没想到天下竟有这样标致、好看的男子，心里暗自称羡，啧啧赞叹。名字是早已听说了，见面才知比传闻更吃惊。乃兄已然那么英武，而弟弟更为俊美。

不过，透过他曲意奉承的外表，却仍可看出其戾气阴险的真面目来。前些年他在立德街、瓦屑坝一带，如何勾结求鲁台等人，一手遮天，作威作福，鱼肉百姓，搜刮钱财，尤其如何陷害、欺压熊宗武、彭兴旺等乡绅，种种不齿之行径，吴宏也早便知晓。吴宏当然亦明白，方家俊与自己挚友方家远是亲兄弟，可却没想到他俩的人品差别如此之大！吴宏在暗暗赞赏他的外表之余，又暗暗为他的为人而叹息。

但吴宏转而一想，自己与其兄长是知己好友，称兄道弟，再说都已接受了于光弃暗投明的意见，如今大家又皆在应天府明公的麾下做事，那还是给方家俊一个台阶吧，不要当场撕破脸皮的好。于是他对方家俊亦虚与委蛇、假意友好，两人举酒干杯、把盏茗茶。吴宏满口答应愿意彻底归顺朱元璋，一切听从朱大帅的号令，大家精诚团结，一致对外，消灭陈友谅。

第十二章　宿仇再纠缠

方家俊回到鄱阳府，接着回到立德街，先是住在自己家里。邻居街坊、乡亲父老们早早得到了信息，远远地看见他骑着高头大马，全身盔甲武装，带着长长的队伍，耀武扬威地过来了，便都速速躲进自己屋里，把门牢牢拴死，连家中的猫狗也都关进了院子，唯恐避之不及，像瘟神来了似的。刚刚还熙熙攘攘、热闹非凡的大街小巷，顿时就空无一人、阒静冷清了起来。

方家俊很觉无趣，十分尴尬，心里则恼恨得要命，暗暗咬牙切齿，思忖“将来看我怎么收拾你们”，可外表却仍要装得春风满面，频频地朝街道两旁颔首抱拳，口里喊着：“诸位乡亲们好，大爷大娘、大叔大婶、老哥嫂子、兄弟姐妹们好，给大家请安，在下这厢有礼了！”不过谁都不搭理他，只管匆匆躲开。

夕阳西下，夜幕垂落。方家俊在将全体部属将士安顿好后，这才再独自穿过三条街巷回到方家，下马入门进屋，卸掉盔甲刀剑，向老父老母寒暄请安，并在桌前落座。方贵尽管对这个虽长着一副好皮囊但满肚子坏水的老二大有意见，但毕竟是自己的亲生儿子，是好是孬皆嫡出，手心手背都是肉，也不好对他怎么样，便淡淡地回应了一下，只低沉着脸，一声不吭地蹲在一边，闷闷地抽着旱烟筒。

只有方贵的老妻，方家兄弟的母亲诸氏，俗话说“老娘疼细崽”，对小儿子一贯非常溺爱。见到方家俊阔别归来，分外高兴，赶紧给他整理打扫卧室、收拾安排被褥，又做他爱吃的菜，藜蒿炒腊肉、粉蒸五花肉、鄱阳湖小银鱼、红烧大鲤鱼、莲湖脆藕、枸杞红枣银耳莲子炖老母鸡汤等，满满地摆了一大桌，在旁边亲昵地、笑眯眯地看着眉目如画的宝贝儿子吃，不断地劝他多吃点，还老是给他夹菜。

方家俊向父母禀报了自己这些年来在外游历与打拼的经过。当方贵听说他现今在应天府吴国公朱元璋的手下为将，且屡立军功；而朱元璋在东南诸省百姓当中确实口碑甚佳，远胜陈友谅、张士诚等人，如今正当春秋鼎盛之势，有“真龙天子”的气象，未来的天下极有可能属于此人，倒是越来越大感兴趣。方贵吁了一口气，心里很是宽慰，只盼老二从此改邪归正，造就为一代俊杰，干一番轰轰烈烈的事业，也不辜负自己给他取的这个名字。

不过，紧接着方贵又哑然失笑了：自己的这两个儿子，向来为人甚佳的老大，却追随了在老百姓心目中评价并不高的陈友谅；而品行颇差的老二，竟跟从了被人们称为“明公”“圣主”的朱元璋。这不是老天捉弄、阴差阳错吗？但话说回来，仅从目前局面来看，深孚民心的应天，其实力却明显不如威猛残暴的大汉。鹿死谁手、江山何归，还很难说啊！

与此同时，方贵又马上悬起了他的那颗小心肝：亲兄弟成死冤家，如今自己的这两个儿子，各为其主，势成水火，敌我双方，生死决战，这是做父母的最不想看到的。再说不管哪方取胜，兄弟俩总有一个凶多吉少，结局悲惨。想到这儿，方贵的心揪痛不已，并在脑子里不断地转着念头，想究竟该怎么解开这个死结，却实在是毫无办法。

方贵也给方家俊介绍了鄱阳府和立德乡、双港乡这边的情况：这些年来，咱们家乡在你大哥方家远，以及吴宏、于光两位将军的保护和治理下，社会兴隆稳定，熊宗武、熊瑛与杨木托一家的生意十分兴旺，成了整个赣东北地区的首富。家远现镇守在鄱阳湖对面的康郎山岛上，如今那片地区是陈友谅所部的大本营，由成千上万艘大小船只组成的庞大船队就停泊在附近的湖面上，冠盖如云，声势震天。兼且康郎山的地理军事位置优越，岛上堡垒墙厚洞深、兵多粮足，虎踞龙盘、易守难攻。

另据说，你哥家远的那几个北方朋友，即黄世明与熊秀夫妻、其父黄启、其友刘功成等人，也都先后从各地回转康郎山了，襄助他参谋军事、管理军队与训练士兵。但还有个说法，熊秀与儿子黄河及近年所生的女儿黄甜并未回来，而是留在黄世明的萧县老家，因为她快要生第三个孩子了。

方贵是鄱阳湖上的老渔民，还是渔民里的头儿，常往湖上打鱼撒网，有时还捎带上康郎山去看看方家远，给他传递信息，以及送老妻所做的菜肴、点心去给大儿子吃，所以对其情形了如指掌。岛上的兵士们也都知道他是方将军的父亲，并不阻拦他，对他还很客气。再说康郎山之所以能有今天，成为一座坚固的城堡，还不是方家远一人镇守多年，苦心孤诣、呕心沥血建造起来的吗？

方家俊突然有了一个主意，说道："爹，我这次回来，明公任命我为先锋将军，让我先走一步，给我的任务就是安抚乡闾、稳定大局、制造声威、鼓动民心，希望鄱阳的父老乡亲们都能为我们所用，将来在与陈友谅作战时站到我们这边来。所以爹您得帮帮我，利用您的影响力，把鄱阳府的老百姓、众多乡绅乡勇乡贤，还有渔民们都发动起来，效忠明公。"

方贵的老妻、方家俊的老娘诸氏，也眼巴巴地望着丈夫，说："那你就帮帮俊儿吧！"但她没想到，帮俊儿其实就是害远儿。同样，若是帮远儿，那也是害俊儿啊！怎能两全其美？

方贵沉吟了一会儿，心想："俊儿要真是有这样的胸怀和想法，倒是令我彻底放心了。朱元璋系天下苍生民心所向，我们老百姓们是应该跟他走的，并送他登顶大宝。"于是说："我肯定会帮你，可是不知大家是否听我的……也不知大家是否愿意跟着你说的那个什么明公，哦，也就是朱元璋走。"再说，他心里又一阵剧痛：我帮了你，那远儿咋办？

方家俊左手猛拍了一下自己的左大腿，右手又攀到了父亲的肩膀上，像是突然心血来潮似的说："只要爹您有这份心意，您愿意努力玉成，那剩下的事情就都由孩儿我来做吧。……对了，明天您先陪我去一趟熊宗武的府上。"

大战在即，方二有意暂时与熊大媾和。

在熊府，熊宗武、熊瑛、杨木托也早已知道方家俊带着大队人马回来了，这两天里简直如热锅上的蚂蚁，惶惶不可终日，坐卧不宁，寝食难安。熊宗武分外担心，方家俊会来报复自己，不知道是要倾尽他的家产，还是更要取了他的小命？反正都不会是好事。

熊宗武自然更看重他的巨大家产，哪怕要了他的性命，也比把他的钱财搜刮走强。但他也很明白，其实这两者是一回事，是相辅相成的。以方家俊素来的为人，他心狠手辣的做事方式，肯定既会掠走他的全部钱财，也会想方设法害死他。所以再吝惜自己的家业，他也开始有些怀着侥幸心理了：方家俊，钱你就都拿走吧，但愿能放过我们，尤其别对小华枝下毒手。你不是还曾同瑛儿相好过一场嘛，"不看僧面看佛面"，别把事做绝了！

杨木托却很释然："既来之，则安之。反正他都已经回来了，事实摆在咱们面前，还能怎么样？大不了同他拼了嘛！不是鱼死就是网破，有啥可怕的？"

熊瑛的心里则像打翻了一瓶“五味子”，情绪十分复杂。她最怕这个人出现，但又有点盼他出现。届时她该怎么面对方家俊，今后该怎么办？说实话，她的孩子，可爱的小华枝，都还不知道父亲究竟是杨木托还是方家俊呢！但这也只有她自己暗中在纠结。

晨曦初露，阳光熹微。那天清晨，当一家人用过早餐，静坐在内院客厅里各怀心事，一边逗小华枝玩时，孙老管家突然冲进来报告：“老爷、二小姐、杨公子，外面方贵、方家俊父子前来求见，已带着几十名将士到达熊府大门了。”熊家顿时像乱成了一锅粥。熊宗武惊慌得差点从太师椅上跳了下来。“无事不登三宝殿”，方家俊来了总没好事。他强自镇定，颤巍巍地站起，让木托与熊瑛赶紧带着华枝从后门小路离开，这里的一切由他一个人担待着。

说完这些，熊宗武硬是撑起精神，吩咐孙老管家道：“好，你就去对方氏父子说，外院客厅有请！让他们稍微等一等，容我准备一下。”

这些年虽说生意越做越大，但熊宗武自己操劳用心过度、平时缺少运动，加之续弦的小妾正值如花似玉、如狼似虎的年龄，捣弄得他严重透支，便日渐苍老、两鬓斑白，显出晚景来了。而且平时业务应酬又多，身体也发福得快，一跌坐下去，想站起来竟有些困难了。乍看外表好肥硕，里面却是已被掏空了的。

他可比不上方贵，两人虽年岁相仿，但方贵几乎天天入湖打鱼，“君看一叶舟，出没风波里”，披星戴月、日晒雨淋，虽又黑又瘦，却挺有精气神，手脚还蛮灵便敏捷，身子骨也还硬朗。尤其那一双小眼睛，炯炯有神，赤黑发光，让人望而生畏。另外，方贵还学过一些功夫，拳脚上也颇不错的。他是外观干瘦，内里倒结实。

他们俩在身体里外的对比上刚好相反。打个不中听的比方，乡绅老大熊宗武像头有福摆阔的肥猪王，而渔民头领方贵则像只鄱阳湖里的水猴子，可谓反差悬殊、相映成趣。因立德街才巴掌大的地方，“抬头不见低头见”，熊、方偶尔也会在街头不期而遇，有一次两人凑巧邂逅，你看看我、我看看你，彼此开玩笑就是这么揶揄对方“老家伙”的。

可是杨木托与熊瑛却不愿意提前离开，仍坐着一动不动，脸上十分镇静，说：“是福不是祸，是祸躲不过。爹，我们怎能贪生怕死，舍您而去呢？就让我们一起来面对吧！人为刀俎，我为鱼肉，事已至此，只好任凭他方家俊处置了。况且方家俊有千军万马，想必已经在外边布下了天罗地网，哪里离开得了呢？”

熊宗武想再催促他们走，但显然已经来不及了。方贵、方家俊正快行阔步、身姿矫健地从前庭回廊朝外院客厅那边走去，老远就看到了自己，在扬手打招呼了。熊宗武咬了咬牙，暗暗一跺脚，心想："罢了，罢了，豁出去了！"赶紧带着女儿、女婿，硬着头皮迎了过去。

在外院厅堂门口，熊家父女把方家父子隆重恭敬地请了进去，大家又一一打躬作揖、嘘寒问暖了一番，显得倒是挺亲热。毕竟多年交情，关系也非比一般啊！双方分宾主坐下，熊老板连忙让女佣奉上热手帕、新茶水、各种点心来。

特别是方家俊，仿佛换了个人似的，一口一个"宗武叔叔""木托兄""瑛妹""枝儿"，叫得很亲切。还忙不迭地抱拳、道歉，希望各位对自己以前的所作所为多担待点，只因当时各为其主、处境被动，"大人不计小人过"，以前是一家人，以后还是一家人，友好相处，互相帮衬；他要将功折罪、弥补过错，尽心为父老乡亲服务，云云。

但越是这样，熊宗武心里越捣鼓不安，他是曾多次见识过方家俊的厉害手段的。此人是长得眉清目秀，像画上的一般，却蛇蝎心肠，杀人不眨眼。他若满面冰霜、凶神恶煞，说不定还让你死得好看一点。他若双眼堆笑、嘴里动听，那你反倒死得更悲惨，因为此时才是真正触犯了他的利益，令他发怒到了极点，而在心里想对付你的狠招儿。所以熊宗武感觉内心觳觫、手脚微颤，有些难以自控了。

刚才在进熊府的一路上，方家俊发现其大门又重新整修过了，更加高阔、巍峨、气派。宅子内也比自己小时候来玩时扩大了好几倍，楼房数进、庭院深深，花草假山、亭台楼阁，甚为华丽。这会儿坐在外厅里，他仔细环顾、打量着四周，见其装饰奢华、色彩美艳，摆设高档、琳琅满目，历代名人字画、古董、金佛、瓷瓶、玉器，紫檀木的案几、金丝楠木的座椅、镶金的博古架、袅袅的沉香……应有尽有，足见主人的富有，与方家简朴、狭窄、清贫、陈旧的居室形成鲜明对照。外厅已是如此可观，内室更不消说是何等富丽堂皇，有多少珍稀宝贝！

再看看坐在自己身边的熊瑛，穿金戴银、绫罗绸缎、锦衣玉食、珠光宝气，且描眉点唇、涂脂抹粉，一副成熟贵妇人的模样，丰姿绰约、妩媚丰腴，像那熟透了的水蜜桃，白里泛红、娇嫩温软，似乎一捏就要水汪汪迸绽出来，比过去的清纯少女时代是要更多了不少风韵魅力，更加耐看有味，令人怦然心动。

还有那华枝姑娘，活脱脱又一个小熊瑛，聪明伶俐、天真机灵，时而轻盈如燕、时而温驯似猫，一双大眼睛清澈晶莹，仿佛会说话似的——他怎么看怎么觉得她活像自己，就是他的骨肉。那杨（拉）木托哪有这么好的基因？可华枝怎么老是躲避着他，好像很怕他似的。

看着这些，方家俊的内心深处很是有些抓狂，双手暗暗紧攥着：“这一切明明都是我的啊！只要我想要，马上就可以据为己有。”但他立刻又想到明公的交代、未来的大业，忖思目前还是得以假意安抚、交结为要旨。姑且让他们再得意一些时日吧，等机会到了再来收拾他们，一起算总账。于是心绪缓和下来，表情也渐渐恢复了常态。

最有意思的是，与熊宗武挨坐在一起的那个打扮俗艳、轻佻妖冶的女子，刚才熊老头介绍说是他的续弦，见她老乜斜着双目在瞅自己、抛媚眼、秋波宛转，像是跟自己似曾相识，又像是有啥话要悄悄对自己说。现在仔细瞧了瞧，又认真回忆了一下：哈哈，总算想起来了，她不就是鄱阳城里有名的青楼女子、“探春楼”的头牌花魁翠翠吗？想当年他俩也曾有过春宵数度、男欢女爱呢！此女长得还算白嫩、标致、妩媚、纤曼；再说床上表现也蛮出色的，狂热骚情，如蚕扭动、如蛇缠绵，没想到如今竟嫁给了熊宗武这糟老头子，岂不是一朵鲜花插在牛粪上了！也难怪熊老头病态恹恹、阳气衰微的样子，想必是被她拖垮的啦。嘿嘿，很好，待我将来，母女俩“一锅端”！

方家俊所说的“母女俩”，自然是指翠翠与熊瑛了，他将来要把她俩都夺过来，都成为他的女人。

熊宗武偷偷关注着方家俊的一举一动、一言一行、一蹙一颦，看他时而满脸乌云、愁眉苦脸，时而多云转晴、眉头舒展，时而牙关紧闭、嫉妒眼红，时而目露淫笑、不怀好意。不知道这个心肠狠硬、如今又手握重兵的死对头，他葫芦里究竟卖的是什么药、打的是什么如意算盘。总之是来者不善、善者不来，自己要做好种种准备。

方贵基本上是陪同儿子来的，不知道自己来干啥，没什么话要说，而且也不该他多说。所以主要还是由方家俊来说，把自己的来意和盘托出：

“宗武叔叔、木托兄、瑛妹，咱们不是外人，那我就开门见山，长话短说了！我这次是奉明公朱元璋大帅之命，作为先锋将军，率部提前一步回来，给他打前站的。明公的浩浩几十万大军，不日就要开赴咱鄱阳府了。而我军与陈友谅大逆贼寇的决战，也很快就要在这一带开仗了，到时必然是惊天地、泣鬼神，成为全天下人瞩目的中心。明公是当今百姓的‘真龙天子’，他亦即将登基称帝、开国建朝。一旦消灭陈友谅，便可平定天下，统一中华。望各位乡贤尽早认清国家形势，识时务者为俊杰，紧随明公，响应明公召唤，齐心勠力，众志成城，剿灭贼党，扫除余孽。希宗武叔发挥您的乡绅代表、商界领袖的作用，号令群伦，一致杀敌，为明公所用。将来明公登顶大宝，列土封疆、论功行赏，必然高官厚禄、封妻荫子，包您称心如意、满载而归。来日明公抵达鄱阳，我一定代为引见，让您一睹未来天子的风采。”

听到这里，熊宗武长长吁了一口气，轻松开心起来。原来方家俊此次来并不是针对他、为难他的，倒是有仰仗、借重自己的意思，他哪里会不乐意呢？于是连忙热切地问道：“家俊贤侄口里所说的‘明公’，莫非就是那位贵姓朱上讳国下讳瑞的大人吗？朱国瑞大人的英名尊号，老朽早已如雷贯耳；他的那些壮举伟功，也令老朽十分钦佩。若是朱国瑞大人有所驱遣，那不管需要老朽做什么，老朽一定马首是瞻、赴汤蹈火，出钱、出物、出人、出力，倾我所有，尽心支持，毫不保留。我的所有粮米食物、刀剑弓箭、铺面工场、房屋仓库等，全都愿意贡献出来供明教大军使用！”

方家俊心里暗忖：“只要明公大军来了，也由不得你不服从。”一边点头同意，回道：“明公就是朱国瑞朱元璋大人！”

熊宗武自然也是这样想的。待朱元璋大军压境，自己不从也得从，那还不如识时务、先归顺的好。就像上次方家远回来，他也只得归顺陈友谅，情形是一样的。自己不过一介普通商人，力量弱小，一棵墙头草，风吹两边倒，哪里斗得过他们这些统兵为将、全副武装的？虽然方家远要比方家俊好，但据说朱元璋的口碑倒还胜过陈友谅。再说我们这些人只懂做生意，不懂军国大事，也不知道将来的战局如何，唯有被迫服从的命，走一步看一步，到了哪山唱哪山的歌吧！在他们眼里，吾等不过是一只只小蝼蚁，轻轻一摁不就死翘翘了嘛！特别是方家俊这次回来，没有要我的命、抄我的家，只让我臣服朱元璋，已经算是对我很客气了，我还该谢天谢地、感恩戴德呢！

方家俊第一步任务算是完成了，方家父子便马上告辞走了，没有留在熊家吃午饭。熊家人感到万分庆幸，杨木托、熊瑛简直要欢呼雀跃了，熊宗武高悬着的心也降落了一半，轻松了一口气。但他久经江湖、老谋深算、阅人无数，尤其是与方家俊曾针锋相对、明争暗斗了多年，他知道“黄鼠狼给鸡拜年——没安好心”的道理，方家俊不会这样就轻易放过自己，只是遵从其“明公”的旨意，暂时与他虚与委蛇，以后不知还会怎么对付熊家呢！因此并未完全高兴起来。

朱元璋在来鄱阳之前，命手下将领郭天叙、张天佑等人留守滁州大本营，以保护好“小明王”韩林儿；命“豁鼻子”秦把头、戴德等人带兵守住泾江口，以防止陈友谅军东去长江，顺水而下；命蓝玉、章溢等人领兵镇守江州南湖嘴，以堵死陈军北去星子、回撤两湖的陆路；命朱文正、叶琛等人领兵守卫武阳渡，以阻拦陈兵西逃两湖；命总军师刘基，文臣胡惟庸、宋濂，大将徐达、常遇春、汤和、胡大海、沐英、周德兴、廖永忠、郭英、郭兴、冯国胜、俞通海等率三军主力，在通往康郎山的路上迎敌。自己则带着邓愈、李善长、朱昇、陶安、方家俊等人专程前往鄱阳府，瞻仰饶州古城。

此前，七月十八日早上，在方家俊与吴宏、陶安等人的陪同下，朱元璋一行曾乘船去往余干，看望慰问于光，与其握手言欢，把盏畅谈；然后下午才偕同吴宏、于光等人一起回到鄱阳。

朱元璋此次前来鄱阳，有意让吴宏仍为鄱阳知府、于光为鄱阳将军，二人搭档，余干归属鄱阳府。吴宏对朱元璋十分感激，虽盛情已领，却坚持不当知府，只答应与于光一同守城，誓死捍卫家乡。他不当，于光便也不当。朱元璋只好报奏“小明王”，另任命陶安为鄱阳第二任知府，吴宏和于光同守鄱阳，邓愈则回到军队里。

但朱元璋此次特地亲赴鄱阳，还有一个更重要的目的，即是为保障三军在大战期间的用粮而来，当然也有加强鄱阳的防范与治理之意。他担心一旦鄱阳有失，陈友谅就有退路，恶蛟入湖，后患无穷。何况吴宏曾投靠过陈友谅，陈友谅部属在鄱阳亦多有熟识之人，也甚了解鄱阳城防的情况。基于此两个因素，军师刘基遂力谏朱大帅亲自走一趟鄱阳。

于是才有朱元璋于未当皇帝之前，倒在鄱阳做了非皇帝不能做到的事情。

七月十八日傍晚，朱元璋等人所乘坐的大船，在鄱阳城官办驿站附近泊停。上得岸来，走在府衙大门外，睹一深井，他探头俯视之，见自己箕形奇异之头颅悬影其中，不免哈哈一笑。这倒也说明，朱元璋还是一个富有幽默感、既自信又自知之人。吴宏告诉明公：“此井乃西晋年间，高平昌邑人氏虞溥在任鄱阳内史时所造，有一千一百多年的悠久历史了。”

朱元璋见吴宏搭腔，马上想起军师刘基临行前夕所嘱“稳住吴宏、于光、方家俊等鄱阳本地之人，是取胜之关键”，就随口吟诵出了两句诗“中间一点澄如镜，任尔风波不动摇”。吴宏、于光当时牢牢记住了这两句诗，但尚未明白其深层含义。

朱元璋在鄱阳，由吴宏、于光、方家俊仨召集本地乡勇、富绅、文士、渔民等代表凡二十四人，包括朱元璋及其随行、鄱阳官员总共三十六人，于鄱江楼上欢聚一堂。本地二十四杰包括乡勇与武士李振远、宁友吾、区接、刘清修、刘萌与刘勋兄弟、俞韶父子仨（两个儿子没来）、郑闻洋与郑闻涛兄弟、范继甫与范继和兄弟等；富商与乡绅熊宗武、彭兴旺、庞石代、姜润、木金山、秦昌龙、徐宗闻与陈自仁郎舅等；文士与名流卞采、姜新燏、蒋水生；渔民首领自然是德高望重、年近耄耋的杨大顺、方家兄弟的父亲方贵他们俩。吴宏、于光、方家俊不算在本地二十四杰之内，而属于朱元璋那边的人。

也就是说，整个鄱阳府三教九流、各行各业的风云代表人物，均齐汇于此矣！真可谓王羲之《兰亭集序》里所说的“群贤毕至，少长咸集”。

朱元璋率部进入鄱阳城的消息，很快就传到了康郎山附近陈友谅的“楼船”上。他马上命令将正在围攻洪都的军队全部撤退了回来，集中于鄱阳湖上，也大有千钧一发全力决战之势。陈友谅急不可待，当他听说朱元璋的大军正集结在鄱阳城到康郎山的陆路沿途上时，便急忙下令，“快快去鄱阳，活捉朱元璋”。而他自己的全部兵力，则在七月二十日皆齐聚于康郎山附近的湖面上，准备自水路进攻鄱阳城。即兵分两路，水陆夹击。

陈友谅一代枭雄，居高临下、气壮山河，却过于自负、轻敌，他只满足于自己所拥有的“百万雄师”，却既不深入了解作战地区鄱阳当地各方面的情况，又不谋求当地老百姓们的拥护，不重视民心向背，便注定了他不可改变的最终败局！

两军对垒，狭路相逢。士气振奋，斗志昂扬。旷世大战，即将开幕。朱、陈双方的兵力总计在八十余万，规模空前，堪称史上罕有，几令风云为之变色，天地为之摇荡。仅秦赵之长平之战、楚秦之巨鹿之战、曹袁之官渡之战、孙刘曹之赤壁之战、晋秦之淝水之战可堪比也！

朱元璋在鄱阳一共待了好几个日夜。在这几天中，鄱阳湖旷世大战就要在康郎山附近的水面上打响了！可他却稳坐在古城里，好似这一切都跟他无关，依旧在巍巍鄱江楼上谈笑风生消磨时间，与一帮文人墨客喝酒品茶、听曲弈棋、谈天说地、论诗写字。寥寥几句话，便能让鄱阳众乡绅富商、文士贤达们放声大笑、慷慨解囊。并且，最后他还带走了当地一个原本名不见经传的“迂腐”书生，此人却在后世因一事而永垂青史、流芳千古。此为后话。

那么，这位朱重八先生，他究竟有什么过人之处，能做到如此“临危不惊”“胸有成竹”“粮足民拥”，由一个寒门孤儿、放羊娃、小和尚而迅速崛起为年纪轻轻的天下豪杰，最终消灭诸强敌、一统大中华、登上金銮殿呢？还有鄱阳新任知府陶安，两位鄱籍骁将吴宏、于光，以及本书的几位主角方贵、熊宗武、方家远、方家俊、杨木托等人，他们在其中又起到了什么作用？

为什么于元末明初之际，南北再度逆转，争夺天下、问鼎大宝、乾坤更替、朝代改换，要在这个时候，在江西的鄱阳府与鄱阳湖，在朱元璋与陈友谅他俩之间进行最终的角逐？时间、地点、人物，天时、地利、人和竟凑得如此之巧妙？

前文已说过一些。其一，此时原诸路起义军领导人里，刘福通、韩林儿等人已被朱元璋所挟制，徐寿辉、邹普胜、倪文俊、彭莹玉等人已被陈友谅所消灭，而张士诚、方国珍、明玉珍、陈友定等人的实力又不行，只有朱、陈二人可以相持抗衡，决一死战；其二，此时陈友谅已占领两湖地区的大部分、安徽河南与江西的一部分，朱元璋已占领安徽与江浙地区的大部分、福建与江西的一部分，双方的大军已先后到达他俩地盘交界之江西集中，交锋随时都会开始，所以抢夺江西已是箭在弦上，势在必发；其三，宋元时期仅江西一省号称占据了全国一半的粮食、钱财、文化、人才，“半壁江山”“天下粮仓”、千万民众繁衍生息在此，再说鄱阳湖的地理位置、军事地位堪称得天独厚、无与伦比，显然，谁拥有了江西的领土与财富，谁得到了江西百姓的拥戴，那谁就必定能取得最终的胜利，而成为未来的江山社稷之主。

所以，就在此时此地、此二人或曰此二方，决战条件已完全成熟，旷世大战即将拉开序幕。

第十三章　战前的较量

这里再插叙一段往事。那是三年之前，即至正二十年（1342），时迁都江州的陈友谅，曾率大军沿长江东下，暂驻于太平，准备远道来袭朱元璋的大本营——应天府。那些年陈友谅打了多场大胜仗，吞并了数支起义队伍，地盘扩张了几倍，在长江中游地区所向披靡，因而非常狂傲，不可一世。

得到陈友谅来攻的情报后，朱元璋赶忙召集全体文臣武将汇聚帅府，商量对付强敌的办法。有人悄悄地说，咱们跟陈军的力量相差太大，人数不过其三分之一，战船更不及其五分之一，干脆趁早投降算了；有人主张“留得青山在，不怕没柴烧”，不如避其锋芒，保存实力，先逃回石头城死守；也有人厉声吆喝要决一死战，如果战后失败，再逃不迟。

大家七嘴八舌，议论纷纷，没有定策。只有南宋名将刘光世后裔、年前刚从处州归顺朱元璋的谋士刘基刘伯温先生独自站在一边，时而摇摇手中扇，时而晃晃项上头，表情平静，一声不吭，就像置身事外似的，对满堂喧哗充耳不闻。

刘基早已彻底看透元朝的腐朽无能，这种朝廷根本就不会长久。他曾短时间做过朝廷小官，封印回家后并没有闲着，而是左右打探、四处张望，洞察天下动向。他要学渭河之滨的姜子牙、隆中草庐里的诸葛亮，不学富春江畔的严子陵。他在等待东山再起的机会，等待有一位“明君”出现，懂得自己的价值并重用自己。他虽然在渐渐变老，但是一腔依然如青年的热血还在自己身上流淌。堂堂男儿，谁都想建功立业。那就投奔起义军，打出一个新的天下来！

他在比较了诸家义军领导人之中谁最有眼光和气魄、谁最懂政治、谁最得民心以后，觉得非朱元璋莫属，所以才答应与叶琛、章溢等几位同乡高士一起追随之，共图大业。这次陈友谅前来攻打应天，在军事会议上，刘基早已胸有成竹、心生妙计，但故意沉默不语，就等朱元璋主动向他“讨要”了。

此刻，朱元璋居高临下，把眼前这一切都看得清清楚楚，觉得刘基这人超出庸常之众实在太多了，他稳如泰山、鹤立鸡群、高深莫测，不像别的人那样心浮气躁、参与争吵、叽叽喳喳，那一定是有什么好的计策了。

当时朱元璋主要是担心，从西而来的陈友谅会与东南边的张士诚联手，前狼后虎，两面夹击，己方腹背受敌、顾此失彼，一旦落败，则南京“老巢”恐怕都守不住，自己奋斗多年的心血将付之东流。所以在会上他犹豫不决，很是头痛。散会以后，他便把那“摇扇”“晃头”“不语”之人刘伯温单独留了下来，一揖到底，态度谦恭，问他有什么高见。

刘基一边怡然微笑着，一边却郑重、干脆地说：“我看那些主张投降和逃跑的文官武将，就该以军法论处。只给他们一个字：杀！”

朱元璋急切问道：“请问刘先生有什么办法能打败陈友谅？”

刘基成竹在胸、运筹帷幄，故意半开玩笑半认真地逗朱元璋，问道：“假如此仗胜了，明公您该封我何职？”

朱元璋说：“先生若有妙计胜得此次战役，当为诸葛一职！”诸葛亮是三国时期刘备尚未称帝时的军师、称帝之后的丞相。因朱元璋此时自己也只是一个副元帅，故亦以“诸葛一职”戏言之。但此仗胜后，朱元璋果真并未食言，报请“小明王”韩林儿封刘基为总军师之职。鄱阳湖大决战时，刘基便是以官拜总军师之职领军的。

“此话当真？”刘基说。

“若能算数，此事当然！”朱元璋担心自己做不了主，便留点余地，如是说道。毕竟自己尚未禀报“小明王”——尽管他不过是个傀儡，那自己也不能越俎代庖、先斩后奏，早早夸下海口来。

刘基又表示理解地笑了笑，自信满满道：“明公不必担忧，伯温深知明公必有那么一天，到时您不‘赖账’就行。”

朱元璋回道：“君子一言，驷马难追。我岂有言而失信之理！”

刘基看了一眼朱元璋，肯定地说：“今敌人远道来袭，已成疲惫之师、强弩之末，我们占据主动、以逸待劳，还怕不能取胜？只要明公多使点财物赏赐将士们，则重赏之下必有勇夫。既有勇夫在，再使一些计谋，抓住敌军的弱点给以痛击，要打败那个狂傲而愚蠢的陈友谅便并不是难事！”

朱元璋点了点头，早知刘基确有才华与谋略，便决定依其所说行事。听了他这一席话，朱元璋更是满心喜欢，两个人又商量了一阵，把具体如何落实的计策定了下来。

朱元璋有位部将名叫康茂财，跟陈友谅是老相识。朱元璋马上命人把康茂财叫了过来，对他说："康公，这次陈友谅前来进攻应天，我要引其上钩，没有你的帮助可不行啊！"

康茂财道："明公您请尽管吩咐！这么些年里，明公待我不薄，形同父母，知遇之恩，我无以为报。明公但凡有事，只管差遣，无须客气。谈不上帮助，我现是您的手下。只要在下能做到的，哪怕是刀山火海我也敢闯，肝脑涂地茂财无怨。"

朱元璋于是说："那就好！现在就请你写封亲笔信给陈友谅，假装向他投降示好，答应做他的内应，配合他剿灭明教。你要他兵分三路来攻打应天府，以分散他的兵力，各路之间顾此失彼、难以接应，我好各个击破之。"

康茂财鼓掌道："好计策！这事有何难？我马上就给陈友谅写信。我属下有个蔺姓老兵，早些年给陈友谅当过差。派他送信去，陈友谅绝不会有任何怀疑。"

康茂财转身回到自己营盘里，按照朱元璋的吩咐，立即给陈友谅写了一封信，并命蔺姓老兵连夜骑快马赶到安徽采石矶陈军大营，求见主帅。陈友谅召见了蔺姓老兵，又看到了康茂财的亲笔信函，再加上他自己求胜心切，又拥有雄兵，得意忘形，过于自信轻敌，果然没有产生怀疑。他满以为康茂财见朱元璋打不过自己，很快要完蛋了，所以想改投自己。

陈友谅问蔺姓老兵："康将军现在哪里？"

蔺姓老兵镇定自若地回答说："现在他正带领一队人马，驻守于江东桥。专等大王您驾到，里应外合，一举消灭那朱重八！"

陈友谅又连忙问道："江东桥？那是在何处？又是啥个样子？"

蔺姓老兵答道："在应天府城外。往东去有一座古老的大木桥，高大而结实，就叫江东桥，是应天有名之桥。大王您快到那里时，可向当地老百姓打听一下，他们人人都知道，很容易找到。"

陈友谅跟蔺姓老兵交谈了好一阵子，看在他与自己母亲是本家，年岁甚长，又曾跟自己当过小厮的分上，便吩咐左右摆上饭菜，让老兵先美美地、饱饱地吃上一顿。

临走的时候，陈友谅对蔺姓老兵交代说："你回去跟康将军说，我现在马上就带兵前往江东桥。到了桥边以后，我高叫几声'茂财'，请他马上接应。此次若灭了朱元璋，对茂财与你，我都会重重地奖赏、提拔的。到时候，荣华富贵就要跟着你们一生了。”

蔺姓老兵心里在想：“究竟是谁灭谁还不确定呢！”不过此刻听到陈友谅的许诺，他竟高兴得大笑了起来，差点失态露馅。其实他光是高兴、大笑还不打紧，但这一声大笑，竟然把满口的饭菜猛地喷了出来，直向陈友谅的脸上射去，弄得陈友谅满脸污秽不堪。

蔺姓老兵见状，顿时吓蒙了，暗想“这下可不好了，事情要搞砸了”，脸色苍白如纸，赶忙跪下来叩头谢罪，不迭地说着：“小的该死，小的该死！小的实在对不起大王！因为见大王您说要奖赏我荣华富贵一生，实在是太兴奋、太激动了，所以失态了！”

蔺姓老兵知道，要是搞砸了朱元璋、康茂财交给自己的差使，对他个人来说还只是次要的损失。关键是他曾多次目睹过陈友谅的暴躁残忍，此人如何发疯般惩治与杀戮官员、兵士、百姓们，而这也是他数年前离开陈友谅、跟从康茂财的一个重要原因。此人经常会突然凶相发作、丧心病狂。这次若惹恼、激怒了他，那自己的下场也一定很悲惨。

好在这些天陈友谅的心情非常之佳，一直沉浸在想象着来日消灭朱元璋、登上金銮殿的喜悦之中，所以就没有多作计较。再说蔺姓老兵又是康茂财派来投诚、勾结的信使，他也不好发作。他还从蔺姓老兵的紧张激动、惊慌失措当中，看出对方诚实甚至很傻，并未使诈。而且蔺姓老兵对自己的敬畏与害怕，亦甚是令他满意、自豪。因而他只是轻描淡写地说了一声“不要紧，擦擦、洗洗就是”，并吩咐蔺姓老兵：“你赶快回去告知康茂财，我明后天就领兵前往江东桥与他会合，一举剿灭朱元璋。”他一旁的侍卫也手脚麻利地给他递上毛巾擦脸擦手。

蔺姓老兵答应了一声“好”，就立刻告辞出营，赶回应天府去了。

蔺姓老兵回到应天后，便随同康茂财一起进宫去见朱元璋、刘基。把陈友谅的话及见他的整个过程，全都向他们详细汇报了。朱元璋连声叫好。特别是“喷饭”一节，让刘基喜不自禁、乐不可支，不断点头，并说“友谅！有量！”深知陈友谅的确非同寻常人。

待康茂财与蔺姓老兵一离开，刘基马上对朱元璋说：“今夜赶紧要派人去把江东桥拆掉，将木桥换成石桥。”

朱元璋惊讶地问道：“刘先生你这是何用意?”

刘基回道：“陈友谅能有今天之大成就，他可不是一般人。他很有脑子，不好对付的。我想把江东木桥改为石桥，就是要给他一个下马威，让他在一时间的迷惑、惶恐之下不知该如何应对战斗。首先在精神上狠狠地打击打击他，叫他不可小觑明公您。届时他心中一惊慌，定会乱了阵脚。而他一乱，他的军士就会群龙无首、一盘散沙，丧失战斗力。到那时，陈友谅便只有挨打的份儿了。若能计划周全、行动顺利，陈友谅此次就该命毙江东桥。”

朱元璋听了刘基的这番妙计，十分高兴，马上说：“好哉，那就按刘先生说的去做！我立刻安排人去把江东木桥拆了，改为石桥。”

只可惜，这座始建于隋朝、已有七百五十多年悠久历史的古桥，一夜之间就被毁灭殆尽了！

再说陈友谅在蔺姓老兵走后，信心尤足、气焰更炽，真的以为自己“皇帝运长”有天助，即匆忙对三军宣布马上准备全力攻打应天。当此时，陈友谅部下将士中有些只是到军队中混口饭吃的，如今一听说真的要打大仗了，就寻找机会赶紧逃命去了。

从己方部属纷纷擒获或碰到的陈友谅的这些逃兵们那儿，朱元璋又得到了不少他的情报，弄清楚了他们三路进攻的路线，就安排大将徐达、常遇春、胡大海等人亦兵分三路，在沿江几个重要的关隘各埋伏了一支人马。朱元璋本人则亲自统率大军守在卢龙山，布置兵士准备好红、黄两面旗帜，并规定了信号，举起红旗就是通知敌人已经到来，举起黄旗就是命令伏兵应敌。一切都谋划好了，单等陈友谅领兵自投罗网而来。

陈友谅在蔺姓老兵走后的翌日清晨，下令数万军士立刻出发，由他亲自带领，昼夜兼程，直奔应天城外江东桥。可陈友谅哪里会想到，到了约定地点，竟没见到什么木桥，只有一座石桥。陈友谅的部将们都起了疑心，而且顿时产生了恐慌心理。这正是刘基想要的结果。

但陈友谅毕竟比其部下高明得多，此刻他倒是尚未心慌意乱。心想，别管它是石桥还是木桥，只要找到康茂财的人就好。他亲自下船走至石桥旁边，一连高喊了好几声“茂财”，却老半天没人答应。陈友谅这才知道自己是上当了，便急忙命令船队撤退。

朱元璋自然早已知晓陈友谅中计了，在其掉转船头准备撤离战场时，他立刻命令身边的兵士举起黄旗，发动进攻，鏖战随之在龙湾里展开。霎时，岸上伏兵大声呼喊“活捉陈友谅”“消灭逆贼”，战鼓咚咚齐鸣、炮火隆隆作响、飞箭呼呼射出、刀枪猎猎发光，潜伏在河港里的水军也纷纷加入战斗，喊打喊杀，一场大规模的伏击战由此拉开了序幕。

因为河港里的一段堤坝，早先已被朱元璋派人提前挖断泄洪了，水位大有下降，导致陈友谅所部的许多船只被搁浅。万千大军受到突然袭击，魂飞魄散，一下子乱了套，船碰船、人挤人，被明军杀死的和落水淹死的将士数也数不清，最终两万兵员、数百艘战船为朱元璋部所俘获。侥幸的是，陈友谅本人在其部将的护卫下，抢了一条小船，仓皇逃出了江东桥，总算捡着一条小命活着回到安徽采石矶。他也只好放弃太平，退回江州。

这是与诸葛亮并称的“后朝军师”刘伯温出山首次献计夺奇功。是役打得陈友谅元气大伤、狼狈不堪，朱元璋的声势却越来越大。陈友谅哪肯甘心？他咬牙切齿、养精蓄锐，决心要报这个仇。

此次的赣北赣东鄱阳湖大决战，距上次的应天城外江东桥之战，已经是时隔多年之后了。在这三年里，陈友谅又殚精竭虑、全心尽力建造了一大批铁甲战船，并将两湖子弟兵神速般扩充到六十万之巨，号称“百万雄师”，前来进攻洪都与鄱阳。朱元璋得到消息以后，与军师刘基、朱昇等人凑在一起好几天，商量了宏观战略对策。等朱昇拿出具体作战规划后，便亲率大部人马赶往鄱阳湖。之后又在按作战规划设计的军事地图上，布置好了鄱阳湖四面的兵力。特别是把主要兵力及船队，密布或停靠于陈友谅主力军所在地——康郎山到自己的主帅驻跸地至鄱阳城的沿途沿湖。

陈友谅这次是率全部兵力倾巢而出，黑压压地扑来，气势汹汹，像老虎猎羊、手摁蚂蚁，不留余地，亦无防备；朱元璋也是有备而战，“兵来将挡，水来土掩”，并且已经部署好了一只巨大的“布袋”，形成了包围圈。朱元璋与刘基等人在商量战略对策时特别强调：“此次是双方的生死存亡大决战，不要像上次江州之战那样只夺几处城池便了事，而要把重点放在消灭陈友谅部的有生力量上，一举歼灭，彻底摧毁之。”

他们口里所说的“江州之战”，发生于两年前，即至正二十一年八月。是役，朱元璋所部夺得了信州（今江西上饶）、蕲州（今湖北蕲春）、兴国、乐平、抚州、黄州、黄梅等地；并收编省城龙兴府（今江西南昌），改其名为洪都；继而又占领了临江（今江西樟树）、瑞州、吉安等地。朱元璋当时曾亲自率军讨伐大汉政权，长驱直入抵达江州。陈友谅见仍无把握取胜于敌，就连江州也只得退出，当夜携妻带子逃回大本营武昌去了。不过是役他虽然丢了几座城池，却并未折损多少兵卒。

鄱阳湖决战前夕，吴宏、于光等陈友谅部将，名义上亦都一一归附到了朱元璋麾下，其他原饶州籍的将领，韩成、方家俊早已是朱元璋手下了，独剩下方家远一人，仍坚持操守，对陈友谅始终忠诚如初，还带着黄启、刘功成、黄世明等自称之“观望者”（他们已从北方家乡返回），死守在他铸造的鄱阳湖中心“钢铁堡垒”——康郎山岛上。

刘基这时回道：“明公之意我明白。若明公愿听从我的安排，灭陈友谅当在此时！”

朱元璋说：“伯温先生，你有好计谋但请尽管说出来！只要能灭此多事之人、国邦蟊贼，就是赴汤蹈火、粉身碎骨，我也愿听从你的安排。”

“哈哈！明公言重了，问题倒也没那么复杂。我只是有点担心……陈友谅曾占据过的鄱阳。”

“那一带不是有吴宏、于光两位将军在守卫着吗？再说邓愈将军也在那里。”

“我唯一担心的就是吴宏这个人！他朝三暮四、东靠西倒，没有定规与准星。您看他，大前日投降了天完，前日又投降元朝，昨日又改姓陈，如今又归属明公，真让我捉摸不透。假如他那里万一留下了缺口，那陈友谅就有活路。”

“‘陈友谅就有活路’？这话怎么说呢？”

刘基想了想，分析道：“陈友谅独霸两湖地区，称雄已久，经营长江中游一带多年，兵足、刃利、船多且大。此次出兵，号称有百万之众，船只逾万艘。特别是他的那两座指挥船‘楼船’，高达数层，像平地起城楼一样，甚是有气势。但他们最大的缺陷，也就是军队过于庞大，导致后勤供给紧张。如今其他几个地区，我们都已安排好了忠诚、放心的大将拦住其退路、阻挠其后方供给，仅有鄱阳令人挂怀，并无十足把握。若能真正拥有了号称‘天下富饶之州’的原饶州今鄱阳，切断其粮供军备，不给其任何机会，假以时日，灭陈友谅便不难。”

“你的意思，是想让我在大战打响之前亲自去一趟鄱阳，再争取争取那吴、于二将，以确保万无一失？”朱元璋问道。

“正是！明公英明睿智，一点就通。您可于近日带李善长、朱昇、陶安等人赶去鄱阳，与已在那边的邓愈、方家俊会合，让于光从余干再返鄱阳，与吴宏同守。明公对此二人应施以仁德，稳住他们，一则可预防陈友谅从那儿逃脱，二则鄱阳还大有余粮、军械、乡勇为我所用。到那时，这陈友谅的气数真的就是到尽头了！”

朱元璋连赞三声：“好，好，好！那就一切听从总军师的安排。我还可以把主帅行辕暂且设置在鄱阳一段时日，以静观风云变幻。”

如此等等，这才有了朱元璋的鄱阳之行。

第十四章 慷慨借巨粮

此刻已是黄昏时分，夕阳坠湖，暮霭沉沉，夜风徐来，令人神爽。鄱江楼里各层外廊顶梁上高悬的大红灯笼都次第点亮了，顿时红艳璀璨、辉煌夺目，映衬着夕照、晚霞、古墙、鄱江，与白日相较，更是一种完全不同的景致。

众人簇拥着朱元璋，来到二楼会客厅，分主宾位坐定以后，显得仙风道骨、气度超凡的陶安先行开口道："此次明公亲莅鄱阳，还有一桩重要事情，需求请诸位父老乡亲帮忙。"

"明公您还有什么事？"吴宏问曰。

朱元璋说："想仰仗诸位，来鄱阳借点军粮。"

"您要多少？"熊宗武问。

"当然是越多越好！"陶安说。

"今年恰是丰收年辰，早稻收割后都没涨水。鄱阳民间有谚'一次好收成，十年不愁食'，粮足也。"熊宗武信心满满地回道。

"大地主"彭兴旺也肯定地点点头。

"真是天助我也！"朱元璋拊掌大喜。

"既然是借，那就应该有还的。"老者杨大顺代熊宗武等人补充道。

"这是自然。若鄱阳湖大战我胜了，必定加倍奉还！"朱元璋郑重地说。

"他日您要是做了皇帝，那您肯定就住在皇宫里了。我们可进不了皇宫啊，又怎么'讨债'去？"方贵继续追问。

他的话音刚落，便引来大伙一阵开心的笑声，有人议论纷纷起来。朱元璋自然也很喜欢听这样的话，不免捻须自得。

“倘真如此，到时各位便说‘江西佬俵到’，我定会安排妥当。”朱元璋想了想，说道。

“江西佬俵”一词的典故即源于此，包括“江西俵佬”“江西老俵”“江西老表”“江西表老”等种种类似说法，以后遂流传开来。“佬俵”（下文都称“老表”）一词本是指表兄弟。这里朱元璋把在座之鄱阳本籍人皆称为“老表”即表兄弟、自己人，让大伙感觉明公没有派头、平易近人，能尊重所有卑微者，故打动了赣省众父老乡亲之心，甘愿为其效劳。

追本溯源，“老表”的称呼，原本是江西人将自己外家的姑俵、满（小姑）俵、舅俵、姨俵中的俵哥、俵弟、俵姐、俵妹、俵嫂、俵弟媳、俵姐夫、俵妹夫等兄弟姐妹同辈人都称为“老表”。之后就演变成将自己的好朋友好邻居、同辈同龄的远房亲戚也称为“老表”了，以示格外亲切之感。朋友邻里亲戚之间互称“老表”，表示是兄弟之交，不是外人。而广义的“老表”的范围就更大了，如在异乡问路时，称对方一声“老表”，就像称“老乡”，也觉得特别亲切。

朱元璋的“城隍之神”题词、“鄱阳双璧”评价与“江西老表”之说，充满着浓浓的人情暖意，感化了四十余万鄱阳人民。这真是：寥寥三言两语，胜过千军万马。从此，鄱阳人心皆归朱重八矣！

“明公金口玉言，千金一诺，言出必行，诸位乡亲大可一百个放心，无须担忧无粮偿还！”陶安再次强调道。

姜新燏说：“这不过是说笑罢了，陶知府何必当真？明公要粮，吾等当全力落实。不为别的，只为明公信义，也该助之。”

方贵说：“姜新燏只讲信誉。”

大伙又是一阵开心的大笑。

“先期万石如何？”方家俊问道。

“几日筹集？”陶安继问。

“先期三日如何？”方家俊补充说。

方家俊说完这句话，觉得把握还是不够大，就把热切而嫉妒的目光望向鄱阳首富熊宗武。大伙儿也都盯着熊宗武。因为他家囤积的粮食是最多的，他也是最有钱的，他若说没有问题，那就绝对没有问题。就连朱元璋，也用希冀的亲切眼神看了熊宗武两眼。只见熊宗武稍微考虑了一下，又用眼光与彭兴旺交流了一瞬，见他毫不犹豫的样子，就冲着陶安肯定地点了一下头，并以友好的态度对望着朱元璋。

“那好，那我就在此再多等几日！多谢熊老板，多谢彭老板，多谢诸位江西老表!”朱元璋心中大为感动，他站起身来，抱了抱拳，对着熊宗武、彭兴旺、杨大顺、方贵、卞采、姜新燏以及其他鄱阳民众，真诚、由衷地说。

“明公客气!”熊宗武回谢道。

一向吝啬小气的熊宗武，今天为何突然之间变得如此慷慨大方起来？尽管前几天在他家里，他是囿于情势答应得好好的，说一定听从朱大帅的驱遣，尽力而为，但依他顽石般的德性，也不至于变化这么快这么大啊！莫非太阳打西边出来了，抑或是鄱阳湖口长江水在倒流？方家俊很是有点不解。

“那就这样定下啦!”鄱阳前知府邓愈说完，又对鄱阳几位州县官员及众百姓说，“今日明公已出口借粮，烦请大家尽力、尽快安排妥当!”

“邓将军不必担心，您只管安排足够多的货船来装！先期的万石粮，将从立德、双港、鸦鹊湖三乡筹齐，并集中于鄱阳湖瓦屑坝渡口，自那儿装船运输要快捷得多，有明天一日足也！等会儿我与兴旺兄回去后，就安排他们马上行动。”

待熊宗武说完之后，彭兴旺、庞石代等几位乡绅也一齐应允道：“一日足矣。”

朱元璋乍听到“一日足矣”，心里自然十分高兴；但稍后又是一惊，一种莫名的惆怅、惶惑、忧虑与忌恨在脑海中迅速掠过。他怀疑这个历来名曰“饶州”的小地方，真的竟有如此之富饶阔绰？瓦屑坝真有这么大的吞吐量？一万石，那就是一百万市斤啊，是数千亩优质稻田一年的全部收成啊！而且一天就能全部筹齐并装载完毕，而且是在那么一个小小的湖畔渡口吗？

谋士朱昇、知府陶安两人在听到熊宗武的嘴里冒出立德乡、瓦屑坝这几个字眼时，不知什么原因，不约而同地，大脑里突然闪电一般，眼绽金花，过了半晌才清醒过来，抬起了头。朱昇是“秀才不出门，能知天下事”“运筹帷幄之中，决胜千里之外”，可与刘伯温媲美的杰出谋臣，他自是有对未来的推测和预知本领；至于陶安与鄱阳府、瓦屑坝等地的不平常关系，宜留于下文再行交代。

七月十九日上午，陶安、吴宏、于光、方家俊、熊宗武、彭兴旺及另几位富绅或乡勇刘萌、刘清修、李振远、庞石代、木金山等人前去安排筹集军粮、兵器、勇士等事，朱元璋则由邓愈、朱昇、杨大顺、方贵、卞采、姜新燏等人陪同去拜祭那座古老而闻名的长沙王庙。

长沙王庙在鄱阳府衙驿馆之东仅数百米，抬眼即能见着，一行十余人便安步当车，走路前往，聊着聊着，不一会儿就到了。此庙宇坐北朝南，砖木结构，前后三进，分大殿、中殿与后殿。大殿是长沙王吴芮的坐像，右吴臣、左英布，庄重大气；中殿为吴芮骑马持枪定长沙之像，英勇威武；后殿是吴芮与其父大司马吴申两人的立像，慈善亲和。

朱昇吩咐以少牢礼祭祀番君吴芮，由卞采以鄱阳土话宣读祭文。朱元璋、邓愈、朱昇等几个外地人虽听不懂，倒也觉得抑扬顿挫、有板有眼。朱元璋行三拜九叩后起身，见吴芮塑像一旁还有英布在，不解而发问："长沙王吴芮之孙吴回杀英布，他们是仇人呀，鄱阳怎么又让他们同堂而坐?"

老者杨大顺答道："长沙王吴芮是咱鄱阳的首令，英布与鄱阳的继令是亲家，他任淮南王时也曾管辖过鄱阳。翁婿恩仇源于国而不是家，鄱阳是他们的家，理当同堂。"

"你们鄱阳人，真就像这一汪鄱阳湖一般，包容九流、接纳百川，心如长天、胸怀万里，实在是了不起啊!"朱元璋由衷盛赞鄱阳人民。

当朱元璋在后殿东侧的墙上看到一幅《苍虬出壑图》与一首诗作时，驻足了许久，不知在想啥。他细细品味一番后问道："该诗出自何人之手?"

老者杨大顺"这个""这个"连说了几遍，也答不上来。他虽然曾来此瞻仰先人多趟，但均未注意到该诗。老者两眼昏花，看不清字迹，且不知该诗是何意，自然也就答不上来。他与方贵俱是渔民，读书识字终究有限。

卞采与姜新燏上前答道："这幅画和这首诗，均是鄱阳本地一个叫作胡润的后生所作。松友虽然年纪轻轻，但很有才华，我们都挺熟的。"

朱元璋对此人似乎很感兴趣，转头朝邓愈说："马上派人去传他到驿馆来，我想见见他。"

邓愈答应了一声"好"，立刻转身走出后殿，吩咐手下去办了。

当天下午，朱元璋就在他下榻的鄱阳府衙驿馆亦即明军主帅行辕中，接见了鄱阳才子胡润，一个看起来身子柔弱、性子文弱的白净书生，却没想到骨子里是那么刚强！这就引出了一段若干年后的鄱阳人"忠烈传奇"。

胡润，字松友，出生于鄱阳府古城里，世居府城西隅硕辅坊之胡家桥。他虽家境贫寒，但胡家历来推崇耕读传家，胡润自幼浸染儒学，嗜好孔孟经典，遍览群书，学识广博。及成年后，在此长沙王庙中讲经授徒。胡润秉性耿直乃至有点迂，常以苍松自许。

有一日，他一时兴起，便在这番君庙的墙壁上绘下《苍虬出壑图》并题五绝诗一首，落款"松友"。画中，一棵巨松独生于高山深谷之间，松老、山高、壑深、溪清，林壑优美、气象万千。特别是画中题诗，叫人回味不已。其诗云：

“幽人无俗怀，写此苍龙骨。九天风雨来，飞腾作灵物。”

短短二十字，但内容丰富，耐人琢磨。此画此诗正是胡润当时的真切心境写照，也反映了其时之历史现实。正值乱世，战火纷飞、兵荒马乱的岁月，他梦想有朝一日“九天”神仙下凡，以带他实现自己“飞腾”的远大抱负。

而此诗也正合朱元璋此时的心思。他见了胡润的诗画，觉得自己的企盼与梦想全都让胡润给表达出来了，说明此人绝非一般人物。因为他想，自己不正是那“九五之尊”的苍龙天子吗？显然此诗乃“天意”所授。再说自己这次来鄱阳，一切事情都办得如此顺利，鄱阳百姓经受住了自己的考验，非但吴宏、于光是真心投诚，这些乡绅富商们还借了这么多精粮给明军，看来也是“天意”啊！那么，打败陈友谅也是上天早已安排好了！自己还有什么可担心的呢？于是他决定，待战争一结束就把胡润带走，让他在京城做官，顺乎天意“为我所用”。

朱元璋开国临朝称洪武帝后，曾先后授予胡润都督府都事等要职。三十多年后朱元璋病逝，其长孙建文帝朱允炆继位，胡润以直谏著称，迁右补阙，旋进任大理寺卿。建文三年燕王朱棣靖难兵起，胡润数度与另几位托孤重臣方孝孺、齐泰、黄子澄等共议军国大事。

壬午年七月初一，朱棣逼走建文帝，登基为明成祖。他先召方孝孺起草即位诏书，方誓死不从，竟遭史上前无古人后无来者之株连十族，总计八百四十三口被凌迟处死，顿时血流成河。又传胡润、高翔上殿。此二人闻知建文帝、方孝孺皆已死，即着孝服，面宫门而恸哭。朱棣令胡润换去孝服，胡润坚决不从，朱棣命众力士尽碎其牙。胡润仍不从，遂被缢死，浸在石灰水中，剥皮以干草填之，悬于武功坊，堪称“鄱阳之方孝孺”也。继而其南京全家及鄱阳故里亲戚、族人十岁以上皆被斩杀于市，计二百一十七口，同样血腥满城。

其时，胡润幼子胡传福年方六岁，被发往锦衣卫充为幼军，后被贬戍边；继被“宽宥”为民，至六十一岁病死，无一子嗣。胡润三子胡传庆被贬戍边到河北永清时，为一王姓指挥使所收养；待其长大后，且以女妻之，从而使胡润一族总算有后，继承香火，乃是幸事。而胡润的四岁幼女胡郡姐，则为一功臣之婢女所收养；郡姐终身不嫁，后得释归乡，贫甚无倚，乡人竞相遗其钱谷，曰“此忠臣女也”。

直到一百多年之后，明世宗嘉靖初期，时任饶州提学副使邵锐方敢于学宫内为胡润立祠。万历元年，明神宗颁发恩诏，对包括胡润在内的靖难死节诸臣均进行“旌表”。十三年后神宗再次降旨予以表彰，此旨由兵部移交各省，饶州府官将文告贴于邑门。时突然狂风大作，文告被卷向天空，两个时辰后方落于县衙正堂中衢。饶州人民皆以为此乃胡氏显灵，纷纷传告。邑人史桂芳还为此写下《英风纪异》一书，并赋诗悼念。

万历恩诏颁布之后，饶州太守杨际会行文给有关道院为胡润立祠，定名曰“忠烈祠”。同时在胡润故居建一石坊，名为“乾坤正气坊”。

明朝后期思想家、大学者李贽，曾将胡润事迹编入其《续藏书·逊国名臣卷》。对于这些大义凛然、气节铮铮的前代忠烈之士，李贽不胜感慨，在《逊国名臣记序》中曰：“呜呼，为臣不易，读之真令人心死矣。”

这就是鄱阳籍忠烈之士胡润，反对朱棣叔篡夺侄儿皇位，竟拿自己胡氏一族二百余口生命做赌注，去拼命赢一个“忠”字，惨烈之状世间无二，直可比肩台州方孝孺。此为后话。

七月二十日上午，朱元璋在邓愈、朱昇、胡润、卞采、姜新燏等人陪同下，游玩了鄱阳府城背后那座秀丽、幽静的芝山，并拾级而上、登临山巅，饱览风光、考察地形。下午他还顺道走访了当地几户普通百姓，包括塾师、渔民、粮农、菜贩、茶商、工匠等三教九流，嘘寒问暖，家长里短，表示关切，并探听民意、了解风情。

二十一日清晨，陶安、方家俊急匆匆来到驿馆告知朱元璋：“万石军用精粮已于鄱阳湖之瓦屑坝渡口装上货船，请明公处置。”其中一半五千石系熊宗武一人提供，另一半五千石则由彭兴旺、庞石代、木金山等人凑齐。

朱元璋此时刚刚用毕早餐，听说“万石军粮已装上船”，自是喜欢。他更坚信了鄱阳之丰饶、富有并非虚传，但心中那种莫名的惆怅、惶惑、忧虑与忌恨又增添了几分。

还没等他再坐下来，于光、刘萌又兴冲冲地进来报告说：“弓五百张、箭十万支、长枪一万、短棍八百，亦全部装船，请明公决断。”

朱元璋刚说了一声“好”，李振远、刘清修又气喘吁吁地跑进驿馆呈禀：“明公，现已募集乡勇五千人，准备随船出发，请您发令！”

吴宏已早早地抢先赶过来陪朱元璋、朱昇用了早餐。他站于一旁，见朱元璋正在沉吟，来不及说话，以为他只顾高兴，不知说什么好时，就忍不住哈哈大笑了起来。

朱元璋这才清醒了过来，扭头问吴宏道：“这都是你一手安排的？”他见吴宏点了点头，又说，“好，万事俱备，只欠东风！那就马上发兵康郎山，于鄱阳湖上彻底收拾陈友谅！”

此次鄱阳之行，朱元璋礼贤下士、平易近人、运筹帷幄、慧眼识金，带走了鄱阳才子胡润等人，以“城隍之神”“鄱阳双璧”“江西老表”等语收服了吴宏、于光两位名将乃至所有鄱阳父老乡亲的心，此前已投靠的方家俊将父亲方贵、富豪熊宗武等人都说服了愿意随时随地听从调遣，又用“借粮”“借箭”“借兵”让鄱阳百姓们感觉到了自己是明公、明军的债主，既有一种巨大的虚荣和自豪在内心中滋长，同时其利益实际上也与他们紧紧连接在了一起，同仇敌忾、生死与共、和衷共济、团结一致。而民心向背、众望所归，正是朱元璋反败为胜消灭陈友谅、最终建立明朝统一全国的最大动力。

韩成、吴宏、于光、胡润、方家俊、方贵、熊宗武、杨大顺、彭兴旺、卞采、姜新燏、杨木托……几乎所有鄱阳人士，均有“士为知己者死”之感，得遇明主，人生大幸，内心欣悦，遂甘愿死心塌地、全心全意跟随朱元璋，哪怕肝脑涂地、赴汤蹈火、九死一生亦在所不惜。

鄱阳众父老乡亲于高兴之下，慷慨解囊，不遗余力，“踊跃襄助”明公朱元璋，均来源于这种“平等做人”的幸福感所产生的豪情与动力。他们原本是最低下的“南人”，不被统治者当人看，受尽歧视、欺凌、宰割、屈辱，这种日子大家伙早受够了！

朱元璋的智慧、人格、品德、气魄等高大而丰满的形象，一位未来天子、英明君主、王朝缔造者在登基之前的正面作用，在鄱阳得到了更深层、更具体的展现。鄱阳改姓朱，易帜为明，也来得是如此自然而顺畅。

朱元璋的鄱阳之行，得到了后勤装备保障，又有了当地民众支持，对鄱阳湖大决战更有了信心，坚定了他必胜的决心和信念。而以熊宗武、彭兴旺等人为首的鄱阳乡绅群体，出粮出人出兵器，其贡献之卓著，自是不必多说了。

元至正二十三年七月二十一日晌午时分，朱元璋的主力船队来到了康郎山附近的湖面上，陈友谅亦从康郎山城堡下到了其主龙船上。顿时成千上万船只乌泱泱倾巢而出，满湖皆是，强敌压境，大有一次吞掉朱元璋全军之架势。这天下午，双方船队在这里展开了首次交锋。

看那陈友谅的新战船，的确非同寻常。特别是数百艘楼船，长二十六丈、高五丈，船面包以崭新铁皮，饰以朱红油漆，画上《刘关张三英战吕布》《关羽过五关斩六将》《赵子龙七进七出》《张飞长坂桥一声吼》等三国故事图，堪称精巧绝伦。每船三层，船上均有走马廊、望风台、观阵阁、射击垛等。更不消说统帅陈友谅自己的那两大指挥龙船，更是高耸入云，张灯结彩，华美威猛，盛装出阵，可谓雄伟壮观，很有帝王家的气派。小舟船则有逾万只，篷布为青一色纯棉制作，既结实又灵巧。楼船搭载将官及其家属，小舟运载士兵轻身作战。看来荆楚之江汉河畔人民乃造船高手也！

陈友谅的整个船队，紧密相靠，连锁为阵，舟楫林立，绵延几十里，黑压压一大片，遮云蔽日、铺天盖地，战旗飘扬、人声喧哗，展开在康郎山四周的鄱阳湖里，远望像座城，近看似寨群。船连船、楼接楼，往来如履平地，无惧狂风恶浪。真乃势大惊人！莫不是当年曹孟德赤壁之战情形再现？

再来看朱元璋这边的战船，都不过是由平时的渔船、运输船、商船、渡船等改装而成。在陈友谅的巨型战船面前，它们显得如此普通、简陋和渺小，相形见绌、自惭形秽。小船虽然灵活轻便，但若大船直撞过来，顷刻就会船翻人溺。更何况这是区区二十万人与六十万大军的较量，相比之下朱元璋明显处于劣势，与螳臂当车、以卵击石无异。

可对方那拿石头之人，亦常常会大而不当、硬而不准，竟把石头扔偏了，砸不中这圆滑的鸡蛋，终让鸡蛋孵成小鸡并渐渐发展成了鸡群；而石头反被鸡们所啄碎，分成一粒粒吞入肚中，创造出历代无数“以少胜多”“蚁穴毁大堤”的旷世战争传奇。这是此时的题外话，也是后话。

朱元璋、刘基为什么要选择于此风光旖旎、景色迷人的康郎山与陈友谅决一死战呢？首先自然是因为康郎山在陈友谅手下将领方家远镇守与经营的这么多年里，变成了一座铜墙铁壁、坚强堡垒，上面据有重兵、屯有粮食，稳如泰山、万夫莫开；且陈友谅也将康郎山及其附近湖面作为自己大军、船队的主要驻扎之地，前些日子他在带兵去攻打洪都时，船只却还仍停泊在这一带。

可以这么说，康郎山是鄱阳湖的要塞、重心之所在，也是朱、陈两军鄱阳湖大战胜负的关键。谁占领了康郎山，谁就胜利了一半。如今陈友谅抢先据有了康郎山，他就占有了作战的先机与主动权。朱元璋若能夺取了康郎山，要战胜陈友谅就大有可能；若夺取不到康郎山，那这仗就很难打啊！再说他的实力本来就远弱于陈友谅，敌众我寡，能不想办法扭转局面吗？

在此前那两次与陈友谅的交战（即江东桥之战、江州之战）中，军事指挥大师刘基认识到他是个急性子，勇猛有余而智慧有限，不懂谋略，不善迂回；加上他的人马众多、船坚矛利，故不可硬拼，首先应考虑的是“拖”的战略，在“拖”的过程中再寻求反守为攻的良机，从而智取。他仔细查看了邓愈与吴宏提供的两份鄱阳湖军事图，觉得要在“拖”字上用心做文章，康郎山自然也是最好的选址。

刘基考虑清楚以后，在向朱元璋汇报时，提出选康郎山为主战场的五大理由：

第一，康郎山离洪都较远。刘基早就算准陈友谅八十五天攻不下朱文正镇守的洪都，当听说明公已到鄱阳，便一定会把气撒在明公的头上，果不其然。这样，陈友谅从洪都到康郎山有两至三天的奔波，即使能及时赶来，那也一定疲惫不堪、队伍涣散，战斗力大损。

第二，从康郎山走水路离鄱阳甚近。因为我方现已掌握鄱阳城，就有源源不断的粮食供应与军械、兵力补充。

第三，康郎山是军事上的重要据点，这是一块湖中陆地，设埋伏、藏军粮、与敌军近距离厮杀，或者战败后逃走，都很方便，可进可退，可攻可守。

第四，康郎山的守将是方家远，他是鄱阳人氏，而鄱阳和他的家人、兄弟又在我们手里，他投鼠忌器，哪会真的帮陈友谅打我们？说不定还可以早日争取他“反水”，那我们取胜的把握又增加了几成。

第五，在康郎山湖面上作战，而不在岸上作战，既可以保护鄱阳古城不被损害、广大百姓免遭荼毒，令吴宏、于光将军满意，也可以少受到各种干扰，全心全意对付敌人。

当然，下一步就是如何寻找最佳机会，谋取康郎山了。

朱元璋在听了刘基的分析之后，表示完全赞同。当他俩伫立在鄱江楼顶，远眺鄱阳湖康郎山时，都充满信心、十分高兴，为双方早在应天府时就都不约而同心照不宣看准了康郎山而深感庆幸。刘基随口说：“康健瑞郎在此山。”瑞郎，因朱元璋字国瑞。“诚如军师发吉言。”朱元璋兴致勃勃。语毕，两人对着苍天发出一阵欢笑，在多谢天公作美。

说来也真是有些奇怪。鄱阳湖水涨“江天一色”、水落“枯水一线”，往常年年是“五月小汛”“七月大汛”，而“四月大汛”“八月小汛”是难得一见的。可这一年，真是天助朱元璋，这都已到七月下旬了，天还不下雨，汛期迟迟未至，日日天空晴朗、鄱阳湖风平浪静，所以后世鄱阳民间有“鄱阳湖插秧，天助朱元璋”之民谣。说的是鄱阳湖地区在至正二十三年夏秋之交已大面积插秧种晚稻，而且未受暴雨狂风肆虐之扰，绝对是丰收之年。

哪怕不说湖区粮食丰收与否，这康郎山在汛期未至之时，水面回落，湖滨大量地界裸露，在那秧苗田、芦苇荡之中埋伏了一些“神兵天将”，待战争打响时再突然参战，乌泱泱闹哄哄仿佛从天上降落、自地下钻出，纵然陈友谅本人不会被吓死，他的兵士也会吓得魂飞魄散了。

这是两军初次交战。列阵对峙才半个时辰，性子急躁、内心狂傲的陈友谅便沉不住气了，立即指挥开战，大部队战船如泰山压顶、巨石击卵一般扑入朱元璋的船阵。小木舟哪经得起包有铁皮的大楼船的撞击，一撞便船翻人落、摧枯拉朽。接着陈友谅又下令弓箭手立即放箭，可怜朱元璋这边的那些落水军士，或乱箭穿心，或中箭受伤，或跌死舟船，或逆水而亡，喊叫、呼救声十分凄惨，鲜血染红了湖水。激战期间，在陈友谅那边，康郎山上、制楼船头，锣鼓喧天、喝彩不断，煞是兴奋、热闹，像过大节办喜事似的。而在这边，朱元璋、刘伯温、朱昇、陶安等人看着却十分痛惜，心如刀绞，叹息连连。

但就在此时，在那附近湿地里的一片片芦苇芷草丛中，突然军旗招展、飞箭如雨，反向陈友谅的船队猛一阵子攒射，顿时陈友谅所部军士也死伤不少。且远处朱元璋所部从鄱阳赶来救援的船队，亦渐渐近在眼前了。陈友谅心里早先就有疑虑，那朱重八的部队怎会突然如此不堪一击？眼见芦草丛中埋伏有大量弓箭手，又看到自东北方向驶来了不少快疾如飞的船只，陈友谅生怕中了刘基"以虚待之，以实攻之"的战术，当即急命身边将士"鸣金收兵"，召回船队，暂且休战。

朱、陈两军康郎山首战，投石问路，牛刀小试，虽然双方已各伤亡数千人，明军损失还略大一些，但无大碍，均未重创。

这一次，因朱元璋的鄱阳运粮队恰好赶上参战，起到了迷惑陈友谅的作用，救了自己所部，可谓康郎山初战第一功。但是翌日再战，陈友谅就把朱元璋又打了个落花流水、惨不忍睹。

总而言之，战争初期双方的数场角逐，各有胜负折损，但都不是严重、致命的，只是局部、有限的打打闹闹、互相试探罢了，因而形成了旷日持久的拉锯般的僵局。刘基考虑，长此以往，势必会对我方不利，终将有一天要被强大的敌人所拖死。必须好好想个法子，尽快来一次大大的胜利，从这个僵局中突破，狠狠挫败陈友谅部队，进而彻底歼灭之。

第十五章　重点赤壁火

广袤无涯、一碧万顷、气势磅礴、汹涌澎湃的鄱阳湖，跨今南昌、新建、进贤、余干、鄱阳、都昌、湖口、九江、星子（现为濂溪区）、德安和永修等市县（区），胸纳千山五水、气吞万里长江，几千年以来就是中国最大的淡水湖，它汇集赣江、修水、鄱江（饶河）、信江、抚河等水，经湖口注入长江。其湖盆由地壳陷落、不断淤积而成，湖水则由诸支流汇入，丰衰期会有长江干流调节之。

鄱阳湖在悠久的历史上先后有过“彭蠡湖”“彭蠡泽”“彭泽湖”“彭湖”“宫亭湖”“扬澜湖”等多种称谓，直到元末明初才正式确定为此名。

一为彭蠡湖、彭蠡泽、彭泽湖彭湖。这些名字都大同小异。“彭蠡”者，是此地很古的泽薮名。《汉书·地理志》“豫章郡彭蠡”条载：“彭蠡泽在西。”还有另一种说法：“彭者大也，蠡者瓠瓢也。”形容鄱阳湖状如大瓢一样。

二为宫亭湖。原来专指鄱阳湖在星子县（现为濂溪区）东南的一部分，因湖旁曾有一座宫亭庙而得其名，后来亦泛指鄱阳湖的全部。

三为扬澜湖。这是由一些曾亲身经历过鄱阳湖险恶风浪的人们给其命名的。宋朝李纲《彭蠡》诗：“世传扬澜并左蠡，无风白浪如山起。”宋朝余靖《扬澜》诗：“彭蠡古来险，汤汤贯侯卫。源长云共浮，望极天无际。传闻五月交，兹时一阴至。飓风生海隅，馀力千里噎。万窍争怒号，惊涛得狂势。”

唐朝诗人贯休作《春过鄱阳湖》诗曰：“百虑片帆下，风波极目看。吴山兼鸟没，楚色入衣寒。过此愁人处，始知行路难。夕阳沙岛上，回首一长叹。”

朱元璋明军与陈友谅汉军的鄱阳湖大决战，从元至正二十三年农历七月二十一日开始，到此年八月二十六日结束，前后历时三十六天。在这三十六天里，战斗基本上是呈胶着、拉锯之状。前期两军次第各有胜负，以陈部兵强马壮胜多败少、朱部寡不敌众败多胜少为主；但最后却以陈友谅死于战船之中，朱元璋彻底胜出而告终。

这段历史，后来在鄱阳当地民间衍生出许多离奇的传说来，如朱陈大战鄱阳湖十八载、朱元璋鄱阳封柏树将军、鄱阳风雨山吃败仗、尧山钻蜘蛛洞、龙山避难、得胜山取胜、韭菜湖兵营、借粮建义仓、陈友谅爱妃罗丽拉投湖、大神鼋背朱元璋渡湖出险境，等等。特别是莲湖蓑衣军吓退湖北兵，成为鄱阳人街谈巷议的传奇。

说的是此前朱元璋大军尚未到达鄱阳时，至正二十三年春，陈友谅正在率部全力攻打江西省城洪都府。洪都守将朱文正眼见敌人已兵临城下，欲团团包围自己，将洪都变成一座“孤岛”，乃至将自己困死于此，便在几位谋士的建议下，利用洪都府城墙高固且沟池浚深、鄱阳湖滩干水浅而船大难行的地理优势，进行殊死的持久抵抗，把陈友谅的部队挡在赣江边上和鄱阳湖中央达数月时间，硬拖着他们，延误其战机，直到朱元璋大军赶到。

那时陈友谅的一支水军正驻扎在毗邻鄱阳湖东岸的长山岛上，离鄱阳府非常近。这支水军的统领想通过鄱阳、余干的水路，从洪都城的东边攻入，以配合西边赣江上的主力部队，东西夹击，从而打垮朱文正，攻陷洪都城。而朱元璋一部得讯后即赶去拦截，双方在半道上遭遇。

两军对垒，蓄势待发。一个夜晚，鄱阳湖上无风无浪，天空中群星闪烁，夜幕中只有南北两岸一些船只上的灯火时隐时现，显得非常安详、平静，根本不像一场大战即将爆发。但这正是战争的“假象”：在轰轰烈烈、惊天动地的大作战之前与之后，则是死一般的宁静。不在沉默中爆发，就在沉默中灭亡！

突然之间，只见有一颗闪亮的流星，从天宇穹隆上冉冉陨落下来，掉进了茫茫大湖里。它摇曳着银白色的光焰，就像是一把巨大的、闪耀着夺目光芒的扫帚，把整个鄱阳湖照得如同白昼一样明亮。这就是彗星在划过夜空，也可能是宇宙中的陨石坠落，但在中国古代民间一直形象地称它为“扫把星”。

顿时，正在巡逻的两军百千将士，于万分惊奇之余，都感到有些心慌，不免七嘴八舌议论起来。有的说，百年难见一回的“扫把星”此时出现，不知是祸是福；有的说，这是正常现象嘛，用不着杞人忧天、大惊小怪。

为了给自己壮胆立威、稳定军心，两边的统领、谋士们都编出了一套自圆其说的不同谎言：朱元璋的部队说，这掉下来的“扫把星”正是对方的主帅陈友谅，陈军败在眼前了，此乃天意也；陈友谅的部队则说，“扫把星”应该是你们的朱重八才对，你们兵员可怜、粮草缺乏，这一仗你们死定了，苍天有眼！为此，双方都养精蓄锐、厉兵秣马，暗暗加紧操练武术，只待鄱阳湖水涨起来，你我决一雌雄。

夹在这两支军队中间的，正是鄱阳县立德乡的莲湖地区，因其四周被水包围，所以叫“立德岛”“莲湖岛”也行。这里住着数万农民，每年春季都要在广阔而肥沃的鄱阳湖湖滨湿地沼泽割湖草芦苇、铲草皮淤泥，作为喂养猪牛马羊驴等的饲料或培育稻田菜地果园的肥料。这些日子，他们常常成群结队带上斗笠、蓑衣、镰刀、铲子、铺盖、棕布、炊具、粮食等一应用品，从家里来到湖边，于草坪上搭起简易住处，要在这儿一连待上十天半个月，夜以继日地忙活，抢在鄱阳湖涨水之前把草料泥土收割完才能回去。

就有那么一日，天空阴沉沉的，春雨潇潇，连绵不停，像筛糠似的一直下呀下呀，再经北风一吹，水汽升腾，湖滨上空便白雾蒙蒙的，稍隔几米就一点也看不清楚。这些正忙活的闲不住的民众，便都头戴斗笠、身披蓑衣，冒着细雨在草坪里割草铲泥。他们呈“一”字形排列，齐头并进，动作一致，远远望去，就像是有许多训练有素的列队士兵在那进行军事演习。

这事说起来也巧，就在头天夜里，陈友谅的水军正准备从长山岛秘密出发，想借着狂啸北风的威力往南开拔。他们隐蔽在芦苇荡里，打算偷袭朱元璋所部的营盘。可他们的侦察兵先期上岸后，在很远的地方看到，莲湖之滨的草坪上竟有一支人数庞大、装备奇特的“部队”：他们身上穿戴的既不是盔甲战袍，又不是老百姓的普通棉麻衣裳，而是一种皮不像皮毛不像毛的怪东西。到底像什么呢？他们突然惊讶地想起来了：这些人很像是民间神话传说中的“天兵天将”！

其中一个侦察兵尖叫道：“不好！朱元璋的部队从来就没有到过这个地方，咋会凭空冒出这么一支奇兵呢？难道他们真的是天兵天将下凡来了？”

另一人回道：“你看他们头戴尖尖帽，身穿倒毛衣，手拿钩镰枪，单砍脚跟皮，太吓人呐！跟一群魔鬼一样。这哪里是天兵天将下凡？分明是从地狱里跑出来的魔鬼！”

他们赶紧向还坐在指挥船上、没有上岸的头领报告此事。因为他们的表情太紧张，描述太夸张，那位头领也害怕了，立即决定率队沿原路撤退。他们在一阵慌乱中急匆匆摇橹划桨，冒雨向北逃窜。但是此时北风越刮越大，尽管将士们累得满头大汗，部队依然行进得非常缓慢。

这支船队刚从小港进入鄱江不久，就遭到早就埋伏在西门湖附近的朱元璋所部的猛烈攻击。他们被打得船覆人亡，有的当场抛尸水中，有的交出刀箭投降。除少数零星狼狈逃回长山岛以外，大部分皆被消灭。原来，当时正驻守在鄱阳县城的朱元璋部下大将邓愈，其实早已发现了陈友谅这支水军的动向。他赶忙在鄱阳城西的西门湖上布下了伏兵，将被莲湖“蓑衣兵”吓得退回的他们拦腰袭击，打得对方哭爹喊娘，一命呜呼。

当时远在洪都城外赣江西岸的陈友谅，闻讯后气得大发雷霆，破口大骂：“你们所说的‘天兵天将’，不过是一些在割草铲泥的戴斗笠穿蓑衣的当地农民罢了，竟然就吓成这个样子！你们哪像我堂堂的大汉水军，简直就是一群草包！真是天灭我也！”原来，这几个侦察兵是来自湖北偏僻贫穷、还没开发的原始大山里，估计还从没见过斗笠与蓑衣这些东西。

由于这次受挫，陈友谅本打算东西夹击攻占洪都的计划便没有成功，朱文正部得以幸免。很快朱元璋率大部队进驻鄱阳，陈友谅只好从洪都城外撤军，洪都便彻底解脱了。

朱元璋在来赣的半道中得知此事，不由得哈哈大笑：“蓑衣兵，退陈军；莲湖佬，老表恩。真是天助我也！”

一个是陈友谅的“天灭我也”，一个是朱元璋的“天助我也”，一字之差，似乎为他日鄱阳湖大决战双方最终的胜败埋下了伏笔，也设定了结局。这件事也让朱元璋在尚未到达鄱阳府之前，首先就对它产生了一分好感。

多年之后朱元璋做了皇帝，他的话成了“金口玉言”，他口头的“表恩”二字亦就成了立德（莲湖）乡当地一个村庄的名字，并一直沿用至今。从那以后，鄱阳湖滨还流传着这么一首民谣：“头戴尖尖帽，身穿倒毛衣，手拿钩镰枪，单砍脚跟皮。爷兜喂，太吓人呐！”

朱元璋已率大部队到达鄱阳府多日了，鄱阳的所有富绅、勇将、文士也都宣告归顺他了，明军与汉军也短兵相接初步交战过多次了，下一步是如何打几场大仗，最好是决定性的一仗，早日结束战争。为此，主帅帐前特别军事会议接二连三、紧锣密鼓地召开。会议讨论的两大要点，一是确定一个怎样绝妙的好打法，二是怎样尽快把康郎山夺取过来。

那天，朱元璋正在为前段时间与陈友谅部作战的屡屡失利而感到有些沮丧低落，便急忙集合大将与谋臣，在鄱阳府衙的正堂里召开了一次阵前临时会议。

在会上，朱昇率先分析说：“近一个月来，我们大多时候都是被动挨打、受敌牵制，而且没有一次真正的攻击。因为双方的兵力相差悬殊太远了，他们有六十万兵士之巨，而我们投入战斗的才二十万人，大约是三比一。麻雀与大雁抢食，能不被动吗？从鄱阳府临时补充上来的勇士，也只能勉强填上近期伤亡人数的缺口。粮食、军械虽然有鄱阳府的供应，但老这样打下去就不是个事儿，鄱阳的供应不可能永远取之不尽用之不竭。陈友谅拖得起，我们可拖不起!”

朱元璋说：“是的！我原以为陈友谅本不能支持一个月的，可现在来看，他们仍有很强的战斗力，且粮食、军械供应也很足。这些年陈友谅处心积虑、养精蓄锐，做了很充分的准备啊！如此僵持下去，我们伤亡太大，很快就会被拖垮而落于下风，形势更为不利。所以今日把诸位叫来，也是想听听你们的高见。看看哪位有什么好办法，能早日大干一场，速速消灭陈友谅。”

这时吴宏刚好又送军粮来到帅营，也参加了这次阵前紧急会议。他在朱元璋的暗里授意下，毛遂自荐站起身来，一番侃侃而谈：

“靠硬拼肯定不行，僵持太久也不是办法。若说有勇无谋、蛮横愚蠢地硬拼蛮干，对方人多势众，咱们自然斗不过陈军，彼此的伤亡也会更加严重。倘使继续这样长时间对峙僵持呢，由于他们有充足的准备而来，完全可以拖得下，倒是咱们实在耗不起啊！因为再过个把月，各条支流上游将连降暴雨，河水迅速汇入，鄱阳湖的水面就会高涨起来，到时真的‘水天一色’了，对方的轮船庞大高耸，稳如泰山，难以撼动；咱们的舟船太小，动荡摇晃，不堪一击。到那时对他们便更为有利，咱们要取胜就更难也！

“我看如今机会相对倒是最好的。鄱阳湖已连续许多日没下雨，正好水小位浅，他们的大船连在一起，虽然稳当是稳当了，但也有一个致命的缺点，那就是非常笨重死板，难以转动，不易展开，行驶缓慢。咱们的船小是小，可灵巧、机动啊！所以我有一个想法，咱们不妨再借用三国时期赤壁之战的打法，孙刘联军对抗曹魏，周瑜部将黄盖献计，火烧连营，且东风顺向，将曹操百万雄师的偌大船队烧了个精光，也许能奏效立刻制胜。这些天晴朗无雨，正好适合点火。咱们就点上几把大火吧，也将陈友谅的‘百万雄师’送上西天!”

吴宏的发言还没落音，总军师刘基早已在拍案叫绝、连连喊好了：“妙哉妙哉，吴将军不愧是在大江大湖边长大的，且胸有非凡韬略，您说得非常好！‘火攻’之法绝对可行！要打败陈友谅六十万大军，看来非用此计不可!”

朱元璋、朱昇等人也不断颔首，深以为然：“那就按吴将军之法去做。”

“火攻”之法确定之后，还有就是如何策反陈友谅大军，也一直在朱元璋、刘基等人的脑海里盘算着。那天上午，朱元璋与刘基、朱昇、陶安等人，把吴宏、于光、方贵和方家俊父子、熊宗武都叫到了鄱阳府衙里的朱元璋明军主帅行辕里来，一同讨论攻夺康郎山事宜，并拟在关键时刻抛出刘伯温先生的“锦囊妙计”。

朱元璋说：“今天把诸位鄱阳籍精英召到一起来，还是关于我们同陈友谅的鄱阳湖决战一事。我们全体同仁都已达成了一个共识，那就是要以尽量小的代价，在尽量短的时间内，战胜陈友谅。若战事延宕太久，使广大生灵涂炭、美丽家园毁损，自问诸位于心何忍？而当务之急、首要任务，就是先拿下康郎山。守卫康郎山的主将，正是陈友谅所部方家远将军。他是方贵老哥你的长公子、方家俊将军你的兄长，又差点成了熊宗武老哥你的乘龙快婿，还是吴宏将军、于光将军你俩多年的好友。他跟你们五位都有非同寻常的关系，所以今天把你们五位都请来了，我想听听你们的意见。”

见方家俊正要抢先开口说些什么想必是主题以外的话，其实他不说都猜得出来，刘基便很不客气地打断了他的话，说道：

“那我便抛砖引玉，先谈几句吧！在我看来，要攻占康郎山，只可智取，不可强夺。为何？

“一则，咱们大帅宅心仁厚、悲天悯人，刚才他说了，要尽量减少百姓的伤亡与财物损失，保护鄱阳这座许多年来几乎从未遭到过一点兵燹灾难破坏的古城，那就得尽量避免或减少正面作战，最好是和平解决；

“二则，既然康郎山是方家远将军在守卫，而方家远将军又是咱们自己人，与在座诸位有深厚情谊，若是打起仗来，自家人打自家人，更加不好，手心手背都是肉，不管谁输谁赢、不管哪个伤亡，都是亲痛仇快、令人扼腕的事情，所以能不打坚决不要打；

“三则，如今方贵、熊宗武两位老哥，吴宏、于光、方家俊三位将军都在咱们这边，你们都是方家远将军至亲至近、至交至好的家人、朋友，必定能影响到他的，你们的话他必定愿意听的。请诸位想想有啥高招，如何努力把他争取到咱们这边来，在大帅麾下效力。以咱们大帅气量如海、英明睿智、求贤若渴、爱才心切，一定会重用他。比在心胸狭隘、暴戾嗜杀的陈友谅手下，那不知要强多少倍！”

方家俊刚才想说的，正是刘基所不想听到的，那就是一旦有一天真的兄弟交战、父子成仇，则大不了分道扬镳、大义灭亲之类“表忠心”的态度。但现在既然军师刘伯温先生要尽量争取兄长方家远投诚，以和平智取解决这个敌我生死矛盾为上策，那自然是最好的了，他还有什么可说的呢？只得三缄其口、点头同意。

朱元璋插话进来，态度明朗而坚决地表示道："那是当然！只要方家远将军弃暗投明，归顺过来，可谓居功厥伟、善莫大焉，则他当仁不让是朱陈鄱阳湖大决战的首要功臣，我一定封他为二品大将军，品阶仅在徐达、常遇春、汤和等少数人之下，在其他所有人之上。"二品大将军的封赏的确很高了，因当时吴宏还是三品，于光、方家俊还是四品。

朱元璋又双目炯炯、诚恳热切地望着方贵，补充了一句："到时你们方家都会得到重赏，方贵老哥有爵位，家中嫂子有诰命。我还要给你们建大宅子，赐你们良田沃土、金银珠宝。"

方贵、方家俊父子赶紧立起身来，十分感激，对朱元璋洗耳恭听，行礼致谢。熊宗武本也想跟他们俩一同站立行礼，却又觉得不妥，犹豫了一下，还是算了，仍然坐着，只是向朱元璋投去钦佩、感谢的目光。

刘基继续发言："诸位亲眼所见、亲耳所听了吧，咱们大帅金口玉言，绝不反悔。方家远将军深明大义、雄才伟略、心念国家、情系桑梓，我想他这段日子亦一定在反复考虑这些大事，这些关系到天下百姓、自己家乡、你们方家以及他本人前途的重要抉择。只要有人以敢入龙潭、闯虎穴的大无畏精神，亲自去康郎山走一趟，面见方家远将军，对他晓之以理、动之以情，他肯定会知道自己该怎么做的。方贵老哥，您说呢？"

方贵这些天也是日里茶饭不思、夜里辗转难眠：自己的两个儿子，一个在陈友谅那边，一个在朱元璋这边，如今两边开战，必定是要分出个谁胜谁负、你死我活的；不是那边赢、家俊自身难保，就是这边赢、家远性命堪忧。依他自己的想法，还是希望朱元璋赢的，毕竟如今整个鄱阳都在朱元璋的手里，鄱阳所有百姓都宣告归顺朱元璋了；再说吴宏、于光两位将军，他的儿子方家俊，包括他本人，还有韩成、熊宗武、杨大顺、彭兴旺、胡润等，也都先后成为朱元璋的人了。他也真心觉得朱元璋是一位了不起的领袖，有真龙天子的气象，想必未来的江山社稷就属于他了、皇帝便是他了，民心向背、众望所归，所以大家都愿意跟随他、听他的——但美中不足、阴差阳错的是，两个儿子当中相对而言为人更好、能力更强的，却隶属于陈友谅。

然而，战争终究是残酷无情、变幻无常、吉凶未卜的。朱元璋能否绝对战胜陈友谅？并无百分之百把握。至少目前他的军队数量、综合实力还远不如陈友谅，这是客观事实。但既然如今咱们是在帮朱元璋，大家同在一条大船上，那就像朱元璋、刘基所说的，大家如何风雨同舟、齐心协力、一心一意、全力以赴，以尽量小的代价，在尽量短的时间里打败陈友谅。因此，要是能提前劝说家远投降了朱元璋，让他在那边营垒里做内应，那打败陈友谅就有了更大的把握，两个儿子很有可能全得救了，自己家也得救了，整个鄱阳都得救了。这样天大的好事，何乐不为？

方贵决定豁出去了，破釜沉舟，义无反顾，成败在此一举，他要亲自去康郎山走一趟！他觉得自己身上的担子很重，像泰山一样沉甸甸地压着，那是整个方家、整个鄱阳、整个国家啊！但这同时也激发起了他的豪情，顿时雄姿英发、斗志昂扬，他不觉得自己已是年近花甲的老翁，而是再次回到了多年前那个敢作敢为、毫无畏惧的年轻时代！

至于方家远会不会听他的，倒戈陈友谅、投靠朱元璋呢？毕竟他跟了陈友谅这么多年，不是普通部属，他会轻易离开大汉政权吗？只是方贵已不再多想，他既然要出动，就必须成功不能失败！

于是，方贵握紧拳头，一字一字从口里迸出："既然明公、伯温先生、允升先生、姚知府如此看得起方某，把希望寄托于我，那我就舍得这把老骨头，今晚驾船赶往康郎山上，去劝说我家家远投靠明公。不管家远原本是怎么想、怎么打算的，我一定尽力而为，想办法说服他。要是我的目的不达到，决不走出康郎山一步！"

"好！"朱元璋、刘基、朱昇、陶安一个个为他喝彩，竖起了大拇指。

吴宏这时也表态说："既然方贵叔要亲上康郎山，那我就陪您一起去吧！本来我是打算自己去的，凭我与家远多年的交情，好好劝一劝他。哪怕不能说服他马上叛离陈友谅，阵前倒戈过来，那也会对他产生一定的影响，就会有利于我们下一步的作战。如今方贵叔愿意亲自出马，那就更好了，有您在他身边给他施加压力，晓以利害关系，我想他绝不会不从的。此行必定马到成功、一锤定音！——呵呵，真是巧了，听说方贵叔您是属马，那我也是属马呢！当然，您的年龄要长我两轮，您是大马，我是小马。再说我又比家远大五岁，我是他大哥；于光比家远大三岁，是他二哥。"

"好！那更加好了！"朱元璋又喝了一次彩，接着说，"这样，那就烦请伯温先生、陶安先生马上给方家远将军修书一封，以表达我对他的诚意，由方贵老哥、吴宏将军带去康郎山，面呈方家远将军亲启。此次你俩若能说服方家远将军投诚到我明军来，待打败陈友谅后，我亦升你吴宏为二品大将军，与方家远将军平职！"

吴宏当即站起来向朱元璋行礼、致谢。

刘基笑吟吟地说："这封给方家远将军的信函，经允升先生、主敬先生与我三位私下商定后，以我个人之名义执笔，已经写毕啦！等会儿我就交给他俩。”

立德街的乡绅领袖熊宗武在一旁暗地思忖、算计：“这样安排自然是最好的了，不但明军这边取胜的把握又增加了许多，而且整个鄱阳府也可能得以保全——因为要是情况相反，让陈友谅那边赢了，他岂肯放过帮助明军的全体鄱阳人？我素来听说，陈友谅是一个残暴荒淫之人。下令屠城、杀人放火、奸淫掳掠，咱鄱阳遭殃是难免的。同样，我熊氏的家业亦将毁于一旦。再则这样对方家远不利，对我的大女儿熊秀、女婿黄世明他们也不利。”

早些天，熊秀已派人悄悄送来家书告诉父亲，自己并没有死，还好好活着呢！自从天下形势愈发明朗，只有陈友谅、朱元璋两大枭雄争夺皇位，其他小股起义部队、地方诸侯乡勇、朝廷残余势力或被陆续消灭或被他俩收编、吞并以后，熊秀和丈夫黄世明及其父亲黄启、好友刘功成等人全部依附了方家远，他们如今都已从外地返回江西，待在康郎山上，天气晴朗还能看到自己家在立德街、瓦屑坝、鄱阳城等地的宅院、店铺、田园、作坊呢！而且熊秀还与黄世明生了一个儿子黄河，如今都好几岁了。也就是说，他熊宗武不但有外孙女，且有外孙了。后继有人，生生不息啊！岂非莫大喜事？

于是熊宗武也霍地站起来说道：“这样吧，让草民也做点力所能及的小事。由我来筹备一个敢死队，把方贵哥、吴宏将军送到康郎山。我有好几只速度轻捷的快船，再选拔二十名身强力壮、武功超群、善于游泳、反应机灵的小伙子，让他们化装成普通渔民，内衣里则全副武装，负责划船护送二位进鄱阳湖，并做好保卫、接应事宜！”

熊宗武这么做，除了是真心想助明军一臂之力外，也还有他自己的一点小九九，那就是最好能把女儿、外孙他们都接到岸上来，接回家里去。这既能使自己一家团聚，解思念之苦，又能使他们远离作战前线，免遭池鱼之灾。

于光也站起来说：“大帅，请允许我带领一支五千人的队伍，驾驶一百艘小船，悄悄跟在他们背后，保持一段距离，也趁夜黑摸进鄱阳湖去，作为后备力量，接应他们，以防不测。一旦发生变故，我们就马上驾船迅速冲杀过去，救护他们回来！”

方家俊这人表现显然不如上述诸位。大家都是一心为公，不计个人名利乃至付出生命，都在绞尽脑汁考虑对策，如何使明军和百姓尽量减少损失，他却有自己的利益盘算。起初在朱元璋开场白以后，他本来想第一个发言表态，要是方家远继续跟着陈友谅与大帅为敌，卖主求荣，顽固到底，祸害我军，那他也不管对方是自己的亲兄长了，决心大义灭亲，先偷偷派刺客潜入康郎山，将其除掉。但这无非是说给朱元璋听罢了。

不过他没想到，后来刘基的一席意见、朱元璋的郑重承诺，以及他父亲所做出的决定，此后吴宏、熊宗武、于光等人一一拿出行动，竟都朝着争取方家远投诚的方向扭转，而且还制订了很详细、周全的谋略计划，他也不好再说什么了。他甚至为自己差点说出那番话来而吓出了一身冷汗，因为那无非是置自己于孤立地位，被动尴尬。不过总算没有开口，他倒要感谢刘基抢了自己的先呢！

在他内心里，他觉得他们这些人全都早已串通好了，主意早已拿定，但就是不跟他商议，不让他知道，将他蒙在鼓里，因而感到甚是愠怒。他最恼恨的还是刘基、朱昇、陶安等人，个个自恃博学多才，总是把他排挤在外，看不起他，不愿听他说话。他便当他们是眼中钉、肉中刺，十分不满。只是主上恩宠这几个高傲得意的老儒生，他亦挺无奈。

但既然如今主帅与在座全体人士一致决定，要执行努力争取乃兄方家远阵前举义的方案，那他方家俊亦只有接受他们的安排了。但他心里终究是有些酸楚、委屈的。自己跟从了朱元璋这么多年，南征北战，九死一生，立下了汗马功劳，还只是个四品将领；而方家远一投降过来就是二品大将军，吴宏从康郎山一回来也是二品大将军，如此轻巧就远在自己之上，令他十分寒心，对朱元璋的本性薄情寡恩、漫天封赏拉拢便很有意见。

不过他也毫无办法。再说方家远毕竟是他的大哥，虽然兄弟俩性格各异，素来交情不睦，但总算还是一母所生同胞亲骨肉嘛！而且方家远心善宽厚，一向软柿子，自己也好“捏”他，不怕。他要真是愿意向主帅投降，对自己的利益倒并无大碍——不，应该还大有好处。那就走着瞧呗，看看事态究竟具体如何发展，“船到桥头自然直”。他的主要对手是熊宗武和杨木托这对翁婿，是他们的家产，不是其他人，不是其他事。

因此方家俊最后一个站起来表态道：“此计甚妙！若果真如此，则结局完美矣！既是咱明军之幸，也是咱鄱阳之幸，还是我方家之幸！大帅，我愿意配合于光将军，一起带兵进鄱阳湖打掩护，接应我父亲与吴宏将军他们。”

吴宏用毫无掩饰的一丝轻蔑、嘲讽的哂笑向方家俊看过来。于光却脸色平静、不置可否，既没有满口答应与他一同指挥后备部队，也不好表示厌恶与拒绝。吴宏与于光在性格上的不同是，吴宏爱憎分明，有什么想法、心情就表露在脸上；于光却沉稳、内敛得多，喜怒哀乐藏在内心深处，你根本看不出他在想什么。不能说谁好谁不好，应该是各有优点与特色；但是若他俩在一起共事，那便是完美搭档，优势互补，构成绝配。从总体上说，吴、于二人都是人品高洁、才干卓越、有勇有谋的优秀军事将领。他俩跟方家远一样，都是鄱阳籍俊杰。

朱元璋十分高兴地说：“好！好！好！你们的主动请缨我都同意了。一旦方家远投诚过来，鄱阳湖决战取胜，你们都有重重封赏，熊宗武赏良田千亩，于光、方家俊晋阶三品将军，其他人等亦一律有赏！”

第十六章 勇闯康郎阵

八月中秋下旬，一个漆黑的夤夜，子时。天高气爽，温煦凉快。夜空倒是晴朗，但没有皓白的大月亮，下弦月的弯弯小船儿尚未露面，只有少数几颗星星在邃辽的穹顶或周边眨着小眼睛，显得空灵而凄清；也没有什么风儿，湖面上平静、坦荡得像是一片暗黑的草原似的，或者像是湖神已经酣然沉睡了；也没有什么声儿，仿佛杳无人烟，寂静得过于蹊跷，让人不敢相信这竟是一个双方投入兵力近百万、刀光剑影你死我活的鏖战即将拉开帷幕的巨大战场。

船只从鄱阳城西门附近的岸边悄悄下水进入鄱阳湖，然后飞快前行，如利箭一般绕过陈友谅那高兀威猛、连绵无边的大船队，迅速向康郎山位置靠近。大家一声不吭，只顾全力划桨，屏气竖耳倾听着周围的动静。但总算一路顺利，未惊动敌人。待将要到达康郎山码头时，方贵、吴宏让随行的二十名勇士只留下一名立在甲板上看守船只，其他全都鸦雀无声地潜伏在船舱深处；而他俩则把船驾驶着靠过去，停泊在码头石阶旁。

“什么人?”防守码头的几个兵丁大声喝问道，一边冲了过来。

“军爷们，是我啊，你们方叔，不认得了吗?”方贵朝他们远远打着招呼，手捧一只由一块布巾包裹着的瓦罐，吴宏紧紧跟在他后面，双双走上岸去。

“哦，原来是方叔啊！咱们怎么会不认得您呢？他娘的只怪这天太黑了，刚才离你们远，一下子看不清楚。方叔，这么晚了您咋还来咱们康郎山？真是太辛苦了！什么东西这么香啊，肯定又是给咱们方将军送好吃的来了吧?”小头目模样的高个子兵士讨好地说道。

“可不是嘛！这是你婶子刚给家远他炖好的‘春不老炖猪蹄’。你婶子知道大战在即，家远一定过度操劳，休息不好，想给他补补身子。”

“就是啊，我看方将军这些天都睡不好，也吃不好，人都憔悴多了，我们当兵的都看着难过。估计他现在还在忙着，还没睡觉呢！婶子真疼儿子啊！这瓦罐太香了，闻起来就让人流口水。”

另一个兵士就是立德街人，还是方家隔壁邻居，对他们家的情况非常了解，接过话来说：“可不是嘛，咱婶子不但人长得俊，厨艺还是一流。”

“要不你们也尝尝？”方贵作势要解开布巾。一股袅袅升腾的醇香，顿时飘散开来，口馋的人不流口水才怪呢！

高个子兵士赶紧伸手过来阻拦：“别，别，这可使不得！这是婶子专门做给方将军吃的，咱们可没这么好的口福。”

方贵继续要把布巾上的活结解开，见他们一再拒绝推辞，也便作罢。

“请问这位是？”高个子兵士指着吴宏问道。

“这是你们方将军的表哥，家远他母亲娘家那边的亲侄子。此次来看望他，有可能就要跟着他一起建功立业了。”

吴宏向几个兵丁不亢不卑地颔首致意：“兄弟们好，大家这么晚了还在忙着，辛苦了！”

“我们不辛苦，职责所在嘛！”高个子兵士马上向吴宏敬礼，套近乎，“表哥好，以后还得您多多提携关照呢！”

“好说，好说啊！”

方贵、吴宏同他们赶紧道别，在一个兵卒的引导下，朝岛上最高处的那座城堡走去。

此时，方家远正独自一人坐在城堡顶层的中心议事大厅里，身旁一杯清茶、一张鄱阳湖军用地图、一管鹅毛笔。他一边烤火、喝茶，一边陷入了沉思。副将、侍从给他续上热茶以后，就轻手轻脚退出去了。中秋过了多日，天气转凉，夜里更冷，湖岛上尤其寒风凛冽。

对于眼前严峻的形势，方家远并不是不清楚，不是没思虑，其实他自己是最痛苦、最纠结的。刘伯温可谓他肚子里的蛔虫，对他内心十分明了。真是“一失足成千古恨”啊！他现在已后悔不迭了，当初自己为什么就跟随了陈友谅？姑且不论朱元璋与陈友谅谁好谁不好、此次鄱阳湖决战谁赢谁输、他俩将来谁当皇帝谁被剿灭，这些事情还很遥远，或者不是他要考虑的。他要考虑的事情是，一个摆在面前的残酷现实：如今整个鄱阳府都是朱元璋的，包括自己方家、熊家，父亲、母亲、弟弟、宗武叔、杨木托兄弟，还有吴宏大哥、于光大哥……都归顺了朱元璋。他若继续留在陈友谅这边打仗，始终忠于大汉政权，那就是与鄱阳的所有家人朋友、父老乡亲为敌，是为不孝，他万般不愿意；他若主动向朱元璋投降，回到鄱阳府那边去，跟家人们一道，便是背叛自己现在的主公陈友谅，是为不忠，他也很难下决心；他若放弃参战，彻底退出走开，一个人归隐山林，或逃遁天涯，甚至殒身自绝，也是不负责任、临阵逃脱、不仁不义不智——再说他退得出、离得开吗？

方家远的心里其实跟明镜似的。他知道，陈友谅自从进入赣省，在得知他的家庭背景、朱元璋的战略意图、陈朱双方的殊死对峙等情况以后，就开始对他存了很大的戒备心理，疏远了许多，表面上还是对他客客气气的，继续器重他，实际上却以各种理由不断削弱他的兵权、限定他的自由，还派了不少心腹安插在他身边，说是协助，实际上是监督防范——有可能那些人还手握着陈友谅亲赐的“尚方宝剑”，必要时能当即对他采取任何措施，强行控制甚至立刻处决。

陈友谅是一个多疑猜忌之人，方家远跟了他这么多年，并不是不懂。但方家远觉得自己没有把柄掌握在陈友谅手里，自己一直效忠于他，堂堂正正、光明磊落，所以倒也不怕他对自己怎么样。

但这是以前的情况，以后又该怎么办？即使自己效忠于陈友谅，他就会一直信任自己、重用自己吗？面对这三条道路，究竟要选哪条走？可哪一条都没法选啊！方家远一想就头大如斗，直喊脑袋疼。不知情的人还以为，方将军这是在考虑军国大事，该如何指挥打仗呢！不过方家远也明白，自己必须尽快选定其中一条道，然后埋头走到底。而且越早决断越好，否则夜长梦多、千纠万缠，再拖延下去便更加麻烦，结局无法收拾。

这些日子方家远绞尽脑汁、思绪万千，总是在这三个选择题面前犹豫不决、无法定夺。弄得他食无味、寝无眠，日夜烦恼、犹如困兽，没几天身体就瘦了一圈，头发也白了许多根，额头上还起了皱纹，昔日的潘安之貌大大打了折扣。

今天另有一桩事深深刺激了方家远，他那往日深邃而宁静的心湖，难得地荡起了涟漪。

曾经来过他这儿的几支北方小起义军的头领——黄启、黄世明父子，以及黄世明的妻子熊秀、孩子黄河等，这是一拨人；刘功成等，他单独是一拨人，他们后来回到北方家乡折腾了数年，先后跟从过多名起义领导者。但由于种种原因，或自身太弱，或敌人太强，或指挥失误，或时机不巧，或出了内奸，或遭遇不测，结果屡屡吃了败仗，一个个被消灭掉，自己的部队也消耗得差不多了，惶惶然如丧家之狗，到处流落颠沛，所幸本人捡了条小命。

而与此同时，方家远的力量却在飞速发展壮大，他把康郎山孤岛打造成了一座铜墙铁壁、易守难攻的坚固堡垒，亦是个不错的休养生息、可进可退之地。加之方家远本人有着超越他人的人格魅力，值得投奔和归附。所以经过熊秀的多次努力劝说，众人便一前一后又都回来了，大度的方家远一如既往，敞开怀抱收容了他们。

此次回到康郎山的这群人，其变化是明显的：黄启老将军更加苍老、悲观、低沉，其斗志、精力、热情是大不如前了，但也见闻更广、见识更高、一对鹰眼更犀利深邃；熊秀是一副成熟的少妇模样，原本就丽质天成，此刻更加风韵十足；黄世明对她的宠爱与呵护，个个看在眼里，足见夫妻情深，婚姻甜蜜；黄河长成了大小伙子，身兼父母之长，既有北方人的高大健壮，又有南方人的清秀白皙，日后必是青年才俊；刘功成曾经觊觎熊秀美色，却无法得手，反被揭发与围攻，出尽了丑，这会只好竭力克制，不敢再有痴心妄想，但其好色本性难改，唯有偶尔偷偷离岛，去鄱阳城、立德街逛逛青楼。

倒是他方家远，在他们几个人眼里其外表与内在都似乎没有多大改变，还是那么年轻英俊，还是那么沉静平和，还是一心忙着自己的事业，而岁月的变迁更替、社会的大风大雨、身体生理的自然规律，在他身上好像看不到似的。他仿佛康郎山岛上挺拔的一棵苍松、鄱阳湖水滨静卧的一块礁石，永远不变地立在原地，既像是在等待着什么，又像是一直就这样下去。

再次见到熊秀，方家远发现自己对她还是旧爱难忘，阔别多年，心里依然会涌起情愫。毕竟他们曾是青梅竹马，还有过多次灵肉合一之欢，甚至差点拜堂成亲了。她看他的眼神，脉脉含情、盈盈生姿，说明心里也有他，同时亦不乏怨艾。男人女人都是情与欲的统一体。

不过方家远明白，他们之间想必再也不会有什么故事发生了：一则，当初自己贪生怕死、弃她而走，让她先是被迫落入求鲁台虎口，后来又将其推送到黄世明之怀，他是对不起她的、亏欠她的，已经没脸再见到她了；二则，她现在已是黄世明的爱妻、黄河的慈母，他也不可能再有别的想法；三则，他曾爱过她，就不会再爱第二个女子，但后来又负了她，因此甘愿孑然独身一生。现在是天下战乱还没结束，他更应抛弃儿女情长，干一番顶天立地的大事，方不枉来人世走一遭，方算得上是七尺好男儿。

但是，他竟能容忍自己曾经深深爱过的女人与她的丈夫、儿子多次前来投奔，长时间在他身边表现出夫妻恩爱、家庭幸福的场景而不计较、不嫉恨，说明这是一个心胸多么宽广、气量多么宏大的男人，是一个事业心多强、目光多远大的男人！

这些年来，方家远拒绝了父亲方贵、熊宗武叔、黄启黄世明父子、杨木托、吴宏、于光、陈友谅，乃至熊秀熊瑛姐妹……很多人建议他结婚成家的好心，拒绝了很多地道人家的提亲，拒绝了很多女孩或明或暗的情意，看起来是真的“心如止水”了！

从上次黄河还是个小婴儿在他这里，到这次黄河成了大男孩再来到他这里，方家远曾一度怀疑过他是不是自己的骨血，因为熊秀那会儿时隔不久先后与三个男人有过关系，开始是与方家远的几次鱼水之欢，接着是被求鲁台奸污了两回，再到嫁给黄世明，谁都有可能是这个孩子的父亲。不过根据方家远长期的仔细观察与认真分析，最后确定黄河应该是黄世明的孩子，看他长得多像熊秀与黄世明他们两个，却一点也不像自己和求鲁台。于是他释然了，虽说有一点点失望、惆怅，但更多的还是如释重负。

可就在今天晌午过后，恩爱伉俪、饮食男女黄世明与熊秀，在找个理由把儿子黄河支走，让他跟爷爷出去玩儿之后，竟在这大白天里，在这万千将士聚集的军营里，两人赶紧将自己卧室关闭，行那夫妻人伦。一番男欢女爱、兴云布雨下来，熊秀呻吟微微、黄世明气喘吁吁，但不管怎么说，他们双方都得到了身体与精神上双重的满足，真是惬意无比。这实属正常，夫妻俩本来就感情深厚、你侬我侬，又正是体力充沛、如虎似狼的年纪。只是平时碍于慢慢长大、懂事的儿子在场，不好太过亲热、造次。今天真是难得一遇的好机会！

一番激情与欢合过后，两人抽下门闩，见黄启、黄河爷孙俩还没那么快回来，便一边穿戴衣服首饰、整理被子枕头，一边就刚才的床笫运动互相打趣、逗笑，男的既说得直白又甚是得意，女的虽稍有忸怩但不乏风情，好像还停留在刚才那如痴如醉的状态里，尽显闺房之乐。

恰在此时，方家远突然闯了进来。他本是来找住在他们隔壁的黄启。他经常来找黄启老叔，向他商讨与请教一些军事指挥、部队管理、战略战术、历史文化等方面的知识。却没想到，自己今天竟撞上了这一幕！虽说黄世明、熊秀夫妻俩已穿好衣服、整好床铺，但从熊秀那云鬓凌乱、满脸通红、十分羞赧的样子，方家远也马上猜出来是怎么回事了。顿时三个人都显得异常尴尬。

方家远的一颗小心肝狂跳得比脱缰的野马还厉害。他当即说了一句“不好意思，我是来找启叔的”，便迅速退出门外，朝自己的住所快步而去。

不过令他十分意外的是，没等多久，熊秀竟尾随着他进了自己卧室，并回身顺手把门给合上了。方家远顿时感到大为诧异和迷惑。

还没待他询问这到底是为何，熊秀却亮起脆亮、甜美的声音主动开口了："家远哥，是我耽误了你的终身大事。"

"不，是我对不起你！"方家远悔恨地说道。

"那一切早都过去了，再说我并没怪你。只是命运的离奇安排，让你我最终成了两条路上的人。你该成家了，鄱阳城里与立德街上比我漂亮的姑娘多的是。"

"不，我暂时还不想成家。"

熊秀怜惜地看了他一眼，开始准备宽衣解带。

"你这是要干啥？"方家远的心顿时慌乱起来，有些手足失措。

熊秀继续脱衣裳："反正我早已是你的人了，咱们都差点成夫妻了，有什么打紧？我现在就给你，你想怎么样都可以。"

方家远的主将住处设置在城堡最高层的最后边，并有多名卫士把守，一般人是进不来的，不但非常安静，也非常安全。

"这怎么可以呢？你如今可是黄世明的妻子、黄河的母亲、黄启叔的儿媳，你是黄家的女人！"方家远赶紧表示反对，并冲过去阻止她脱衣。

"世明他不会怪我的。再说他又不是不清楚咱俩的关系。他虽然没叫我这么做，但纵使我做了，他也不会有什么意见。"

"那也不可以！明人不欺暗室，君子不图苟且。这成何体统？"

"黄河是你的骨肉、你的儿子，我也是你的女人。"

"黄河不是我的骨肉、我的儿子，是世明的。"

"你敢肯定？"

"我敢肯定。"

"那好吧！但不管怎么说，我都让河儿把你与世明两人都当作父亲来看待。你若想要我，随时随地都行，我是你的女人。"熊秀眼噙泪花、微露银齿，无限情意、微带幽怨，把衣裳有条不紊地穿戴整齐，开门出去了。

方家远跌落在椅子里，心还在抖索，一时思绪纷乱如麻。

这是康郎山岛上城堡顶层的中心议事大厅，一场战前临时军事会议刚刚结束，众将官、谋士们都离开了。待副将、侍从官也走了之后，方家远一个人还呆坐在那儿，时而想着如何布阵打仗的事，时而想着如何安置熊秀及其一家的事，时而想着陈友谅派人监视、挟制自己的事，时而想着是投降朱元璋还是一条道走到黑的事，总之心里错综复杂，头疼得很。

就在此刻，一个熟悉的声音蓦地传来："远儿！"

方家远抬头一看，竟是自己的父亲，他手里捧着个什么东西，在侍从官彭兴波与内城卫士的带领下，走了进来。

"爹！"方家远高兴地喊了一声。

方贵问道："你看看这是谁？"

"吴宏大哥！"方家远惊喜地发现，跟在父亲后边、作渔民打扮的，他远看乍还以为是父亲的一个普通随从，却原来是多日不见的吴宏将军。

"家远贤弟，别来无恙？看你这样子，近日憔悴了许多啊！让哥哥伤心了。"吴宏笑眯眯地走过来，老远就把宽大的手掌伸出，要与方家远拉手。

方家远冲过去，与吴宏紧握双手，摇了又摇，接着紧紧把他抱住，热泪盈眶，真情流露，激动地说："大哥，可把我想死了！"

吴宏也被方家远的真情感动了，说："是啊，我们也一直在想念你，一直在挂牵你的近况！"

方贵在一旁冷静地看着他俩互诉衷曲，并拿其一双小眼睛不断警惕地环顾四周。等他俩的思念之情表达得差不多了，遂及时提醒道："家远，这是你娘今晚刚给你做的炖猪蹄，知道你这些天十分劳累，你就趁热吃了吧！"

方家远这才反应过来，心想："吴宏大哥如今是朱元璋的部将，可是我们的敌人啊！"他迅速扫视了一圈议事大厅，好在寥寥不见几人。如今是多事之秋，周围到处是陈友谅的鹰犬耳目，虽说旁边的彭兴波、内城卫士、议事厅守兵都是他的亲信，却也要小心提防隔墙有耳呢！再说自己是统领万千军马的一位高级将领，且已人到中年，却如此感情外露，是不是太不稳重太失态了？

他连忙请父亲、吴宏在炉火边就座，并令彭兴波去派下人们赶紧备新茶进来，吩咐内城卫士快些回去值班。

方家远从父亲手中接过鸡汤瓦罐，说："前些天您不是才给我送来春不老炖猪蹄嘛，怎么这么快她又给我炖了？我娘对我也太好了！"

"这不是因为你娘考虑到你这段时间肯定熬夜太多、伤脑筋太多、吃得不好、睡得不好，怕你把身体搞垮了嘛！"方贵溺爱地看着方家远，心疼地说。对自己两个儿子，他还是更喜欢大儿子一些。

"我娘太了解我了！知我者，我娘诸大妈也……哦，不，当然还有爹您，还有吴宏大哥您！"方家远感激地说，"爹，您吃了吗？吴宏大哥，您吃了吗？家俊他吃了吗?”在得到他们一一的肯定答复之后，于是他便老实不客气地打开瓦罐，见尚有余温，便狼吞虎咽、风卷残云地大口吃喝了起来。

浓香迅速飘逸在厅堂的低空之中，像是只无形飞虫一样，迅速勾起人的嗅觉、味觉。刚出去吩咐下人回来、站在一旁的彭兴波实在是忍不住了，涎水差点流到了嘴角，喉咙里还有吞咽声。方家远见状很是怜惜，便让他拿来一个小碗，分了他一小碗。彭兴波千恩万谢地快快躲到一边，三下五除二吃掉了。

方家远一方面这些天实在是休息得不好、吃喝得不好，他的确是太困太饿了；第二方面见到了父亲、吴宏，他觉得心里似乎突然有了很多的倚靠，增加了力量，看见了曙光；第三方面方诸氏做的“春不老炖猪蹄”委实香甜、可口，因此很快就把这一瓦罐鸡汤吃了个底朝天，连剩余的骨头全都嚼碎吞掉了，汤也喝得一滴不剩。

“我娘做的‘春不老炖猪蹄’太好吃了!”

方贵、吴宏两人一边品茶，一边看着方家远，见他仿佛很多天没吃一点东西了似的，又像是从没吃过这么好吃的东西一样，遂自暗暗好笑：指挥千军万马的堂堂大将军，还跟个小孩子一般。但他们也被他的真率、单纯所感染了。

彭兴波收拾了瓦罐与筷子、勺子，退下去了。议事厅守兵在外面把门带上。厅里只剩下了他们仨，开始推心置腹地聊天。因为忌惮被“内鬼”偷听，所以尽量压低着嗓子。

因为是自己的亲生儿子，方贵也不再拐弯抹角、投石问路，便郑重其事而别有意味地看着方家远，开门见山地问道：“家远，如今朱陈两方鄱阳湖大战在即，全体交锋随时可能爆发。这次已经是最后的生死决战了，不是他死便是我亡。你有什么打算?”

吴宏亦用充满希冀的眼光望向方家远。

方家远坦诚地说：“是啊，这两天我也一直在为此事而万分苦恼，脑子疼得不安心，吃不好也睡不好。我知道，如今整个鄱阳府，包括咱们方家、熊家，还有吴宏大哥、于光大哥、家俊、木托，你们都在明军那边。只有我一个人是在汉军这边，便势必会与你们为敌，从而众叛亲离，铸下大罪，成为不忠不孝不仁不义无耻之徒。我真后悔自己当初怎么就追随了汉军，可现在后悔也晚矣。我很想把这一摊子全都扔掉，啥也不管了，自己一个人乔装打扮、隐姓埋名，独自离开康郎山，走得远远的，走到一个谁也不认识我的地方去，藏匿起来，了此一生。”

趁方贵继续说话之前，吴宏单刀直入地问道：“家远，你想得太天真了！你以为你离得开、走得掉、藏得住吗?”

方家远摇摇头，诚实地说：“没有绝对把握，所以我才感到心内俱焚，进退两难啊!”

“就是嘛!”吴宏再反问道，“就算你一个人能够走掉吧，可你建造的康郎山这座坚固堡垒、你麾下的强大军队，他们不是依然要与朱元璋大帅及其明军，与咱们鄱阳的父老乡亲为敌，帮陈友谅的匪军戕害百姓、荼毒生灵吗?”

“走也走不开，留也留不下，进也不行、退也不行，生也难、死也难，那吴宏大哥你说怎么办?”方家远满脸愁容、双眼模糊，痛苦地说。

吴宏暂时转移了话题，他那浓眉大眼格外有型，他更靠近了方家远的身体，望着家远，诚挚地问：“家远贤弟，你冷静回顾一下，过去这几年你在陈友谅手下当差过得很好吗？这里没有外人，你就说说你自己的真心话！因为我也曾跟过他，于光也曾跟过他，其实我们大家都清楚。”

方家远想了想说：“刚开始投奔他的那些年，觉得他还是非常不错的。平心而论，陈……（稍停顿）友谅的确是有大本事，聪明、机敏、果敢、强硬，典型的‘湖北佬’‘九头鸟’，所以才能在短短的几年时间里，便把自己的势力发展得这么强盛！他先后打败、兼并与收罗了北部、西部几乎其他所有起义军，据白莲、取红巾、吞天完、占两湖，而成为目前实力最强、将士最多的一支军队。比起徐寿辉、邹普胜、彭莹玉、倪文俊、韩山童、刘福通、郭子兴、张士诚、方国珍、明玉珍等人来，他还是要厉害多了。那时我还庆幸自己运气好，得遇‘明君圣主’‘真龙天子’呢！然而时间一长我便发现，陈友谅并非什么理想的领导人，他除了有一定的政治才干、军事能力，手段猛狠、下手快捷、绝不犹豫和留情以外，其为人、气魄、修养都很差，狭隘、自私、多疑、残暴、狂妄、固执、好色、贪财……全身都是缺点。他不值得我跟了他这么多年，他也不够格成为大汉一代帝王、拥有华夏大好河山。要是他赢了，当了皇帝，建立新的王朝，比前朝也好不到哪儿去，老百姓照样受苦、遭殃!”

吴宏轻轻鼓掌道：“说得很好！这也正是我想说的。那你再想想，你这么多年跟着他，做了这么多的事情，有功劳也有苦劳，莫大功勋有目共睹（这时，吴宏用手指了指四周，即方家远所镇守的康郎山、建造的城堡），可陈友谅他给你什么了？是不是不但什么也没给你，还对你猜忌排挤、打压监视，控制与削弱你的力量？是这样吧?”

方家远惊讶地盯着吴宏说：“的确是这样！你怎么知道的？你太厉害了，好像你什么都见过似的，你一直在场似的。”

“这谁都能看得出来嘛！我们大家都旁观者清，都在为你打抱不平呢！就你自己当局者迷，痴心不渝。既然如此，那你为什么还要死死跟着陈友谅，为他效力呢?”

“可他是我的主帅啊，我跟在他手下这么多年了，就必须忠于他，为他效力！再说，我不跟着他还能怎么着?”

“俗话不是说嘛，良禽择木而栖，贤臣择主而事。既然他陈友谅不是个好主帅，那你就该早日弃暗投明，另寻圣主嘛!”

“大哥，你与于光兄这几年在朱元璋那边咋样呢?”方家远似乎不想在这个话题上再讨论下去，他转移了问题。

吴宏微微一笑，心想：“你尽管看起来是转移了话题，其实咱们不仍是在探讨同一件事情嘛!”于是回答说：“我们朱大帅与陈友谅可是完全不同的人，那才是真正值得敬佩与服从的一代天骄、英雄豪杰！他气魄宏大、胸襟如海、宅心仁厚、随和亲切、勤勉诚实、廉洁俭朴、千金一诺、求才若渴，是未来天子的不二之选。故而，当今天下众多的骁将、高士都愿意听命于他。武将如徐达、常遇春、胡大海、汤和、沐英、邓愈、蓝玉、汪广洋、韩成等，文臣如刘基、朱昇、宋濂、李善长、胡惟庸、陶安、叶琛、章溢等，一时英杰云集、人才济济，八方来归、荟萃一堂，力量不容小觑。还有我与于光将军、鄱阳本间才子胡润……（稍停顿）你弟弟方家俊将军等人，也先后投奔了他。就连整个鄱阳的父老乡亲们，包括你父亲方贵叔、乡绅首富熊宗武、老寿星杨大顺、乡绅彭兴旺与庞石代、乡勇刘萌与刘清修、乡贤卞采与姜新燏等，也都因为朱大帅的品行高洁、仁厚好施、心系国家、爱惜黎民，而率全城臣服于其纛下，出人、出钱、出力、出粮、出弓箭、出刀枪，一致团结，全身心投入，助其战胜陈友谅、一统大中华!”

吴宏的这一席话，令方家远血脉偾张、心神往之，他说：“朱元璋……不，你们朱大帅，我还无缘晤面。不过我也听说过社会上关于他的很多传闻，以及我这边黄启大叔、刘功成大叔的介绍，再说我兄弟家俊也跟随了他很多年，想必是一位了不起的人物了。听你这么一说，他还真是值得结交啊！以后有机会烦请吴宏大哥引见。”

“那是自然的，咱们是好兄弟嘛！贤弟，你究竟要做出怎样的选择？站到哪一边？这可是关键时刻，机会稍纵即逝，以后就不会再有了，你得尽快拿定主意。若继续拖延下去，耽误大事，要想懊悔补救也来不及了。与其到时扼腕叹息，不如现在当机立断!”

方贵见方家远还是犹豫不决，迟迟不表态，急了，插嘴说："家远，你就赶快答应吴宏将军，答应明公，哦，也就是朱大帅，归降过来吧！再不答应就晚了！"

吴宏也和盘托出："家远，实话对你说吧，此次你父亲与我就是代表朱大帅而来的，想看看你的真实想法与态度。希望你能从大局出发，考虑到国家前途，考虑到天下苍生，考虑到鄱阳家乡，考虑到民心向背，不要与我们为敌，最好是站到我们这边来。"

方贵又抢先催促着说："家远，明公朱元璋两天前已当众许诺，只要你马上投诚过来，便封你为二品大将军，品阶仅在徐达、常遇春、汤和等少数主要功臣之下，而在吴宏、于光两位将军，及你兄弟家俊之上呢！"

方家远顿时激动起来，用颤抖的声音说："朱大帅竟给我这么高的封赏？他这么看得起我？真是让我受宠若惊、感激涕零，不知该怎么说了。"

吴宏接着说："还不止这些呢！朱大帅又另外答应，事成之后你父亲也将有爵位，你母亲将受封诰命夫人，并给你们家修建大庄院，赐你们家良田沃土、金银珠宝。包括所有配合你归顺之举的人，譬如我、于光、你弟，都要晋阶，熊宗武也有重重赏赐，整个鄱阳的乡亲们都有份。"

此刻方家远只听得两行热泪夺眶而出，他是个性情中人，为朱元璋的厚德高义、慷慨大方而感动，一股"士为知己者死"的豪情在心中迅速升腾，他准备拼了这条小命，也要报答朱元璋的隆宠之恩。便不再迟疑，当场表示："好！朱大帅既如此待我，那我再不下决心就没意思了。其实这几个月以来，黄启叔、世旺叔也多次劝过我了，陈友谅之处不可久留，不值得为他卖命，还是早早归顺了朱元璋好。可我仍然在首鼠两端、犹豫难定，真是太愚蠢了！爹、吴宏大哥，你们赶紧回去对朱大帅复命，就说我方家远一切听从他的命令与调遣，哪怕赴汤蹈火、肝脑涂地，亦在所不惜！"

"这才是我的好兄弟嘛！"吴宏拍拍他的肩膀，摸索着自己的内衣口袋道，"这里有朱大帅帐下第一谋士首席军师、名闻天下号称'当代诸葛亮'的刘基刘伯温先生，代表朱大帅与整个明军，给你修的一封书函。你看看吧！"

"是青田刘伯温先生的亲笔信吗？"方家远十分兴奋，马上接过吴宏递来的还带着他的体温的信笺，启封读道：

基稽首：

方将军家远足下，请恕老朽刘某伯温唐突之过。素未谋面，然久闻大名，对将军之卓越才干、莫大功勋甚是仰慕，惜尚未能亲聆指教。

今近在眼前，仅一水之隔；又若远在天涯，可望不可即，惟盼他日哉。基向知将军深明大义、雄韬伟略、心系天下、魂牵桑梓，于此切要时刻，当洞晓该如何做出英明之谋划、正确之抉择，而不做将来壮士断腕、捶胸顿足之辈。

时逢乱世，鄱阳湖大战，明汉逐鹿，正邪两派，终须对决。而我明军乃圣主所麾、正义之师，上下一心、众志高昂，定然稳操胜券、独掌乾坤。想必将军不欲与父老为敌，亲痛仇快、千夫所指，自是心内煎熬、难以断臂。若将军从社稷、万民、乡闾、高堂计，弃暗投明、临阵易帜，归属鄱阳、入我明军，将灭顶之灾、惨痛之殳消遁于无形，则同仇敌忾、一致讨逆，父子齐心、兄弟庆聚，且我方更增大捷之把握矣。

我朱大帅已闻将军事迹，尤为称赏将军高才，如大旱之望云霓、潜龙之求活水，愿重许大将军之职以待，并阖家及鄱阳全府皆有丰厚赏赐。基亦净手沐面、焚香烹茗，静候将军大驾归至，握手言欢。而我大明全军，自朱大帅以下，及所有鄱阳乡亲，亦必当衷谢将军拯民救世之深恩厚德。

情形紧急，千钧一发，望将军速做定夺，而基感激之至矣！

刘基再叩首

读完这封刘基写给自己的亲笔短笺，方家远更加激动万分、情难自已。他没想到，名震华夏、年高德劭的伯温先生，竟是一位如此谦逊低调、重情重义的长者！他性急地对吴宏说：“大哥，我该怎么做？悉听你安排！”

吴宏发出一阵爽朗的大笑：“整个大战的战略战术及具体作战进程，我们朱大帅、伯温先生、朱昇先生他们早就商议筹谋好了——呵呵，这第一大战略就是争取策反你，拿下康郎山啦。到时你只管做内应，听我们号令便是。不过看样子还是宜早不宜迟，以防夜长梦多，临时生变。我们赶紧回去向大帅、几位先生汇报，尽快下令各部对陈友谅部队发起总攻击。我们会提前通知你。”

“那就好！我这边康郎山岛上，及附近的一些船只上，绝大部分都是我的人，且多数还是家乡鄱阳、洪都、江州等附近人民，总计有五六千兵马。他们都是我带出来的，且跟随了我多年，忠心耿耿，英勇杀敌，精诚团结，值得信任。只是近期陈友谅开始对我产生怀疑，陆续安插了一些他的爪牙在我身边，还收买了极个别我的不争气的老部下。不过这些人的数量毕竟很少，而且其中绝大多数都已被我掌握，比如一个姓崔的奸细，我会尽快派心腹之人将他们暗中一一除掉，并不让陈友谅知晓。且做到严密监视那些可疑分子，在朱大帅发起总攻之前，不许任何一人离开康郎山。”方家远显得胸有成竹、信心十足，看来他也是早有投诚的第二手打算与准备了。

“很好！”吴宏对方家远竖起大拇指，“贤弟，你做得非常好！那我们就放心了！你现在配得上是位智勇双全、思虑周到、行事稳重的杰出将领了，愚兄自愧不如！”

“哪里，小弟岂敢跟大哥您比？”方家远赶紧摇手谦让。

方贵也用欣慰、满意的目光看着儿子。

方家远传令一直站在门外听候宣召的侍从官彭兴波，快快带人去把他的几员副将、心腹及黄启、刘功成等请了过来，与吴宏、方贵他俩见了面，明确表达了要阵前倒戈、归顺朱元璋的态度。这些人或是在陈友谅这边受了很多委屈、怠慢，对他非常不满，早就有“撂挑子”的想法了；或是鄱阳府本地人，知道家乡与亲眷均在朱元璋手里，也不愿真的跟朱元璋开战；或是见识不凡，早已预测到朱元璋才是未来的皇帝，陈友谅必然会死在他手上，不如尽快投靠到朱元璋那边去；或是一直听命于方家远，他说啥就是啥，所以大家基本上没有异议，很快就达成了一致的意见，只是要商议如何具体行动的问题了。

待商议得差不多了，大家便尽快散会，各自回去歇息，及动员部下、布置任务、严肃军纪等。方家远亲自步出城堡，把父亲、吴宏将军送到码头的快船上，看着他们顺利离开。

再说方家远这边，他一方面号令心腹、兵士们严阵以待、准备作战，另一方面逐步清除内奸、异己，严禁消息外露、人员离岛；吴宏、方贵那边，他们回去后立即向朱元璋、刘基等人奏报，朱元璋自是非常高兴，更加充满了必胜的信心。为防夜长梦多、节外生枝，大家经过讨论，又将发起总攻的时间提前了两天，即就在后日。

年近花甲的方贵不顾劳累，当晚并未赶回家里就寝，而是自告奋勇，向朱元璋请缨，趁天未亮再上康郎山，将这些消息告诉了方家远。由于此刻他实在太困了，又已到拂晓时分，不便离开，就只得在岛上方家远的房里安歇，第二天半夜才在于光的迎护下悄悄返回鄱阳。

第十七章　血战鄱阳湖

此日夜里五更时分，也就是寅时上下，天将拂晓，陈友谅的部队还在酣睡之中，朱元璋即向他的水陆大军下达了总进攻令。

由于当天已接近月底，是时，鄱阳湖上伸手不见五指，星月隐形、阴风阵阵、浊浪滔滔。大明军队无声无息、乌泱泱地围攻而至，仿佛天兵天将突然从天降落，到了眼前，把陈友谅所部打了个措手不及。有些还没来得及仔细披挂就匆匆出战了，有些甚至尚且躺在被窝里做着美梦，便慌里慌张、糊里糊涂成了利矢之的、刀下之鬼。虽然汉军人数多了数倍，但基本上毫无防备，仓促被动应战，队伍混乱溃散；明军却养精蓄锐，准备充足，如猛虎下山，以一当十，在短短一两个时辰里就消灭了汉军相当一部分有生力量，占据主动权，逆转为上风。

这整个场面，一举一动、蛛丝马迹，都被在朱元璋那边指挥战斗的总军师刘基等人洞若观火看在眼里。见主帅与另几位谋士都十分欣喜，首战告捷，情势大好，最佳决战时机就在此瞬息之际，他立即命令众军士亮出红旗，高喊进攻。于是，全部明军顿时从陆路上、湖船上、港湾里、芦苇荡里开始进行追击，向陈友谅的船队及康郎山方向迅猛冲杀过来。一时之间，喊杀声、哭叫声、锣鼓声、助阵声，惊天撼地，震耳欲聋。

明军这边，其大部队由朱元璋、刘基、朱昇等人在主船上指挥，大将军徐达、常遇春、邓愈等人则率领二十万兵士，采取吴宏将军与伯温先生的妙计，借鉴当年赤壁大战中，刘备孙权联军使用火攻，一把火将曹操大军烧得呜呼哀哉、片甲不留之法，亦射出火箭、点起火炬、煽动大火，将陈友谅的船队熊熊地燃烧了起来。要说赤壁与鄱阳湖离得也并不算远，都属于长江中游干流水域，这简直是另一场“赤壁大战”了，双方投入兵力亦近百万，场面宏大，气势磅礴，情形悲壮，惊天动地。

刘基安排好己方的七艘战舰，每艘舰尾带着一条轻快的、上面装满了火药的小舟。此刻天色黑暗，很好地掩护了他们；又恰巧刮起了东南风，对他们而言是顺风顺水；陈友谅那边群龙无首，自顾不暇。这支小船队一靠近敌方船群，马上借风点火，顿时着火点越来越多，火势也越来越旺，直奔陈友谅的主楼船也是“龙船”而去。

当此时，鄱阳湖上一片火海，烟雾弥漫，光芒闪耀。双方展开残酷厮杀、近身肉搏，或刀砍剑击，或拳打脚踢，叫喊声高亢、嚎哭声凄厉。整个鄱阳湖就像一盆沸腾的开水般剧烈动荡、热闹非凡，死伤者、落败者、诈降者、潜逃者纷纷坠入水中。顿时湖面上漂满了僵硬的尸体与尚在挣扎的兵士，在阴风浊浪里沉浮翻滚，热血遍洒在人身上、刀剑上、船上、湖上，腥味浓烈刺鼻。

只闻“轰轰”“噼噼”“啪啪”，几声炮响，火光冲天，又是几声雷鸣，天昏地暗。顿然，战事激烈，风急火燎，烈焰腾空。陈友谅所部的汉军木制大船在火海中像一座座大“金山”似的，金光闪闪，照彻大湖。湖水被染得赤红，黑夜被映得灿烂，鄱阳湖共船队一色，喊杀声与爆炸声相融合奏，鲜血与湖浪结伴同行。随后跟上的朱元璋主帅船只上的军士，遂顺势杀将进去。

就连身为三军统帅、天子之尊的朱元璋，此时面对这空前的大胜场面，也按捺不住兴奋，竟亲自披挂上阵，在主船头配合刘伯温近距离指挥。当时流矢如雨，他在伸头向舷窗外远望时，若不是紧随着他的朱昇拉他回来得快，亦险些被乱箭射中，非亡即伤。

陈友谅乍从美妃罗丽拉的玉臂软枕与登基称帝的春秋大梦中醒来，一见此般情景，顿时大惊失色，接到手下来报，更加焦急惶惑。但他也只好打起十二万分的精神，急忙翻身下床，披上衣服，走出船舱，匆匆来到甲板上巡视观战及指挥三军应敌。慌张之下，他方寸大乱。本来陈友谅还算是一位拥兵百万、久经沙场、胜仗无数的卓越军事领袖，可这时猝然之间他也来不及想出什么好的对敌计策，无法冷静下来运筹帷幄、部署全盘作战方案，只能采取“人海战术”，凭借其多过对方数倍的兵力，下令他们往死里冲，拼了老命压过去，企图以此挽回颓势，尽快从困境中摆脱出来，以待下一步再战。

可是这样反而进入了恶性循环状态，汉军队伍更为混乱、伤亡越发惨重。他们完全不听上司指挥，只知道狼狈逃跑，快快脱离火海和明军的箭矢，却根本无济于事，大多数不是被烧死就是被射死，或被明军将士冲上船来砍死、刺死，或跳进湖里摔死、溺死。陈友谅气得七窍出烟、上蹿下跳，吼这个喊那个，但亦无可奈何，场面已经失控，个个逃命要紧，谁也不听他的了。

而明军中另三支人数相对较少的部队——但论绝对数目也不少，每支至少都有三四千人马，则由吴宏、于光、方家俊等青年将官率领，并有老者杨大顺、方贵、杨木托、彭兴旺、卞采、刘清修、刘萌刘勋兄弟、范继甫范继和兄弟、郑闻沣郑闻涛兄弟、俞韶父子仨、李振远、宁友吾、庞石代、姜润、区接、李余等人参加，从将领到勇士几乎清一色是鄱阳本地人氏，而且全都水性好、会游泳潜湖、年富力强、身体壮实。只有杨大顺、方贵等个别年纪大一些，却也还能应付得了正如火如荼激斗处在白热化的鏖战状态。他们绕过两大主力部队的中心战场，直插敌军后方，从东南边向康郎山奔去。杨大顺、方贵两位渔民前辈领先开道，他们懂水路、有经验，驾驶着熊宗武提供的十艘快船，行军速度十分迅捷，没过多久就到了康郎山。那边有方家远的副将带兵接应，早早打开水门，把明军迎上了岛。

杨木托不是与方家俊乃多年的死对头嘛，杨木托为什么愿意加入方之军队听他指挥，方家俊又为什么同意让他进来？对于杨木托来说，他受岳父熊宗武所派，自愿列军打仗，无非是冲着保卫鄱阳、消灭陈友谅而来，连生死都不顾了，还哪管得上谁是主将？对于方家俊来说，既然人家是来打仗的，朱大帅表示欢迎，再说另外两位主将吴宏、于光也没意见，他哪里好反对？他一个人也做不了主。只能阳奉阴违、假惺惺地表示接受了。

而杨木托与方家远，这两个生长在立德老街、鄱阳湖水滨的男子汉，当年在共同追求“立德街上一朵花”、熊府大小姐熊秀上，他们是互不相让极力表现、一方取胜则另一方只得痛苦退出的一对情敌；但他俩又是从小一起玩到大、意气相投、肝胆相照的好友。当方家远跟随陈友谅打天下时，他会帮方家远；如今方家远改换主子，要投靠朱元璋了，他仍然会站在方家远一边。从这点来看，杨木托为人耿直、豪爽、重情义的天性。

方家远已在当天上午号令岛内的全体将士集合，公开宣布易帜，并明确表示：凡愿意追随自己的，大家便回到鄱阳家乡这边来，归顺朱大帅，打败陈友谅，待战争胜利后全部论功有奖，赏赐多多；若是不愿意的，想走的亦并不勉强，可不参战，且奉送盘缠，但必须得先留在岛上，战事结束方可离开；公开为敌的当即“杀无赦”，告密的亦“杀无赦”。

由于方家远有出色的人格与才干、良好的群众基础与号召力，对这支部队有绝对的权威，故绝大多数属下都衷心拥戴他，且这两天他的几个副将与心腹、黄启黄世明父子与刘功成，包括他本人，已经在将士们当中游说过、做过思想动员了，所以在场的几千人一致表示乐意追随方将军，大家尽扫数月来脸上的阴霾、内心的愁苦，不再纠结和彷徨，决心同仇敌忾、一心杀敌，群情振奋、声震云霄。几个由陈友谅派来的奸细早已剪除，几个被陈友谅收买的叛徒早已离开了康郎山，部分动摇分子在后来的战争中都不再动摇，个别可疑分子也在随后陆续被揪出与铲掉。

只有那个武功非常高强的崔姓头目，是陈友谅特地派来准备对方家远实施“最后打击”的，即若是方家远真的要背叛他，就尽早将其干掉。可惜此人嗜酒贪杯，昨夜方家远赐予一壶好酒，喝得醉醺醺的，醒来太迟，察觉太晚，误了大事，已没机会对家远下手了。他只好趁方家远召开全体动员大会前夕，打算自个偷偷溜走，赶去向陈友谅报信。他抢了一艘小船，挟持一名渔夫为自己驾驶，正在离开康郎山的水路上。家远及时得到消息，他手下有好几个功夫不错、也擅湖上行动的，自告奋勇要去把崔某抓捕回来，实在不行也得将其处死。

可惜崔某武功实在太高，十余名好汉或划船或凫水赶去追他，却有好几个都被他一一击毙，血溅船沿。最终好在还有四位成功攀上其船，这时他也筋疲力尽了，在以渔夫为人质遭到失败，他将渔夫残忍杀害后，自己也被四位好汉包围处死。方家远方面虽说付出了很大代价，但总算没让他逃脱，绝了后患，减少了更大损失。

此时，待吴宏、于光、方家俊他们赶过来以后，四支军队凑在一起，胜利会师，便有了两三万人的较大队伍，其中多数是鄱阳或洪都、江州、信州、抚州籍。经过数年的发展，江西子弟兵已成为朱元璋明军里一支重要的力量。他们只留下几百人仍驻守在康郎山岛上的大本营，主力部队则浩浩荡荡轰轰烈烈迅速开往主战场，配合朱元璋的大军，包抄陈友谅的后路，随即对其展开猛烈的进攻，在他“屁股”上狠狠捅进了一“刀”。

这一“刀”将捅得陈友谅更加恼羞成怒、气急败坏，却也更加绝望、恐慌。他没想到，或者说虽然想到了，但还没及时采取有力应对措施。方家远真的叛变反水了！

当陈友谅挺立在他那艘最高、最大的楼船的顶层平台上，看到他的前方火光熊熊、刀剑铮铮，战斗激烈无比，他的万千大船被明军焚烧得全都支离破碎，一一毁灭沉湖，他的几十万将士接连被战死烧死淹死，他痛惜自己努力多年的心血就这样顷刻间土崩瓦解、摧枯拉朽，伤心得捶胸顿足，身子摇摇欲坠。他还有何面目回去见自己的江汉父老？好在大将罗定边、爱妃罗丽拉兄妹俩一左一右及时搀扶住了他，否则早就委顿在地了。

陈友谅再回过头去瞭望他的后方——那影影绰绰矗立在夜幕中、安稳岿然如泰岱般的康郎山，于是心里颇得了几丝欣慰，暗想那该是自己唯一的倚靠了！总算天无绝人之路，还给了汉军一个“留得青山在，不怕没柴烧”的缓冲之机。那就赶紧下令，让剩余的部队退回康郎山上的城堡里去吧！

陈友谅正想让罗定边命令三军边打边撤，可就在此时，他觉得康郎山方向似乎出现了一点骚动的迹象。莫非是方家远带兵增援自己来了？但他那儿仅有几千人马，杯水车薪而已，又能起得了什么作用？还不如牢牢地防守在岛上，按兵不动呢！

可是，不对，那边竟“咣咣当当”打起来了，而且显然还很激烈、动静很大。这到底是怎么回事呢？再说安插在康郎山上的老崔也迟迟不见有其传音讯过来。陈友谅心中觉得奇怪，更有些慌乱。很快帐前兵士上来呈报：“大帅，我军后方遭到敌人的猛烈攻击，方家远率军投降朱元璋了！我们已腹背受敌，怕是顶不住了！”

“什么？”陈友谅当即一个趔趄，差点跌倒在甲板上。他绝望、气愤之极，头发竖起，圆瞪大眼，口吐粗气，胡须乱吹，额上青筋暴涨，脸上时紫时红，双手紧握拳头，双腿微微发颤。突然，他从嘴里猛地喷出一股浓黑之血，溅得老远，然后感到口腔中尽是甜腥的味道……

这时他想到了什么，是用人不淑，是心肠太软，是养虎遗患，还是众叛亲离？陈友谅尽管天性多疑，尽管早就不太放心方家远，尽管对方家远有所防范，但还是过于妇人之仁、姑息养奸了，没有及时对其采取强硬制裁措施，彻底消除其隐患。再则此前陈友谅对康郎山的重视程度还远远不够，想不到康郎山的得失对整个战争的胜败有这么大的作用，所以没有早早将其牢牢掌握在自己手中，而是仍然交于方家远驻守。这自然也是因为他太自负轻敌了，他觉得此次自己与朱元璋作战已是稳操胜券、十拿十稳，所以才把方家远与康郎山都让给了朱元璋。但是，他丢了方家远，丢了康郎山，也就最终失去了一切。

陈友谅知道自己大势已去，这回彻底完蛋了，他好像看到了死亡之神即将驾临。他内心冰冷，比船底下鄱阳湖里的水还冷，两眼一团漆黑，仿佛整个世界都不存在了。而罗氏兄妹还在一旁不停地劝慰他：“大帅别伤心，我们还可以东山再起、重整旗鼓！我们回沔阳去，再建大军、打天下……”可陈友谅什么也听不见了。

……

很快，天亮了。鄱阳湖上晨曦熹微、景物朦胧，大火燃烬了，水面平静下来了，战争也休停了。陈友谅的六十万两湖大军，大多数已被消灭毙命，除了小部分投降朱元璋的侥幸没死，或习水性懂夜隐的早早遁湖逃跑了。他的成千上万大小船只，基本上也或被烧毁或已沉落，烟消云散、荡然无存，仅剩下少数冒着乌烟、残缺不全，横七竖八、稀稀拉拉地漂浮在湖面上，被初升的阳光映照着。

陈友谅及罗定边等将领，领着一万余残兵败将，驾驶一艘大型楼船与百余只小舟，在几支零散汉军的掩护下，边打边撤，仓皇逃离战场，往下游方向而去。

这是一个将永远被载入史册的日子。元至正二十三年八月二十六日，自这天后半夜到拂晓，八百里浩瀚鄱阳湖被八十余万作战双方士兵的鲜血染得殷红如旭日朝霞，命中刀箭、身葬泽国者不计其数。

不过，打仗就有流血牺牲。在声势浩大、场景宏阔、残酷血腥的鄱阳湖朱陈大决战中，明军方面也付出了巨大的代价。双方投入兵力八十余万人，陈友谅方面六十万大军，阵亡五十多万人，仅数万人投降、万余人逃跑；朱元璋方面二十万人马，也阵亡了好几万将士。除了鄱阳好汉李振远、宁友吾、刘勋、庞石代、区接、范继甫、范继和、姜润等人英勇牺牲以外，黄启、刘功成这两位北方起义首领也在战争中丧生，沉骨湖底；还有杨大顺、方贵两位老者，及另外一些参战者，在随后追击陈友谅溃军的过程中亦受了轻伤，不过稍事治疗与休养就很快痊愈了。

黄启、刘功成这对相处了一辈子的老哥儿俩、无数次同一壕沟的起义战友，他们在沙场上并肩应敌，杀得勇猛，杀得带劲，杀得过瘾，杀得沉迷。他们因为陈友谅曾多次戕害过自己的数任主公、大批战友而对他充满了仇恨，这仇恨已积累了多年，进而迁怒于其部下兵士，所以疯狂报复、砍杀汉军，先是用刀劈，刀钝了用剑刺，剑掉了用棍抽，棍断了便拳打脚踢，使拳脚还稍带用口咬，两人互相帮助配合，各自均打死了数十名敌人。

到后来，他们杀得兴起，眼红了、糊涂了，连自己明军这边的兵士也跟着遭殃，被误杀了好几个。毕竟，朱元璋亦曾残杀、铲除过他们的老战友，还吞并了他们的队伍。他们是北方起义军小头目，也先后跟随过不少起义军大头目，当时历史形势复杂、起义部队繁多，白莲教、红巾军、天完、大宋、大汉、大周、大明……在风诡云谲、你死我活争夺天下的时代背景之下，是敌是友、是正是反哪里分得那么清楚呢？最终还不过是“成王败寇”四个字！

但毕竟岁月不饶人，自然规律无法抗拒，他们年纪老了，腿脚不利索了，眼神不好使了，反应不灵敏了，有限的力气也用尽了，又是孤军深入、身陷重围，终成强弩之末：刘功成是被百米开外的明军弓箭手的利箭射入胸口，直插心脏；黄启是被两个汉军战士的大刀同时砍中前胸后背，当即倒地。两人竭力挣扎着靠到了一起。

眼看将要瞑目而终，黄启与刘功成还有过一段短暂的对话。

刘功成胸口的鲜血正汩汩地往外涌出，就像泉眼一般。他喘着最后一口气力，却咧开嘴笑道：“启哥，咱哥俩总算快要死了。哈哈，这辈子也没算白活，虽然没娶过老婆、没生过子女，却睡过数以百计的女人，临死前还杀了这么多‘细伢子’，赚了！咱俩生不能同日，死却能同时；在世不是亲兄弟，死后却合墓而葬啊！哈哈……”

黄启强忍着身上几处刀伤的剧痛，也是气喘吁吁的，说话断断续续、声若游丝：“世旺，是啊，这辈子……没白认识……你这个兄弟。”

“启哥，我对不起你……”

黄启知道他想说什么，无非是他多次打熊秀主意的事，便中断他的话：“我又……没有怪你，再说你并没有……真的做什么。”

“可我真的是喜欢她……”真是“人之将死，其言也善”啊！但亦说明，刘功成尽管好色，却活得真实，性格也很坦诚。

“嗨！你……瞎说什么呢！这个时候……还说这些干啥？”

“来生再做兄弟！”

“来生再做兄弟！”

就在这时，两个汉军士兵再次冲过来，朝他俩又连砍几刀，黄启、刘功成当即落气死亡。

……

战后，在鄱阳府衙举行的庆功宴会上，朱元璋本来也是要重重封赏黄启、刘功成两人的，即着落在黄世明、熊秀夫妇的头上。但此刻有明军将领起身禀报说，这两人生前曾屠杀过我方的多名军士。朱元璋顿时勃然变脸，甚为恼怒。方家俊又在一旁不怀好意地煽风点火、大肆渲染，话里有话，对这些有二心的降将表示难以放心。朱元璋于是不但取消了对他俩的封赏，还要治黄世明、熊秀夫妇的罪。

方贵、方家远父子与熊宗武赶紧跪下来为他俩求情，列举其功劳，认为远大于其过失。吴宏、于光也在一旁作证。朱元璋思忖良久，这才抚平心绪，便不再治黄世明、熊秀夫妇的罪，但原本给他们夫妇俩的封赏也没有了。再说，他也只任命方家远为从二品将军、方家俊为从三品将军，并赏赐了方家不多的一些金银珠宝；且原本是要送他们家大宅院、良田沃土的，同样变卦了，没有了，也不赐方贵爵位、不封方母诰命。方家俊恶意挑拨，激起朱元璋的怒火，结果弄巧成拙，自己与家里均大受损失。

对整个鄱阳府的父老乡亲，那些在朱陈决战中有过大功劳的富绅、乡勇、文士、渔民们，朱元璋原本答应的封赏，亦都大有减少。特别是对杨木托乃至熊宗武一家薄情寡恩的“报答”——原本承诺的赏赐基本上未兑现，尤其过分，令人心寒，让人真切看到草莽天子朱重八翻云覆雨、轻言许诺的另一面。虽说还是方家俊从中作梗，但终究能做决定的是主子自己，方家俊不过是个下作小人与帮凶罢了。

第十八章 登基应天城

中国人向来信奉“六六大顺”的说法。而从元朝至正二十三年（1353）农历七月二十一日到八月二十六日，刚好是整整六六三十六天。在这一个多月的时间里，朱元璋的明军与陈友谅的汉军在赣省北部的八百里鄱阳湖展开了逐鹿江南、争夺天下的生死决战，最终朱元璋取胜。而这短短的三十六天，便是决定中国历史进程、由元朝过渡到明朝的一个关键时期。

刚开始，陈友谅有六十余万大军，朱元璋却只有区区二十来万人，敌强我弱，众寡悬殊。但由于朱元璋有刘基、朱昇、李善长、陶安等一大帮高人谋士辅佐，为他运筹帷幄、出谋划策；有徐达、常遇春、胡大海、邓愈等众多帅才良将拥戴，为他领兵打仗、冲锋陷阵；加之鄱阳的“江西老表”们在提供粮食、带兵入伍、地理向导、提供军情、离间敌营、奋勇杀敌等方面的大力帮助，吴宏、于光两大名将慨然加盟、指挥作战，及乡绅熊宗武与女婿杨木托、渔民方贵与两个儿子——优秀军事将领方家远、方家俊的种种卓著贡献；相反，陈友谅却固执、自负、骄傲、轻敌，结果倒让朱元璋以少胜多、反输为赢，将其打得落花流水、呜呼哀哉，最后彻底灭亡，死得可悲。

决战的最后一天，即八月二十六日白天，已占据上风的朱元璋的浩大船队，在追赶陈友谅溃军至鄱阳湖与长江交汇的湖口时，竟然遇上了江水倒灌的奇特现象而退到珠湖水域，却恰与正准备向北逃回鄂籍老家、企图另年再起炉灶卷土重来的陈友谅的楼船迎面遇上。

这真是仇人相见、冤家路窄啊！一时间，朱元璋的船队万箭齐发，雨点般的箭镞直冲向陈友谅的楼船。陈友谅防不胜防、躲闪不及，当即被乱箭射死。

有史料描述说，陈友谅当时是左眼中箭，并穿透后颅，顿时卒亡。战后有多名弓箭手声称陈友谅是自己射中的，因当时场面激烈混乱，无法确定究竟是谁，朱元璋就给这些弓箭手每人赏了一千两银子。陈友谅的妃子罗丽拉、大将罗定边等人，也在战斗中先后丧生。而朱陈的鄱阳湖大决战，随着陈友谅的死亡，终于画上了一个圆满的句号。

这支追击陈友谅残部的明军，正是以吴宏、于光、方家远、方贵、杨大顺等人领导的鄱阳子弟兵为主力。这不奇怪，只有鄱阳本地人士最熟悉鄱阳湖的水路、天气等自然规律。同样，成功射杀陈友谅的数名弓箭手也是鄱阳籍将士，他们再次立下了赫赫战功。

也就是说，可以这么下结论，朱元璋在与陈友谅的鄱阳湖决战中能取得最终的辉煌胜利，方家远与父亲方贵的确是第一功臣，建立了旷世奇功！

陈友谅他们在鄱阳湖口遇到长江水倒灌，湖面水波产生巨大漩涡，其情形非常凶险，船队没法前行，无奈后退。

朱元璋当上皇帝以后，为感谢倒灌的长江水将陈友谅逼回来，被明军彻底消灭，觉得是上天帮他，神鼋来助，便册封其为“元将军”，并在左里山顶立“元将军庙”以纪念之，本地老百姓则称其为“老爷庙”。民谚云：都昌往北是狭滩，丈夫出湖妻盼还。老爷庙前多凶险，平安过去有好难。

可叹！陈友谅壮志未能酬，魂断鄱阳湖。他起于农民起义，而死于两个起义集团争夺江山的决斗之中，可谓“成也造反败也造反”，与当年刘邦与项羽的楚汉之战、刘秀与绿林赤眉的中原争霸、刘备与曹操孙权的三足鼎立，还有瓦岗寨与长白山、朱温与黄巢、刘知远与石敬瑭……简直是如出一辙！历史总是惊人的相似，历史也常常是循环螺旋式前进。如果说不以成败论英雄的话，这陈友谅毕竟算得上是一代叱咤风云的豪杰人物！

在陈友谅的军船大部队之中，有一艘船只始终伴随在他的楼船主舰左右。此时见主帅陈友谅已亡于敌人的乱箭之中，船上一个名叫牛新榜的头目便马上与大家商议另寻出路。诸兵士深知四面围困，抵抗只有死路一条，众人遂推举牛新榜为首，都表示愿意听从他的安排。

这些人并非陈友谅从两湖家乡带来的子弟兵，而是江西本土人氏，或乡绅，或商贾，或小生产者，或城镇贫民，或农村主劳力，所以与陈友谅并不同心，关键时刻并未拼死搭救、舍身护驾，同时又左顾右盼、首鼠两端，对继续反抗还是缴械纠结犹豫了好半天，其缘由亦可理解了。

于是，牛新榜当场从众人之中站立了起来，脱下自己身上贴肉的白里衣，高高地举过头顶，向明军表示投降。

朱元璋得报后，却立刻气咻咻地下令："不要理他们！这个时候了才晓得投降，太晚了！难道前面那么久都没决定何去何从？给我击沉、烧毁那只船，把他们都扔进湖里去淹死喂鱼！"

可总军师刘伯温赶紧阻止了传令兵："慢！"并对朱重八主公劝道，"江山未定，登基尚早，不宜杀戮太多。这些投降者尚可成为助您成就帝业的一小支力量，万不可赶尽杀绝。"

朱元璋听了这席话，点了一下头，于是说："那便依军师所言，停止攻击他们，接受其投降。"

牛新榜带领该战船上的三十姓氏一百二十五名兵士，全都归降了朱元璋，总算暂时谋得了一条生路。日后他们随大军转战南北、戎马倥偬，立下了赫赫功勋，但是始终不能摆脱贰臣的名声和战俘的待遇。直到多年之后朱元璋立朝登基了，这些人只剩下牛、吴、林、石、何、姚、袁、程、叶九姓数十人，洪武皇帝对他们仍耿耿于怀，准备将其全部处死或终身监禁。

还是开国元老刘伯温慈悲为怀，好人做到底，以宁可自己辞官、退隐来谏言并让朱元璋保证，对他们"不杀、不囚、生放"。最后朱元璋妥协了，答应将他们俱放归乡野，只是条件限制得非常苛刻，除"贬为贱民"外还另附加了四条："不得返回原籍。""流放江河，以打鱼为业。""永世不得上岸居住，禁止其子女与岸上百姓通婚。""官府永远不得录用此九姓后代。"并交由严州府（今浙江建德）严格执行，严加看管。时尚存活于世的头领牛新榜，即率所部辗转至今浙省境内的新安江、富春江、兰江上艰难度日，被称为"九姓后人"。因其世代以打鱼为业，故又称"九姓渔民"。

当初，在如何处理这些人的问题上，刘伯温与朱元璋是有分歧意见的。而且这也让刘伯温意识到，此时的洪武帝已非昔日的明公，他立朝登基后便"心不善"了。皇帝是只可共苦不能同甘的，再说伴君如伴虎啊，刘伯温自己也早就做出了急流勇退的打算。

陈友谅死后，朱元璋终于消灭了自己最强大的敌人，扫除了缔造帝国道路上最大的一个障碍。第二年，即至正二十四年，坚守鄂省"汉宫"的陈友谅之子、大汉政权"太子爷"陈理，率手下一帮文臣武将、妃嫔宫女，主动向朱元璋乞降。至此朱元璋解除了西边最大的威胁。不久后朱元璋便自称"吴王"，第一次正式为王了，这便离他的皇帝宝座又近了一大步。

至正二十五年，朱元璋便把作战重点正式转向苏州的张士诚。他采取了剪其肘翼、令其孤立、四向包围、步步推进的军事部署。他先是派几位强将攻占了久被张士诚所控制的高邮、淮安、扬州等地，同时又向东进攻湖州、嘉兴、杭州等地，歼灭了大周军的主力，最后进围“孤城”苏州。

当年十月，朱元璋派大元帅徐达亲自领兵出征，按照事先谋划好的战略方针，“先取（南）通、泰（州）诸郡县，剪士诚肘翼，然后专取浙西”。张士诚的军队因长期养尊处优，缺乏军事训练，面对朱元璋的虎狼之师，如笼中猪羊不堪一击。仅半年时间，其在长江以北的全部土地便均归朱元璋所有。

至正二十六年，朱元璋处心积虑郑重其事罗织罪名，发布由其手下一群谋臣文士（想必不是刘基、宋濂、朱昇、陶安等人）精心撰写的《平周檄》，历数张士诚之八大恶行，以昭告天下他朱某人的讨伐之战是师出有因、名正言顺的：

“惟兹姑苏张士诚，为民则私贩盐货，行劫於江湖；兵兴则首聚凶徒，负固於海岛，其罪一也；又恐海隅一区难抗天下全势，诈降于元，坑其参政赵琏，囚其待制孙撝，其罪二也；厥后掩袭浙西，兵不满万数，地不足千里，僭号改元，其罪三也；初寇我边，一战而生擒其亲弟，再犯浙省，杨苗直捣于近郊，首尾畏缩，又乃诈降于元，其罪四也；占据江浙，钱粮十年不贡，其罪五也；阳受元朝之诏，阴行假王之令，挟制达丞相，谋害杨左相，其罪六也；知元纲已坠，公然害其江浙丞相达识帖木儿、南台大夫普化帖木儿，其罪七也；恃其地险食足，诱我叛将，掠我边民，其罪八也。……”

朱元璋在发布《平周檄》之后，经过三个月整顿，再次任命徐达为大将军、常遇春为参将，率领二十万精兵向张士诚发起总攻。张士诚的军队如惊弓之鸟，遇上朱元璋的大军一触即溃。在不到三个月时间里，徐达等人就攻占了湖州、杭州、绍兴等江浙周边大邑。朱元璋的主力部队陆续抵达平江城外，对张士诚形成包围之势，姑苏古城成了一座“孤城”。

由于围城日久，平江城内终于弹尽粮绝、山穷水尽。到后来城里连一只小耗子竟能卖到一百文钱，皮靴、马鞍等都被煮食充饥了。张士诚总算还有一些恻隐之心，他不忍连累百姓跟自己一起赴死，便召集城中剩余人丁，对他们道：“事已至此，我黔驴技穷，实无良策，只有自缚投降，如此城破后你们也不至于遭受屠戮。”

城池被围，插翅难飞，谁也不得脱身。朱元璋一再派人靠近主城门高声喊话劝降，并许以官职富贵。张士诚于临死之际，头脑却仍保持清醒，他深知阴鸷、狠毒的朱重八这不过是在玩阴谋、搞诱降罢了，如今为时已晚，朱重八绝不会放过自己。投降同样是一死，士可杀不可辱，还不如自己来个痛快点的，遂坚决拒绝投降，倒是有骨气，算条汉子。

平江城陷落那一刻，张士诚亲自率兵指挥巷战。看到实在不行了，他就退回宫中，命人放下一把大火点燃殿堂，烧死了全部子女、妃嫔、宫仆、宦官、臣属等。而他自己亦准备上吊自杀，却被多名部将救起，最终被俘虏，解至应天府。朱元璋亲自前来牢狱劝他投降，他却依然顽抗到底，自缢而死。临死前张士诚对朱元璋留下七个字："天日照你不照我。"

在此之前，至正二十六年冬，朱元璋派手下于瓜洲渡杀害"小明王"韩林儿。此时攻破苏州，张士诚自缢，三吴平定。而据守浙东南庆元、温州、台州一带的方国珍，亦识时务为俊杰，赶紧遣使来降。同年朱元璋又分别派大将攻取了广东、福建等地，已据有东南半壁。他既已打败整个东部、南部的各个割据势力，更积极准备北上伐元。

至正二十七年，朱元璋见统一中原的条件已完全成熟，即决意北伐。在宋濂等人草拟的一篇声讨元朝的檄文中，朱元璋正式提出"驱逐胡虏，恢复中华，立纲陈纪，救济斯民"的口号，这几句话如洪钟大吕，在后世影响深远。他在檄文中责备朝廷将帅扩廓帖木儿、李思齐等人"假元号以济私，恃有众以要君"，指出这些人相互倾轧并吞，是老百姓们的巨害。

翌年七月，朱明王朝大元帅徐达会集诸将于京杭大运河畔的山东临清，连下德州、沧州、通州等城，一路北上，进军神速，所向披靡，势不可挡。元顺帝闻讯，惊慌失措，匆忙率后妃、太子和一部分大臣从大都出逃，返回漠北草原。八月，北伐军顺利进占大都，结束了元朝的统治。

也就是在这一年，即公元一三六八年十一月二十一日，朱元璋于应天府即南京城正式着龙袍登上帝位，建立明朝，改元洪武。朱元璋庙号明太祖。

再说江西行省鄱阳府这边，数十万百姓听说明公朱元璋终于隆重登基金銮殿，坐上皇帝龙椅了，自是欢欣鼓舞、不亦乐乎，把偌大一个古城搞得欢天喜地、热闹非凡。于是有人提出：咱们赶快往南京进皇宫，向这位"大老表""讨债"去吧！

第十九章　杀人又夺女

元末鄱阳湖朱陈大战结束以后，由于作战基本上是在湖里，其本土未遭兵燹之祸、血光之灾，加之这几年气候宜人、温暖多雨，且无旱涝虫风寒等自然灾害，农渔林牧副全面丰收，向来富庶的鄱阳府，其经济更加兴隆昌盛，社会更加安定祥和，一派太平盛世景象。而种种获利最多、财富持续大增的，自然是以熊宗武、彭兴旺、木金山、秦昌龙等人领头的鄱阳乡绅们。

中国历史上传统的乡绅，大多数是这么一类人：他们并不是普通意义上的好人，光做好事，光说奉献，光有付出，助人为乐，大公无私，不求回报，他们还没有这么高的境界，没有这么好的品德；他们只是生意人、货殖者，是要赚钱、发财的，所以他们有自私、狭隘、吝啬、冷漠甚至贪婪的一面，正所谓“商人重利轻义”。但是，他们做生意首先也是“取之有道”的，是合理、合法的经营，双方自愿、交易透明、买卖公平、童叟无欺，不行坑蒙拐骗、弄虚作假、偷奸耍滑、伤天害理之举。从间接与客观上说，他们也有利于国家的进步、经济的兴隆、社会的安定，满足了各地百姓在生产、生活上的各种需要。他们也热爱自己的国家、民族、家乡、家族、家庭，在大是大非面前与社会变革的关键时刻能坚持原则、守住底线、永葆气节，若有必要的话亦愿意献出自己的财产乃至生命。

鄱阳乡绅群体就是这样的一些人，他们以熊宗武为代表，平时一味经营买卖、赚钱发家，打的是个人算盘，但当国家、人民、地方有难，当面临历史的重大选择，当鄱阳湖朱陈大战爆发，他们亦挺身而出、飞蛾扑火，在确定该追随的“真龙天子”以后，便紧紧与他站在一起，精诚团结、同舟共济、休戚相关、生死相依，出钱、出物、出人、出力，支持他、襄助他，不遗余力、不计后果。最后他们赢了，他们“押宝”竟“押”对了——肯定是对的，这不但有利于改朝换代、江山易主的成功，有利于地方的和平过渡与整个国家的稳定和发展，更有利于他们自己，因为他们得到的回报还数倍于他们的付出，他们做了一场最漂亮、值得的“买卖”。

但方家俊并不这么想——当然，他也不是什么乡绅，倒更像是一个不会耕作经营、只会索取掠夺的土匪强盗；虽然从名义上说他是一员大将、朝廷命官、开国功臣，带兵打仗、冲锋陷阵、立功无数。如果说乡绅群体不是好人也不是坏人，而方家俊却是十足的恶棍；如果说乡绅群体是劳而有获，而方家俊却是不劳而获；如果说乡绅群体是通过做生意的正当手段挣钱，而方家俊却是一味在欺压、榨取乡绅群体的钱；如果说乡绅群体是利人利己，而方家俊却是损人利己。

正如俗话所言，龙生九子，各不相同。又道，林子大了，什么鸟都有。鄱阳立德街渔民方贵与诸氏老夫妻，一生只有两个争气的宝贝儿子——哥哥方家远、弟弟方家俊，两人年龄仅差两三岁。同一父母所生，按理说基因基本一样嘛，可兄弟俩做人的差距却很远，一个只想着自己，从未有过他人；一个只想着他人，唯独没有自己。一个心善到极点，一个心恶到极点。

譬如，此次鄱阳湖大战结束之后，乡绅熊宗武之家族农工商诸业顺时发展，财富扩张剧增，战争不但没让他受损，反倒更发达十倍，为此方家俊便十分眼红嫉妒，又在打坏主意了。那就是他一贯的算盘，即要想办法把熊宗武、杨木托翁婿弄死，占有其全部家产，并将熊瑛、杨华枝母女俩夺到手——他始终认为华枝是自己的亲骨肉，同时也是为了报复当年熊宗武逼得他远走异乡、四方飘零之仇怨。他都不自我反省一下，本来是他陷害、敲诈熊宗武在前，熊宗武不过是被迫反击，他竟倒打一耙，反把罪责推到熊宗武的头上。再则他要不是离开家乡、到处寻访，又哪里会遇上朱元璋，哪里会有今天的荣光？

方家俊可不管这些，他继续按照自己的计划而行事。当时明军大部队已离开鄱阳，在顺江东下回应天城的路上，他先是向朱元璋密报：鄱阳首富熊宗武的小女婿杨木托，原名拉木托，系已死的保长求鲁台之独子。求鲁台作为朝廷派至江南的一名基层统治者，当年在立德街、瓦屑坝、珠湖一带鱼肉百姓、任意打骂、凌辱妇女、糟蹋新娘，可谓恶贯满盈。杨木托既然是求鲁台之子，按鄱阳本地的话说，“龙生龙，凤生凤，老鼠生下的崽子只打洞”，肯定并非什么好种。且在大帅没来鄱阳时，他还曾跟过陈友谅。

方家俊的这段控告，实在是用心险恶：一则，他说求鲁台是坏人，那他当年帮着求鲁台大干坏事，作恶多端，难道他忘了吗？二则，他自己以前也娶过一个军官的女儿，难道他忘了吗？三则，他说杨木托曾跟过陈友谅，可昔日饶州这儿是属于陈友谅的地盘，又有谁敢不听陈友谅的呢？那他兄长当时还是陈友谅的手下，而杨木托又是他兄长的手下，难道他忘了吗？四则，后来杨木托亦追随了朱元璋，还在鄱阳湖大战中走上前线杀敌并立了功，难道他忘了吗？

可朱元璋并不这么想。本来重八公对熊宗武富甲江南、称霸赣东北的庞大产业便颇为忌惮不安，而此次他又鼎力相助、立了大功，还得重重赏赐他，故很有些犹豫。毕竟自己早先已立过誓言、夸下海口的，君无戏言、一诺千金，怎好出尔反尔？

又是方家俊在出坏主意："大帅，既然他熊宗武、杨木托翁婿敢如此冒天下之大不韪，窝藏罪犯、隐瞒真相、逃脱处置、逍遥法外，那就不能轻饶他们，不但不该封赏，更应严加惩治。我建议，对其封赏一概取消，并将杨木托绳之以法，轻则下狱，重则死刑。"

朱元璋马上眉开眼笑，频频点头："好，那就按你所说的去办吧！我现全权交由你处置，方将军大可便宜从事，无须再向我禀报。当然，还是尽量宽大为怀、息事宁人为好。毕竟，熊老板对国家有功，为我明军剿灭陈匪助力巨大呀！"

所谓便宜从事，也就是说，自己想怎么办都可以。但方家俊亦明白，朱元璋全权交由他处置，无非是自己撂手不管了，让他去做这个恶人。不过，做恶人就做恶人吧，咱又不是第一次，只要能达到目的、获得利益，这些小节就不计较了。

方家俊遂开始采取行动，带领他的部队折身返回鄱阳。对于熊宗武已有的产业，至少目前他还是不好明火执仗、明目张胆地去抢夺的。光凭自己向朱大帅密报的熊宗武那些"罪行"，实在是太轻微了，跟其建立的莫大功勋相比，完全可以忽略不计。他还不敢太过造次放肆，毕竟他还有些自知之明，担心引起公愤、触犯众怒。一旦鄱阳社会出现动荡，乡众群体抗议，自己无法下台，也不好给大帅交差。到时大帅为平息事端，必定会把全部责任推到自己头上。

对熊宗武已有的家产，方家俊不能强抢，就暂时饶过他吧！可朱大帅原本要封赏熊宗武的那些土地、金银，一些前朝的玉器、瓷器、字画等厚礼，他大可堂而皇之、觍颜无耻地顺手牵羊、据为己有，这也是大帅赋予他的权力。但由于种种原因，朱元璋赏给熊宗武的一千亩良田，方家俊当时并未成功得手；其他那些值钱的东西，他倒是都“截留”了。

下一步他就要拿杨木托“开刀”了，要将这个前朝余孽捉拿归案，依法论处。（鄱阳湖大战结束后，杨木托本可以跟方家远的部队一起走，但他与熊瑛夫妇是熊府的二当家，很多业务须他打理，只好留下。）但当方家俊命令麾下数百兵丁，杀气腾腾、追鸡撵狗地在鄱阳城、立德街、瓦屑坝周遭跑上一大圈，把熊宗武的所有宅院、店铺、厂仓、农庄、车船及求鲁台父子曾经住过的所有地方都搜了个遍、翻了个底朝天，却还是不见杨木托的半点鬼花。

原来，对方家俊协助朱元璋栽赃、陷害熊宗武与杨木托翁婿俩的这场阴谋，整个过程，刘基先生全都看在眼里、非常明白。他觉得他们做得太过分了！才刚倚靠鄱阳民众打败了陈友谅，好不容易局势稳定了下来，哪有这么快便卸磨杀驴、恩将仇报的？但他又不好亲自出面忤逆、阻拦朱大帅，就悄悄让人把方家远叫过去，告诉了他这一切。

方家远岂有不知他兄弟的为人与意图的？见此消息，他又生气又担忧，因不便去规劝其弟，只得马上修书一封，吩咐亲信高手十万火急骑快马赶去立德街熊宅送给杨木托，让他尽快离开当地，去别地避避风头。杨木托随即就出发了，只跟下人匆匆道别，语焉不详，未详细解释，家远的来信亦未留给他们，便带着两名随从，驾着熊府的一艘快船，悄无声息地躲到鄱阳湖中的长山岛上去了。

可惜杨木托仓促而走，且未考虑到事情的严重后果，以为自己很快就会回来的，故并没把妻子熊瑛、女儿华枝与年方三岁的儿子筱文一起带去。他甚至都没来得及告诉岳父熊宗武、妻子熊瑛此事件的真实原因，再说也不想令他们担心牵挂，就只是轻描淡写地说他要出去两天，会个朋友谈点业务。

方家俊由于没有找到杨木托，十分恼火。他不知是谁走漏了风声，给杨木托通风报信，却把火发到了熊瑛的头上。这天，他想法支开熊宗武、孙老管家等人，独自一人走进了熊家大院，去见熊瑛与华枝母女。就像多年前那一幕一样，他歹心不改、故伎重演，逼迫她俩跟他走。

他看了看杨华枝、杨筱文姐弟几眼，既阴恻恻又假惺惺地对熊瑛说：“瑛儿，你现在既然已为杨木托，也为你们熊家生了一个儿子——其实杨木托基本上是属于入赘你们熊家了，呵呵，你父亲捡了个大便宜啊，天上掉下个姑爷——算是给他们留了后、继承了香火，任务圆满完成了，那你就把筱文留给他们，带着华枝走，与我一起过吧。”

尽管方家俊这些年玩弄过许多女子了，尽管熊瑛如今年岁已长了许多，不如过去年轻、娇媚、妖娆了，但阔别多日，再次见到她，他发现自己对她还是不能忘情。毕竟，大家曾经青梅竹马、朝夕相处了那么多年，感情基础是很接地气、深入骨髓的。在他眼里，熊瑛还是小时候那个瓷娃娃般粉嘟嘟、白胖胖的可爱的瑛儿妹妹。再说他们都已有过男女关系了。两人很快拉拉扯扯在一起，熊瑛一时慌乱得难以开口说啥，被方家俊半扯半抱在怀里动手动脚的，很是尴尬、羞赧、恼恨。

跟敢爱敢恨、有情有义的姐姐熊秀大为不同，熊瑛比较理性、成熟，她一心只想成天待在立德街的熊府宅院与熊家店铺里，帮助父亲打理生意，把产业做得更大。她是鄱阳乡绅老大熊宗武最得力的助手，是熊氏家族企业实际上的总管。她一心只想做个贤妻良母、居家女子，与丈夫杨木托好好过平常日子，并把一儿一女培养长大。与杨木托在一起生活多年，她对他已产生明智、稳定、深厚的夫妻之情，深深地依恋他，也深知他是个好男人、好丈夫，故不再有非分之想。她是不可能扔下这一切，跟着方家俊远走天涯的。再说，方家俊的为人、他俩的感情，也还远没能达到这一步。

眼见熊瑛态度坚决、宁死不从，方家俊也不好真拿她怎么样。他只好软下心来，抓住熊瑛的双手也放松了很多，退而求其次："瑛儿，既然天堂有路你不走，荣华富贵等着你去享用你不接受，那便罢了，你只把华枝还给我吧，让我带走她！她是我的女儿，你该还给我了，我要给她高贵、幸福的生活。"

熊瑛同样坚决不答应，她声音激愤地说："不行！华枝得跟在我身边。再说她并不是你的女儿。我早对你说过了，她是我与杨木托的女儿。"其实，熊瑛至今仍不知道华枝究竟是方家俊的精血还是杨木托的骨肉，而且她内心深处倒还觉得方家俊的可能性更大。但不管怎么说，她绝不能让方家俊带走华枝，更不能让方家俊成为华枝的父亲。

此时杨华枝已长成漂亮、有主见的大姑娘了，非常聪慧、懂事，知道观察、分析、判断各种事情了。她看着面前这个完全陌生却又像有些认识，面目少有的精致好看但并不友善可亲的中年男人，不客气地把娘亲紧紧环搂着，先就十分生气；又听说他要单独将自己带走，且急且怕，哭喊起来："娘亲，我不走，我要跟着您!"

方家俊进了熊府已有些时辰，担心熊宗武马上就要带着老孙头、随从、保镖他们回来了，事情败露，自己孤身难以走脱，再说他心里又有了新的鬼主意，于是放下熊瑛、华枝母女，狠了狠心、跺了跺脚，赶紧一个人离开了。

待过了数日，风波有所平息，方家俊便派了手下的几名武林高手，暗中躲藏在熊府大院前门后门、大路小路的阴暗角落里，日夜密切监视着熊府阖家老小的动静；逮了一个空子，夜里闯进其深宅内闱，把杨华枝嘴巴堵上、双眼蒙上、手脚捆上扛走了，送到方家俊那儿。从此华枝就跟着方家俊在一起生活了，并改姓氏为方华枝。多年里，她跟着他南征北战、千山万水，最后进入京城应天。

华枝刚开始自然坚决不从，成天大哭大闹、寻死觅活的，不吃不喝不睡不理人不吭声，只叫嚷着要回家要见娘亲。但后来饿了渴了困了累了烦了，她发现抗拒没有用，改变不了现状，自己又走不掉，且面前这个男人对她还算不错，毕竟年纪尚幼，慢慢地也就不哭闹了，接受事实了，正常地过日子了。但她的真实内心，还是很恨他，很想逃脱他的魔爪。

再说熊府这边，小姐突然不明不白地凭空从家中丢失，生不见人死不见尸，就像发生了一场大地震，也是闹得风风雨雨、鸡犬不宁的。先是熊瑛哭得死去活来，还生了一场大病，痛不欲生；熊宗武亦很愤怒，大发雷霆，把好几个仆人、保姆都赶回去了，认为他们渎职、有责任。熊瑛怀疑九成是方家俊派人偷偷来把华枝抓走的，但毕竟没有证据，所以便没对父亲细说，说了也怕他更加生气、担忧，并做出什么不理智的决定来，而熊宗武就一直蒙在鼓里。

还有就是杨木托，自从上次匆匆离去说进鄱阳湖会朋友之后，他便再也没回来过了，也没个家书、口信回来，仿佛人间蒸发，跟女儿华枝一样生死未卜、杳无音讯，令熊宗武、熊瑛父女及一家人焦急、伤心、疑惑了许久。之后几年里，熊宗武曾无数次派人到处寻找、打听杨木托的下落，均无果而终。熊瑛就像断了主心骨，日夜以泪洗面、神思恍惚，人也迅速憔悴、消瘦、衰老了不少。

其实，就在杨木托躲到长山岛还不到十天，方家俊一伙人便按图索骥搜寻到了他。杨木托为逃避抓捕——他知道被抓住也难逃一死，双方发生了激烈打斗。杨木托及两名随从武功有限、寡不敌众，全部被方家俊手下残忍杀害并抛尸鄱阳湖。

方家俊从手下那儿得知杨木托终于死了，顿时鼓掌而乐，开心大笑。一则他又除掉了一仇人；二则杨木托抢了本属于他的女人、财富；三则当初“二方二熊一杨”五人一起在立德街长大，杨木托素来尊敬他兄长方家远，两人交好，却瞧不起他，老是取笑他。如今除掉了杨木托，他能不得意吗？往日一毛不拔、十分吝啬的方家俊，此次好好赏赐了这几个手下。

由于家里猝然间发生了这么多重大的变故，杨木托、杨华枝父女俩先后离奇失踪，熊瑛六神无主、昼夜伤心、寝食难安、病魔缠身，熊宗武年迈体弱、孤家寡人，独木难撑大厦，导致此后几年里熊氏家族企业经营不力，局面萧条，步入了一段低谷期。方贵不时地会来看望老哥们熊宗武，却也没法给他出主意、解困局，两人只能坐在一起长吁短叹、面面相觑、借酒消愁。

早在鄱阳湖大战过后不久，熊宗武便执意在鄱阳城里买了一套小房屋送给方贵老夫妇住。所以，方贵与诸氏每年里多数时间倒是生活在府城里，只偶尔几次回到立德街老家住上一两个月，见见老街坊邻居、亲戚朋友。

而且，熊宗武在鄱阳古城里的新宅子，离方贵老夫妇的住处并不太远，一条街上的斜对门，两家好方便往来。不过，他这套新宅子远没有立德街的老宅院大。熊宗武一大家子人也是在府城里居住的时间比较长。但是他本人与熊瑛、孙管家仨，因为其业务到处都有，店铺、厂仓、农庄、船队遍布各地，且多数是在立德街、瓦屑坝那一路上，因此倒要不时回去看看。

方家俊的罪恶还远未结束。

他还想继续对他看不惯的人、阻碍他利益的人赶尽杀绝。在鄱阳，在迄今所有打过交道的人里，除了对付熊家，方家俊的下一个主要目标便是黄家，即黄世明、熊秀一家人，而熊秀正是熊家的大小姐。首先，昔日黄世明的父亲黄启、黄启的朋友刘功成曾是他的敌军，也对他有过意见，告过他的状，令他耿耿于怀；再则，他大约从哪儿得知，黄河有可能是求鲁台的后代，因为熊秀的第一个男人是求鲁台（他不知道，熊秀在被求鲁台奸污之前，与自己兄长方家远已经有过鱼水之欢了。不过即使他知道，黄河也不可能是方家远的儿子即他的侄儿），而求鲁台是他的仇人，对其后裔必须无情打击、彻底消灭。现既已铲除杨木托，接着就要铲除黄河了。

若说黄河真的是求鲁台的种，那他就很有可能是杨木托的同父异母弟弟了。他们竟然都是仇人的孽种，哼哼！熊秀、熊瑛姐妹都被仇人睡过，熊瑛还嫁给了仇人。熊家姐妹真该死！熊宗武真该死！熊家人都该死！方家俊骂道。

可是方家俊很清楚，黄世明与熊秀夫妇，带着儿子黄河，早就投靠了兄长方家远，这些年来一直是在方家远的军营里效力与生活；在此之前，黄启、刘功成等又都是方家远的得力部下。他也知道，方家远跟熊秀从小是一对儿，两人差点都成亲了，感情很深，大概是不会同意自己如此对付黄家的，故他久久没敢对他们下手。

直至方家俊听说黄河有可能是求鲁台的种以后，才以公事公办、冠冕堂皇的口气给方家远去了一封信函，佶屈聱牙，晦涩不明，拖沓冗长。大意是说：我已探明黄河乃求鲁台的余孽，但尚未禀呈明公，不想扩大事态，他在你手里，由兄长你做主。兄长你应该壮士断腕、大义灭亲，对仇人切勿心慈手软，云云。

没想到，方家远很快就回信了，简明扼要但十分认真地告诉他，自己早已做过深入调查，有确切把握，黄河并不是求鲁台所生，而是黄世明的儿子；再说，黄河父亲黄世明、爷爷黄启等人在鄱阳湖决战中英勇杀敌，立了大军功，这事就算了吧，不要再难为他们了。

方家俊可不想就此罢休收手。既然兄长不同意，那就自己暗里来搞，这可是他一贯的“强项”。他再次派出手下几个高手，蒙面缁衣，携带暗器，潜入方家远所部营盘，于夤夜摸黑找到黄世明与熊秀一家人的住处，刚点燃熏香使黄河昏迷，正准备将其绑好装袋背走，却惊醒了住在隔壁屋里的黄世明，他翻身而起，赤手空拳，与这群人激战在一起。

黄世明的武功是父亲黄启、刘功成等人所教，已属武林中之佼佼者，普通七八个人是打不过他的。可此次方家俊派来的都是江湖一等一的高手，黄世明打死了其中两人，又打伤并放倒了另一人，但自己最终也被他们用几枚暗器扎死，当即躺在血泊里。

随后赶过来的熊秀，可惜什么忙都帮不上，只是像根木头傻愣愣地站在一旁又急又怕又惊慌又心疼，大喊“救命啊”“来人啊”“抓刺客”。她想冲出门外去搬救兵，又担心丈夫和儿子，不敢走得太远。方家俊的这些高手临走之前听主子嘱咐过了，此次别动她，所以也不好拿她怎么样。眼见外面的兵士蜂拥而来，他们只好打消了带走黄河的念头，残忍地将受伤的那名同伙一并杀死，留下几具尸体，赶紧翻逾后墙而走。

这些高手回去后，向方家俊惴惴复命。方家俊见并未抓回黄河，非常生气，狠狠训骂了他们一顿。但一则他们把黄世明打死了，总算是给了他一丝高兴；二则此次没有成功，他兄长以后一定会把黄河紧紧带在自己身边，防备更加严密，更难下手了。再去恐怕不但目的难以得逞，还容易暴露自己。那就送他兄长一个人情，暂时放他一马，以后再见机行事。

方家远很快赶了过来，见黄世明倒在地上，身体逐渐僵硬，已经死去；熊秀披头散发、满脸苍白，趴在黄世明身边，不断痛哭；黄河被人捆绑着放在一只麻袋里，熏香药力未退，仍昏迷不醒；地上还另外躺着三个蒙面黑衣人的尸体。

看到方家远，熊秀就像是看到了大救星。她迅速站起身来，扑到他胸前，也不管周围很多兵士瞧着，只顾抱着方家远，嘤嘤啜泣，惊恐伤心至极。方家远很有些尴尬。兵士们倒是识趣，在把黄河身上的绳索解开，将其抬到床上盖好被子，拉走四具尸体以后，见没有别的事了，就赶紧告退了出去。

熊秀见丈夫的尸体被拉走了，其他人都走了，她也哭够了、哭累了，心情稍微平静。黄家父子俩，启爹、世明，他们从北方而来，大家在瓦屑坝偶然认识，当时他们还救了她的命，让她开始了一段新的生活；如今是第十一个年头了，现在他们已先后丧命，永远离开了她的世界。

熊秀便抬起头来，悲伤地看着住方家远："家远哥，如今就只剩下我们母子俩了，孤儿寡母的，已无路可去，只能指望你了。"其实，始终以来都不过是她自己一心要跟着方家远，要不她完全可以回鄱阳去，回熊府去，甚至可以跟着黄世明回他的北方老家去。

而且她本来早就可以这么做的，早就可以离开了。因为黄世明全都听她的。

熟女少妇熊秀的一双杏仁美目桃花眼，还是很有杀伤力的。只是方家远心不在焉，根本没有去看她，也没听到她在说什么。他只是一心在想："到底是谁吃了豹子胆，还是发了羊癫风，敢公然闯进我的营盘里来抢人、杀人？"

这家伙是谁呢？方家远猜过很多人。要抢走黄河、杀害黄世明的，谁跟他们有如此深仇大恨？是黄启父子、刘功成昔日在北方的旧仇宿怨，前来斩草除根；还是陈友谅的余孽残部，欲为其主上报仇；还是求鲁台另有亲戚，以为黄河真是求鲁台之子，远道而来要带走他？……方家远猜来猜去，都还没往自己的亲弟弟身上去猜。

当天晚上，大家都没法再入睡了。方家远与熊秀两人的心里，既好像很迷茫又好像很明朗。不久黄河从昏迷中苏醒过来，方家远就陪着他们母子，在黄河房里呆坐了一整夜。

那年黄河已满十岁，浓眉大眼的，是大小伙子了，明白很多事理了。熊秀拉着他的手，殷切而郑重地说："河儿，你父亲被坏人害死了，你没有父亲了，以后家远叔叔就是你的父亲！你要永远跟着他，敬爱他，并向他学习、请教，早日让自己成长起来！"

黄河看了看方家远与母亲，点了点头，他其实早已知晓他俩的特殊关系。他也没有因为父亲被害而放声大哭、悲痛欲绝，只是眼冒怒火、紧握拳头，准备随时要去为父亲报仇雪恨。

"你得去查清楚究竟谁是杀害你父亲的坏人，然后找到他，杀了他，为你父亲报仇！"

黄河继续点了点头，眼眶里噙着几滴清澈的泪珠。

此后他们母子便继续待在方家远的军营里，跟他生活在一起，三人俨然就像是一个重组的小家庭。黄河日夜紧随着方家远，向他学文化知识，学待人处事，学军事指挥，学刀枪功夫，随他同上前线杀敌，转战于全国各地。至于熊秀与方家远嘛，不错，他们后来亦就成了事实夫妻。

也不知是哪一天，总之时间不会太短，因黄世明刚被人杀害，而熊秀还是对他有感情的，还停留在对他的思念与伤心之中；亦不会拖宕太久，因她同样深爱着方家远，他们从小青梅竹马，现在她只能倚靠他了，且她知道彼此一直都需要对方、在等待对方，所以肯定又是熊秀主动的，在某个夜里待黄河酣眠后，她悄悄钻进方家远卧房的床上，两人在被窝里迅速脱得一丝不挂，两具滚烫的胴体激动、兴奋地合成一体。一个需要温存、激情，一个需要慰藉、倚靠，于是男爱女与，轻车熟路，游鱼戏水，畅行入港，再次感受到多年前那种交融合体的愉悦，及愉悦后的平静。

于是从那夜以后，两人就顺理成章地同居共枕、双栖双飞了，只差一个婚礼——其实连婚礼都不需要，他们多年前早举办过了。黄河早已接受，倒也不觉奇怪。

又过了一年多，当时方家远正带着其所部驻扎于赣东浙西边界的大山里，静候朱大帅随时发起进攻方国珍的命令。而熊秀在跟着黄世明多年未再生育之后，可跟着方家远不到一年竟然再次怀上孕了。等到胎儿两三个月时，熊秀已小腹便便、行动不利。

夫妻两人一番商量，一是让黄河继续留在方家远的身边锻炼、效力。黄河亦渐渐按着母亲的意思，窘迫地叫方家远为“父亲”“爹”。熊秀甚至让他改姓方算了。可既重情更重义的方家远并不同意，让他还是姓黄，别忘了他的亲生父亲黄世明、祖父黄启他们，以及他的家乡在北方中原地区黄河流域的事实；只叫自己为“方爸爸”“义父”。而熊秀则由方家远派遣一支小部队，护送她回到家乡鄱阳府，去方、熊两家父母的身边待产。

熊宗武与方贵诸氏老夫妻早就接到过他们的家书了，知道这对患难人儿终于再次走到了一起，破镜重圆、正式成亲，并且秀儿还怀上了他俩的孩子，而这也是两家父母始终热切期盼的好事，自是皆大欢喜、高兴万分。

且说这天，两大家子人得到讯息，全都早早起了床，精心梳洗、认真穿扮，对府里也做好了充分的准备，训话下人、清扫庭院、擦拭家具、整理床铺、新制衣服、安排饭菜等，然后一齐赶到鄱阳城东门外，在晨风中足足等了两三个时辰，翘首远望，直到将近正晌，方才接着了熊秀一行，将他们隆重迎回府里。兵荒马乱，命运多舛，风波迭起，劫后喜逢，父女、婆媳、姐妹、主仆，大家抱头痛哭，先是伤感，再是快乐。说不完的话儿、情儿，讲不够的经历、事儿。

那还是鄱阳湖决战之前，熊秀曾带着小黄河回立德街熊家住过短暂几日。黄世明当时没来，他仍然留在康郎山军营里，一则熊宗武一家人都不怎么欢迎他，因“土豪”看不起“土匪”，他们从古到今千百年来就是死对头；二则他也有军务在身，不好离开。而这一晃又过去好几年了！

熊秀这次回到鄱阳，还是住在自己家，只不过不是立德街上的老熊府，而是州城里的新熊府。方贵与诸氏索性也搬进了熊府来住，毕竟熊府地盘大、房子多、条件好，宅院深深、下人成群、家用齐全，大家也好都有个照应。家远母亲诸氏负责照顾熊秀的饮食起居，每天给她炖一只老母鸡吃，配以各种名贵的安神强身、养胎催乳中药、补品。对于方贵老夫妻来说，膝下仅一双儿子，久无孙嗣，现下老天开恩，方家终于有后了，他们能不欣喜若狂？

熊宗武的续弦年轻小妾翠翠是啥也不懂的，她出身于烟花风尘，每天只会梳妆打扮、听戏唱曲、麻将骨牌。方贵陪熊宗武下棋、钓鱼、品茶、喝酒，颐养天年，其乐融融。熊瑛则打起精神，协助父亲、老孙头，尽心处理熊家产业。

熊宗武对熊秀，也是对整个熊家、方家拍胸脯做了保证，待全国战事一结束，新帝即位、天下平定、河清海晏，家远回到家乡鄱阳后，再好好给他与秀儿补办一个场面宏大、盛况空前、风风光光、热热闹闹的超级婚礼。

这段时间是立德街熊、方两世家和睦姻亲关系的最鼎盛阶段。借此机会，人逢喜事精神爽，熊宗武领着熊瑛、孙老管家、郑老账房等整个团队，父女齐心、全家配合，认真、努力投身于农、工、商各个产业的经营与管理之中，熊氏家族从前段时间的低谷里再次崛起，创造了更好的业绩。

再看看熊秀与熊瑛这对姐妹花，年龄虽只差三两岁，熊瑛还小一些，可由于罹遭丈夫、女儿先后失踪、再无音讯之巨大打击，很快就憔悴、消瘦了许多，如葡萄干一般，看起来倒比姐姐还大好几岁；熊秀却由于与方家远破镜重圆、床笫之欢，如今又有双方结晶、再添后代，加之注意保养、讲究装扮，黑发细腰，丰韵秀姿，美目顾盼，肌肤水嫩，如熟透的蜜桃一般，显得比实际年龄年轻不少。

熊氏姊妹俩的为人、性格、爱好本来大相径庭，跟方氏兄弟俩的情形类似，过去彼此的关系并不是非常亲密，亦曾偶有龃龉，但比方氏兄弟仍要好得多了。

而这次因为大家都在坎坷人生中遭受了一场又一场灾难与不幸，劫后复归平静，沧桑慨叹过后，把情感看得重了，所以倒要亲近、友好了许多。

姊妹俩经常单独在一起聊天。熊秀娓娓地奉劝熊瑛："妹妹，不是我乌鸦嘴，估计你家木托遭了变故，到了另一个世界，回不来了。你还年轻嘛，长得又漂亮，咱熊府又财大气粗，你就另外再找一个男人吧？小华枝大概也难寻到了，同样凶多吉少，要是你觉得只有筱文一个儿子太孤单，那你也可以再生一个的。人世苦短，就这一遭，还是要看得开一些好。你看，家俊一直喜欢你，要不要家远去帮你说一说，撮合撮合？你应该知道，家俊的那个老婆早被人打死了，正是孑然一身，可他又老不结婚，很多女的愿意嫁他他都没理会，想必就等着与你重归于好呢！他是堂堂朝中将军，且有大量金银钱财，又长得俊美，钻石单身汉一枚，你们俩是绝配啊！"

熊瑛虽然世故、寡情，却比熊秀理智、聪慧多了。她喜欢从商品买卖的角度来评判世上的人与事，这样做虽然势利、冷漠，却客观、公正。她知道阿姐熊秀是为自己好，既然立德街的方氏兄弟、熊氏姐妹，在众人眼里仿佛天造地设的两对完美姻缘，现今方家大哥与熊家大姐终于成亲，那方家小弟与熊家小妹的结合似乎也是天经地义、顺理成章的；姐姐成功了、满意了，也就再来努力争取妹妹。可是姐姐太天真、太简单了，她根本不了解方家俊的为人与真面目，不懂得所有事情的来龙去脉、前因后果，不知道熊、方两家累积多年的恩怨情仇、明争暗斗。

很久以来，熊瑛的心里愈来愈像镜子一样清晰明了。她深知，这些年来诸多的风风雨雨、是是非非，无数凭空而起的事端、多次降临的灾难，一切的根源就是那方家俊！他一直在觊觎霸占自家财产，谋害阿爹；铲除发展障碍，报复宿敌。显然，木托、华枝都是被他下令带走的，至于是死是活，她还不清楚。而且，冲进方家远军营悍然杀害黄世明、企图抢走黄河的，说不定也是他。像这样一个人面兽心的奸贼，她怎么可能嫁给他，怎么可能跟他生活一辈子？同样，方家俊又怎么会真的娶她，怎么会真心爱她？

可是，这些话熊瑛现在还不好对熊秀明说，她尚无十足的证据；且牵涉到熊、方两家的关系，非同小可；再说她又怕打草惊蛇，引起方家俊反咬一口，情况更糟。她只是凄然一笑，淡淡地说："多谢阿姐你的好意，我还是再等等吧，谁知道木托父女俩去哪里了？也许他是临时遇上了紧急情况，只好不辞而别，并把华枝也带上了，回原籍去了。而回原籍路途遥远、条件艰苦，大概事情也比较多，就滞留在那边了。甚至可能有些情况还比较复杂、棘手，他不便写信来告诉我。再说现在咱熊家生意业务太多，我忙得连吃饭、睡觉的时间都没有了，哪有工夫考虑别的?”

熊秀看得出，熊瑛分明是在搪塞自己，并没说真心话。也许她刚刚遭受到重创，夫女双失，顾虑太多，那就等过些日子再商议吧。不过她说的那些倒也是实情。熊秀既歉疚又感激地说：“真不好意思，咱家的生意这么大这么多，我却插不上手、帮不上忙，全靠妹妹你了。”

七个多月以后，熊秀顺利诞下一名六斤女婴。她很好地传承了父母两人的优秀基因，天生的美人坯子，长大了肯定又会是个大美女。方家远从家书中得知自己做了父亲，自是高兴得很，遂给幼女取名为“方娆”。“娆”者，娇媚、柔美也，且谐音“饶”州之“饶”。

此段时期，方家远正率部在各地征战。先是朱元璋打败了苏州张士诚，方家远配合朱明大军，清剿张士诚在苏浙交界地带的溃散部队，扩充地盘。张士诚被消灭后，浙东南方国珍率众投降，方家远又立刻回师浙省，以接管、整饬方国珍的领地。

不久，朱元璋在应天府称帝，建立明朝，并改应天为京师。洪武帝见全国已基本肃清众敌，江山一统，便诏令各地将领臣下进京觐见、封赏、庆典、议事。方家远与方家俊兄弟、吴宏、于光等人，从其各自的驻地出发，“万方来朝”，纷纷涌向京城。

第二十章　饶州欢庆宴

鄱阳湖朱陈三十六天决战，鄱阳府在知府大人陶安的得力组织下，先后数次输送近两万乡勇加入朱元璋军队作战；粮食供应总共超过五万石，光当时运输到战场的至少也有三万石，其中仅熊宗武一人就占了百分之四十。在宏伟、激烈、残酷、血腥的战斗当中，包括吴宏、方家远、于光、方家俊四位将军手下的大部分将士在内，鄱阳府籍四万子弟兵便牺牲了三千多人，其中府城人士李振远、宁友吾、刘勋、庞石代、区接、范继甫、范继和、姜润等八名勇士壮烈殉国。明初大文学家、开国功臣宋濂亲自为李振远、宁友吾两位鄱阳壮士立传，称之为“神武英雄”“壮烈勇猛”。

有趣的是，过了若干年以后，在李振远、宁友吾两人的妻子亡故时，适逢宿儒宋濂先生再次来到鄱阳（时早已恢复饶州旧名），他又提笔用心为李振远、宁友吾之妻写了墓志铭，在饶州府与鄱阳县等地广为流传。宋濂前番所写的小传与此番所写的墓志铭，情文并茂、质朴真挚，对此两对夫妻皆有高度赞美，后均被《饶州府志》所收入。

鄱阳籍诗人刘彦昺有《义士歌》一诗及序颂赞李振远，其全文如下：

鄱阳李公字振远，当元之季，以义起兵，克复郡治，纪功，授饶州府判。后从官军转战至浮梁，与敌相拒，粮尽矢绝，义不辱，愤骂以身死之。乡贡蔡渊仲先生为之立传，予作歌以表其节义焉。至正甲午也。

昆仑昼裂黄河决，京畿地毛白于雪。
鬼哭啼秋天雨鱼，武库兵鸣剑飞血。
黄屋播越烟尘张，四海感谢思勤王。
鄱阳李公躯七尺，义旗塞路寒无光。
鸢肩火色万里壮，虎气电目千夫强。
城头阵云压鼙鼓，俪酒椎牛题露布。
破釜沉船晓更征，囊沙壅水宵还渡。
万乘千旗骠骑营，转战直薄浮梁城。
孤军粮绝朝食草，间道人稀夜煮冰。
铁甲照霜弓影曲，宝刀磨月水痕腥。
旄头芒射前星落，恃勇骁腾身不却。
凄凉马革裹尸归，谁复声名写麟阁。
郡侯纪绩笔如椽，父老相传泪泫然。
三尺荒坟何处是，忠臣后代子孙贤。

两位姓范的烈士，范继甫与范继和是骨肉同胞兄弟，鄱阳乡勇的著名代表人物之一。若干年后当他俩的夫人寿终正寝之时，时任知府胡乾裕为其撰写墓志铭，称赞继甫、继和兄弟俩“平寇”时英勇无比，并称赞他俩的夫人助夫君“平寇”有功及贞烈守节。

至于壮士区接的英烈事迹，时任知府邓愈在为其所作的小传中说：“挺身抗敌让敌帅敬佩与叹息，帐下无人能及。”

还有杨大顺、刘清修、姜新燏、蒋水生、郑闻沣与郑闻涛兄弟等鄱阳地方各界名流；以及早些时候与吴宏、于光同守饶州的徐金潮、江淳水，“刘家神武兄弟”兄长刘萌（其弟刘勋已牺牲），“骁勇善战两姻兄”彭兴旺、杨二顺，“武卞文采”卞采，“俞氏三雄”俞韶、俞显汪、俞显江，“无敌郎舅”徐宗闻、陈自仁等人，都受到了府衙的大力嘉奖。

朱元璋与陈友谅明汉两军鄱阳湖决战结束之后，徐金潮、江淳水两位乡勇首领带领各自的部队，跟随两位本籍名将吴宏、于光，离开鄱阳家乡，继续征战去了。吴宏和于光还在鄱阳府带走了包括徐宗闻、陈自仁手下在内的兵勇武装万余人（他俩本人却留下了），北上参加彻底推翻朝廷的战争。而贡献最大的渔民领袖方贵与方家远、方家俊父子，乡绅领袖熊宗武与熊秀、熊瑛父女，都是封赏表彰、加官晋爵，自然要高于上述众人。

也就是在这段时期里，姜新燏、蒋水生两位民间文艺家通力合作，把鄱阳众壮士参加鄱阳湖大决战的非凡人和事，编成了长篇饶河渔鼓唱词《神勇盖世鄱阳人》，轰动了整个古城，人人争相观看聆听，一时间把说唱者忙得不亦乐乎。不少原本以算命、占卜、测字、打卦为生的盲人，也纷纷加入到了说唱者的队伍中，这才又有了鄱阳城迅速兴起的“盲人争唱饶河渔鼓”热潮。饶河渔鼓至今仍方兴未艾，唱的乃是当地百姓喜闻乐见之事，通俗而生动，很受欢迎。

大明洪武元年十一月二十一日，朱元璋登基称帝，皇朝矗立，普天同庆，大赦天下。且说次日，偌大的鄱阳府同时六门全开，张灯结彩，盛装打扮，喜庆浓浓。整个千年古城成了一座胜利之城、光荣之城、幸福之城、欢乐之城，形成了狂欢的海洋、快乐的世界、铺排的场面、隆重的气氛，热闹非凡。且听且看那炮仗、锣鼓、马嘶、狗叫、号角、车阵、人歌、酒香，一声比一声高亮、一幕比一幕喧嚣，震天动地，直上云霞。

浩浩荡荡望不到头的游行队伍，以一面硕大的朱红色“明”字纛旗高举在最前头，其后为三通大锣，再是“迴避”木牌后的省、府、州、县部分官员，随后的秧歌队、舞蹈队、杂耍队、戏曲班、渔鼓班、花灯班等。游行队伍足足有五里之长，把一座鄱阳城挤得摩肩接踵、水泄不通。队伍中有戴红花、骑高马的开国大功臣方贵、熊宗武、杨大顺、彭兴旺、刘萌、刘清修、卞采、姜新燏、蒋水生、郑闻洋、郑闻涛、俞韶、俞显汪、俞显江、徐宗闻、陈自仁、杨二顺等；也有余干州、德兴州、浮梁州、乐平县、万年县、安仁县等地的乡勇。

这个特殊而显要的团队，给偌大的游行狂欢队伍增添了许多异样的光彩，也云集了不少街坊邻居、父老乡亲、三教九流的围观者，并勾起不少孩儿们的向往与梦想。

“他们是功臣！”

“他们是英雄！”

“他们是人才！”

“他们是勇士！”

队伍边上不时传出议论与赞叹声。

新朝伊始，开府之初。人们沉浸在喜悦、欢庆、祥和之中，大人们歌之舞之说之笑之，小孩子们跑着跳着闹着喊着，为这座古城平添了几分快乐与几许朝气！

不断的炮仗巨响、焰火彩光，响彻照达九天云外；欢乐的锣鼓声、歌舞声，那节奏、韵味叫人无法不欣喜若狂。人们的欢笑声发自内心，犹如压抑了很久的火山突然爆发，壮观而美丽！是那么自然，那么爽朗，那么纯朴，那么甜美。每个人的脸上好似三月桃花开放，漂亮而妩媚，自然而高雅。

鄱阳府街上的游行、狂欢、表演、互动，继之炮仗、锣鼓、歌舞、说笑，不知持续了多久。

长长的游行队伍，从古城正中的月波门开始，往南走鄱江门，过东穿永平门，走北经朝天门，入灵芝门，转西蟥洲门，再往南穿正街，进横街又到朝天门，步出至东湖北之府学。

游行结束之后，由鄱阳府衙出面，在府学大院内举办了一场盛大的开国欢庆晚宴。至于鄱阳湖决战之后的庆功行赏仪式与宴会，当年早就举办过了，不提。

鄱阳府学在旧县治东之文翁宅，为汉学宫遗址。东晋“书圣”王羲之的叔父、琅琊临沂人氏王廙，在任职鄱阳郡太守期间，曾首创官学于古城之北灵芝门处。另有西晋教育家、高平昌邑人氏、曾任过鄱阳内史的虞溥，他在职时也曾兴修学馆，开课授徒，门生多至八百余。南朝萧梁时期，鄱阳太守柳恽曩时对其亦有增补修葺。

至北宋仁宗景祐年间，大文豪范仲淹知饶州。他高立于芝山之巅，见城东向东湖之北有山川灵秀之气、峥嵘磅礴之风，遂指着东湖中间的督军台说：“北可为学基，以东湖为砚、督军台为印、妙果寺塔为文笔，建学于此，二十年可出状元。”但他还未来得及迁址，便返回京城汴梁另任要职了。

不久后，庆历年间，范仲淹好友、同僚张谭来饶州继任父母官。他为促成范文正公之志，即迁饶州府学于东湖之北，当时一同念书之学士生员者达数千人。后世饶州学生中，果诞有北宋英宗治平年间状元彭汝砺，至于历代进士出自饶州府学的更多达千余人。譬如著名的“鄱阳四洪”（两宋之交洪皓与其三子洪适、洪遵、洪迈）与南宋“词圣”姜夔，都曾就学于此。在世的这些鄱阳籍英雄豪杰、文人墨客、乡绅富商、各行才俊，亦多曾授业于该府学。

鄱阳府能成为诗书礼乐之邦、才俊辈出之地而“名冠江南”，当有王廙创学之功；而虞溥在鄱阳倾心发展文教，也使这位大教育家名垂千古；拟将府学迁至东湖以北之风水宝地，则是名臣范仲淹的设想创意；而落实之功，当是饶州府后任守官张谭。此四位对鄱阳教育之功，大而言之整个饶州府、鄱阳府，小而言之鄱阳县的百姓们当牢记之。

鄱阳府城烟花礼炮齐鸣，琴瑟歌舞同欢。张王庙老街十里不眠，百店门铺灯笼高挂；东门口码头千帆交汇，万家渔火港湾通明。正如某无名诗人所写：“十里长街十里店，万家渔火万家船。岸上欢庆开怀乐，水中犹有不夜天！”

而鄱阳府学大院这边，群雄云集，济济一堂；烟雾缭绕，腾腾热气；杯盏交错，任情饕餮。真把一个欢庆团聚表现到了极致！

席间，转眼便酒过九巡，官府中人已络绎离去。性格内向不善言辞但才思敏捷下笔有神、此时已满脸通红胆子陡壮的蒋水生，趁着酒兴激动地说：“此大庆之日，抚今追昔，让我猛然想起那年朱皇帝率队来我鄱阳‘借粮’时的情景，历历犹如就在昨天。鄱江楼上，豪杰荟萃；慷慨激昂，热血沸腾；明公许诺，倍增亲切；一呼百应，舍命追随。”

对面的方贵赞道：“水生老弟，你最近毕竟是伴着新燏老弟多喝了几天墨水，说话文绉绉的，让我等刮目相看啊！”

蒋水生与方贵碰了一下杯，说：“是的，贵叔！新燏不愧是白石道人之后，文才了得、文采了得，跟他在一起确实学到了不少东西。”

姜新燏在一旁连连摆手摇头，以示谦虚。

老者杨大顺在另一旁听到蒋水生口中的“借粮”二字，顿时心里一动，随口说道：“当时明公——哦，不，呵呵，应该是洪武帝说了，‘借粮’是答应还的，而且是‘加倍’偿还。今日他登基了，做皇帝了，这全天下都是他的，咱们可得去‘讨债’。皇帝金口玉言，说话不会不算数。”杨大顺家族前后总共向明军借出了一千石粮食。

隔壁桌的乡勇人物刘清修端起酒杯，快步走到杨大顺身边，恭敬地说：“先敬杨老一杯，祝您长命百岁、没病没灾。”

老者杨大顺正准备起身，却被身材高大的刘清修用左手压了压他的肩膀，示意他不用站立，又继续说：“推翻了异族统治，就是他的莫大功劳。我们不再受那‘三日尝鲜’‘五户连坐’之辱，就该千恩万谢这位万岁爷了。至于付出一点粮食与人马支持他，那是我们情愿的，还讨什么‘债’去？过得太平就是福，我们鄱阳不缺那点粮与人，不去惹事也罢。”刘清修家族亦前后借了一千石粮食给明军，还送出两百名子弟兵上前线打仗，牺牲三十多人，所剩大部分现在吴宏部队里。

卞采同样表示：“不去为好。”

刘萌突然站起来问他们：“去去也行啊，有啥不能去的呢？”

姜新燏说：“不去有不去的好，皇帝确是欠了我们的债，我们不去向他‘讨债’，让他总是想着我们，能见出鄱阳人的大度；去有去的好，看看京城、皇宫，见见世面，不为‘讨债’而‘讨债’，逛逛京城，也还是好的。”

刘清修坚持说：“那还是不去的好！”

刘萌当场批评他：“你怕事！”

老者杨大顺捋了捋一大把白胡子，说：“是他欠咱们的，又不是咱们欠他的，有什么可怕的？即使讨不到‘债’，认认‘老表’这个皇亲国戚，那总还是可以的。”

刘清修问道：“那您老是赞成去‘讨债’啰？”

老者杨大顺回道：“在他之前，咱鄱阳除了自家出过一个汉初长沙王吴芮、史册不载的楚帝林士弘，及传说中的立德乡‘康王赵构避难处’以外，还从没有帝王驾临过呢！洪武皇帝得了咱们鄱阳风水之势襄助，那咱们鄱阳之人也该沾沾他的帝王之气嘛！”

刘清修继续提议：“俗话说‘伴君如伴虎’，我看还是不要去惹他！”

老者杨大顺微笑着说：“当时，他亲口说过咱们是他的‘江西老表’。既然咱们是‘老表’，那现在就是他大明王朝的亲戚了。既然是亲戚，咱们去认认路、串串门嘛，又有什么好怕的？咱又不是去给他添乱、闹事！”

卞采也改口了，招呼大家说：“既然杨老说去得，那我们就去吧！清修、刘萌、新燏、水生，我们一道去闯龙潭、共进退。”

刘萌说：“那干脆就再多去几个人，看他朱皇帝能吃了我们不成！”

大老板彭兴旺爽快地说：“去吧！那我也去一个！”

老者杨大顺坚决地说：“我自然也是要去的。”

刘清修想了想，也改变了主意，他说：“既然杨老要去，也算上我一个吧！人多也好有个照应，京城不比鄱阳，是大地方，再说路又远。”

姜新燏问道：“那要不要先请示这位新上任的知府宋濂大人？”

老者杨大顺正想回答，刘清修嘴快已搭上话来。他转过背来，冲正在与俞韶豪饮的方贵问道：“方贵老哥，你可是我们的头儿啊，难道你不去吗？”

方贵鼻梁酡红，做酩酊陶醉状，他只半闭着眼考虑了几秒钟，立刻睁眼说道：“那我也去吧！——哈哈，我当然是要去的了！也好顺路进京去看看我的那两个儿子啊！——新燏，俗话说新官不理旧事，这是前两位知府陶安与胡乾裕在任上的事，与宋大人无关，也就不要跟他说了，别给他添麻烦了，我们直接去找皇帝‘讨债’！”

刘清修放心地说：“方贵老哥说得有理，那就这样办，我等直接进京到皇宫‘讨债’去！”

姜新熽也兴致勃勃起来，说：“那我也跟你们去！”

老者杨大顺摆了摆手，关切地说：“别听卞采撺掇了，没你的事！这次去‘要账’又不是啥好事，再说也须长途奔波，挺辛苦的。你与蒋水生两人还是赶紧写你们的书吧，早日完成那个《神勇盖世鄱阳人》的唱词。”

乡绅代表、鄱阳首富、借给明军粮食最多、在鄱阳湖决战中居功厥伟仅次于方贵的熊宗武，此时却一直静坐在一旁，久久一言不发，像是陷入到了一个什么大难题的沉思之中。他的座位与方贵中间只隔着俞韶一人。方贵举着酒杯踉跄着凑过来，跟他碰了一杯，别有深意地问道：“亲家公，皇帝借你的粮食是最多的，莫非你不想去要回来？”

熊宗武今晚并没喝多少酒。他的酒量本来就不大，远不如千杯不倒的方贵，他也是那种平时不爱喝酒、偶尔喝两口马上便醉、性格过于谨慎保守的人。他继续沉默了半晌，过后，像是突然下定了决心似的，咬了咬牙，说：“那我就跟你们大家伙一起去京师皇宫见识见识吧！”

接着熊宗武站了起来，立直腰杆，冲着数百的全体赴宴人士，大声地说：“这次诸位进京‘讨债’的全部开销，就由熊某一人来解决！”

所有人都一齐为熊宗武的这番表态热烈鼓掌喝彩。平日乡亲们总觉得他为富不仁、重利轻义，是只一毛不拔的“铁公鸡”，不过也没别的大毛病。但他毕竟是在至正二十三年拿出最多粮食鼎助当今皇帝老儿的大功臣，这次又愿意支付大家进京的全部费用，能不为他鼓掌吗？

老者杨大顺拉着方贵也双双站起来，尽力敞开稍显嘶哑的嗓子，对着座无虚席、人声鼎沸的酒宴大院说：“诸位就请安静一下吧！听我说几句。这样吧，此次就由方贵兄弟、宗武兄弟、兴旺、刘萌、清修、卞采和我七人前往京城‘讨债’，新熽与水生你俩安心在家写唱词，其他人等一律按兵不动，该干什么就干什么。咱们后天一大早出发，全程车船费、住宿费、饭菜费由宗武兄弟支付，我先代表诸位感谢你！咱们暂时如此分工：卞采负责召集人员，兴旺负责后勤，清修与刘萌两人带上家伙，负责安全。明天就请麻烦宗武兄弟联系船家及买些途中食物、用品之类，后天卯时大家在张王庙码头全体集合。到了京城，大家要听我与方贵的指令，无特殊情况不可乱走、瞎说、找其他人、办其他事，便定能保证此次‘讨债’一举成功。在家的等咱们的好消息！”

熊宗武点了几下头。方贵说：“好，那就这么办！”

第二十一章 七杰讨债路

大明洪武元年（1368）十一月二十四日清晨，尚未日出，杨大顺、方贵、熊宗武等七人，与数名船工、仆人一起，一行穿鄱江，经尧山，入珠湖，过长山，很快便到了有“佛门圣境”“小南海”之美誉的瓢里山下。杨大顺提议“停船上岸添菜蔬，跪拜观音求顺利”，于是众人下得船来，带着“三牲”走进观音庙，以祈求观世音菩萨保佑他们进京向皇帝“讨债”成功。

此际，瓢里山上万头攒动，人来人往，香火旺盛，热闹非凡。观音庙内，老尼们诵经念佛声甚是恬静幽远，塑像肃穆，佛灯长明，轻烟绕梁。祀礼尚需排长队等候。

杨大顺一行安排敬献“三牲”、香火、白烛，并在庙门外燃放炮仗。等待他人礼毕，有一刻时间后，他们即静立在观世音菩萨面前，七人一字排开，行三拜九叩大礼。礼毕，安心，出发！

时令已近岁末，户外天寒地冻。杨大顺、方贵、熊宗武、彭兴旺、刘萌、刘清修、卞采等七位鄱阳好汉，按原计划向京城顺利进发，出湖口，入长江，过安庆，走池州，穿铜陵，越芜湖，经当涂，不多日就到达了应天府即大明京城。

南京是我国著名的四大古都及世界历史文化名城之一。千百年来，奔腾不息的长江母亲河，不仅孕育了整个流域的南方灿烂文明，也催生了南京这座江左大都会。此城襟江带河，依山傍水，钟山龙蟠，石矶虎踞，江山壮美，古迹遍布。

南京作为中华著名古都，这应归功于其得天独厚的地理位置和山川地形。

这里有高山，有大江，有平原，有悬崖，此四种天工之造钟灵毓秀于一处，在全世界大都会里皆难觅如此之佳境。历史上，南京既受益又罹祸于其得天独厚的地理地形和气度不凡的风水汇聚，它虽曾多次遭受兵燹之灾，但也屡屡从瓦砾荒烟中重建繁华。

历史上，东晋、萧梁、刘宋曾多次北伐均功败垂成，而杨隋、朱明的南征、北伐却都获得了成功。南宋初立，仓皇渡江、惊魂甫定的群臣纷纷提议以建康为都，以显匡复中原之图。惜乎宋高宗无意北伐，而定行在（陪都）于临安（今浙江杭州）。但他迫于朝野压力，仍以建康为行都。

故南京被视为汉室的复兴之地，曾多次庇佑华夏文明之正朔，在中国历史上具有特殊的地位和价值。有人在比较了长安、洛邑、金陵、燕京这四大古都之后，即放言“此四都之中，文学之昌盛、人物之俊彦、山川之灵秀、气象之宏伟，以及与民族患难与共、休戚相关之密切，尤以金陵为最”。

作为我国唯一“十朝之都”的南京，其衣冠文物盛于东南半壁，有都市豪气之特色，有丰富历史传统内涵，透露出几分儒雅之气、英杰之风，秀美斯文，亢朗冲融。同时，南京作为天下文枢之所在，其文化底蕴深厚、才子士人荟萃，所谓“菜佣酒保也有六朝烟水气”，并非夸张。

公元1356年，朱元璋攻克元朝之集庆路，将其改名为应天府，作为自己的大本营，朱元璋自称吴国公。公元1368年，朱元璋在应天正式称帝，是为明朝开国太祖。明朝以应天为南京，即京都；以汴梁为北京，即留都。公元1378年明廷罢北京汴梁，改南京为京师。

南京的冬季，雪花儿飘飞，漫天白茫茫。此时，宽敞、笔直的正阳大街上多了七个江西老表，显得与京城的高楼、雪景、行人格格不入。老者杨大顺身穿黑色长袍，戴着一顶毡帽，背有点驼，由刘萌搀扶着前行。方贵也是类似打扮，不过长袍里有牛皮和羊毛做的夹衣内裤，既保暖又不显摆，说明家里有个贤惠勤快、心灵手巧的好妻子啊！相貌虽清癯，却显得十分干练，一双小眼睛炯炯有神。熊宗武尽管个头有些矮小、肥胖，但他身穿蓝色绸布长外套，双手戴着多个金戒指，腰带吊一块“福”字羊脂玉佩，十足阔绰老板样，若不是走路时一步三摇头、大肚腩朝前倾的架势，还真难分得清他是小城土豪还是京畿大佬。彭兴旺与卞采二人个头不高不矮、不胖不瘦，面善眉清目秀，均身穿好料长马褂，崭新洁净，书生气味颇浓，若非年龄大了些，倒有几分像是熊宗武的贴身书童。刘清修与刘萌上身穿短棉袄，下身着长棉裤，刘清修粗腰间藏双节棍，刘萌长裤中束双软刀，两人牛高马大、膀圆腰粗，又是武行打扮，令路人见了生畏。

一行七人，前面是刘清修、刘萌“二刘”勇士开道，中间跟着杨大顺、方贵、熊宗武三位长者，彭兴旺与卞采两书生殿后。他们给应天府增添了一份景致——“七杰冒雪逛京城”。

方贵先是领着诸位去两个儿子方家远、方家俊的府上看望他们。如今方家远、方家俊都成了大明王朝开国伊始功勋赫赫、位高权重的将军，只是兄弟俩平时很少往来，两座府邸也离得有些距离，却亦并无太大过节，彼此像是“井水不犯河水”，跟陌生人似的。方贵只能领着大家，分头去朱门高墙、重兵把守的两府拜访。

父尊乡贤们自然得到了他俩的热情款待，表面上倒并无什么不同。但方家远还是明确支持他们进宫去觐见洪武帝，商谈“还粮”事宜；方家俊却表示反对，认为他们这个时候来京向圣上“讨债”十分不妥，还说他与乃兄作为在朝高级将官，不便出面，所以各位只有自己进宫去碰碰运气了。

此外，这两个儿子迥乎不同的反应态度，令方贵心里觉得很是有些蹊跷、诧异。方家远还是一如既往的诚实、坦率、质朴，神情如常，不过一则尽管他在消灭陈友谅上功劳莫大，后来又有别的军功，高封从二品大将军，但毕竟投诚朱元璋的时间不够长，不是嫡系，故君臣关系有些疏远，处境尴尬，对朝政他也不好多说什么；二则他过几天又要同吴宏、于光等人一道，离帝京、出远门、上战场，往边陲带兵打仗去了，方贵也便作罢。

就连泰山大人熊宗武，本想与眼前这“乘龙快婿”家远多聊聊熊秀的事儿，且熊秀在父亲准备进京之前还特地交代过他。但见家远这个情况，也只能长话短说、匆匆交代一下了。黄河当时在军营有差，亦没来见见外祖父。

需要再补充几句。其时方家远已与熊秀成亲，真正是熊宗武家的大女婿了。不过熊秀早在上年就回到鄱阳娘家即熊府待产，而此时婴儿还小，她还在娘家“坐月子”。本来她十分思念丈夫，一生下孩子就想回京城的，但考虑到方家远马上又要离京出征了，便索性在娘家再多待段时间吧。

至于方家俊，其表现却大异往常，神色慌慌张张、说话吞吞吐吐、态度暧暧昧昧。按说他追随朱元璋多年，忠心耿耿、关系深厚，朱元璋也非常宠信他，尽管官阶比乃兄低一品，可平日受朱元璋接见、进皇宫的机会却多得多，但这次他竟不愿帮众乡贤说话、陪大家伙入宫。只是以前在家里，这两个儿子中，家远跟他亲，家俊跟娘亲，所以方贵对家俊也不好问这问那。

其实熊宗武心里亦有这个感觉。他起先乍觉得，这可能是自己素来与方家俊隔阂、结怨的缘故，故方家俊见了自己难免有些下不了台，相处别扭。但再深思，又不全是这个因素。那到底是啥呢？

还有就是这兄弟俩的穿着装束及各自府邸截然不同的风格，也给七人留下了深刻的印象。方家远虽是二品大将军，其穿戴却很朴素、随意，家里也很简易、平常，随从、仆人甚少，与普通百姓家庭并无不同；方家俊比兄长的官阶低得多，他自己却绫罗绸缎、金珠玉石、乌纱梁冠在身，其宅院也比方家远的府邸大了许多，建造整修开阔高巍、装饰摆设富丽堂皇，十分奢华，且美妾、佣女、保镖成堆，竟毫不逊色于大明皇宫和开国第一功臣徐达的府上。

这是洪武元年十一月底的一个上午，江西鄱阳府一行七人来到京城应天府大明皇宫的正南门——承天门，一群全副武装、威风凛凛、高高大大的紫禁城御林军卫士傲慢无礼地拦住了他们。

熊宗武一派绅士风度，还是挺客气的，抢先上去对卫士们说："烦请各位通报一下皇帝陛下，就说他的'江西老表'来京城觐见。"

素有"活张飞"绰号的刘萌就没那么好说话了，他见这些皇宫卫士对他们几个爱理不理、鄙夷不屑的样子，甚是生气，就大声嚷嚷道："马上去告诉朱元璋，我们'讨债'来了！"

这些平日高高在上、谁都敬畏他们三分、只知效忠皇上的紫禁城卫士，见刘萌如此大胆无礼，直呼皇上之名，顿时勃然大怒，向他包围过来，当即就要动武："皇上的尊号，岂是你们这些无名小辈随随便便就能喊出口的？小心把你们抓进大牢！"

熊宗武赶紧上前给这群卫士赔不是，带着笑脸，忙不迭地道了几声"请各位军爷包涵"，又一一给他们送去早已准备好的丰厚"红包"，其中有白花花的银子。口里说着"一点小意思，不成敬意，烦请各位笑纳"，然后解释道，"我们是从江西行省鄱阳府远道而来，因在元至正二十三年与洪武帝有过一场约定，等他穿上龙袍、坐上金銮殿之后，就让我们来朝拜他。这不，我们就来了。"

卫士们可不管他们做的说的是啥，不过看在银子的分上，态度明显好多了，劈头问道："那你们有地方府县的公函、皇上的亲笔手谕什么的吗？或是有朝中文武大臣陪同吗？"

熊宗武说："没有。"

"既然什么都没有，那你们还不快滚！"

杨大顺接着对卫士们解释道："情况是这样的。当初皇帝曾亲口对我们说，让我们到时对诸位说一声'江西老表来了'，他便会亲自接见我们的。麻烦诸位进去禀报一下吧！"

这群卫士仍是不同意，态度依然很差。正在推推搡搡之间，此时从不远处走来了一位年纪稍大一点、成熟稳重得多的卫士，对这几名卫士劝道："看这位长者已过古稀之年，想必是不会说谎的，我们还是进去禀报陛下的好。万一要真是陛下的老表故交从外地来了，被我们拒之门外，对他们如此不客气，得罪了他们，将来他们在陛下那里告我们一个御状，只怕我们项上这个九斤八两的家伙也会搬家的。"他指了指自己的脑袋。

几名前倨后恭的卫士，刚才还在对熊宗武、杨大顺、刘萌等人打官腔吓唬他们呢，正是起劲，可听了这位大哥的话，立刻傻眼了，就像失了魂魄一般，脸上红一阵青一阵的。大冬天飘着雪花，路上结着冰碴，可他们的头顶却直冒大汗，汗滴到手上又迅速凝结成霜了。一个个赶忙说："我去禀报！""我去禀报！"一边说着，一溜烟儿跑进皇宫去了。

熊宗武迅速从口袋里掏出一个更大的"红包"，塞给那位年长的卫士，并不断向他致谢。

经过层层呈禀，费了半个多时辰，终于有一内廷黄门官出宫前来传旨。满口鸭公嗓："有请几位江西老表直上金銮殿，陛下召见！"

方贵、熊宗武、杨大顺等七人在这个黄门内侍的引导下，经过一重重宫门、回廊、御道街、金水桥，穿过宽阔无比的大广场，登上高高的玉阶，走进巍峨、辉煌的金銮殿，只见一人正坐在大殿中央的宝座上，龙袍黄灿灿、皇冠亮堂堂，正襟危坐，威仪庄严，不可直视。他就是当今天子朱元璋！他跟过去那位明公是同一个人吗？应该是的，又好像不一样了。

这七人一时紧张害怕、噤若寒蝉、手足失措，不知道究竟该怎么办了。按理说他们几位在鄱阳也还是有头有面、见多识广的重要人物，可到了这里，还真是跟多数外地人无异。内侍提醒他们赶紧"跪拜"，几位正要照做，朱元璋却把手摇了摇，示意大家无须多礼。并让左右退出，自己走下宝座，对内侍耳语道："去把皇后娘娘请来。"

内侍行过礼后，转身走出了金銮殿。朱元璋扭头对熊宗武、彭兴旺几个人再次重申说："老表见面，无须下跪。"

朱元璋又龙行虎步，径直来到杨大顺、方贵两人身边，拉着杨老的手，亲切如旧地问道："杨老这一向可好？一路上可顺利？"

站在老者杨大顺旁边陪护他的刘萌已是满肚子气，心直嘴快，不免脱口而出："不好！在皇宫门口冻了一个多时辰。"

"这是怎么回事?"

"卫士不让我们进宫。"

"哪扇门的卫士?"

"南大门。"

就在此时，只听殿外有内侍同一尖细声喊了一句："皇后娘娘驾到！"随后不久，名闻天下、母仪六宫的凤阳马皇后便出现在大殿之中。朱元璋叫住刚要离开的内侍："去将把守承天门的那几个卫士，押送到刑部接受处罚。"

熊宗武知道事情变严重了，马上抢前一步拦住内侍，对朱元璋说："陛下，这次就算了吧。"

"不行！"朱元璋态度十分坚决，口气不容置疑，"说好了是朕的江西老表，他们还刁难你们，这还了得！不杀头也得充军千里！不然有何宫规、军威可言?"

"求皇后娘娘您说句话，这次就放过那几个卫士了吧。"熊宗武又扭身对马皇后说。方贵也在一旁帮腔点头："望皇后娘娘开恩！"

"咋了?"马皇后问熊宗武、方贵。

熊宗武赶紧解释："我们一行刚进宫时，承天门的几个卫士基于保卫皇宫的职责，把我们暂时拦在了宫门外。皇帝陛下知道了，要重重治他们的罪。望皇后娘娘开恩，求个情。"

"你们是……"马皇后还没说完，朱元璋已抢过话头，对她介绍道："他们几位就是朕常给你说起的江西老表。"

马皇后点了点头，对熊宗武他们说："快请坐下！大家都快请坐下！陛下曾多次对哀家说过，江西老表助咱剿灭陈友谅汉匪，为建立明朝创下了盖世奇功，是咱朱家的大恩人。特别是鄱阳'三日万石粮'之事，陛下一直记着，老在哀家面前提起。我们不敢忘，也不会忘！这些卫士平日骄纵惯了，目空一切、飞扬跋扈，此次竟敢对陛下的'老表'们不敬，那就该重惩！"马皇后一身凤冠霞帔、珠光宝气，但并非如何奢华铺张，眉宇间透出一股巾帼豪情，话语中蕴有杀气与威严。

大明王朝开国皇后正宫娘娘马氏，闺名马秀英，洪武帝朱元璋结发之妻，皖北宿州灵璧人。生于元至顺三年，肖猴，时值壬申。在妇女皆须缠足、以三寸金莲为美为贵的时代，个性倔强的马秀英却坚持不裹脚，一双天足，故人称"马大脚"。马秀英幼年时便失去了父母，十二岁时为其父好友、红巾军首领郭子兴所收养，二十一岁由郭子兴做主嫁给了大她四岁的军中小头目朱元璋，两人一同度过了十五年患难与共的戎马征战生涯，感情深厚。朱元璋在南京称帝后，即册立马秀英为正宫皇后。

“大脚”马皇后本是一位极具反叛精神的寒门女子，她生于乱世，有胆有识，在艰难逆境中全力帮助夫君成就大业，五次救他死里逃生。当朱元璋还是郭子兴下属时，曾屡被郭所猜疑，饥荒岁月不供给食物。马秀英从厨房私拿炊饼，藏于怀中送给丈夫吃。由于炊饼很热，以致马秀英的乳房都被烫伤。而用这样的方法，朱元璋借以充饥，可马秀英自己却时常不得饱腹。

马秀英做了皇后之后，虽母仪天下、大富大贵，但仍不骄奢、不恃傲，始终不忘民间疾苦，不改勤俭本色，不变平民心态，时常用自己的言行规劝、影响、纠正身为当朝天子的夫君。她助皇帝能屈能伸，扶良善鞠躬尽瘁，保忠臣机智灵活，惩奸佞毫不手软，倡新风大马金刀，革陋习坚决果敢。她不让朝廷派兵士四处寻找马氏族人支系封赐爵位，并限制外戚结帮擅权的可能性；还阻挠洪武帝玩弄手腕滥杀功臣忠臣，挽救了不少人的性命。朱元璋称她“家有贤妻，犹国有良相”。

这时老者杨大顺急忙说：“皇帝、娘娘，不可以滥杀！”转身对刘萌厉声喝道：“你这个多嘴多舌的，还不赶快跪下，求皇帝、娘娘开恩！”

刘萌知道自己涵养差、嘴巴多，已闯下大祸，恨不得打自己几个大嘴巴，赶紧跪了下来，闷声言道：“望皇帝、娘娘开恩！”

朱元璋对杨大顺、刘萌降低了音量说：“好了！对那些无视国威王法、知法犯法者，不杀不足以树国威、立朝纲。这事便到此为止吧，可不要扰乱了咱们几位老表见面之雅兴。”一边面带笑容把刘萌扶起来，又环视周围鄱阳另六人一圈，说，“老表一次跪，折朕的寿哟！”

他又转过头去，十分严酷乃至显得有些凶巴巴地对那黄门内侍官说：“你还站在这里干甚？还不快快传旨去！”

那黄门内侍一时间好像还没明白洪武帝的意思，不知怎么传旨。他傻愣愣地问了一句：“怎么传？请陛下明示！”

朱元璋发火了，声音陡然提高：“娘娘发了话，该杀！”

内侍忙不迭地说：“是，是！”他慌中带急地退了下去。

鄱阳七人也不好再说什么了，只得保持缄默，内心严重抽紧，背脊一阵发寒。刘萌自责多嘴，更是感到心悸，吐了吐舌头。方贵悄悄扯了一下他的衣襟，让他脸色如常，不要吭气。他们到底是初次体会了皇权、国法的威严，还是太祖、马后本人的残忍？

马后走到长得很高的刘萌旁边说：“这位老表，高大壮实、快言快语，想必就是刘萌英雄了吧？今天来了七位江西老表，皇帝陛下早已给哀家讲过大家的传奇故事了，比如‘老者杨大顺’‘刘家神武兄弟’‘武下文采’‘义士李振远宁友吾’，以及居功最伟的两位——父子仨联手攻下康郎山，为最终消灭陈友谅立下无与伦比的‘第一功’，兄弟俩都高居朝中将军要职的鄱阳渔民头儿之一、人称‘鄱阳湖水猴子’的方贵老哥——你的两个将军儿子我都见过了，长得都是一表人才、文武双全，弟弟尤其长得好看，眉清目秀的；以及先后多次借出皇粮达两万石，解决我数十万大军一个多月吃饭问题的鄱阳乡绅首富、人称‘财神爷’的熊宗武老哥……但究竟各位谁是谁，我还认不出，陛下能否为哀家一一引荐？”

朱元璋说：“好！”然后第一个走到老者杨大顺面前，首先好好作了一个揖，再向马后介绍道，“耄耋仙翁杨大顺。要是朕没记错的话，老叔您今年应该有整八十岁高龄了，堪称鄱阳一尊神，人送美名‘老神仙’‘活菩萨’。他在鄱阳众父老乡亲里的地位和影响力，那是不用多说的了，品行一流、经验丰富，德高望重、一呼百应，在那次鄱阳湖大战里功劳赫赫。”

朱元璋又挨着彭兴旺身边说：“这位彭财主、彭义士，人虽不高但志气不凡，‘三日万石粮’时，光他一人就出了两千石！前前后后加起来，他总共出了八千石精粮，仅比宗武老哥少，堪称真心全力助朕打天下。‘骁勇善战两姻兄’，说的就是彭兴旺与杨老的族弟杨二顺，因为他们是连襟，娶了鄱阳城里的萧江氏姐妹花。”

然后是刘萌。“至于这位，聪明的皇后你猜对了，他正是‘刘家神武兄弟’里的哥哥刘萌，可惜其胞弟刘勋……已在决战中不幸阵亡。他们刘家兄弟，非但亲自出战鄱阳湖，在大风大浪里出没三十多个日日夜夜，还襄助我军箭矢达两万支，助我一臂之力。陈友谅亡于乱箭之中，说不定致其殒命的那支‘穿心箭’，就是他们刘家的。”

朱元璋这席话一说完，他那“穿心箭”的描述把大家都逗笑了。在场各位仿佛都忘记了自己正身处在金碧辉煌、富贵之极的宫殿里，而是又回到了昔年那波澜壮阔、惊险激烈的决战现场……

待大家笑得差不多了，朱元璋再介绍刘清修：“这位名叫刘清修，与刘萌、刘勋是同姓远房堂弟兄，长得耸如铁塔、五大三粗、虎背熊腰，这种身高与身材在咱们南方是很少见的啰！他杀敌以一当十，所向披靡；又懂水性、善游泳，仿佛梁山泊上号称‘浪里白条’的好汉张顺。那支为方家俊将军、吴宏将军、于光将军、方贵老哥等人带路直冲康郎山，由十艘快船组成的‘敢死队’，便是他与刘萌、刘勋‘三刘’指挥的，那真是英勇无比，就像天兵天将下凡。”

接着是卞采。“武卞文采——卞采。当时我们的船队追踪陈友谅，在都昌附近被长江大水冲回。正是他断定‘此刻陈友谅的剩余人马必定是在珠湖一带’，我们便及时赶到了珠湖，果然见到了陈友谅他们。一时间敌我狭路相逢、万箭齐发，陈友谅就死于这次箭雨之中，命归老家，哈哈！”

这时，朱元璋却颇为伤感地摇了摇头，继续说：“还有两位捐躯者李振远、宁友吾值得朕好好说一下的。李、宁二义士在邓愈将军进驻鄱阳府时，就与方家俊将军一道，帮邓愈将军引见吴宏和于光两位将军，极力劝说他们归顺了朕。但在鄱阳湖决战时，李义士亲自率领数百李家徒儿全部参战，身先士卒，结果这些勇士中不幸阵亡了三十余人，包括李义士本人。他俩的忠烈与义举令朕十分感动与敬佩，朕已命大学问家宋濂为其写传了。”

最终，朱元璋来到方贵与熊宗武这一对儿女亲家面前，还未开口说话，先就向他俩深深鞠了一躬。方、熊二人赶快诚惶诚恐地回礼，并且激动地说：“陛下如此好礼，不惜九五之尊，躬身相待；又如此好记性，对那段往事如数家珍、毫厘不差，真是折杀吾等草民了！”

朱元璋表示出十分的诚意与感谢，由衷地说道：“这两位是朕最后要向皇后娘娘隆重介绍的了。不错，他们就是刚才皇后您提到的，咱大明功劳簿上鄱阳老表里排最前面的两位，一位是方家远、方家俊两位将军的父亲方贵老哥；一位是‘财神爷’熊宗武老哥，他也是方贵老哥的亲家公、方家远将军的泰山大人。他俩的功劳、故事、与朕的交情，可不是三言两语、一时半会儿就能说得完的……”

开国大帝可不是什么人都做得了的。朱元璋还真是用心，记性也好，有条不紊、要言不烦，娓娓道来，向马皇后一一介绍这七位江西客人，并与大家一同再次回忆起数年前那场事关明军生死存亡的鄱阳湖泽国大战，令几位“老表”特别感动与自豪。

朱元璋又道：“朕要感谢的鄱阳人，实在是太多太多了，数都数不过来啊，哈哈！如安远大将军、轻车都尉、高阳侯韩成，也是你们鄱阳籍人氏啊！当年高阳侯从朕举义，率先出阵迎敌，屡建伟功。皇后啊，朕亦曾多次给你说过，有一回朕被陈友谅军所围困，形势万分危急，朕也一时束手无策。高阳侯因与朕之样貌颇有几分相似，他为掩护朕突围，即挺身而出，自告奋勇，穿上朕的衣袍冠冕，当着敌众的面投入水里。陈友谅以为朕已绝望投水猝死，围困顿时松懈了下来，朕便乘机换上便装侥幸逃脱。而高阳侯当场壮烈身亡，堪称壮哉！伟哉！悲哉！惜哉！数年后朕下旨在康郎山上敕建忠臣庙，高阳侯当仁不让被列为第一位。”

大家都静静地聆听着。马皇后还一边听一边点头，嘴里唏嘘不已。

朱元璋的眼眶里似有晶莹泪珠在闪烁。他沉默了一会儿，好像仍停留在对韩成的哀悼之情中，然后继续说道：“鄱阳不但助我剿灭陈匪，缔造大明，且多次救我性命，有再生之恩。还有几位今天不在场的鄱阳人氏也是建立了丰功伟绩的，如方贵老哥的两个好儿子——方家远将军、方家俊将军，还有吴宏将军、于光将军，还有乡勇烈士范继甫范继和兄弟俩、区接，乡绅烈士庞石代、姜润，还有文士姜新燏、蒋水生……朕与朕的子孙们都要好好感谢你们鄱阳人，永远感谢！”

马皇后看看外面天色，回应道：“陛下，今天估计有点晚了，那就等明天吧，哀家安排几位内侍陪江西老表们逛逛京城，到美丽的莫愁湖畔走走、看看。莫愁湖虽然没有你们的鄱阳湖那么浩大，风光却是同样无限美好哟！”

朱元璋摆摆手说：“这个就不劳皇后费心了！明天朕会约大将军徐达同往莫愁湖边下棋、喝茶，顺便带上他们这几位老表一起去莫愁湖边玩耍。倒是今晚的国宴该如何招待老表们，还有劳皇后去御膳房安排一下。”

“好的，哀家这就马上去御膳房吩咐他们！皇帝您先陪客人聊着。”马皇后一说完，就带着几名宫女走出了金銮殿。杨大顺等七人起身向她行答谢礼，目送她离去。

第二十二章　封赏莫愁湖

翌日上午退朝后，朱元璋即约上中山王魏国公一品大将军、也是他的老亲家老战友老兄弟徐达，去京师城西的皇家苑囿——莫愁湖游玩，并偕同七位鄱阳老表。到了湖边以后，洪武帝便与徐大将军在郁金阁的正堂里置盘下棋，只吩咐内侍陪几位老表到处逛逛，欣赏风景。

方贵、熊宗武、杨大顺他们在京城受到了皇帝的厚待，入宫好似回自己家，见万岁陛下、皇后娘娘都不用三跪六拜，像老家来邻居亲戚、拉家长里短一样接待，亲切热情，国宴上琼浆佳肴、燕窝鱼翅，山上跑的、水中游的，应有尽有。皇帝还亲自陪他们来莫愁湖畔玩耍，使他们享受到了非“老表”所不能有的最高待遇。

卞采在莫愁湖畔正玩得兴起，待行至观荷亭时，他突然想到了一件事儿：“要是早知道皇帝会如此款待我们就好了！真后悔没有让‘讲信誉’姜新燏也一块来!”

刘清修不解地追问道：“我们这次都来了七个人了，难道还不够吗？多他一个、少他一个，又有什么关系呢?”

老者杨大顺却说：“我也在想这个事。”

方贵心里也是这么想的。总觉得没有让姜新燏来，确实少了一点什么。只是不知少了啥，便没有开口，但点了几下头。

刘清修还不明白他们的用意，很天真的样子，望着卞采，又扫视了杨大顺一下，继续问：“你们都想让姜新燏来，到底是为什么?”

卞采不无得意地举手给他指点着看眼前这景象，说道：“你瞧瞧，我们七人抵达京城时，正遇雪花漫天飞舞，天地一色，银装素裹，玉树琼枝，白茫茫一片。我们在街上行走，那不是给应天城创造了一片新风景吗？叫啥……‘鄱阳七杰冒雪逛京城’吧，哈哈！”

刘清修总算有些明白，当即接过话来说：“原来如此！说的也是！想想这莫愁湖边的莫愁女，也给我们带来了不少感慨啊！莫愁莫愁，不就是要我们不要发愁，每天高高兴兴的嘛！”

刚才，陪同他们游览的内侍，给大家讲解了莫愁湖的来历和莫愁女的传说。

莫愁女，名莫愁，随夫姓卢，战国末期楚国歌舞家，生于公元前三世纪左右，相传是湖北钟祥人，家住汉江上游。她貌美如仙，能歌善舞，声名远播，十六七岁时即被楚襄王征召进宫做专职歌舞姬，从此民间歌舞曲艺走进了堂堂宫廷，昔日乡村俚语小调登上了大雅之堂。

莫愁女在楚王宫中得以与屈原、宋玉、景差、唐勒等当时的大文化人结识，得到他们的当面指导，技艺日进。她将古传高曲、民间小调等，融合屈宋诸师徒的骚体、赋文和楚辞乐声，完成了《阳春白雪》《下里巴人》《阳阿》《采薇》等名曲，成为千古绝唱，建立开创之功，对后世的乐赋入歌传唱产生了深远影响。

但后来莫愁女的感情生活出现了大挫折，其未婚夫因犯国法，被放逐到三吴扬州，遥遥难及。她很伤心，只身投水汉江，幸被打鱼之人救起，便不知所终。

然而，此故事原本不是发生在一两千里之外的长江中游汉水流域么，怎么就“搬”到下游的南京古城里来了呢？原来，这只因宋朝著名文人周美成作有一词《西河》，将错就错，认定莫愁女的故事就是在南京。元朝有好事者便按周美成之说，改南京之西湖为莫愁湖，并筑造莫愁女故居，这就逐渐有了郁金阁、观荷亭、莫愁女塑像等景点。

看今日这莫愁湖，亭台楼阁，错落有致，临水榭、揽月楼、太湖石假山、曲径回廊等各类精美建筑物掩映在山石竹松、白雪红梅之间，与湖水交融一体，倒影如画；堤岸垂柳，水中植莲，湖面宽阔，盛产脆藕，各色荷花更是引人入胜。据内侍介绍说，每逢炎夏，百卉盛开，红花翠盖，五彩缤纷，香风阵阵，恍若绝代的凌波仙子，出淤泥而不染。故莫愁湖有“江南第一名湖”“金陵第一名胜”“金陵四十八景之首”等美誉。

众鄱阳客人看到，在那荷花池内红花绿叶的环抱簇拥当中，亭亭玉立着一尊用纯汉白玉石雕塑的莫愁女全身像。只见她发髻高绾、素裙柔荡，左手扯着围裙，衣兜盛满桑叶，右手正将采下的桑叶轻巧地放入兜里。她花容月貌，体态苗条，轻盈秀丽，绰约多姿，一个典型的东方古代民间美女形象，可与关中长安城外骊山之麓华清池畔那尊“杨贵妃出浴”汉白玉雕像媲美啊！令人浮思联翩。想这“莫愁”二字，正如刚才刘清修所说，早已成了一种文化符号，也成了劝喻世人享受生活的名言，是不少人追求的理想人生境界。

此际，才子卞采继续发表着他的宏论：“莫愁是人生的一种境界，各人因其性情、思考、经历、处境的不同而有各自不同的领悟。愁为秋天之心，而秋天本是收获之季，丰收的喜悦让人们享受幸福，哪里会产生愁绪呢？但秋天又是季节、时序变换较为特殊的时期，即将步入荒原与严冬，青草枯黄，落叶飘零，江河干涸，万物从葱郁、翠绿走向衰败、灭亡，有如人生从中年迈向老年，哪有不愁之理？不愁只是自我安慰甚至自我欺骗、掩耳盗铃罢了。愁绪与忧虑相连就更复杂了！秋风、秋雨、秋霜、秋露、秋叶、秋草、秋月、秋声、秋色、秋心、秋思、秋愁、秋离、秋闱、秋斩就是悲哀与恐慌。”

彭兴旺在一旁掐着指头轻声数着，数完后高声赞道：“一共十五个‘秋’了。卞兄大才，脑子里装的词儿真多！”

刘萌感慨道：“人撑到了这个份上，岂有办法照常苟活？”

刘清修说：“所以有做一天和尚撞一天钟、得过且过的说法。”

卞采说：“人，就是怪物！怪就怪在人各有志，各有自己的情怀和思想，不尽相同。因此倘若此次新燏兄能够同来，他对京城皇宫之行，必定会有自己不同的感受和说法。”

老者杨大顺颔首应道：“那倒是。新燏要是来了，那保准能编写出一首漂亮的唱词来。”

刘清修终于完全听明白了，拊掌言道：“确实！这倒是没想到啊！”

彭兴旺与刘萌对卞采说：“卞兄，你也行的！”

卞采摇摇头，谦逊地说：“写写诗作作文，在下自问勉强还可以；可要弄什么传奇、鼓词、评弹、戏曲之类，在下真的是外行，啥也不懂。”

刘清修打趣道：“哈哈，这是怎么啦！往日素有‘文通孔孟，才负经纬’之谓的卞先生，今天也谦虚起来了？”

卞采说：“我这可不是谦虚，而是大实话，有自知之明。诸如诗词歌赋、传奇游记、琴棋书画、戏曲弹词、楹联谜语等各种文艺体裁，因作者各自的禀赋、旨趣、性情、爱好、家教、学问、文采、修为、经历、用功等不同，便会大相径庭、各有千秋。何况每个文人在对外积累、对内领悟上都有自己的擅长与弱点，创作上亦便瑕瑜互见、优劣参半。所以若想做到‘文通孔孟，才负经纬’，那是非常困难的。面面俱到、样样精通者，从古到今几乎极为少见。整个鄱阳府数千年以来，只有‘讲信誉’的先人姜夔白石道人，才配得上这八个字，他才是真的面面俱到、样样精通，是真正的文学大家、文学全才。像姜白石这样的人物，就是放眼整个华夏历史上，那也是凤毛麟角、寥寥无几。苏子瞻肯定算得上一个了，此外还有屈灵均、贾长沙、司马子长、司马长卿、张平子、曹子建、陶元亮、杜少陵、韩退之、柳子厚、范希文、欧阳永叔、王介甫、辛稼轩等少数人。”

熊宗武忍不住夸赞说：“说得好！卞采老弟一番宏论，上下纵横，旁征博引，把自己置身于天下与古今，确定自己的时空位置，这才是文人真正的大胸怀、大气象。鄱阳古有姜夔、陶侃、洪迈，今有卞采、姜新燏、蒋水生，你们既然把历史上的鄱阳留了下来，也定能将今天的鄱阳推举出去。此实乃我鄱阳、饶州之大幸也！”

彭兴旺说：“那下次就让新燏与水生他俩也来京城见见世面吧。下次由我出钱！”

卞采说：“好啰！到那时，环境不同、游伴不同、气氛不同、心况不同，写出来的东西自然也会大不相同的，想必又是一篇妙文佳作哟！”

刘清修又开玩笑道：“这也不行，那也不许，总不能现在就给他‘讲信誉’飞鸽传书，让他像鸽子一样生出一双翅膀，马上飞过来吧？”

熊宗武说：“要不这样吧……”

刘清修马上追问道：“要不怎样？”他心想，这熊大老板平时一心只钻在钱眼里，仅粗通文墨罢了，他会有什么高妙的建议呢？其实熊宗武虽非纯粹的文人墨客，但论学问、文才也还挂得上号的，比他刘清修差不了太多，只是平时不爱卖弄炫耀，也没时间附庸风雅而已。

熊宗武说：“我是这样想的。此次，我们这七人各位都稍稍用点心记忆、梳理一下，这些天在京城去了哪些地方，见了什么景、什么物、什么人、什么事，有什么感受和看法，等等，譬如皇宫高耸宽大、金碧辉煌；金銮殿上大匾‘君主华夷’四字，金光闪闪、肃穆庄严；皇帝陛下谈吐惜字如金、不怒自威；皇后娘娘姿美端庄、质朴爽快；还有莫愁湖有多大、多美，这样那样的一些风景、事物，等等，回去后即可原原本本告诉姜新燏，让他发挥想象，写个东西出来。当年范文正公只到过咱们鄱阳，但并没亲临岳阳，不也是照样写出了脍炙人口、光耀千秋的《岳阳楼记》嘛！”

方贵、卞采、刘萌，包括刘清修，他们四人几乎是异口同声地说道："这主意实在不错。"

彭兴旺却连连摆手摇头，说："这些东西我可都记不得了，我只记得鄱阳城外的哪丘田、哪片山、哪眼塘是我的，一块肉、一条鱼、一把茶在我手上一过，准能知道几斤几两、是好是坏。可对这些东西，看时倒是开了眼界，很是欢喜，可过了一夜，就啥想不起来了。譬如昨天，马皇后胖瘦、黑白、高矮、穿戴什么的我都忘了，她自然是长得不错啦，只是看见，看见……"

刘清修看他吞吞吐吐、欲言又止、煞有介事、故弄玄虚的神情，而且挤眉弄眼、东张西望，赶紧追问："你到底看见什么了？"

彭兴旺再往四周瞧了瞧，见内侍已经离开了，旁边除了他们七个又并没有其他人，原本已可以无所顾忌，但仍好不容易憋住了打算狂笑几声的念头——脸上却还是写满了兴奋，压低嗓子，神秘兮兮地说："那马皇后还真是一双'大脚'啊！嘿嘿，看来民间谣传也并非都是假的。"

彭兴旺话一出口，刘清修马上打趣他："原来你向皇后娘娘跪下来叩拜她，就是为了看她裙底下的那一双'大脚'啊，真是心术不正！"

刘清修的话一落音，众人一阵大笑飞向空中，惊起几只白鸽。

方贵赶紧做了一个手势，竭力制止大家："皇权至上，宫闱禁地，天威不可亵渎，此事各位千万别到处乱传！"

老者杨大顺、熊宗武同时说道："方贵的话说得很对！我们可不要得了意忘了形。"

待大家的笑声好不容易停住后，老者杨大顺说："所以，考虑事情要周全些。这次咱们来京，本只为讨回'粮债'，当初是谁不怕死就让谁来的。真不知皇恩浩荡、英主圣明，来了后竟有如此'真神大仙'一般的待遇！"

刘萌开心地说："那就好好享受这一刻吧！"

刘清修却提醒道："暖风熏得游人醉，直把杭州作汴州。大家不要只顾了自己享受、乐不思蜀，却忘了我们的正事，还没有正式向皇上提出'讨债'呢！天下的事情，是福是祸不到最后尚不清楚，往往好景不长、乐极生悲哟！"

彭兴旺幡然醒悟了过来，拍了拍后脑勺，急切地说："对了，这可是头等大事哟！莫非咱们在皇宫里吃了一点好的，听皇帝、皇后夸赞了咱们几句，如今又得以游玩了美景，所以就吃人家的嘴软、拿人家的手短，倒把最重要的事给忘了吗？咱们是来'讨债''要账'的，那可是五万石粮食，牵涉到一百多位鄱阳人呢！光咱们宗武兄这位熊大财主，就有两万石呢！嘿嘿，自然，也有咱的八千石，那可是咱一家人辛辛苦苦几十年才攒下来的，可不是天上掉下来的。”

老者杨大顺当即“呸呸呸”地呵斥刘清修道：“这自然是头等大事了，我可不会忘，一直记在心底！等会儿一回到郁金阁，我就与方贵、宗武二位贤弟对皇帝说这事儿。什么是福是祸、好景不长、乐极生悲的，不许你说不吉利的话！”

刘清修吐了吐舌头，转背朝刘萌做了个鬼脸。刘萌因为刚来那天说错了话，遂后悔不迭，后来就一直三缄其口、沉默寡言了。

这时内侍又出现了，七人赶紧转移了话题。他们在内侍的引导下，围绕着面积不小的莫愁湖走了一整圈儿。等他们再次回到郁金阁时，朱元璋与徐达还在比弈，双方都已经“酣战”快三个时辰了。朱元璋下棋其实是“醉翁之意不在酒”，他一边放子一边在考虑军国大事、内政外交。

老者杨大顺等人悄悄走近他俩的面前，见棋盘上许多枚红、绿两色晶莹剔透的精美雨花石棋子，隐隐约约好像呈现出两个什么汉字来。徐达正在举棋不定，熊宗武却已看出该下什么棋了——其实周围好几个人也都看出来了，便突然异口同声地喊了一声：“徐大将军，您在左角边那儿添上一子吧！”徐达即不由自主按这几人所说，在左角边下了一枚绿子。果然朱元璋输了。

朱元璋哈哈大笑，说：“这一局魏国公总算赢朕了！”正准备用手去收拾棋盘再来一盘，熊宗武却轻轻拦住他的手，欣喜地说：“皇上！上天安排，万勿毁之。”

徐达的心里其实像镜子一样清晰，却假装不明地问道：“熊老哥，什么叫‘上天安排’？”

熊宗武说：“棋盘之上，妙不可言！”

朱元璋有些蒙了，也冲熊宗武问道：“宗武兄，这棋盘之上，不就是红、绿两种棋子吗？它不过是告诉诸位，朕这一局输了，还有什么‘妙不可言’的？”

熊宗武说：“不是这个。”

朱元璋问：“那又是什么？”

江西七人当中，除了熊宗武以外，方贵、杨大顺、卞采、刘清修等人也看出来了，只有彭兴旺、刘萌二人还有些迷糊不解。刘清修已等不及，嚷了出来：“是‘万岁’二字。”

徐达故作惊讶地问道：“真有此等奇事？”他一边说着，一边走到朱元璋这侧，装作在仔细辨认似的；还以手指为笔，一横两竖地比画着（繁体的“萬歲”二字）。等他比画完以后，遂连声“啧啧”称奇，又强调了一句：“还真的是上天安排、妙不可言，熊老哥说得对”。字比画完了，话说完了，他便当即跪在朱元璋面前，三呼“万岁”。

鄱阳七人也在老者杨大顺的引领下，赶紧跟在徐达的后面跪于堂前，五体投地，头不敢抬，且把脑袋叩得脆响，向朱元璋连连欢呼：“万岁！万岁！万万岁！”

伴君如伴虎啊！棋盘上所布双色棋子呈现“萬歲”二字，其实正是大明开国第一功臣徐达一手导演的。朱元璋的棋艺本来很一般，甚至不客气地说还非常臭，根本不是徐达的对手。但他偏偏又喜欢下棋——其实只是喜欢这种边下棋边聊天边思考边放松边休息的方式。过去在战争年代，每次一打完仗回军营，他都要找徐达或别的谁下两盘棋，一边商议下一步的仗该怎么打。自然，回回都是输给对手。但自从朱元璋当上皇帝后，情况不同了，徐达就再不敢随便赢他了，老是装糊涂，想办法输给他。

但老这样玩也没有新意啊！久了就不好玩了。前些天，徐达的老伴得到某位江湖高人的指点，便教给夫君一个讨皇帝开心的办法，那就是如何在棋盘上巧妙地布子，以摆出“萬歲”二字来。没想到，今天一刚使出来，就被几个鄱阳人看穿了。不过这样也挺好的，毕竟他们并不知道详细内情。再说由别人说出来，比他本人说效果更好。要是他本人说，洪武帝就会以为是他故意设计出来逗自己的。要是别人说，那就肯定是天意啦！

朱元璋果然十分惊奇且高兴，哈哈大笑了一阵后，遂把徐大将军与七个江西老表一一请了起身，且将这座本系皇家苑囿、美丽绝伦价值连城的莫愁湖，当场慷慨地赠给徐达为私家花园，又说：“不过以后朕还是经常要来你这里游玩，跟你下棋的哟！”

徐达再次跪下来高呼“谢主隆恩”，内心中暗自得意、狂喜。没想到。如此轻而易举，既讨好了皇帝，还得到了这么大的一座园子。

老者杨大顺待徐达起身后，趁着朱元璋正在高兴之中，再次跪了下来，语气铿锵、态度郑重地说：“万岁爷，我们还有一事相求。”鄱阳另外六人明白他要说什么了，便都笔直一排跪了下来。

朱元璋诧异地问道：“你们又有何事？不妨说来听听。”

方贵大胆开口道：“就是那年鄱江楼上万岁爷‘借粮’一事。”

朱元璋哈哈大笑道：“这件事嘛，朕昨天在殿上一看见你们，就想起了。当年朕是承诺过的，鄱阳湖大战借你们的五万石军粮，一定双倍奉还。朕早已安排陶安先生去办了。”

熊宗武追问：“陶安先生也知道我们来了？”

朱元璋说：“你们是我的百姓、老表、恩人，又不是我的子女、臣下、宫奴，无须多礼，先请起来说话吧！”并伸手把杨大顺、方贵、熊宗武三人扶了起来，其他四人均跟着站了起来。皇帝的确是言出必行、一诺千金，七人心里暗自兴奋不已。

“陶安先生现在是你们江西行省的参知政事，更兼你们饶州府的知府。朕已把新任不久的鄱阳知府宋濂换下来另有任命，而让陶安继续做你们的父母官。而且，在陶安等人的建议下，朕已下令将鄱阳府恢复为古名饶州府，以延续你们的优良历史传统。陶安今天本来是想来见见你们的，但朕要他一早赶去江西任职，尽快处理相关繁忙公务了。他说过些日子后，饶州的‘腊八节’上有集会。争取腊八那天，他要在鄱江楼上与你们相见的。”

朱元璋深深扫了熊宗武、彭兴旺、杨大顺、刘清修四人一圈，又说：“欠粮双倍奉还一事，他会落实的。”这四人总共借出三万石，占军粮总数的百分之六十。

还没等大家都反应过来，这时朱元璋又启金口吐玉言，做出另一个重大决定：“朕今天心情颇佳，也为了感谢当年江西老表们对朕讨伐逆贼陈友谅的大力支持，感谢你们几位不顾严寒，冒着风雪，长途跋涉进京看朕，朕再下一令，自明年起，蠲免整个江西行省连续三年的皇粮。明天清晨用‘八百里加急’，将此圣旨发去洪都给陶安。”

“万岁！万岁！万万岁！”江西七人再次跪倒在朱元璋面前，内心炽热，感激涕零，将头叩得直如捣蒜，连脚下的地都在震动……

第二十三章　听曲腊八节

老者杨大顺、方贵、熊宗武等饶州七条汉子，不辱家乡众父老之使命，在京城应天府顺利完成了“讨债”的重任，还受到了皇帝、皇后的款待，皇帝还亲口答应免去整个赣省三年的皇粮——这当然主要也是他们的功劳，不用说自是春风得意、心情舒畅。他们在京城痛快玩够七日之后，便带着皇帝、皇后赏赐自己的一大堆礼物，以及方家远、方家俊送给他们的各种东西，美食、特产、小珍玩之类，由皇帝令内侍官领着五十名御林军护送其到城外长江码头，坐自己的船打道回府，返归饶州。

不过，他们数日前从上游下来时，那是顺风顺水，不用费什么功夫去划船，只需掌好舵，向东而下，很轻松、很快就到了京城；现如今从下游上去却是逆风逆水，行舟不易，可累坏了船工、纤夫们，使尽了全身的力气，有时七人及三名年轻随从也帮帮他们，这才减轻了一些劳苦。好在大家在去往京城的路上，都是带着满腹惆怅、忧虑与初生牛犊不怕虎的勇气，准备擅闯“禁地”，向皇帝“讨债”的；回来时却是满载而归、喜悦盈怀。所以尽管划船、拉船很费劲，弄得全身精疲力竭，但七人都始终有说有笑，并不感到辛苦与难受。

一行七人带着好消息，归心似箭，经过一番跋涉颠沛，终于进入了家乡赣东北境内。大家约定，半月后的腊八节时，全体人员在千年古城饶州的鄱江楼上聚会。

腊八节是中国人的传统节日。每逢岁末到农历腊月（十二月）初八这天，饶州城里家家都会熬一大锅杂粮粥，其中包含籼米、糯米、粟米、玉米、豌豆、蚕豆、绿豆、黄豆、红豆、红薯、红枣、小麦、荞麦、大麦、燕麦、高粱、白果、莲子、花生、桂圆、百合、萝卜、蘑菇、菜叶、砂糖、生姜、辣椒等多达三四十种素食原料。一家人围坐在一起品尝美粥，并给孩子们讲述它的来历，教育他们要爱惜粮食、勤俭持家。杂粮粥的来历故事，一传十，十传百，越传越远；吃杂粮粥的习俗，父教子，子教孙，代代继承。又因为杂粮粥是在腊月初八这天吃，故亦叫作“腊八粥”。

原来，我国古人从长年累月的生产与生活经验中得知，自腊月初八这天开始，每年节令就算是进入了岁末年关。在此日，饶州一向有夫子回家、生员放假、店铺打烊、作坊熄火、长工歇业、生意结账、债务清理等习俗，表示一年的劳作与事务在腊八节这天正式结束了。在此日，人们庆贺一年来的收获与进步，感谢上苍与诸神灵，各家各户均熬煮腊八粥，以祈祀来年五谷丰登、家业兴旺、人丁康健、万事顺意。各大庙宇、道观门前皆备上一大锅腊八粥，以供善男信女、叫花子及过路人食用。饶州城外张王庙的腊八粥历来便十分有名，煮得也颇为讲究，各种原料非常丰富，味道可口，颜色鲜美，香飘十里。

从营养学的角度来看，腊八粥具有驱寒、健脾、开胃、润肠、补气、安神、利睡、清心、舒肝、明目、养血、活血等多个功效，是冬令的滋补佳品，所以被广大百姓所普遍接受，深入千家万户，传承千余载而不衰。

惜乎此日天公不作美，饶州今年入冬以来的第一场大雪，碰巧就在腊八节这天清晨飘下，且来势颇猛，洋洋洒洒，鹅毛大片，把整个大地打扮得与天空一色，银装素裹，白茫茫的无边无际，让人分不出哪是天哪是地。而且北风凛冽，十分寒冷。

按照每年的惯例，腊八节这天中午过后，饶州府各级各界官员将领、名流宿耆、文人墨客、富商乡绅、渔家武勇等，以及喜欢看热闹、凑热闹、听新闻、说新闻的民众，便纷纷赶至南门鄱江楼，一是照例一边喝茶听戏，一边等待品尝鄱江楼提供的免费美食腊八粥；二是听取官家公开饶州去年发生的一些重大刑事民事案件的处理结果，以及权威发布来年的生产生活指导性政策。当然，来的人三教九流、形形色色、各有目的，也难免会有捕风捉影、以讹传讹甚至肆意造谣的“小道消息”。

来到鄱江楼的人，既然分出了三六九等，故不是谁都能进城楼的，进楼喝茶听戏是要付银子的，还得有一定的身份，大多数人只能站在城楼各隅、城墙根下或饶河边上，远远地瞧瞧与听听。

今年饶州最大的新闻事件，莫过于“七杰入京讨粮债”之举了，这在饶州千百年历史上堪称前无古人后无来者。所以，这天早早儿地就有不少人聚集到了这儿，准备瞻仰七杰的真容，及倾听他们讲述其向皇帝“讨债”的具体情形。

此七人当中，最早赶到的是大财主彭兴旺。他是七大功臣之一，此次京城之行使他的虚荣心得到了极大的满足，心情自然很爽。加之这次皇帝陛下已亲口答应会双倍偿还他一万六千石粮食，以及这次进京觐见皇后娘娘还看到了她的“大脚”，蒙恩赏赐礼物和上次鄱阳湖大战胜利夜宴论功行赏，使得他的财富又膨胀了数倍，更加开心得很。而彭兴旺素来又是一掷千金、花钱豪爽之人，所以今天鄱江楼上的一应花费，所邀全部嘉宾乡亲的喝茶饮酒、美食点心、戏曲歌舞表演……都由他包揽了。

此时，彭兴旺一边有条不紊地安排聚会厅堂内的各类事务，一边向先到的多位来客绘声绘色、添油加醋地描述京城里的种种经历见闻，并要言不烦地一一回答他们好奇而羡慕的提问。不过，关于皇后“大脚”的细节，不管他心里如何痒痒地想说出来，却还是竭力忍住了。

不一会儿，“讲信誉”姜新燏也到了。彭兴旺满脸堆笑着走过去问他：“新燏兄，你们的那篇《神勇盖世鄱阳人》写完了没有？——不过如今鄱阳府马上就要恢复饶州之名了，《神勇盖世鄱阳人》大概也得改名为《神勇盖世饶州人》了吧？哈哈！”

姜新燏高兴地说：“几天前就写完了！今天就在这里首场演出！你说的此事我也听说了，其实我也更喜欢‘饶州’这个旧名字。那就改名叫《神勇盖世饶州人》吧。”

“谁来主唱？是请的高亮声吗？”

“就是他唱。”

“好！只有他来唱才有那个特别的味道，也才不辜负你新燏兄与水生老弟呕心沥血写出来的锦绣文章。”

“哪里，哪里？那是你彭大老板抬爱愚兄啦！不过高亮声的嗓音的确好，声如其名，既清脆又柔美；他又是一名天才演员，脑子聪慧、感情丰富，能很好地把握诗文里的意思，将听众带进故事中去，手舞足蹈，神采飞扬，有声有色，情文并茂，引人入胜，身临其境，实在是令人不能自拔。”

高亮声原本是饶州城外之人，但很早就跟着父母进城摆摊谋生，十来岁便开始学唱小曲儿，后来至臻于任何在饶州发轫、落脚、流行的曲艺他都精通，而最擅长的还是渔鼓——而渔鼓又是饶州最有代表性的一种民间文艺门类，人称“渔鼓王”。有人说，他“天生便是高亮声”，他把“传”讲活了，把“书”

说红了，把渔鼓唱响了，把鄱江楼震爆了。

渔鼓是在中国南方各地比较流行的一种曲艺形式，尤其在两湖、江西等省份曾风靡一时。渔鼓常与道情并列在一起，属于道情的一种，是手拿独特道具的说唱艺术。演唱者一般左手抱着一个竹制的渔鼓，右手执着一块轻巧的简板，简板不时敲打着竹筒，口里便把曲目唱出或道白。他们以左手轻托渔鼓，一边用几根手指随着简板的节奏、曲调的音色也不时地击打鼓面，声情交融，别有一番艺术的魅力。

饶州渔鼓富有当地特色，极接地气人缘，曲目讲究韵脚整齐划一、平仄押韵、抑扬和谐，有时也会随着曲目的具体内容而改变韵脚。因演唱要求效果的不同和听众对象的不同，大多用饶州本地方言演唱，也会夹带一些书面语、官话。唱词要求通俗生动、朗朗上口，曲调起伏流畅、优美动听。时而诙谐、时而庄重，时而华丽、时而朴素，时而轻快、时而沉闷，时而欢悦、时而忧伤。随着曲目的情节、意图需要和艺人自己的习惯、水平，也有一些固定的板式与腔调。

正所谓“台上三分钟，台下十年功”，艺人要掌握好饶州渔鼓的板式与腔调委实不易，非一朝一夕之力，是要经过长时间的演习与运用，才能具有一定的水平。高亮声在饶州渔鼓的演唱上，已达到鼓点、板音、口声的高度统一、人鼓合体，堪称无与伦比，是名副其实的饶州渔鼓第一高手。

彭兴旺继续同姜新燏闲聊着：“今年这个戊申腊月，鄱江楼的戏台又该是满堂红了，每天一定济济一堂、座无虚席!”

“听说你们七位前些天在京城过着‘真神大仙’一般的好日子，真是令人艳羡啊!”

“那确实是不一般哟，太好玩了！卞采还说后悔没让你一块去呢!”

“这又是为何?”

“卞采说，要是你去了，必能写出绝妙好词来，从而万古流芳。”

“他卞采自己的文采在我之上，他怎么不写?”

“游记小品、律诗绝句，想必他是要写的；可是，鼓词、戏曲、杂剧什么的，他说他写不好，没法达到你的那种神韵。”

“那是他卞采谦虚。”

“不是！这个词曲嘛，我也觉得，还是要由你来写……”

“你要新燏写什么?”就在此时，老者杨大顺已迈着跟他这个年龄不相符的健步登上三楼，走进了聚会的厅堂。

“杨老来了！”姜新熽与彭兴旺赶紧恭迎上去，姜新熽还马上搀扶起杨大顺的左臂。

“让他写‘七位老表逛京城’啊，这是咱们全体进京之人的意思啊！我不过是转达而已。”彭兴旺微笑道。

“我要写就写‘七位老表京城风流记’，哈哈！”姜新熽说。

“还‘风流’呢，那不是取笑老夫吗？再说‘风流’啥了？不过，等会儿他们几个都到齐了，大家是得议一议啊，记述此次进京入宫‘讨债’的全过程，到底该从哪个地方、哪件事情切入，该怎么写、写什么。此次洪武皇帝与马皇后厚待江西老表，兑现当年许诺，双倍奉还欠粮，还减免全省三年皇粮，如此安抚百姓、大快人心，千载难逢的好事，是该大书特书，留下文墨才行。——哦，新熽，你那篇《神勇盖世饶州人》写完了？”

“写完了，今天在此开唱！”

“好，那我真得好好听一听！”

彭兴旺说：“杨老，今天这里全部的费用都由我出了，不用您老自己掏腰包。”并与姜新熽一道，一左一右扶着杨大顺坐在前排正中的位置上。

不久，官宦、长者、宾客、乡亲们都陆陆续续到堂了，包括“七位老表”中的五位。只有方贵、熊宗武二人，他们是从城外的立德街赶来，路程较远，还在路上。因日前他们两家相约回立德祭祖去了。唱渔鼓的高亮声也到了，只见他昂首漫步走上戏台，扫了一眼济济一堂、翘首以盼的嘉宾与听众们，瞬间偌大的三楼厅堂里便鸦雀无声。

高亮声遂以清脆的嗓音、明晰的吐字，放声启口言道：“从今日开始，在下给大伙演唱新作品‘神勇盖世鄱阳人’……不，饶州人。刚才鄱江楼茶馆及戏院的王老板介武兄说了，这个本子自今日始可在此连唱一个月，到新年正月十五元宵过后才结束，只有中间初一到初七春节期间停唱七天。这一个月里使用该厅堂将全部免费，听众也俱不收钱。当然，喝茶、饮酒、吃点心得自己解决啦！不过，今日这里的所有这些花费，包括品尝腊八粥，彭大财主兴旺先生已答应悉数由他买单，大家就放心吃粥、喝茶、饮酒吧！”

“在我演唱这部新作品之前，首先，让我们以热烈的掌声感谢两位作者姜新熽、蒋水生，给我们带来了‘饶州人写饶州人’的生动精彩故事与优美流畅文辞！当然，也要感谢两位老板王介武、彭兴旺的慷慨支助！”

他的话刚落音，三楼大厅里顿时掌声“哗哗”响起，姜新熽、蒋水生、王介武、彭兴旺四人又只得连忙站了起来，转身向大家颔首、拱手、道谢。

于是，高亮声将手中的惊堂木往案桌一拍，鼓掌声立刻停止了。在场的人个个都凝望着他，一双双希冀、钦佩、黑漆、清亮的眼珠，就像是一对对聚光灯似的。

高亮声清清喉咙，转身拿起台前的一把看家渔鼓，谦逊地说："在下演唱得不好，请诸位原谅，多提宝贵意见。"然后坐在一张竹椅上，左手抱起渔鼓，右手轻击鼓面，不断拍打、拨弹渔鼓，时而简板连夹，时而醒木一掷，浑厚洪亮、清脆悦耳之声发自内心肺腑，人与鼓、简板、醒木交融合一，运用灵活自如，声响合拍协律，神韵出自音乐间。他时而粗哑低吟倾情似诉，时而流畅开阔纵情似啸，时而软绵细说柔情似水，时而铿锵高亢豪情似山，声声泪、声声笑、声声情、声声意，溢满演唱席，荡出鄱江楼，飞向九霄外。

此时，茶馆兼戏院的里里外外，乃至整个鄱江楼的上上下下，鼓掌声、口哨声、叫好声、欢呼声此起彼伏、不绝于耳，一浪高过一浪，热闹非凡……

……

元末朝局好荒唐，百姓生活多悲怆；
苛捐杂税如牛毛，死猪也交银二两。
朝廷欺民心太狂，强占新郎三天床；
正义人士不敢拦，农民起义把剑亮。
……

老者杨大顺听到这里，对身边的姜新燏轻声说道："开场白虽朴实无华，但气势宏大，以元末朝局之'荒唐'，引出'农民起义'。既是非凡之事，也是非凡之笔。"

姜新燏虚怀若谷，轻声回谢道："全蒙杨老抬爱！"

北面狼烟势头涨，南方战火烧得旺；
拒敌复宋如刀枪，一语见血真敢当。
赤符光卿帝位抢，天完寿辉做皇上；
天佑士诚有江山，龙凤韩家进王帐。
四处剑指元大狼，你方唱罢我登场。
……

“好!”

“好一个‘四处剑指元大狼，你方唱罢我登场’!”

台下听众的鼓掌声、叫好声、交流声、议论声持续热烈，而主角高亮声却仿佛充耳不闻、浑然不觉，他已完全进入表演状态，沉浸在故事之中，只管倾情说唱：

友谅不义杀寿辉，标榜大义当汉王；
元璋韬略缓称王，江山一片为帅帐。
话说至正廿三年，朱陈鄱阳湖大战场，
这个是，龙凤元帅朱元璋；
那个是，大义皇帝陈友谅。
元璋友谅，同是汉室一家堂；
龙凤大义，本当协力灭大狼。
友谅领兵六十万，咸鱼翻身存希望，
只想洪都好地方，文正小将难抵抗；
灭了元璋左右膀，方能安稳做大王。
元璋鄱阳湖撒大网，以逸待劳康郎旁；
伯温军师妙计算，坐等友谅进雾障。
……

“刘伯温真是天仙下凡，神机妙算!”

“不对，他是诸葛亮再世、孔明第二!”

听众席里又是一阵叫好声，以及争吵声。

高亮声的艺术表现与舞台表演都非常出色，能给人一股强大的吸引力。他能把曲艺演唱得出神入化，能把在座的人时而说得聚精会神、鸦雀无声，时而又说得一片喝彩、掌声不断，时而说得忍俊不禁、笑声连连，时而又说得泣不成声、哭作一团。说唱者投入、观听者动情，台上台下，默契共鸣，浑然忘我，融为一体。有人说，观听高亮声的曲艺表演是无上的享受，像喝酒、抽烟一样，会上瘾、入迷，没有不回头、不依恋的道理。所谓“一日不听高亮声，三日浑身不舒服”，并非夸张。

战前明公借草粮，鄱阳乡勇把心向；

纷纷捐物雄志起，个个出力齐歌唱。
饶州府里出侯王，韩成封侯称高阳。
舍身搭救洪武帝，湖上一跳山河壮。
欲知鄱阳好儿郎，区接英勇多悲壮?
振远捐躯为哪般，刘家杀了多少狼?
方贵老，劝家远，厥功至伟献康郎；
熊宗武，大富豪，慷慨解囊借多粮?
好戏须演三五天，精彩还等下回讲；
欲问后事有耐心，明辰我们接着唱!
……

“说曹操，曹操就到”，就在此时，台上正唱及方贵、熊宗武，他俩恰好便双双赶来了，低调地悄悄在厅堂最后各找了个位子，静坐了下来。大家都认识他们，马上给他们打招呼、让过道，让他们到前排去坐。方贵连忙起身致谢，摆手表示算了。

高亮声一个时辰的又导又演又说又唱，把偌大个鄱江楼都掌控在他的“强大气场”之中，这大概就是此位“渔鼓王”的“王者之风”了吧？当他说唱的最后一个字乍一落音，厅堂里外顿时爆发出雷鸣般的掌声与赞叹声。大家全都沉浸在他的艺术世界里，感受着他给他们带来的欢乐与力量。

第二十四章 陶安宣诏令

掌声尚未断停，楼下一阵骚乱，人头攒动。有谁在喊“陶知府来了”，那是已见过、认识这位饶州最高长官陶安大人的人喊的；而那些还没见过、没听说过他的，则往前挤啊凑啊瞧啊，很想目睹一下他的尊容，看看这位传奇式的朝廷命官是否有三头六臂，是否长得奇人异相。

确实是陶安来了！只见鹤发童颜的他，身着新做的明朝二品官服，情绪饱满，神采奕奕，在尚未离开的前任知府宋濂及州府、县衙其他几位官员陪同下，正迈上城墙的石阶，朝三楼厅堂走来，边走边与宋濂低声说话，同时还没忘了向四周的百姓招手示意。

往常年岁，府、州、县三级官员一般都是在腊八节这天午后，就赶到鄱江楼来与人们一起喝茶听戏的。今年因为陶安还兼着行省的主要官职，从省城洪都远道而来，便耽误了一两个时辰。饶州的众百姓远远近近望着城楼上的陶安，一时不得平静，他们在心中胡猜乱想：朱明王朝开国伊始，朝局必有很大调整，那国家方针政策、律法制度、对江西与饶州的规定有什么变化？陶大人再次莅任饶州知府，能给本地带来多少的平安和幸福？

陶安、宋濂走进三楼厅堂，向朝他们迎接而来的诸位热忱地打着招呼，对认识的人更是一一亲切致意。尤其是老者杨大顺、方贵、熊宗武、彭兴旺、刘萌、刘清修、卞采、姜新燏、王介武等人，他俩还与他们握手道好、嘘寒问暖。

等高亮声演唱完毕走下小戏台后，陶安便缓步登上台去，摆手请大家安静下来，然后说：“我陶某人受洪武皇帝旨意，今天又来到了鄱阳——哦，已恢复饶州之名了——出任知府，感到十分荣幸！上次任职期间饶州百姓对我的支持与爱戴，本人铭记于心，在此再次表示由衷的感谢!”

一阵掌声过后，陶安接着又说：“此次重返饶州，乃万岁爷钦点，我不敢违命，亦与大家有缘。今日我身带三道朝廷诏令，刚刚赶到这里，途中耽误了一些时间。同时又要与宋知府作交接，请教一些政务，故而延宕至今，让大家久等了，实在是对不住啊!”然后拱手致歉。堂堂王朝命官，高高在上，且德劭望重、政绩斐然，陶安却仍如此质朴谦恭，又博得一阵掌声。

想当年，陶安在任鄱阳府父母官期间，身为一介大儒，他恪守先圣孔孟及历代明君的“仁政”之术，努力解决前朝时种种陈案旧事，用心训诲各级官员廉洁自律，积极引导百姓耕田种地打鱼，尽力做到“不扰民、不侵民、不欺民”，一时民安业兴，使得鄱阳出现了在战乱年代难得的兴隆景象，故而深孚人心。以熊宗武、彭兴旺等人为代表的鄱阳商贾乡绅，其经济事业也在短短的时间内达到了鼎盛高峰。

饶州及鄱阳人民十分感恩陶公，遂建其生祠供养之，并编写民谣盛赞道：“千里榛芜，侯来之初；万姓耕辟，侯来之日。……湖水悠悠，侯泽之流；湖水有塞，我思侯德。”朱元璋见民谣中歌颂了自己，自然高兴，亦写诗褒扬陶安：“国朝谋略无双士；翰苑文章第一家。”

但此时也有一些没文化且性子急、乏涵养、少礼貌之人，对陶安前面这么多套话、交代很不耐烦，只管催促道：“你就快快把那三个诏令说出来吧!”

陶安却毫不愠怒，不慌不忙，眼帘也不抬起。他倒是暂时停止了讲话，走下台来，先把宋濂安置在前排正中坐下，又走到老者杨大顺面前，端起他的茶杯，一饮而尽——他实在是太渴了！这一路上只为赶路、办事，还没喝过一口水呢。

紧接着，鄱江楼的一名年轻女侍者送来两杯热茶，一杯放在戏台的桌面上，那是给陶安的；一杯递到宋濂手里；又提着一个热水壶，帮老者杨大顺、彭兴旺、王介武等人续了满杯。陶安则转身走上台子，缓缓坐定，继续说道：

“我在来这儿的路上，与宋知府商量了一下，今天光临鄱江楼，主要是与诸位一起欢度这个腊八节，品尝美味可口、久负盛名的张王庙腊八粥——只怪本人没有口福，上次在此任职期间，竟未遇上腊八节，没吃到腊八粥，这次一定要弥补这个遗憾啊！……至于诸位关心的那三道朝廷诏令嘛，想必你们也听说过一些了吧。”

“饶州府在我大明王朝开国缔造伟业中建立了莫大的功勋，冠绝天下、光耀汗青。还记得五年前的那场风诡云谲、波澜壮阔、惊天地、泣鬼神的鄱阳湖终极决战，虽已过去很久了，但仍历历在目。灭友谅、平江右、擒士诚、获东海、立社稷，几乎每时每地都有咱们饶州人的足迹。韩成、方家远、吴宏、于光、方家俊、胡润等厥功至伟的饶州名将忠臣，杨大顺、方贵、熊宗武、彭兴旺、刘萌、刘清修、卞采、姜新燏、俞韶、郑闻沣等贡献卓著的饶州各界父老，李振远、宁友吾、刘勋、庞石代、区接、范继甫、范继和、姜润等壮烈牺牲的饶州英烈勇士，可谓不胜枚举、群星熠熠。听说姜新燏与蒋水生两位才子合作，撰写了一部《神勇盖世饶州人》，列出了四十九位当代饶州英雄好汉，这个很好。咱们饶州阖府人民，为华夏祖国，为大明朝廷，为桑梓家园，浴血奋战、慷慨赴义，无不表现出大家对大明王朝的支持，无不体现出大家对大明王朝的热爱……”

“快说诏令吧!”

厅内厅外围观的一些人，又开始起哄、插嘴起来。此原因是多方面的：有些人听到陶安讲及“决战”“英烈”，好像只是在说遥远、古老、过去的事情，跟关乎自己当前切身利益的那“三道诏书”并无直接联系，便沉不住气了；有些人听到陶安念出那几个牺牲者的名字，也许是他们的家人、亲戚、邻居、好友，不免想起往事来，泣不成声，心内哀恸，便不想再听下去了；还有些人则既没参加作战，更无家人与亲朋殉难，故没得到朝廷的任何奖励、抚恤，好事坏事均跟其无关，他们也不想听，他们只关心这三个朝廷的新诏令。看来，在不少黎民百姓的内心深处，还是对刚成立的新王朝、刚登基的新皇帝怀揣忐忑、不够信任。

陶安像是比高亮声还高明的演说者，在吊足了全部听众的胃口后，便抿了一口自己眼前的婺源绿茶，终于抛出了“答案”：

“皇恩浩浩，吾主隆恩！我洪武皇帝陛下经过认真、全面的考虑之后，为回报饶州阖府乃至全江西行省人民对我大明王朝的大力支持与热爱的万分之一的心意，决定：

“第一，前元至正二十三年，在鄱阳即今饶州，我大明军队前后分五次所借当地百余位乡绅富户的五万石精粮，朝廷将双倍奉还，明年秋天收割后立即兑现。

“第二，自明年开始，整个江西行省人民蠲免三年皇粮。”

陶安每宣布出一道诏令来，厅内厅外、楼上楼下俱传出一片十分激奋、狂热的鼓掌与叫喊。

“至于……至于这第三道嘛，由于情形特别一些，可能有部分乡亲一时会想不通，那也没啥关系。总之咱们万岁爷是不会害自己的子民百姓的，你们以后就会明白。我与宋知府已商议过了，今天暂不宣布这第三道诏令的内容，让你们大家先吃好粥，回家过好年。待明年元宵过后，正月十六我便叫人将该道诏令誊抄好，贴在这鄱江楼门楼与饶州城的全部六座城门上。”

宋濂比陶安小十来岁，正是未到半百、年富力强的“黄金岁月”。平日陶安老谋深算、沉稳寡言，宋濂血气方刚、言辞犀利；可今天刚好相反，是陶安一个人在唱独角戏，口若悬河、话语不停，而宋濂自登上鄱江楼后，一直心不在焉、一声未吭，显得有些反常的紧张。当陶安讲话时，他的目光游移不定，不敢正眼看在场的熊宗武、刘清修、卞采、姜新爀等老友。他时而悄悄扫视一眼旁边的几位，时而望望窗外不停飘洒的雪花；还不时地独自走出厅堂，朝城墙一隅的茅房而去。

其实，心系苍生、正直廉洁的老大人陶安，自己心里也有很多难言的苦衷、愤懑的情绪。只不过他久历江湖、士林与官场、朝堂，年迈德劭，城府深沉，不管内心如何翻江倒海、思想如何错综复杂，都能做到不悲喜形于色，不大煞风景，只顾强颜欢笑，上逢迎帝王贵胄、下迁就人民群众，以尽力维持这热闹、喜庆的气氛。他只是一介书生、普通臣子，不能改变现状、扭转乾坤，只有与大众同呼吸共命运，一起苟活于当下了。

面对即将来临的重大变故、滔天波澜，陶安与宋濂都是既气愤又无奈。只是宋濂乃用默默无语来表示抗议，陶安则以不停说话来掩饰内心。

陶安一说完，那名年轻漂亮的女侍者又从后面的厨房出来了，旁边跟着两名姿色一般且年纪比她大不少的女侍者。漂亮的那个双手捧着几十只做工精美的瓷碗，年长的两位肩抬着一大铁锅热气腾腾、香味四溢的腊八粥，三人俏声喊着“吃粥啰，吃粥啰，刚出炉哟，正热乎哟”……大家都兴奋地嚷嚷起来，让出一条空道，等待她们把大铁锅抬到戏台子下，然后给他们一个个地发碗和筷子、盛热粥。大家遂赶紧品尝，蚕食鲸吞，风卷浮云……

由彭兴旺早就准备好的乐鼓队与歌舞队的那些演员们，已经等不及了。当陶知府宣布“借粮双倍奉还”“蠲免三年皇粮”两条诏令之后，他们顿时欢欣鼓舞起来，浑身上下都是劲儿，根本不再考虑那“第三条诏令”是什么东西，就“呼啦啦”登上台开始表演了。一时间，鼓乐声、歌舞声、吃粥声、说笑声，令整个戏茶厅内外、鄱江楼上下成了欢腾的海洋、艺术的厅堂、吃客的世界！

老百姓毕竟还是单纯、直爽的，他们哪管那仍藏匿椟中、秘而未宣的“第三条诏令”的事情，总以为会同样很好嘛，州衙的老爷在卖关子嘛，要给自己一个惊喜嘛！于是，饶州人的笑声把飞雪挡在了屋外，饶州人的热情融化了饶河上的厚冰，他们忘了形、忘了情，欢乐霸占了每个人的胸田，仿佛无数年憧憬的幸福美好日子，竟在今天突然间就实现了！

其中最最得意、最最自豪的人，大概莫过于杨大顺老先生了。他心想，饶州能有今日之盛况，完全是自己当初决定去京城向皇帝“讨债”才得来的。从朱元璋的平易近人、热情待客、不变初衷、一诺千金，老杨头看出他确实是一代明君圣主。

彭兴旺也很高兴，他前后借给皇帝八千石粮食，明年秋后就可以收回一万六千石了。这笔“生意”自然做得，大概也是他一生中数目最大、最漂亮、最得意的一笔“生意”了，岂能不高兴？他倒是在暗暗后悔，要是自己当年再多借给皇帝两千石粮食的话——这个数目他还是不缺，那明年不就有两万石了吗？不过自己家底还是有限，能跟人家熊宗武比吗？

刘萌更为洋洋得意，认为自己当时豪言壮语，力争去京城“讨债”，那实在是英雄之举、侠义之举、冒险之举但也是明智之举，为饶州乡亲与自己争到了可喜的利益与荣光。

沾沾自喜的还有刘清修，他刚开始是不主张去“讨债”的，有些瞻前顾后、畏首畏尾；但等到真的去了京城，不仅顺利完成了使命，还得到了皇帝、皇后的款待，见识了皇宫的豪华、巍峨，大开了眼界，他觉得自己还是有福气的。虽然曾经犹豫过，但最后的选择还是没错嘛！

只有熊宗武、方贵、卞采与姜新熽四人的看法不同。

卞采与姜新熽学问、文才了得，脑瓜子也聪明好使，两人从陶安的言语狡黠、宋濂的眼神闪烁中，意识到那“第三条诏令”非同一般，他们的“葫芦”里卖的可不是什么好“药”，饶州很可能会有大事发生。对前两条的内容，卞采早在京城就听皇帝亲口晓喻了，姜新熽也在他们七人回饶州后对他说过了，所以丝毫不觉得稀奇。倒是这第三条究竟是啥内容？为何迟迟不公开？为何陶、宋二人均神情不自然、言辞不爽快，大异往常？卞、姜二人是好友，他俩对视良久，好像知道对方在想什么，而且想法也差不多，彼此心领神会了。

方贵也觉得，今晚这两位知府的表现，很是有些令人奇怪。再联想起日前在京城儿子方家俊的府上时，他那不同平日的态度，他心里不免捣鼓不停。他总觉得，老杨头是不是得意忘形，高兴得太早了？他仿佛又记起了在莫愁湖畔，刘清修无心的那几句话，“是福是祸不到最后尚不清楚”“好景不长”“乐极生悲”，等等。

熊宗武尽管是这次最大的赢家，来年秋后就可以得到朝廷偿还的四万石粮食，从而一跃成为赣北赣东乃至整个江西的首富、第一乡绅，甚至还可能是全国最大的财主之一，但他的心里并不轻松、兴奋，一则多年的江湖与行商经历，使他有了“财大怕出事”“好景难长久”的思想；二则从这个迟迟尚未曝光的洪武帝“第三条诏令”上，他总有大祸临头之感。他便暗暗地使劲轮番掐自己双手的大拇指，让自己保持微疼、清醒，以为这不过是庸人自扰，结果不会那么糟的。

第二十五章　元宵响霹雳

大明王朝洪武二年（1369），农历己酉年。这天是正月十六，刚刚过了元宵节，严格意义上的春节算是结束了，人们准备开始着手新一年的事务。但这天清晨，年前已恢复原名的饶州古城，仍久久沉浸在大明开国头一年的新春喜庆气氛里舍不得离开。

要说这洪武元年的年，饶州府全体百姓的确是过得欢天喜地、热热闹闹的，炮仗声响响的，对联色红红的，苍生万民们陶醉在新朝的幸福生活之中。

先说卞采、姜新熽、蒋水生三人吧，这个年可忙坏了他们，整天整夜地帮人写春联，甚至到了顾不上吃饭与睡觉的地步。一条条歌赞太平、一副副颂扬盛世的自拟春联，从他们的心口绽放、从他们的笔下流出、从他们的手头送走，什么“日月同辉照赤县，山川壮丽映鄱湖”“天增岁月人增寿，春满乾坤福满园”“财来似水天倾倒，福至如风地徒升”，等等。看到接受者眼里露出的那份幸福与喜悦，他们仨也感到特别自豪与满足。

再说老者杨大顺，这个年可乐坏了他。在团团圆圆、和和美美、济济一堂的全家年夜饭八仙桌上，坐于首席的他，面对周围如众星捧月群山朝岱、满脸笑容满眼喜气的一大堆子子孙孙们，一杯杯敬献上来的“老饶州”烧酒喝下肚，便激起了他脑海里的一阵阵波澜。

高龄已经整八十岁、今年打算庆贺八秩大寿的老杨头，一辈子多少辛酸、多少风雨、多少震荡九天的控诉与呐喊、多少撕心裂肺的悲鸣与哭叫……都在他脑海里记着，在他胸怀里装着。他眼见过朝廷大军追剿宋家残部的血腥、惨烈场面，目睹过南宋丞相江万里一家十七口在饶州城北芝山麓止水池全体投水自尽的悲惨情景；也无数次亲身规劝过被强占“初夜权”的乡邻；参与过大明王朝立国前的鄱阳湖决战，还入过京城，进过金銮殿，得到过皇帝、皇后的接见，并受到过他们的款待。他从来没有像今天这样快乐，仿佛四周有美妙仙乐环绕，让他荡气回肠、心绪舒畅。

耄耋老翁杨大顺兴奋了，喜在眉梢挂，乐在脸颊扬。他趁着酒劲，口中念念有词，“值!”不时地还耸腰点头，忍不住笑出声来。

坐在他一旁的家族最小孩子之一、七岁重孙杨六四看痴了，不由得傻傻地问道：“太爷爷，您在笑什么呢？是笑我过年没有乱说话吗？那是我爹娘交代过的，过年要说吉利话，不许说去呀、走呀、杀呀、死呀……的。”

杨六四的父亲杨三三赶紧冲了过去，用手堵住儿子的小嘴巴，对着爷爷杨大顺连连请罪：“爷爷，童言无忌！童言无忌!”

老者杨大顺却不以为愠，继续笑呵呵、喜滋滋的，只管吃酒、呷菜、哼曲。

……

洪武二年的春天来得早了些，还在十几天前，才正月初一，明媚的阳光就已普洒在湖东大地上，冰雪消融，生机盎然，大有天助人愿之势。

饶州的百姓们都知道了，“还双倍借粮”“免三年皇粮”，这是皇帝亲口许诺的。他们心里那种长年受压被欺的想法没了，似乎有了从人家顺手牵着的狗，变成了顺手牵狗的主人之感，一下子获得了自由和尊严，便把赶庙会、舞龙狮、走花灯、供菩萨的活动，当作表达幸福的事来做。

洪武二年的正月初一到十五，饶州人都是幸福、开心、平安、快乐的。每日每夜，都会有许多可眼观可手动的丰富娱乐活动，各种耍龙舞狮戏猴、花灯江灯飞灯、走街串巷闹门，一个个新老女婿带着子女到丈母娘家拜年，把整个古城变成了一个欢乐、浪漫的世界。

正月初一上元节、初二拜新年、初三起龙灯、初四张巡出庙、初五赛花灯、初六祭祠堂、初七过人日、初八赛大神……直到十五元宵节，饶州人进行了长达十五天的“大狂欢”。

可是，这东方传统的“狂欢节”一过，饶州民众还沉醉在绚烂的美梦里，到正月十六，一件件令他们伤心的事便不期而至了……

是日一大早，天刚拂晓，就从鄱江那头驶来了两艘官船，停泊在饶州府衙码头。每艘船上均摆放着一口巨大的黑漆棺椁，旁边是数十名全副盔铠、手持刀枪、眼含冷泪、面色凝重的军士护卫着。吴宏、于光两位饶州籍名将的遗体被运回了家乡。

洪武皇帝朱元璋把非自己淮西嫡系的部队与将领，大都放在离京畿最遥远、条件最艰苦、作战最激烈的地方。其时吴、于两位将军正效力于大明西北边陲，誓死捍卫王朝疆土，身先士卒、一马当先，领兵浴血杀敌，立下了赫赫军功，最后壮烈牺牲在沙场。吴宏其时为从二品将军，与方家远平职；于光其时为从三品将军，与方家俊平职。

吴宏乃饶州余干人，曾一直追随明朝开国第一功臣、大元帅徐达转战南北东西，扫除前朝残部。他是在秦州（今甘肃天水）与前朝军队的一次近身激战之中，遭冷箭穿心当场死亡。于光乃饶州都昌人，曾长期随吴宏协同作战，在金城（今甘肃兰州）城外马兰滩遭元军伏击战败被俘后，对元军破口大骂，遂被杀害，将头悬于金城城门。不日徐达亲率大军从西安赶至，攻克金城，寻得其尸躯，但头颅已不知去向，后朝廷赐予千两黄金制成其首以配全遗体。吴、于二人牺牲前后仅隔数日。

朱元璋获悉徐达八百里加急奏报后，甚是难过，命随后才从另一边关赶去顶替吴宏的方家远等人暂行军事指挥大权，继续戍守边疆国界，以关闭城门、战略防御为主，不要轻易出城迎敌；另派一批将士护送此两位的英灵迢迢归乡，以朝廷名义厚葬，并谥封吴宏为神勇大将军、正二品，于光为怀远大将军、正三品，均建祀功臣庙。吴、于二人双双英年早逝，不免亲者痛仇者快、万民哀叹惋惜，但还算功德圆满、光宗耀祖，尸身能归葬家园，家室亦受到朝廷的丰厚抚恤。

陶安已提前得到驿报，不敢怠慢，立即带领省、府、州、县文武官员齐齐到码头迎接，令人将灵柩抬至府城鄱江楼门前，同时速速吩咐手下去接吴宏、于光他俩的家眷前来。

待吴、于两位将军的家眷赶至府衙，已是当天黄昏时分。饶州百姓皆已家喻户晓，这两位本籍骁将战死在异地他乡的疆场了，现其灵柩正停放在鄱江楼下。大家纷纷涌来，会合于此，有的披麻戴孝，有的长跪灵前，有的热泪盈眶，有的议论他俩生前的功绩事迹，有的描述他俩在鄱阳湖决战前夕一在城南一在城北指挥护城，有的感恩他俩曾周济过自己的生活。

暮色苍茫，天光将暗。残阳似血，映在鄱江楼上，洒在鄱阳湖水里；帐幔如雪，挂在古城门口，罩在码头四周。一红一白，统领着这一带，对比是如此鲜明、强烈。人们真弄不明白：这红与白为什么交汇在此时此地？更无法搞清：人一生中为什么会有红、白两色缠绕？

短时间里，饶州的数百名官宦、贤达、富绅、乡勇及两位将军的家人、亲戚、好友都汇集在鄱江楼下，方贵、熊宗武、杨大顺、彭兴旺、刘萌、刘清修、卞采、姜新燏、蒋水生、俞韶、郑闻沣、王介武、熊秀（及方娆）、熊瑛（及杨筱文）……一个个熟悉的面孔出现了，他们都来追悼这两位曾共过事、同过难、深交过的饶州豪杰。

老者杨大顺拄着拐杖，孙子杨三三、重孙子杨六四等人搀着他，方贵、熊宗武等人陪着他。在他们的印象里，吴宏、于光两人是大智者、大英雄，是"神""圣"，怎么也会有这么一天呢？而方贵则在心里还默默牵挂着正顶替吴、于二人戍守边疆、戎马倥偬的大儿子方家远，熊宗武也还暗暗担忧着始终跟在方家远身边打仗的外孙黄河。

在诸多官员、将领行过礼之后，方贵、熊宗武、彭兴旺、刘萌、刘清修、卞采、姜新燏他们也一一对吴、于两位英烈行跪拜悼别大礼。卞采即兴写了两首小诗、两副挽联，送给他俩的家人；姜新燏也给两人各写了一篇祭文，并在灵前高声宣读。

老者杨大顺在熊宗武、方贵一左一右的陪同下，走到吴、于的灵柩跟前，默然垂首，右手握拳，再由左手手掌将右拳包覆，行了三次作揖礼，并轻轻喃语道："白发人送黑发人，苟活者却比大英豪的命长。你俩是成就皇帝的战神，不该走在我这糟老头子的前头啊！"

吴宏、于光两位将军的妻妾与子女的哭泣声、叫唤声，在场众人的说话声、赞叹声，还有接连不断的炮仗声、哀乐声、风浪声，声声震耳刺心，声声直上九霄。黄的钱、白的纸、黑的衣，在空中无序地翻飞起舞。两口锃黑照人、硕大无朋的棺椁，横放在楼门中央。人们悲痛欲绝的情景，被鄱江楼、鄱阳湖水真实而无遗地记录下了，见证了这感人的一幕幕。

江西行省衙门、饶州官府与鄱阳县衙严格按照当地的习俗礼节，有条不紊地追悼与安葬吴宏、于光两位名将，其形式如"告丧""卖水""送终""请神仙""做功德""走八卦""唱挽歌""过火盆""出大殡"等，过程如"儿孙捧灵""孝子披麻""绅士戴孝""八仙抬棺""放声哭丧""根香系魂""招幡引路""鸣锣开道""沿途炮仗""掷钱买路""歌乐伴行""漫步前移"等，场面宏大壮观，气氛肃穆悲沉。

最为让人心痛的一幕，还是于光将军年轻、忠贞的遗孀古氏水娇的哭丧与撞棺，那情那景，真是令人肝肠寸断，叫人悲伤难忘。且听她那一句"今日无头，来世怎么再做夫妻"的悲哀哭辞，让不少在场者五内酸楚、涕泗横流，不知该作何应答与安慰。

于古氏在丈夫的灵柩被八仙抬起“过火盆”即将出殡时，趁大家还来不及注意、阻拦，竟突然一头冲了上去，其小巧柔弱之躯与木硬棱尖的棺椁相猛撞，无异于鸡蛋碰巨石，顿时头破血流、当场命绝，魂魄已随于光杳杳而去。真是一名节烈女子！这把在场的所有人都惊呆了，刹那间大家足足发了好一阵的愣，之后一个个唏嘘落泪、啧啧感叹了许久。陶安又急忙派人赶去张王庙王家河村抬来一口新棺材，尽快收敛古水娇的尸身。

陶安与宋濂两位知府大人经过商议，最后决定：为便于以后每年官府及百姓对英雄的祭祀、扫墓，将吴宏、于光古水娇夫妇葬于饶州城北芝山向阳的东麓；其衣冠、遗物等由家人悉数带回，另置衣冠冢于其祖坟地；将朝廷所拨专项建设费用发给各自县衙，由各县负责选址修造吴、于两位将军之祀庙；领受朝廷圣旨，两将军塑金身进康郎山忠烈祠。

另外，陶安、宋濂原本准备在正月十六公布朝廷的“第三条诏令”，但由于操办临时出现的吴宏、于光之丧事，只得往后推延了几天。直到正月十八，这已密封多日、神秘难卜的洪武帝“第三条诏令”，才以“饶州府布告”的形式予以公开，张贴在古城的六座城门上，包括鄱江楼门。

该“饶州府布告”全文如下：

大明饶州府布告

洪武二年己酉岁府令一号

奉天承运皇帝诏曰：

大明开国，天下一统；承平盛世，海晏河清。
国家初定，百废待兴；民众所需，朝廷遂心。
饶州地贫，两湖人稀；人挤田荒，双地调平。
百姓迁移，三丁抽单；五丁抽双，独子不征。
府补县贴，全村享誉；自愿报名，另加偿银。
若有不训，毙杀勿论；政行百年，特此告民！

江西行省饶州府（印）
钦点江西行省参知政事、饶州府正堂陶安（印）
洪武二年己酉岁正月十八日

对于鄱阳县四十来万、饶州府两百余万老百姓而言，鄱江楼上这一纸既普通又不普通的布告，就像是晴天霹雳、一声惊雷，令他们一瞬间全都十分震惊、不知所措。他们也许还没马上意识到，此诏令将对自己、对全家、对本家族、对整个饶州府所造成的巨大灾难和痛苦。而且他们很不明白，为什么朝廷突然要发起这样一场不同寻常的移民运动?

第二十六章 君臣议迁移

洪武初立，太祖皇帝朱元璋便把一代大儒陶安从鄱阳知府任上调入京城应天，任命其知制诰兼修国史，官阶由从三品升正三品。但他上任还没几个月，就在“鄱阳七杰”来到京城“讨债”的头一夜，朱元璋急召两位当世名士——陶安与宋濂进宫，往东阁议事，作陪的还有鄱阳籍勋将方家俊。

陶安当时还感到蹊跷：“陛下找我与宋兄来聊天，他方家俊凭什么瞎掺和?”陶安深知方家俊的为人，故素来对其不齿，厌而远之。所以当方家俊假惺惺地来向他请安时，他回敬的态度是不冷不热、不亢不卑。方家俊也对他无可奈何，脸上略有点窘，只能暗地里咬牙切齿、腹诽良久。毕竟陶安博学多闻、德高望重、驰名天下，连皇帝也倚重之，官阶又高自己不少，且长期在自己家乡做父母官，他再财富堆积如山、走狗豢养无数，但对他仍有些心虚与敬畏，投鼠忌器。

不过陶安很快就明白了。

朱元璋先是绕了一个大圈子，不直接提及正事，只与他们讨论往昔历朝盛衰兴亡，让各位陈述己见。陶安与宋濂四目相对，心照不宣。双儒明白，皇帝这么晚召见他们，肯定有别的要务，但不知他到底打的是什么主意。可又不好劈面质问，那就骑驴看唱本——走着瞧吧!

像这样关系到国体民本、史识大局的宏观之论，需要具有非常广博的学问、详细的考察、长期的思考与深刻的见解，方家俊一介半文盲是没有办法插嘴对话的，只有旁听的份儿。他也假装听懂了，频频颔首浅笑。

陶安遂抛砖引玉：“前元丧乱之源，乃由于骄横与放纵而速失民心。”语简意赅，微言大义。所谓天威龙颜，在皇帝面前，他不好长篇大论、自我卖弄，且顾忌话多必失、措辞不妥，以免招来灾祸。

朱元璋进而回道：“身居高位、尸位素餐，显贵们容易骄横；无所事事、悠闲安乐，纨绔者容易放纵。骄横则善言不入耳，处世时我行我素，有过不改；放纵则善道不能立，行事时不顾一切，贻害无穷。如此这般，焉有不亡国之理！陶爱卿之言深切要旨。”

再论学术。宋濂道：“道不明，则邪妖之说害天下。”同样是长话短说，点到为止。

朱元璋又进一步阐释：“邪妖之说荼毒正道，犹如美味之可口，美色之炫目，诱惑极大矣。邪妖之说若不尽数除去，则正道不能兴，天下何从治！宋爱卿言之有理。”

陶安与宋濂双双起身，顿首颂赞曰：“陛下所言，高屋建瓴，可谓深探事物本源矣。微臣佩服，五体投地！”

方家俊也跟着他俩起身行顿首之礼。

朱元璋意洋洋然，脸有得色，逐渐引导三人切入主题。他问道：“陶爱卿，你早些年月在鄱阳府任上，不知有何感想？”

陶安对道：“鄱阳府的确是个好地方，它位于彭蠡湖畔，占水草丰美、滋润万物之地利先机；两百余万泱泱众生，占人和之聪慧勤俭；若天时亦佳，多年无雨雪虫旱之灾，且正当太平盛世、圣君在位，则富可敌国。”

朱元璋摇了摇头，说：“饶州饶州，富饶之州。三日即能供我万石精粮，不盈月便积集五万石，的确不简单啊！”他一时心神迷离，仿佛又回到了当年鄱阳湖大战千军万马、惊涛骇浪的现场，而自己正站在鄱江楼头观望鄱阳府那雄伟的城墙、阜盛的街衢。

陶安似乎有意要订正、补充皇帝的说法，或者说是要及时提醒于他：“总共是五万石军粮。当时是说‘借’。”

宋濂又补充道：“有借有还，自是常理。”

方家俊很不客气地插了一嘴：“这件事陛下又不是不知道，也没有说不还啦！需要两位老先生如此再三地强调吗？”

陶安不恼，只当作没听见他说什么，甚至就当作他没在场。陶安继续问朱元璋：“陛下您是打算还了吗？当时说一定要‘双倍’偿还的。”

宋濂也点了点头。

这就是中国传统真正的知识分子，为国为民，倘若牵涉到天下老百姓的利益，哪怕在天子面前，也是敢于直言“逆龙鳞”，不怕掉脑袋的。

朱元璋大度、理性地说：“朕哪里是不想还呢？如今对朕而言，双倍奉还鄱阳人之粮已是小事了。朕拥有天下，普天之下莫非王土，这点粮食，区区十万石，算什么？今日江西老表进京了，一行七人，其中还有陶爱卿你的几位老朋友啰！方将军的父亲方贵、鄱阳首富熊宗武、八秩老者杨大顺等，都来了。朕所担心的，只是陶爱卿提到的‘富可敌国’四字。像熊宗武这样富甲鄱阳、影响全国的乡绅领袖，类似现在应天府里正投巨资帮朕扩建京城与皇宫的天下第一大户、吴江周庄人氏沈万三。他们的财富若如此继续剧增、膨胀下去，那怎么得了？今夜让宋、陶两位爱卿，还有方将军进宫，朕想听听你们的意见，该怎么化解这个心结？”

原来如此！陶安心中恍然大悟。他思绪顿时杂乱如麻起来，觉得刚才自己一时话快，“富可敌国”四字被皇帝抓着了由头。他仔细想了想，字斟句酌地回道：“在微臣之前，鄱阳府在吴宏、于光两位将军，当然还有方家远将军，……方家俊将军之兄长的尽心尽力维护之下，保证了在历史大动荡、大更替之际，不受战争侵扰，城隍保持安好，黎民苍生不遭战火涂炭，实属史上罕见，是足以显示了吴、于、方几位将军乃有大才华、大智慧、大视野之人，正如圣上您当初在鄱江楼所书之‘城隍之神’四字，所说之‘鄱阳双璧’四字。但好在如今吴、于、方等将军均已离开鄱阳，正陆续前往各地征战，保卫边疆。若是他们还在鄱阳本地，不与大明一心，且串通熊氏、彭氏等富绅，以及多位乡勇、渔家、士人，则确要防备那里会生变乱。”

陶安总是能及时懂得朱元璋的心思。宋濂也很快就听明白了，他说：“陛下所担心的，莫非正是鄱阳那里，还会再有新的吴宏、于光，乃至陈友谅、张士诚……者出现？”因方家俊在场，他便不好说出方家远的名字来。

朱元璋微闭双目，缓缓道：“正是！”

洪武帝的这番顾虑，其实完全可以理解，也不是毫无道理。“天下富饶之州”鄱阳府农渔工商士军各派势力所潜藏的能量十分巨大，既然过去的吴宏、于光、方家远们能帮助他朱元璋消灭敌军，建立明朝；那将来的“吴宏”“于光”“方家远”同样就有可能帮助别人消灭他朱元璋的子孙后代，再建立别的王朝。

陶安接着说道：“鄱阳湖是天生大泽，上苍恩赐，并且是以鄱阳地名而冠湖名，改变不了它的基本形态，我们也搬不走鄱阳湖。这些年来，鄱阳府没有大的天灾，亦是陛下的庇佑。我们一直在祈求年年岁岁风调雨顺，庄稼丰收，粮食满仓，百姓安居乐业，生活幸福美满。至于人口众多，只因那里鱼米丰饶、不愁吃穿，能养育、能容纳如此两百余万数字，甚至更多的人丁。”

且看被晾在一边仿佛空气无存在感、一直没怎么吭气表态的方家俊眉头一皱，说出了他的真实想法：“既然鄱阳湖搬不走，那我们就可以在鄱阳府的人口上做文章，搬不走湖就搬人嘛！这就叫‘树挪死，人挪活’。譬如长江中下游两岸之应天、扬州、苏州、濠州、庐州、安庆、太平、宁国、武昌、黄州、岳州、潭州等地区，连年征战、人口稀缺，便可以从鄱阳府迁移部分人丁至此定居。如此一来，上述地区就人丁兴旺了，田地有人耕种了；而鄱阳府的人口便相应减少了，自然也就势单力薄、难成气候矣！皇帝的心结也便迎刃而解。”

朱元璋猛睁开眼睛，点了点头，捻须赞道：“方将军的这个办法看来就很不错嘛！”意思是说，此举甚合朕意。

这真是非常险恶、狡诈的一着狠棋啊！通过这种地域空间上的大规模移民，既能解除“富可敌国”的鄱阳府对新立的朝廷所造成的莫大的潜在的威胁，又能将别处那些被战争破坏的地区再次发展起来，实可谓一箭双雕、一举两得啊！也许还不止这两大好处吧。那第三个好处、第四个好处又是什么呢？陶安暂时还想不出来。

可是，鄱阳府不是你方家俊的生你养你的家乡嘛，你为什么还要出这样卑鄙无耻的主意？你难道甘愿让自己的父老乡亲们都背井离乡、远徙外地，父子、兄弟、夫妻生离死别？你到底安的是什么心呢？陶安偷偷觑了方家俊一眼，看他满脸得意的神色，更加厌恶他了。

这正是朱元璋与方家俊早就私下商量好了的，君臣配合唱的一出双簧，目的正是想逼迫陶安、宋濂这两位当代名儒应承下来。

几天以前，朱元璋便召见方家俊进宫，对他透露了这个自己长时间以来的顾虑。毕竟方家俊已跟随其多年，是自己人，可以交心的，能无话不谈；而他兄长方家远是后来才投诚过来的，尽管家远的为人、能力、成就远在家俊之上，但朱元璋还是更想重用家俊，而把家远支走，让他同着吴宏、于光去到遥远的西北边陲打仗，枪林弹雨、出生入死。再说方家俊又是鄱阳人氏，如何处理鄱阳问题，总得征求他的想法，或得到他的同意。

方家俊刚开始也没想到，对此尖锐致命之矛盾该怎么解决，差点把脑袋都想破了。直到朱元璋宣他入宫，两人一聊起来，等朱元璋把鄱阳府“富可敌国”“威胁朝廷”的难题摆在他的面前，他突然“灵机一动”，便有了这个主意：“既然陛下对我们鄱阳的强盛如此之忧心，那何不将其迁移、分散、压制、削弱，岂不就可以了?”

他一有此主意，马上觉得其十分高妙，因为这样做不但达到了上述两个目的——打压鄱阳、发展别处，解了皇帝的心结；而且他自己也能坐收渔利，趁火打劫，将熊宗武、彭兴旺等人的财富都抢过来。这就是陶安没想到的“第三个乃至更多好处”，因为那是属于他方家俊一个人的。

方家俊早就对鄱阳的那些富绅、地主们长期孤立、限制自己很为不满了。尤其是以熊宗武为首，一人坐大、富甲天下，跟自己斗了那么多年，自己在他手里吃了那么多亏，屡屡铩羽败北、劳而无获，令自己眼红嫉妒、愤恨不已，一直就盼着尽早除之而后快。他没想到这完全是自己人品低劣、贪婪狠毒、巧取豪夺所致，只想到要尽快消灭熊宗武势力、侵吞其巨额家产。如今大好机会不是来了吗? 把熊宗武赶走，由自己取而代之，真是妙哉妙哉!

他赶紧向朱元璋说出了自己的这番建议：鄱阳府大移民!

朱元璋听完他的详细思路，不由得连声叫好，顿时松了一口气，脑子里起连锁反应，很多决策随之确定，心结解除，眉开眼笑，抚掌而乐。

洪武帝拍了一下方家俊的肩膀，亮起大嗓门，抑扬顿挫道：“方将军此计甚佳！委实能解朕之愁绪。那方家俊听旨，因为你恰好是鄱阳人氏，朕就命你为鄱阳大移民总指挥，官阶升为正三品，新年过后就代朕回鄱阳府亲自负责有关移民具体事宜，率五千人马，择日启程，不得有误!”

方家俊自是万分欣喜，却又不敢太过显露，当即跪倒在地，叩头如捣蒜，连呼：“谢主隆恩，陛下英明，吾皇万岁万岁万万岁!”

朱元璋又问：“那你觉得该从鄱阳府迁走多少人合适?”

“微臣认为，兄弟三人迁单留双、兄弟五个迁二留三，凡独苗者则不外迁，这样既不伤筋动骨，保留了元气，又能达到广迁赣人、支援灾区之目的。”

“……甚可，就以方将军之计，如此照办!”

实际上，在后来“瓦屑坝大移民”之举正式启动时，真正迁走的人口比例和数目已远不止这么多了。朝廷可不管你兄弟父子、男女老少、军民士商，均按饶州府（鄱阳县）及四周赣省诸州县乡户籍“四口留一（抽三）、六口留二（抽四）、八口留三（抽五）、十口留四（抽六）”来办。这是朱元璋在方家俊所建议的基础上再作了调整的。照方家俊最初个人的意见，百分之六十左右即大部分人还能留下，迁走的不到一半；而照后来经他俩调整后确定的做法，三分之二左右即大部分人得迁走，留下的仅有三分之一多了。但从主体思路来看，这仍属方家俊的“发明”。

不过话说回来，在移民一项进行到后期时，朝廷官府允许父子、兄弟、夫妻一起迁走，家人同在，那又比最初只单独迁出男丁，父母、子女、妻室不能携行，弄得百姓骨肉分离、家破人亡，那还是要人性化多了。

君臣俩商定好以后，遂有今天的四人谈话。

此刻，看着这一对君臣主仆沆瀣一气、一唱一和的丑鄙嘴脸，陶安真是气不打一处来，他马上坚决表示反对：“此举不妥！”

对有关背景一无所知的宋濂，似乎还没明白朝廷该项政策个中的利害关系，他弱弱地问道：“陶兄，这有何不妥？”

陶安激动地说：“背井离乡、骨肉分别，素来就是中国人的大忌与悲剧。‘父母在，不远游’，这是一千九百年前孔丘老夫子传下来的祖训，也是中国人一贯严格恪守的伦理规范。强迫老百姓长距离迁移，是极不人道的做法。所以历朝历代为君为官者，都把移民看成是最难做也尽量不做的事情。再说鄱阳民众又是传统最深厚、最顾家恋家的，此举恐怕难以落实。”

朱元璋沉默不语，又微闭了双目。方家俊沉下了脸。

宋濂听懂以后，却有自己不同的想法。他亦已看出，这个主意是洪武帝与方家俊早就商量好了的，已无法更改，那又何必去忤皇帝的意，令他不高兴？这段时间，他发现做了皇帝的朱元璋已越来越难相处了，喜怒无常，动辄杀人。他感觉到古人所说的“伴君如伴虎”实在是太对了！他既不像陶安那么迂腐、书呆子，却也不像陶安那么正直、无畏。再说，他想来想去，觉得无论从哪个方面来看，这移民一举确实不错，堪称维系王朝长治稳定局面之“没有办法的办法”。

于是他说道：“我倒觉得此策切实可行。为了经济生产平衡发展，各地全面兴隆稳定，鄱阳、赣东一带人多地少，江淮、两湖一带人少地多，从那边迁移一部分人到这边来定居，开发耕地、繁衍生息，解决了多个地区的矛盾，可谓十全十美之举啊！”

陶安没好气地侧头瞅了宋濂一眼，心里则在哀叹：若是执意这样大规模、远距离移民，对于在改朝换代、兵燹连绵的战乱时期还难得保持社会安定、经济增长的鄱阳府来说，岂不是毁了它的大好前程，要了当地老百姓的命？对他们来说，这实不亚于一场大地震、一次大洪水、一回灭顶之灾！那我们不都是助纣为虐、为虎作伥吗？将成为千古罪人！

听了宋濂的这席话，朱元璋的眼睛又睁开了，非常高兴，当下做出决定：

"宋爱卿所言，甚合朕意。陶爱卿要是一时还想不通，朕也不怪你，你再好好想一想。那就这么办！朕现在下旨：将鄱阳府恢复饶州府旧名，属江西行省管辖。由陶安出任江西行省参知政事，兼任饶州知府，官阶升从二品。陶安负责具体执行双倍偿还军粮，三年蠲免皇粮，分批陆续迁移江西饶州、洪都、江州、信州等府部分百姓往全国各地诸事宜。宋濂免去鄱阳知府一职，但可暂缓其他安置，以协助陶安办好移民差使。若各位业绩出色，日后定然还有升迁、重赏。"

陶安、宋濂、方家俊都赶紧下跪听旨。旁边另有值日太监持笔原样抄录，再交由内阁特定文臣补充润色、组织文字。

顿时陶安的脑袋"嗡"了一下，像是谁在他耳畔放了一个巨大的炮仗。他最担心的事情终于发生了：对于那些反对自己某项政策的人，那就偏偏让他去执行这项政策，这就是洪武，洪武就是这么绝！如今他还是要我去背这个黑锅，去当替罪羊，去做千古罪人啊！

朱元璋本来还想继续下旨"另由方家俊出任饶州府大移民总指挥，随后赶去"，但又改变了主意，心想，还是等过段时间，看看饶州府那边具体情形，陶安如何处置，再令方家俊前往吧！

朱元璋还有一个新的想法，随即吩咐宋濂道："宋爱卿出宫后，即去找章溢爱卿，你俩连夜赶写一道诏书，明天一早给陶爱卿带去饶州。"

陶安还是不想做这个千古罪人，仍以自己年迈有病、才干难以胜任为由再三推辞，希望陛下准允自己告老还乡。朱元璋却坚持要他成行，并说："江西上游地，扶绥莫如卿。饶州大移民乃国家要务，非陶爱卿不能为。"

见陶安一再抗旨，洪武帝脸上挂起了不快的神色来。宋濂、方家俊担心皇帝发怒，到时局面难以收拾，也帮着力劝陶安，让他答应下来。陶安便不好再说什么了，只得再次跪下叩头，嘶声道："微臣领旨，谢主隆恩。"

朱元璋又以高屋建瓴、俯瞰天下、放眼未来的帝王气度，对三位股肱重臣道："不光是南方的江西要大移民，暂以饶州府鄱阳县为主要集散地，自南往其北方、西方、东北方、西北方四面迁徙；而且紧接着北方的山西也要大移民，暂以平阳府洪洞县为主要集散地，自北往其南方、东方、东南方、西南方四面迁徙。即南方主要是往北、往西遣散，北方主要是往南、往东遣散。这是全国两大重点移民区，还有另外一些行省、州府、郡县也要行动起来，将人口密集、田土饱和之地的百姓大量搬迁到人口稀疏、田土广荒之地去。"

朱元璋毕竟是史上寥寥的一位英明君主，他的雄才大略、运筹帷幄、目光长远、全盘布局，令刘基、陶安、宋濂、章溢、朱昇、李善长这些当世大儒高士也不得不钦服。这种全国范围内的人口空间大迁徙，在当时当地，甚至波及之后几百年，对于整个中国社会与历史的发展，都是影响深远、作用巨大的。

陶安再不顾瓜田李下之嫌了，便提出要见一见进京的方贵、熊宗武、杨大顺等人。朱元璋又以“夜深不便，再说你明早就要赶赴饶州了，还是早些回家休息吧！他们也很快就要回饶州了，你们就在那边再见吧”为由，不让他们当夜在京城里见面。

“你们出宫吧，朕也要安歇了。”

陶安、宋濂、方家俊只好跪安、告辞，各自分头回家。

第二十七章　请命鄱江楼

鄱江楼门上的这份官府布告，在饶州城里产生了一场亘古空前的轩然大波。百姓们先是震惊，继而不解，然后是愤怒、怨恨、恐慌、抗拒。他们在自己的家乡勤劳耕耘、繁衍子嗣、奉公守法、安分律己了数百甚至逾千年，建设了美丽的家室田园，收获了丰硕的劳动果实，创造了灿烂的精神文明，诞生了一批又一批优秀才俊。可如今竟强令他们迁移到遥远而陌生的异地他乡去，一家每三个成年男子要迁出一个、每五个成年男子要移走一双，如此颠沛流离、背井离乡、妻离子散、家破人亡，他们怎么愿意接受、哪里能够服从？

在时隔仅五年之前的鄱阳湖朱陈大决战之中，他们为朱家朝廷的胜利、大明江山的稳固，付出了巨大的牺牲和代价，死去了那么多子弟、拿出了那么多粮食、花费了那么多兵器、自愿献上康郎山向明公投诚并亲手除掉陈友谅，为何这么快皇帝老儿就变卦了、不认账了，就来对付他们这些曾经屡次在他嘴里喊得甜蜜蜜的江西老表了？再说“城隍之神”“鄱阳双璧”吴宏、于光的骨骸刚刚运回饶州，就要“城”“隍”分离、“双璧”拆散，到底是谁制造了这个灾祸？谁又能忍心这么做？

这些天里，万千民众聚集在饶州府衙与鄱阳县衙（同一个院落）的大门口，大家紧紧包围在一起，连偌大的一座桃缘山仿佛也能踏平三尺。他们闹哄哄、吵纷纷，喊声高、叫声大，“不迁”“不走”“不离”“没有天理”“去京城告御状”“问问皇帝老儿”……一声高过一声，一浪超出一浪。尤其高亮声的“不能迁”三个字一出口，就像在戏台上的吆喝，声音格外亢亮清脆，传得很远，于是和声一片，震天撼地。因为高亮声口才好、嗓子脆、吐字清晰嘛，后来便成了由他领喊，大家跟着齐声叫喊。

在场的熟人有老者杨大顺、彭兴旺、刘萌、刘清修、卞采等，那些老面孔都还在，只有熊宗武、方贵因故尚未赶来。

突然有人发出一阵尖叫“亭子倒了”，随后队伍中一片骚乱四散，“压着人啦”“不得了啦”“赶快救人啦”。大家有的七手八脚搬开砖瓦、抬走伤者，有的七嘴八舌朝衙门内院大声通告，也有的七拉八扯接连退出了府衙大门。陶安见外面嘈杂不休，既感到烦躁讨厌，又心虚无法面众，本想借机休息一会儿，但此时在屋里实在是坐不住了，便赶紧出来探视几名被亭子压着之伤者的情况，见其并无大碍，没有生命危险，只是一点皮肉伤，总算松了口气。

只可惜，这座已有数百年悠久历史，由北宋大文豪、时任饶州知府范仲淹主持修建的“四望亭”，又因范仲淹而被称为“范公亭”的古建筑，竟在民怨沸腾中被拥挤坍塌了。

此四望亭虽是普通砖木结构，但雕栏玉砌，飞檐翘角，碧瓦青砖，藻井华美。八面亭缘均为红、金、蓝、绿、白五色彩绘，上有范公当年亲选的“羽人浴湖”“吴芮筑城”“彭绮反吴”“王廙创学”“截发延宾”“鲜于起义”“士弘称帝”“饶娥哭父”八幅画。其实这些画的内容与顺序，也恰好概括了饶州悠久而丰富的历史。亭子南侧的门匾上，则是范公亲书的“四望亭”三个大字。

此亭尽管不是什么琼楼玉宇、宫廷禁苑，倒也算古色古香、清娴雅美。加之匠心独运、精心砌修，再配上周围的假山溪流、花木锦绣，可谓“叠山枕水曲径通幽”，让观者赏心悦目、得失皆忘，也多少能体会出范仲淹当初建造此亭的良苦用心。

范仲淹的什么良苦用心？范公之所以命其名曰“四望亭”，就是说吾等身为地方官员，在每决定做一件重要事情之前，都要认真推敲、仔细琢磨，前前后后、左左右右、上上下下、里里外外、东南西北都望望，瞻前顾后，左利右顺，深思熟虑，从朝廷立场出发，从历史角度思索，从现实利益考虑，从未来发展观察，一切为民众着想，不合民心、不顺民意的事坚决不做。

南宋诗人、“永嘉四灵”之首的徐照，曾在其作品《过鄱阳湖》中提及此亭：“港中分十字，蜀广亦通连。四望空无地，孤舟若在天。龙尊收巨浪，鸥少没苍烟。未流皆惊畏，吾今已帖淆。”南宋诗人、曾任饶州知府的王炎，亦作有《登四望亭》一诗：“春老飞花尽，园林遍绿荫。凭高聊寓目，念远更伤心。剧郡才难称，衰年病易侵。不如休歇去，吾意决投簪。”

如今四望亭终于垮掉了！这该是一个什么预兆呢？是吉还是凶？但陶安似

乎早就猜到了总会有这么一天的，遂一副泰山崩于前而视若无睹的样子。他沉着冷静、不慌不忙地对这些“围攻”府县衙门的乡亲们说：“请诸位推选出五名民意代表来，咱们到鄱江楼上去聊聊。其他人就在这里或回家去好好等着吧，不要再如此闹嚷嚷的了。”

陶安和宋濂明知洪武帝已经做出了决定，连圣旨都颁布下来了，事情是不可能改变了。不过作为两位尊崇孔孟、爱民如子的好官员，总得给老百姓一个说法，让他们有一个表达、倾诉的机会。再说他俩自己也是不大同意这种做法的，他俩只是无奈身处此职，执行皇帝的圣旨罢了。他俩也希望能通过听取民意，传达至圣听，使局面有所改善——当然他俩也明白这希望实在太渺茫了，除非太阳从西边出，除非黄河水能倒流。

“三个太少!”“五个不够!”“要十个!”“至少八个!”

大家七嘴八舌，经过与官府几个回合的“讨价还价”之后，最终选出八个饶州民间谈判代表，其中七位便是在年前进京“讨债”的“饶州七杰”，即乡绅代表熊宗武、彭兴旺，渔户与农夫代表杨大顺、方贵，乡勇代表刘萌、刘清修，文士代表卞采——还有一位就是姜新熵。他们也基本上是饶州各界百姓当中最德高望重、名气最大名声最好、参与政务最多的。

陶安、宋濂领着省府州县的官员们走在前面，八名民间代表跟在后边——熊宗武与方贵是陶安派公差从新熊府匆忙接过来的。他们步下桃缘山，来到鄱江楼，登上第三层茶室，双方分官民两排次第坐定。前次所见那位妙龄秀丽女侍者，将一大壶产自鄱阳本地的佳茗——明前新茶“龙脉毛尖”端奉了上来，一人一杯。顿时一股清香暖意洋溢在鄱江楼上，再随微风冉冉飘出窗外。楼内楼外，大家闻着都觉得熟悉亲切、直沁心脾。

陶安轻轻拨弄了一下茶杯盖子，抬起头来扫了一圈八位民间代表，开口说道：“南方的‘江西百年大移民’、北方的‘山西百年大移民’之策，是洪武皇帝钦定的国之政要，谁也无法改变。”一副根本无法商量的口气。

老者杨大顺最是感到重担在身，首先满腹疑惑地发问：“为什么要‘百年大移民’?”

陶安回曰：“两湖、江淮、徽皖、苏宁、杭甬等地乃至北方的黄河下游流域、中原地区，多年征战，人烟稀疏，特别是男丁少之又少。两百多年前‘宋金争夺天下’、一百多年前‘宋元争夺江山’，还有更早的三国逐鹿、四朝更替、五代乱象等，都是在这些地区，鏖战连连，兵燹不休。近二十年里，刘福通、陈友谅、徐寿辉、张士诚、方国珍，还有圣上率领的兵马等，也是在这些地区，与前朝部队展开肉搏，或相互之间频频争战。来回这么多年，大明王朝的建立、华夏神州重新实现统一并恢复安定，那是大英雄、汉子们的鲜血、生命换来的。只有咱们饶州地区，在韩成、吴宏、于光、方家远、方家俊诸位将军的保护与建设之下，当然还有在座诸位的共同努力，没有经过太大、太多的战火涂炭，许多年来社会安定、经济发展、物质繁昌、俊才辈出。于是，饶州阖府人密地狭，而两湖、江淮等地却人稀地广。”

宋濂接着如数家珍、要言不烦地给大家进一步讲解：

“元至正十一年八月，徐寿辉、彭莹玉、邹普胜、邹普胜等人在长江上游湖北之蕲州、黄州一带揭竿起兵，劫富济贫，前朝多次组织武装力量进行反扑，死伤不计其数。翌年徐寿辉乘胜率部沿江东下，围攻安庆城，夺取周围数县，并继续东进。十一月，徐寿辉又回头大举攻打安庆，虽未攻克之，然双方均伤亡惨重。徐寿辉经过三年招兵买马，于至正十五年势力恢复如初，对两湖沿江诸府县发动攻击，战争极为残酷，几天几夜肉搏后终于占领多个城池，安庆府此次亦遭到战祸波及。十六年，余阙被前朝任命为江淮行省参政，驻守安庆。徐寿辉派邹普胜再次进攻安庆，数日下来，邹普胜仍未打进安庆城，双方军士又有大量死伤。

“至正十七年，我洪武皇帝率兵击败邹普胜部与前朝军队，攻占池州，逼近安庆；陈友谅与邹普胜率部包围安庆。十八年，陈、赵所部攻克安庆，前朝官员余阙自杀。是年四月，邹普胜乘胜夺取池州府。十九年，皇帝陛下亲自领军西进，与陈友谅部激战；四月收复池州，九月攻破潜山，十月攻打安庆又未克。二十年，陈友谅残杀徐寿辉后自称汉帝，统领大路水军沿江东下，企图进攻皇帝的大本营应天，惨败而逃；皇帝乘势率部攻下了安庆。次年七月，陈友谅部将罗定边回攻安庆，徐达大将军迫于形势只得领兵退出。八月，皇帝陛下亲率徐达、常遇春两位大将军西进，再次收复了安庆。

“在此十数年里，两湖、安庆、池州、应天等地及长江与淮河沿岸，多次作为群雄开仗的主战场，几经来回拉锯，参与作战的各方都难以顾及老百姓的生命财产与当地的长远利益，残酷的报复与仇杀、毁灭性的掠夺与破坏亦在所难免，这些地区的民众所遭受的劫难则不言而喻，尸殍遍野，血流成河，人们死的死、走的走、逃的逃，留下的人口已少得十分可怜，除了一些妇女与老弱病残，年轻的男主劳力所剩没有几个！而大片良田沃土只能任其荒芜，无人耕种，等着迁移别地劳力去实现。因此我洪武皇帝与大明王朝要采取百年大移民政策，正是考虑到全国人口与耕地严重不均的实际适配情形，利用好每块土地，尽早解决粮食与吃饭问题，更快发展经济。”

熊宗武连连点头，态度诚恳而充满自信地说：“陶知府、宋知府，您二位所说的这些道理我们都懂。可是我们鄱阳县江山清壮、地大物博、农产丰饶，粮食与吃饭问题根本不存在，一年收粮十年不饿亦并非虚夸。何况我们才四十来万人口，就是再增加三倍、五倍甚至更多的人，一日三餐仍然不是问题。倘若再遇上好年成，像元至正二十三年那样，全年天公作美、风调雨顺、鱼米满仓，那么光靠一年丰收，哪怕十五载停耕或歉收都无妨。只有灾荒之年逃难一说，哪有丰收年辰还外迁之理？”

方贵继而言辞铿锵地表示：“我们饶州有靠水吃水、广袤无边的鄱阳湖，有精耕细作了千百载的良田沃土，这里有取之不尽、用之不竭的美味佳肴、五谷杂粮，完全不用移民到别处去受罪。大家都听说过，连区区鲶鱼都晓得抱团赴义，我们作为人难道连这点鱼性都没有？官府要是连江豚每年一次‘回家探亲’这样的机会都不给我们，那这政策也太苛刻没有人性了！我们饶州人就要像鲶鱼那样，团结成群，一致护家，不离故土。”

陶安别有深意地瞧了方贵一眼，心想：“没料到你会如此强烈反对我朝的移民政策！可如果我告诉你，这个政策你儿子是始作俑者，是他方家俊最先向皇帝提议的，倒是我一直就不支持这样做，那你还会怎么想呢？”当然他是不会告诉方贵的，至少现在还不会。

方贵见陶安这么看自己，心里“咯噔”一下，却也没去细想。

姜新燏接过方贵的话，同样是如数家珍地讲述历史：

“我们鄱阳湖素有‘舟楫之利’‘百货归墟’的美誉。早在隋朝开国大业年间，就有贤能刺史梁文谦在此‘培土为市’，而成为历代商家必经之地，商贾凑聚、商品堆积、水运繁忙、经济发达。隋炀帝开通京杭大运河，以运河沟通黄淮江水系，下游由运河、长江、太湖、钱塘江构成的东部水上交通线，中游由运河、长江、鄱阳湖、赣江构成的中部水上交通线，与上游由汉江、长江、洞庭湖、湘江、灵渠构成的西部水上交通线相互呼应，而成为华夏大地上三条南北交通大动脉，并东入东海、南接南海，故鄱阳湖、洞庭湖、太湖有‘通江达海’陆上枢纽之说。

“隋朝京杭大运河开通之后，中国漕粮运输的规模进一步得到发展。自唐朝中叶开始，鄱阳湖即负担南粮北运的主要任务。北宋时期，每年由东南地区往北运输的官粮总共六百万石左右，其中仅经过鄱阳湖的就占了三分之一多，达两百万余石。

“早在唐朝时期，中国人对茶叶的需求便逐渐广泛。到了宋朝，茶已与米、油、盐、酱、醋相提并论，而成为中国人餐桌上不可一日或缺的饮食品。东南半壁之徽、浙、闽、赣诸省，是中国茶叶的主要产地。所产茶叶都由小船装载，经鄱阳湖水系的赣江、鄱江、昌江、乐安江、信江、西河等不同支流运送到饶州之张王庙、瓦屑坝、立德街、龙口渡、桃花渡等地码头集中，再改乘大船出鄱阳湖、长江、东海，东送西达至全国各地乃至海外各国。

“瓷器是中国的特产，亦是国际上第一大名片，而‘瓷都’景德镇正是我们饶州所辖之地。北宋真宗景德年间，饶州浮梁县昌南镇因盛产优质高岭土、瓷石，烧制精美的宫廷瓷品而名声远播，遂改为今名。此后景德镇的烧瓷水平进一步提高。特别是元朝以后，其各类产品不仅走俏国内，而且大批远销国外，成为西洋上层社会人士的最爱。景德镇瓷器外运，以水路为主，先装载小船顺昌江而下，汇聚到鄱阳湖畔的饶州几个主要码头后再换乘大型商船，其运输路线与茶叶基本上相同。所以饶州又有‘东西方水上商旅茶叶、瓷器之路的重要中转站’一说。

“泱泱鄱阳湖传统的水运物资，除了粮食、茶叶、瓷器以外，还有食盐、夏布、丝麻、鱼苗、湖鲜、菜蔬、药材、木材、竹子、婺砚及砖瓦、门窗等建材产品。这些都是在座的熊宗武大老板所经营的商业项目，远销全国各地，销量巨大，熊老板他自已最有发言权。总之，千百年来，南北交通的漫长历史，在鄱阳湖的悠悠水道上，创造了饶州的文明与兴隆。”

在座诸位，不管是朝廷官员还是民间代表，都对姜新燏的博学强记表示喝彩和赞赏，也被他对家乡的热爱之情所感染了。

卞采不愧是饶州的大才子，他的发言同样不乏文采与学识：“我们饶州有鄱阳湖孕育万物、包容寰宇之得天独厚资源，饶州又处于‘吴头楚尾’‘江左湖右’之最佳地理方位，乃千百年之水陆通衢，南来北往、东下西上，位置优越、人气旺盛。历朝历代出入饶州的名人贵客甚是繁多，饶州人吸收外来新鲜事物，创造了自己的文化，具有鄱阳湖之神韵特色。左思、陶侃、谢灵运、王勃、李白、刘长卿、白居易、贾岛、陈陶、范仲淹、梅尧臣、王安石、贺铸、李纲、岳飞、王十朋、陆游、范成大、王炎……无数天下优秀文人墨客，都在鄱阳湖畔留下过名篇佳作。饶州本土又有以一代词宗姜夔为代表的委婉、绮丽、浓情风格特征之诗词，更不用说渔鼓、饶河戏等民间曲艺了，为中华灿烂文明做出了巨大贡献。也只有在这片土地上，才能产生出如此特色鲜明、韵味十足的文化艺术。离开此地，这些文化特色就没有了，就再也不会出现这样的文艺作品。”

大财主彭兴旺气愤地说：“饶州府名副其实，以富饶著称于世，不但能养活自己两百几十万乡亲，还能帮助国家养活其他地方无数的百姓。既然朝廷说我们饶州富可敌国，那就让其他地方的人迁来我们这里才对嘛！可如今反倒让我们迁走，这真是天大的笑话！或者让我们支援各地一批粮食也行嘛，为什么一定就要移民呢？不知皇帝是怎么想的？”忆起自己不久前在京城时还对朱元璋感恩戴德，回到饶州又到处给他大唱赞歌，他现在有些后悔了。他好像看到了洪武帝真实的丑陋面目。

老者杨大顺又说：“明朝立国，咱们饶州府出了大量的人力、财力、物力，还有不少父老乡亲、兄弟姐妹为此献出了宝贵的生命。这才过去几年呢？朝廷应该感恩、报答才是，怎么反倒还要让我们背井离乡、骨肉分别？这哪里还有天理良心！”他在揣摩洪武帝的真正用意，越说越激动难忍，甚至剧烈咳嗽、颤抖起来。陶安、宋濂、熊宗武、方贵等人向他投去关切的目光。一旁的卞采赶紧扶住他的双肩，并给他轻轻捶了捶后背。

方贵又说：“有水就会有鱼，垂钓就要生产出大量的鱼钩；鱼丰期各类渔产得以储存，还要制作出各种品味、样式来；有鱼就会有渔人，也就还会有织网者、造船者；客人到了家里就要喝酒，所以饶州古有‘中酒而作’之俗，粮足方能制酒；我们饶州还盛产茶叶、瓷器、药材、木材、砖瓦等商品，乡亲们去了异地他乡无非只有死路一条。商贾们离了这些原料与产地，便同样无以为业继。刚才新嬬也说了不少。”他这些话既有自己渔家身份的内容，也是为熊宗武、彭兴旺等做各种生意的乡绅们说的，熊、彭会意地朝他示以感谢的眼神。

熊宗武又说：“战争残酷，其结果是令生灵遭殃涂炭，百姓流离失所。眼前几次战火，已经烧到了饶州城门口，全赖吴宏、于光二位将军大智大勇、奋不顾身，打开城门湮灭战火，方使得古城未遭破坏，依然巍峨耸立，百姓也赖以幸存。若实行异地迁移，其后果是人去城空，百姓背井离乡，饶州荒无炊烟。有城无人，那还能叫什么城？只能是鬼城啰！咱老百姓不管谁做皇帝、不管什么王朝，只求安居乐业、平安幸福，不折腾、不受辱。作为一位好皇帝，他便要对其子民负责，保障国泰民安，那才是明君圣主。我们饶州百姓无意于称王称霸、争夺天下，只求过太平日子，安安稳稳享受人间天伦。所以大移民没有必要，也不需要，更不可强令执行！”

就这样你一言我一语，数十个来回，一个多时辰，民间与官府屡经斗智、几番说理，你居高临下、我引经据典，各不相让，场面激烈。民间代表以“家乡美”“家乡好”为理由，对凭啥让他们离开饶州迁去外地、却不让外地人迁来饶州十分不满，强调的是“难离故土”与“不离故土”；几位官员则抬出“皇帝圣旨”“朝廷法令”的金字招牌，态度十分坚决，强调这是从国家大局出发，移民是为了全国各地的平衡发展，“无法抗拒”“无理可辩”，非执行不可。

看到饶州当地百姓对移民一项不愿意、不配合、不执行，弄得官府很被动、很尴尬、很无奈，陶安这时颤巍巍地站起身来，声调沉郁地吟诵了自己近日所作的一首诗：

人生在天地，随寓即为家。
着处燕营垒，行踪鹤印沙。
征衫沾野露，旧隐笑溪花。
还胜阳山令，篁茅障海涯。

陶安此诗的意思是说，我们平时生存在天地八方之间，只要平安、平静、平和、平淡地活着，随处都可以是我们的家园。驻足如燕、行动如鹤，看重一个睡窝、注意言行，那就比什么都强。风尘仆仆，风餐露宿，四海为家，随遇而安，如隐者微笑，任由落花顺溪而流。宠辱不惊，看庭前花开花落；去留无意，望天上云卷云舒。这种悠闲、恬淡的生活，倒要胜过当年还在岭南蛮荒之地做阳山县令的韩愈，山竹小草挡住了双眼，无须看到大海之尽头在何方。

陶安只想告诉大家，你们所说的这些道理，我其实都明白。可我也是处在此位，身不由己，须执行大明天子颁下的诏令，否则难免会要被海水淹死。此时此刻，其左右为难、无可奈何的心情，蕴蓄在该诗的字里行间了。

卞采、姜新燏、熊宗武、刘清修等人都听明白了陶安诗作里的意思。卞采道：“陶知府青天大老爷既然如此体恤民间疾苦、热爱饶州百姓，那您就该将实情上奏朝廷，请皇帝收回成命！”

陶安摇摇头，表情难过、语重心长地说：“我早已努力过了，可不但毫无效果，反而更加糟糕。

“若光从两百万饶州百姓每个人的角度而言，离乡背井、被迫迁徙，确实是残忍无道、背悖人伦的，是我陶安有大罪过，对不起各位了。我内心也十分希望饶州的百姓们能安居乐业，留在家乡。倘若不是搞什么大移民，我陶安亦自乐陶陶，一身多轻松！

“但作为朝廷的一名官员，从国家大局着想，淮扬、徽皖、两湖等地区，那儿有广阔的沃土良田却无人耕种、一片荒凉，当政者怎么能不去考虑呢？应该说，大移民确实是当前加快国家经济发展、实现各地全面兴隆的良策。不管咱们饶州现在是多么丰饶、富有，而一旦走出去，别处会又有一番新天地，又有更好的出路、更多的机会。也许，经过咱们聪明、勤劳的饶州人的开垦建设，将来那儿会比咱们饶州这儿还美还好呢！再说那些地方到处是俊俏大姑娘却没男人娶她们，她们的丈夫、父亲、兄弟永远也回不去了，饶州的青壮年单身汉难道不心动吗？

“范公当年之忧，我也有。假使能以我一人之小命，令朝廷收回成命，我自会欣然而死。只怕是我魂归黄泉之后，更多的饶州百姓仍将丧命于大移民浪潮之中。今天范公亭被挤倒，我亦心痛。我陶安在此明确表态，来年一旦移民公务稍有休停，待我腾出几天空余日子，定当重建范公亭。”

当然，由于陶安数月之后就因心伤气绝殉职于饶州府衙了，他的来年重建范公亭的意愿便并未实现。而历史悠久、寓意深远的范公亭的被损毁，便成了朱明初年饶州的一大遗憾。

老者杨大顺听了陶安的这一席诚恳发言后十分感动，他知道陶公是真心关切饶州民众的，却傻乎乎地再次问道：“那为什么皇帝还要我们大移民？须知这对所有饶州人来说，都是一场巨大的灾难，绝不亚于一场大战争、大地震、大洪水、大瘟疫。”

陶安回道：“既然杨老再三追问晚辈，那我也就不得不以实情相告了。年前你们七位去京城‘讨债’时，皇帝陛下头夜便急召我与宋濂等人入宫。圣上谈及咱们饶州三日万石粮‘富可敌国’之丰饶，又是武生才子汇集之地，还有大智大勇‘城隍之神’众多名将，所以最是放心不下。圣上担心大明初立，基础薄弱，而饶州力量太强，足可与朝廷相抗衡。”

熊宗武顿时急了，豁然起身：“三日万石粮，及至以后的总共五万石军粮，乃是我们对皇帝的信任，全力支持他打败陈友谅，怎么反倒成了让我们大移民的借口？”

陶安看了看杨大顺、方贵、熊宗武、彭兴旺他们七人，半是责备半是同情地说：“诸位乡贤若是不进京‘讨债’，圣上恐怕一时还想不到这点上来呢！”

杨大顺悲苦地问道：“果真像陶知府您所说的？”

陶安答道：“千真万确！当晚，我提出先见见你们这七位江西老表，想知道究竟是怎么回事、到底该如何应对，也被圣上拒绝了。”

彭兴旺说：“那我们就不要朝廷双倍偿还那五万石所欠军粮了，也不要三年免交皇粮了，如此能否换得饶州不移民呢？让皇帝改去其他州府移民不行吗？”

熊宗武也随之颔首同意。

陶安摇了摇头，说：“为时已晚！朝廷颁布的诏书，哪有说取消就取消，说改换就改换的呢？你们以为是小孩子开玩笑吗？”

而在另一边，方贵独自静坐，缄默了半晌，不知在想什么。

这边，老者杨大顺被陶安口里的“千真万确”“为时已晚”几句话，说得天摇地晃、头昏眼花，一时间，“鄱楼见驾”“借粮助战”“庆典晚宴”“入宫讨债”“七杰逛京”“帝后款待”“湖畔跪恩”“双倍还粮”“三年免粮”“战神陨落”“古亭倒塌”……一桩桩、一件件、一幕幕，于他面前闪现，仿佛就在今天，又好像是前世的经历，既咫尺又遥远、既清晰又模糊。

在老者杨大顺的内心深处，他已把“饶州大移民”的主要责任揽到了自己一个人的头上。他后悔当初自己不该同意与朱元璋登上鄱江楼，不该答应朱元璋借粮及还粮一事，不该帮助朱元璋打败陈友谅，不该提议并领队进京入宫“讨债”，不该接受朱元璋双倍还粮、三年免粮的决定……他陷入了痛苦、困惑、愤懑、自责之中。

此刻，鄱江楼上有段短时间的安静，显得气氛紧张、局面僵持；加之天气沉闷、房间昏暗，八位代表们都没有更好的办法以解决官府决意移民、百姓宁死不走的矛盾；眼看已无法让皇帝改变主意、收回成命，可又前途凄惨、别无出路，个个感到内心迷惘、绝望。

就在这时，天上突然间传来了一记脆响的炸雷，然后是几段刺亮的白色闪电，不一会儿大雨随着雷电“哗哗”而下，空中乌云滚滚、雷声隆隆、闪电如龙、暴雨倾盆。正月里打春雷，预示着鄱阳湖漫长的汛期即将来临。

只听得鄱江楼外出现了一阵骚动，便见一大群人冒着暴雨、全身湿透，像刚从鄱阳湖里蹿到岸上的水鬼军一样，朝这边赶了过来。

“你们来得正好！”

“饶州人在楼上与官方讲理！”

“绝不外迁！”

原来是饶州府下辖的余干、乐平、浮梁、德兴、余江等州县的一些百姓代表，闻讯前来府衙质问“洪武大移民”之事。他们刚赶到鄱江楼下，原本已到的一大堆鄱阳县人见又来了外援，于是爆发出一片叫好声、欢呼声。

当另外七位怀着欣喜之情，探头探脑甚至立起身子望向窗外、楼下时，老者杨大顺却趁大家都没注意到他，突然向身旁不远处楼厅中央的一根大柱子冲过去将脑袋一猛撞，虽然没有顿时毙命，但立刻昏厥了过去，一行鲜血流淌在柱子上，还有一滴滴洒在四周地面。众人发出几声惊叫，赶紧围拢过来进行抢救。经过好一阵子努力，才把他叫醒过来，却也是命若游丝、回天乏力了。

杨大顺魂游云霄、两眼迷离，拼着最后一口气息，时断时续地说："是老朽……害得饶州乡亲们……离乡背井啊……新熵，告诉水生……"

姜新熵赶紧答道："杨老，我在这里。蒋水生去他在省城洪都的女儿家过春节了，如今还没回来。您有什么话要对他说的？我一定转告！"

杨大顺有气无力地说："你俩的那个……那个啥子……'七杰逛京城'，丢人的玩意儿，就……就不要再写了！"

他刚断断续续地说完这几句话——更准确地说是很吃力地吐完这几个字，脑袋便像瓜熟蒂落一般朝一边歪下去，很快就命归西天了。任凭陶安、方贵、姜新熵、刘清修等人怎么呼叫其名、摇晃其身，都唤不回他了。可是，他那对阅尽人间近一个世纪的小眼睛，却怎么也不愿意闭上！此日是正月二十一，离他的八十高寿也不过短短十来天了。

杨大顺八秩老翁自绝谈判席，以及几乎同时而至的鄱阳湖春汛洪流漫灌饶州城，这两件不利于大移民的突发事情，陶安尽管据实上奏了，却并未改变洪武帝的成命，只是得到行动往后延迟一月的答复罢了。而且朝廷还调动了附近州县不少军队赶至鄱阳，协助当地三级官府强硬执行移民政策。

也就在这时，堂堂"大移民总指挥"方家俊，再次"衣锦还乡"了！

方家俊一到任，前鄱阳知府宋濂就被调离，回京城应天待召，等着皇帝与吏部另外的安置了。

方家俊此次回来，就住在朝廷为其专门建立的总指挥行辕里，那是在府县官衙大院中另辟一片区域、另设一处大门而修的一个别院。他没去新熊府见父母，也没回立德街老家走走，一方面是效仿大禹"三过家门而不入"，避嫌、做样子，说明他严正无私、一心为国，忙于公务、事业第一，绝不给家人、宗亲、邻居、同乡们留面子；另一方面也是因为移民之举不得人心、民众抗议，官府压力很大，最终少不了要动用武力，采取强硬措施，他担心父亲他们会来干扰、阻挠自己执行公务，到时平添很多麻烦，所以不如不见，公事公办。

方家俊此次回来，要达到两个目的：一是作为皇帝钦点的“大移民总指挥”，须完成朝廷所下达的任务，好好把移民事宜落实，在朝廷规定的范围与比例上，该迁移走的饶州人一个也不能留下，迁移到哪里、何时迁移、怎么迁移、具体过程与要求，也得严格按朝廷的规定来办；二是他个人的企图，即如何对付熊宗武、彭兴旺等大佬，将其财产据为己有，这才是他真正的“醉翁之意”。

第二十八章 抗法张王庙

一生之计在青春，一年之计在春季。春天本来是一年当中最美好的季节，阳光明媚，桃柳嫣然，云霞袅袅，流水潺潺，万象更新，生机勃发。特别是江南的阳春三月，日出江花红胜火，春来江水绿如蓝，令人惬意沉醉，无比享受。

然而，洪武二年饶州的春天，却并不是那么美好，淫雨霏霏、春寒料峭、乌云密布、天昏地暗，已经够压抑的了，而朝廷无情的大移民政策更是雪上加霜，仿佛一块巨石重重压在人们头上，又仿佛末日马上将降临尘寰。想到很快就要迁去那千里迢迢、吉凶难料的他乡，大家遂内心恐慌、惶惶不安，刚刚恢复平定、期盼盛世的古城又变得动荡、混乱起来。

自从正月二十一那天一声惊雷之后，饶州连日来便都处在绵绵雨季当中，小雨不歇、大雨时至，就像是在给撞柱丧命的老者杨大顺喊冤，也像是在为壮烈捐躯的吴宏、于光两位将军含悲。桃花柳叶刚冒芽尖，就被狂风吹落枝头，满地打滚；又被暴雨无情冲刷，席卷而走。饶州城内洪涝积水深一丈有余，多处老城墙被风雨、洪水推倒，一千余间民房瓦穿梁断。城内城外许多百姓无处安身，只好暂时麇集于城东首秦家山下的张王庙避难。

张王庙是祭祀大唐中期忠臣名将、“安史之乱”期间在睢阳（今河南商丘）保卫战中立下过大功的张巡之地，最初系同时代书法巨匠、曩时任饶州刺史的颜真卿所修。它坐落在饶州古城永平关外，依秦家山而建，坐北朝南，占地达五十八亩之广。背靠秦家山，南眺鄱阳湖，湖光山色尽收眼底。

此座庙宇整个建筑群均系砖木结构，前后三殿，青砖黑瓦，气势恢宏，雄伟壮观。楼阁殿堂，错落有致，古香古色，高大敞亮。其南大门宽数十丈，由一对花岗岩猛狮镇守，台阶整整一百零八级，从及第桥一直延伸到饶河码头，号称“庙泊千只船，灯迎万里客”，这也是一个非常繁忙与重要的客货码头。

张王庙是饶州百姓每年洪涝季节避难躲灾的最佳场所。尤其是一些城外乡村的贫民，每年倒有至少三个月住在这里。要是遇上特大洪水之年，或者是返秋水时节，住庙的时间就更长了。一般而言每年七月到九月是高峰期，也有三四月就大雨来临、洪水暴涨，自家的矮屋旧舍没法住了，人们便陆续迁居于此处。这里楼宇高耸、墙梁坚固、地盘广深、环境干净、空气流通、光线亮堂，比家里住着肯定舒服多了；且人多热闹好玩、不愁吃饭喝水、每天能了解很多新闻与信息、庙里住持与众位师父又慈悲心肠好说话……都是它的优点，对穷苦人而言简直是西方极乐世界了。

比如立德街、瓦屑坝、博士湖、龙口渡、桃花渡、姚公渡、王家河、青湾……这些远郊的乡村，平常每年多数日子，都会有逾千人住在张王庙。若是大水大旱大灾大难年景，甚至会有近万人之多。因为一旦饶州城墙倒塌、街道成河，城内居民也会涌入庙里来栖身。

在这个时候，该庙最大的任务，就是筹集赈灾之粮以维持灾民数月生活之需，还要考虑他们的住宿、冷热、生病、治安等问题。而每年年底由张王庙施舍的“腊八粥”，闻名于整个赣东北地区及鄱阳湖沿岸，流芳千百载。此事上文已提到。

正因为张王庙长年救灾民于水深火热之中，一般每年持续的时间非常久，而且坚持了许多年，这种解民倒悬、乐善好施的美名传千里，四方尽知晓。可是由于年代太过悠远，历代无数庙宇住持与庙工人员的姓名已无人记住，而张王庙的大名则深深铭刻在了广大百姓的心中，成了无数饶州府与鄱阳县人的精神寄托。

洪武二年早春，饶州此次的春雨空前之猛，暴洪汹涌，一片汪洋，生灵受苦。而那蹲在张王庙大门前、近俯视饶河远眺鄱阳湖的一对石狮，提前迎来了像仓皇逃命一样匆匆躲避水灾的上万贫民。

此后，这一万余饶州民众在张王庙持续生活了近一个月时间。他们听从管理，安分守己，很有秩序，彼此礼让，每天闻暮鼓晨钟、僧人诵经，看天水倾盆、浊流四溢，查鄱阳湖吞吐、江岸分寸，聊家长里短、鸡毛蒜皮。也有不少灾民自动参与到庙工当中来，帮助劈柴、烧火、担水、淘米、择菜、分食、洗碗、巡夜等。有些人生了病，也有主动帮助延医熬药的。就像一个大家庭似的，人人睦邻友好。因为每年皆是如此，大家已成习惯。

不管庙里的生活暂时是如何平安、清静，可压在鄱阳县四十万民众心头的“大移民”这块沉重的石头，怎么也无法卸去。也不光是鄱阳县、饶州府，还有其下属另几个州县、周边好几个州府，数百万人口，都在最先要移民的地域范围之内。大家一时悲愤四起，民怨如潮。当男人们在胡侃中、妇女们在浣衣时，有意无意都会触及这个话题，于是响起一阵谩骂与冲动、哀叹与抽噎。

只有那些天真烂漫、无忧无虑的娃儿们，倒是一点也不恐慌与牵挂，他们在秦家山南麓、张王庙门前的广场上，一边跳绳一边唱着当地的民谣小调：

一二三、三二一，鄱阳湖、大姑娘，
爱臭美、好打扮，摘桃花、比鲜艳，
拿梨花、看谁白，撒泡尿、当镜子，
头发长、脸儿秀，自个笑、不害臊，
身边哥、谁娶我，蒙头巾、抬进门
……

四月眨眼间就到了，可今年的老天仿佛捅了个窟窿似的，鄱阳湖大水还未消退，细雨仍在淅沥。但朝廷催促公文已到，移民总指挥、钦差大人方家俊同时驾临饶州，堂堂知府陶安亦无法阻拦。方家俊率领的五千兵丁，其中一千余人首先便轰轰隆隆地开到了张王庙。因这是饶河、鄱阳湖的一个重要码头，又是灾民最集中的地方。他们软硬兼施、口吐莲花，一边劝说大家遵法守纪、服从皇诏，强调这是朝廷命令，不可抗拒；一边描述所迁之地是如何美好、如何值得去，无数的房屋、满目的良田、连片的果林、成群的美女，等等，比饶州这里好多了。

于是，有那少数对生活不太如意，觉得在饶州家乡没有用武之地或发展空间，甘愿到异地他乡另谋生路的，遂率先报了名。有一些向往远方的新鲜天地、广袤田畴、不同风情与俊俏小媳妇的，脑袋一热，也就动身了。还有为了整个家族能尽量留下来，舍己为人被迫离去的，接着也报了名。还有三兄弟、五兄弟甚至兄弟姐妹达七八个的，知道无法逃过此关，倒不如主动点，便亦报名了。像这样一些首选对象，移民指挥司派出多人在张王庙折腾了三四天，经统计竟不过区区一百七八十人。办事效率十分低下，令方钦差很不满意。

兵士头目们只得加重了手段、加快了进度，一个个盘查、一家家走访、一村村调查、一乡乡造册，对在符合规定移民范围内的人家，若不自愿服从，即动用武力强行抓捕，这才凑够了第一批启程的五百男丁的整数。其中有已婚者，有为人父者，也有未婚者、鳏居者，还有几个流浪者、叫花子、疯傻病残老。对于已婚的、有家小的人，究竟是只独迁走一个男丁，还是全家人都跟他而去，当时朝廷户部与本地官衙、方总指挥与姚知府尚未达成统一意见——方家俊是力主采取前一种措施，陶安则提倡后一种做法，只等皇帝批复了。

饶州百姓见办差兵士们竟然动用了武力，虽明知鸡蛋遇石头、敢怒不敢言，可压迫越深越重，积累的怒火也便越大越强，就差火山喷发的一个爆破口了。历来“官逼民反，民不得不反”，一旦到民怨沸腾、别无选择时，他们也会找机会发泄与反抗的。带头的那几个人，都是饶州的乡勇首领，也都曾是鄱阳湖大战中的功臣。乡勇是地方百姓里性格最豪迈、作风最强悍、最有血性、最具抗拒精神的一个群体，他们有功夫、有武装，甚至有据点、有队伍，再说他们还是在建立大明王朝中立过功劳的，如今官府竟要来对付自己，岂会甘心屈从现实，听任摆布，乖乖就范？

比如在整个鄱阳湖东岸都颇有名气的俞氏父子仨，凭着其老父俞韶狗一般灵敏的鼻子、大哥俞显汪兔一般迅捷的耳朵、二弟俞显江猴一般矫健的手脚，在饶州众人里对移民的反应比其他人都快，也极敢于抗争，素来跟官方保持着距离，不愿苟且恭顺。他们老家本来是在双港乡那一头的俞家洼，迁进府城并没有几年，比熊家、方家早不了多久。当他们听说朝廷颁布了“饶州大移民”令后，加之城里淹了大水，就赶紧搬回乡下去住了，总算躲过了一时。可是在后来正式的“四口留一、六口留二、八口留三、十口留四”的政策出台时，他们就再也躲不过了。

双港乡离立德乡并没有多远，双港俞家洼俞氏又是个大家族，人丁众多，兄弟强势，庄院广阔，财力雄厚，既算是乡勇也属于乡绅，方家俊早有耳闻、还曾到访，岂肯轻易放过？他最喜欢的就是针对这些大族富户下手，既有成就之感，又能攫取巨财，所以首先就要拿这种人祭屠刀啦！再说他现在是天子钦定的移民总指挥，代表朝廷执行公务，有先斩后奏、见机行事大权，且手握重兵、勇士充帐，仿如猛虎下山、螳螂捕蝉，大可生杀予夺、任意妄为，你区区一个俞家算老几，弄死你不就像宰杀一只小鸡仔、踢踩一窝小蝼蚁般容易？

且说那天过午，骤雨初歇，春寒料峭。方家俊即令其部下的副将陈远，带着十几名兵士去了双港俞家洼，甫一进村，不管三七二十一即动手抓人，村里顿时鸡飞狗跳、儿哭娘叫。那俞韶凭着自己对朝廷有功，又是本族头人，当兵士进村前来知会，他便领上两个儿子俞显汪、俞显江，一言不合与他们打斗了起来。他明白，“秀才遇见兵，有理说不清”，跟这些人是没法讲道理的。那十几号普通兵丁岂是俞氏父子的对手，三两下便被撂倒在地，一个个鼻青脸肿、皮开肉绽，只好挂着彩灰溜溜走了。

方家俊看到这些部下回来后，一个个垂头丧气、狼狈不堪的样子，马上气愤万分。再听到他们煽风点火、添油加醋的汇报，更是勃然大怒，像个斗鸡似的，头发竖起、两眼发红、脖子变粗、血管暴涨。翌日清晨，他又拨出一百兵士，外加几位他豢养了多年的江湖高手，仍由陈远带队，再次气咻咻地杀到了俞家洼。他们先是将俞韶的宅院外墙轰然推倒了一大片，再来一个个抓人。俞氏父子刚开始还是继续顽强抵抗、勇猛杀敌，怎奈势单力薄，哪里拼得过人家全副武装的大部队与武功超群的江湖高手？眼看马上都要惨死在他们手里。

俞韶绝望了，深知已无路可走，“士可杀不可辱”，遂一个疾步跳入旁边的博士湖寻死，当场身亡。这个博士湖，就是多年前俞刘氏拉着徐寿长投水同归于尽之地，俞刘氏丈夫俞潮芳正是俞韶同族堂叔。俞韶长子俞显汪很快被一个高手打败就擒，此后在某次被强行迁移的途中进行反抗，遭到杀害。其次子俞显江当时便得以成功逃走，但不知去了何地，数年后有人发现，他是到东南方的饶、信二州边界怀玉大山里当土匪了。地方志上又少了几位人物。

双港乡俞家洼俞氏全族阖村近两千人，算是鄱阳与饶州的名门望族了。其健康中青年男丁先后被抓达九百六十余号人，最后全部经瓦屑坝登船移民去了长江以北遥远的异乡，彻底“一锅端”，从此俞家在鄱阳就算是基本上断了根，一蹶不振，寥落消亡。

至于俞氏家族的那大量钱财粮物、金银宝贝，则俱数被方家俊纳入了他的个人腰包。他于狂喜之余，假装大方，赏了一些给陈远与众兵士，小恩小惠，令他们更加死心塌地听命于自己。还有俞家的村院房屋、田地山林等，虽未被方家俊所占有，他派人招募附近一些佃农来此居住、耕种，收获之大头归他。后来他都是类似搞法。

还有那年前曾前往京师皇宫“讨债”的著名“鄱阳七杰”之一、人称“活张飞”的好汉刘萌，亦不幸入了第一批要远徙的五百人名单之列。这想必又是方家俊的主意，因刘萌是饶州著名的乡勇头目，是个“刺头”，最是不易驯服，方家俊恐他在强制移民过程中阻挠惹事，故一开始就想赶走他。

那日，刘萌在抗拒迁移被抓至张王庙码头、准备绑绳登船时，自是不甘就此乖乖屈服，遂于庙前的戏台下同兵士们展开了贴身肉搏。刘萌是饶州一等一的本土拳脚好手，以一敌十亦不在话下。刚开始，四个兵士任刘萌双手随意摆弄，时而是“螳臂挡车”，时而是“弹腿扫叶”，时而是“神燕腾空”，要哪个倒下哪个就不会站着。接着又上来八人围攻，但仍无法奈何尽全力抵抗的刘萌，他们周旋了有半个多时辰。但刘萌也不敢要他们的命，打死朝廷兵士可是死罪，所以只能苦苦纠缠。

双方十数人展开群殴，有时打到了台上，有时打到了台下，有时还打到了台阶上，乍看倒是既激烈又精彩，还以为是戏班在排练呢。一些不了解情况的群众纷纷围拢过来观看，有的还鼓掌喝彩起来。此时的张王庙最不缺的就是人，围观者越来越多，里三层外三层，水泄不通。

但就在这时，知府陶安带着一小队士兵来了，把刘萌的妻儿押到了现场，作为人质，以挟制刘萌。人们才知道原来这是官府在抓人，赶紧让出一条道儿来。一些胆大的人，仍远远躲在一边静观事态进展。多数人不愿惹事，悻悻然缩回庙里去了。

陶安是在强硬执行皇帝及王朝的命令，再说不如此做亦无法降伏刘萌这条英雄好汉。他对刘萌此人太熟悉了。第一次是在多年前的鄱江楼上，皇帝来鄱阳考察、借粮、征兵，其中就有他；第二次是在鄱阳湖大战胜利结束后的庆功宴会上，鄱阳府嘉奖令是陶安宣布的，当中也有刘萌的大名，之前鄱阳湖大战三十六天里他也屡屡见到刘萌的身影、听到刘萌的消息；第三次是年前“鄱阳七杰”进京“讨债”，其中也有刘萌在；第四次是此后的腊八节喝腊八粥，听高亮声演唱《神勇盖世饶州人》，刘萌也在场；第五次是上回与他们八个民间谈判代表就移民话题进行“舌战”，也有刘萌。说实话，从个人内心里讲，陶安还是很欣赏乃至佩服刘萌这样的真汉子，可问题在于他是朝廷命官，在秉公办差；而刘萌是抗拒移民政策，与自己作对。虽说刘萌也是开国功臣，但一码归一码。

冷风飕飕中，细雨沙沙里，陶安那一把花白胡须还在飘拂着。他见刘萌仍在与兵士们长时间作战，想取胜亦难、想收手亦难。刘萌虽依然十分神勇、未落下风，但由于并没真出绝招，显然是留有余地、不敢拼命，故亦偶露险情。陶安遂大声喊道：“刘萌英雄，你就收手啰！抗命朝廷可不好啦！”

与此同时，刘萌的妻子萧江氏淑珍朝丈夫高叫了一声“相公，你快逃吧”。刘萌连回头看一眼都来不及了，正准备纵身飞起，跃过张王庙的牌坊逃走。突然，只听得他那九岁的小儿子刘涛奶声奶气地喊了一句“爹”，他就像雨打的秧苗一样，心内瞬间软化，只好怜惜地望了爱妻、娇儿一眼，摇了摇头，收回步子，立在原地不动，束手就擒。

萧江淑珍见丈夫还是被抓了，也没别的办法，又不好训斥儿子刘涛，只得立刻松开了刘涛的手，跪下挪了几步到陶安面前。哭诉道：“陶大人，我家相公是为国家出了大力的，有过大功劳。再说他的兄弟刘勋也为国捐躯了。这些陶大人您都清楚，就放过他吧!”

在绵绵细雨中，陶安的一身官袍也是湿漉漉的了，沾在身上很难受。他仿佛视而不见、充耳不闻，只对兵士们扬手说了一声“带走”，便将已被五花大绑、闭目沉脸不语的刘萌押着，向码头旁的移民大船拖过去。刘萌的前前后后，还有数十个饶州移民男丁，双手也都被用粗绳反缚在背后，双脚上戴着铁制的镣铐。他们是一些拒绝迁移、武力反抗而被强行抓捕的“顽固分子”。但第一批里也有不少主动报名、自愿离开的人，就未被捆绑手脚。

萧江淑珍此时已无计可施、内心绝望，再说眼睁睁地看着丈夫被官府强行带走，真是既悲痛又焦急，遂立马撒起泼来。她也再不顾自己乡勇头领夫人的形象与尊严了，当着丈夫、儿子、陶安、众多兵士与围观者的面，顿时四仰八叉地躺倒在这细雨中的泥地里，身体不断翻滚，身上脏污、湿透，原本漂亮整洁的上衫下裙已弄得不成样子，口中则骂声不迭：“老不死的”“天杀的”“天收的”“挨千刀的”“乱箭穿心的”“内户佬生掉落丝死的”……

因为是当地土话，且说得又快又乱，陶安根本听不懂她在说啥，却也明白是在骂自己。但不管她怎么骂、怎么闹，也不管趴在她旁边的小刘涛怎么哭、怎么求，他都面无表情、不理不睬，全当没看到、没听到，铁石心肠一般。他带着那群大兵们，一大队人马，走着走着，都渐渐消失在雨雾中了。就连刘萌在被押着往前走的路上，也再没回过头来看妻儿一眼，没给他们留下片言只语。

陶知府与官兵们都离开了，丈夫与别的移民也不见了，此际，几个好心的女性围观灾民走过来，把萧江淑珍母子一一扶起，一边同情、劝说、安慰，一边将其拉进张王庙里去躲雨、换衣、休息、进食了。

雨并没有彻底停下来，鄱阳湖与鄱江的水位仍旧在上涨。人们眼里所见，天地之间是无边无际、混浊滚涌的汪洋大海，雨雾茫茫，路在何方？第一批移民是从张王庙码头登船的，但后来此处被水淹没。

虽然雨还没停止，但移民一事照样在进行。对第一批准备迁往异乡的人，知府陶安是做了很多思想动员的，告诉他们朝廷会在其抵达接收之地后，发放不菲的安家、生产等费用；对已婚有妻室、儿女者，一旦他们在那边安定下来，朝廷会尽快安排护送其家眷过去团圆；对尚未婚配者，朝廷会给他们在当地物色合适的姑娘，并提供操办婚礼的物资、一应开支；且接收之地历经多年征战，中青年男丁多数死亡，故年轻独身女子俯拾皆是，等等。

都是一些好话，无非是想让他们早日安心高兴而走。但或者是陶安蒙在鼓里、一厢情愿，或者是包括他在内的朝廷的掩耳盗铃的骗人鬼话，因为实际上这种种许诺最终都并未得到兑现。

可是，被强行抓捕迁移的饶州民众们，他们并不奢求这种种的恩惠。他们只觉得金窝银窝不如自家的狗窝鸡窝，根本不想背井离乡、漂泊天涯。但争吵归争吵、不服归不服，不管你愿意不愿意，朝廷的意志决不能违抗，不走也得走，只有屈从的份儿。

且说这堂堂张王庙，乃神灵的居住处、朝野的祭祀地，神圣而有灵气，必须要肃静敬畏、慈善仁义，才有那种地位与气氛。可是，悍然以暴力抓捕血战鄱阳湖且牺牲胞弟、为乡民远赴京城“讨债”的大功臣刘萌，竟然就于今日发生在张王张巡的眼皮底下！开国伊始，朗朗乾坤，张王在天之灵该如何安息？而此刻亲自指挥抓捕刘萌，还将刘萌妻儿挟持以迫使他就范的陶安老先生，他的良心会安吗？

这是洪武二年三月十八日上午，第一批移民的五百男丁终于成行。他们被分为十艘中型渔船装载，每艘船各五十人，由八名兵士看守，从张王庙码头启碇上路，目的地是安庆府。此日下午，船队到达珠湖畔那座著名的瓢里山。

瓢里山上的观音菩萨庙据说很灵，深受鄱阳湖四周民众信仰与膜拜。因为就要远离家乡了，不知是否还有机会转回来，饶州移民们私下讨论后一致提出，要“最后祭拜一下观音娘娘”。十个押运移民的兵士小头目——即每船一人，他们在一起合计了一下，觉得应该满足移民们这个小小的愿望。再说他们自己也得去瓢里山上补给一些菜蔬、饮用水、日常用品等，还想祈求观音娘娘能保佑大家顺利到达目的地，他们也好交差后早日返回，于是答应了。

此外，这是因为那些手脚被捆绑的人要求“解手”。兵士们先不明白“解手”是何意思，他们便用嘴巴噜了噜，示意自己的双手双脚：“我们要大小便啊！手脚都被绑着，不解手怎么大小便？”后来，移民在路上大都是被捆绑了双手的，上厕所也大都是要“解手”的。从此以后，在南方各省的民间俗话里，便把上厕所统称为“解手”，就成了中国人的通用说法了。而这个典故，最初就是来自洪武初年的瓦屑坝大移民期间。

在军士们的监督下，这两百移民登岸祭拜了观音，又一一上了茅房。稍停片刻，然后准备继续前行。谁知就在这个时候出现了变故。船队刚刚在平静的湖面上行驶了几百米，特别是领头的大船已超出了不少距离，突然走在最后的那艘船却很奇怪的开始左右摇晃、上下颠簸起来，船头的人发出一阵阵惊恐的尖叫声。船摇晃得越来越厉害，没一会儿工夫就侧翻了。

一时间，湖浪里有不少的人头在晃动、沉浮。那些来自鄱阳本土的移民大都熟习水性，他们身上的绑绳已迅速被同伴或自己解脱，像鱼儿一样自由、欢快地在湖里游弋着，三两下就四散开来，游得没了踪影，或潜到了水底下。而八名押解的军士却不会游泳，痛苦地在浊浪里做垂死挣扎，有气无力地呼喊着“救命”。待前头那九艘船只见状转得身来相援时，他们早已溺水沉入湖底，被鱼虾龟鳖饱餐一顿了。只有船夫一人始终还在水里攀附、掌握着船沿，高嚎低嘶、带着哭声，苦苦不肯离去，眼巴巴等待救援，因为那船是他仅有的私家财产啊！

再看领头的那艘大船，被从尾船方位水中一个突然游过来的人死死纠缠住了，在湖面上困窘地原地打转。此人藏匿在水底下，时而游到这边推推这艘船的船头，时而游到那边拽拽那艘船的船尾，令得这九艘船上的兵士们根本无法及时去追赶那已游得越来越远、杳杳离去的尾船上四十九个移民兄弟——更不用说搭救那溺水的八名兵士了，只能瞪眼瞎叫干着急。

水中之人的水性端的是一流，在由他自己掀起的惊涛骇浪中游行自如、动作飞快、膂力强劲、姿势优美，远看就像一条大白鳍、扬子鳄豚或一条无名湖怪似的，足可以跟《水浒传》里的梁山好汉“浪里白条”媲美矣！

此人正是好汉刘萌也！

原来，这整个计划都是“活张飞”刘萌一人策划和组织的，目的就是要在移民半途中制造机会，让大家钻个空子赶紧逃走，另寻出路。至于自己会怎么样，他还没有考虑过，想必他已经有了义无反顾、视死如归的认识和决心。要求上瓢里山祭拜观音与“解手”、摇晃船只直至其侧翻、入水推拽阻挠另外九艘船……都是他在搞的鬼；而最终的结果，就是解救同船的另四十九人，只牺牲他一人。这些他虽未详细考虑过结果，未计较个人安危，其实心里却很清楚，自己哪里走得脱？无非死路一条。

杀身成仁、舍生取义，牺牲自己、成就他人，慷慨赴难、死得其所，宁为玉碎、不为瓦全，此之谓大丈夫也！

此时，当刘萌将身子探出水面，想抬起头来吸口气，眼看着那四十九个兄弟已远远而去，消失在风波里，满心欢喜之际，却不料领头的大船上一名兵士头目手持一根硕大的狼牙棒突然冲过来，朝他脑门上狠狠砸了下去。就在这一瞬间，刘萌当即脑壳开裂、白浆喷出、红血散开、尸身漂浮，殒身于鄱阳湖之中。

而那尾船上的另四十九人，都已成功游到远处的岸边，脱离了险境。他们是断不敢返回饶州城的，便大部分在周围的一些偏僻山村里落脚生根、娶妻育子、开枝散叶。但由于此处仍属饶州所辖，而且还不太远，长时间里他们就只好隐姓埋名、深居简出，躲避了起来。不过，珠湖四岸加上饶州此年春季因“大户分小户”而下乡的，也就多了四十九个。这些“城里人”在大明之初却变成了“乡下人”，亦是那个特殊时代的产物。

猝然遭此变故，船队只得再次返回瓢里山岛，休整了半个多时辰。被弄翻的渔船暂停于此地进行修复，而另九艘船只则继续前行，不几日便经长江顺利抵达了安庆，将这四百五十名移民转交当地官府管理与安置。交接完毕，九艘空船仍按原路回到饶州。

陶安与方家俊早已得知移民船队在珠湖中心侧翻、八名军士葬身湖底、四十九名移民逃之夭夭、乡勇头目刘萌组织反抗被当场击毙的消息，他们与几位县令、将领此时正在府县衙门后堂商议此事。陶安本不乐意跟方家俊待在一起，但既然朝廷要如此安排，他也只有赖着脸皮“赶鸭子上架”了。要是跟宋濂一道就好了，可他日前已回京师。

方家俊的第一反应是非常恼火，气得连声骂道：“愚民难治！本性不改！刁蛮可恶！穷凶极恶！坏我大事！必当重惩！”

陶安也很痛心，却是娓娓而言：“饶州人民素爱传统，故土难离，于此大移民浪潮之中，竟致渔船侧翻、军士身亡、移民逃离、功臣死难，显然不是什么好事。朝廷给我们的任务，今年须迁移民众十万。可整个鄱阳县才四十来万人口，十万这么大的数字非同小可啊，得想个万全之策才行。”

方家俊的态度却甚为坚决而强硬：“这是朝廷决定要徙迁的，地痞刁民却一意反抗，哪里会有什么万全之策？依我看，若要完成圣上的任务，还得再提高鄱阳移民的比重！还得手段再狠一点！并尽快把移民范围扩大到附近的余干、浮梁、都昌、万年等县。”

陶安看了他一眼，暗想：你就是饶州鄱阳本地人氏，这可是你的家乡、你的乡亲哟！他只得说道：“我们只负责把移民顺利运送到朝廷所指定的地点就行，其他事就不管那么多了，户部与彼地府州县衙门会处理的。我们可以多调集一些护送的军士，而且他们最好要会游泳，毕竟走的主要是水路嘛！可以把整个饶州府的移民先集中到某个地方来，如此方便对他们的管制与运送。可以选择使用大型船只，一艘船至少能装五百人左右，那每次十艘大船就可以迁走五千多人。每船得另有五十名军士，每兵负责看守移民十人。十万人的任务，二十个来回就能完成，每个月走三四个来回就绰绰有余。”

对陶安的这些意见，方家俊倒是欣然点头表示同意。他又在暗中为自己打主意了，慢条斯理地划算着说：“好啊！大船的确不容易被弄翻。那就把熊宗武家的那些大商船都征用过来吧！陶知府说要增加护送的军士，我也同意。我带领来的五千部队，除留下几百人作为总指挥行辕与府县衙护卫外，其他皆可用于移民事宜。还可再向朝廷兵部上书，要求把附近几个府州的剩余兵力都借用过来。至于以何处作为集中地，咱们近日在附近几个湖滨码头再考察一下，看看哪儿合适。还有，我认为，以后应将所有移民的双手全都反背捆绑起来，双脚也锁上镣铐，如此他们就难以逃脱了。”

虽然方家俊是正三品将军、移民总指挥、钦差大臣，素常小人得志、飞扬跋扈、颐指气使。但他在从二品大臣、当代名儒、家乡父母官陶安大人面前，倒也不敢太狂妄嚣张、无礼造次。他的目的只是要得到“实惠”——即饶州诸商贾地主的财富，其他不过是“小节”罢了。

对方家俊的这几点提议，陶安虽不是全部同意，如强行征用熊宗武家的商船、将全体移民都五花大绑等，但也不好当场批驳与反对他，只得默许了。

在座的县令、将领们都没有异议。陶、方两人于是安排了府县官衙与移民指挥司的一批幕僚、文士起草明确、具体、可行的《饶州等地移民事宜计划》，准备呈送朝廷审批通过后再颁布执行。其他几个方面大家已基本达成一致，只是究竟该以何处作为主要的移民集中地与遣送码头？张王庙肯定是不行了，那放在哪儿呢？瓢里山、仙游洲、龙口渡、桃花渡，还是瓦屑坝？

第二十九章　定址瓦屑坝

方家俊一方面要与以熊宗武、彭兴旺等人为首的饶州乡绅群体斗智斗勇，攫夺他们的巨大财富；另一方面还要履行朝廷的旨意，完成南方“洪武大移民”的重要任务。在考虑新的移民集散码头上，由于饶州城四周的滨湖之地，包括张王庙的码头，都被暴涨的洪水淹没了，他只能与饶州知府陶安、鄱阳县令左珏一起，出城往西、往北而去，寻找更合适的泊位。

左县令论原籍系庐州（今安徽合肥）人氏，他当然希望能把勤劳壮实、聪明能干的饶州男子们都迁到自己那满目疮痍、人丁凋零的家乡去，那也算是造福江淮，所以对“大移民”工程一项非常热心，执行得不折不扣。陶安与方家俊指派他做码头选址的先行官，连日来他陪着移民指挥司的重要头目、方家俊的心腹副将陈远，在鄱阳县附近的山山水水、湖汊港湾之间四处奔走、爬上爬下，不辞辛劳、不遗余力，把陈远累得喘不过气来。陈远很想埋怨他太卖命、书呆子气，但一想这是朝廷大事，唯恐被对方弹劾，又是在人家的地盘上，只好心里暗暗嘀咕、詈骂，而不敢说出声来。其实若论在军队及官府的品阶，陈远比左县令倒还要高半级。

他们刚开始是想将移民集散码头放在珠湖的瓢里山，著名的观音娘娘庙所在地，北宋文豪范仲淹称之曰“小南海”。那儿四面是湖，视野开阔，风水很好，景色亦佳，还颇安静、独立。左县令觉得挺理想的；可陈远认为山峦太矮小，挡不了狂风湖浪，再说东、南两面都是悬崖，又远离陆岸、州城，危险系数太高，只好放弃。陈远说的倒是对的，左县令之见多了一些文人气息。

两人又从当地向导那儿得到讯息，说附近仙游洲也可能比较合适。于是便率部赶过去了。见其三面环湖、湾大浪小、腹地宽广平坦、草洲风物绚丽，修建一座军营还是可以的，可若作为移民营地与码头，陆上范围太广，不利防备看守，便也不做考虑了。

瓢里山与仙游洲虽不合适做移民营地与中转码头，但位置还是优越的，风景尤其优美可人。

瓢里山又叫御宝山，是珠湖叉湾中央的一个小岛，临近仙游洲，面积约有八十三亩。这座小岛因为像一把倒扣在鄱阳湖中的小水瓢，故称瓢里山、瓢儿山。在瓢里山的右边有个村庄名叫黄牺渡口，于是瓢里山也被历代文人称为黄牺山。御宝山顶有一座古庙，供奉南海大慈大悲救苦救难观世音菩萨，四季香火鼎盛，每日里僧尼、信徒、香客络绎不绝。庙里的和尚在山上种植了很多果树，每年的三月份，桃艳梨素，姹紫嫣红，煞是好看。

早在北宋景佑三年（1036），当时北宋名臣、文学家范仲淹正被贬任饶州知州，视察全州水运来到这里。当时他正站在黄牺渡口，面对如此美景，不由得感慨万千，赞叹曰“真乃一人间仙境也!”并诗兴大发，赋诗一首云：“黄牺渡口看黄牺，忆想当年试水时。失手南风吹过去，化为巍石镇湖湄。”于是他流连忘返起来，弃舟轻步登上岸，看见山间绿树婆娑、花果成行，这位忧国忧民的大文豪心动了。他一时忘却了遭贬来饶的郁闷心情，乘兴挥毫题下“小南海”三个字，并为庙堂写了一副楹联“福地飞来小南海，禅心静到大西天”。

瓢里山岛真的是一块福地，年年世界各地成千上万的鸟儿会来到这里翱翔、栖息、觅食、繁殖。美丽的黄牺山，是鸟的天堂、鸟的乐园、鸟的王国。整个岛上每年约有三十余种鸟类，尤以鹭鸟最多，据统计多达九种。岛的北面白茫茫一片，主要生活的是白鹭；而南面栖息的则是以灰暗色的鹭鸟为主，如池鹭、苍鹭等，形成一山隔灰白的天下奇观。这主要是与瓢里山的地势有关，该岛北面平缓、南面陡峭，而白鹭喜欢平地、池鹭与苍鹭喜欢崖壁。

上文所说的草洲，就包括毗邻瓢里山、两两相对的仙游洲。仙游洲拥有中国最具诗意的湖区大草原：春天，遍地开放的红花鲜草，将这儿装扮成一个粉红色的世界，草肥花香；夏天，这里烟波浩渺、水天一色，是一片苍茫无垠的“江南海洋”，风光壮观雄奇；秋天，此地芦花片片飘飞，宛若千里雪国，给人以无尽的遐想；冬天，那一条条清澈的小河，在宽阔的草洲上蜿蜒延伸，万千候鸟出没其间，真是鸟的天堂。这里仿佛人间仙境，故名曰仙游洲。

据传说，仙游洲这儿过去是一个只有几十户人家的小村庄，因洲子上土壤肥沃、万物茁壮，村庄的四周种了很多芝麻，家家都有磨香油的油坊，香飘十里，整座洲岛就像一个巨大无比、清香无比的芝麻油桶，因此又被人叫作香油洲。

而另一种说法是，此地在丰水期时，满眼的芷草便被肥沃而丰厚的淤泥湮没了。等到枯水期一来，土地浮出，花草慢慢发芽生长，有的草茎最高可达一米半以上，在太阳的照射下熠熠发光，上面就像浮起了一层油液，并伴有浓郁的清香味，香油洲从而得名。

面对这两地如此罕见之美景，陈远作为一介乏文之武夫，自然视而无睹，不懂欣赏，就像一个睁眼瞎罢了。左珏可不一样啊，他乃是一位中过举的文士，当即兴奋不已，大发慨叹，四处逡巡、观望、感受。要不是还得赶去别的地方选址，他必然会继续在此逗留下去，并作诗撰文。

两人辛苦奔波了一整天，但仍无结果。见天色已暗、暮霭昏黄，他们只得回身饶州城。半途中发现，那夕照晚霞下的盘洲还不错，水面有那么宽阔、船只停泊线也长，就下马到附近转了一圈，认为可行。于是他俩十分庆幸，以为“踏破铁鞋无觅处，得来全不费工夫”，回府衙后赶紧给陶安、方家俊汇报了。陶安却告诉他们，已有人去盘洲考察过了，说那儿湖水太浅，一年倒有大半时间陆地是裸露的，很快洪水退却，就没法泊船了。再说又离州城太近，人多杂乱，且易于逃离，即予以否定。

第二天早上，左县令、陈远两人又去了一趟立德乡，见这里四面江湖、湾长水深，且已有两个现成的码头龙口渡、桃花渡，基础甚佳。他俩喜出望外，连夜回城禀报了陶安、方家俊。陶安听说有这么个好地方，自然也挺高兴，决定约上方家俊，来日大家一同亲自去现场勘察。

方家俊哪里会不知道立德乡、龙口渡、桃花渡呢？因为他就是立德街人嘛。没想到，跑遍了整个饶州，找来找去，最后还是回到自己家门口来了，哈哈！只是立德街在立德乡往张王庙这头，靠近饶州古城与陆地；龙口、桃花两个渡口则在立德乡往双港、珠湖那头，靠近鄱阳湖中央区域。小时候他是经常跟着大哥家远去龙口、桃花、双港、珠湖那边去玩的，如今听他们一提到那些地名，马上记忆回溯、画面清晰、涌现脑海，亦深以为甚好，确实合适作为移民之地，遂颔首同意。

问题是他不想回立德街。因府城里已多日被积达数尺的浑黄洪水所淹，房屋霉味重、地面太潮湿、空气中满是腥臭的湖风、生活及出行都不方便，此时他的父母、熊宗武一家也都搬回立德街老家去住了。而他正欲图侵吞熊氏的家产，所以做贼心虚，不愿见熊宗武他们，也不想见父母，怕方贵知情后诘责、拦阻。他一开始很担心把移民码头放在立德街或其附近，届时自己肯定不得不回去，遂要坚决反对的。现在听说改到瓦屑坝、龙口渡、桃花渡那边了，那倒没啥问题，自己可以从立德街镇子外的另一条路绕过去。

翌日，饶州大移民之四位朝廷主政要员，包括一位从二品行省参知政事兼知府、一位正三品将军钦差总指挥、一位中层军官、一位县令，一同乘轿骑马径直同往立德乡。陶、左两位文臣乘轿，方、陈两位武将骑马。

沿途路过立德乡所辖的几个湖湾，陶安看到一群群渔民正在张网捕鱼，脸上一副欢喜满足、知足常乐的神情。因连日大雨滂沱、湖水高涨、洪流浑浊，故而钻进湖滨那些浅滩港湾里的鱼儿便特别多。他想起此次在饶州开展的大规模迁移，毕竟惊扰了黎民苍生们悠闲、安乐、宁静的生活，不知是福是祸、是吉是凶、是对是错、是利是弊，也不知后人会怎么评价此举、史册方志上及自己的传略会怎么盖棺定论，遂心事重重、满腹疑虑。

往近了说，自己逼迫民众背井离乡远徙外地，拆散人家父子兄弟夫妻，实在有违天理人伦，也不符合中国传统道德观念，是强暴的、残忍的、没人性的，民众肯定不会理解、原宥自己；但往远了说，把饶州百姓“赶散”出去，其实也是给了他们更好、更大、更久的发展空间，包括他们自己的未来，或他们的子孙，想必都能得到意想不到的收获。

再说我陶某人也是毫无私心、满腔热忱、一片好意嘛。我佩服你们饶州人聪慧能干、吃苦耐劳、持之以恒，却窝在这个小地方日出而作日落而息、男耕女织夫唱妇随、安于现状苟活一隅，简直是太屈才、太消极、太无大志、太没出息了！男子汉大丈夫就应该目光长远志在四方，融入整个国家整个时代，到大千世界去好好闯荡闯荡，干一番红红火火轰轰烈烈叱叱咤咤的事业嘛，难道我错了吗？我想，民族、历史、岁月和民众最终还是会见证“大移民”的莫大功绩的，是会感谢我陶某人的。

但从眼下的实情来看，陶安知道，这不过是被迫执行皇帝的圣旨，消除他对饶州“富能敌国”的担忧，通过“赶散”以削弱之，哪里还管得了将来身后长远的事情呢？他触景生情、有感而发，路过双港乡时便写下了一首同名五律小诗——《双港》：

土湖塞闭蛰，双港曲藏舟。
草暗竹蹊掩，低空冶灶留。

渔郎惊漏网，农业忍忘中。

霜叶重矶上，龙祠废几秋。

怀着这样一种悲怆、沉郁、复杂的心情，陶安与方家俊等一行人踏上了立德岛。

立德乡位于饶州府城（也是鄱阳县城）西南四十多华里的滨湖丘陵地带，位置优越，交通便利，历史悠久，人口密集，经济富庶。其所辖的立德街是鄱阳湖东岸最大的商品集散地与贸易市镇之一，店铺鳞次栉比、商品应有尽有、行人往来如织，被美誉为“小景德镇”。立德乡北隔鄱江与双港乡相接，东隔莲子湖东边的一大片湖湾与饶州城相邻，南隔莲子湖与余干县康郎山岛相望，向西便是那广袤无垠、烟波浩渺的鄱阳湖了。

所以说立德乡是四面环水，其中三面为湖，仅一面为江，江上横跨着几座大大小小、或老或新的石桥木桥吊桥浮桥，与陆地相连。从这里乘船，即可长驱直入那八百里鄱阳湖，南经赣江可到省城洪州、抚州、赣州等地；北出江州、湖口便是长江，向东顺水而下可抵安庆、淮扬、京师，向西逆水而上可至两湖、江汉、巴蜀。

方家俊看好了一个地方，那便是瓦屑坝，过去也曾叫瓦屑岭、瓦屑墩或瓦燮坝。在他的推荐下，四人率队终于来到了目的地。这是立德乡东南数里陆路上的一个湖港码头、小村庄、砖瓦陶瓷工场，离其偏东向的立德街也不远，三地构成一个等边三角形。

千百年以来，瓦屑坝便是鄱阳湖地区的重要旅客与货物之水运埠头。外地人从鄱阳湖过来，不管是去立德街经商，还是去饶州城办事，多半都是在瓦屑坝这儿登岸，离去自然也是在瓦屑坝上船。

加之此地脚底下便有大量优质的泥土，适合制作或加工泥陶器皿及青砖、青瓦等，故这一带此类手工业作坊数量众多、规模巨大，沿湖岸一直绵延开去，望不到头。特别是由那多年累积、遍地皆是的残破陶片、瓷片、砖片、瓦片、泥砾、石子、木块等堆叠而成的高坝；还有已经出窑、等待销售的合格陶器、砖瓦、木料门窗等，也在各自的作坊门前排列、码放着，像万里长城的一段段一样，坝厚墙高，巍峨如山，迤逦十数华里，由莲子湖畔直至双港江口。这儿也便成了鄱阳湖四岸最大的砖瓦货运港口，“瓦屑坝”亦是因此而得名。

瓦屑坝端的是作为将各地万千移民统一集中安置于此并装载上船运往他地的一个绝佳之处。

第一，这里位置恰当，水路发达，便于往外输送。瓦屑坝离饶州城不是太远也不是太近，且居于湖区的中央腹地，四周之饶州府下属诸县都可以经江湖水路到达此处，往返府城亦可走水路。当然，走陆路也行。而且路途便捷，从这里上船后出鄱阳湖达长江至东海都没问题。

第二，这里地形适合，便于集中移民。瓦屑坝四周平旷开阔，十数里均无高山拦阻，无森林封锁，一次性容纳几万人都不成问题。

第三，这里经济基础较好，便于居住生活。除了湖岸那些多系外地人所开的泥陶器皿与砖瓦作坊以外，瓦屑坝当地村民大都以农耕为主，以渔业为辅，是名副其实的鱼米之乡，粮食、菜蔬等产量足够，移民所需的食物、饮水可以就地解决，万儿八千人于此待上一两个月也不会挨饿。

第四，这里地理环境闭塞，便于看管移民。瓦屑坝地处孤岛，四面是大江大湖，没有舟船车马根本无法逃脱。在它旁边不远处有一大片丛竹，搭帐建棚十分容易。再说它能“一眼望穿坝，一人看透湖”，视线广远无阻，从外地看这儿、从这儿看外地都很清楚，也是其一大优势。

自踏上这片土地，陶安便欣喜若狂，格外满意，暗忖没有比这儿更理想的选址了。

方家俊虽然心术不正，人却绝顶聪明，又对当地情况熟悉，长得也非常俊美，令陶安暗暗惋惜。想他当初一眼就能看出朱元璋是“真龙天子”并投奔之，比乃兄跟错陈友谅数年，实在要强多了。鄱阳湖决战前夕，说服吴宏、于光、方家远等将领归顺明军，争取以方贵、杨大顺、熊宗武、彭兴旺等人为首的整个鄱阳民众与朱元璋合作，他也是有大功劳的。后来，提出饶州大移民之计策、解除洪武帝心头之隐患，最开始也是他。如今，确定以瓦屑坝作为移民据点，又是他的主意。不能不说，此人真是一位奇才，大才！为人不如乃兄，才干有过之而无不及。“啧啧！”陶安在心里不断叹息。

但当陶安看到脚下这堆叠如山、绵亘似城的砖瓦砾块静静地躺着，眼前这连片成群的砖瓦作坊还在照常生产与经营，一派井井有条、欣欣向荣的景象，他内心又开始感到矛盾、踌躇、纠结、悲哀：选这里嘛，必定会打扰甚至断绝其安静的环境、正常的生产；不选这里嘛，又好像再没有更合适的地方了。

陶安经过一番认真的分析、痛苦的考虑，最终还是决定选址在这里了，别再节外生枝、拖延耽搁。毕竟，仰体圣意、为皇上分忧，才是做臣子的本分。

令人称奇的是，这次饶州府四大移民要员竟并未商谈、也毫无异议便达成了一致。大家都觉得，这个瓦屑坝正是移民集散营地与中转码头的最理想的不二之选，便全体通过和决定了。所以他们就不再去龙口渡、桃花渡那两个地方考察了，而是落轿下马，在这瓦屑坝四处走动、仔细探看、脑中构思，并讨论下一步具体怎么操作与落实的事宜。

方家俊为什么想把瓦屑坝作为移民集散码头呢？其实，在这四人当中，陶安的内心里是最不愿意、最难受的，他时时受着情义良知、孔孟之道的拷问，不过是必须要执行皇帝的命令罢了；至于左珏、陈远两人，则跟他们个人的关系不大，正常履行公务，哪里合适就放在哪里罢了；只有方家俊，他暗地里是最高兴的，因为将来这儿对他可能是最有利的。

他在盘算：首先这里本来就离立德街很近，仅一箭之遥，且瓦屑坝这一带还有熊宗武等乡绅的很多产业，届时我就能更好地以移民为由，寻找机会，蚕食鲸吞他们的财产了，而且得到之后也容易将其集中起来，通过水路或陆路运往京师自己的府上；再则这一带过去就是我的“势力范围”，现在我又是移民总指挥，那不就是一切由我说了算嘛，届时整个饶州府乃至整个赣省的千百万移民将集中于此并转运去往全国各地，这里面该有多少权力、多少油水、多少利益、多少财富啊，全都属于我一人所有了！陶安这糟老头子管不到这里，他也没时间、精力时刻盯着这里，他又迂腐、清寒，看不起钱财，呵呵，俺老子当仁不让，统统收下了，不谢！

当然，若是将移民集散码头改去龙口渡、桃花渡等地，这些好处对方家俊同样会存在，情况都差不多，这几个地方都离得挺近的。不过比较起来，还是瓦屑坝最理想。

方家俊美美地思考着、盘算着，越想越兴奋、越想越激动，恨不得马上要行动起来。他眉飞色舞、心花怒放，甚至差点笑出声来。不过他想，在此之前，必须要把这些作坊里的人都赶走，不能让他们妨碍移民要务。最好将其也都当成移民，一并迁走算了。并且要把这些作坊统统拆除，或改成移民住所。

方家俊要拆除这些作坊工场，还有一个重要原因，那就是一看到它们，他就会想起曾经那些不痛快的往事，想起黄启、黄世明、刘功成、拉木托、熊宗武、熊秀……那些他不愿再想起的人，仿佛他们正一个个站在自己眼前，他当他们是眼中钉、肉中刺，提到他们都不舒服。同样，看到这些跟他们有关的景物，他也不高兴，“恨乌及屋”，必欲除之而后快。

在回城的路上，方家俊故意放慢了马步，与副将陈远平行，凑到他耳朵边悄悄地说：“既然现在咱们四人都一致确定以此处作为移民中心，那便是板上钉钉、不再改变了。你看这些陶瓦作坊及老板、工匠、学徒等，显然会严重干扰咱们的移民进程。你明后天就带一千人过来，将它们统统拆除或改造，停止所有的生产与经营活动，这些人则一概收容。对自愿移民者、抗拒移民者、来路不明者、符合移民条件者，均将其登记在册、集中管理，勒令他们与别的移民一道，尽快安排时间迁去各地。并将作坊的房屋、工棚、窑洞、仓库、地窖等，尽可能改建成供移民短暂吃住之地。等我下次再来时，希望看到一个全新的移民集散大营与遣送码头。”

陈远像狗儿对着主人不断摇尾一样连连点头，赶紧答应道：“好的，将军，属下一定严格照办！请您尽管放心！”

瓦屑坝的制陶、砖瓦、建材等作坊工场，具有悠久的发展历史。据说最迟也是从唐朝五代就开始了，到明初洪武年间已有六七百年之久。它屡经岁月沧桑、风雨如晦，改朝换代、世易时移，而其手工业的规模化生产一直未曾断绝过，烟火旺盛、经营兴隆。但自从它被陶安、方家俊等人确定为饶州大移民的主要集散地、船运码头，方家俊下令部属陈远拆去这些作坊建筑、取缔其生产活动之后，就彻底结束了它的历史使命。除了移民歇棚与湖岸埠头那一小块地方之外，曾经偌大的工场区基本上就废弃、荒芜了，像个熬成了僵尸的老头一样，傻傻地、定定地看着眼前这一幕幕……

对方家俊的表情变化、他私下的这些“小动作”，陶安尚无时间细细推敲，也没心情打量了。陶知府素来鄙薄方家俊的为人，这次与他共事，纯属皇帝指派，勉为其难。

陶安身在不得已而为之的处境之中，他闷闷地、默默地独自坐在官轿里，内心还一直停留在纠结的状态：一方面他是恪守孔孟之道的传统知识分子和当代宿儒老叟，为移民们难过与同情，不希望尔等背井离乡、妻分子散；另一方面他又是拿朝廷俸禄的命官，执行皇帝旨意，寄人篱下、仰人鼻息，强硬落实移民事宜，对反抗者严惩不贷。

当瓦屑坝作为移民集散地终选之址被确定以后，按理说陶安心头的一块石头落地了，他应该好高兴吧？不，他内心中那种不祥的预兆倒更加强烈，好像潜伏在深潭里的千年老蛙能早早感知大地震马上要爆发一样。可到底会发生什么事，他也一时无法理出头绪来。他只是模糊地觉得，后人“指背批判”、自己“晚节不保”将会更严重。但他仍义无反顾地继续主持移民局面，甚至在其具体过程中还做了不少有违人道，甚至残忍冷酷的出格之举。比如上文提到的抓捕刘萌。

第三十章 驱民陶公殒

饶州老百姓们在这场突如其来的大移民运动面前，运用其“斗争艺术”，挖空心思想出了一系列令朝廷户部与地方衙门始料未及的对策。比如，先是“分家”。为应对朝廷“一家三丁抽一丁”的诏令，他们把原本二十人上下的大家庭拆分成四五个小家庭，有的男孩子还未到结婚成家年龄也被分离出去独立生活。一时之间，饶州大地百姓们发疯般“分家”，弄得陶安、方家俊等人十分头痛，只能奏报朝廷，又改为“同姓村落三户抽一户”。

待该项新的诏令颁布下来以后，饶州百姓又迅速掀起了“分村”之风，即同姓村落立即分散开来，多建数村。仅鄱阳一县，于一夜之间便增加了村落一千多个，很多村子只有两户人甚至一户人。此事有史记载，白纸黑字：大明洪武初年，鄱阳县村落数量突然之间猛增好几倍。原因即在于此。

这次又是方家俊出了个狠招，即不管你是否一家、同姓、本村，也不管你是否父子兄弟夫妻、男女老幼病残，都按“四口留一（抽三）、六口留二（抽四）、八口留三（抽五）、十口留四（抽六）”的标准来迁移人口。如此一来，不管你老百姓怎么“分家”“分村”都没有用，因为这纯粹是按在册人头来办的。而且照以前那些做法，饶州民众迁走的只是少数，留下的还是多数；若按此新的方案，则有百分之六十以上要迁走，留下的便不过三分之一左右了。

陶安没想到，方家俊对本桑梓的父老乡亲亦竟这般狠心无情，简直是伤筋动骨、斩草除根、断子绝孙的做法！他于心不忍了，便私下同方家俊商量说：“如此迁走的人也太多了吧？四口走了三口，六口走了四口，十口走了六口，岂不是要动摇全饶州府的根本，断了他们的血脉？”

方家俊耸耸肩、咬咬牙，很不屑的样子，像出泥死鱼翻着白眼珠儿，口中蹦出几个字眼来："陶知府，对付这帮刁蛮草民，就是该这样狠！你没看他们如何反抗的嚣张气焰吗？那就得'以眼还眼，以牙还牙'！"

陶安也不敢再反驳。两人合署的奏章，千里加急送到京城皇宫。朱元璋阅后欣然同意，还在奏章上批复："陶、方爱卿，计策甚好，着即暂照此执行，先观望些时日。准奏！"

此后，移民标准便一律按方家俊的这个方案来办了。

毕竟胳膊拧不过大腿，乡勇抗不过强权。当时官府与百姓像拉锯战一样来回斗了多次，但百姓最终还是干不赢官府，无非以卵击石罢了。而且，百姓越是反抗，官府的手段就越是强硬：先是对所有移民捆绑手脚，以防其投湖、逃跑、与押送兵士发生打斗等；并将移民分散离间、各个孤立，父子兄弟、亲戚乡邻均不在一处，以防其聚众闹事；且焚烧家族祠堂、平掉移民祖坟、斩断各地龙脉，不让其本人或亲眷、后代返乡认祖归宗，以免大宗大族他日再死灰复燃——乃至后来连移民在去接收地的路上，以及到了接收地之后，都不能对他人具体、详细、明确说明自己祖籍曾是何府何州何县何乡，只能一律笼统地说是"来自瓦屑坝"。

饶州民众中有那些不愿伤及父子兄弟宗亲感情、不愿见到祠堂祖坟龙脉被夷平惨状者，只得被迫接受眼前这残酷事实，屈从朝廷，主动到府县衙或指挥司报到，迁移前往新家乡开创新生活；还有既不想移民又无法留下者，便选择了别的逃亡之路。

"鄱阳七杰"中的卞采，出生于饶州古城里的卞家巷，从小熟读历代兵书与百家典籍，尤喜诗词楹联，才学优异，其"武卞文采"之美名在鄱阳县、饶州府、鄱阳湖东一带可谓如雷贯耳、无人不晓。卞采年少时代在私塾里上学，有一次，爱掉书袋的先生以鄱阳县地名与山名出了个上联"狮子斗牛，惊动鲶鱼响水"，一直没有同窗能够对上；因习武而姗姗迟到的卞采赶来后，马上对曰"猫儿扑鼠，吓跑白兔上棚"，博得先生与同窗们好一阵喝彩。卞采自己还曾以饶州府所辖之七个县名出了个上联"水泽鄱阳，余江请坐，举起浮梁饭碗，斟满乐平谷酒，一口余干，德兴洋洋，万年享誉"，但许久仍无人能对下联，他自己也没对上，一时堪称"绝对"。

卞采在习武上的才干，倒不是说他在拳脚、刀枪上有多好的功夫，能打得过多少人，而是他足智多谋、勇敢无畏，擅长军事指挥。他与刘清修相比，清修是文才过人的勇士，他是有勇有谋的文士。

移民风浪一来，卞采不愿与自己曾帮助其打下江山的新王朝屈膝合作，即很洒脱、果断地扬长而去，远奔山西五台山皈依佛门，自此隐姓埋名、四大皆空，不再过问尘世俗物矣！

无数年后，一位操夹生北方口音的老和尚曾云游至饶州，人们见他脑门光亮、眉毛如霜，身披袈裟、手托铜钵，眼含热泪、言语很少。老和尚见此地炊烟稀疏、田园荒芜、人流寥寥，不复昔日风吹稻浪、商店林立、车水马龙的繁华之貌，轻轻喟叹一声，悄然走了，再不回头。街上大多是年轻一辈，没有谁认出他来，其实他就是当年饶州城里大名鼎鼎的“武卞文采”卞采！

“鄱阳七杰”中的另一位刘清修，出生于饶州古城里的刘家巷之刘氏行伍世家，其定居岁月久长，家族庞大，兄弟姊妹多人。他年幼便开始习武使枪，十八般武艺无不精通，尤其擅长双截棍与刘家的“起死回生枪”；曾念过好几年私塾，《三字经》《百家姓》《千字文》《唐诗宋词》《古文观止》《增广贤文》等都背诵了不少。跟其他几位一样，他亦先后参加过鄱江楼朱元璋接见、鄱阳湖朱陈大决战、功臣表彰大会、开国欢庆晚宴、进京“讨债”七人团、腊八佳节群雄聚会、作为民间代表与官府谈判等。鄱阳湖大战期间他先后借了一千石军粮出来；又带了两百人去参军打仗，其中十余名子弟在战场上不幸遇难。

刘清修因是习武出身的乡勇，且长得身粗腿肥个子大，便以武生身份出现，其实却是亦文亦武、风采不弱的人才。跟“活张飞”刘萌比，论勇武、豪侠他要逊色于对方，而论文才、智谋他则远胜之。跟“武卞文采”比便情况恰好相反，论文他不如卞采，论武他却强于卞采。

刘清修痛恨朝廷的移民政策，也不愿意怯懦屈服、任人宰割，但兄弟众多，不好独存，于是牺牲自己，遗下一纸短笺后，悄悄独身泅渡鄱阳湖，勇登庐山，觅一个道观出家了，之后下落不明，“只在此山中，云深不知处”。

还有同是乡勇小头目的郑闻沣、郑闻涛兄弟俩，他们起初也是想举旗造反的，但好汉不吃眼前亏，知道胳膊拧不过大腿，结果放弃了。郑闻沣后来主动到府衙报名，他是从瓦屑坝码头上的船，至于迁去了哪里，饶州家乡人民谁也说不上来。

一代词宗姜夔的后人、饶州另一知名文士姜新熵，也是为了不让几个兄长迁走，自己主动报了名。令他既吃惊又欣喜的是，与自己合作撰写长篇饶河渔鼓唱词《神勇盖世饶州人》的蒋水生、在鄱江楼上演唱这篇《神勇盖世饶州人》的高亮声，竟然也都在此艘船上！

上回被好汉刘萌舍身搅局、逃走一船五十人的五百移民，目的地是在长江下游的徽皖之安庆府，属于初次尝试阶段；而这回是第一次正式大型迁徙，多达五千移民，分十艘大船装载，目的地是在长江上游的荆楚之黄州府。

在瓦屑坝现场指挥万千移民排队上船的，正是移民指挥司的副将陈远。这时，有名高个子的小头目疾跑前来向他请示："陈将军，运往黄州府的移民，十艘大船已满，每船五百名移民、五十名押运军士，各有登记造册，全部准备完毕。请问何时启程?"

"立即启程!"

"是!"

姜新熵、蒋水生、高亮声三人乘坐的李余之大船走在船队首列，已经启碇收锚，正准备扬帆远航，突然望见岸上一阵骚乱，几个军官在大声喊道："陶知府!""陶大人!"

原来是老者陶安亲自赶来了。面对芸芸众生被逼迫着悲壮走向异乡路，抛妻弃子、远离故土，前路坎坷、余生渺茫，陶安心存恻隐，又没法解困，只能时而在码头上交代将士们对移民不可下手太重，时而走到船头告诫兵丁们不要随便打骂移民，以缓解内心的哀恸与负疚感。

陶安想，这难道就是我陶某人治下的饶州府所出现的情形吗？我不敢相信，可又不敢不信。这些人、这些事、这一幕幕、这一桩桩，不就正发生在我眼前吗？不就是我耳闻目睹、亲身经历，甚至是我一手制造、领头导演的吗？我不就是这个历史的罪人、助纣为虐的王朝帮凶吗？特别是"焚祠堂""平祖坟""掘龙脉"这样伤天害理的做法，竟然还是出自我的手笔，我不是始作俑者吗(陶安有些过于自责了，因为这些全是方家俊的提议，他只是准允了这么去做)？

已逾花甲之年的陶安，两行老泪潸然而下。他胸口涌起一阵揪心的疼痛，仿佛有骨鲠卡在喉咙眼里。他再也站立不稳了，兼之脚下踩着泥泞打滑，一个趔趄，双膝顺势跪倒在瓦屑坝的码头前，目送庞大的移民船队冉冉消逝在湖上的浓雾里……

瓦屑坝成名，同时伴随的是陶主敬殒身。几天之后，心力交瘁、人格分裂的一代鸿儒陶安老先生，悄无声息地在饶州府衙卧房里病逝了，死不瞑目，未留遗嘱，只有圆睁的双目直直盯着头上的梁木，好像是要把那漆黑、厚重的屋顶看穿似的。他脸颊上那两行反思的老泪，汇入了鄱阳湖深邃无底、浩瀚无边的浊水之中，阻波挡浪，却还是无法改变移民纷沓而来、船队络绎而去的征程。

得知陶安卒于饶州府任上的噩耗，洪武帝朱元璋十分痛惜，亦无可奈何，当即为其亲撰祭文一篇、悼诗一首，并遣宋濂为专使赶往饶州吊唁，由方家俊、宋濂主持丧事仪式。丧事完毕，便有专人护送陶安遗体回其家乡当涂姑孰山隆重安葬，并谥封其为“姑孰郡公”。对陶安一家亦有封赏与抚恤，其次子陶晟荫封浙江按察使。

然没过几年，并未继承乃父高风亮节的陶晟，因犯重大贪贿罪，被洪武帝无情诛杀。其长兄陶昱亦受连坐之罪，遭到处决。陶府家产尽被抄灭，阖府四十余口全部充军，不久又悉数死于军中，竟无一人幸存。有少数饶州百姓闻讯后却幸灾乐祸，奔走相告，欢欣叫道：“还是老天有眼啊！陶老头子千不该万不该扰乱我们的生活、分裂我们的骨肉、毁掉我们的繁荣，还烧了我们的祠堂、挖了我们的祖坟、断了我们的龙脉，他有倾家荡产、断子绝孙的今天，实乃他的报应！”

不过更多的饶州与鄱阳民众还是念着陶安的好，认为他功远大于过，他的心还是向着老百姓的，他的所作所为只是箭在弦上、不得已而为之，他只是朱家王朝的“替罪羊”罢了，强行移民不过是执行皇帝的诏令，至于烧祠堂、挖祖坟、断龙脉在他任上只是极个别（他死之后，就是方家俊一伙在干了），故仍对他感恩戴德，建造生祠供奉之，编写民谣盛赞之。前文已述及，此处不详说。

陶安虽然死了，似乎尘埃落定了，可整个饶州府乃至江西行省的“瓦屑坝大移民”还远未结束，此后一直如火如荼、方兴未艾，成为一个全国性的运动，就像北方的洪洞“大槐树”、江东的苏州“阊门”一样，持续达一两百年，几乎贯穿整个大明王朝。

可陶安之死倒令方家俊更加暗暗高兴，他成了“大赢家”。因为陶安死后，宋濂继续回来做饶州知府，而宋濂的官阶比他低，得听从他的。如今整个饶州府都是他方家俊的天下了，再也无人阻挠自己，他可以放开手脚，一一来对付熊宗武、彭兴旺……这些有钱有势的富绅了！

第三十一章　施计除乡绅

一个多月前，移民风浪甫一开始，熊宗武一闻讯方家俊做了这个正三品的大移民总指挥，而且已带领大军从京师出发，浩浩荡荡、汹汹涌涌地即将杀回饶州，心里便“咯噔”了一下，又头疼起来。他深知，此次方家俊肯定是不会放过自己了，对方正是想打着“大移民”的旗号，意图完全吞掉自己的家产，跟自己算总账来了。两人长达十多年的宿怨与争夺，要彻底了结啦！

令熊宗武奇怪的是，方家俊都回到饶州好几十天了，可对自己至今仍按兵不动、毫无动静，并没找上门来。他打听了饶州其他乡绅大户，比如彭兴旺、木金山、秦昌龙、徐宗闻、陈自仁等人，以及庞石代、姜润他俩的遗孀、子弟，方家俊也都还没去“问候”过他们，他更加疑惑不解。因为熊宗武明白，方家俊拉大旗作虎皮，主要目的还是为了钱财，因此乡绅大户自是其打击的重点。那他为何还迟迟不动手，他葫芦里究竟卖的是什么药？

但不管怎么说，熊宗武心知肚明，越是晚来的风暴与烈火，当它发生时，必定会越加迅猛可怕。他跟方家俊争斗了这么多年，深知对方的厉害。他既有些慌乱与紧张、又有些激动与希冀地等待着，像等待另一场鄱阳湖朱陈大决战，也像怀孕的母亲等待生下一个已被高人提前告知是怪胎、孽障、长大后会成为恶魔的婴儿，或是弱小动物等待被猛兽吞吃那一刻的到来。

而在熊家的饶州城、立德街两个大宅院里，每天的起居生活照常进行，除了各处店子、坊间的买卖经营受移民影响而有明显减少以外，朱门高墙里的日子倒还平定、温馨。再说，塞翁失马焉知祸福，正因其经营减少、冷清了许多，加之移民一项弄得外面成天娘喊崽哭、鸡飞狗跳、闹闹哄哄、乌烟瘴气，熊氏父女还可以少出宅门，多待在府上，竟然清闲了许多。反正他们又不愁吃的穿的。

不过，熊、方两大家庭，乃至黄家、杨家的所有人，大部分都还聚在这一块儿，从未曾离开过饶州府。除了杨木托、杨华枝父女俩一直如石沉大海、杳无音讯，黄河在方家远身边效力、征战疆场外，只有方氏兄弟不在。

有意思的是，全体四家人就像是私下商量好了似的，或者是不约而同、心照不宣，仅仅常常提到方家远，打听他的下落、关心他的情况，却只字不提方家俊——更确切地说是尽量避免提到他，好像并没有这个人存在，方家只有一个儿子似的——只有方贵老妻、方氏兄弟的老娘诸氏，此时仿佛消息特别灵通、耳目非常灵便，每天夜里上床入睡之前，会悄悄告诉老伴小儿子的最新动态。而方贵则只是"嗯啦"答应两声，不置可否，不发一言。

在熊家，每半月一次，方家远回复熊秀代表四家人给他所写家书的信函，便会非常有规律地送达府上，禀报平安、叙述近况、恭祝长辈、代问幼女、表达心情。当此戎马生涯、战火纷飞的特殊岁月，"烽火连三月，家书抵万金"，这种通信联络遂弥足珍贵。故每半月一次，几家人便会齐聚在后院厅堂，由熊秀当众朗读夫君的回函，成了一桩重要的家庭集体活动。

方家远在信中字里行间流露出来的对妻子、幼女的宠爱、温情、想念、期盼，熊秀读信时富有感情的声音、眼角晶莹的泪光，那微羞、潮红、激动、幸福、娇艳如花、丰美动人的脸颜，就像刚结婚的新媳妇一样，会感染在场的每一个人。大家都由衷祝福这对早开始而晚成功、同甘苦共患难、历尽波折否极泰来的夫妻，并祝福他们姗姗来迟、天使般可爱的幼女方娆。

熊瑛手拉无父孤儿、偎依娘亲身边的杨筱文，在一旁触景生情，难免有些羡慕嫉妒恨，不争气的泪水像断线的珠子一般滴落在她的衣服与地板上。她赶紧扭头以绢巾拭去。

到后来这些天，在方家远的信函里，还会附带上一张小纸札，那是黄河写的，一则向外祖父、娘亲、姨妈等人请安；二则汇报自己学习、征战、生活的情况与近期的经历、见闻、感想。那歪歪扭扭、或大或小的字迹，稚气十足、充满童趣的文句，逗得众人哈哈大笑，气氛顿时变得欢快起来。熊瑛的心情也便有些好转，偶尔费力地勉强笑两声。

熊秀一手执信笺一角，一手放在竹编摇篮小床的边沿，时而摇一摇。小方娆躺在摇篮里，双手双脚总不安分，像只巨蚕不停地蠕动，一双大而有神的美丽丹凤眼定定地望着母亲读信，好像听得懂似的。她没有继承母亲熊家的杏仁长眼，而是父亲方家的丹凤大眼。熊秀不时看看她，心里暗暗地对她说：“等你再大一点，我就带你去边关找你爹，还有你黄河哥哥，大家死活都在一块儿，生生世世再也不分离!”

熊宗武也不知道这到底是怎么回事，方家大儿子是他的女婿，方家父母跟他们生活在一起，彼此亲密无间；方家小儿子却是他不共戴天的仇敌，时刻在想着要他的命，要他的一切。再说，熊家就两个女儿，方家却有两个儿子，纵使方小二不跟熊老大斗，这一切最终还是得姓“方”嘛！莫非是这个世界哪里出了岔子，才弄得如此阴差阳错吗?

在熊宗武眼里，方家俊虽然至今还没出现在这个大家庭当中，但他的父亲每天都在陪着自己下棋、喝茶、饮酒、喂鸟，他的母亲每天都在照料他的大嫂秀儿“坐月子”，并安排下人忙碌各种家务，他的哥哥不时还会有家书寄回来。瑛儿则一边要拉扯幼子筱文，一边有时候尚须在老孙头陪同下，出门看管几个最大的店铺，巡视名下诸农庄、工场、库房，洽谈生意业务。熊宗武有时不免一个人窃窃地想问方家俊：“以咱们两家这样的关系，你究竟要怎么对付我呢?”

如果说熊宗武预料到这场大灾难迟早是要来的，而且越迟来就会越迅猛、越严重、越可怕，自己将彻底破产，家产完全被方家俊完全所攫夺，甚至连人都要死在方家俊手里，那是最终的结果、唯一的结果，便表示他的头脑还比较清醒，他对方家俊的认识还比较深刻；但是他若觉得方家俊会念及熊、方两家情义很好、关系非同一般，放他一马，至少也会投鼠忌器、犹豫不决，然后手下留情、网开一面，那他就太天真。其实这段时间里，方家俊一直都在考虑该怎么对付他，对付饶州的这些大户，他之所以迟迟还未动手，只是在考虑一个怎样的万全之策，条件还没成熟、最佳时机还没到而已。

就在熊宗武同彭兴旺、木金山、秦昌龙等乡绅群体偷偷在一起聚会商量，对方家俊怎么还没有动静觉得诧异、慌张时，没过几天之后，方家俊便来了个突然袭击，迅雷不及掩耳，以“大移民”为名头，以“平祖坟”为威胁，首先拔掉了木金山、秦昌龙、徐宗闻、陈自仁这“饶州四小家族”。

这些乡绅富户，当初都或多或少参加过鄱阳湖决战，还借过军粮、兵器、兵士等给洪武大帝，都是大大的功臣。特别是木金山、秦昌龙这两个家族，更是早在历史上就对饶州府有过卓越贡献的。

木金山家族的本姓先祖，早在远古嬴秦时代便已在饶州（时名鄱县）生根定居，名声极佳。木家占据番邑城最高之地造屋立院，其时县令为一代豪杰吴芮，与木家十分友好。后西汉建立，改置鄱阳县。木姓先祖受已封为长沙王的吴芮所劝，当即奉献其私家宅院供县衙办公，自己则搬迁到了别地重建家园。由于木家在饶州的财力、品行、贡献、声望、影响都不错，故历朝历代官府均对其非常关照，且屡有封赏嘉奖。

但这次大移民，木家却并未受到官衙的特别照顾。因其诸多父子、兄弟不愿拆散分离，久久没有响应，惹得方家俊动了怒，以为他们摆资格、装派头，就让陈远派人先冲向木家的祖坟地金鸡岭，掘地三尺，将其二十余代列祖列宗的墓穴、棺椁、尸骸挖得乱七八糟，且掳去了不少陪葬的金银器皿、珠宝首饰、古董文物等，统统归于方家俊一人。

木家遭此奇耻大辱，万分痛恨而又无力反抗，哑巴吃了黄连似的。他们觉得已经生活了悠悠千百载的故土饶州，可如今是再没法待下去了。便在族长木金山的号召与率领下，一夜之间将粮食、牲畜、衣服、被褥、值钱的金银珠宝之类，全以车马装载好，连同阖族男女老幼五百余口，瞬息离城而去，像是突然蒸发掉了，消失得无影无踪。据说他们是一直向西逃往了云南边陲，那边有早年他们本家迁去的不少人，一直以来两地都没有断停过联系与往来。至今木家在彩云之南也是大姓。

奇怪的是，这次方家俊并未赶尽杀绝，没有去追赶、抓捕他们。因为其移民的目的已然达到，再说木家的宅子庄园、许多家具物品，还有他们家族在四周的几千亩水田、旱地、山林等，都为他所“接收”了。另有一个特殊原因，方家俊身边有个女人是木金山的堂侄女，对他求了情。可是，连如此亲近的关系都不放过，足见方家俊之心是何等冷酷！

秦昌龙所在的秦家，最初是西汉年间华北平原地区一支军队的家属，于三国鼎立、中原逐鹿时期，为躲避家乡的纷扰战乱，千里迢迢举家来到饶州府（时名鄱阳郡）落脚。他们早年是住在城东的秦家山下，背后的秦家山起始即为秦家所有的私产，故而得名。唐朝初年，由饶州时任刺史颜真卿主持在秦家山下修建张王庙，秦家将整个秦家山慷慨献出给了官府，之后搬到了西郊的鄱阳湖边，半渔半耕、半水半陆，既有渔场又有农庄。只是秦家的祖坟还是在秦家山南麓的秦家陇当中。

此次方家俊与陈远等人要驱散秦昌龙大家族，根本奈何不了他们。因其全家男男女女、老老少少，几乎都会游泳，一入水就自由自在了，跟鄱阳湖里的鲤鱼精似的，再也无法抓住他们。方家俊遂故伎重演、凶相再露，亲自带兵来到秦家山南麓，铲平了秦家祖坟。

秦昌龙深知不能与官府来硬的，那无异于以鸡蛋碰石头、以豆腐掷大树，最后死的只能是自己，弄不好全族覆灭。他强忍悲痛与仇恨，劝住了族里那些怒发冲冠义愤填膺、企图以武力同移民指挥司生死相抗的年轻后生仔，像木金山一样，同样来了个“自动全移民”，领着众人迁往苏南长兴西太湖聚居，且彻底以打鱼为生、以船舱为家，不居陆上、远离尘嚣。

不用说，秦家在饶州境内偌大的宅院、渔场、农庄，也便易主姓“方”了。

还有另两户。饶州城外五十里的花桥村，美景无限、土壤肥沃，端的是一块风水宝地。这儿长年住着徐、陈两大家族，他们世代姻亲，睦邻友好，安居乐业，为父老乡亲们所津津乐道。人称徐宗闻、陈自仁为“无敌郎舅”，彼此互为对方的姐妹夫。他们既是拥有逾千亩田土的乡绅，又是开设学徒逾百名武馆的乡勇，是朱皇帝亲口提到的英雄与功臣。

早在唐代，徐家先人便看中了五十里花桥这片山美水美地美的好处所，于是携妻带子、赶猪牵牛、车推背扛，走出古城，来此砌屋安居。他们凭借自己勤苦、灵巧的双手，创家立业、开枝散叶，恪守“耕读传家、诗礼为本”的传家信条，坚持“骨肉不离、团圆是福”的生活准则，不愿荣华富贵、光宗耀祖，只求过悠闲自得、与世无争的清贫生活。当饶州府衙一颁布“移民令”时，族长徐宗闻便保证始终不与朝廷为敌对抗，并告知府衙本姓本族的中青年男子十之八九早已入了行伍——多在吴宏、于光、方家远等人的军中为国效力。可陈远还不满意，强令他们须在半月之内先完成三十八名移民男丁的指标。徐宗闻彻底绝望了，即带头以“宁死不迁，与花桥同存亡”相拒。

移民指挥司决意进村抓人。有一日，方家俊派另一郑姓将领率两百名兵士蓦然出现在五十里花桥的徐村。他们手拿镐铲，先是凶神恶煞地闯进徐家祖坟——杜鹃山，将其先辈祖宗的多座坟茔夷为了平地。徐宗闻亲眼见到在自己手里被官府平了祖坟，痛感对不起列祖列宗，大罪不容苟活，气冲脑门心儿，当场一头撞在祖祠门口的石狮上，霎时即命丧黄泉。徐家数百人被抓的抓、逃的逃、散的散，竟无一人留在饶州。据称半数已渡过长江北去，但也有零星躲进了附近州县的深山老林或穷乡僻壤。

五十里花桥的徐村对面便是陈村，毗邻可触，咫尺之遥。其祖上从秦汉时期起就追随杰出领袖吴芮，择此水美田肥之地而居，亦以且耕地营塘且习文练武为业，鱼米丰盛，吃穿不愁，全族团结，与人为善，其乐融融，小户日子过得平安、恬然。

陈村民众在看到一大队官兵进入徐村以后，便迅速躲到了自己村庄背后的山上。于丛林荫翳的缝隙之间，眼睁睁瞧见官兵粗暴铲平了徐家的祖坟，姐夫徐宗闻当场壮烈殒身，陈村的头人陈自仁十分悲伤。陈自仁深知，自己同样也是扛不住、抗不起的，遂急忙召集全村三百七十余口人商议对策，最后决定“启携先祖灵骨逃遁”。于是连夜“请祖骨九十八坛”，在陈自仁的率领下，携带细软，挈妇将雏，阖族逃出了饶州府。至于他们究竟去了哪里，因年月久远，已无人知晓，留下一个未解之谜。

于是，富饶的五十里花桥，徐、陈两家的全部产业，包括稻田、土地、菜园、鱼塘、山林，留下的房屋、粮食、衣布、家具、用品等，亦都归属了方家俊一伙人。

初时，这些被迫逃往外地的饶州民众，因为在客观上已达到了移民的目的，完成了朝廷既定的任务，所以饶州府衙、移民指挥司及下属七县衙、各指挥副司也就没有再追究下去。但是后来朝廷认为，这种做法既未按户籍造册所登记的人口数据完成移民指标，又未按已颁布的移民制度将这些人送达指定的接收地区，所以不算是真正的移民。户部便加强了现场监督、防范管理，并对相关官员进行严厉惩罚：逃一家，罚县官半月薪俸；逃一族，罢县官之职，罚知府一月薪俸；等等。

至于还有另几位乡绅烈士如庞石代、姜润等的家眷与后人，一则他们本人已在鄱阳湖决战中英勇牺牲、为国捐躯，入了康郎山忠臣庙，受到朝廷的特别保护，方家俊也不敢轻举妄动；二则自从他们死后，其家族里只剩下了孤儿寡母，如今已过数年，群龙无首，不善经营，家业凋敝，也没多少油水可捞，姑且就饶过他们了吧。

在把饶州这几个相对小户的乡绅解决了之后，方家俊遂开始全力对付两位乡绅大户，先是排第二的彭兴旺。一想起他当年先后分几次借给皇上多达八千石精粮，皇上已答应双倍还他，亦即一万六千石精粮，方家俊便眼红不已，亦兴奋不已，早就蠢蠢欲动了。

先要说明的是，作为饶州两大乡绅之一，彭兴旺同熊宗武的经营方式与方向很不一样，同时也体现出他俩的经济基础与性格很不一样。

熊宗武是只要有钱赚，农工商学武各种业务都做。他像多足虫一样，把手脚伸及几乎每一个生产与生活领域。他有酒肆饭馆茶楼、米面粮食店、茶叶店、陶瓷店、金银首饰店、丝绸布匹服装店、当铺、客栈、私塾、习武堂等，以及生产制造砖瓦门窗、建材家具、陶器瓷器、铁器铜器、金银首饰、丝绸布匹服装布鞋、雨伞斗篷蓑衣、酒醋醪糟、动植物食用油等各种商品的厂家作坊几十个，还有车船运输队及私家镖局、茶山、果林、菜园、旱地、养猪场、牛羊牧场、鱼塘、三座大宅院（除了立德街、饶州城那两座大宅院外，在老家熊氏村庄里还有他名下的一栋很高大的古楼房）等各种产业。但他的水稻田，原来只有两千二百多亩，加上鄱阳湖决战后朱元璋赐予他的一千亩，也只有三千几百亩而已，还要次于彭兴旺、木金山等人。

鄱阳湖朱陈大决战那年，熊宗武先后数次借给朱元璋部队的两万石军粮，其中只有不到一万石是产自他自己的农庄，及他私家仓库里多年的储存；还有一万多石，是他强忍心疼花大价钱派出好几批人从周围诸县各地乡绅或佃户那儿陆续收购而来的。

而彭兴旺是个纯粹的“土地爷”，彭氏家族历代自始至终只以种植稻谷为主业，别的杂务都尽可能不经营。中国是传统农耕社会，彭家一向就十分鄙薄商人。他们家有多达七八千亩的优质水田旱地，遍布远近数县的几十个乡村，在饶州府是家喻户晓、名副其实的第一大“地主”，每年产谷粮达一万五千余石，其中他自己的纯收入能有六千来石。所以，决战那年他借给朱元璋部队的八千石精白米粮，全都产自彭氏自己的农庄，是他整整两年的几乎所有收成。

就在方家俊绞尽脑汁打彭兴旺的主意时，彭兴旺却出人意料主动找上门来了。更准确地说，他本人并没有来，而是他命下人给方家俊送来了一封密札。跟饶州本地的许多人一样，彭兴旺亦不想亲见方家俊之面。大家都厌恶其人品，不屑于见他，且惮怕于见他。

彭兴旺在信上究竟写的是什么呢？原来，彭兴旺这人的脑子还不是太笨，他已经深深明白到了方家俊的真正目的。方家俊强硬移民，把饶州家乡人赶走是“名”，当然同时也是为执行朝廷命令，消除朱皇帝的顾虑；但他本人的目的则在于巧取豪夺所有乡绅大户的家产财富，并将这些人斩草除根，这才是“实”。从他这些天来把俞氏父子、郑氏兄弟、刘萌、刘清修、卞采、木金山、秦昌龙、徐宗闻与陈自仁郎舅……一个个逼上梁山、远走高飞甚至悲惨而死，他们的家产则全部落入他的手中，种种行径，其狼子野心昭然若揭。

因此，临近绝路、别无选择的彭兴旺痛下狠心，为求得自己不被孑然迁去遥远的异地，至少能全家人待在一起，不用离开饶州本土，那就只有把家产统统主动“献”出给他方家俊算了。既然他的目的在此，那就“破财消灾”呗！彭兴旺给方家俊写的那封便札，说的就是这些内容，文字很简短，态度倒也不亢不卑，大意就是打算把朝廷准备还给他们彭家的一万六千石精粮全都送给他，并看在自己与他父亲方贵老叔、他们兄弟多年交情深厚关系亲密，且一同血战鄱阳湖、打下康郎山、同生共死的分上，希望他在移民一事上能格外开恩，让他们彭家苟存下来，不求生活富足，只盼家人团聚。

但便札发出了好几天，就像是小卵石沉入了鄱阳湖底似的，方家俊都没有回音，既未明确答复他，也未派兵来动他。彭兴旺心里恨得咬牙切齿、怒火熊熊。他知道，贪得无厌、脸俊心黑的方家俊，肯定是胃口尚未餍足，野心如蛇吞象。对方懂得，如今你是捏在他的手心儿里，就像老猫嘴边的一只耗子，所谓“吾为刀俎，汝为鱼肉”，想怎么样对付你就怎么样对付你，在未把你榨干、让你彻底崩溃之前，又哪里会在乎你的这一点点“献金”？

彭兴旺便又给方家俊修了一封私信过去，说愿意把自己家里的全部五千亩水田馈赠其四千五百亩，还有历经几代积蓄下来的若干黄金白银、珠宝玉石、男女首饰、宋元瓷器、前代名家字画等值钱的东西也悉数奉上，哪怕倾家荡产、一无所有，只求方钦差方将军方总指挥能手下留情，宽容则个。

到这第二个回合，人家还没接招没吭气呢，而素来天不怕地不怕、快言快语性情豪迈的彭兴旺“彭大财主”，却自己先馁落软弱、败下阵来，内心的精神世界很是有些坍塌，此前不亢不卑、貌似强大的心理状态已急剧转变，成了向方家俊一味讨好央求了。

因为这些天里，彭兴旺眼见周围许多乡邻、亲友们被府县衙门与移民指挥司派来的一群群兵士抓的抓、赶的赶、打的打、杀的杀，多数不是被遣散去了外地、主动逃走就是坐牢、死路，家产全部被没收充公，房屋或被毁或被占。他被那血腥、凶狠、野蛮残酷的场面吓坏了，心里慌乱极了，多年来纯粹用财势铸造的防洪湖堤、万里长城般的钢筋脊梁，在暴力面前迅速被摧枯拉朽、土崩瓦解，很是招架不住。再是有钱，在官府、大军面前什么都不是！纸糊的老虎！

其实方家俊在接到彭兴旺的前后两封便札后，这些天也在家里苦苦考虑此事，企图找出一个什么万全之策来。既然彭兴旺放弃对抗、主动通好，愿意将其绝大部分粮食、田地、积蓄、家产都送给他，自己的目的达到了，那就该放人家一马。他与彭兴旺素无太大的冤仇，尽管过去也曾敲诈、欺压对方，但总体来说关系还不算太坏，且彭兴旺与熊宗武在生意上时常的较量还间接有利于他；再说彭对他也没有威胁，无须斩草除根，倒多增加一个潜在的劲敌、祸患。

可是，朝廷的移民制度是严格、明确、透明的。自己作为大移民总指挥，必须履行职责完成任务，方为人臣之本。若过于露骨地监守自盗、徇私舞弊，要是被为官正直清廉的宋濂知晓，到圣上那儿参我一本，那我岂不全完了？再说，若是移民指标并未符合户籍登记，还得罚我的俸禄。那到底该怎么办才能两全其美、不露破绽？方家俊忖道。

后来他终于想出了一个妙计，他叫人去请饶州知府、移民副总指挥宋濂来总指挥行辕商议此事宜。他对宋濂说，因彭兴旺是曾借过巨粮给圣上、参加过鄱阳湖决战、得到过圣上夸赞的大功臣嘛，便应对他区别对待、特殊照顾，就不宜让他与家人迁去外地了，而是将彭氏家族阖府两百余口统统遣送到鄱阳湖中央的康郎山岛上去，看护和打理鄱阳湖决战之功臣祀庙，一般情况下不得离岛上岸。至于彭兴旺及整个彭氏家族的近万亩稻田土地，则统统收归为官有，仍交由佃农耕种，所收获粮食农产及历年积蓄皆充入国库。他家的宅子、彭姓人的村院，则分派给不用迁走的其他无房贫民居住。

宋濂只想了一刻，便欣然表示同意了。其实他跟陶安等父母官一样，对朝廷这种强令百姓移民、残酷无道的做法，也是一直大为抵触的。只是他尚不明白，平时狠毒贪婪、如狼似虎的方家俊，今天咋会对彭兴旺竟如此仁慈？他没再多想，两人当即联名奏报皇帝。朱元璋对彭兴旺的印象向来甚好，且康郎山功臣庙确实需要有人看护，即下旨准允。

大财主彭兴旺虽然一夜之间变成倾家荡产、一无所有的穷光蛋一个，心里很是痛苦不甘，但毕竟全家人尚可厮守在一块，且不用离开故土，待在康郎山上还能远远望到过去的家园，比许多饶州人强多了，“求仁得仁又何怨？”遂黯然接受了这个命运的安排——也是皇帝的旨意。彭兴旺毕竟只是一介乡绅，论斗争精神是远不如刘萌、俞氏父子等勇士的。

方家俊对宋濂与朝廷隐瞒了大量事实，或者说是他高明的具体处理事情的方法。他虽然说将彭兴旺的万千田土收归官有了，但每年其收成的大部分，奴才们是会偷偷送到他那里去的；虽然彭家的宅院分派给了一批老百姓居住，但其所有钱财家产、值钱之物，早已被他派专人暗暗赶去彭府取走；还有朱元璋答应还彭兴旺的一万六千石稻米，到时他也会派手下心腹悄悄在半路拦截，只送一点零头到康郎山岛上去，彭兴旺还会有什么意见？你彭兴旺的目的达到了，我方家俊的目的也达到了！

下一步他就只有一个对手与目标了——熊宗武。

方家俊所做的这一切，硬的软的、明的暗的、好的歹的，仿佛都是做给熊宗武一个人看的。熊宗武当然始终明白，心里镜子似的！只是他的情况与彭兴旺大为不同：首先，他的家业比彭兴旺不知大了多少倍，要他全部拱手送给方家俊，他肯定舍不得，但只拿出一部分来呢？他估计方家俊又不会知足；第二，他熊家与方家的关系非同一般，你方家俊“不看僧面看佛面”，总不能做得太绝吧？对此他还心存侥幸，真是不见棺材不掉泪，不到黄河心不死。

怎么处置熊宗武，对方家俊的确是极为棘手的事儿。他既觊觎熊家堆积如尧山、广袤似鄱阳湖、富甲天下的无比财富，又不知该从何处吞下第一口。毕竟自己父母、兄嫂、迄今方家唯一的第三代——方娆，还有并不属于方家的第三代黄河、杨筱文等，都在他那一边；还有个熊瑛也不是吃素的，他俩之间藕虽断丝却连、情如海恨似山的微妙关系，令他很难做出决定。他当然满怀希望，熊宗武能像彭兴旺一样主动来乞求自己。

方家俊其实早已动到熊宗武的头上来了，只是还没触及其根本。聚居在立德街镇里镇外的熊氏大族八百多号人，已经被方家俊责令强行陆陆续续迁走了十多名男丁。且在确定以瓦屑坝为移民集散地与码头以后，方家俊又责令陈远等人拆除了那一带的全部作坊，其中就有好几家是熊宗武名下的，包括陶瓷窑、砖瓦窑、门窗家具木工作坊等。虽然熊宗武及时叫管家老孙头带队去将全部工人撤了回来，并对他们另做了安排，很多完工的产品也都被搬去仓库保存了起来，但是作坊的房屋、窑室、工棚则被移民指挥司悍然征收了，许多设备、器具和未完工的产品也被他们彻底毁坏，给熊家带来了一定的损失。

熊宗武虽然是赣东北首富、饶州乡绅头领，却还不是熊氏的族长。其族长是辈分高他两代、年纪也亦大他近二十岁的耄耋老翁熊公觉。除了辈分、年纪原因外，连熊氏本族人也多数一向觉得熊宗武贪财、吝啬、自私、冷漠，铁公鸡一毛不拔，素来都不喜欢他。

但此次移民大灾波及熊氏，熊公觉发现再也躲不过去了，自己无能为力，知道熊宗武于朝廷有大功，连皇帝也敬重他，陶知府、宋知府、左县令……都跟他交情不薄，他又是钦差大臣、移民总指挥方家俊的亲戚，方家俊兄长、成关大将军方家远的岳父。于是，熊公觉厚觍着老脸，亲自出马，备上礼品，架着一副老花眼镜，一缕山羊胡子飘呀飘，在小孙子的搀扶下，前来熊府登门拜访，请宗武贤孙看在本族宗亲的分上，在朝廷、总指挥、知府、县令面前多多美言、请求宽容、不吝打点，使阖族能将这场灾祸消弭于无形。果能如此，我愿以族长之位相让。

熊宗武虽说平素有些重利轻义，但此次事件牵涉到本族的生死存亡，他还是乐意鼎力而为的。问题是他本人都“泥菩萨过江——自身难保”了，尚不知方家俊会怎么对付自己，又怎么帮得了族人呢？他有苦难言，便委婉地对熊公觉说：“觉爷爷、族长，您老就放心吧！咱们族里的事，也就是我小武的事，我岂会不管？小武一定尽力而为，赴汤蹈火，在所不惜！”

但熊公觉总认为熊宗武的态度有些勉强、含糊、敷衍，以为是他不想全力帮忙，还是老样子，寡情薄义，于是气鼓鼓、心灰灰、意冷冷、急匆匆地蹒跚着老脚板回去了，也不留在熊府吃饭。

第三十二章　狡兔有三窟

熊宗武面临如此严峻的形势，觉得自己再不能跟其他人一样，像待宰的肥猪似的傻傻地被动地等死了。但他没有也没法直接去同方贵商量，由于众所周知的原因。一天上午，他趁姨娘翠翠不在，悄悄将两个女儿熊秀、熊瑛叫来，父女仨在他的后院小厅堂里开了个“小会”。他先把总体情况简单讲述了一番，说：“这些事儿你俩都知道了，说说该怎么办吧？有无可能求方家俊通融通融，行个方便？瑛儿，你的话他还是会听吧？”

熊瑛应该是他们三人里头脑最清醒的，所以也是最绝望的。她凄然地说：“爹、姐，我从开始就看出来了，他方家俊完全是小人一个，蛇蝎肚肠、狼子野心，在他眼里只有金钱、利益，没有家人，没有朋友，没有道德，没有情感，没有仁义，没有良心！虽长着一副好皮囊，内心里却无比恶毒、肮脏！他多年来的目的，就是要搞垮咱们熊家，要吞并咱们家的全部财产才会满足，这次移民只是一个借口罢了，难道你们还不明白吗？当年他依附杨木托之父求鲁台，多次污蔑、陷害爹您，导致您被关押、毒打，弄得您还不悲惨吗？求他毫无用处，咱们家的空前大劫难，我看是马上就要来了，就看他怎么收拾咱们了！人家现在是皇帝的钦差大臣、正三品大将军、移民总指挥，秉承旨意、手握重兵，连宋知府都得听他的，可以说比当年还厉害百倍！咱们就束手就擒，乖乖地等着他来为所欲为吧！不要想办法，想办法没用。也不要违抗，违抗死得更惨、更快。更不要死乞白赖地去央求他，求他也不会饶恕咱们，相反还得被他耻笑凌辱。”

熊宗武与熊秀很是吃惊不解，因为他们知道方家俊曾经与熊瑛好过那么长的时间，他还一直在爱着她、等着她，她心里肯定也有他的位置，可她今天怎么会这样说他呢？在她眼里的方家俊，竟是这样一个十恶不赦、坏到极点的歹人？熊瑛过去很少在他们面前提到和评价方家俊，如今突然说出这么一大堆谩骂、痛恨他的话，熊宗武与熊秀自然一下子很难相信。他们以为她只是近两年里受了太大的精神刺激，丈夫、女儿先后失踪，至今没有音讯，所以神经不大正常，杯弓蛇影、疑神疑鬼、夸大其词了。

熊瑛再次提到求鲁台的名字，令熊秀陷入了一段噩梦般往事的回忆，心里又是一阵绞肉般的痛苦。她那么多年一直待在方家远军营里，待在康郎山孤岛上，眺望得到自己家却久久不愿回来看看，就是因为她不敢面对过去，她知道妹妹嫁给了仇人求鲁台的亲生儿子。虽说杨木托跟他爹不是一路人，但毕竟看到他就会想起他爹，徒添伤悲与怨恨。直至后来听说求鲁台已被百姓处死，而杨木托又外出未归，再不见人影，她才敢回家。

熊宗武问道："他不是一向喜欢你，还希望你嫁给他吗？"

熊瑛冷冷地哼了一声，说："他哪里是喜欢我呢？他不过是喜欢我们熊家的财产罢了。"

世上之人可大致分为两种，有些人是如荀子所说的"人之初性本恶"，有些人是如孟子所说的"人之初性本善"。与熊瑛不同的是，熊秀向来喜欢从好的方面来看待别人，她总以为人性基本上是善的，像求鲁台那样的坏人只是极个别的。这就说明，她是内心善良，而熊瑛则是脑子聪明。她虽然也算是从小看着方家俊长大的，却不知道方家俊天性中的恶是与生俱来的。

她以姐姐的口吻数落着熊瑛："妹妹，我不管你怎么恨家俊，不管你们俩之间究竟发生了什么事情，总之说话要客观、公道点。你说他是正三品大将军，可你家远哥还是从二品，比他官阶还高呢！再说咱爹还是朝廷功臣，没有咱爹他朱皇帝还不知打不打得过陈友谅，不知能不能当上皇帝呢！他朱元璋尽管当上皇帝了，以后仰仗咱爹的时候还多着呢！又怎么会赶尽杀绝、恩将仇报呢？人家还没怎么着你，你先就自己怕了。家俊这么长时间了不是还没对咱们怎么样嘛，就是在给咱们面子啦！再说他的父母还在咱们家，他岂不知道自己该怎么做？我等会儿就给家远修书一封，让他写个奏折呈送皇上，说明咱们家的情况，请皇帝开恩，对咱们格外照顾。再让家远也给家俊写封信去，叫家俊灵活运用政策，手下留情，见好就收。我想，咱爹是大福星，必能逢凶化吉、遇难呈祥，闯过这个难关的。"

熊秀这样说话，除了她对方家俊认识还不够深刻外，另有一个重要原因，她现在是方家的媳妇，是家俊的嫂子，所以多少还有护着小叔子的情分。

熊瑛见姐姐到这个时候了还如此轻松乐观，如此天真可笑，一叶障目不见泰山，实在觉得无语，她一一驳斥道：

“对方家俊，并不是说我恨他、我跟他怎么样就把他说得很坏，而是他确实很坏，你不了解他，或者说你了解他还远不够多，仅是皮毛。

“你说他比家远哥的官阶低，这没错。可他是朝廷派来的钦差大臣，是专门负责饶州移民公务的总指挥，在这方面他权力至高无上，他一人说了算，家远哥也没办法。再说家远哥远在西北边陲，千万里之遥，县官不如现管、远水不解近渴，家远哥也是鞭长莫及哟！

“你说咱爹对皇上有恩，他就会对咱们格外对待，那也是你想得太简单了。正所谓飞鸟尽良弓藏、狡兔死走狗烹，历代帝王卸磨杀驴、过河拆桥的事做得还少吗？朱皇帝火烧庆功楼，一把火烧死了多少开国功臣！跟他们相比，咱爹算什么呢？朱皇帝正是因为看到以咱爹为代表的饶州百姓们太富裕、太强盛了，对他的江山稳固、对他后代的长久统治不利，才想了个高明的移民之法，目的就是要削弱乃至消灭咱们嘛！

“你说方家俊还没对咱们怎么样，是在给咱们面子，手下留情了，也不对，那只是因为他暂时还没想到一个最好的办法来对付咱们而已。不过，这一天很快就要来了！你看这段日子他是怎么对付彭兴旺、刘萌、俞氏父子、木金山、秦昌龙、徐宗闻、陈自仁他们的？他是个讲感情、有良心的人吗？他做得还不够绝、贪得还不够多吗？你看吧，他紧接着对付咱们熊家不会更客气、只会更过分，不会更宽容、只会更疯狂，不会更开恩、只会更残酷。他已经把咱们在瓦屑坝的作坊都拆毁了，而他抓捕部分熊姓族人也是做给咱们看的，杀鸡儆猴、敲山震虎那一套。

“你说让家远哥给朱皇帝、方家俊写封信求个情，先且不说家远哥的信会怎么写、有没有用、写不写吧，关键是家远哥远在西北边关，千山万水、路途迢迢，等你的信送到他那儿、他的信再送到京城、皇帝阅后再下旨发到饶州，这得多少天啊！那时咱们都早已死在他方家俊的手里啦，呜呼哀哉啦，家破人亡啦，看不到圣旨啦，哼哼！再说朱皇帝真的会赦免咱们吗？方家俊接旨后又会具体如何执行？这一切都是未知数，我个人甚至觉得很黯淡、很悲观。”

这对姐妹俩争论得十分激烈，公说公有理婆说婆有理，谁也不服谁，做父亲的熊宗武一时好像还无法判断究竟谁对谁错、谁是谁非，自己到底该听谁的。熊秀、熊瑛两人的性格、思想差别很大，打小懂事起就开始争吵，都已有二十来年了，熊宗武也见怪不怪了，知道她俩吵归吵，姐妹感情还是挺好，不伤大体，所以也没放在心上。再说他常常通过她俩的吵架，反而能得到不少启发，开拓了思路，更清晰地看出问题的症结所在，明白事情该如何去办了。

不过，在一段长时间的唇枪舌剑“打擂台”之后，熊秀觉得妹妹的话倒也不无道理，不见得是危言耸听、夸大其词，因此渐渐地口气变弱了，后来干脆陷入了沉默、深思。只有熊瑛一个人还在不时地从嘴里蹦出一句对未来悲剧结局的可怕预测，令父亲、姐姐心惊肉跳、背脊发寒。

熊宗武既没有熊秀乐观、天真，他跟方家俊恶斗了十来年，深知对方歹毒阴险贪婪，不会放过自己；但他也不会像熊瑛所说的那么悲观、绝望，就这样坐以待毙，听从命运的摆布。不，他还要集中心力反抗，要跟方家俊再好好斗一场，大不了鱼死网破、同归于尽呗！怕什么呢？你方家俊赶尽杀绝、不让我活，那我能看着你一人得意而生、自己悲惨去死吗？我们熊家四代辛苦打拼、惨淡经营了六七十年，好不容易才攒下了这份产业，决不能拱手相送！

不能说这段时间里熊宗武啥也没做，天天只待在熊府的院墙之内与方贵下棋、喝茶、饮酒，或者逗两个小外孙外孙女筱文、娆儿玩，就像是跟外面的世界隔绝了联系似的，否也！偌大的“熊氏王国”还一直掌握在他手里，被他牢牢遥控着，他有千里眼、顺风耳、狗鼻子，他眼观四路、耳听八方、运筹帷幄、调兵遣将，做了充分的准备，好的结局、坏的结局，他都想过了，也都有安排。都说狡兔三窟，他是十个窟还不止！

那熊大老板的“狡兔三窟”到底是哪些呢？

比如说，对于整个熊姓家族，他是不会再去管他们的死活了，一则他跟他们已没有直系血缘关系，二则这些年来他跟他们也没什么往来，他们也没怎么帮他，连个族长都不让他当，大家除了都姓熊以外便再无瓜葛，他又何必去照应他们？“嘿嘿，没事时不来找我，有事时就记得找我了，天下哪有这样的族人？哪有这种便宜事儿？”他不能让方家俊一伙拿熊氏阖族来作把柄要挟自己，就让方家俊公事公办，按朝廷的制度去做吧，咋样都行。

他最希望的，是自己一家人能生活在一起，不要跟其他移民一样，远远地被遣送到哪个鸟不拉屎、狗不落脚的陌生地方去，而且被拆散得四分五裂、天各一方。若是大家不能一起仍待在饶州，那就一起去省城洪都、京城应天。他早已派人赶往那两地去打前站，连宅院都买下来了。若去京城，就跟家远、黄河他们会合；若暂时不去京城，就先在洪都待一段时间，看看情况如何进展，再瞅时机去京城，或通知家远。

最重要的是，方家俊根本没想到，熊老大家的大部分资产，十之六七金银钱财、珠宝古董，其实早已陆续转运到京城、省城等地去了。方小二本来想等待一个最佳战机与熊老大作“终极对决”，一次性彻底将其打翻在地、尽数鲸吞，但谁知延误太久，被“老狐狸”熊老大提前下手，将多数财富都撤离而走，光余下一个“空壳”来迷惑他、拖着他——不过，纵使是熊老大的“空壳”，那也够可观的啦！

熊宗武在立德街这套老宅院里，早已偷偷挖了一条暗道直通鄱阳湖边，暗道口外还停泊着两艘快船。万一有什么紧急事件发生，就迅速经由暗道登船，大家分乘快船，带上还剩下的一些值钱的东西、各自的贴身物件等，马上出发，经鄱阳湖离开，或南下省城或东去京城，到时便得看鄱阳湖的风浪及天气如何、方家俊是否有爪牙布置在湖上等具体情形而定了。

当然，若是这样的话，熊宗武在立德街上、瓦屑坝工场里、四周村里山上、饶州城、余干县城、景德镇……的很多宅院、店铺、旅馆、酒楼、库房、稻田、耕地、菜园、茶山、果林、牧场、鱼塘、作坊、运输队等所有产业，甚至今年秋后朝廷要双倍偿还他的四万石粮食，大概都要全归于方家俊一人之手了。因为为了麻痹方家俊，熊宗武还在让其整个农工商业系统照常运转、表面上毫无变化，绝不能让对方察觉。

但这也比彭兴旺的家产彻底被方家俊所攫夺，“净身出户”，穷光蛋一个，黯然龟缩于康郎孤岛，其结局要强得多了。

熊宗武最坏的打算，便是方家俊把事做绝，提前动手，来个突然袭击，大军压境，不但要侵占他的全部家产，还要他与他家所有人的命，那他也只有豁出去拼了。这些年他私下豢养了十几位武功一流的江湖杀手，一直深藏在暗处无人知晓，到时会仿佛从天而降，倏忽出现，誓死保护自己家人，迫不得已还会与方家俊展开搏斗，将其擒为人质，令其就范。大不了与他同归于尽、玉石俱焚！

这一切的计划与行动，熊宗武都还没有告诉过两个女儿和家里其他人，完全是他一人在遥控熊府总管老孙头，而老孙头又在指挥一个小团队具体执行落实。他并不是不信任他们，只是不想让他们过早陷入危险境地，并且希望越少的人知道事情就越隐秘，也就越安全。

但熊宗武还是盼望能有一个尽量好的结果，自己一家人能留在饶州不用离去，自己的家产方家俊想要就给他一些吧，但大部分最好还是能保留下来。当然，大部分不是都转走了吗？所以熊宗武在对决还没开始前，便早已从被动变为主动。

刚才，听了两个女儿的对话，熊宗武一直在做种种考虑：接受熊秀的建议，写封信去让方家远努力争取方家俊，或向朱皇帝求情吗？确实时间来不及了，而且不一定成功。那么，像彭兴旺那样直接去哀求方家俊，跟他讨价还价？一则自己拉不下这个脸面，二则他方家俊也不一定会让步，满足自己的条件。他就是想要得到熊家的全部产业，两个死对头等于是鸡跟鸭说话，根本没法谈到一起的。那就跟方贵说一说，让他去趟移民总指挥行辕，见见他儿子，帮自己求个情，或者探一探方家俊的口风也好——看来只能这样了。虽说熊宗武并不想麻烦方贵，所以这些天从不给他谈这些。何况方家俊回饶州这么久了也不回来看他父母，摆明了是要显得自己“铁面无私”，其实就是想断绝父亲为熊老大、为别的人求情之路。所以方贵去找他，他不一定会接见，见了也是于事无补。但死马当作活马医，总比这样啥也不做、傻乎乎地干等着要强吧？

于是熊宗武对两个女儿说：“你俩说的都有一定的道理，那我们先暂且分两步行动吧。秀儿，你就按你的想法去办，赶紧给家远写封信去，把你的意思表达给他，我派人八百里加急送往陕甘边塞。但这只是权宜之计，估计远水难解近渴，只能说是多留一条活路、多作一个打算而已。我还是先请你们方贵叔去移民总指挥行辕走一趟，看看方家俊到底买不买他父亲的账。其实我也知道这希望微乎其微，不过是走一步算一步，尽力而为吧！”

到此日中午吃完晌午饭后，按照熊府每天的正常生活规律，熊宗武又让用人们在庭院里的老桂树下安排了桌椅、摆开了弈盘、放置了棋子、斟满了香茗，依惯例他是要与方贵“杀”几局的。他想一边下棋一边同方贵娓娓述说这事儿。可方贵虽说一介渔民，文化不高，直肠子性格，却并非脑子不灵光，心里其实很清白。刚下了几个子儿，他便开门见山地问道：

“亲家，你最近是有什么心事吧？看你整天脸色阴沉、眉头紧锁、唉声叹气的，一定遇到麻烦了。咱都大风大浪、生生死死经历过许多回了，还有什么跨不过去的小水沟呢？”

熊宗武没想到方贵倒先把话给说穿了，不免又叹了一口气，掷下一子，低头不语。

方贵深深地看了他一眼，说：“宗武，你就不用瞒我了！这些天外面闹移民搞得沸反盈天的，你以为我到现在还蒙在鼓里，还不清楚吗？我们方家的两个儿子都在朝为官，饶州只剩下了我们老两口，是不在移民范围之内了，不会有什么影响。总不能把我们这把老骨头也赶跑吧？可你们熊氏家大业大、人多势众，总得按朝廷规定迁走一大半，肯定是要分得七零八落的了，这一大摊子店铺、楼房、田地、山林什么的也是要大受损失了。你别怪家俊，他这是在执行皇帝的旨意，没办法啊！”

“可……”熊宗武摇摇头，一时不知说什么才好。但他心里愤愤地想：“哪里是像你所说的这样轻松简单、堂堂皇皇哟？你是真不懂还是装糊涂？方家俊素来就是一个不择手段巧取豪夺、心狠手辣厚颜卑劣之人，他现在借统领移民公务的名义，鱼肉乡亲、搜刮钱财，疯狂打击咱们饶州的富绅大户，尤其是要扳倒我熊某人。不把我熊家祖祖辈辈多年辛苦积攒下来的全部家产抢夺到手，据为己有，便绝不罢休。他的无耻企图，可谓‘司马昭之心，路人皆知’。难道你当父亲的还看不出来？当然啦，你是他父亲，是要护着他的。”

方贵说：“我懂，你是想让我帮你去家俊那里走一趟，向他求求情，尽量减少你的经济损失，主要是不让你家这几号人迁走。可是你又开不了这个口，怕难为情，是不是？其实你不对我说，我也会帮你去找他说一说的。咱们是儿女亲家，而且咱们现在基本上是一家人了，我也不希望你们离开我，不想让娆儿没有爷爷、奶奶，不想看到你偌大的家业四分五裂、破产倒闭。等会儿我就去府城，到总指挥行辕别院找找家俊，替你跑回腿吧。”

熊宗武自是万分感激。虽说方家俊不一定会见自己老父，再说方贵见了他也不一定会起什么作用，但亲家公既然有此份心意，主动提出来帮他，都不要他先开口，这仍令他喜出望外，像是溺水之人再次抓到了另一根漂近的稻草。他赶紧伸出一双肥硕、白皙的手，从弈盘上方伸过去握住方贵那双瘦削、黝黑的手，饱含感情地说：

“那就有劳亲家公了！咱们一家也不再说两家话了，大恩不言谢，总之面前这一切既是我的也是你的！你去对……家俊说，他想要什么，但请尽管提出来。只希望他能保住我这一家男女老少十几口人不用离开饶州，最好是还能让我继续经营我的产业。将来全部所得，我与他二一添作五，各拿一半；或者给他更多都行，六四开、七三开、八二开，可以不？反正咱们熊家、方家是一家，钱财全给他都没问题，或者干脆由他来当这个家，跟在我手里是一样的嘛！最重要的，还是两家的人都能热热闹闹、开开心心在一起，能继续过日子、继续做事情——也就是继续挣钱。那叫我做什么都可以，我什么都答应，什么都愿意拿出来。其实，他只要按‘十口留四抽六’的比例，从我们熊氏大族里迁走若干人丁就是。把我这个小家庭的人单独拨开嘛，那样做又并未违背朝廷的政令，同样算是完成任务了。”

在熊宗武的这段话里，有两层意思是方贵所不清楚的，或者即使清楚他也不想追究下去。熊是什么人、熊想怎么做、熊已经做了什么、熊为什么要这么做，他们几十年的老兄弟了，他还不了解对方吗？当然，具体事情他并不知晓，但他明白，熊肯定是在自救。这个老亲家是只老狐狸，狡兔三窟、比干七窍，熊会束手待毙吗？自然不会。不过好在两人是朋友、是亲戚，他只希望做个“中人”，尽量调和宗武与家俊双方的关系，将他们拉拢在一起，不要弄得下不了台，这样对谁都好，两全其美，皆大欢喜。他既不希望儿子迫害、赶走亲家，也不希望亲家影响儿子的仕途、前程。

熊宗武还是担心方家俊不会给他父亲面子，不会见方贵，让方贵吃“闭门羹”的。便从衣袖里摸出一封书信来，送到亲家的手中。原来熊宗武早就准备好了，万一方贵见不到他儿子，就让他把这封信让方家俊手下转交给他，也不至于竹篮打水，白跑一趟。老熊对老方说：“我刚才所说的意思，都在这封信里了。你见了……家俊，就把它交给他吧。”

此日下午，方贵便只身进饶州城去了。熊宗武指派自己最好的专用马车送他。

方贵十分急着要去行辕别院找方家俊，不光是为帮熊宗武说话，希望调和他俩之间的矛盾，求得一个完好的结局；还有一个重要原因是，他好久没见自己儿子了，他很想念家俊，想去看看家俊现在究竟怎么样了、他在干什么、他需要自己做什么，以及饶州大移民目前进展如何、朝廷与老百姓各是什么意见、自己该怎么办，等等。还有一点是，他老伴诸氏比他更想这个小儿子，让他替她走一趟，送些好吃的去给家俊。方贵对这个小儿子素有意见，本来也不是非要见他不可，但听老婆子吹枕头风耳膜都起茧了，再说他终究是自己的骨肉，这才亲自出山。

立德街离饶州城倒也不是太远，赶马车就不到一个时辰的路程。天还没断黑，方贵就回来了。他一进大门，熊宗武与方贵老妻诸氏、姨娘翠翠、熊家姐妹秀儿瑛儿、孙老管家夫妇等好几个人连忙迎了上去。大家伙见他满脸写着沮丧、气恼，摇头叹息，便知事情不顺。

果然，方贵紧接着便破口高声叫骂了起来：“这小子！如今做大官了、掌大权了，了不起了，眼光高了，衙门八字开，笑死看门狗，连他亲爹老子都不想见，真是六亲不认、忘恩负义、不肖子孙，太不像话了！”这既是说给熊宗武听的，也是说给诸氏等人听的。

大家赶紧询问方贵具体情形。女佣给他呈上一杯热茶。

方贵一屁股坐在中堂正厅大门外屋檐下的石凳上，喝过两大口清茶，润了润喉咙，平息了心情与呼吸后，对围着他的熊宗武及众人说：

“我到了饶州府县衙大院的移民总指挥行辕别院门口，提出要见家俊。那些守门的兵士们都不认得我，还以为我也是普通移民，来向总指挥求情的，一个个态度很差，恶声恶气、骂骂咧咧的，就像当年你我等人去京城见朱皇帝，皇宫门口的那些御林军一样。我告诉他们自己是方总指挥的家人，他们还不相信，要赶我走，我再三解释也没用，草民遇见兵，有理说不清。行辕门口还有好多移民挤趴在地上，叩头跪拜、哭喊央求，还被兵士们打骂驱赶，怪可怜的。我只好退让到了大门的一角，看看家俊会不会从里面出来，或从外面回来。但我一直只看到这些兵士在交头接耳、窃窃私语、嘻嘻哈哈、出出进进，却并没等到家俊的出现。

“过了好久，我才见有个重要头目模样的人从行辕里走了出来。我看着他有些面熟，等他走近了才想起，原来是跟随了家俊多年的副将陈远。当年鄱阳湖大战打康郎山，我们恰好是在同一艘船上，早认识的。我赶紧走上去跟他打招呼。他认出了我，也走过来跟我握手、寒暄。他说，将军外出执行公务去了，不知何时才回行辕。他只是把你写的信笺、家俊他娘做的饭菜接了过去，让人提前送进大门了。然后叫我先回家，等将军回来，他自会禀报的。哼，我看家俊并没有出去，他是故意不想见我，而安排这些兵士来阻拦我，派陈远来赶我走。否则，即使他当时不在行辕里，为什么陈远不请我进去坐坐，在里面等家俊回来，而是急匆匆要我回家？”

接着，方贵又给大家描述了饶州城里的混乱与萧条场面。跟立德街一样，或者说更加糟糕，毕竟府城规模更大、牵涉人数更多。曾经街衢繁华、生意热闹的古城，短短几十天已变得冷清凄惨了，像是刚刚经历了一场大仗，街上行人很少，店铺多数久已关门，百姓家的房屋也都紧闭着，许多房子门窗不全，路上肮脏杂乱，到处都是被扯裂的衣服被褥、被摔坏的杯盘凳椅、被风雨刮掉的枯叶落花……偶尔见到的人，也都是满脸泪痕、衣衫不整，不是家人很多已被移民走，就是自己即将面临迁走，逃不脱朝廷的强令、苦命的人生。

目睹这样悲戚的局面，方贵在回来的路上无奈地想，好在自己与老伴是不用移民的，此乃不幸中的万幸。但儿子又见不着，自己也什么都做不了，那就一切不管不顾、一切当作没看到、一切等于没发生，乖乖地待在家里不出来吧，过过小日子，得过且过，一天天地消磨掉这既平静又无聊的岁月。

熊宗武表面啥也没说，直到方贵说完，这才轻描淡写、无所谓似的向他致谢道：“老贵哥你尽力了，令宗武感激涕零！一切听天由命吧！但愿上苍有好生之德，体恤我熊某人多年行善，放我一条生路。”而其脸上写满凄绝、愤恨、痛苦、无奈，一副视死如归、慷慨赴义的神情。

他对方家俊不再存一丝侥幸心态了，决定照原定计划加快自己的行动，以防出现最糟的结果。同时他在心里已做出决定，必要的时候得想办法先把方贵、诸氏老夫妻支走，以防他们同方家俊一伙互通有无，暴露自己行踪，那将前功尽弃、彻底完蛋。

但是，这样自己将来就只能被迫远离家乡饶州，漂泊异地了，这跟朝廷强令的广大民众的移民浪潮并无区别。不过好在一家人还能厮守在一块，不会被官府严加看管，天各一方、永不得见。而这边的全部产业，包括朱元璋准备还自己的那四万石粮食——当然，远远不止这些，都将被他方家俊所夺走。想到这里，熊宗武就像被疯猫抓挠了胸口一般生疼，却亦无可奈何。

这边，熊宗武在打他的如意算盘，只想尽量少受损失；那边，方家俊自然也在做他的黄粱美梦，只想尽量多捞好处。两人在最后的正面交锋、终极决斗之前，一直在暗暗进行着无声的对抗。

第三十三章　惶惶出熊府

当天半夜，到万籁俱寂的子时，方贵夫妻早已入睡，两个小孩筱文、方娆也都寐了。熊宗武把管家老孙头叫来，命他带两个丫鬟去将两位小姐熊秀、熊瑛悄悄唤醒，包括姨娘翠翠、老孙头自己，大家聚集到了熊府后院上房熊宗武的卧室里。除了老孙头，另外三个女人都满腹疑问、面面相觑、嘀嘀咕咕，不知老头子神神秘秘的，像又是在玩什么玄虚，他的葫芦里在卖什么药，究竟想干啥。她们刚睡着就被叫起来，发鬓松散、满脸云雾，好像还是在梦里，犯着迷糊，不断打哈欠。

熊宗武尚未开口，他先按了按自己身边床头柜上不知啥地方隐藏得很好的一个机关，只见靠墙那只大衣橱的两扇门立刻被打开了，露出一个黑幽幽、不知深浅的大洞，一股冷飕飕还带着湖腥味、地下泥土味与霉味，还有湿气的阴风顿时扑面而来，把三个女人吓了一跳，睡梦当即惊醒了一大半。翠翠还傻傻地冒出了一句："我每天夜里都在这间屋里睡觉，都睡了好几年了，怎么不知这屋里竟挖出了这么大的一个暗洞呢！"

熊氏姐妹没有说话，知道事情非同小可，父亲必定有重大部署，便只静静地等候他宣布。

对父亲的这个续弦、年纪与她们相若的姨娘，熊家姐妹俩素来就不大喜欢，平时很少与她相处，也很少跟她交流。因其脂粉味、风尘味太重，说话嗲声嗲气、矫揉造作，每天只会打扮、享受，好吃懒做，啥都不懂，与良家妇女差别太大。但既然父亲真心喜欢她，要同她一起度过下半辈子，说明他俩有缘，那也别无选择。再则她除了上述这些小缺点，倒也没有什么别的太大的劣迹。她不干涉家庭业务、不奢侈挥霍钱财、不招惹是非、不多嘴多舌，还算是蛮安分的。自从被父亲赎身、从良入了熊府以后，她基本上是深居简出，难得出门，每天宅在内闱里逗猫儿玩、讲究吃穿，再不与其他男人接触，也算很守妇道。所以她们还是接受了她。

熊宗武终于发言了：“这个暗洞，也就是最近十几天里才派人抢挖出来的，留作咱们将来万一遇上紧急不测的最后一条退路。你们知道，咱们背后院墙离湖岸已经不远了，刚巧这段时间又发大洪水，湖面上涨，漫过泥滩、堤坝、湿地，都把院墙淹没了好几尺，暗洞那头的出口一半在湖面上、一半在湖面下，顶头部分又有芦苇、树木、石块挡着，所以不凑近看根本发现不了。暗洞里另外修建有一个密室，藏着五艘快船、船桨、落水救急物、防身器械、粮食、饮用水、斗篷、男女老少换用的内外冷热衣服、生活用品、必备盘缠等。咱们随时可以走出此暗洞，从湖上逃离。”

三个女人惊讶、欣喜得差点尖叫起来。熊宗武赶紧把双手合着伸到自己嘴巴前，做了一个“嘘”的动作，意思是提防隔墙有耳，让她们小声一点，别让他人听到了。翠翠倒是无可无不可，一副淡然的样子；熊氏姐妹却瞪大了双眼，亮晶晶、明晃晃地看着父亲，觉得他矮矮胖胖的身体顿时好像高大了许多。她们似乎是突然发现，她们的父亲是这么伟大，平日颟顸、慵懒、悭吝、猥琐、世俗的样子，那竟然完全是一副假象，却不显山不露水的就干了这么多大事，真无愧于饶州首富、乡绅领袖的名号。她们不得不由衷地钦佩自己父亲了。

熊秀倒还罢了，她仍然认为父亲、妹妹他们把方家俊看得太坏了，把事情预料得太差了，哪里就会这样悲惨、恐怖呢？家俊是家远的弟弟、方贵爹与诸娘的儿子，一家人都这么好，独他一人怎么可能如此歹毒、奸诈？不过，多一条出路、多一些准备总是没有坏处的。如今是移民时期，轩然大波，多事之秋，理应小心。而且后来父亲说要去京师投奔家远，这不正是她的希望吗？当然是完全答应了。

熊瑛却尤其崇拜父亲。没想到，自己至今还只是停留在对方家俊的怀疑上，消极被动等待；而父亲早就在布置应付对方的种种准备事项了，比她想得更长远、做得更周全，且藏得如此深、瞒得如此紧。自己还以为，父亲跟姐姐一样，对方家俊认识不够深刻，存在太重的侥幸心理，还在等着他手下留情——其实是束手就擒、伸头挨宰呢，真是幼稚、可笑！

熊宗武再次按下机关，将暗洞门关上了。接着，把他的整个想法和方案、这段时间所做的一切，窃窃私语地给两个女儿和盘讲述了一遍。他说：

“咱这样做，虽说主要是针对方家俊，提防被他迫害，但也不完全是为他一个人。‘饶州大移民’是朝廷的重要政策，是谁也改变不了的，咱们只能接受皇帝的旨意、服从州县衙与移民司的人口迁徙条令，这是大背景。你们看，现在整个饶州被移民风波搞得人去楼空、鸡飞狗跳、乌烟瘴气、满目萧条，大多数人都迁走了，还做得成什么生意？咱们早晚是要向外发展的，去省城、京城这样的大地方开辟新局面，这不是刚好给了咱们一个机会吗？

“其实我早想过了，咱们的熊氏产业必须得走出去。那与其晚走，还不如早走呢！当然，若是把饶州全扔了，确实是很大的损失。这可是咱们的根啊！要是能留下来，那还是要尽量留下来的。我也在看情况，也在努力争取啊！但不管怎么说，饶州是留得住还是留不住，我都要带着你们主动走出去，走得越远越好。我在世上还会有多久呢？不过十几年顶多二十年吧，以后这一大家子总是要转交到你们、家远及黄河、华枝、筱文、娆儿他们小一辈手里的。趁我目前还能折腾两下，先帮你们打出一片天地来，就像他朱洪武建立明朝一样，他当他的皇帝，我做我的生意，我来栽树、你们乘凉，我来耕种、你们丰收，我来奠基、你们发达！”

父亲有如此长远的目光、如此宏大的计划、如此深邃的见识、如此超人的智慧，令熊秀、熊瑛已是佩服得五体投地，感激得热泪盈眶，兴奋得血脉偾张，迫不及待。就连翠翠也在一旁欲做鼓掌、喝彩的样子而不敢高声叫好，脸上亦是憧憬的表情，且一反过去的不闻不问、无动于衷，变得认真、严肃、郑重起来。窝在这个小院子里都差不多一辈子了，谁不想去省城、京城生活呢？三个女人继续安静地听熊宗武说话。

“这些事，我本来是不想这么快、这么早就告诉你们的，因为还没到最好的时刻。可今天你们方贵老爹去了饶州城，方家俊不愿见他，只派手下来跟他虚与委蛇、假意敷衍，我便知道，方家俊肯定也在暗里地磨刀霍霍、枕戈待旦了，随时有可能对咱们猛然发起袭击或突然暗中放箭，打咱们一个措手不及。所以咱们也得早早加快行动了，早让你们知晓、早做两手准备，抢在他的前面离开这是非之地。可以说，如今情形已十分紧急，谁抢占了先机，谁就赢；谁落后被逮住，谁就死。

“在此之前，说实话，我对方家俊还是存在一些侥幸心理的。也希望你们方贵老爹能从中起到一点作用，希望朝廷有对咱们饶州乡绅乡勇乡贤、鄱阳湖决战功臣良民或对我个人有关照的新的旨意下来。希望家远会启奏朱元璋，让朱元璋看在他们兄弟功勋盖世的分儿上，格外优待咱们。可是今天的事情已令我彻底失望了，对未知的机会不想再渺茫地被动地等下去、盼下去了！那无异于等死，就像是虎口下的小绵羊等着老虎突然心软发慈悲放过它一样，完全没有可能！每耽搁一刻就有可能危险十倍百倍，因此计划日程要提前了。

“但我们即便要走，也得看准合适的时机，不能贸然出动。据老孙头告诉我，这些天方家俊派其部下在饶州城到张王庙、立德街、瓦屑坝的陆路上，在鄱阳湖、莲子湖、珠湖、博士湖的水路上，均安排有重兵或便衣、江湖中人，日夜时刻窥视，布下天罗地网，专等咱们去钻。可若晚走几步嘛，等到他冲进咱们的家门，那就来不及了。只有选好最佳时间点，在他麻痹疏忽的时候、另有任务的时候、出现变故的时候，或者是把湖上的巡逻队都调来对付咱们的路上之前，赶紧出发。

“计划赶不上变化啊！我本来是想让你们先离开的，由老孙头领着几位武林师傅护送你们先去京城应天，跟家远、黄河他们取得联系，他俩虽然远在边关，可府上还是有人的；顺便看管咱们运过去的那些钱财、物品，也能在一路上及到京城那边再找找木托、华枝他俩的下落。由我一人在这儿继续照常经营这些产业，稳住方家俊一伙人，并暗中继续转移剩下的财物、人员。待这边事情完成后，时机一到，我就赶过去与你们会合。而且我早就答应过了，将来我还要为秀儿、家远补办一场大婚礼呢！可是，眼下方贵老夫妻都在咱们院里，你们又怎么走得了呢?”

“不，把您一个人留在这儿，实在是太危险了！我们哪里放得下心来?”三个女人异口同声地说，“我留下来陪您吧!”

熊瑛凄然惨然且毅然决然地说：“你们就别争了，还是我最合适的！因为这一摊子具体业务经营，这些年来都是我在负责，数我最熟悉，离不开我的。就由我陪着爹爹在饶州吧！说不定还能起点作用。姐姐，拜托你把文儿带走，跟河儿、娆儿一起养育长大。至于木托与华枝，就别再费心思寻找了，我估计他们早已不在人世，想必都被那……方家俊害死啦!”

熊宗武想了想，觉得这倒也是个好办法，便说：“那就暂时这么定吧！就在近几日之内，翠姨、秀儿带着筱文、方娆，还有几个亲戚、大部分仆人先走，由老孙头及几位师傅护送你们。最好是直接去京城应天，若有困难，就先暂改到省城洪都待几日，再前往京城。反正那两边都会有人接应、照顾，不用担心。我与瑛儿则带着其他用人和经营团队留守立德街，静观事态进展。老孙头会派专人日夜兼程在咱们之间穿梭往来，以便彼此随时保持联系。”

翠翠打着哭腔，撒娇道：“老爷，我不想走，我要跟你在一起……”好像有些矫情，但不管怎么说，她还是真心的。

熊宗武扬扬手，不想听她再说下去了。

接下来几日，方贵、诸氏老夫妻及方家俊那边似乎都没有什么动静，两个白天皆太平无事，太阳东升西落，天上云卷云舒，鄱阳湖无风无雨无大浪。当时正是清明前后，熊宗武还没忘了带着两个女儿、外孙与外孙女、另外几个近亲——包括熊宗武夭折大哥的独生子熊承耀和一个熊宗武表姐的小女儿李茹芸，他俩常年在熊府生活学习，一起去熊氏的祖坟扫墓挂青，去祠堂敬香祭拜，并祈求列位祖宗保佑自己万事大吉。

可是，第三日晚上，大事发生了！

是日夜里，熊宗武与翠翠眼见马上要分别了，不免多了几场床笫人伦之举。熊宗武毕竟年事已高、体力难支，每天大量进补山珍海味、壮阳药物亦作用有限，只能尽量勉强应付正值如狼似虎年纪的翠翠不断的交欢要求。待过了亥时，一番亲热之后，两人均满身大汗、脸颊赤红，既欢愉又疲惫，双方交颈缠腿、亲嘴把乳，慢慢平静下来。

他们将要吹灯歇息时，竟突然听到衣橱的暗道门里面有“笃笃笃”的重重敲击声。熊宗武与翠翠四目对视着，同时惊讶地问了一句：“这么晚了还会有谁来？”赶紧起身披衣下床，十分紧张地按下机关，把暗道门打开了。

只见一向忠心耿耿的孙老管家，还有另两名他的年轻随从，三人各分左右搀扶着一个全身鲜血殷红、衣服千疮百孔、额头上有一大块突出黑痣的中年汉子，从暗道里面走了出来。熊宗武从油灯光里仔细辨认了一下，竟是自己重金收买的那十大江湖侠客中武功最高的“大刀王刘黑痣”，他当然是很熟悉了。老孙头喘着粗气、满脸大汗、心情焦急；“刘黑痣”满脸苍白、气息微弱、命悬一线。“刘黑痣”勉强睁开双眼，挤出两句：“熊老爷，我们与方家俊的人在鄱阳湖上遭遇了，没有很好地完成您交托的事务。”又马上闭住了眼睛，昏厥了过去。

翠翠吓得情不自禁“啊呀！”地尖叫了一声，急忙用绣花丝绸衾被蒙住了脸部，躲闪进了雕花大牙床的深处，便不敢再看。熊宗武竭力压制住内心里的吃惊和恐慌，叫两名随从扶着“刘黑痣”走过去，把他轻轻放倒在卧室另一向的躺椅上，也不忙着先汇报情况，而是命一个年轻随从到隔壁配房里取来一方干净脸帕，自热壶里倒些开水弄湿，给“刘黑痣”小心擦拭掉几处血迹和伤口，再用棉巾、布条包扎好，换下全身的脏衣裤，穿上新衣裳，盖紧厚被子，再强行喂他喝了几口温开水后，将其继续放倒平躺着，好好休息。

“刘黑痣”还没法说很多话，就由老孙头简要讲述事件经过。这也是刚才“刘黑痣”在路上断断续续很吃力地告诉他的。

且说此夜正值农历望日前后，天空晴朗，圆月澄明，照得鄱阳湖上如同白昼一般亮堂，且无水雾氤氲，能见度甚好，一艘快船正向南全速前进。由“刘黑痣”带头的五位侠客，还有十几个押运的头目与船夫，正在运送前往省城洪都的熊府最后一船财物。

他们早已打听到，这天方家俊、陈远等人要在饶州办宴会欢聚，一则是庆贺前些日子在移民过程中吞并许多大户人家财富的“巨大胜利”，要“论功行赏”；二则也是欢迎方家俊的朋友，一个从京城来的阮姓武官。此夜虽月色太亮不宜隐蔽，却反而是个赶快出行的好机会。但谁知方家俊一伙太过狡猾厉害，快船刚过康郎山方向没多远，他们就被方家俊部属派出的巡逻队大船跟踪发现了。敌人很快冲到了快船边，双方无须太多的分说辩解，对方既不用假装检查、盘问诘责，己方也不用假装掩饰、隐瞒撒谎，彼此早就明白底细，当即他们展开了惊险之极的生死搏斗。

虽然“刘黑痣”与另几位侠客皆武功出类拔萃、实战经验丰富，怎奈对方人多数倍、高手亦不少，敌我力量悬殊。在激烈的打斗过程当中，尽管“刘黑痣”他们迅速干掉了对方三四十人，但自己这边的另两位侠客、十来个负责头目与船夫也先后被对方残忍杀死；就连“刘黑痣”自己也连中数刀，都在胸腹背腰等致命处附近，尽管他拼命反击，结果还是倒在血泊里了。他是他们的头儿，且功夫最高，毙敌最多，难免不成为众矢之的，遭多人围攻。

敌人以为“刘黑痣”已死，便全力进攻剩下的那两位侠客，将其中一位三下五除二快刀斩乱麻干掉后，另一位名叫邓二的亦被他们打伤并擒获。紧趴在一堆尸体中假装纹丝不动的“刘黑痣”，强忍住伤口的剧痛，眼睛眯成一条缝，紧张地观望着、考虑着，心想“这下可要坏大事了”。

因“刘黑痣”与邓二共事已两年有余，对他非常了解。邓二系浙西婺州府人氏，年纪尽管不大，三十挂零，功夫却极俊，手头上甚是了得，江湖绰号“鹰爪邓”，双手擅使掌爪，锐似利刃、疾如闪电，刚才已抓死抓伤对方多人。但此人在性格、为人、生活小节上的毛病不少。“刘黑痣”担心他贪生怕死、利欲熏心，在敌人的引诱、拉拢之下，会和盘托出己方的谋划、行程、据点、暗号、人员姓名等秘密，那岂不是要将熊老爷的大计全部打乱与摧毁？遂强忍疼痛，使出吃奶的余力，悄悄摸出身上两枚暗器，捏在手心，静候其变。

果然，那邓二在被方家俊的手下一通严刑逼供、软硬兼施，许以高官显位、金钱美女之后，心理防线已彻底崩溃，便开始像竹筒倒豆子一样，向他们毫不保留地交代熊老爷的周密计划。“刘黑痣”本来早就想朝他发去暗器，结果他的性命，无奈受伤太重，力不从心，难以下手。直到邓二把熊宗武在洪都的落脚点、接头人、财物数等全部告诉了方家俊的手下后，正准备继续交代其应天那条路线的详细情形时，“刘黑痣”蓄积着最后一丝气息，以全力猛地将两枚暗器朝邓二的喉咙掷去——好在他与邓二离得不是很远，一击成功，邓二顿时毙命，后面的话便再也说不出口了。

变故于猝然间发生，方家俊的手下没想到“刘黑痣”竟还未死。他们正要跑过来结果“刘黑痣”，“刘黑痣”却一个翻身，从船舱里跌落入湖，人再也不见了。方家俊手下剩余这几人大多不识水性，又想必本早已身受重伤的“刘黑痣”此时定然沉水而亡了，还是赶紧回饶州府去向主子复命的好。便把熊家快艇上的财物全都搬到了自己的大船上，速速返回。

“刘黑痣”其实并未沉水而亡。他恰好抓住了拴在快船尾的一根大缆绳，并紧紧拽着，半浮半沉在水中，只露出一个鼻孔喘气。待方家俊手下启船离开后，他才敢跃出水面，攀着绳子慢慢挪上了船头，艰难地驾驶快船赶回熊府禀报。因方家俊手下是往饶州城而去，他是往立德街而来，双方路线不同，并不担心被他们再次发现逮住。果真一路顺利，在走了一段水路之后，快艇过了康郎山外，立德街已远远在望。带着一批部下开着另一艘快船在后面护卫他们的老孙头，及时将他救下了。

这时“刘黑痣”吃力地插嘴道，若是孙老管家再晚到半个时辰，自己肯定就会因失血过多、又在冰冷的湖水里浸泡太久而死。

熊宗武只听得心惊肉跳、惶恐不安，他担心的事情果真如此！方家俊一直暗里在跟自己进行针锋相对、你死我活的较量。想必这家伙早就做好了充分准备来对付自己了。

现在看来，往省城洪都的那条线路，包括已提前搬过去的所有人员、财物、粮食、用具，以及准备用于短暂栖身的一套寓所，都要落到方家俊他们的手里了。好在大侠“刘黑痣”及时击毙了邓二，没有让他把京师应天的秘密泄露出去，否则就自己彻底完了。熊宗武万分痛心自己又有了一连串巨大的损失，胸口一阵剧烈的疼痛，一边恶狠狠地大骂邓二死得活该、死有余辜，一边不断感谢“刘黑痣”，对他连说了几句“你做得很好，我要大大地赏赐你”，也不知他听不听得见。因为“刘黑痣”在竭力挤出几句话后，又马上昏厥了过去。

熊宗武明白，待方家俊的这些手下回去向他汇报后，他马上就会对自己提前采取行动了。最后对决终于开幕，如今是箭在弦上，千钧一发，夜长梦多，事不宜迟，全体人士得尽快离开这里，赶往京城。已有超过一半多的熊家资产转移去了那边呢！他原来的安排已行不通，洪都的全丢了，饶州的也基本上得丢掉。他本想让翠翠、熊秀她们先走，自己带着熊瑛再经营一段时间，拖住方家俊，跟他继续周旋周旋，做做猫捉老鼠的游戏，并期待奇迹发生，现在看来是完全没有可能了。那就把这些统统都送给他方家俊算了吧，还是保命要紧！

因为熊宗武非常担心，万一方家俊一伙赶到了洪都，那边的自己手下在百般拷打、重金收买之下，会像邓二一样挺不住，供出京城的秘密，方家俊便会派人在自己之前赶去京城侵夺他的财物与宅院。所以他得抢先赶到应天府统筹全局，并派高手提前快马加鞭进京通知自己手下，改变地址、转移财物，还有接头暗号、行程路线等也要马上撤换。

熊宗武便与老孙头就保守计划秘密、撤换联系方式、转移京城住处、解决善后问题等事项进行了新的商榷布置，启动早已设计好的第二套行动方案；并令那两名年轻随从去分别把熊秀与熊瑛姐妹、侄子熊承耀与外甥女李茹芸等亲戚与仆人等全都叫醒过来集合；并再三交代大家要尽量小声，千万不能惊动了方贵与诸氏夫妇；并把剩下的五位江湖侠客都叫来，着令其中两位先带一小支队伍骑上快马昼夜兼程赶往京城落实有关事情，其他三位与“刘黑痣”则护卫他们全家随后乘船出发。

熊秀与熊瑛姐妹带着方娆、杨筱文来到之后，熊宗武三言两语作了行动指示。其他都是没有问题的，赶紧安排动身呗，这些天大家都已准备好了，随时可以出发。不过熊瑛就不跟着父亲留下来了，所有人统统离开，饶州这一切扔掉就扔掉了，关门大吉。

只是熊秀一定要去把方贵老夫妻叫醒，让他们跟自己家一起前往应天。因为他们是方家远的父母、娆儿的祖父母，也是她的公公婆婆；再说娆儿又是他们拉扯大的，离不开他们了。其实如今连杨筱文也离不开他们了。无形中诸氏已成了方、熊、黄、杨四家孩子们共同的祖母。几家人在一起快乐相处这么久了，就不要再分开了吧！

熊宗武十分痛恨方家俊对自己如此赶尽杀绝、毁家夺财、毫不留情，并迁怒于方贵与诸氏，对他俩也大为恼火了，刚开始说什么也不让带他俩走。再说，他深知方贵老妻很溺爱小儿子方家俊，时时护着他，若带着她走，万一让她走漏了风声给他，那怎么办？

熊瑛在一旁不好表态，只能保持沉默。

眼见说服不了熊秀，她的眼泪都快流出来了，梨花一枝春带雨，我见犹怜，熊宗武的心肠也软了——两个女儿，长女可爱而次女能干，他喜欢长女而让次女当家。况且事情又很紧迫，留给他们考虑的时间非常有限，久恐生变，不能再拖延下去了。熊宗武像是要破釜沉舟赌一把生死之局的神情，狠狠跺了跺脚，咬着牙关，挤出一句话来："那就照你说的吧！"把头扭到了一边。熊秀顿时破涕为笑，立即吩咐一个平时常侍奉方贵与诸氏的仆人，去中院他们的住处将其请过来。

方贵老夫妻正在酣睡，却被迷迷糊糊地叫起床并带到了熊宗武的卧室。见屋中或坐或立，拥挤着这么多人，其中好几个十分面生，且都是江湖好汉的相貌与打扮，所有人里外衣服均穿得整整齐齐的，像是要马上出远门的样子，两人感到异常惊讶、紧张。但他们很快就镇定下来了，迷糊也立刻清醒，也猜得出有什么重大、紧急情况要发生。

由熊秀对他们进行解说，便避免了直接点出方家俊的名字："爹、娘，那些强令咱们移民的兵士们马上就要赶过来了，而且他们还要抄没咱们的全部家产呢！所以咱们只能赶快逃走，要不连命也要搭在他们的手里，或者不知被分别发配到哪个天涯海角，从此大家永远也见不到面了！咱们赶紧去京城，去找家远哥。您二位俩也跟咱们一起走吧！否则您二位也会被连累受苦的。再说那些当兵的都不长眼睛、不会认人，跟些疯狗一样。他们可不管您是谁，照样欺负、强迫、打骂、搜刮。到时城门失火，殃及池鱼，也是难免的事情。"

这些天来，方贵一直在怨恨责怪小儿子如此残忍无情，也有些想进京去投奔大儿子。所以一开始对熊秀的这番话表示赞成，点了点头。诸氏却没那么好说话了，不愿意离开，不配合熊家。她沉着脸，赌气地说："你们要走就走吧，我们老两口就不走了。年纪大了，腿脚不行了，不想折腾了。立德街就是咱的家，死也要死在这里，哪里也不去！由他们怎么办吧，要杀要剐、要人要钱，反正就是这把老骨头了，交给他们！其他咱啥也没有啊！"

熊秀继续娇声央求道："可是，娘，您是娆儿、筱文的祖母，他俩可不能没有您啊！"

诸氏脸部与眼角的肌肉揪动了一下；她真的是银发红颜，快花甲之龄了，脸上还很光洁红润，没什么皱纹，说明她会保养，年轻时长得也美。看着被保姆抱着、正酣然香睡、瓷娃娃一般可爱的小方娆，诸氏眼里闪过一丝老祖母的慈祥宠爱之光，好像是有所动心了，但马上又平静了下来。说：“我还是不想走。要是我们大家都留在饶州，留在鄱阳，留在立德街，该多好啊！你们……真的以为……家俊，他有那么坏吗？他真的是马上要派人来抓你们、抄你们的家了吗?”

熊宗武不由得插了一句：“亲家母，不光是来抓我们，还包括你们；不光是抄我们的家，这个家也是你们的!”

熊瑛实在忍不住了，冷笑着说：“嘿嘿！方大娘，您没看到、没听到、没想到吗？这些天来，您的宝贝小儿子是怎么对付俞韶、刘萌、刘清修、卞采、木金山、秦昌龙、徐宗闻、陈自仁、彭兴旺……他们的？是怎么对付咱们饶州与鄱阳的这些父老乡亲、兄弟姐妹、街坊邻居、开国功臣、大明子民的？下一步他要对付咱们熊家，只怕会比对他们更厉害、比他们更凶狠、比他们更残忍!”

对熊瑛，家俊家远他娘诸氏一直很有些看法。她不但尖酸刻薄冷酷，也跟她父亲一样吝啬贪婪自私，没有自己儿媳熊秀贤惠温柔懂事。看她这表情、这口气、这态度，伶牙俐齿、疾风骤雨、冷嘲热讽、含沙射影、咄咄逼人，确实是十分讨厌。

再说，她宁愿嫁给一个恶棍的儿子，都不嫁给自己的儿子，弄得家俊三十好几了还孑然一身、没有子嗣，更令老人家不满。要是她当初像秀儿一样乖顺好说，成了家俊的妻子，又何至于出现今天这样的局面？还用得着背井离乡，跟丧家犬一样狼狈逃窜？所以诸氏也对她沉下脸来，翻了个白眼。

但听到她说的这一席话，细想倒确是事实，老人家一时语塞，不知该怎么回复。熊秀则在一旁使劲对熊瑛递眼色，意思是让她别说得太重了。

熊瑛欲言又止，本想继续揭穿方家俊的真相，狠狠骂他两句的，见姐姐老在阻止自己，就不说了。诸氏也本想把上述那番批评熊瑛的话说给她听的，让她与熊家的人都难受、后悔一下，但觉得无须再跟她争论下去了，同样沉默了下来。

方贵替老伴接上熊瑛的话来，说：“家俊那是执行公务。说句难听的话，他不过就是皇帝的一个奴才、一条走狗罢了。是皇帝亲自下的圣旨，他有啥办法呢？他敢违抗圣旨吗?”

看着熊宗武在一旁如热锅上的蚂蚁，坐立不宁，十分焦急与惶恐，又不好开口的样子，方贵心里非常明白，遂当机立断地说：“好了，我看事情挺紧迫的，再说天很快就要亮了，天一亮就不好办了，你们赶紧出发吧！你们待去了那边安置好了以后，就尽快派人回来给我们传个信，报个平安。说不定以后我们还可以过你们那边去做做客，你们还可以再回立德街来看看我们嘛！

“你们大可放心！等你们一走，我们老两口就立马回房继续睡觉。万一有人找上门来了，我们就说啥也不清楚。对谁我们都什么也不说，不管他是天王老子还是什么了不起的人物！

“家远家俊他娘说得对，眼前这饶州府、鄱阳县、立德街才是我们的家，我们生是立德街的人，死是立德街的鬼。只要我们自己不走，谁也不能把我们赶走！自然，你们请我们走，我们也没走。再说，我们老两口帮你们守住这个大宅子，看看谁敢进来！”

心里一急脑子就卡壳的熊宗武这时才发现，方贵老夫妻要是不跟自己一起走，竟还有这么一层好处，还能帮自己把这座宅院看守住，估计连饶州城里那座宅院也能保全。因为要是这样，不管方家俊还是别人都不敢来抢占了。而且，让方贵与诸氏留下来，只要自己不对他们明说目的地具体是在哪里、走的什么详细线路，那么哪怕将来诸氏透露给方家俊一个大概，他也是找不到的。

此刻的熊大老板顿时真情流露，感激得眼眶潮红，由衷地向方贵老夫妻深深作了个揖，说：“既然亲家公亲家母、大哥大嫂你们俩舍不得离开家乡，那我们也不好勉强，就拜托二位了！我早说过，我们的也就是你们的，立德街与饶州城里我这两套房子就送给你们了，就是你们的，你们想怎么住、怎么办都行！咱们后会有期！”

临走之前，熊宗武还吩咐用人们把暗道门、衣橱门、卧室门、内厅门、后院门、中院门、大门全都次第关好，装成啥都没发生过、毫无异样的样子。至于暗道的事，他是等方贵与诸氏走了之后才吩咐的，没有让他们晓得。将来即使方家俊他们闯进自己卧室，也看不出什么名堂。

熊氏一家男女老幼十几人，连同管家老孙头、家业管理层、随从、亲戚、仆人等，还有十几位保镖、侠客，合计百十口，分乘五艘快船，经鄱阳湖、都昌、湖口、长江，前往京师。顺流而下，船速甚快。

一路上熊宗武仍心急如焚，忐忑不安，食宿无味。直到翌日后半夜，将船停泊在池州郊外的一个码头上，熊宗武派去京师接应的大侠捎来讯息，说他们已成功将财产转移、住所改变、人员调整，他心头的石块这才落地，眉毛舒展，高兴起来。

第三十四章　嚣嚣方指挥

此刻已到下半夜寅时，立德街夜阒人静、万籁俱寂，而东边天际已露出了一丝熹微之光。经过此前一番折腾忙碌、匆匆来去之后，熊府又恢复了往日的安宁、肃穆。

可是这份宁静并没保持多久，熊宗武一家刚离开不到半个时辰，熊府大门就被人重重地拍响了。这拍门声本来就粗暴急切，于静夜里听起来尤其刺耳，在偌大的熊府宅院每个角角落落里回荡。由于这群人杀气腾腾地开进立德街，像是些恶鬼进村似的，古镇再也没法沉睡下去，许多家狗野猫、夜鹰早就被惊醒，到处是吠叫声一片，此起彼伏，喧闹久久。

方贵老夫妻还躺在床上尚未入睡，一时心潮起伏难安，正压低嗓子交流着，听见敲门声，顿时“咯噔”了一下，方知熊家父女所言非虚。两人彼此对望，心照不宣，立刻起身，心里过电一般在思考对策、打着算盘。

熊宗武在立德街熊府还留了一对中年仆从夫妻，给了他们一大笔钱，让他们照顾方贵诸氏、看管大院、操持杂务、沟通讯息。他们俩无一子嗣，亦无其他直系亲属，同样是不在移民范围内的，无须骨肉分离，留下无妨。为保万一，熊宗武照样没有告知他们自己一家的出走详情。他们住在前院离大门不远的仆人房里，此时赶紧起床抢先跑去把大门打开了。一群怒气冲冲的兵士马上蛮横凶恶地闯了进来，还骂骂咧咧、推推搡搡地责怪他们开门太迟。这群人里并没有方家俊本人，不用想也不奇怪。

其实方家俊本人还是来了的。但他骑着人家新近敬献给他的一匹漠北骏马，到了立德街正街上就停下了，没有进熊府。他不想与熊宗武及其家人正面交锋，毕竟有些心虚，也不想出现同熊宗武当堂辩解、争吵的尴尬场面。兼之熊瑛肯定也在，他担心自己扛不住，出现失控情绪。再说他知道自己父母也在，更不想同他们纠缠不休。

这段时间主持移民事务，方家俊都没有直接出面，只坐镇在府城的钦差行辕里宏观掌控、运筹帷幄。杀鸡焉用牛刀？但此次因是对付熊宗武这个十多年的宿敌，且系全州全省首富、乡绅领军人物，知道其体量庞大、老奸巨猾，非一般之辈。他担心陈远一人搞不定，才亲自回到了立德街就近指挥。不过仍保持了一段距离。

方贵与诸氏迅速披上外衣跑出中院自己的卧房，在中院正厅的月门前迎着了陈远一行。因彼此早就熟悉，大家也不用坐下来介绍与客套了。陈远只简单寒暄、抱歉了两句后，一双贼眼便开始鬼鬼祟祟四处“唆唆唆”地环顾观察。怎么整个院子里如此安静，好像空空如也？怎么熊宗武老家伙他本人不亲自出门前来迎接？怎么熊家那么多人一个也不见了，倒只有方将军的父母在？

不过他心中已大致有所明白，嘴里在嗫嚅着：“糟糕，来晚了，还是给那老狐狸精跑掉了！”但他不好说得太大声，怕让方贵老夫妻听到了。

“方大叔、方大婶，我们是来执行公务。不好意思，半夜里把您俩吵醒了。如今熊宗武成了朝廷的通缉要犯，他抗拒圣上的移民诏令，不愿接受迁徙前往外地之国法，并私自转移其大量非法财物，还打死我们数十名朝廷军士，所以我们要抓捕他。”一番说明后，陈远继而问道，“您二位怎么会住在这里呢？熊宗武家怎么一个人也不见出来迎接？熊宗武本人去哪儿了？”

因担心老伴不会回话，方贵抢先答道：“我们也不知道这是怎么回事，还想问问你们怎么来了呢？眼看天都快亮了，院里啥事也没有啊！我们老两口昨晚早早就歇息了，刚刚才被你们叫醒起来的。我们老两口搬进熊府里来都有一年多了，要照顾大儿媳妇怀孕、分娩、坐月子，要带小孙女。你问我们亲家，我们也不清楚啊！”

陈远自然知道方贵还有个大儿子，也就是头儿方将军的长兄，也就是从二品大将军方家远，鄱阳湖大战的第一功臣、皇帝身边的红人，自己是早已跟他见过面了的；而他也是熊宗武的大女婿，方贵老夫妻搬到熊府来住，就是为了照料方家远的妻子与孩子。此事非同小可，这些人个个都是大神，自己小人物可不敢造次，吃罪不起。至于方贵，既然说他们老两口是刚被吵醒的，啥都不懂，不管是真是假，他也不好说什么。

陈远使了个眼色，众多手下兵士们遂立刻分头在熊府宅院里到处搜寻检查、踢门闯房、翻箱倒柜起来。他们是官府中人办差，方贵与诸氏也不好阻拦。陈远既来之则安之，干脆安心坐在厅堂的中央，陪着方贵老夫妻闲聊，有一句没一句。他告诉诸氏：将军每日里皆勤于公事，现已在指挥司行辕内安寝，我们是奉命前来抓捕熊宗武的，回去后明晨再向他禀报。

兵士们很快搜查完毕，一一跑来向陈远报告：整个院子里除了方贵与诸氏、一对中年仆从夫妇这四位之外，别的什么人也没有。其中一个小头目还凑到陈远耳朵边轻声地告诉他："估计所有金银财物、值钱的东西也都转移走了。偌大的熊府，基本上已成了一座空宅子，仅剩得一些家具、用品。"

因为此前方贵老夫妻早已说明，他们不过是蒙在鼓里，啥都不清楚，所以陈远知道，不用再追问他们这到底是咋回事了，他们也只会一问三不知、再问三摇头，但他又没法动怒，更没法动粗，只好沮丧、气恼地朝方贵老夫妻瞟了一眼，假惺惺地抱拳说了一声"打扰了"，匆忙道别告辞，带着一帮兵士悻悻地出门而去。

方家俊面如冠玉、身材颀长、双目晶亮而阴鸷，盔甲寒光闪闪、骏马威武彪悍，稳如泰山地伫立在晨曦寒露中的十字街口，宛如玉树临风，自是帅气有型。他的身后，鸦雀无声、阵势逼人地跟随着一大群兵将。偌大的队伍里，看起来静悄悄的，一派井然平和，却不亚于一场大仗之前的布局与氛围，如临大敌，伺机待发。此时无声胜有声。

听了陈远垂头丧气、气急败坏的禀告，方家俊顿时明白，自己虽嗅觉灵敏、紧赶慢赶，但还是计划不周、功亏一篑，晚到了一步，让熊宗武父女及其团队全都逃脱了自己多日来苦心孤诣设下的天罗地网，他的钱财也有很大一部分了无痕迹不知转移到哪儿去了。而且现如今他又安排自己父母住在他的宅子里，自己也不好去打闹与强占。熊宗武真是一个不同寻常的极顶高明的角色、对手！

不过，熊家那么多的店面、作坊、库房、车船队、农庄、稻田、果园、茶场、牧地、湖塘……以及秋后朝廷要归还他的四万石粮食，自己皆可以堂而皇之地抢到手中了！明天就让陈远他们分派几组人马，将其一一"接管"下来，必须不显山不露水，并秋风扫落叶，彻底攫夺之。仅熊宗武一家的产业，便超过彭兴旺、俞韶、木金山、秦昌龙、徐宗闻、陈自仁……几家的总和！超过这么多年来他在各地通过各种方式牟取的所有财富的总和！

也就是说，他方家俊现已正式取代熊宗武，成为整个饶州乃至全赣省实际上的新首富！

至于熊宗武擅自悍然潜逃一事，方家俊认为暂时不要奏报朝廷、惊动圣上，也没必要告知知府宋濂。因为根据大明新的政策，移民逃跑算作他们官员渎职，反倒要惩罚他与宋濂、左珏等人。他只需偷偷令陈远带人去把整个“熊”家的产业尽快改成姓“方”就是。而熊姓大族的移民指标，就按熊宗武在写给他的信里所说，把他家的十几口人归到另几户的头上。

方家俊又听陈远说，自己父母是被他们一伙人闹醒的，昨晚很早便就寝了，一直蒙在鼓里；熊宗武一家匆匆潜逃，老两口并不知情；他们逃去了哪里，老两口更不清楚。先且别管父母是真不知道还是帮熊宗武隐瞒，方家俊心想，等过几天我再回来，私下问母亲吧，这次就不进去见他们了。他这次来立德街，原本就不想进熊府的，除非碰到没法解决的严重问题，连陈远都控制不了局势，他才会亲自出马去处置。现在既然熊宗武逃跑了，大戏都唱完了，那还进去干什么？他首先考虑的是钱财利益，至于见不见父母嘛，尚在其次。

随即，方家俊、陈远率全体将士像一缕轻烟似的返回饶州，白天大家再赶紧分头去“接管”熊家的各处产业不提。再说这边的方贵老夫妻，待他们离开后，仆人把大门闩好，便各自回房再睡。不过，这个晚上老两口是再也没法入眠了，而且天也快要拂晓了。

直到过了三天，方贵乃独自踽踽步出熊府，亲驾熊宗武送给自己的那辆华美马车，到立德街上、饶州城里城外、余干县城、景德镇去四处探看。但见熊氏名下的那些店面，什么当铺、酒铺、饭馆、旅馆、茶馆、茶叶店、米店、陶瓷店、首饰店、丝绸布匹服装店……多数倒是都还在正常开门营业，但店长、店员大都换了新人，面孔陌生；生意也比过去萧条多了，顾客进出稀稀拉拉的，门可罗雀；柜台上的货物也是远少于过去，零零散散的。老的店长、店员大凡认识他的，还跑过来跟他打招呼，要请他坐一坐看一看、喝喝酒品品茶，均被他拒绝了。人还是那些人，但他觉得他们的面目、表情都已不同往日，甚是不亲切、不友善。

方贵倒也稳重、警惕，只试探着含含混混、语焉不详地问过其中三两人，说是如今熊老爷、二小姐、孙管家他们都不知去了哪里，这些店铺已收归官府所有了，现由移民指挥司托管。他心里顿时恍然大悟：它们都被家俊一人侵吞了！他暗暗痛骂着自己的小儿子：“俊儿，你这真是贪得无厌、伤天害理、没有良心啊！你要这么多钱财干啥呢？你现在连妻妾、子女都没有，将来留给谁继承呢？取之无道，你是要遭大报应的哟！”

又过了两天，方贵收到熊宗武派心腹侠士秘密送来的信函，告诉他自己一家人已顺利到达目的地，秀儿、娆儿母女俩均平安、康健，一切皆好，勿念！

熊家在饶州城里的那套宅子，也烦请他过去照看一下，万分感谢！因暂居无定所、漂泊天涯，无法给出确切地址，方兄、诸嫂若有啥口信，让来人捎回即可。这些侠士会及时同他取得联系。

方贵懂得老亲家的意思，让他把这两套宅子都负起责来，两头住着，无非是不想让方家俊“收归官府”罢了。当然，方贵也同意熊宗武的意见，听从其安排。他便将这些意思通过京城来的侠士转告了熊宗武，并表示立德街方面尚无太大事端。

方贵即命那对中年仆从夫妇认真守护立德街的老熊府，每天紧闭大门就是，谢绝任何人进去；而自己则带着老伴再入饶州城，住进了新熊府。诸氏原本是不想帮熊老大看管宅子的，但知道这儿离熊老大给他们买的那套楼房很近，离家俊的行辕也不远，便欣然答应过去了。曾经方贵老夫妻来新熊府住过多次，轻车熟路，熊宗武留下来打理宅子的几个手下他们也认得，就此安居下来。

对这些事情，方家俊都有手下时刻紧盯着，随时随地会来赶向他汇报，所以他清楚得很。他不想见父亲，却想见母亲，一则母亲是真对他好，他跟母亲更亲；二则他也希望，母亲能告诉自己熊宗武一家的具体去向，当然是越详细越准确越好。他想等哪天父亲出远门了，就赶紧把母亲接进指挥司行辕来见面，或自己去新熊府见她。

方家俊的猜想基本上还是准确的，那就是熊宗武一家人肯定逃去京城了，是去投靠自己大哥了。自己把他去省城的路斩断了，他去不了省城，也只能去京城啦！可是他究竟落脚在京城哪里，是直接入了方家远的大将军府，还是另外购置了新宅院呢？

然而父亲很多天都没见有啥动静，一到饶州，钻进新熊府，就再也不出门了。不过方家俊倒也不急。反正熊宗武都跑掉这么多天了，兔子的尾巴长、狗腿子的蹄子快，撵也撵不上了；反正他在饶州的这一切全都属于自己了，只有他的那两套大宅院尚未到手，不过等父母哪天去世以后，不还是要归于自己吗？反正自己还在忙着指挥移民事项，还在蚕食鲸吞其他乡绅大户的财富，把鄱阳县这些人解决了，还有饶州府其他县，比如余干、浮梁、万年、都昌、景德镇；把饶州的解决了，还有江州、省城洪都……

差不多又过了十来天，方家俊才听小喽啰们跑来禀报说，他父亲要独自回立德街，便打算赶紧派人去新熊府恭请母亲大人前来行辕。可手下还没出门，朝廷竟派来了太监公公，向方总指挥、宋知府、左知县等人宣读圣旨。原来是朱元璋对饶州移民政策，对当地乡绅大户有了一些新的规定。

这个圣旨的大意是：为体恤、表彰曾在前元至正二十三年鄱阳湖明汉大战中立下过盖世奇功的饶州众多乡绅、乡勇、文士、渔家们，特对前次移民诏令里的一些具体措施，给予几点灵活修订意见：

一是对其宅院、店铺、田地、物品、钱财，还有秋后朝廷要还给他们的粮食等，一律按户籍人头数目、家庭经济状况，均等发放给其他百姓。那些即将移民的家庭或个人也都有份，允许其携带上路。此项由移民指挥司、府州衙、县衙协同具体落实。

二是对其整个家族，仍须按“四口留一（抽三）、六口留二（抽四）、八口留三（抽五）、十口留四（抽六）”的原定比例实行移民。但其本人如愿意留下来的，官府切勿强迫，要好生安抚，由其继续在饶州本地居住下去。诸司衙切记！

三是对饶州乡绅首富、商界巨贾熊宗武，朕感念他当年大力助朕剿灭陈匪友谅，厥功甚伟，同样如此安排：其宅院、店铺、田地、产商品、钱财等，秋后要还给他的四万石稻谷，全部发放给江西行省百姓。熊氏全族其他人，仍按原移民比例严格遵守执行。但熊宗武本人若愿意留在饶州，可请自便；若愿意来京，则由当地官府派遣将士好生护送至应天。朕封他为二品“忠义伯”，并送他一套院落，亦可时常进宫来陪朕下棋、饮茶、赏景、听戏，过逍遥快活日子。

还有饶州渔民首脑人物、方家远方家俊两位将军之父亲、当年智取康郎山之首捷功臣方贵，跟熊宗武同等待遇，朕也欢迎他进京颐养天年，并派遣将士全程护送。朕封他为二品“忠勇伯”，封其妻诸氏为二品“诰命夫人”，也送他们一套院落。

为何朱元璋此时要颁发这么一道圣旨？原来，方家远虽远在边关、戎马倥偬、军务繁忙，但仍时刻在密切关注着家乡的种种最新动态。在还没收到熊秀的来信之前，他就通过多个渠道，多少了解到其弟方家俊已回到饶州任移民总指挥，强行将家乡的父老亲人拆散、迁往异地，其中存在的各种具体矛盾与问题，而致民怨沸腾，便给皇帝上了一道奏章。他知道，此全国范围的大移民，是朝廷政令、国家大局，已无法更改，只能说明一些实际情况，在细节上提点意见与建议。他恳求英明睿智、宅心仁厚的圣上，能体恤忠君爱国的饶州广大黎民百姓，答谢在鄱阳湖决战中立功的人们，多发慈悲，宽容照顾。他不好仅为岳父熊宗武一人求情，便将熊宗武放在饶州诸多乡绅大户里，一起向朱元璋“恭请圣裁”。

朱元璋乃真龙天子、开国雄主，目如利箭、心似明镜，他哪里会不懂得方家远心里在想什么？他结合方家远信中的诸般理由与求情、折中的解决方案，暗忖还是得尽量满足这位曾为缔造大明王朝建立赫赫功勋、现如今在西北边陲带兵打仗御敌护国的杰出将领的殷切希望；同时他又深知移民政令必须于自己在位期间、有生之年严格落实、步步推进，既绝后患又促发展；还要体现他一代圣君爱民如子、知恩图报，希望建立一个全国百姓都安居乐业颐养天年的太平盛世的高风亮节、雄才大略。他思虑良久，在原本颁布的总的移民大纲的基础之上，给出了这么一个修订意见。

听完朱元璋的这份圣旨，方家俊偷偷瞄了一眼跪在他两旁的饶州知府宋濂和鄱阳县令左珏几眼，暗暗冷笑了一下。他知道，皇帝老儿既要强制移民又要充当好人，这才出此“良策”。不过上有政策下有对策，皇帝有皇帝的制度自己有自己的法子。

一则，既然熊宗武已经逃遁了，那就不管他了，以后看情况再说。

二则，饶州这些有功的乡绅富户、文人武勇、贩夫走卒、三教九流各界之人，这一两月来大都已被解决掉了，或是出于自愿，或是被迫接受，或是移民了，或是逃跑了，或是出家了，或是死掉了。至于少数尚存的，那就按新的旨意办，是走是留，他们自己决定。但不管如何，其财富是要被剥夺的，新旨意里也明确了。

三则，这是最主要的一点，虽然根据新旨意，乡绅大户们的家产先须收归官府，再行发放百姓，自己不好暗地独吞，但既然圣上说是由我这个总指挥具体落实，那我仍可以灵活处置！

在此后的移民过程当中，方家俊变本加厉，借着权力与机会，继续大肆侵吞饶州诸县及周围几个州县的乡绅富户们的私产，把这些本该发放给百姓们的财物，大部分截留到了自己的钱庄、宅院、库房里。这便引起两位正直清廉的下属，即饶州知府宋濂与鄱阳知县左珏的不满。后来还有多个知县在听取民意、知道真相之后，也对他大有看法了。

其结果是宋濂气得生了重病，且年事已高，遂趁机告老还乡。朝廷从荆州调来一个新的罗姓知府，与方家俊倒是一丘之貉、臭味相投，两人狼狈为奸、沆瀣一气，共同攫取不义之财，私下按成分赃（自然是方总指挥占大头），还暗自得意，以为可以瞒天过海、无人知晓，实在卑鄙无耻。

左珏虽位卑而胆壮，意欲弹劾他俩，即向朝廷参了一本，写得义正词严、大气凛然。可他的奏折才到半道上，就被方家俊一伙截住了。方家俊读完后脸色铁青，心狠手辣的他干脆一不做二不休，暗中派人入县衙后院将他毒死了。却给皇帝启奏说，左县令是被闹暴动的移民所暗杀。就连方家俊他自己也险遭暴民黑手，好在反应机智，侥幸逃过一劫。方家俊还在府县衙门大院内制造了一个假现场，弄了几个替死鬼出来结案。

方家俊又向朝廷保举其副将陈远为鄱阳县令，竟很快得到吏部批准。从此整个饶州府便成了移民总指挥与正三品将军方家俊、知府罗国文、鄱阳县令陈远他们三人的天下，百姓更加苦不堪言，昔日富饶之州变成了人间地狱。

方家俊后来终于还是找机会约见了自己的母亲。可诸氏尽管对爱子知无不言言无不尽，却也只知道熊宗武一家去了京城应天，其他一概不知。她把熊宗武写给方贵的几封信搜出来给方家俊看，可聪明的熊宗武在信里说得很含蓄、简洁，并没有透露一丁点具体内容。对熊宗武要前往京城投靠他哥哥，方家俊是早已猜到的，但既然母亲不知别的详情，那就将来再说了。

方家俊执意要找到熊宗武，当然主要原因不是要捉拿其归案，这于他并无直接好处，况且皇帝又对熊宗武有了新的恩典与安排。若说他想见一眼久未晤面的熊瑛，那也只是次要原因。关键在于，他非常明白，熊宗武肯定带走了价值连城的无数金银财宝、珠玉古董，他没得到手，很不甘心。

第三十五章 隐居读邸报

再说熊宗武一大家子老老小小、随从奴仆百余人，历经多日赶路，难免有一种背井离乡、一去不返的悲壮、仓皇、狼狈之感，甚至就像是弃家逃跑——其实就是逃跑啦。一路上昼夜兼程、风尘仆仆、栉风沐雨、饥寒交迫，鄱阳湖长江的惊涛骇浪、千山万水的凄风白露、江西江东的气候差异——自然还有逃窜路上的慌张与伤悲，令他们精疲力乏、身心俱损，两个小孩杨筱文、方娆都发烧感冒了，但总算顺利抵达了京城应天府，被早先赶到的部属与侠士们迅速接入新居安歇，遂紧闭大门、谢绝会客，延医疗治、整理休养，过了好几天方适应下来，恢复元气。

此时已是春夏之交。应天乃江左及全国之中心大城，江南草长，杂花生树，群莺乱飞，大自然万物更加生机蓬勃，阳光更加灿烂，气候更加温暖。而且这是春雨潇潇与梅雨绵绵之间一段难得的雨水较少的时期，多数日子天空晴朗、蓝天白云，气温迅速回升。人们都把穿了大半年的夹衣、棉衣、毛衣、皮衣随手一扔，只披一件单衫或薄袍就行，觉得全身凉爽、轻松。

隐匿休整了七日之后，熊宗武等人仍不敢轻举妄动，大家继续待在京城熊府里没有出门，就连几个大侠夜晚也暂不出去行动。只有一些仆人清早自侧门上街买菜购物、打探消息。眼下对他们一家而言，还是极度危险期间。因他们不但是违抗朝廷诏令的逃犯，一不小心就有身陷囹圄、满门抄斩之祸；兼且方家俊及其同伙一直觊觎其亿万资财，肯定还在追寻他们。

可这对熊秀来说简直有些抓狂了。都已经来到了京城多日，何况这儿离方家远的府邸只不过隔了十数条街道，仅有几里路距离，而她身为女主人、将军太太，却不能进自己府上去住，连去看看也不行，她能受得了吗？她太想她的相公，太想她的儿子了！尽管家远、黄河不在京城，但住到自己家里，那也是聊胜于无、多些安慰。

这样又过了几日，“大刀王刘黑痣”的伤口已基本痊愈，身体康复得不错。在熊秀的一再央求之下，一天夜里，熊宗武让“刘黑痣”带人到方家远的将军府去探听一下虚实、了解一下情形。“刘黑痣”当即唤醒另几个大侠，换上夜行衣就出发了。

方宅里陈设素简、十分寂静，院子也不大，连熊府的三分之一还不到，黑灯瞎火、悄无声息的，根本不像是一位赫赫大将军的府邸，不像是在京城中心的繁华地带，也不像有什么反常的表现，跟去年冬“鄱阳七杰”入京“讨债”时来方府做客看到的基本一样。只有几个下人在照看，且都已入了梦乡。“刘黑痣”走进其中一间单身下人房把那人叫醒，再让他去把应天本籍的李姓管家喊来，并告诉他们自己是来自饶州府方将军太太熊家的人。

李管家迅速赶来了，刚开始他还战战兢兢、抖抖索索的，显得十分警惕、将信将疑，啥也不想多说，问一句才敷衍着简单回答一句。待仔细问了“刘黑痣”几个与方家远、熊秀及方、熊两家等有关的问题，“刘黑痣”都回答上来了之后，李管家这才相信他们，于是放松心绪、转变态度，给他们一一介绍情况。看得出来，这位年过半百的李管家忠诚、聪明、谨慎、沉稳，与熊府的老孙头有得一比。

李管家说，几天前的半夜里，方府也闯进了几个同你们一样操外地口音的江湖中人，但不知其来路。他们把我们叫醒，恶狠狠、凶巴巴、急切切地逼问我们：“熊宗武一家来京了没有，找到你们府上来了没有，跟你们联络了没有？他们带来的东西寄存在你们这里没有？”我们都说不清楚，连连摇头，傻傻的样子。确实是啥也不清楚啊！我们便试问了他们几个刚才同样问你们的问题，这是方将军讲给我们听的，说是判断来府之人真假好坏的办法。可他们都回答不上来，还很不耐烦，打了我们几个耳光。

他们又冲进方将军的内院厅堂、卧室、书房、练功房里东翻西找了一会儿，结果啥也没找到。这个院子就只有这么大嘛！有什么呢？他们走之前还威胁我们说：“我们还会来的。有什么情况，要如实向我们汇报。若有隐瞒，小心你们的狗头！”

李管家接着说道，方将军早前有信到府，说自己这些年里仍然要在西北地区戍守边关。鞑靼人屡犯我大明边境，他们行动猖獗、骚扰边民、杀人放火、掳掠奸淫，须抵御其侵略、惩罚其行径、消灭其军队，眼看三年五载还回不了京。但小公子黄河要回来一段时间，已经上路，估计这几天就快到了。方将军派了五十名武功很好的将士一路上护送他，应该没啥大问题。至于小公子黄河为何要回京，方将军在信里没有详细说。几天前来府的那批人，因不知其底细，所以我没告诉他们这封信的事情。

“刘黑痣”点头赞道：“你做得很好！方将军、方太太会褒奖你的！我们熊老爷、两位小姐、小小姐、杨家小公子他们都来京了，住处离你们方府并没多远。你们还是照常看护府上，那些人若是再来，你依然对他们说啥也不清楚。我们现在赶紧回去禀告，看老爷、小姐怎么处置吧！”

在“刘黑痣”等人即将离开时，李管家又从内屋拿来份新一期的朝廷《邸报》交给他，说：“这上面有些内容好像是跟熊老爷一家有关的，你们可能用得上。”

“刘黑痣”等人一走出方府，便遭遇上了一群黑衣蒙面男子，估计就是李管家所说的前几天来过的那批人，也想必就是方家俊一伙的。他们如今追到京城来了，一直躲在方府四周，等候熊家的人前来自投罗网。他们有十几号人，功夫也十分了得的，但哪里是“刘黑痣”等人的对手？几个回合就将其一一消灭了。“刘黑痣”本想留一个活口的，此人却立马吞下一颗毒药丸，也死掉了。看来方家俊对他的部下手段非常阴狠，“不成功便成仁”，输掉了就要马上自尽，绝不能落到敌人手里，否则将来会死得更惨。

“刘黑痣”等大侠又只好再次打扰李管家他们。为了不让街上巡逻的兵士、打更的更夫、走夜路的人与周围街坊邻居发觉，他们还是先悄悄逾墙进入方府，再轻轻把大门打开，将十几具尸体一一抬了进去，在前院角落里挖了一个又深又大的坑，将其好生填埋掉。李管家与别的下人们虽有些害怕，但因尸体一时无法运出京城，也只能出此下策了。

“刘黑痣”等人回到京城熊府，熊宗武与熊秀、熊瑛、老孙头还在内院小客厅里候着。听了他们的汇报以后，先是熊秀听说黄河很快就要回到京城了，自己马上就能见到儿子了，自是十分欣喜；但听说家远还不知何时才能回来，再则边疆自然条件艰苦、与敌作战危险，又对他很有些牵挂、担忧。

至于方家远为何让黄河一个人回来呢？大家纷纷猜测，说法不一。据熊宗武分析，大概是家远已收到了熊秀的信函，知道饶州情势严峻，于是让黄河先回来，看看他能否帮得上什么忙，至少还可以母子团聚嘛！可家远为何不让黄河直接回饶州，而是先回京城呢？熊宗武等人就猜不出来了。熊秀则敢肯定这是夫妻同心、母子连心，遂信心满满地脱口而出：“他俩知道我们大家都进京了嘛！”熊宗武、熊瑛、孙管家虽心里不以为然，口里却依着她：“是啰！是啰！”

日前强行闯进方府、今夜被“刘黑痣”等人击毙的这些黑道中人，大家都明白是方家俊派来的了。熊秀通过这段时间的经历见闻，也总算相信了父亲与妹妹的看法，对方家俊的为人有了更直观的了解，遂气愤地骂道：

“咱们都已被他逼迫得离开了家乡，逃到京城里来了，他还不放过咱们，真是太过分了！他得到了咱们熊家那么多的家产，难道还不满足吗？真要咱们倾家荡产、人都死光，他才会罢休？方家兄弟俩不是一母所生嘛，为什么差别就这么大呢？他也算是咱们看着长大的，小时候觉得这孩子脸蛋长得真俊、脑瓜子又机灵，为什么现在变得这么恶毒、凶残？”

见姐姐瞧了自己一眼，熊瑛显出一副痛定思痛、不堪回首的样子，简明扼要地说：“其实他打小就很自私、冷酷、阴险啦，外表美而心灵丑，什么好东西都要夺到自己手里，得不到便要毁掉，总之是不能让别人得到，连家远哥都在他那儿吃过很多亏啦！年纪大了以后，他对金钱与权势的贪求攫取、毫无餍足，使之更加失去了理性，完全是丧心病狂、利令智昏，已经无可救药啦！他就是这样的本性，不光是贪图金钱与权势，对女色也是欲求无度，你说这些年他有多少女人啊！”

熊宗武不想在这个话题上同她俩再谈论下去了，也许是熊瑛的一席话无意中还戳到了他自己的痛处，未痊愈（也痊愈不了）的伤痕再次滴血。于是翻开“刘黑痣”带回来的朝廷新《邸报》，见头一篇就是洪武帝对饶州大移民所颁布的新诏书，其中还提到了自己的名字，遂特别在意，戴上老花眼镜，一字一字仔细阅读起来。

诏书第一条是说，将在当年鄱阳湖决战中建立过莫大功勋的饶州乡绅富户们的所有财物，包括住房、店面、田地、产商品等，以及今年秋后朝廷将要双倍奉还他们的总共十万石粮食，均等发放给本地的广大贫苦百姓。

熊宗武看后先是感到十分伤心：咱们这些人长年累月地起早贪黑、省吃俭用、筚路蓝缕，才好不容易挣下来的钱、打拼得的家业、借给他的粮食，完全是取之有道、天经地义，可他朱元璋说剥夺就剥夺了、说不还就不还了、说发放就发放了，他去笼络百姓、收买人心，拿咱们做牺牲品，实在是蛮不讲理、厚颜无耻。可是，统统发放给父老乡亲们，那总比让他方家俊一人偷偷吞并的好啊！

又可是，别高兴得太早了，旨意是让移民总指挥也就是方家俊具体执行此项公务，那不是又回到他这里来了吗！他不是照样可以雁过拔毛，肆无忌惮地截取扣留吗！再说此诏书一出，众乡绅富户的财产公开化，反倒对方家俊还有利了，成了他中饱私囊的"通行证"与"指引单"。

想到这里，熊宗武安静片刻，翻来覆去，心又开始剧烈绞痛。知道自己的一切终将落入方家俊之手，他伤心、他愤恨、他不甘、他抓狂！四万石精粮啊，那得值多少钱！

诏书第二条是说，对于有功的饶州乡绅富户们，除了整个家族仍要严格按比例移民外，但其本人可留下来。熊宗武看到这里顿即耸然动容，真为自己与其他几位主要乡绅感到惋惜。要是这条诏书能早日颁布，那他就无须恓恓惶惶地逃走了，可以继续留在饶州，留在鄱阳，留在立德街。虽说移民的总比例还是没变，但家族内好商量嘛，他方家俊就不敢强迫自己离开了。现在，除了被赶去康郎山的彭兴旺一族总算是勉强留在了饶州之外，自己被迫跑来了京城，杨大顺、刘萌、徐宗闻先后惨死，俞韶父子亦先后两个死难、一个下落不明，木金山、秦昌龙、陈自仁亦都纷纷逃走，祖坟皆被挖掉、家产全让方家俊夺取，刘清修、卞采双双出家，姜新燏、蒋水生、高亮声、郑闻泮被五花大绑送往异乡……这还不凄惨吗？不过以后就好了，剩下的那些人可留可去，完全自愿——但是，其财产仍要被瓜分掉，一无所有，只能从头再来。

再看诏书第三条，这一条是直接跟他有关的。看到自己的尊姓大名，第一次上了朱明王朝的堂堂《邸报》头篇，熊宗武不知这是光荣还是可悲？诏书里说，朱元璋还是要把他的全部家产，包括准备偿还他的四万石粮食都收走，同样是发放给老百姓——不过蔓延面积扩大了，其他乡绅的家产只在饶州或鄱阳本地发放，而他的要发放到江西全省。因为他的财富太庞大了！看到这里，熊宗武的心在狠狠地被撕裂，汩汩地冒血，像犯心绞痛一样，痛得他眼前一阵阵发黑，连看《邸报》上的文字都迷糊不清了，即使戴了老花眼镜也没用。

但他仍旧竭力支撑着要读完全文。中间的内容跟其他人差不多，朱元璋也是让他可留可走，完全自愿；熊氏家族其他成员仍按原定比例移民。只是在文末，朱元璋竟给了他"特别的照顾""天大的圣恩"，说他若是愿意入京，就送他一个伯爵位、一套大院落，"还可时时进宫陪陪朕"。此外还有老亲家方贵夫妇，朱元璋对他们是同等待遇。

熊宗武读到这几句，刚开始心中还是闪过了一丝兴奋，毕竟皇帝对自己比对别人大为不同啊！他的虚荣心多少得到了一些满足，情绪也好一些了，心痛也减轻了不少。“恭敬不如从命”，他准备接受皇帝陛下的盛情邀请，明天就进宫见驾，欣然领赏——爵位与院落。

但他转而一想：不行，目前我还暂不能去觐见皇帝！先且别说我是擅自携全家人逃到京城来的，不是接受皇帝宣召才来的，这还是小事，想必皇帝会原谅我，我也可以找个理由搪塞过去。可眼下方家俊一伙一直在搜寻我的下落，目的就是想得到我的财产。家远还没回京，朝中没人帮我，说不定我的财产迟早仍会落入方家俊之手。而且万一方家俊又可能恶人先告状，抢先跑到皇帝那儿告我的御状，说我卷走大量财产、悍然抗法潜逃、杀死众多军士，那我便犯了欺君之重罪，不但财产还是要交出来，连性命都难保啊！全家都有可能遭到牵连！

读完这份《邸报》，熊宗武的脑袋里昏沉沉的，思虑万千、心乱如麻。他想好好安静一会儿，理一理头绪，就把《邸报》交由两个女儿去看，自己却啥也不愿说，半坐半躺在旁边的卧榻上，表面上倒是像个快要入定的高僧，半睡半醒了。

熊秀、熊瑛她俩在读报的过程当中，自然又有很多特别的感触，自然又是非常激烈的争论。她们刚开始声音很大、很激动，但眼见父亲半坐半躺在旁边，且眼皮乱跳、满脸愁云，他显然是同样遭刺激太大、下一步很多行动还没谱，他考虑问题、统筹全局太多了，很困乏了，他年纪也老了，身体差多了，便不好再打扰他，把声音尽量压低点，不过还是争论了很长一段时间。

这两姐妹的话，其他的熊宗武都没大听得见，也没引起他的兴趣，只有熊瑛突然问了一句：“朱皇帝怎么会在这个时候对饶州大移民颁布这么一份新的修订诏令呢？”他却很清晰地听到耳朵里去了，因为他刚才也一直在想这个问题。他跟熊瑛父女连心、趣味相投、声息相通，经常会有这种类似的心灵感应发生。但他想不出这究竟是为什么，也不想再动脑筋了。熊秀、熊瑛姐妹俩好像也没想明白，所以也说不出一个所以然来。

夜很深了！这时，已经睡过好一阵的小姨娘翠翠，打着哈欠从卧室里走出来，与熊秀姐妹俩一道，把老头子搀扶进去歇息不提。熊秀本来还有一件事想同父亲商量的，只能等明天再说了。

第二天吃早饭时，在餐桌上，熊秀说出了自己昨晚的打算：“爹，黄河就快回来了，我干脆带着娆儿先搬进家远府里去住吧，到那边去等着河儿。毕竟那边才是我的家嘛！您与瑛妹他们便住在这边。等河儿回来以后，我再带他过来见你们，或者来请你们过去跟他相见。”这个打算，昨晚姐妹俩商议过了，最后熊瑛基本上还是同意了姐姐的打算。

熊宗武刚开始也是强烈表示反对的："这怎么行？那该多危险哪！这些天多事之秋，我看大家还是暂时都待在这边吧，哪里也不要去了，莫折腾了，在这里以静制动、以不变应万变。大家待在一起，彼此还有个照应，万一有什么事还对付得过来。等黄河真的回京以后，再让刘大侠他们过去把他接来这边。你昨晚不是听刘大侠说了嘛，方家俊的手下日日夜夜潜伏在方府四周，人数不少，他们都是江湖上的亡命之徒，下手非常狠，拳脚无情义，刀剑不长眼，万一有个闪失……"

熊秀却执拗着要过方府去："我就是想给河儿一个惊喜嘛，让他一回到家就看到他的娘亲、小妹妹。再说我是方府的太太，来京这么多天了，岂有不回自己府上尽太太之责的？您若是担心我的安危，那我便今晚上再偷偷搬过去，进府后便一直关闭在内院里，不出内院门即可。且有刘大侠他们保护我，离你们这边又不远，我怕什么呢？"

熊宗武想了想，见实在说服不了她，就答应了。当夜子时过后，熊秀适当化了化装，裹上外套、罩上头巾，抱着已睡得很香的方娆，乘上马车，由"刘黑痣"等数位大侠护送着她驶出熊家，进了方府。果然一路安全，全程无人跟踪。因"刘黑痣"上半夜已提前肃清了沿途，并赶来方府交代过诸管家、仆从了，所以一切水到渠成，十分顺利。

由于方家远素喜简朴，其府里并没留下多少人照看，加上李管家夫妇也总共不到十人。熊宗武便另外派了一名丫鬟、一名保姆、一名厨子过去照顾熊秀母女，还给了熊秀一千两银子作为这段时间的日常家用，又每天夜里令众位大侠分批轮班到方府巡查保护。

第三十六章　出街救表妹

熊秀进方府的第五天，黄河就到家了。

黄河这年虚龄有十六岁了，已长成了一个高高大大的小男人，英姿飒爽、魁梧挺拔，皮肤黧黑、身躯结实，双目炯炯、大步流星，既继承了他父亲黄世明北方人的豪爽、果断，又继承了他母亲熊秀南方人的秀气、聪慧，还得到了养父方家远多年的熏陶与教诲，以及大漠边关、猎猎风尘、金戈铁马、枪林弹雨的磨砺，练就了一身过硬的本领，性格也变得坚韧、稳重、大度、机警。他虽年纪轻轻，却参战多场，杀敌多名，立功多次，有一定作战经验，被方家远论功封为把总之职，即相当于“百夫长”，也算是军队里的小头目了。

快有两年没见到儿子了，熊秀早早听李管家来禀报，说黄河已骑马带队入了方府大门，遂三步并作两步，从内院赶紧冲了出去，口里叫着“我的河儿，你在哪”。黄河远远看到母亲的倩影，激动地高喊着“娘亲，娘亲”，当即把马喝停，从马上翻身跃下，快跑着迎了上去。

眼见儿子长得如此精干壮实高大——不但比自己高了一个半头、比家远差不多高一个头，就是比他亲生父亲黄世明也要大约高出半个头来，又如此上进优秀有出息，熊秀不用说自是高兴万分，眼睛定定地凝视着他一瞬，然后把他紧紧地搂抱在怀里，将他全身从上到下、从里到外摸了个遍，久久舍不得分开，激动得眼泪鼻涕直往外淌，口中喃喃着“我的好河儿，我的好心肝”。

这时，保姆抱着方娆也从内院里走了出来。她即将满周岁，还不会走路，只会在地上乱爬乱滚；也不会说话，只会小嘴里“咿咿呀呀”的。熊秀接过她来，只观察了两眼，便伸到黄河面前，开心地说：“这就是你的妹妹娆儿啊，你抱抱她！”

黄河自是欣喜得很，不用说啦！他早已从母亲的家书中听说了这个消息，如今自己终于有个妹妹了！虽不同一个父亲，却是一母所生啊！再说她的父亲方将军，虽不是自己亲生父亲，却还要胜过亲生父亲无数倍——他叫方家远“方爸爸”“养父”，其实等同于“亚父”。他双手接过方娆，溺爱地瞧着她。方娆一双美丽好看的丹凤眼，好奇地瞧着这个浓眉大眼的大哥哥，也不认生、不哭，双手在他脸上划来划去，双脚不断地动弹着，嘴巴里吐着小泡沫。黄河高兴地和她逗玩着。

熊秀说：“好了，你长途跋涉，风餐露宿，一路颠簸，一定很累了。你先同你妹妹玩一玩，在院子里走一走，我这就去厨房里给你做好吃的。晚上带你去那边见你外公、翠婆、小姨、表弟他们。还好咱们一家现在都团圆了，就差你家远爸了——哦，对，还有你与娆儿妹妹的爷爷、奶奶。”顺便说一句，熊秀的经营管理能力远不如熊瑛，但厨艺还不错，能做出一大桌好菜。

这天下午，黄河先是到兵部衙门去办理差事。晚饭后不久，“刘黑痣”等几位好汉过来，带着熊秀母子仨，抄小路悄然钻进了京熊府。熊宗武、翠翠、熊瑛、杨筱文、熊承耀、李茹芸、老孙头等人见了黄河，自然也很高兴。只不过那熊瑛又有点触景生情，见姐姐与黄河母子团圆，一家人脸上喜气洋洋的，想起那不知还在何方、是死是活的丈夫与女儿，未免心酸难过，只得扭头过去用力擦了擦自己不争气的红眼圈。筱文理解、关切地看了看娘亲。

黄河带回了养父方家远最近所写的家书，刚才已在那边给母亲看过了，现在又拿出来给外公、小姨他们看。看完了这封信，大家久久存在心底的两大疑团便迎刃而解。其实他们几个人之前也已经猜出个八九不离十了。

第一是方家远为何此时要让黄河回来，且不是先回饶州熊府，而是先回京城方府？这是因为方家远通过各个渠道关系，知道其胞弟方家俊已回饶州主持移民大局，必定恶习难改，是要趁机为难“老仇人”他岳父熊宗武的。可他自己在边关带兵打仗不能擅自离开，只好先安排黄河回来，这既不会违反朝廷军纪，同时本领过人的河儿兴许还能帮得上他们的忙。

方家俊不但与兄长方家远的岳父、黄河外公熊宗武有宿怨，与嫂子熊秀的前夫、黄河父亲黄世明，与黄世明的父亲、黄河爷爷黄启，与前女友熊瑛的丈夫、黄河姨父杨木托等人也都有矛盾，与熊秀、熊瑛姐妹俩也间接有了嫌隙，等于他是把熊、黄、杨三家的人都得罪完了。但他又是黄河养父方家远之弟，且是明朝开国功臣、正三品大将军与移民总指挥。所以方家远让黄河“根据实情，相机行事”，并含蓄简洁地说“你已长大了，有是非曲直的观念了，该懂得怎么做了”。

至于方家远为何打发黄河先回京城？因他猜想到，熊宗武一家若是在饶州逃不脱方家俊的攫夺、胁迫、陷害、驱逐，则必定会来西北投奔自己。可西北边陲路途遥远、山河纵横，路上有敌军、各类歹人、野兽等，困难重重、危机四伏，他们男女老幼一大堆是很难走到这里的。且朝廷绝不允许这种做法，这样做还会牵连自己。因此，他们就大有可能会先去京城他的府邸。再说之前熊秀在给他的信里也多次提到过，等娆儿再大一点，就带着她进京，等待他与黄河回来。故方家远便让黄河先回京再说，万一自己猜得不对，就让他再回饶州或别的他们有可能暂时投奔、栖身之地。

第二是朱元璋为何此时要新行颁布这份针对饶州乡绅群体的移民修订诏令？那便是方家远的确给他上了一道奏章，为饶州的鄱阳湖大战功臣们求了情。朱皇帝便在不违背移民根本政策的前提之下，并酌情考虑了他的一些意见、建议，出台了这么一份新诏令。

黄河还说，养父另外还给祖父方贵、叔父方家俊写了信过去，希望他们看在大家都是亲人的面儿上，替外公多想想办法，在不违背圣意与政令的前提之下，能否处理灵活点、方式高明点，尽量减少熊氏一家在经济上的损失；还有就是希望几家人能尽量生活在一起，大家互相有个照应与帮衬。

不管结果如何，方家远他有心，他尽力了，他起了大作用了，所以熊家父女仨衷心感谢他。

再说，尽管他们熊家人被迫逃出了家乡、躲进了京城，家里的宅院、店铺、田土、产商品及朝廷所欠的军粮，大部分被皇帝（也包括方家俊）巧取豪夺走了，但一家人总算还能会聚在一起，且钱财与值钱的东西大半被自己抢运出来了，还可以东山再起、重振家业。

他们当然也清楚，没有方家远一贯的努力争取、四处斡旋，兴许情况会更差、结局会更糟的。

这个由熊、方、黄、杨四姓组成的大家庭，他们在京城里的公寓隐匿生活，还得如此照常继续下去。只不过是熊宗武原定的宏伟创业计划姑且要滞后了。他进京本来是想要继续他的庞大的农工商产业异地发展的，但他在应天府毫无社会人际基础，加之这两年遭受的打击变故太多，自身体力与精力又大不如前，对名利亦看淡了不少，所以暂时搁置了这些计划。

最重要的一点是，这段日子里，熊宗武耳闻目睹以朱元璋为首的大明王朝对江南乃至天下第一富豪沈万三的残酷打击，亦令他感到十分心寒。沈万三心甘情愿拿出那么多钱来给朱元璋扩修京城，可朱元璋还不满意，仍顾忌沈万三的通天财富，不但将其家产全部充公，还将他本人及其家室远远发配去了云南边地。其实，朱元璋搞饶州大移民，把以自己为首的饶州富户乡绅们的家产都变相剥夺掉，与对付沈万三的手段如出一辙。

此日黄河又出去玩儿了，侠客“大刀王刘黑痣”及几个兵士扈从着他。黄河本来武功已有点基础了，这些天又跟着刘叔叔切磋、训练，进步了不少。他有礼貌，又好学，天资也聪颖，领悟得挺快，所以“刘黑痣”也喜欢教他，两人常待在一起，几近有半个师徒之谊。

时令已是初夏。那天正午甚为炎热，太阳很大，明晃晃的，照得户外的人们睁不开眼睛，街面上被曝晒得像是在冒青烟。路人们都想办法尽量避免被太阳晒着，或头顶蒲扇、油纸伞、汗巾、薄布等物，或尽可能往屋檐、墙根、树荫、买卖棚下行走。

黄河等人走着走着，汗流浃背了。不知不觉之间，他们竟来到了离方家俊将军府后门不远的一条小巷子里。大家实在感到口渴，见旁边有位老大娘在卖凉粉，黄河掏钱，请每人吃一碗凉粉。

几个人正在吃那既冰爽又清甜的凉粉，实在可口又舒心。但就在这时，从街道对面的阴暗角落里，突然跑出来一群十好几个小乞丐，把黄河给包围了，向他苦苦央求道：“这位好哥哥，我们都口渴，又热，你也赏我们一碗凉粉吃吧!”

“刘黑痣”甚是警惕，想拦截他们。

黄河素来阔气大方、富有同情心，再说一碗凉粉又值不了几个钱，便爽快地点了点头说“嗯好”，从口袋里掏出一大把碎铜钱“洪武通宝”，给他们每人买了一碗。这群小乞丐一个个吃得很惬意，嘴里发出“啧！啧!”的叫好声。

黄河看到，在街口那边还有一个小乞丐，显然也想吃凉粉，可又远远地不敢过来，遂问这群小乞丐里年纪最大的那个，他显然是他们当中的头儿：“为什么‘他’不过来吃呢?”

那个小乞丐头儿回道：“你甭理‘他’。就近几日，不知‘他’是从哪儿冒出来的，与我们不是一伙儿。哼，还想跟我们抢地盘!”

黄河便又买了一碗凉粉，当即朝那边的那个小乞丐走了过去。因为几个大人跟着他，还都是当兵的，那些小乞丐也不敢阻止他。再说他们自己都吃到了，满足了，便不管人家怎么做。都是些心善的、可怜的娃儿!

黄河远远就能闻到那小乞丐身上的汗臭味，估计“他”好久没洗澡、没换衣了，又没地方睡觉，今晚这家屋檐下躺一宿，明晚那个垃圾堆凑合一夜，又常常是饿着肚子、日晒雨淋的，还可能被狗咬、被人打。他真同情这些小乞丐，觉得自己比他们幸福多了。

黄河走到那小乞丐的身边，把凉粉递到“他”手里，说道：“你快吃吧！”小乞丐抬起眼睛看了他一眼，并没说什么，只微微点了一下头，表示谢意，然后接过那碗凉粉，显然是太饿又太渴了，马上低下头，狼吞虎咽吃起来，一头既长又乱的头发便把脸眼全罩住了。

这小乞丐大概十几岁吧，比黄河小一两岁的样子；身材很单薄，面黄肌瘦、衣衫破旧，光脚丫上拖曳着一双烂布鞋，估计流浪挺长时间了，脸上、手上、脚上都有伤痕，不知是被狗咬的、被人打的还是自己摔的碰的。一头长发乱蓬蓬的，像是一堆破布条，不过倒挺黑亮。也看不出是男孩还是女孩。不过，“他”刚才抬头瞧自己那一眼，一对清澈、晶莹、明亮的眸子，如寒星划过，又令黄河认为“他”并不是一个普通的小乞丐。

这小乞丐心里像是察觉到了什么。按照以往，“他”是既尽量不搭话、又尽量不看人的，以免被人知道了自己的真实身份，那便更加危险。只能一副装疯卖傻、又聋又哑的模样，才会尽可能地保护到自己。但这时“他”却再次睁开星目，凝神瞅了瞅黄河。

黄河本来是要抬腿离开了，太阳下很晒，天气又热，再说离方家俊府上又近，出来也久了，得赶紧回去。但因为这小乞丐那双不同常人的眼睛，令他一愣神脚步停顿了一会儿。这时见“他”再次抬起头来，两人近距离四目相视，令黄河心里突然有种异样的感觉：“我怎么好像在哪儿见过‘他’？那究竟是在哪儿呢？‘他’又究竟是谁？”

黄河于是下意识地追问了“他”一句：“你叫什么名字？你是京城里的人吗？还是从别地来的？你是听不见，还是不会说话？”

这小乞丐好像突然间明白到他是谁了，竟把凉粉碗一掷，双手捂着脸，既激动又心酸，“嘤嘤”地哭了起来。

黄河觉得很是诧异，自己可啥都没说啊，“他”也啥都没说啊，怎么就先哭起来了？

尾随而至的“刘黑痣”毕竟是过来人了，是雌是雄总能辨别得出的，兼之闯荡江湖多年，阅历丰富，发现此事有些不同寻常，这小乞丐颇有来头，估计跟黄河还有不一般的渊源。于是问道：“小姑娘，你哭什么？是他们欺负你了吧?”他说的“他们”，是指对面那群小乞丐。

原来这小乞丐是个女的！黄河当即哑然失笑、恍然大悟：“哦，原来你是个女孩子呀!”

这小女孩只停顿片刻以后，竟然不“哑巴”了，把手垂下，把头抬起，用哽咽、嘶哑、委屈、亲昵的声音喊道：“黄河哥哥……”

啊，她认识我！听她跟自己一样一口地道的鄱阳腔，再看看旁边就是方家俊的府邸，黄河顿时想起一个人来，不免脱口而出：“原来你是华枝妹妹呀!”

杨华枝更加苦楚、委屈得放声大哭，一对小肩膀一耸一耸的。黄河与她已有多年不见，此时感情一下子绽放出来，一股男孩子一定要保护好这个妹妹的豪情从胸膛中洋溢、升腾，他猛地将华枝紧紧搂在胸前，抚摩着她的长发与后背，仿佛她身上的那阵汗臭味再也闻不到了。一对表兄妹拥抱在一起，哭作一团，在京城这熙熙攘攘的大街上，在白亮的太阳底下……

第三十七章　儿女开情窦

夏季如少年，似奔马，急匆匆地来到了。天气一日比一日酷热，阳光一日比一日毒辣，白昼一日比一日延长。在饶州，大移民运动继续。方家俊一直坚守在自己家乡的土地上，很好地履行着王朝与圣上赋予他的职责，把家乡的人力物力大批大批地往异地输送，同时也趁机把家乡人的钱财沃土大把大把地收入自己囊中。

因为瓦屑坝成了饶州乃至整个赣省、华南的移民中心，每隔十天半月四面八方都会有成千上万人聚集于此，并从此地登船去往全国各省府县乡，所以后来朝廷专门在此处修建了一座移民指挥司的署理官衙，巍峨轩峻、庭院广阔、气派非凡。只是“方总指挥”本人基本上还是住在饶州城里的行辕别院，偶尔才过来一下，而让他的心腹部属、指挥司副将兼鄱阳县令陈远驻扎于此。他觉得，饶州城里比这儿还是要安全很多、舒适得多。

这些年里，方家俊在整个鄱阳县、饶州府、赣东地区及瓦屑坝大移民中巧立名目、鲸吞蚕食所捞到的财富，已经等于熊宗武最鼎盛时期的好几倍了，甚至都远远超过了原全国首富沈万三，“富可敌国”“方家王朝”已并非形容词。只可惜他那是“黑色收入”，没法摆到台面上来。至于其具体“家产”数额，有多少套宅院、楼房、庄园，多少个店铺、场馆、工场，多少亩田地、山林、湖塘，他的仓库里积蓄了多少金银财宝、粮食农产、军械武备，连他自己也不是完全清楚。

但是，方家俊也有他的莫名烦恼。他在饶州指挥移民要务，过着帝王般一手遮天、呼风唤雨、男欢女爱、花天酒地的奢侈荒淫生活，可就是没法回到京城他的府邸去，没法见到他的女儿方华枝了。尽管他捞的钱财多多，却还是有此美中不足之处，不能父女团聚。他当初没把方华枝带回饶州来，是担心她被自己父母、熊家人特别是熊瑛看到，将她强行索回。后来在熊家人离开饶州府以后，他派手下进京去接她，却听说她离奇地失踪了！

方家俊最初在听到这个消息时，真是有些心理崩溃，差点就要发疯了，当即打了回来报信的狗奴才们一个大耳刮子。他恨不得亲自赶回京师去寻找方华枝，哪怕是将整个应天城翻个底儿朝天，掘开百里地、抽干护城河，也要把她找到。他还决定把将军府邸的仆人、留守在京的手下全都狠狠揍上一顿，然后把他们统统赶走！可是他有朝廷公务在身，不经皇帝准允不得离开。这时他很有些埋怨他的昔日主子、今日圣上了，把自己就这样活生生地“软禁”在饶州，而且一“软禁”就这么久！当年家远独守康郎山数年是他自愿的，如今家俊坐镇饶州府数月却是朝廷的命令。

那么，方华枝到底是去哪里了？难道是被已到京城的熊家人所发现，找到了她并藏到他们府上去了吗？可是他们怎么可能知道呢？那她又是被谁带走的，是坏人绑架、骗走了她，还是她自己独自离开的？目前她究竟在哪儿，是在熊家吗？还在京城里吗？到底是死是活？……

方家俊像头困兽，心急如焚，接连好多天吃不下饭、睡不着觉、心绪不宁、不想处理公务。他是真的把全部感情投入到这个唯一的“女儿”身上了，他好像根本无法接受没有她自己该怎么单独活下去的现实。可他又皇命难违，无可奈何，脱不了身。京城又远，山川纵横，鞭长莫及。他不断地派出一拨又一拨江湖高手进京去打听、搜寻方华枝，可都没有结果。

甚至，他那些过去早已在京、后来奉命进京的部下们，很多也都陆陆续续离奇地失踪了，活不见人、死不见尸。他猜想这必定是熊宗武搞的鬼，八成他们都被熊宗武一伙害死了。方家俊作弄、伤害了别人一辈子，这大概是难得一次尝到被别人作弄、伤害的滋味。

且说京城这边，在黄河与杨华枝抱头痛哭了一阵之后，大侠“刘黑痣”总算明白，这个小姑娘原来是熊家二小姐丢失多年的长女、黄河公子的表妹。他见一旁围观的群众逐渐增多，且这儿离方家俊府上太近，是非之地不宜久留，就催促他们先回家里再说。

他们为了不被他人跟踪，故意绕了好几个圈子，假装闲逛了几条小巷，只择树荫与屋檐下行，直到确认四周绝无可疑之人，才由黄、杨表兄妹俩走在最前面，“刘黑痣”等人殿后，大家适当保持距离，分头进入了京城熊府。

早在元至正二十三年鄱阳湖决战之后，熊秀曾带着爱儿黄河回到立德街自己家住过几日。黄河与表妹杨华枝两人日日夜夜处在一块儿，“郎骑竹马来，绕床弄青梅”，朝夕相伴、形影不离，关系亲密友好。但那时一个才七八岁，一个才六七岁，还是黄口垂髫孩童。如今阔别数年，一个是弱冠少年，一个是及笄少女，相貌已大有变化；再说黄河是戎装在身、华枝却是邋遢乞丐，所以彼此一时没认出来。但毕竟骨肉情切、心有灵犀，那种内心深处的感觉还是存在的，及至开口说话，乡音依稀，便基本上猜得出了。而女孩子心思细致、早熟，华枝更快一步认出了黄河哥哥来。

待一迈入京城熊府的大门，黄河遂不再等着华枝，陪着她款款碎步走了这么久，他都急死了，此时自己便大步奔跑起来，远远超到了前面，闯进外院主厅，也不管满脸热汗涔涔，只高声嚷嚷道：“娘亲、外公、小姨，你们看这是谁?”

恰巧熊宗武、熊秀、熊瑛父女仨与小姨娘翠翠、管家老孙头及四个大大小小的孩子熊承耀、李茹芸、杨筱文、方娆此时也全都在主厅里，他们远远听到黄河的叫嚷声，还以为发生了什么大事，连忙齐齐走了出来。杨华枝老早就看到了自己的母亲、外公、大姨，当即大叫了一声“娘亲”，也加快了脚步，猛扑了过来，又是一阵号啕大哭。

外面的阳光实在是太刺眼了，大家甫一冲出门，眼睛便被强光照射得根本睁不开来。熊瑛先还没弄清楚随同在黄河后边的人到底是谁，再说事情又突然，她的反应没那么快，便用衣袖搭了个凉棚，罩在双眼帘上，这才认出她来。那不就是自己从饶州到应天，苦苦寻找了两年多、朝思暮想、日夜牵挂、痛彻心扉、几近绝望的宝贝女儿嘛！怎么好像是突然从天上掉下来了，还是从地下冒出来了，还是黄河用变戏法把她变出来的?

熊瑛一时之间激动、兴奋、惊讶、伤心、怜惜、溺爱、困惑、愣怔，种种复杂情绪达到极致，在这炎热的大夏天里、耀眼的毒日头下，差点眩晕、昏厥了过去。她迎上前，将女儿抱进怀里，像小时候一贯抱她一样，也不管她衣衫褴褛、身上肮脏、气味难闻，呼喊着：“我苦命的华枝啊……”眼泪扑簌扑簌直往下洒。母女俩又是一阵抱头痛哭。

熊宗武、熊秀等人猝然间也没去细问黄河及随后进来的“刘黑痣”整个事件的具体经过，大家都光看着她们母女俩拥抱着又哭又笑，都为她们感到高兴，心情也都很激动、惊奇。熊秀还频频朝儿子递来赞许、喜爱的眼光，拉拉他的手，拍拍他的头。

熊瑛、杨华枝两人哭了好一会儿才心绪平定下来，分开身子，停止哭泣，擦干眼泪。熊瑛对女儿说："来，给你外公、翠婆、大姨、承耀表叔、茹芸表姨、黄河表哥、孙管家他们一一行过礼。"行礼过程之中，熊宗武、熊秀都高兴得连连说道："回来了就好，回来了就好！"老孙头接道："身体又没出大恙，更是喜事一桩啊！"

行礼毕，熊瑛又让杨华枝见过已有五岁余、长得如粉妆玉砌般小帅哥的弟弟杨筱文，以及不到一岁、大眼睛粉嘟嘟萌态可爱的表妹方娆。华枝本想抱抱他们，尤其已两年没见、用脆甜而欢喜的声音喊他"姐姐"的嫡亲兄弟筱文，但看看自己脏兮兮的衣服与双手，有些自惭形秽，于是立刻避开了。

接着，熊瑛与一个丫鬟就带着华枝去后院澡堂洗澡、换衣去了。黄河与大家坐在庭院里的老柳树下一边喝茶、乘凉，一边把见到华枝妹妹的过程给大家简单描述了一番。

杨华枝在与黄河回府的路上，告诉了表哥自己这两年多来的大致经历：她先是被方家俊从饶州带到京城，与他在一起生活了一年多时间。方家俊其实一直对她非常好，买最名贵最漂亮的衣服给她穿，带她去最高档的酒楼美食店给她吃各种山珍海味、特色小吃，把府邸里最大最豪华的房子让给她住，雇了一大堆仆人照顾她的饮食起居，还有一男一女两位博学的先生教她琴棋书画、诗词歌赋、四书五经、三从四德、淑女礼仪之类。她出门有华美的马车或轿子乘坐，还有几个保镖、兵丁扈从着她——明里说是保护她，其实也是防备她逃走。但她内心里从来就没有喜欢和接受过方家俊，对他总有很强的敌意和抵触情绪。

尽管方家俊说自己才是她的亲生父亲，并向她详细描述了他与她母亲当年的感情有多好，同他兄长与她大姨一样，他们四人是立德街众街坊邻居们口头成天念叨的两对"金童玉女""才子佳人"；两人又是怎么样便自然在一起了，于是有了她；只是后来杨（拉）木托觊觎熊家豪富、贪恋她妈美色，突然横空出现，从中插进一刀，把她妈抢走了；由于杨木托有父亲求鲁台撑腰，她母亲、外公迫于压力，只好把他支走，无奈他便离开了立德街，云云。

但华枝还是觉得，方家俊并不像自己的父亲，杨木托才真正是自己的父亲。都说女儿像父亲，而她多像杨木托啊！其长相、性格跟杨木托有着割不断的血缘，额头宽广光滑，颧骨鼻梁高挺，脸部棱角鲜明，性格豪放干脆。

另外，她对方家俊身上的很多毛病亦甚是讨厌，讨厌他经常逛窑子找妓女、经常赌博玩钱、经常酗酒猜拳，讨厌他大把大把地积敛金银财宝，讨厌他在家里老是颐指气使、大发脾气，打骂用人奴仆、部下将士；相反，对方家俊的俊美外表、威风八面，她却一点也喜欢不起来。

去年年底，她偶尔从一个鄱阳籍的奴仆口中偷偷打听到，自己外公熊宗武、方家俊父亲方贵爷爷，还有其他几个老家的人，一同进京来面圣，进过方家俊的将军府。可方家俊当时竟把她关闭在内院的绣楼上，反缚了双手，不让她出去见他们；并用手绢塞住她的嘴巴，让她开不了口；这些人并没坐多久，方家俊便以各种理由催促他们走了。此事也让她暗地十分怨恨方家俊。

今年元宵节过后，方家俊被朝廷派回饶州任大移民总指挥，因不便把华枝带在自己身边，当然也是不能让她回饶州去，就让她一个人留在了京城。她更加觉得孤独难受，偌大的将军府邸，虽楼房高阔、园林优美、陈设华贵、奴仆成群，可在她眼里是冷冰冰、空荡荡、阴气森森、死气沉沉的。她很想离开这个“金丝笼”，但几次尝试都以失败而告终。直到有一天，厨妇出后门买菜竟忘记闩门，其时正凑巧留在院里的奴仆并不多，她便逮住这个空子，终于只身成功逃了出来。

但外面的世界并不是那么精彩美好，相反更加艰难、危险、可怕。她一个文弱的小姑娘，身上又一文不名，在京城里又人生地不熟，就很快沦落成了乞丐。没地方住，只能露宿街头；没东西吃，只能在垃圾堆里捡一点，或向人家讨一点；鞋子、袜子穿破了没钱买，只能打赤脚，或捡人家烂了扔掉的穿。她唯恐别人伤害自己，就故意弄得身上脏兮兮、臭烘烘的，头发像个母鸡窝；并用衣服把自己紧裹着像个大粽子，如今天热了也不敢脱，除了一双光脚丫没办法外。尽管如此，还是有大小乞丐、街头混混、巡查的兵士更夫欺负她。她只好作哑充聋、装疯卖傻，不让人家从声音里听出自己是女的。她很想回饶州找父母，可路途遥远，怎么回得去呢？

华枝既不敢离方家俊的府邸太远，一则不熟悉，二则更危险；又不敢离得太近，一旦被方府的人发现了，会再次把自己抓回去。所以这两三个月以来，她老是在方府周围若即若离地徘徊、躲藏。她实在是不想回方府，但是她又害怕自己能否撑得下去。万一山穷水尽、遇到险情、无路可走，她可能还是会被迫选择寻求方府的人帮助，并重新回到方府的。比如今天，她都已走到方府的后门旁边了，本来的确是有敲门重入方府的念头，三个多月之前她就是从这儿出走的。她正在犹豫敲门还是不敲门时，没想到表哥黄河竟奇迹般出现了！

杨华枝在后院闺闱，她娘熊瑛给她精心盥洗、梳理打扮，娘儿俩絮絮叨叨聊的也是各自别后的诸般情景。多亏熊瑛有心，一则担忧女儿是否已被歹人暗害，另一方面又总觉得她还活着还会回来，所以进京时就顺手带了几套华枝的旧衣服来。虽说已过两年有余，长短宽窄略微显小，但勉强还能凑合。待她俩完毕后出来时，黄河也刚好把华枝的故事给大家讲完了。

重新出现在众人眼前的杨华枝，已是十四五岁的漂亮黄花大闺女，其身体渐趋发育成熟，娇躯苗条、酥胸微起，凤眼脉脉、蛾眉弯弯，秀发如云、肌肤如雪。虽未盛装华服、浓妆艳抹，不过是平常裙钗、素面朝天，却依然是清水芙蓉出、丽质天然成，显得淡雅温婉、妩媚多情。若论起来，她跟黄河两人都有一些北方人的基因，兼北方人之高挺与南方人之清丽于一体。

特别是把黄河给看呆了！刚才那个衣衫又破又脏又臭、分不出男孩女孩的小乞丐，一下子竟变成了这么一个秀美婉约、楚楚动人的少女，像舞台上的变戏法似的。因上次他们分别时年纪都还小，华枝没长成美少女，黄河又是傻小子，所以彼此都还没有什么感觉。他直勾勾地盯了表妹许久，把华枝都盯得不好意思了，脸通红起来，莲花碎步转移去了一边。

随后的日子里，还有令黄河更奇怪的事情。以前在饶州城与立德街新旧熊府的那些天，表妹日日来找他玩儿，纠缠着他，嘴里“黄河哥哥”甜甜地喊个没停，两人亲密无间，啥话都说，哪里都去。现在她却故意躲避着他，偶尔见了他也是忸忸怩怩、满脸绯红的，螓首低垂、眼帘半合，也不爱吭声了，拉她出去走走也再三表示拒绝。她只是带小弟筱文、小表妹方娆，逗他们玩儿。这可把手头已掌管着一百多号军人的小武官黄河弄得“丈二和尚摸不着头脑”了，心里遂很有些郁闷、烦躁。

可熊氏姐妹懂啊，秀儿瑛儿两人四目对视，彼此心照不宣，展眉闪睫，会意地笑了笑。

这些天最开心的还是熊大老板了！如今两个女儿、四个外孙外孙女、一个侄子一个外甥女都会齐到了一起，除了大女婿远在边关、二女婿不知下落外，全家人能长相厮守、日夜欢聚，看儿孙满堂、享天伦之乐，每天含饴弄孙、其乐融融，这比什么都强。他都有些后悔过去在饶州时，每天只知道忙碌生意、讨价还价、到处奔波、积累财富，耽误了很多美好时光。

不过，对这几个外孙与外孙女，老头子还是有些“偏心”的。由于其嫌贫爱富的商贾本性，以及过去的种种恩恩怨怨，所以在前后三个女婿里他只喜欢方家远，不喜欢杨木托及只短暂见过几面的“北方草寇”黄世明；连带着，爱屋及乌、恨屋亦及乌，在这四个孙辈里他也是最喜欢小方娆，天天抱着她玩，喂她吃吃喝喝、给她唱饶州小曲儿，脸上笑眯眯、乐呵呵的；而对黄河、杨华枝、杨筱文仨，态度明显就没这么热情了。熊秀、熊瑛都嗔怪他这个外祖父“一碗水端不平”。

还有两件事就是，第一，熊氏父女仨，包括全家人，都已完全确定黄河、杨华枝的亲生父亲究竟是谁。黄河的父亲不是方家远、求鲁台，而是黄世明；杨华枝的父亲不是方家俊，而是杨木托。对此，熊宗武虽不喜欢黄世明、杨木托，但基本上是能接受的，因为黄世明总比求鲁台好；杨木托总比方家俊好，且与瑛儿又生了杨筱文；而方家远现在反正已成为秀儿的第二个丈夫，且与秀儿生了方娆。

第二，熊氏父女仨在私下里分析，断定杨木托与黄世明一样，都是被方家俊害死了，且同样不在人世间了。三人已基本上达成共识，除了熊秀觉得尚未有确切证据、杨木托又未见尸身，所以并不是百分之百同意。但几个大人还没给孩子们交代，特别是黄河、杨华枝，想等他们大一点再说。

然而，大人们虽不说，孩子们自己冰雪聪明、心有灵犀，却能猜得到的。十来天之后，黄河、杨华枝留下了一张便条，竟双双不告而别。他们还带走了方家远指派护卫黄河的五十名随从军士中的二十名，以及“刘黑痣”等三位大侠。另外三十名随从与几位大侠则留在应天保卫京城熊府。

黄河、杨华枝他们去哪了？便条上的文字极为简短：回饶州！

第三十八章　孝子报父仇

此时正值江南梅雨季节，连日来天空阴沉、风雨如晦，还伴随着一阵阵轰隆隆的雷声、一条条真龙似的金色闪电，户外颇是寒冷。一道七色彩虹像座特大拱桥，悬在西边的山头。在京城应天经宣州、徽州通往饶州的大路上，奔跑着二十多匹骏马与一辆马车。那正是黄河、华枝、“刘黑痣”一行人。

骑马的人衣服都湿透了，紧贴着身躯，像裹了一件又硬又冰的长袍子，很不舒服。黄河毕竟还年少，衣衫又单薄，冷得全身瑟瑟发抖。坐在马车里的杨华枝心疼黄河，几次让他进来躲躲雨，都被他拒绝了。他说，在广袤无边、荒无人烟的西北战场上，常常是飞沙走石、大漠苍凉，自己跟从养父方将军顶着狂风、冒着严寒，快马加鞭、风驰电掣地追击敌人，有时一追就是几百上千里，连续几个日夜都不得休息。相比之下，这已经算是蛮不错的啦！

一路上，黄河向杨华枝、刘大侠等人绘声绘色地描述西北边地的环境与生活，大漠黄沙、异域风光、戎马生涯。华枝听得入了神，一副非常感兴趣与向往的样子。黄河痴痴地瞅着她那对晶莹熠熠如晨星的眸子，心里想：“以后我一定要带你去见识见识！”“刘黑痣”也装作听得很仔细认真，其实这些江湖侠客哪里没有去过？啥事没见识过？

这些天，黄河也一直在想：当年到底是谁，竟敢公然指令高手闯进养父方家远的军营，把自己父亲黄世明残忍暗杀？再联想到此前姨父也就是华枝妹妹的父亲杨木托，亦不明不白“失踪”了多年，想必亦早已被对方所杀害；以及后来方家俊紧追不舍要把外公一家及母亲、小姨赶尽杀绝、吞没财产；以及多年来方家俊便已与熊家结下的宿怨，他曾对外公的数次陷害、他始终觊觎着外公的家业……终于他彻底想明白了，这一切的罪魁祸首，便是方、家、俊！再从外公平时与母亲、小姨的交谈、眼神，其蛛丝马迹、片言只语里，他也证实了自己的猜想。

黄河再想起月余之前在西北军营，与养父方家远辞行前夕的那几句话，当时自己还没完全听明白养父的谆谆告诫，觉得有些无头无尾、莫测高深，因此心里甚是惊讶与疑惑，但现在他总算理解了养父的洞若观火、谋划在胸及良苦用心了。再想起那一年，方家俊派江湖杀手悍然潜入养父军营，本来是想要自己的命，被父亲拦阻，将自己救下，父亲却当场被他们杀害，“扑通”倒在血泊里，母亲呼天抢地寻死觅活地喊“救命”，自己趴在父亲身上大哭大嚎，那悲惨的一幕仿佛历历就在面前。旧仇新恨交织在一起，黄河顿时攥住小拳头，眼中燃起怒火，下定了下一步行动的决心。

前日夜里晚饭过后，黄河悄悄地把华枝约到自己房里，开门见山、单刀直入，郑重地告诉她：“表妹，你的父亲、我的父亲，他们都是被方家俊那奸贼害死的。你知道吗?”

杨华枝长大了，姑娘家懂得害羞了，也知道“男女授受不亲”的古训，且对黄河朦朦胧胧有了一些情窦初开的好感，见面时遂更加难为情，故这些天老是躲着他。因今天见他脸色郑重严肃，像有重要的事情对自己说，不是什么小孩子之间的开玩笑、玩游戏，也不是什么儿女情长、诉说心意，才跟着他过来了。听了表哥这一席话，她当即又放声大哭起来。不过华枝亦是个挺聪明的孩子，早就对方家俊心存不满与怀疑，此时马上觉得表哥的话是对的，知道方家俊不但不是她的亲生父亲，还是她的杀父仇人，心里陡升起对他的满腔仇恨怒火。

接着黄河斩钉截铁、字字铿锵地说：“表妹，咱俩现在马上赶回饶州去，亲手宰了那方家俊，为咱俩的父亲报仇!”

他的想法，一则外公、母亲、小姨，他们或老人或妇女，能力有限；而弟妹们年纪还小，是没法回去报这个仇了；养父又远在边关，且方家俊是他的亲兄弟，也没法下这个手——这才把重任交付于他，所以不管从哪方面来看，复仇大计只能着落在他俩的头上了。再说“冤有头，债有主”，于情于理也该他俩作为长子、长女去报父仇。二则，他若一个人回饶州，那就太孤独、太冷清了，要是有美丽、可爱的表妹陪伴着，两人携手同行、说说笑笑，岂不是一桩美事?三则，他知道方家俊老把华枝看成自己的女儿，对她很好，若带华枝同去，更容易接近他、麻痹他，从而借机朝他出手。四则，要行动就得尽快，须知夜长梦多，不如趁其不备，搞个突然袭击，一举成功。再说既然现已知晓了自己的真正杀父仇人，那谁还愿意让他在这世上再多苟活哪怕一个时辰?

华枝一开始尚有些踌躇与害怕，叫她去杀人，给她十个胆子她也不敢。她平时在路上连只蚂蚁都不敢踩着，宅院里死了一只小鸟她也会掉眼泪。尽管方家俊是自己的杀父仇人，她也下不了手。况且方家俊不但本人有武功，又有那么多将士、侠客护拥着他；他的迷宫一般复杂、庞大的总指挥行辕别院，一般人既进不去也出不来，他们两个小娃娃哪能成功?——这几个因素加在一起，就使她既痛恨方家俊，又对他发怵；还有就是饶州离京城太远，如今又天天下雨，赶路不方便；且听黄河说，这事还不能告诉外公与两位母亲，只能偷偷出发，因为他们若是知道了，肯定不会同意的。

不过黄河说，杀方家俊并不需要她亲自动手，由他来解决对方，她只需在旁边看着就行。而且他会约上“刘黑痣”等几大高手，还有自己的那些军士跟他俩同去，那就万无一失，至少有九成把握可杀掉方家俊。哪怕万一失手，凭刘大叔的盖世武功，咱们百分之百是能脱手逃离的。还有，即使她不去，他一个人也要去，因为哪怕让仇敌多在世一天，也是自己为人子的不孝，对不起父亲的在天之灵。

杨华枝于是有所心动了。杀父之仇、切肤之痛最终占据了上风，且她一丝情愫已牵系黄河，也想跟表哥一起走，便应承了下来。

再说这一行人快马加鞭、昼夜兼程、顶风冒雨，第三天就回到了家乡饶州府。他们打听到，方家俊本人平时绝大多数日子还是在饶州古城的行辕别院里办公与安寝，而不是瓦屑坝码头的移民指挥司官衙，就由“刘黑痣”领头扮作外地商人，大家径直入了饶州，先找到离方家俊行辕别院不远的一家整个古城最好的旅馆住下。该旅馆原本还是黄河与杨华枝外公熊宗武名下的馆舍，现在却私底下已成了方家俊个人的产业（表面上说是移民指挥司托管），掌柜与伙计也基本上换掉了。

眼见行辕与府县衙的大院门口重兵把守、戒备森严、虎视眈眈、如临大敌，的确非同寻常。再说此刻还不知道，方家俊在不在行辕里、在哪个房间。故他们一时尚未敢轻举妄动、贸然出手，先须探听虚实，看看再说吧。

饶州大移民进行有快半年时间了，曾经生意兴隆、人如潮涌的大邑古城，如今却显得十分萧条寂寥、门前冷落，街上的店铺、货物、商贾、行人都不到过去一半了，到处是废墟、垃圾，一片狼藉、凌乱不堪。城外的村庄人烟稀少、田野荒芜、收获甚微，也不见有什么生气。两个小孩还不大懂这些，但以“刘黑痣”为首的几位侠客与那些军士，却是早就到过饶州的，有几个还是饶州本籍人，见此情景，再对照往日，不免暗暗唏嘘与难过。

这天上半夜，“刘黑痣”他们先陪着黄河、杨华枝两人去饶州老城中心区的新熊府一带走了走。华枝在这儿生活了好几年，自然是非常熟悉与亲切；黄河亦曾来住过一段日子，多少还有些印象。此时细雨已暂歇，只见大门紧闭、四周无人，仅暗淡的月光映照在街面、台阶上，像是好遥远、好清冷的一幅水墨图画。也不知方贵爷爷与诸奶奶在里面否，听人说他们这段时间频频在饶州的新熊府与立德街的旧熊府之间走动——不过主要是方贵一人回立德街，他老妻却回得少。当然，即便他们在，黄河、华枝也不会冒昧敲门进去拜访他们的。两个孩子很明智，懂得这还不是时候。

另外几人只是远远站立看着，并打探着四周。只有杨华枝独自轻步跑过去，次第地摸了一圈门柱、门墩、门钉、虎头环、石狮子、下马石等，洒下两滴清泪，然后大家赶紧离开了。

下半夜，“刘黑痣”等三位大侠领着黄河，他们穿上夜行衣、戴上面具、佩好刀剑、深藏暗器，动身前往总指挥行辕。因为这次只是“踩点”，不正式采取行动，就没带华枝去，几名军士陪着她在旅馆里等消息。华枝关切地望着黄河说：“表哥，你们小心点。”黄河顿即觉得一股暖流充盈胸口，浑身力气猛增了数倍，情意无限地朝华枝点了点头。

这四人紧贴街壁，蹑手蹑脚，只打手势不出声，连呼吸、咳嗽、吐痰、咽口水都尽量压制住，主要是考验黄河了。他们避过两拨巡逻队与一拨打更人，抄小路来到行辕背后一僻静处，施展轻功，辅以绳索、铁钩，逾墙而入。

令他们没想到的是，行辕大院里路灯房灯辉煌如白昼、将士穿梭来往如临阵。想必是方家俊怕死，担心有人报仇与行刺，夜里也搞得如此忙碌紧张。他镇压移民、铲除异己、掠夺财物，不知害死了多少无辜民众、得罪了多少善良乡亲、树了多少对手劲敌，有多少人想要他的命！

四人只好尽量藏在黑暗角落与墙缝里、树丛间，躲避着一拨拨将士与下人们，缓缓前行、步步推进。尽管院子里灯火通明、人来人往，但面积很大、房屋很多、布局繁杂、路线错综，他们就像闯魔鬼阵一样，根本茫无头绪、找不着北。

最后他们只得抓住一个下人，钻进旁边一间杂物房里审问他。那个下人吓得半死，坦白说：“总指挥大人每天晚上肯定是在这个大院里歇息的。不过他的住处很多啦，有好几个美女每晚轮流陪他睡觉，每个美女那儿就是一套‘寝宫’；他还建了不少密室、地下室、暗道等，我们做下人的根本不知道他哪个晚上是在哪里住。”

真是一个狡猾、厉害、好色、荒淫的老狐狸！四人简直感到黔驴技穷了，最后决定，先回旅馆去商议商议再说。

依照“大刀王刘黑痣”等几位江湖侠客以往的行事惯例，是要把这个被审问的下人当即处死，以防他去向其主子告密。这叫杀人灭口，以绝后患。可黄河心善，在其不断地叩头求饶、保证不说出去之后，便将他放走了。

第三十九章　少侠斩贼首

回到旅馆以后，大家分析、商议了很久，想了很多个办法，却无一万全之策。最后黄河提出一条铤而走险之法：“那明天就只让我一人陪着华枝妹妹，直接进行辕别院里去找那方家俊吧！方家俊听说华枝妹妹回来了，肯定会马上接见她的。我便扮作她的随从同行，想必方家俊他们也不会拒绝与怀疑。方家俊见到华枝妹妹一定非常高兴，绝不会防备我们的，此时我便找个机会杀了他！你们就别去了，只在旅馆等着。”

这太危险了，大家第一感觉就是如此。但仔细想想，的确也没有比这更好的办法了，既能立马见到方家俊，又有干掉他的好机会。只是让两个孩子冒这么大的险，“大刀王刘黑痣”万般不愿意。若有什么闪失，回去怎么向熊老爷及他俩的母亲交差？

可是黄河性子执拗、行事果敢，他既已下定了决心就很难改变，并说服了杨华枝配合自己行动。“刘黑痣”也只好同意了下来，决定待明天清早起床之后，再教他几个顷刻间制敌于死地的绝招，以及一些临危不惧、应对强敌的注意事项与技巧。再则就是自己这几个侠士，也要设法抢在他俩之前进入行辕大院打前站，兵分几路，在方家俊最有可能出现的几个区域埋伏下来，一旦孩子们那边有了情况，他们便能尽快赶过去接应。

翌日天还没亮，“刘黑痣”便悄悄唤醒了黄河，在客房里教他习练几个绝招。黄河天资聪颖、十分用心，很快就学会了。刘大侠又给他讲解如何临场应敌，这方面黄河本来已有了一定的世面与经验，参加过大小战役数十次，到时也不会产生什么惧怕与紧张。然后大家给他与华枝仍化装成两个小乞丐，穿上破烂衣服，把头发弄乱，把脸涂抹得又黑又脏。化装完毕，黄河与华枝你看看我、我看看你，互相打趣说笑、嘻嘻哈哈。两个孩子似乎一点也没感到害怕，根本没想过这是去闯龙潭入虎穴、赴热汤蹈烈火，实可谓凶多吉少。

吃过早餐他俩就出发了，像一对落难流浪的小情侣，朝行辕别院大门而去。而“刘黑痣”他们三位大侠，则沿行辕高墙外的小巷子，迅速从侧门闯了进去。昨晚他们抓的那个下人，“刘黑痣”后来又安排另一位大侠进去找过他，说服他今天接应他们仨。“刘黑痣”几人便化装成菜农的模样，一人挑一担蔬菜、一人挑一担水豆腐、一人挑一担鸡鸭鱼，都是临时去附近菜市场买的。一敲侧门，那下人果然早等在那儿，放他们进去了，对后勤管事的只说是几个送菜来的。他们一走进厨房，卸下担子，便赶紧分头行动，潜入后院，找地方隐蔽了起来。

看来方家俊真不得人心，连下人们也都希望除掉他。不过这名下人亦怕万一事情败露，自己受到牵连，方家俊会让自己死得很难堪，所以把“刘黑痣”他们仨放进来之后，自己就迅速换上普通人的衣裳，瞅个侧门的空当，开门跑了出去，肯定是再也不会回来了。

至于那二十名军士，因担心目标太大，倒易坏了事情，故大家昨日都是分头进城、分头住宿的。“刘黑痣”等人在去行辕之前，已传讯吩咐他们均化装成平常百姓，在内衣里私藏匕首、暗器等，各自分散上街，三三两两在行辕或府县衙大门一带或走动，或躲匿，或假装叫卖，或进馆子喝茶，以观察行辕内动静，伺机随时等候召唤。

黄河陪着杨华枝，因考虑到她从未经历过这种场合，一路上不时地宽慰她、鼓励她，看看她的眼、拉拉她的手，给她传递温暖与力量，华枝渐渐地心绪也平静、放松下来了。他俩双手十指相扣、紧紧偎依，更像是一双亲密的人儿。

两人一步步靠近了行辕大门，咫尺之外就是另一个世界。几名站岗的卫士马上冲了过来，恶声恶气地骂道：“你两个臭要饭的，赶紧给我走开！没长眼睛吗？也不看看这是什么地方！”

华枝刚要开口解释自己是谁，见从衙门石阶上走来一个长着一副长刀状马脸、右脸颊上还有一道大伤疤而显得面目丑陋、个子倒不矮、中层军官装束的人，一看到他俩，便快步靠过来，极近地凑向华枝的脸蛋，嘴里喷着蒜臭，仔细凝视着她多看了两眼，操北方口音惊喜、夸张地喊道：“这不是华枝小姐吗？您怎么到这里来了？您怎么成了这副模样？您是怎么从京城回到饶州的？您父亲这几个月一直在苦苦思念您呢！他眼下恰好就在行辕大堂里办公呢，我马上领您去见他！”转身便对其中一名卫士扇了个耳光，“这是咱们方将军的宝贝女儿！一群腌臜东西！不是她没长眼睛，是你们没长眼睛！”

这人是方家俊的老部下，比陈远的官阶要略低一些，现充当总指挥行辕的二管家。他曾在饶州与京城的方家俊府上见过华枝好几次，所以还认得她，而华枝却认不得他。

几个被打的兵士听了马脸军官一席话毫无脾气，捂着被扇得赤红胀疼、一道道掌痕的脸，乖乖地让到了一边，前倨后恭。这些狗奴才平时作威作福，欺负老百姓够多了，也叫他们吃点小苦头。

该马脸军官正要领着杨华枝往大门走去，扭头看到黄河也跟了上来，问道：“他是谁？”

华枝倒还机敏，自然而然红了一下脸：“我……朋友。”

马脸军官只当黄河是杨华枝在逃难路上结识的异性朋友，关系到女孩家的隐私，不宜过问太多，说：“好，那就带他一起进去见您父亲吧。”

马脸军官继续追问杨华枝刚才的那几个问题。华枝断断续续但仍毫无破绽地回答道：“我是……半个多月前从京城方府离开的，想回饶州来找……我父亲，可是身上没带盘缠，只好一路乞讨，好在这个……朋友帮我，否则还不知有没有命走到这里呢！”

马脸军官“啧啧”赞叹道：“千里寻父，精神可嘉，方小姐堪称当世孝女啊！古有缇萦陪父进京告御状，今有华枝孤身回家见令尊。等会儿您父亲听说了这些，可不知有多高兴呢！不过，您独自一人千里迢迢从京城步行回饶州，这不是很危险吗？您为什么不让京城将军府的管家、将官给您指派一辆马车，并派保镖护送您呢？”

这个马脸军官虽长得丑，心思却挺缜密，也很会关心人。但他还是有所失误，就是不该让黄河跟华枝一起去见方家俊，而是安排他在外面等着。想必因为华枝是方家俊的宝贝女儿，他不好得罪她与她的朋友；再说两个小娃子会有什么可虑？他亦麻痹了。

黄河见华枝一时迟疑卡壳说不上来，便替她回答了：“方小姐刚开始时，的确是坐在京城方将军府邸的漂亮马车里，也有好几个专人在护送她。但在半途中被一伙强盗土匪拦路打劫，她的马车、几匹骏马都被他们抢走了，盘缠、首饰、衣服也被他们瓜分了，给她赶马车的人、几个随从和保姆丫鬟也都被他们杀死了，连她都差点被他们抓走。我当时恰好在场看到，就偷偷把她搭救了出来。她担心再次遇上这伙强盗土匪，便让我陪她直到饶州，说见了她父亲，一定会重重赏我！可是她还没告诉过我，她父亲竟是方总指挥大人呢！”

马脸军官频频点头："哦，好险啊！你做得很好，我们方将军肯定会重重赏赐你的！哼，这些强盗土匪大概是吃了豹子胆了，竟敢在太岁头上动土！他们也不事先打听打听一下，自己打的是谁的劫？等会就汇报给咱们总指挥，马上派一支军队赶去事发地点，把他们统统都抓起来，一律杀头！"

黄河自以为聪明反应快，杜撰了这么一个曲折、惊险的"英雄救美人"故事，但其实已经露出了一些小小的破绽。一则，华枝是一人擅自从方府里逃出来的，方府可没有派人护送她；二则，那些强盗土匪为什么只把跟从她的人都杀死了，却没有当场杀掉她，也没有抓走她？三则，他一个小孩子家，是如何从一伙牛高马壮、身怀功夫、携带兵器的大人那里把华枝搭救出来的？他又怎么打得过他们？四则，他前面说方小姐是来自京城方将军府邸，后面又说她并未告诉自己是方将军之女，等等。不过马脸军官好像并不清楚这些事情，或者尚未推敲分析，并未起疑与盘问。也有可能他是不在意小孩子难免出的一些纰漏，所以故意装糊涂。

但是马脸军官也不枉跟了他主子方家俊多年，加之职业习惯使然，基本的戒心警觉与防范措施还是要有的。他不好冒昧检查杨华枝的身体，却认真仔细地看了看、查了查黄河全身，从上到下、从内到外，发现他俩确实没有带兵器，这才放心地领着他俩进去。

行辕别院的大院里果真是地盘大得很、房子多得很、道路复杂得很。黄河虽然昨晚进来探过路了，还是非常吃惊。他装作一个没见过世面的普通小乞丐，一路赞叹着："哇，多大的房子啊！多漂亮的房子啊！方小姐，你们家真有钱！"他越是这样，马脸军官倒是越不起疑，眼里露出轻蔑的哂笑。

这天，方家俊恰好刚刚在行辕的指挥司大堂里开完了一个例会，把其他负责移民要务的知府、知县、将领等，还有朝廷派来的一些官员送走，正坐在主位上发愣沉吟了片刻。他的一个女人扭着水蛇腰闪到他身边，坐在他大腿上，嗲着声腔跟他撒娇，有亲热的要求。可方家俊事务缠身，暂时没有兴致，三两下就把她打发走了。

突然，一名下人前来通报说，已在自己京城府上离奇失踪许多日的女儿方华枝，竟然那么大老远独身一人回到饶州找父亲来了！他顿时欣喜若狂，激动得从椅子上跳了起来，马上就不发愣了，赶紧跑出门去迎接华枝。

方家俊才走到门口，马脸军官便领着杨华枝、黄河过来了。当方家俊看到衣裳脏乱、面黄肌瘦的宝贝女儿，一股真挚、强烈的父爱，使他忘乎所以地冲过去把她拦腰抱住，还在她脸蛋上重重亲了一口，眼泪也“哗哗”地流下来，喃喃道：“华枝，我的好妞儿、乖妞儿，你竟然自己跑回来了！好啊！又有很长时间没见到你了，你长得越来越漂亮、越来越像你母亲了，真是‘女大十八变’啊……”

杨华枝本来非常讨厌眼前这张眉目如画的俊脸，再说在知道他还是自己的杀父仇人之后，心里更加愤怒与痛恨他，但刚才在旅馆里她已配合着黄河、刘大侠等人被训练过多个回合了，说是为了确保此次行刺方家俊万无一失，她必须“演”好这场“戏”，所以也装作很激动、开心的样子，迎合着方家俊的拥抱，口里嘟囔地说着：“爹，我好想您！终于又见到您了！”背后却趁马脸军官不注意，朝黄河做鬼脸使眼色，希望他尽快动手。

杨华枝愿意做这么违心、恶心的事情，虽然明知他是自己的杀父仇人、黄河哥哥的杀父仇人，还是侵吞外公家产的大坏蛋，但他毕竟又曾是自己母亲的相好、黄河养父与娆儿妹妹父亲的同胞弟弟，他对自己又的确是真心很好、把自己当作其唯一的女儿——也一定是其未来庞大家产的唯一继承者，所以说他既是仇人、坏人，又是亲人、恩人。只要他们不杀他，只要自己也把他当父亲看待，若干年后这一切便都是自己的，最终还是会回到熊家来。可是，杀父之仇难道就不报了吗？总之，这种爱恨恩仇的心情万分复杂、难以名状，是她这个十几岁的小女孩无法理清的。

已有几个月不见方家俊了，因为多年来积敛钱财、生活优裕、保养得好，且高高在上、飞扬跋扈、颐指气使，他是越来越发福、富态了，看起来比他哥哥方家远要白胖、冷傲不少，跟方家远长得一点也不像了，也越来越不像他黑瘦、清癯的父亲方贵。不过他毕竟已人到中年，尽管五官、面庞、身架还是那么丰神俊朗，却显示出了沧桑的成分、变老的迹象。一则岁月不饶人，光阴催人老，他终究三十好几了，再说曾长年征战、戎马生涯，容颜难免不受摧残；二则贪恋财富、工于算计、滥杀无辜、提防仇家，也使其心态糟乱、心胸狭隘、心情暴戾、心思阴鸷，有害于其长相；三则长期沉湎酒色也腐蚀着他的身体、加速了他的衰老。

时值江南梅雨季节，虽昨夜细雨稍歇，但今天并未放晴。此刻接近巳时，暴雨又将来临，天上黑压压的，空气却又闷热，一记又一记的雷鸣声“轰隆隆”地由远而近传播过来。

“华枝，你是怎么从京城的家里出来的？你为什么要独自离开府上，谁都不告诉？”

“这个……说来话长。我不愿意别人跟我一起走。”

他俩的这段对话，虽简短平朴却意味深长。马脸军官若是认真听了，就会发现跟前面黄河所说的大有出入，那要么是黄河在撒谎，要么是华枝自己没说真话。可马脸军官并未当场挑出其毛病。他是真的没听出来，还是不想打扰他俩的对话?

这时方家俊好像是突然才发现，大堂里还有一个陌生的男性“小乞丐”。精明、警觉的他先是用不满的眼光扫了马脸军官一下，然后立即盯住黄河，并问杨华枝：“华枝，这是……”

但精明警觉如方家俊者，直到这时才发现有黄河的存在，也是极少有了。问题就在于他对许久没见的华枝太过专注，一门心思全在她身上了，才会犯如此低级的大错误。

“一个新朋友，我们在道上结识的。”

方家俊至此仍不以为意，一个要饭的小男孩嘛，或者顶多就是个普通要饭的嘛，会给自己带来多大的危险呢？但是他蓦地脑海里仿佛仙人指路、灵光一现：这个小要饭的似乎长得像一个人，像谁呢？他再次拿双眼盯住黄河，一下子仍想不起来。但是他顿时惊醒，背上寒毛竖起，大喝一声：“你到底是谁？他到底是谁?”前面那句问的是黄河，后面那句问的是华枝。

方家俊的话甫一问出口，马上就豁然开朗明白过来了，因为这个小要饭的显然长得很像数年前他害死的熊秀前夫黄世明，同时又有些像自己现在的嫂子熊秀。啊，他的索命鬼来了！这个小要饭的，应该就是当年自己派人去暗杀却未成功、最终只将其父亲杀死的那个黄河！千钧一发之际，方家俊顿感黑白无常就站于自己眼前，他已没时间追究黄河是怎么跟自己女儿扯到一起了的问题，他甚至根本忘记了这两人其实是至亲的表兄妹。他只紧接着高喊了一声：“你就是那个……”

可惜方家俊的反应还是晚了一步。说时迟那时快，黄河已猝然间抬起自己右腿，从其鞋子底部抽出一叶小巧但尖利、轻薄但致命的软刀，以迅雷不及掩耳之势，逼近还在说话、尚未出手的方家俊身边，将明晃晃的软刀深深扎进了他的胸肋接近心脏处，又迅速抽了回来。

就在这电光火石之间，发生了一连串惊险刺激、骇人耳目的事情：

先是方家俊猝然之间被黄河刺中、受伤、剧痛，胸口的鲜血顿时像泉眼一般往外“汩汩”冒出；他赶紧用左手捂住胸口，但血液仍迅速在他的外衣及衣袖、大堂地面上扩散；他的手里也全是血，并不断从指缝间渗出；他面目肌肉抽播扭曲、狰狞可怕，脚下一个趔趄，差点摔倒；但他右脚就势踢出，把黄河狠狠踢得后退了好几尺，还破口大骂了一句“你这小杂种，快快拿命来”。

但黄河的下盘还是挺稳的，并未被方家俊踢倒在地，脚步仅稍乱了一下，又站直了身子；及时回了方家俊一句：“我可不是杂种，我父亲姓黄、母亲姓熊，你是我的杀父仇人；你也是华枝妹妹的杀父仇人，你并不是她的亲生父亲，她的亲生父亲是杨木托姨父!”又喊了一声“华枝妹妹，你赶快退到一边去”。

华枝在黄河喊他的前一刻，已经退出了好几步，远远离开了方家俊。这个厅堂实在是偌大开阔，她听到黄河喊自己时又退了几步，退到了竖立的四面连拼大画屏旁；她已经紧张得开不了口了，连大气也不敢吭一声，几近窒息。

马脸军官高叫了一声“好小子”，抡起拳脚即朝黄河冲了过来。

门口两名站岗的兵士也举起了刀枪，闯进门来，将黄河团团包围。

黄河的武术已大有功底，在江湖上早就算得上是二等高手了，寻常几个人是奈何不了他的。现如今既然偷袭成功、一计而得，把方家俊刺成了重伤，那剩下这三人就不在话下了。而这三人在刹那间发生的悲惨场景面前，紧急时刻已无暇考虑其他，既没想到要去把受了重伤的主子方家俊赶紧抢救离开，也没及时大声呼叫附近的援兵赶来，只知道一起拼命围攻黄河。

可他们低估了黄河的实力，黄河本已有较好武功造诣与实战经验，今天凌晨又得大侠“大刀王刘黑痣”教了几手应急的高招，更是如虎添翼、斗志倍增，对付他们仨简直是易如反掌、游刃有余。他一手执软刀、一手使利掌，先是逼得那马脸军官只有招架之功没有还手之力，脚下紊乱，步步后退。又猛地闪开那两名兵士的刀枪，将其抢夺了过来，扔得远远的，三拳两脚打得他们傻傻地只顾躲避，显得十分狼狈。好在黄河大仇已报，见危险消除，便并无杀机。且小伙子心存善念，没想置此三人于死地，否则他们早就见阎王去了。

此时，天上的打雷声越来越响亮，像是有无数的巨型马车碾压过屋顶，“轰隆隆”不断，好像就是发生在面前，震耳欲聋；还有那不时出现在门窗外的一道道闪电，像一条条大金龙，张牙舞爪般划过黑暗的穹宇，惊心动魄。豆大的雨点已从风诡云谲、压至檐角的空中淅淅沥沥地坠落地面。大雨快要来了，天气也不闷热了，而是随着风来雨到而变得格外凉快起来。雷电声、风雨声盖过了他们激烈的打斗声、喊叫声，外面的人根本听不到。虽说院子里不时会有人来回巡逻，但此一幕发生的时间并无多久，他们还没巡逻过来呢!

委顿一旁的方家俊，见他手下这三人均远远不是黄河的对手，堂外的众多将士仓促间亦无法前来援助，而自己又身受重伤不能反抗，知道今天必定命丧当场了。他深感惧怕、惶惑、绝望、不甘——才三十几岁、堂堂朝廷命官、富甲天下，却要死在一个毛头小子之手！他一手捂胸口、一手扶椅沿，双脚虽立于地上，却因伤口疼痛、软弱无力已显得不够扎实，有点像打摆子似的微微颤抖。往日俊俏红润的脸颊，此刻却因为失血过多而变得十分苍白难看。

黄河已把身边这三人基本制服。马脸军官被他几个绝招连连命中要害，内脏、关节、头部、四肢均严重受伤，几近昏厥，已毫无还击之力，只是不会马上去死而已，若抢救及时尚能留住性命。另两个兵士更是被黄河打翻、踢倒在地，点了穴道，动弹不得。

方家俊见黄河马上就要来索纳自己的小命了，出于本能的自我防护反应，遂胡乱、癫狂地抓起案桌、书架上的各种东西、旁边的所有重物，包括瓷瓶、茶壶、书箧、灯笼、砚台、笔筒、压尺、裁刀、拂尘……朝黄河一一猛烈投掷过去。黄河一边连连闪避，一边继续向他发起回击。但黄河毕竟年纪还小，劲道有限，且此刻已作战许久，气力大为减弱；而方家俊总算还是颇有功夫的，加之是垂死挣扎、竭力拼命，手下尚有余威，故黄河虽躲过了他投来的几大物件，但仍被他击中了两次，受了轻伤，脸上、手上已有鲜血迸出。

黄河却不顾这些小伤痛，连血也不拭掉，只手持那把软刀，仍然朝方家俊靠近。方家俊临死恐惧，末路疯狂，一边不管拿起啥东西就朝黄河投去，一边口里大骂、身子后倾、双目圆瞪、乱弹乱跳。黄河此时已逼到他近前，又是一刀扎进他胸口，直插心脏，那罪恶的鲜血再次猛然喷出……

但见方家俊眼光散乱、神情萎靡、全身麻木、站立不稳，很快就要死了，已毫无反抗的可能，也无法再抢救过来，黄河便双目平和、心情平定地望着他，说了几句：

“前面那一刀是为我父亲黄世明报仇的，这一刀是为我外公熊宗武、我母亲熊秀、我小姨熊瑛报仇的。来，表妹，你也过来刺他一刀，为你父亲、我姨父杨木托报仇!

黄河缓缓走到华枝的身边，将那把带着方家俊的殷红血迹、腥味很浓的软刀递到她手里，又拉着她一步步挪近半立半倚的方家俊，指着他的胸膛，说：“你就把这刀子从他这里插进去。”

在他们几人的激烈打斗全过程当中，华枝却一直是独自呆呆地远远地躲在大堂一隅，既目不转睛、十分紧张害怕，又毫无反应、超然物外似的只管定定地瞧着，一点也不知道该怎么办。这种场面是她一辈子都没有见过的，连想都没有想过。除了她，场上另外这五人，不管是敌是我、是奸是善，不管谁被击中、受伤、出血、疼痛、叫嚷，她都觉得好像是着落在自己身上，都心疼不已。当然，最令她心疼、颤抖的，一是方家俊的胸口连续被黄河的利刃所刺入，鲜血喷涌；一是黄河被方家俊乱扔重物打中了几次，同样挂彩流血。

华枝一边觉得为仇人心疼很不应该，但一边又实在忍不住。她一边想跑过去帮黄河，但一边又很是不愿和不敢，犹豫迟疑。她一边希望黄河能尽快取胜，但一边又不想看到另外有人死伤。她一边想赶紧离开这里，但一边双脚又根本挪不动。她既是单纯善良的，又是无原则的。她的心思是如此错综复杂、变幻万千，其实他们打斗的时间又并不长。电光火石之间，在她还在这么想那么想、却什么也没做时，那边的打斗已经结束了。

此刻面对黄河的提议，华枝很是感到为难，也非常害怕。心肠纯善、性子文弱的她，还从来没有杀过人，连只鸡、鸭都没杀过。她试探着慢慢踅近方家俊，脑子里一片空洞，低着脸、侧着身，根本不敢拿正眼去看他，执刀的手一直在剧烈发抖。她虽然明知方家俊是个大坏蛋，杀了自己父亲、黄河父亲等人，还想害自己外公、母亲及很多人，但他一直对她挺好、当她是女儿，情仇双重压力，她哪里下得了手？

方家俊痴痴地瞪眼看着她，既无力发狂，也不再委顿麻木，人快断气了，心倒平静了，但嗓子已近于嘶哑，声如游丝，像往常无数次呼唤她一样："华枝，我的好妞儿、乖妞儿……"

听到方家俊这么亲昵地呼唤自己，华枝更下不得手了，持刀的右手腕软弱地垂落了下去。她甚至闪过了一个想法：把刀一丢，马上跑掉。反正自己即使不再补刺他一刀，他也活不过来了。可是，他毕竟是自己的杀父仇人啊！他确实是个十恶不赦的恶棍啊！她又下意识地把刀子提起来……

看华枝这样子，黄河有些焦急了！方家俊手下的大批将士，马上就会赶过来，到时他俩哪里还能逃得脱呢？而刘大侠他们又不知现在何处。他怕华枝最终心肠太软不忍下手，心想，要是实在不行，干脆我替她补上这一刀吧！

方家俊已口齿模糊不清、说话时断时续、心跳缓慢虚弱、呼吸奄奄一息、眼睑渐趋翕合，临死前良心发现："华枝，我的好华枝，……你就给我一刀吧。既报了你的大仇，我也少受些痛苦，早死早脱生。……我一辈子贪婪钱财、作恶多端，害了很多人，我对不起你们，……也对不起他们。……不管你是否真的是我女儿，我都当你是我的女儿。……你们杀了我，我不怪你们。"

华枝这才鼓足勇气，双手握稳刀柄，将其缓缓伸向方家俊胸前那已被黄河扎出的旧伤口。但她的双眼是紧闭着的，在胡乱摸索着使刀，手还在微微发抖。

黄河立刻靠到她一旁，拉起她的手腕，帮她把刀尖笔直扎了进去。方家俊体内的血液都流得差不多了，此时旧伤口里已无大量血水往外喷溅，只有一小股凝血被软刀带出。

原本处于弥留之际、形如槁木纹丝不动的方家俊，瞬时疼痛得像跳舞一样全身猛烈弹动了一下，面部肌肉痉挛般快速抽搐了一阵，头上的三品官帽因“痛”发冲冠而被高高顶起，模样古怪。突然间他脑袋耷拉、双目紧闭、嘴唇变蔫、口吐血沫，死了。

这位大明开国功臣、正三品将军、洪武大移民主要策划者与组织者之一、钦差饶州府移民指挥司总指挥、理财高手、俊美男子，但同时也是横征暴敛、疯狂搜刮、谋财害命、私欲无度、生活奢靡的大贪官，是饶州父老乡亲们的刽子手、害人精、大罪人，就这样终结了他复杂而不凡的悲剧一生！

就在此刻，伴随着雷鸣电闪，多年难见的瓢泼大雨顿时“哗哗”而下，就像邃辽天宇之间突然开了一个大洞似的，屋外迅速暴雨倾泻、浊流汹涌、檐瓦摧掀、古树折断……雷电声掩盖了人世间悲壮殊死的搏斗，而雨洪水则洗刷了一切的丑陋与罪过。

终于成功铲除了巨蠹强敌，报了父仇家恨，一对少男少女惊魂甫定，喜极而泣，获得了胜利后的巨大快乐。他们不顾自身仍处在敌军重重的危险境地，忘乎所以地紧紧偎依拥抱在一起，欢呼雀跃起来。黄河一手环住华枝的颈脖，一手握住她的秀发，把嘴巴贴到她那白里透红、雪中含丹、如花朵般娇艳、似凝脂般柔嫩的脸蛋上，轻轻地亲了一口。华枝却也不拒绝，倒是很受用、很欢喜的样子。

继而，两名面对面、眼对眼、嘴对嘴的少年，情不自禁地亲吻起来。这可是他俩人生的初吻啊，像获胜一样喜悦的初吻，像春天一样幸福的初吻，像蜂蜜一样甘甜的初吻，像鸳鸯一样美满的初吻啊！

亲热缠绵一会儿后，这对少年英雄才依依不舍地带着羞赧与甜蜜分开了。黄河用行辕大堂里的宝剑一剑割下方家俊已变僵冷的首级，用布巾包裹好，背到后肩上。他正准备带着华枝冒雨离开，但就在此时，听到外边有许多人的激烈打斗声，而且越来越临近了。他俩猜想，这必是“刘黑痣”等几位大侠打进来了，与方家俊的部下发生了打斗，便赶紧冲出去接应与会合。

老远看到刘大侠他们，黄河得意地把包裹着方家俊头颅的布巾高高举过头顶，给大家看了一眼，猛喊了一声“刘叔叔，大仇已报！”布巾原本染成殷红色的表层，现已变为了黑紫色。“刘黑痣”在与敌打斗之际，还不忘赞许地对他叫了一声“好!”并朝他伸出一个大拇指。

目的既已达到，大家便无心恋战，也无意大开杀戒，即且打且退。三位大侠护卫着两名少年，在雷电暴雨中往行辕别院的侧门方向奔去。方家俊这边的部属将士、府县官员们也已发现他们的将军遭到了杀害，群龙无首，一盘散沙，遂忙着处理后事，亦不再卖命追赶之。老少五人冲出侧门，与早已在外接应的二十名军士汇集到了一起，大家跨上战马，趁着总指挥行辕与府县衙大院里正乱糟糟一团，并有暴风雨作掩护，风驰电掣般逃往城外……

第四十章　异地度春秋

广袤大漠，黄沙耀金。纛旗猎猎，军营座座。

这是大明王朝的西北边陲，黄河上游大拐弯河套平原与茫茫腾格里沙漠接壤的地区，再往北往西走就是瓦剌国与鞑靼国游牧民族的疆域了。这儿与群山苍郁、小桥流水、古巷烟雨、杨柳依依的锦绣江南相比，是一种迥异的景观、面貌与风情。

明朝从二品大将军方家远，迄今已远离京城与家乡、在遥遥边关牢牢戍守祖国的西大门长达数载矣！这天凌晨，方家远正在辕门前的大操场里亲自领兵训练，或军操，或拳脚，或棍棒，或刀枪，或骑马，或射箭，或跑步，或逾墙，或匍匐，十八般武艺各有演习，其场面宏大，将士万千，秩序严明，行列整齐，步伐一致，喊声洪亮，一股军营、军队与军人的强大力量，震撼着人们的耳目与心胸；那刚强果断、短促有力的高亢的口号声、吆喝声、搏击声，响彻无边无际的大漠黄沙、高天流云之间。

离开众人视线甚久的江西行省饶州府立德街一代俊杰方家远，时年已近不惑，尽管戴盔披甲、全副武装，给人感觉威风凛凛、英姿飒爽，洋溢着阳刚之气，展示着一位将军大人的彪悍可敬，且昔年的俊美端庄面庞依旧，但终究岁月像一把杀猪刀，无情磨砺着其血肉之躯，加之常年带兵打仗、耍刀弄枪，以及荒漠边关的寒风、飞沙、干旱、烈日、暴雨、厉雪，在他额头上刻下了一道道皱纹，发鬓也染起了一丝丝白霜，不复英俊少年的娇嫩、清秀，而是中年汉子的沉稳与苍劲、丰厚与沧桑。

几度春秋一直待在这遥远的大漠边关、蛮荒之地，不得回京城将军府邸，不得回饶州府家乡，不得回自己立德街方家，不得与妻子、儿女相聚，不得见父母、乡亲。方家远心里很懂，这是朱元璋始终忌讳自己的降将身份，因为他不是洪武的淮西嫡系，所以才把他“发配”至西北。不过，方家远与他兄弟方家俊的性格大相径庭，他是沉静、厚重的，他定得下，待得住，坐得久。就像昔日他同样能在康郎山岛上镇守多年一样，这几年他也在这儿无怨无悔地坚持着，江山社稷第一位，舍小家为国家，服从朝廷派遣，乃军人、臣子的天职。经过不懈努力，他把上千里边疆锻造得犹如钢铁长城，两国已休战多年，双方百姓享受到了难得的和平，休养生息，发展生产，安定生活。为此，方家远多次得到洪武帝与兵部、吏部、礼部、户部的嘉奖。

就在此时，在营盘之外东南方向的大路上，天地相接之外，也是旭日即将喷薄而出的地方，白雾弥漫、晨光迷离，出现了一个人、两个人……数十人的骑行小队伍。方家远他们早已得知狼烟情报，这些人并非外寇来犯，故只是静静地远望等候了一会儿。当来人走得再近一点时，站在方家远旁边的副将彭兴波终于认出他们来了，情不自禁欣喜地喊道：“方将军，是黄河公子回来了！”

其实方家远也早认出了他们，他心里则更早就隐约猜想出可能是他们。他巍然伫立在帅旗下，如青松挺拔，虽一动不动、一言不发地待在那儿等待着，只看着彭兴波带着几个将士兴高采烈地跑上前去迎接他们，却未免不百感交集、泪光点点……

果然是黄河、杨华枝他俩领着几十名随从军士。他们在饶州府报了大仇之后，本准备赶回京城熊府去给大家报喜的，但才走出饶州城不久，大侠“刘黑痣”便给被胜利与爱情冲昏了头脑的黄河泼了盆冷水，认为此时马上返回京城之举不妥，将有大危险。不但咱们自己会陷入重围，顺带整个熊家都将受连累。

黄河挺惊讶，赶紧追问这是为何。“刘黑痣”分析道：“你想，堂堂的朝廷钦差大臣、正三品的移民总指挥，竟被一群不知来路的神秘人士不明不白地暗杀在其官衙里了，岂不会震惊朝野上下？朱皇帝一旦龙颜大怒，岂不是要在全国各地布下天罗地网追捕咱们吗？再说，方家俊在饶州与京城等地的那些爪牙走狗、死党同伙，哪里肯放过咱们？你说，咱们在这个时候赶回京城，能不危险吗？”

这里再补充一句，为彻底断绝后患，在黄河除掉方家俊的当天夤夜，“刘黑痣”事后曾与另两位大侠再返身饶州，勇闯总指挥行辕别院，将已被黄河制服、但不忍杀害的马脸军官及两个护卫，还有几个看门的、几个知情人全部结果，这样他们就无法知晓暗杀方家俊的究竟是谁了。

听到这儿，黄河顿时焦急起来，满脸豆大的汗珠绽出，他不由自主抓住

"刘黑痣"的双手使劲地摇晃着，焦灼不安地问道："刘叔叔，那咱们该怎么办？该怎么办？"

"刘黑痣"笑了，心想："你尽管都是把总大人了，但到底还是孩子啊！"不过他也一时想不出更好的办法来，遂沉吟了半晌，说："你让我再想一想。得有一个万全之策才行。"

黄河不假思索地说道："那就去西北边关，去我养父方将军那儿！"

"刘黑痣"点头说："这倒不失为一条好去路。"一则西北边关路途遥远、杳无人烟，朝廷与方家俊的同伙鞭长莫及，且一时也想不到他们会跑去那儿；二则方家远系戍边大将军，军政要务在身，又拥有万千将士，连皇帝也得给他三分面子，其他敌对势力也要投鼠忌器。只是黄河杀的是自己的同胞亲兄弟，他方家远有那么大的度量吗？

但不管怎么说，这已是目前最好的选择。于是"刘黑痣"决定兵分两路，由黄河带着二十名军士返回西北边关方家远所部；"刘黑痣"等三位大侠则潜身回到京熊府禀报复命，先暗中护卫熊家一段时间，并安排留在京城的另三十名军士尽快赶上黄河，一同回西北去。等到熊家度过危险期，平安无事了，若黄河邀请、方家远欢迎，几位大侠也乐意前往西北边关为明军效力一段时间。

至于杨华枝，则任由她自己决定。她既可以回到京城，与外公、母亲、弟弟一家团聚，也可以跟黄河一同去往西北。华枝这些天尝到了爱情的无上快乐，一颗心完全系在黄河身上了，于是毫不犹豫地选择了跟黄河一起走。再说如今黄河与杨华枝的父亲都不在世了，无形中方家远就成了方、黄、杨、熊四家所有孩子共同的父亲，他们去投奔他亦是水到渠成之举、题中应有之义。当然，两个孩子在与"刘黑痣"等人分别前夕，各自给他们的母亲修了一封家书，表达了自己的想法。

一行人先是来到立德街郊区一座矮山上，用黄世明、杨木托遗存的一些旧物，给他俩修砌了两座简陋的衣冠冢。然后以方家俊的首级为祭品，插剑、洒酒、点香、焚纸，黄河、华枝双双跪拜、祭奠了他们的父亲。仪式完毕，大家便在两座衣冠冢下边挖了一个深坑，将方家俊的首级埋在里面，令其为黄世明、杨木托永久守坟看墓。

于是，在同"刘黑痣"等大侠分手之后，黄河与杨华枝率领前后一共五十名军士，依次渡过长江、淮河、黄河，翻越武胜关、函谷关、潼关，赶赴西北。全程顺利，再无方家俊手下或别的土匪地痞前来骚扰袭击。

这一路真是风光无限，风情无限。中华大好河山、名胜古迹，壮丽无比，美不胜收；一对热恋中的少男少女，恩爱缱绻，携手同行，浪迹天涯，那也是风光十分旖旎的。既然已经开了个头，他们也不再羞涩忸怩，白天同骑一匹马，热切搂抱成一体，说笑打趣；晚上共寝一床被，交颈激吻意绵绵，酣然美梦。要不是因为年纪尚小，他们还不全懂男女之事，便早已同赴巫山、共浴瑶池，品尝那人世间最幸福最甜蜜的甘露了。自然，这也不过是早晚的事。

近了，更近了，终于走到了养父的身边！黄河心潮澎湃，拉着杨华枝双双拜倒在方家远面前，两人郑重地给他叩了九个响头。方家远摸摸黄河的头，拍拍华枝的肩，不由得双泪直流。三人目光交织在一起，什么也不用说出来，一切尽在不言中，此时无声胜有声。

此后，黄河与杨华枝就跟着方家远在西北大明军营里生活与效力。他后来还曾多次建立军功，官职屡有提升。

那边暂不多叙，场景再回到京城熊府与饶州城、立德街的新旧熊府这边。且说方家俊被人杀掉连脑袋也被割走，他的老母亲诸氏闻讯后伤心欲绝、哭得厉害，素来宠爱幺儿的她连续伤心了数日，把眼睛也哭瞎了，把喉咙也哭哑了，把头发也哭白了。加之长子方家远又远在大西北边陲，她也没法见着，更加凄苦难过，不到一个月就呜呼哀哉，随着家俊去了另一个世界。老伴方贵在一旁也无可奈何，只能陪着她伤心，看着她离开，送别她上路。

在京的熊宗武及时知晓了实情，就在诸氏出殡月余之后，命人到饶州把方贵接到了京熊府，跟他们一起生活。至于立德街的旧熊府与饶州城的新熊府，还有方家的那两套房子，便长期处于封闭状态，只留下几个老仆人看管着，一应开支费用熊大老板会定期派人给他们送去。

偌大的熊氏家业，如今已正式交由熊瑛做主打理，而熊宗武的侄子熊承耀、外甥女李茹芸已经结为夫妻，在经营管理方面已经上路，是熊瑛的左右手；且有忠诚、谨慎、沉稳、勤快的孙老管家与他也已成长起来的儿子共同辅助之，年迈体衰的熊宗武则退居幕后了。

熊瑛用熊家曾富甲一方的钱财积蓄，在京城投资、经营了十来个铺面，包括两爿旅馆、两爿酒楼、药铺、当铺、茶叶店、瓷器店、金银首饰店、丝绸服装店等。但这些店铺的规模都不是很大，经营也一般，却也不会亏，能挣点小钱，能坚持下去。熊家有的是钱，倒不在乎马上就能挣大钱，关键是先把事业铺开就行。反而若是搞得太红火，动静过大，惊动了朝廷，倒不好收场。须知洪武帝一直在打探熊宗武的情况，想了解他个人的下落及熊家财富的动向。既然熊大老板实在没“露馅”，说明他韬光养晦做得不是一般的好。

由于当时杨筱文、方娆两个孩子还小，便跟着熊宗武、方贵、熊秀、熊瑛等长辈在京城过日子。两年后，即洪武四年，熊秀由于实在太思念丈夫，加之黄河、杨华枝也到了结婚的年龄，该给他们办喜事了。于是就在“刘黑痣”等几位大侠的护送下，熊秀带着方娆，套上马车，千里迢迢、关河重重，历时半月，赶到了方家远的军营。一家团聚，其乐融融，喜庆场面不多言表。夫妻俩为河儿、华枝在边地举办了虽不隆重但还热闹的婚礼。两年后，方家远与熊秀又生了一个女儿，取名方瑜。“瑜”者，美玉也！且谐音“榆林”与“玉门关”，这是方家远先后在祖国大西北地区驻扎过的两个边陲重镇。

又过了两年，方家远副将彭兴波要回京候旨另任。因彭兴波长年在外领兵出征，虽已过而立之岁，仍尚未婚配，孑然独身。熊秀早就看好他忠厚老实、人品不错，想把他介绍给久寡在家、郁郁不乐的妹妹熊瑛，便同方家远私下商议。谁知家远亦有此意，只是不知是否妥当，还没跟秀儿说，没想到夫妻竟想到一块了。于是找彭兴波一聊，如此喜从天降、天大的好事，彭兴波自然满口答应。再说大家一聊起来，发现彭兴波还是彭兴旺的同族堂弟，也是立德街人氏，彭、熊、方三家还离得不远，算是老街坊邻居了。这些情况当然方家远多数清楚，但有些也是才从彭兴波的口里知道。

彭兴波回到京城之后，便赶紧去熊府拜访熊宗武、方贵两位长者，呈上方家远夫妇的书函，并见了熊瑛。未料他俩年纪差不多，小时候还在一起玩过的，印象也挺好。有了这层渊源，两人的关系就进展更快了，一个月后举办了婚事。一年后，夫妻俩生了一个儿子彭伟韬。

特别要说明的是，在以后漫长的若干岁月里，当时仍属于朱元璋在位时期，杨筱文与方娆、彭伟韬与方瑜，这两对年轻人也先后成亲了。父母之命，媒妁之言；表亲有情，天作之合。熊家两姐妹的六个孩子，三对表兄妹、表姐弟，都结为了夫妻，亲上加亲。这也是中国传统家庭的圆满结局。

同样是在洪武年间，熊、方两家的两位长辈，饶州立德街曾经的两位风云人物，一位是乡绅领袖、饶州首富熊宗武，一位是渔民头目、开国功臣方贵，皆以近八十岁高龄，溘然长逝，寿终正寝了。他俩的丧期只隔不过一个月，老兄弟好像是早就约好了似的。但他俩确实早就约好了，并于弥留之际留下遗言，要魂归家乡。由于当时方家远、熊秀没法回来，就由彭兴波将二老的灵柩悄然送回饶州立德街郊区的方氏、熊氏祖坟安葬。整个过程并未惊动官方与民众，仅通知极少数人。至于熊宗武的续弦翠翠，在熊宗武去世之后还活了几十年，比熊秀、熊瑛姐妹俩还高寿。

公元1402年，明太祖洪武帝朱元璋病逝，其四子燕王朱棣在北京称帝，是为明成祖永乐帝。京师从南京迁至北京，南京成为陪都。此时方家远已年过花甲，才被从西北边陲调回京师，做了京官，出任正二品兵部尚书。于是，方家远与熊秀带着立德街方、熊两府的第三代黄河、杨筱文、彭伟韬三家人，开始了北京的新生活。至于熊瑛，因为在南京有很多产业，彭兴波亦在南京的明廷为官，所以他们就没有一同移师北上了。当时孙老管家也已去世多年，其儿子小孙头成了熊府的新管家。

此时，熊承耀与李茹芸、黄河与杨华枝、杨筱文与方娆、彭伟韬与方瑜四对夫妻，他们也都有了各自的孩子，这是熊、黄、杨、彭、方“五大家族”的第四代。再过十数年，熊承耀与李茹芸、黄河与杨华枝刚做了爷爷奶奶，紧接着杨筱文与方娆也做了爷爷奶奶（彭伟韬与方瑜要晚得多），“五大家族”的第五代亦次第出生了。

饶州府立德街“五大家族”的后裔们，此后主要是生活在北京、南京两地，基本上就没有回过江西的家乡了。而且，偌大的熊氏产业，后来也自然改姓彭了。起初，彭伟韬与方瑜的儿子彭方略善于经营与理财，勤勤恳恳、兢兢业业，熊氏产业在他手里达到了又一个辉煌期；可接着，彭方略的儿子彭雄杰虽有书画之才，却不擅工商农诸实务，且铺张奢侈挥霍、贪酒狎妓豪赌，家业到他继承后即迅速衰落了下去。三十年河东，三十年河西，历史变迁，谁能预料？

不管是在何时、在何地，立德街熊、黄、杨、彭、方“五大家族”的后裔们都一直保持着饶州老家的一个饮食习俗——每年春天非得吃几顿“春不老”不可。像中国别地的人在迁徙到远方，或去外地读书、做官、经商、作战时，总喜欢随身带一抔家乡的泥土一样，饶州人在移民到异地之后，则坚持每年春天吃“春不老”，以示自己还不忘本，记得自己是从瓦屑坝来的。立德街“五大家族”的后裔们亦是如斯。只是由于原材料不同，“春不老”已远不是家乡饶州府的那个味道矣！

时间再回到洪武二年，回到大明皇宫朱元璋那儿。且说饶州大移民总指挥方家俊遭人暗杀后，消息呈报到朱元璋的案前，洪武帝当时却并未马上龙颜大怒、拍案而起，反是冷静思忖了一会儿。

其实，方家俊在饶州借移民为名，私自豢养家奴、纠集党羽、排斥异己、横征暴敛、中饱私囊、大发其财，对于心思缜密明了、在天下遍布眼线的洪武帝来说哪里会不清楚？同僚弹劾、百姓控诉，奏折信函状纸如雪片般纷纷而来。

想必方家俊因强令移民与大肆贪污得罪了很多人，树立了大量劲敌。只不过洪武帝要重用他具体执行自己的人口迁徙大政，就只能睁一只眼闭一只眼，听之任之，装糊涂了。现在他被人杀害，必定是遭到了仇敌们的清算，洪武帝明白了个中缘由，便不再追究下去。正所谓穷寇莫追嘛，冤冤相报何时了？朱元璋是从民间底层打出来的，深知民间的事就得按民间的规律，不宜过于认真，下全力镇压征剿，大炮打蚊子，那未必是桩好事，到时激起民怨众怒，把小事扩大，倒还不易收拾，屁股难擦干净。

那方家俊之死也就罢了，任其渐渐平息下去；而他的庞大产业则堂而皇之地被造册献上，对朱元璋来说自己也是师出有名。他根本没想到，方家俊在这短短半年多的时间里，竟私吞了如此巨大的财富，比“天下第一富豪”沈万三的所有家产还要多几倍！而且他占有他人的无数店铺、酒楼、旅馆、工坊、稻田、菜园、果场、茶林、湖塘……每天还源源不断地有可观收入进账。朱元璋真是既吃惊又气愤，有一天在朝堂之上当着马皇后、徐达、刘基等人的面，忍不住恶狠狠地大骂道：“这方家俊真是该死！贪得无厌，遭到报应，死有余辜！连头颅也被仇人割掉，活该！此人眉目如画，却内心龌龊；面如满月，却心如蛇蝎！其心术不正我是早看出来了的，可他跟了我十几年，也曾勇猛杀敌，出生入死，立下过汗马功劳，未料想竟堕落至斯！”

于是，大明开国初年，巨富沈万三的正当家产被充公，及巨贪方家俊的不义之财被没收，是洪武皇帝的两笔惊人之巨的意外收获。家俊跌倒，洪武吃饱；万三充公，大明兴隆。据说其中大多数均被收归朝廷国有，一小部分则按旨意分发给各地老百姓、赏赐给一些大臣或大臣的后代。这样不但大明国库迅速得以充盈、国力顿时强盛许多，朱元璋自己还落了个好名声。再则，朱元璋原本是要抚恤方家人，追谥方家俊封号，立牌功臣庙的，因其贪污大案曝光，这些便啥也没有了。没有再追究下去，就已算是“皇恩浩荡”“谢主隆恩”啦！

方家俊虽死，但饶州移民运动还在继续，朱元璋很快又另外指派了官员主持移民要务。只是“移民总指挥”一职及署理官衙被取消，而由江西行省参知政事、饶州等各州府知府、鄱阳等各县知县负责有关事项。原饶州知府罗国文、鄱阳县令陈远等人因伙同方家俊欺压百姓、徇私舞弊而被同僚们纷纷检举揭发，洪武帝将其俱撤职并斩首。新任的几位官员恪尽职责，奉公守法，爱民如子，严格执行朝廷政策。此后瓦屑坝移民步上正轨，再无民怨沸腾现象，总算是给了饶州乡亲们一点点庆幸吧！

尾声　落地是家否

明洪武七年（1375），太祖朱元璋一时兴起，出了京城，乘龙船溯长江西上，重入赣省，亲自莅临饶州现场指导移民要务。这是元至正二十三年他与陈友谅鄱阳湖决战结束之后，时隔十二载再次驾临鄱阳。他去了鄱江楼、尧山、虞溥井、康郎山、瓢里山等曾经去过的地方凭吊往昔峥嵘岁月，又去了瓦屑坝、立德街、桃花渡、双港塔、张王庙等移民集散地慰问官员、将士及广大移民。

当时朱元璋还去了立德乡境内的名胜古迹“环楼”游览。说起这座“环楼”，虽地处偏僻乡村，亦非著名景区，倒是大有来头。

早在近五百年前李唐王朝末年，即唐僖宗中和四年，中原大旱、民不聊生、饿殍遍野、天下动荡。堪称“杀人恶魔”的传奇人物黄巢，也就是写出“飒飒西风满院栽，蕊寒香冷蝶难来，他年我若为青帝，报与桃花一处开”“待到秋来九月八，我花开后百花杀，冲天香阵透长安，满城尽带黄金甲”的那位老兄，遂率众响应同乡王仙芝，揭竿而起，领导暴动，一时间中国更加兵荒马乱、干戈扰攘。

时有朱、禹二公，为躲避战乱、追求安定，自建康（今江苏南京）南下来到饶州立德定居，后传至五代，已人烟阜盛、村舍广大，便兴建了一座祭祀列祖列宗的宗祠，名曰“五祖祠”。

南宋建炎四年（1130）前后，康王赵构在靖康南渡期间，曾专程到达过立德，见此“五祖祠”而心喜，即敕赐在它旁边又建立了一座三丈多高、雕梁画栋、壮丽堂皇的楼阁，以环护“五祖祠”，并赐名“环楼”。时朱公后裔诗人朱居实作七律诗一首记载此盛举：

王师一日往前塘，悠驾长行偶过庄。
树里层楼亲碧汉，树前古木观黄裳。
瓴甋也荣龙址历，纶音兼酒毫厘香。
四周光彩无间堵，胜迹犹遗万世芳。

朱元璋在前往瓦屑坝时，便顺道路过环楼，借机游览了一番，并为其御笔亲题赞道："青山影影，绿水萋萋。环楼耸翠，落地是家。"弦外之音，引人深思。

此时，饶州各地百姓虽说对背井离乡、骨肉赶散仍是一百个不愿意，但胳膊扭不过大腿、鸡蛋碰不得石头，在朝廷的重压之下，他们一个个、一对对、一家家、一族族、一村村、一批批地陆续迁徙而去。短短几年下来，饶州人民已不知有多少迁走，不知去了全国多少地方。

当他们到达要被押运的地方，安顿下来之后，当地官府便绝不许其再回原籍探亲，返乡是更不用想的了。单个走不行，一家走更不行，一旦被抓，将受到严厉的制裁，包括砍头。甚至，连他们的原籍具体是在哪里，何州何县何乡何村，各级政府部门都不让他们说出口来，不让他们记得，不让他们告诉别人，不让他们留下文字等各种记载。加之移民们多数没有什么文化、记忆力也差，时间一久，由于路途上的困顿、对他乡的陌生、劳役的磨难、岁月的洗礼，就什么都忘记了。

所以，饶州乃至整个江西的这些父老乡亲，在被五花大绑、连打带骂，强行推拉上船，走往一无所知的异地他乡时，其脑海里的记忆碎片，便只剩下了鄱阳湖、瓦屑坝、桃花渡、双港塔、瓢里山……这样一些零星的印象；特别是最后离开家乡、登上移民大船的那个瓦屑坝码头，留给他们的印象最为深刻，自己村子的名字不记得了，瓦屑坝之名倒还记得，从此把"瓦屑坝"这个名字带到了全国，并流传了六百余年至今。

自洪武初年追至整个朱明王朝，甚至到清朝前期，从瓦屑坝等鄱阳湖码头上船的，不仅是饶州府及其下属各县，还有附近洪都、广信、吉安、临江、江州、抚州、袁州等州府及其下属各县的百姓，移民去向全国各地的，往东到徽皖、江淮、苏常、浙闽，往西到两湖、两广、巴蜀、黔滇，往北到豫宛、阜亳、徐兖、齐鲁……两三百年里总共迁移人口达两百多万，迄今其直系与旁系后裔达一两亿人甚至更多，占中国总人口的十分之一以上。

瓦屑坝大移民，包括后来的江西填湖广、湖广填四川等，勤劳、聪明的江西“老表”到了新家乡以后，与当地百姓和睦相处，联姻交友，生根开花，繁衍子孙，创建家园，共同开发与发展了赣省四周的湘、鄂、粤、桂、琼、皖、苏、浙、沪、闽、台、豫、鲁、陕、川、渝、黔、滇等诸省，特别是使得湖南、湖北、广东（含海南）、四川（含重庆）等地成为后起之秀，后来居上，在明朝之后，特别是在清朝后期、民国时期，乃至新中国迅速崛起，辉煌至今，经济发达，人才辈出，引领时代，风起云涌。而其原籍地——江西，曾经两宋至明初全国的经济、人才中心，全国一半的粮食与财富、宰相与状元产自这里，却因为抽筋动骨、大伤元气，从此一蹶不振、盛况难再！

瓦屑坝移民，江西填湖广、湖广填四川，闯关东、走西口、下南洋、淘金山，地理大发现、开发新大陆……人类世界、历史场合，从广阔、全景的时空范围来看，这究竟是利大于弊，还是弊大于利呢？答案是肯定的！朱洪武是伟大的！

合久必分，分久必合。白云苍狗，沧海桑田。风起瓦屑坝，魂断鄱阳湖。

归去来兮！！！

后记

浩渺鄱阳湖，茫茫泽国；孤岛瓦屑坝，萋萋芳草。陶瓦砖堆起废墟长坝，风雨浪冲走昔日繁华。漫漫七百斯年移民史，亿万大江南北乡亲根，瓦屑坝成中华八大移民中心魁首。北有山西大槐树，南有江西瓦屑坝，一北一南两圣地，天下移民多其后。远古长坝，承载鄱阳湖古文明；荒凉渡口，吟唱先辈悲壮曲。芳草连天长，怀念在心上。无论魂归何处，瓦屑坝是其根！

瓦屑坝，今江西省上饶市鄱阳县莲湖乡下属的一个普通村落，鄱阳湖东岸的一个荒凉码头，一个荒废了千百年的陶器与砖瓦手工作坊，一个中国乃至赣省地图上都很难找到的小地方。可又有谁知道，它的盛名，及因它而来的“解手”典故与“老表”俗话，竟遍布全国乃至全球凡有华人之地，特别是在华东、华中、华南诸省为无数人所熟知，被称为“南方的大槐树”，中国历史上两大移民中心之一、五大或八大移民中心列第二。六百余年前大明王朝开国之初，洪武年间饶州大移民及其之后著名的“江西填湖广”的起点，当年从这里走向全国至少两百多万人，迄今其后裔已逾一两亿人，占全国人口超过十分之一，尤其在安徽、江苏、湖北、湖南、四川、广东、河南等省，不少人便是祖籍于斯。

正因如此，鄱阳县瓦屑坝村这个沉寂了如许年的“小地方”，作为中国的两大移民圣地之一、“根亲文化”的标志代表、当今亿万国人的迁徙源头、天下华人的魂牵梦萦之地，其名气将会愈来愈大，成为神州大地的焦点，就像山西省临汾市洪洞县的大槐树村一样，会吸引它的无数子子孙孙从天涯海角不远万里翻越山川漂洋过海络绎而至，“常回家看看”。因饶州大移民之潮开始是在明朝

初洪武二年（1369），到公元2019年是整整六百五十年，届时瓦屑坝必将成为全世界华人瞩目的中心，万万千千的人们将汇聚于斯。

本小说借当年饶州府立德街熊、方两大家族的爱恨恩仇、悲欢离合，讲述了一个波澜壮阔、跌宕起伏的故事，塑造了一批或忠或奸、或伟大或渺小的各类人物及多个面孔，以展示元末明初风云激荡数十年间，我国南方百姓的苦难人生与不屈奋斗，小说背景含盖了元王朝末期的动荡不安、朱元璋与陈友谅在鄱阳湖进行的生死决战、大明开国之初为削弱富饶的江西弥补衰败的皖苏两湖而强迫移民这三段主要历史，并客观描述了鄱阳乡绅的创业历程及他们在其中所起的正反作用、冷静思考了洪武年间大移民的利弊得失，既有真实的历史背景、重大事件与主要人物，又有虚构的普通人士之曲折离奇故事；既有刀光剑影、宏大战争场景，又有儿女情长、凡俗家庭生活。

在写作过程中，我参考了姜清水的《魂断瓦屑坝》、朱贵安的《古城瓦屑》、孔良海的《鄱阳旧事》，以及《鄱阳湖文化研究》（瓦屑坝专辑）、《瓦屑坝移民研究文集》等史料，在此一并致谢。

图书在版编目（CIP）数据

赶散 / 程晖著. -- 北京 : 作家出版社, 2018. 11
ISBN 978-7-5212-0273-1

Ⅰ. ①赶… Ⅱ. ①程… Ⅲ. ①长篇小说 - 中国 - 当代 Ⅳ. ①I247.5

中国版本图书馆CIP数据核字（2018）第262291号

赶　散

作　　者：程　晖
责任编辑：宋辰辰
装帧设计：书游记
封面插画：蕙　兰
出版发行：作家出版社有限公司
社　　址：北京农展馆南里10号　　**邮　　编**：100125
电话传真：86-10-65067186（发行中心及邮购部）
86-10-65004079（总编室）
E-mail:zuojia@zuojia.net.cn
http://www.zuojiachubanshe.com
印　　刷：三河市北燕印装有限公司
成品尺寸：170×240
字　　数：375千
印　　张：22.75
版　　次：2019年4月第1版
印　　次：2019年4月第1次印刷
ISBN 978-7-5212-0273-1
定　　价：42.00元